Elle Cosimano
Seasons of the Storm
Chronos' Krieger

ELLE COSIMANO

SEASONS of the STORM

CHRONOS' KRIEGER

Roman

Aus dem amerikanischen Englisch
von Michelle Gyo

dtv

Von Elle Cosimano ist bei dtv außerdem lieferbar:
Seasons of the Storm – Gaias Gefangene

Das Zitat auf S. 187 stammt aus:
John Donne *Alchimie der Liebe*
Ausgewählt, übertragen sowie mit einem Nachwort
und Anmerkungen versehen von Werner von Koppenfels

MIX
Papier | Fördert gute Waldnutzung
FSC® C083411

Deutsche Erstausgabe

Titel der amerikanischen Originalausgabe:
>Seasons of Chaos<, 2021 erschienen bei HarperTeen,
an imprint of HarperCollins Publishers.
Published by arrangement with Rights People, London.

Lektorat: Christina Neiske
Umschlaggestaltung: dtv nach einem Entwurf von Garrigosa Studio, 2021
Gestaltung Karte: © 2020 Jessica Khoury
Gesetzt aus der Arno Pro
Satz: Fotosatz Amann, Memmingen
Druck und Bindung: CPI books GmbH, Leck
Printed in Germany · ISBN 978-3-423-74101-9

Für meine Leserinnen und Leser.
Ohne euch gäbe es keine meiner Welten.

PROLOG

DAS OBSERVATORIUM

März 2023

Doug

Nach siebzehn Monaten in Stasis aufzuwachen fühlt sich an, als müsse man sich von einem stumpfen Trauma am Kopf erholen. Die Kopfschmerzen, die Übelkeit, das Zittern, der dichte Nebel, der mir jegliches Gefühl von Ort und Zeit nimmt und nur eine vage Ahnung hinterlässt, dass ich schon einmal hier war. Nicht nur in diesem Zimmer oder an diesem Ort, sondern genau hier in diesem Augenblick.

»Douglas, geht es dir gut?« Der Professor sitzt hinter Chronos' Schreibtisch, auf Chronos' Thron. Der Stab der Zeit lehnt an einem Ständer neben seinem Ellbogen, als gehörte er ihm.

Daniel Lyon legt die Fingerspitzen aneinander, beobachtet mich über den Tisch hinweg mit einer Wachsamkeit, die beinahe als Besorgnis durchgehen könnte.

»Mir geht's gut.« Ich verberge meinen Stasistremor hinter fest zusammengebissenen Zähnen. Ich möchte seinen Stuhl in Brand setzen. Möchte ihn ertränken, erfrieren lassen, ihn mit bloßen Händen erwürgen, aber jede Zelle meines Körpers fühlt sich schwach, meine Magie verausgabt. Er hat sich nicht einmal die

Mühe gemacht, mich festzubinden. Eine einzige Wache – irgendein Schwachkopf, den ich noch nie zuvor gesehen habe – wartet vor der Tür.

Ein Stasisfrösteln packt mich. Mein Rücken klebt am Ledersessel, mein vom Observatorium ausgegebener Overall ist bereits durchtränkt mit kaltem Schweiß. All diese Monate in einer Kammer haben meine Sinne geschärft. Die Schreibtischlampe ist zu hell, die blauen Augen des alten Mannes zu durchdringend. Der Modergeruch der antiken Leinwände und zerfallenden Bücher im Zimmer ist so stark, dass ich daran ersticken könnte. Und unter all dem, das schwöre ich, kann ich die Fäulnis in den Katakomben unter uns schmecken. Und noch etwas … einen schwachen, übel riechenden Gestank, der von einem Gehäuse auf einem Regalbrett an der hinteren Wand ausgeht – eins von Gaias Terrarien. Die seltsame smaragdgrüne Schlange, die darin zusammengerollt liegt, ist keins ihrer üblichen Schoßtiere. Sie ist anders als jedes andere Wesen, das ich je zuvor im Observatorium gesehen habe, und ich kralle meine Nägel in die Armlehnen, frage mich, wessen Magie darin gefangen ist. Ich hoffe so sehr, dass es Jacks ist.

Die gespaltene Zunge der Schlange zuckt über das Glas, die Facetten ihrer diamantförmigen Augen, mit denen sie uns beobachtet, glitzern. Ich muss all meine Bemühungen aufbringen, um meinen Blick von dem Gefäß loszureißen.

»Warum wurde ich so lange in Stasis gehalten?«, frage ich. Drei Monate hätten gereicht zur Erholung, sogar vom gewaltsamsten Tod.

»Was ist das Letzte, woran du dich erinnerst?« Lyons Stimme ist sanft, achtsam. Als wäre ich zerbrechlich, müsste mit Vorsicht behandelt werden. Und dafür hasse ich ihn nur umso mehr.

Ich massiere meine Handfläche, blinzle gegen einen heißen Ansturm von Gefühlen an. Ich erinnere mich daran, wie Denvers

Körper zu Staub zerfiel in meinen Händen. Erinnere mich daran, wie ich aschebeschmierte Finger um Fleur Attwells Hals presste, und an die Wut … an die blendende Wut, die ich in diesem Augenblick spürte. Meine Kehle schmerzt bei den Worten. »Ich erinnere mich, wie ich gerade rechtzeitig aus dem See komme, um mitanzusehen, wie mein bester Freund vor meinen Augen ermordet wird.«

»Fleur hat lediglich sich selbst verteidigt und die, die sie liebte.«

»Und was ist mit denen, die *ich* liebte?« Das Wort ›liebte‹ springt aus meinem Mund, bevor ich es verhindern kann. Der Raum verschwimmt hinter einem heißen, grellen Film aus Emotionen. Sie sind tot. Michael, Denver, mein Team …

»Noelle Eastman«, sagt Lyon sanft. Ihr Name zieht die Luft aus dem Zimmer. »Ich würde dir gern von ihr erzählen.«

Ich schüttle sein Mitleid mit einem gleichgültigen Schulterzucken ab. »Mir was erzählen? Dass meine Freundin sich gegen mich gewandt hat, um eurer dämlichen Sache zu dienen? Dass sie mich verraten hat, um Jack Sommers zu beschützen?« Ich spucke seinen Namen förmlich aus, heilfroh, dass er tot ist. Dankbar wenigstens für diesen kleinen Sieg.

»Noelle hat getan, was sie für richtig hielt. Sie hat dich auf die einzige Art beschützt, die sie kannte …«

»Sie hat mich nach Hause geschickt!« Ich schlage mit der Faust auf seinen Schreibtisch, sodass die Schlange vom Glas zurückzuckt. »Ich weiß, dass es Noelle war, die mich getötet und über die Ley-Linien zurückgeschickt hat! Ich habe sie gerochen.« Ich hatte den vertrauten, schwachen Vanilleduft ihrer Haut wahrgenommen. Die Wärme ihrer geflüsterten Entschuldigung in meinem Ohr, bevor sie mir die Kehle aufschlitzte.

Noch immer kann ich den Phantomsog der Ley-Linien spüren, die mich zurück nach Hause und in die Stasis zogen, den nachklingenden dumpfen Zug an meiner Seele. Ich drücke mich vom Schreibtisch weg, sehne mich nach ihr aus Gründen, die keinen Sinn ergeben. »Wo ist sie überhaupt?«, knurre ich. »Wenn sie wach ist, möchte ich ihr gerne ein paar Worte sagen.« Lyon starrt mich nur an, Mitleid in den glänzenden Augen. »Wo ist sie?«

»Sie ist mit dem Wind gegangen«, sagt er, so leise, dass ich es fast überhöre.

Ich sacke im Sessel zusammen.

Mit dem Wind. Tot. Ihre Seele verweht.

»Wer war es?«, frage ich mit erstickter Stimme. »War es Fleur? Ich schwöre bei diesem verfluchten Stab, ich werde …«

»Chronos hat den tödlichen Schlag geführt«, sagt er und bringt mich mit dem Aufblitzen weißer Zähne zum Schweigen. Der Blick aus Lyons Augen ist hart geworden. Darin sehe ich das Glitzern des Winters – die berüchtigte, grimmige Jahreszeit, die er früher einmal war, starrt mir entgegen und nicht der Professor in mittleren Jahren.

Natürlich schützt er sie. Verteidigt sie. Lügt für sie. Fleur ist eine dieser Verräterinnen, die ihn hierhergebracht hat.

»Nein!« Ich stehe auf, stoße fast meinen Stuhl um. »Noelle war eine Offizierin in meinem Team. Verräterin hin oder her, sie hätte sich vor mir verantworten müssen!«

»Und wenn sie das getan hätte? Wenn sie dir erklärt hätte, warum sie sich auf Jacks Seite gestellt hat, hättest du sie angehört?«

Ich knalle beide Handflächen auf seinen Schreibtisch, bereit, darüberzusteigen und ihm die Kehle rauszureißen. »Du scheinheiliger Scheißkerl!«

Lyons Augen werden dunkel und sein Blick huscht zum Stab, das Zucken in seiner Hand der einzige Hinweis darauf, dass er sich von mir bedroht fühlt. Eine schwarze Samtschärpe ist um den Kopf des Stabs geknotet, bedeckt das Kristallauge in der Mitte, als hätte Lyon Angst vor seiner Macht. Als wäre er ein zu verflucht großer Feigling, um hineinzublicken und seine eigene Zukunft zu sehen.

Ich beuge mich über den Tisch. »Tu es, alter Mann«, flüstere ich. »Mach schon und töte mich. Deshalb bin ich doch hier, oder nicht? Weil Jack tot ist und weil es mein Team war, das ihn getötet hat. Und du willst mich dafür leiden lassen.«

Unsere Blicke treffen sich.

»Jack hat überlebt. Er lebt, Douglas.«

Ich weiche zurück. »Nein. Du irrst dich. Auf keinen Fall ist er am Leben. Ich habe gesehen, wie er durch das Eis gebrochen ist. Ich habe zugesehen, wie er ertrunken ist!«

»Doch du hast die Loyalität derer, die ihn liebten, nicht gesehen und die Opfer, die sie erbrachten, um ihn zu retten.«

»Das ist unmöglich.« Es ist einfach nicht möglich, dass Denver und Noelle mit dem Wind gegangen sind. Dass Chronos – *mein* Chronos – tot ist und Jack Sommers noch atmet. »Du lügst!«

Ich taumle zurück vom Schreibtisch, meine Absätze treffen den Stuhl hinter mir, während Lyon sich erhebt und nach dem Stab greift. Die rasiermesserscharfe Klinge der Sense glänzt auf, als er sie zwischen uns senkt und die Samtschärpe von dem Auge entfernt. Es fängt das Licht ein, wirft Regenbogen auf die Tischplatte. Flüchtige Bilder meines Gesichts sind darin gefangen, flackern auf dem polierten Holz.

»Was ist das? Was machst du da?«

»Du möchtest wissen, was wirklich geschehen ist. Ich zeige es dir.« Lyon dreht den Stab Stück für Stück und jede Bewegung enthüllt neue Bilder, die sich rückwärts durch die Zeit bewegen, bis er den Augenblick findet, den er sucht. Denvers Gesicht taucht auf und plötzlich kann ich nicht mehr sprechen.

Ich sehe zu, wie er noch einmal stirbt. Sehe zu, wie Fleur ihn ermordet. Sehe zu, wie die Magie und das Leben und die Seele aus ihm herausgleiten.

»Aufhören«, presse ich hervor. »Mach, dass es aufhört.«

Das Bild rotiert, die Perspektive wechselt mit schwindelerregendem Tempo. Diese Erinnerung erkenne ich nicht. Ich bin nicht in meinem Kopf. Es ist, als würde ich mich selbst durch die Augen von jemand anderem sehen.

Durch Fleurs.

Ich sehe mich selbst, wie ich sie zu Boden zerre, um die Kontrolle über ihre Hände ringe. Ihre Gedanken abwehre, während sie Wurzeln und Ranken beschwört, um mich zu packen. Noelle ist da. Sie greift mich von hinten an und ich werde vom kurzen Aufblitzen eines Lichts geblendet – *meines* Lichts –, während mein eigener Tod vor mir abläuft und ich durch die Ley-Linien gezogen werde, zurück ins Observatorium.

Noelles Wangen sind nass von Tränen. Sie sieht nicht, wie Chronos hinter ihr herankommt, den Schwung seiner Sense. Ich schließe die Augen fest, als die Sense sie erfasst und ihre Magie sich mit dem Wind zerstreut.

Die Vision wechselt zum Ufer, wo Jack leblos im Schilf liegt. Seine Freunde stehen um ihn herum, brechen Pfeile ab, drücken auf seine Brust. Fleur ist wie eine Dämonin, schonungslos in ihrer Rache zieht sie mehr elementare Macht heran, als ich es je eine Jahreszeit habe tun sehen. Wie gelähmt sehe ich zu, wie sie den Boden beben lässt, einem Dutzend Bäumen und Ranken befiehlt, Chronos an Handgelenken und Fußgelenken zu Boden zu reißen. Ihr Haar ist statisch aufgeladen, ihre Augen blicken wild und sie drückt seinen Stab gegen seine Kehle. Sie ist gnadenlos und Furcht einflößend, und die Bewunderung, die ich unwillkürlich empfinde, während ich ihr zusehe, widert mich an. Sie ist eine *Jahreszeit* … eine von Wut getriebene Jahreszeit, die einen Gott überwältigen konnte. In der Vision zögert sogar Lyon, zu nahe an sie heranzugehen.

Bis sie ihm den Stab überreicht.

Sie fällt neben Jack auf die Knie, so wie alle anderen. Gibt alles für ihn auf. Kämpft um *ihn*.

Er lebt. Nicht in einem Terrarium oder in einer Urne. Nicht im Wind. Er *lebt*.

Ich falle auf den Stuhl, lasse den Kopf zwischen meine Knie sinken und ringe den Drang nieder, mich zu übergeben.

»Du bist nicht der Einzige, der einen Verlust erlitten hat, Douglas. Jack hat seine Prüfung überlebt und er ist nun stärker. Vielleicht nicht so, wie du es dir vorgestellt hast, aber Stärke besteht aus mehr als Macht und Magie. Es geht um Glauben und Vertrauen und Hingabe. Er hat eine Wahl getroffen. Hat sich entschieden, seine …«

Lyons Geschwätz erstirbt abrupt.

Ich hebe den Kopf. Aber Lyon sieht nicht mich an. Er sieht mit tiefem Stirnrunzeln in den Kristall. »… seine Zukunft zu akzeptieren«, endet er. Mit einem leisen Räuspern schlingt er die Samtschärpe wieder um das Auge. »Ich hoffe, du kannst ab hier genauso weitermachen wie er, Douglas. Es ist wichtig, dass du es versuchst. Die Welt dreht sich weiter, mit oder ohne uns«, sagt er und die Falten um seine Augen werden tiefer. »In einer Woche werden Gaia und ich die letzten Mitglieder von Michaels Wache dekonstruieren. Alle Verbliebenen werden geweckt und von ihren Pflichten entbunden und auch von ihrer Magie, die ihnen der vorangegangene Chronos gewährt hat.«

Der feuchte Overall klebt am Sitz und kühlt meine Haut. »Was heißt das? Was willst du damit sagen?«

»Die, die sich entschieden, unter Michael zu dienen, könnten zwischen widersprüchlichen Werten und Loyalitäten schwanken.

Ich kann kein Risiko eingehen, was die Sicherheit des Observatoriums betrifft oder derer, die sich dazu entscheiden, hier zu leben.«

»Entscheiden?« Das Wort schmeckt vollkommen falsch und ich spucke es ihm wieder entgegen. »Was soll das überhaupt heißen?«

»Du könntest dich entscheiden, zurückzutreten«, fährt er fort, »in welchem Fall dir deine Magie entzogen wird und du eine freie Dienstposition hier innerhalb der Schule zugeteilt bekommst, wo du die verbleibenden Jahre deiner natürlichen Lebenszeit verbringen kannst. Aber ich möchte dich darüber informieren, dass sich unsere Methoden geändert haben. Unsere Regeln sind jetzt andere, Douglas. Unsere Jahreszeiten streben danach, in friedlicher Koexistenz zu leben, sowohl hier als auch über der Erde. Ich werde niemandem erlauben, dieses Ziel zu stören.«

Ein kaltes, trockenes Lachen entfährt mir. »Und was, wenn ich nicht zurücktreten möchte?«

»Dann resultiert diese Entscheidung in der Terminierung. So wie jedes Anzeichen einer Schädigung von Jack oder Fleur.« Lyons Blick begegnet meinem. Die unausgesprochene Drohung darin ist nicht misszuverstehen. *Darum geht es hier also.* Es geht nicht darum, das Observatorium zu schützen. Es geht darum, Jack zu schützen. Es geht darum, mich hier unten und machtlos zu halten, sodass ich nicht zu ihm kann.

»Dann kannst du mich genauso gut jetzt töten«, presse ich zwischen zusammengebissenen Zähnen hervor.

»Es ist eine bedeutende Entscheidung …«

Trotz der Benommenheit in meinem Kopf springe ich auf. »Nein, es ist eine Bestrafung!«

»Es ist eine *Wahl,* Mr Lausks.« Lyon erhebt sich nicht. Greift nicht nach dem Stab.

»Vielleicht war ich nicht deutlich genug, alter Mann. Ich gebe dir meine Magie nicht. Lieber sterbe ich, als dir zu dienen. Du bist nicht mein Chronos. Das wirst du niemals sein.«

»Dein Chronos hätte dir niemals die Wahl gelassen«, sagt er ruhig. »Ich werde sie dir nicht nehmen. Du hast eine Woche, um über deine Entscheidung nachzudenken. Die Extraktion ist belastend für den Körper und du solltest diese Zeit nutzen, um dich auszuruhen und nachzudenken. Du bist müde und es gibt viele Informationen, die du verarbeiten musst.«

Eine Woche. Lange genug, um meine Stärke wiederzuerlangen, die ich brauche, um den Schmerz der Extraktion zu überleben, wenn sie mir meine Magie entreißen. Doch nicht lange genug, damit ich Kraft sammeln könnte, um mich dagegen zu wehren. »Und wenn meine Entscheidung sich nicht ändert?«

»Dann kannst du die Woche nutzen, um deine Angelegenheiten in Ordnung zu bringen. Gaia und ich werden jeden letzten Wunsch bezüglich deines persönlichen Eigentums in Erwägung ziehen.« Sein Blick begegnet meinem. »Der Tod muss nicht die einzige Wahl sein. Es gibt einen Weg nach vorn. Nimm dir Zeit«, sagt er betont und bedient sich dieses Worts, als wäre es seins.

»Ist das alles?« Ich für meinen Teil bin hier fertig.

»Douglas«, sagt er und hält mich auf, bevor ich die Tür erreiche. »Dein Verlust tut mir wirklich sehr leid.«

Verlust nennt er es. Als wäre das alles ein Spiel. Als hätte er ein paar verfluchte Schachfiguren vom Brett genommen und wir alle könnten einfach von vorn anfangen. Ich schüttle den Kopf, stürme durch die schwere Flügeltür und pralle dabei fast gegen die Gestalt, die auf der anderen Seite hockt. Kai schlingt die Arme um sich, blass und zitternd, als wäre sie gerade erst aus der Stasis erwacht. Kai Sampson, die beste Schützin der Wache. Die Meisterbogenschützin, die Jack Sommers mit Pfeilen durchlöchert hat, und wofür?

Für nichts.

»Doug?« Ihre Stimme bricht. Sie stinkt nach kaltem Schweiß und ich dränge mich an ihr vorbei. »Doug, was ist passiert? Was wollte er?«

Sie hat keine Ahnung. Keine Ahnung, dass Jack lebt. Keine Ahnung, was passiert ist, während wir alle geschlafen haben. Ich sage ihr nicht, was Lyon gesagt hat. Dass wir den Kampf verloren haben. Dass unsere Feinde die Kontrolle über unser Zuhause übernommen haben. Ich sage ihr nicht, dass wir unsere Leben verlieren und unsere Magie. Weil ich nicht vorhabe, diesen Bastard so weit kommen zu lassen.

1

EIN SONDERBAR SCHMERZENDES HERZ

Fleur

Ein Gitarrenriff kreischt gegen die Mauern der Villa an, übertönt das morgendliche Gezeter der Eichelhäher, und ich folge dem Klang über die Veranda. Bis ich den Fitnessraum erreiche, vibriert Jacks liebster 80s-Punk-Mix in meinen Knochen. Ich stoße die Tür auf und halte mir die Ohren zu gegen das Dröhnen des Schlagzeugs.

»Jack!« Über dem Bass kann ich mich nicht einmal selbst hören. Und er offensichtlich auch nicht. »Jack, du solltest wirklich nicht …«

Sein Rücken ruht auf der Hantelbank, die Beine sind gespreizt, die bloßen Füße flach auf den Boden gedrückt, und gerade schüttelt er sich Kreide von den Händen und verlagert den Griff um die Stange. Daran sind viel zu viele Scheiben. Ich öffne den Mund und will erneut rufen. Nichts ahnend holt er ein paar kurze Atemzüge, beißt die Zähne zusammen und drückt die Stange aus der Halterung. Jacks Muskeln straffen sich und bilden Muster, die mich ablenken, Sehnen spannen sich an seinem geröteten Hals, während er die Stange senkt und wieder nach oben drückt.

Die Augen fest geschlossen, macht er noch ein paar Wiederholungen. Ich stehe in seiner Nähe, die Hände erhoben, um die Stange abzufangen, falls sie herabfallen sollte. Sein Kiefer spannt sich, sein Atem erhitzt mein Gesicht, während ich ihm helfe, die Stange die letzten paar Zentimeter bis in die Halterung zu senken.

Seine grauen Augen öffnen sich, als die Stange mit einem nachhallenden Knall landet. Ein Lächeln zupft an seinen Lippen. Er liegt da, schweißbedeckt, grinst mich von unten herauf an und seine Lippen formen die Worte des Songs, der aus den Lautsprechern dröhnt. Ich greife nach seinem Telefon und schalte die Musik ab.

»Ich sagte, du solltest nicht so viele Gewichte ohne Spotter stemmen!« Meine Stimme ist zu laut, die Musik klingt mir immer noch in den Ohren.

»Ich brauch keinen Spotter.« Er drückt den Rücken ein paar Zentimeter von der Bank hoch und hebt sein Shirt, um sich den Schweiß vom Gesicht zu wischen. Sein schelmisches Grinsen wird breiter, entlockt mir ein Erröten, weil er mich dabei erwischt, wie ich die straffen Muskeln darunter anstarre. Seit mehr als einem Jahr leben wir zusammen, schlafen miteinander im gleichen Bett, aber sein Anblick raubt mir manchmal immer noch den Atem. Er streckt die Hand hoch und zieht an meinem rosa Pferdeschwanz, bis mein Gesicht kopfüber über seinem schwebt. Schweiß schimmert in seinem dunklen Haar und glänzt auf seiner Oberlippe, hinterlässt einen köstlichen Salzgeschmack auf meinen Lippen, als er sich einen verschwitzten Kuss von mir mopst. Unter den grellen Oberlichtern des Zimmers glitzern seine Augen voller Schalk.

Egal welche Verärgerung ich auch gerade noch verspürt habe, sie schmilzt dahin, als er sich unter der Stange hervorschiebt und mich sanft auf seinen Schoß zieht. Die rauen Stellen an seinen

Handflächen verfangen sich im lockeren Stoff meines Rocks, während er seine Hände an meinen Hüften hinaufgleiten lässt und dabei schneeweiße Kreidespuren auf dem dunklen Baumwollstoff hinterlässt, bevor sie auf meinem unteren Rücken liegen bleiben.

»Wenn du nicht vorsichtig bist, tust du dir weh«, sage ich mit Sorge in der Stimme. »Dein Physiotherapeut …«

»Mein Physiotherapeut hat mir grünes Licht gegeben«, ruft er mir in Erinnerung. Fast achtzehn Monate ist es her, seit Gaia ihn von der Schwelle seines letzten Todes zurückgeholt hat, mit drei pfeilförmigen Narben auf seinem Rücken und einem Loch in seinem Herzen, wo einmal seine Magie gewesen war. Ein Loch, das sich mit der Zeit füllen würde, wie er beharrlich behauptet. Aber an manchen Tagen bin ich da nicht so sicher.

Ich runzle die Stirn und er zieht mich enger an sich.

»Der Doktor hat gesagt, du könntest langsam wieder mit leichtem Training anfangen.« Ich wische einen Schweißtropfen von seiner Wange. »Drei Stunden am Tag hier drin ist kein ›leichtes Training‹, Jack. Und Bankdrücken …«

»Wird mich nicht umbringen.« Er dreht meine Hand um und drückt einen Kuss auf meine Handfläche. Gänsehaut breitet sich auf meiner Haut aus, als seine Lippen weiterwandern in meine Armbeuge. »Mein Körper ist in Bestform«, flüstert er, während sein dunkler Bartschatten eine Spur wohliger Schauder über mein Schlüsselbein schickt. »Aber wenn du meine Ausdauer auf die Probe stellen möchtest, bin ich voll dabei.«

Lachend gebe ihm einen Schubs. »Ich habe gleich Spanisch.« Und wenn er mich weiter so küsst, schaffe ich es niemals in den Unterricht, das schwöre ich bei Gaia.

Er zieht mich an der Vorderseite meines Shirts erneut an sich. »Ich gebe dir einen sehr guten Grund, zu schwänzen.«

Ich schiebe seine Hände beiseite und stehe auf, klopfe mir die

Kreide vom Rock. »Du kannst deine körperliche Fitness unter Beweis stellen, wenn ich nach Hause komme.«

»Was, wenn ich es dir jetzt beweisen will?« Seine Finger streifen meine Taille, die sich von ihm entfernt. Ich lasse meinen Blick spielerisch auf seiner Brust ruhen. Dann tiefer. Mein Grinsen wird breiter und ich nehme Kampfhaltung ein.

»Fleur«, sagt er lachend. »Das ist nicht ganz das, was ich im Sinn …«

Ich lasse mich auf die Matte fallen und fege ihm die Beine weg. Keuchend entweicht ihm beim Aufprall die Luft, und bevor er reagieren kann, bin ich über ihm.

»Fleur …«

Ich stoße seine Handgelenke auf die Matte und halte ihn mit den Knien unten. Etwas blitzt auf in seinen Augen, ungezogen und wild. »Ach, so soll es laufen?« Er bäumt sich unter mir auf, wirft mich zur Seite, achtet darauf, meinen Sturz zu kontrollieren, und ich krache auf die dicke Schaummatte. Wir ringen, atemlos und kichernd, rollen übereinander, bis er mich festhält.

»Du hältst dich zurück«, sagt er und lockert den Griff, bietet mir einen Ausweg, den ich nicht brauche. Er mag stärker sein, aber die Fenster der Villa zum Garten draußen sind vollständig geöffnet. Ich könnte Wurzeln und Ranken beschwören, um ihn von mir herunterzuziehen und ihn an den Zehen von der Decke baumeln zu lassen, wenn ich das wollte.

Ich sinke in die Matte und mein Lachen erstirbt, weil die harten Kanten seiner Hüften auf meine herabsinken und er sich gegen die weiche, warme Stelle zwischen meinen Beinen drückt.

»Vielleicht gefällst du mir so«, flüstere ich.

Da erkenne ich es, in seinem Beinahe-Zucken – was immer er auf die Stange geladen hat und allein stemmt. Sein dunkles Haar fällt ihm über die Augen.

»Hey«, sage ich und wende das Gesicht, um seinen Blick aufzufangen. Ich weiß, warum er so viel Zeit hier drin verbringt. Und obwohl ich nicht leugnen kann, dass das Endergebnis wundervoll ist, tut es mir weh zu wissen, warum er so obsessiv trainiert. »Ich liebe dich, Jack. *Dich.*« Ich habe mich nicht in seine Magie verliebt. Noch habe ich mich entliebt, als er sie verlor. Wenn überhaupt, habe ich mich noch mehr in ihn verliebt, liebe ihn noch mehr, für die Stärke, die es ihn gekostet haben muss, sie wegzugeben. »Ich liebe dich genau *so.*«

Ich verschränke unsere Finger miteinander, hebe unsere Hände über meinen Kopf, bringe unsere Gesichter nah aneinander, genauso, wie ich ihn am Ufer des Teichs bei dem Unterschlupf am Boden gehalten habe, in der Nacht, in der wir diesen ersten, erderschütternden Kuss geteilt haben. Begonnen hatte es als Schneeballschlacht, zwei Jahreszeiten, die sich zwischen Lachanfällen im sumpfigen Gras balgten, um zu sehen, wer die Oberhand gewinnen würde. Vielleicht hatte er sich von mir überwältigen lassen in dieser Nacht, aber das war egal. Oder? Irgendwo in der Mitte hatten sich unsere Lippen getroffen.

»Du kommst wegen mir zu spät.« Seine Nase streift meine und sein Mund fährt über den Rand meiner Lippen. »Du solltest dich wohl für den Unterricht fertig machen.« Die Worte gehen in dem Nebel unter, der sich um mich legt, als er mein Ohr annagt. Seine Stimme ist tief, rau vor Begehren, schickt wundervolle Schauder durch mich hindurch und ich frage mich, ob er weiß, wie viel Macht er hat. Wie er mein Blut entflammt und meinen Körper pochen lässt, auch ohne seine Wintermagie.

»Werden wir irgendwann darüber reden?«, frage ich.

Jacks Atem stockt an meinem Hals. Er zieht sich ein wenig zurück, gerade genug, um meine Miene zu mustern. Er drückt einen zu weichen Kuss auf meine Lippen, bevor er sich aus meinen Händen windet. Plötzlich ist sein warmes Gesicht weg und er streckt mir die Hand entgegen, um mir aufzuhelfen. »Ich habe meine Besprechung mit Lyon, dann gehe ich laufen.«

»Wo?«

»Im Park«, antwortet er und greift nach einem Handtuch.

Meine Hände, die mein Shirt glätten, erstarren. Mit gezwungenem Lächeln deute ich mit dem Daumen über die Schulter zu dem Laufband, das ich ihm zu Weihnachten gekauft habe. Er hat es nicht ein einziges Mal angestellt, seit ich es ausgepackt habe. Die glatte schwarze Maschine dehnt sich aus wie eine schlummernde Katze, strategisch vor dem offenen Fenster platziert. »Es wird dich nicht umbringen, es mal auszuprobieren, weißt du?«

»Allein draußen laufen auch nicht.« Er schiebt eine verirrte Haarsträhne hinter mein Ohr. Wir beide wissen, warum ich es gekauft habe. Er weiß, dass ich das Laufen hasse. Dass ich mit ihm nur jeden Morgen im Park laufen gehe, weil ich Angst habe, ihn allein losziehen zu lassen. Um mich selbst mache ich mir keine Sorgen da draußen. Die Regeln unserer Welt haben sich verändert seit der Rebellion. Die meisten der Einschränkungen, die die Jahreszeiten im Zaum hielten, sind aufgehoben, lassen uns mehr Freiheiten, als wir je zuvor hatten. Doch während die meisten Jahreszeiten dankbar zu sein scheinen für diese Veränderung, bin ich nicht dumm genug zu glauben, dass es da draußen nicht immer noch einige gibt, die Michael gegenüber loyal sind und die alten Gewohnheiten vermissen. Lyon versichert uns, dass er so viele geschnappt hat, wie er finden konnte, aber schon eine Jahreszeit würde genügen, und Jacks Gesicht ist viel zu bekannt – er könnte genauso gut Posterjunge für die gesamte Revolution sein. Und so ungern ich das zugebe, er ist verwundbar ohne seine Magie. Daniel Lyon mag Jack Unsterblichkeit gewährt haben als Teil des Vorteilspakets für die Rollen, die wir beim Sturz Michaels gespielt haben, aber nur weil unsere Körper nicht altern, heißt es nicht, dass wir nicht verletzt werden oder sterben können. Wir beide müssen wachsam bleiben, wenn wir hier sicher Wurzeln schlagen wollen. Und allein zu laufen in der Stadt ist nicht klug.

»Warum benutzt du es nicht?«, frage ich und lehne mich mit der Hüfte gegen das Laufband.

»Weil …« Er fährt sich durch das schweißnasse Haar, das daraufhin kurz hochsteht, dann fällt die fransige Krone aus schwarzen Stacheln wieder über seine Augen und er tritt von mir weg. »Ich fühle mich eingesperrt.«

»Es steht vor dem Fenster.«

»Ich kann draußen laufen. Das ist total sicher. Ich möchte nicht die ganze Zeit an Elektrogeräte angeschlossen sein.«

Ich tippe mir ans Ohr, wo mein Transmitter normalerweise ist. Der, den Jack mich jedes Mal tragen lässt, wenn ich die Villa verlasse. »Ist das nicht etwas heuchlerisch?«

Er schüttelt den Kopf, lacht stumm, kommt dann mit den Händen auf den Hüften schwungvoll wieder zu mir. Er schlingt den Arm um meine Taille. »Ich bin *dein* Administrator. Nicht andersrum.«

Ich lehne mich zurück, ziehe eine Augenbraue hoch. »Ach so? Na, vielleicht brauch ich ja auch keine Hilfe.«

Seine Lippen verfolgen meine, lächeln, als er sich noch einen Kuss stiehlt. »Zu blöd. Du hast deine Wahl getroffen. Jetzt hast du mich am Hals.«

Ich schlinge meine Arme um seinen Nacken. »Das werde ich niemals bereuen.«

Jack war so gut wie tot, blutete neben einem gefrorenen See aus, als ich vor die Wahl gestellt wurde, eine Person zu retten, indem ich sie zu meinem Administrator und Beschützer für den Rest meines unsterblichen Lebens ernannte. Ihn sterben zu sehen hat mich beinahe umgebracht und ich habe nicht die Absicht, ihn wieder zu verlieren. »Laufband, bitte«, sage ich und verstrubble die Spitzen seines feuchten Haars. Ich stelle mich auf die Zehenspitzen und gebe ihm einen letzten Kuss auf die Wange. »Oder warte, bis ich nach Hause komme, dann laufe ich mit.«

»Trag deinen Transmitter!«, ruft er hinter mir her.

»Ich habe mein Handy«, schreie ich über die Schulter.

»Fleur?«

»Schon gut!« Meine Stimme weht über die Veranda, während ich zu unserem Schlafzimmer gehe. Ich hasse den verdammten Tracker, vermutlich aus den gleichen Gründen, aus denen Jack das Laufband hasst – diese Dinge erinnern uns zu sehr an das Leben, das zurückzulassen wir uns so erkämpfen mussten. Doch wie Jack so oft sagt, Handys sind schwer genau zu lokalisieren und sie sind nutzlos, wenn man beide Hände für einen Kampf braucht. Und er hat recht – mein Tracker ist die einzige verlässliche Möglichkeit, mich im Auge zu behalten, während ich nicht zu Hause bin. Und deshalb, weil es ihm viel bedeutet und ich nicht gern sehe, wie er sich Sorgen macht, schiebe ich ihn ins Ohr, bevor ich meine Sandalen anziehe und die Bücher für den Unterricht einpacke. Ich werfe den Rucksack über die Schulter und da bemerke ich eine Bewegung auf der anderen Seite des Hofs.

Durch das Fenster sehe ich, wie Jack auf der anderen Seite der Veranda seine Laufschuhe nimmt und die Lichter ausmacht.

2

FALLS ICH JEMALS ZURÜCKKOMMEN SOLLTE

Jack

Ich trage meine Laufschuhe durch die Villa, den langen, offenen Flur an Fleurs Gemälden vorbei zu meinem Büro und halte auf dem Weg bei der Küche an. Die Eichelhäher krächzen, während ich in eine Zimtschnecke beiße, die Fleur für mich auf einen Teller gelegt hat, sie warten auf die Krümel, die sie immer über den Balkon wirft, wenn sie isst. Sogar die Zweige der Jakaranda scheinen sich der Villa zuzuneigen, Fleur und ihrer Erdmagie zu, als wäre sie ihre Sonne.

Ich lehne mit der Hüfte an der Kücheninsel, fahre mit dem Finger durch die Pfütze aus erhärtendem Zuckerguss auf dem Teller. Ein Zettel liegt darunter, ich lecke den letzten Rest Zucker von meinen Fingern, um keine Abdrücke zu hinterlassen, und ziehe die ausgerissene Seite eines Magazins unter dem Rand hervor. Es ist eine Anzeige mit einem Hochglanzfarbfoto von einer Straße in Amsterdam, mit einem verträumt blickenden Paar auf einer Brücke, und es verspricht eine Woche Romantik. Ein handgeschriebenes Datum ist mit einem Herz eingekreist – elfter März, der Tag, an dem Fleur zugestimmt hat, mit mir abzuhauen, und der Tag, den sie zu unserem offiziellen Jahrestag erklärt hat.

Ich klebe die Anzeige für die Flussschifffahrt mit einem Magneten an die Seite des Kühlschranks, neben die anderen: eine Zugreise durch die kanadischen Rockies, eine Rucksacktour durch Chile, Gourmetausflüge in Italien und Griechenland. Jetzt, da wir vom Observatorium befreit sind, möchte Fleur die Welt sehen. Sie möchte überallhin, weil ich ihr versprochen habe, dass wir das tun würden. Doch als ihr Administrator ist es meine oberste Priorität, sie zu schützen. In unserer Villa in Cuernavaca, der Stadt des Ewigen Frühlings, inmitten von Fleurs Garten und einem Sicherheitssystem, das ich über ein Jahr lang perfektioniert habe, kann ich das.

Aber da draußen?

Wir haben den Weg hierher kaum überlebt. Es hatte uns alle acht gebraucht – vier Jahreszeiten, jede mit ihrer eigenen Magie, und vier Administratoren, die uns den Rücken deckten –, nur um überhaupt so weit zu kommen. Wir haben unterwegs Freunde und Verbündete verloren, Teile unserer selbst. Am Ende waren wir alle verändert – ich mehr als jeder andere.

Ich öffne die Kühlschranktür auf der Suche nach Milch, um den hartnäckigen Kloß in meinem Hals loszuwerden. Die kalte Luft kondensiert sofort, wallt wie schattenhafte Wolken heraus und ich lehne mich vor, die Augen geschlossen, lasse die gekühlte Luft über mich strömen. Das Summen des Kühlschranks übertönt die Vögel auf der Terrasse, bis die Küche verschwindet und ich wieder am gefrorenen Teich bin mit Fleur. Meine Finger schlingen sich um den kalten Stahl des Kühlschranktürgriffs. Ich vermisse das Knistern von Frost auf meiner Haut. Vermisse, wie Fleur mich ansah, als ich Schnee für sie machte. Vermisse das Flirren der Magie, das uns durchlief, wenn wir uns berührten.

Dass sie im Trainingsraum bei unserer Rauferei so leicht nachgegeben hat, fühlte sich an wie ein Zugeständnis. Eine sanfte Erinnerung daran, dass ich keine Jahreszeit mehr bin. Nicht länger der, der ihre Magie wieder aufladen kann oder sie mit einer Berührung heilen. Ganz egal, wie viele Stunden ich mit der Hantelbank ringe, ich bin nur ihr menschlicher Admin. Und es gibt Tage – meine schlechtesten Tage –, an denen ich mich frage, ob das immer noch genug ist für sie.

Mit einem heftigen Kopfschütteln schnappe ich mir den Milchkarton und schließe die Kühlschranktür. Ich trinke direkt aus der Packung, in großen Zügen, aber es hilft nicht, die Schuld fortzuwaschen, die ich wegen der jämmerlichen, eigensüchtigen Gedanken verspüre, seit ich ihr nachgesehen habe, wie sie den Trainingsraum verließ.

Ich habe Fleur. Wir haben einander und unsere Leben. Sie kann Spanischunterricht nehmen, Romanzen mit glücklichem Ende neben dem Pool lesen und schreckliche Gemälde jeder Pflanze aus ihrem Garten zeichnen. Wir können stundenlang rummachen, dann im gleichen Bett einschlafen, ohne uns zu sorgen, weil einer von uns sterben wird.

Wir haben ein atemberaubendes Zuhause, volle Konten und den zusätzlichen Bonus meiner Unsterblichkeit, alles unsere Belohnung dafür, dass wir die Rebellion herbeigeführt haben, die Lyon an die Macht verhalf.

Wir können hier leben, zusammen in einem Paradies, das wir selbst geschaffen haben, für immer, wenn wir das wollen. Meine Magie war da ein geringer Preis.

Ich werfe den leeren Milchkarton in den Müll und wische eine Handvoll Krümel vom Tresen in meine Hand, streue sie über den Balkon für die Vögel, dann verlasse ich die Küche. Sie stürzen sich auf den Patio unten, jagen die kleine Gabe mit gierigem Chor, während ich meine Laufschuhe aufhebe und zu meinem Büro gehe.

Ich kann es Fleur nicht übel nehmen, dass sie reisen möchte. Obwohl zum Haus hektarweise freie Natur gehört, ist es manchmal schwer, sich nicht eingeengt zu fühlen. Umgeben von Sicherheitstoren und Kameras und einer Festung aus Bäumen, sind wir hier auf dem Gelände unserer Villa völlig sicher. Und meistens sind wir auch sicher in der umliegenden Region und den Städten. Daniel Lyon, der neue Chronos, und seine Partnerin, Gaia, haben eine Schutzverfügung für unser Heim hier in Cuernavaca ausgegeben, einschließlich eines Jagdverbots von einem Radius von ein paar Hundert Kilometern. Aber nur weil Regeln verfügt werden, heißt das nicht, dass jeder sich daran hält. Ich sollte es wissen, denn ich war derjenige, der die Rebellion begonnen hat, die uns hierhergeführt hat.

Als Folge dieser Rebellion müssen befreite Jahreszeiten sich wöchentlich bei einem ihnen zugewiesenen Mitarbeiter im Observatorium melden. Wir sollen jeden geplanten Ausflug außerhalb unserer Regionen melden und uns sorgsamer Überwachung unterziehen. Wollen unsere Freunde Julio und Amber zu Besuch kommen, ist das keine große Sache – nur ein paar Anrufe, ein paar zusätzliche Sicherheitsmaßnahmen und ein paar Flugtickets. Aber wenn Fleur und ich mal runterwollen vom Radar, nur wir zwei – eine Jahreszeit allein mit ihrem nichtmagischen Administrator –, wird die Planung sehr viel komplizierter. Ich weiß nicht, ob Lyon einfach nur paranoid ist wegen der Handvoll abtrünniger Jahreszeiten, die sie nicht haben finden können, oder ob er eine besondere Drohung erhalten hat, aber die letzten paar Monate schien er zunehmend nervös, und es vergeht keine Woche, in der er nicht anbietet, dass ein Team von Begleitern uns nach Hause holt.

Aber das Observatorium unter dem Greenwich Park in London ist nicht mehr unser Zuhause.

Ich biege in mein Büro ab und setze mich in meinen Stuhl. Mein hochmodernes Computer-Set-up besteht aus drei breiten Flatscreens und einem Soundsystem, das die Terrakottafliesen vom Dach des Hauses fegen könnte. Die Wände über den Monitoren zieren alte Poster von Klassikerfilmen aus den 1980ern und schrägen Punkbands. Eine alte Couch aus Knittersamt mit pinken Kissen steht an der gegenüberliegenden Wand. Ich weiß nicht, warum ich sie auf dem Flohmarkt im Stadtzentrum gekauft habe, aber das Gestell sackt an Stellen ab, die mich an die Couch erinnern, die Chill und ich in unserem Quartier im Observatorium zurückgelassen haben, auch wenn die Farbe ganz falsch ist. Darüber, zwischen den *Dead Kennedys* und *Eine neue Hoffnung*, hängt eins von Fleurs Gemälden: ein schiefer Nadelbaum, von Schnee gekrönt.

Ich wackle an der Maus, erwecke die Mauer aus Monitoren über meinem Schreibtisch zum Leben. Das Sicherheitspanel piept, weil sich die Eingangstür öffnet und wieder schließt.

Kurz darauf taucht Fleur auf einem Schwarz-Weiß-Monitor vor mir auf. Ich ziehe mein Headset an und höre, wie sie über die gepflasterte Auffahrt läuft, die niedrigen Absätze ihrer Sandalen klacken und die langen Wellen ihres rosafarbenen Haars tanzen in einer Brise. Meine Brust schmerzt jedes Mal, wenn ich sie hinausgehen sehe.

Sie dreht sich um und wirft mir eine Kusshand zu. Das rote Licht, das mit ihrem Transmitter verbunden ist, bewegt sich rasch über eine Karte auf dem nächsten Bildschirm, ihr GPS-Tracker zeigt jede Bewegung an, die sie zwischen hier und ihrem Lieblingscafé macht. Ich höre nur halb zu, wie sie den Coffeeshop betritt und ihre übliche Bestellung in geziertem Spanisch aufgibt.

Ein neuer Barista arbeitet am Tresen. Ich blicke gerade noch rechtzeitig hoch zur Aufzeichnung ihrer Bodycam, um zu sehen, wie er ihr zuzwinkert und ihr ihren Cappuccino reicht. Ich kann nicht viel Spanisch, aber ich verstehe den Kern seiner Frage im hoffnungsvollen Heben seiner Braue.

»Hat er dich gerade um ein Date gebeten?«

Fleur winkt dem Barista zu und geht. »Würdest du ab und an mal mit mir zum Unterricht kommen, würdest du das vielleicht wissen.« Ich kann ihr Lächeln hören. Es in ihren beschwingten Schritten sehen, mit denen sie aus dem Laden schwebt. »Hast du kein Meeting oder was noch Wichtigeres zu tun, als mir nachzuspionieren?«

»Nichts wird je wichtiger sein als das, was ich gerade tue.« Meine Aufmerksamkeit geht zwischen ihrem GPS, ihren Vitalfunktionen und dem Material von ihrer Bodycam hin und her. Ich wende mich meinem zweiten Monitor zu, scrolle schnell durch die Satellitenwetterbilder und die neuen Headlines des Tages. Das Wetter ist in alle Richtungen auf ein paar Hundert Kilometer klar. Nichts, was darauf hinweist, dass eine andere Jahreszeit sich unserer Region zu weit nähert oder Lyons Grenzen ohne Erlaubnis übertritt.

Sie zieht die Tür zu ihrer Sprachschule auf. »Hast du gesehen, was ich dir heute Morgen in die Küche gelegt habe?«

»Die Zimtschnecke?«

»Die Grachtenfahrt durch Amsterdam«, erwidert sie und steigt eine gewundene Betontreppe hinauf. »Wirst du mit Lyon darüber reden?«

Die gesamte Idee bereitet mir Sodbrennen. »Fleur, ich weiß nicht, ob …«

»Er schuldet uns das.« Fleurs rotes Licht hört auf, sich zu bewegen. Ich hebe den Kopf und sehe zu ihrer Bodycam. Sie steht vor der Tür zum Klassenraum, ihre überkreuzten Arme in der Glasscheibe reflektiert, starrt sie mich an.

»Ich rede mit ihm«, verspreche ich.

Ihre Mundwinkel heben sich im Glas, ein leises Lächeln nur für mich, dann greift sie nach dem Türgriff. »Ich bin in ein paar Stunden wieder zu Hause.«

»Pass auf dich auf«, murmle ich.

Ich entspanne mich erst, als Fleurs rotes Licht sich auf den vierten Platz in der zweiten Reihe ihres Klassenraums niederlässt. Kurz verspüre ich Mitleid für Chill, meinen früheren Administrator. Ich frage mich, ob er sich auch jedes Mal so gefühlt hat, wenn ich aus den Türen des Observatoriums ging in den dreißig Jahren, die ich als Winter verbracht habe. Ob er Albträume hatte und graue Haar bekommen hat wegen mir, während ich allein draußen in der Welt herumlief.

Ein eingehender Videocall blitzt auf einem meiner Bildschirme auf.

»Professor«, grüße ich Lyon und streife mir den Handgelenksmonitor über. Ich habe mich immer noch nicht daran gewöhnt, ihn Chronos zu nennen, aber ich bin auch nicht sicher, ob er sich schon daran gewöhnt hat, Chronos zu sein. Ich beuge mich herab, meine Stimme gedämpft, während ich meine Laufschuhe anziehe. »Pünktlich, wie üblich.«

Ich synce meinen Handgelenksmonitor mit Fleurs Trackingprogramm, stelle sicher, dass das rote Licht blinkt. Professor Lyons wöchentliche Check-ins sind normalerweise kurz. Wenn ich mich beeile, schaffe ich es zum Park und kann ein paar Kilometer draufkriegen, bevor Fleur nach Hause kommt. Sie wird nicht einmal wissen, dass ich das Haus verlassen habe.

»So wie du, zur Abwechslung.« Lyons Humor ist trocken, sein formaler Tonfall manchmal schwer zu deuten. Es ist schwer zu sagen, ob er sarkastisch oder ehrlich ist. »Es scheint, ich habe dich auf dem Weg nach draußen erwischt. Ich halte dich nicht lange auf.«

»Sorry.« Ich passe die Videokamera an, widme ihm meine volle Aufmerksamkeit. »Alles in Ordnung?«

Lyons Gesicht ist abgespannt. Er fährt sich durch das silberne Haar an den Schläfen und reibt sich die Augen, eine menschlichere Geste, als ich es sonst von ihm gewohnt bin. Ein Lächeln tritt in seine winterblauen Augen. »Es war eine schwierige Woche hier im Observatorium.«

»Schwieriger als gewöhnlich? Ich dachte, Sie und Gaia hätten das Schlimmste bereits hinter sich.«

Nachdem sie Michael, den früheren Chronos, getötet hatten, waren Professor Lyon und Gaia ins Observatorium zurückgekehrt mit einem wohlüberlegten und klaren Plan, es zu befreien und zu reformieren – ein Plan, den sie sich jahrhundertelang im Geheimen ausgedacht hatten. Die Wachen, die Michael gegenüber loyal waren, wurden zusammengetrieben und in Stasiskammern im Observatorium festgesetzt. Aufgeweckt aus einem verlängerten Schlaf wurden sie dann über die folgenden Monate verhört, während Lyon und Gaia sie durch ein eigenes Sicherheitsteam ersetzten – eine Sammlung aus Jahreszeiten und Administratoren, die sie beobachtet und mit denen sie insgeheim seit Jahren Beziehungen gepflegt hatten.

Ohne das alte Regime konnten Lyon und Gaia die alte Ordnung niederreißen. Neue Regeln wurden festgelegt, die Gewalt zwischen Jahreszeiten verdammten und Kooperationen zwischen den zuvor getrennten Flügeln belohnten. Die eingeschränkt zugänglichen Abteilungen der Observatoriumsbibliothek wurden freigegeben und Jahreszeiten ermutigt, die Lücken in ihrem Wissen über unsere Geschichte zu schließen, die Wahrheit über unsere Magie zu erfahren – die Wahrheit, die Fleur und ich entdeckt und der Welt offenbart hatten: dass wir in Paaren außerhalb des komplexen Systems der Ley-Linien überleben können, an die Michael uns gebunden hatte.

Ideenschmieden und Aktionskomitees wurden gebildet, sie bestanden vollständig aus Freiwilligen, verschafften Jahreszeiten und Administratoren eine Stimme und ebneten nach und nach den Weg zum Frieden. Da das Rängesystem jetzt bedeutungslos war, wurden die Grenzen zwischen den Flügeln nach und nach geöffnet, Jahreszeiten bekamen die Möglichkeit, zusammen zu trainieren, zu essen und sich miteinander zu vermischen. Laut Lyon gab es ein paar Auseinandersetzungen, aber größtenteils lief der Übergang glatt. Und Jahreszeiten, die aus dem Observatorium hinauswollten, wie Fleur und ich, wurde das Recht eingeräumt, zu gehen. Nach einer Zeit der Beobachtung wurden sie in Paaren entlassen und bekamen eingeschränkte Bewegungsfreiheit, um das Gleichgewicht der Umwelt zu wahren und ihre Sicherheit zu garantieren.

Als Lyon und ich letzte Woche miteinander sprachen, schien alles gut; Lyons und Gaias Plan hatte relativ friedlich Gestalt angenommen. Nachdem alle Herausforderungen des initialen Übergangs hinter ihnen liegen, scheint es merkwürdig, dass er jetzt so ausgelaugt wirkt.

»Gaia und ich haben die letzten Mitglieder der alten Wache erweckt.«

»War an der Zeit«, sage ich bitter. Eine Bedrohung weniger, über die ich mir Gedanken machen muss. Michaels altes Regiment – eine Gruppe aus persönlichen Elitewachen, denen die Macht jeder Jahreszeit geschenkt worden war – hatte uns nur

Kilometer von hier entfernt gejagt und angegriffen, und die Wachen, die am längsten in der Stasis belassen worden waren, hatten die größte Bedrohung für Fleur und mich dargestellt. Ich glaube nicht, dass ich jemals den Ausdruck in Kai Sampsons zusammengekniffenem Auge, kurz bevor sie die Pfeile in mich jagte, vergessen kann. Oder Doug Lausks' Zähne, während er über den gefrorenen See rannte, um mich zu töten. Ich bin mehr als bereit dafür, dass Lyon ihre Bestrafungen verhängt. »Was wird mit ihnen passieren?«, frage ich und erinnere mich an die Biene, die Lyon unter seiner Schuhsohle zerquetscht hat an dem Tag, an dem er uns half, aus dem Observatorium zu entkommen – eine Biene, die früher einmal eine Jahreszeit war ... oder zumindest die Seele von einer. Nach dem, was Doug und die anderen Wachen uns angetan hatten, fällt es mir schwer, Mitleid für sie aufzubringen.

Lyon seufzt, als wäre er nicht ganz sicher. »Ihnen wird ihre Magie entzogen. Wie den anderen haben wir ihnen die Wahl gegeben, weiter hier zu leben, Dienstpositionen am Observatorium anzunehmen.«

Ich ziehe eine Augenbraue hoch. Lyon hebt ebenfalls seine, billigt meine Überraschung. »Die meisten sind dankbar für diese Möglichkeit, eingedenk der Alternative.«

»Sogar Doug?«

Ein Schatten durchzieht Lyons Blick. »Ich bin nicht sicher, ob er davon überzeugt werden kann, seine Magie friedlich aufzugeben.«

»Können Sie nicht einfach in Ihrem magischen Stab nachsehen?« Der Stab der Zeit verfügt über eine irrsinnige Menge an Macht: die Macht, Unsterblichkeit zu gewähren, die Uhr anzuhalten und Blicke in die Zukunft zu enthüllen.

»Das würde ich lieber nicht tun.«

»Warum nicht? Sieht so aus, als könnte es helfen, eine Antwort auf dein Problem zu finden.«

»Kann es das?« Er neigt den Kopf. »Korrigiere mich, wenn ich falschliege, aber ich glaube nicht, dass ich der Einzige bin, der die Konsequenzen meiner eigenen Macht fürchtet. Vielleicht sind wir gut beraten, du und ich, die Risiken in solchen Entscheidungen zu erkennen.«

Ich stochere in einem Riss in der Oberfläche des Schreibtischs herum und es fällt mir schwer, die sich windende dunkle Wolke in der Glaskugel auf seinem Schreibtisch anzusehen.

»Wie auch immer«, fährt er fort, »ich hatte gehofft, den Stab nicht auf die Art und Weise meines Vorgängers zu verwenden. Allerdings fürchte ich, Doug lässt mir vielleicht keine Wahl. Nur die Zeit wird das zeigen, schätze ich.« Er schüttelt den Kopf. »Aber genug davon. Wie geht es dir und Fleur?«

»Uns geht es gut.«

Er lehnt sich in seinem Stuhl zurück, mustert mich über zusammengelegten Fingerspitzen und sein altes Büro wird hinter ihm scharf, das Poster von Cuernavaca, am gleichen Platz, seit ich ihn kenne. Das unvermittelte Gefühl des Heimwehs überrascht mich. Ich vermisse das Observatorium kein bisschen, aber Lyons Büro fühlt sich an wie eine Ley-Linie für meine Seele. All diese Jahre war es der eine Ort, an dem ich nicht sagen musste, was ich dachte, oder mein Herz ausschütten, weil Lyon immer irgendwie bereits wusste, was sich darin tat.

»Wie schläft sie?«, fragt er ernst.

»Okay. Besser.« Das ist eine Lüge. Fleur wacht die meisten Nächte immer noch in kalten Schweiß gebadet auf, schreiend. Manchmal tritt sie um sich und ruft Dougs Namen, oder Denvers, oder Noelles, als würde sie im Schlaf immer noch mit ihnen ringen. Wir bekämpfen alle unsere eigenen Dämonen. Es bringt nichts, dass Lyon sich darüber Gedanken macht. »Sie wird ein wenig kribbelig. Sie möchte eine Reise planen.«

»Ich verstehe. Es ist lange her, seit ihr eure Freunde besucht habt. Gaia und ich können gerne Maßnahmen ergreifen, damit ihr beide zu ihnen nach Kalifornien fahren könnt.«

»Tatsächlich möchte sie zu unserem Jahrestag verreisen. Sie wissen schon ... vielleicht etwas Sightseeing. Nur wir zwei.« Bei diesem letzten Teil geht es mehr um mich als um Fleur. Fleur wäre vermutlich begeistert, Julio und Amber mitzunehmen auf eine Tour durch das Mittelmeer oder um Poppy und Chill in Alaska zu besuchen. Aber seit dem Kampf fällt es mir schwer, in ihrer Nähe zu sein. Ich bin keine Jahreszeit mehr. Als Julio und Amber das letzte Mal zu Besuch hier waren, hatte ich das Gefühl, ich wäre draußen und sähe zu ihnen allen hinein, meine Hände an die Fensterscheibe gedrückt. Obwohl ich direkt neben Fleur saß, hatte ich mich nie so weit entfernt gefühlt.

Lyon kratzt sich die Wange. »Bist du sicher, dass das klug ist, Jack?«

»Es wäre nur eine Woche. Das Wetter ist warm genug. Fleur wird nichts passieren.«

»Ich habe Bedenken ...«

»Bedenken weshalb?«

»Es hat nichts mit dir zu tun«, versichert er mir. »Ich weiß, dass du und Fleur alles in eurer Macht Stehende tut, um aufeinander aufzupassen. Aber das Timing ... Es gibt immer noch ein paar abtrünnige Jahreszeiten, die wir noch nicht aufspüren konnten, und die Nachricht über diese letzte Dekonstruktion wird ein paar Leute wütend machen. Mir wäre wohler, wenn ich euch einen Sicherheitstrupp schicken könnte, aber ich kann niemanden erübrigen ...«

»Macht nichts. Sie haben recht.« Ich reibe mir das Hochglanzbild von Fleurs Magazin aus den Augen. »Es ist vermutlich eine miese Idee.«

»Nein, ist es nicht.« Er seufzt, reibt sich mit einer Hand über den Bartschatten. »Du und Fleur habt das verdient. Ich spreche mit Gaia. Vielleicht fällt uns etwas ein. Lass uns das nächste Woche bei unserem Call noch einmal besprechen.«

Ich nicke knapp, kann das Gefühl nicht abschütteln, dass er mir etwas verschweigt. »Sind Sie sicher, dass es Ihnen gut geht, Professor?«

»Bin nur müde.« Er zwingt sich zu einem Lächeln. »Mir geht es gut.«

»Unterrichten Sie noch?«, dränge ich.

»Sehr zu Gaias Entsetzen. Sie hat Angst, dass ich zu viel mache. Vielleicht zu viel *sein* will.«

»Vielleicht hat sie ja recht.« Mein Blick huscht zu der durchsichtigen Kugel in der Ecke des Bildschirms. Sie ruht an ihrem üblichen Ort auf einem Messingständer auf Lyons Schreibtisch. Der Schatten in dieser Kugel ist meiner, der schattengleiche Nebel beherbergt meine frühere Magie, Lyon zur sicheren Aufbewahrung anvertraut, als ich entschieden habe, mein Leben für unsere Sache zu geben. Lyons Magie war auch einmal in einer solchen Kugel gefangen – Magie, die er bereitwillig hergegeben hatte, um näher bei Gaia zu sein, und dann wieder aufgegeben, um sich einer sehr viel schwereren Aufgabe zu stellen.

Ich wende mich vom Bildschirm ab, bevor mich meine Sehnsucht verrät.

»Ich habe dir einen Eid geschworen, Jack. Ich verwahre sie sicher.« Lyon legt eine Hand auf die Wölbung des Glases. »Ich stehe tief bei dir in der Schuld. Wenn du dir deine Magie je wieder zurückwünschst, musst du es nur sagen.«

Der graue Schatten peitscht im Glas herum, begierig, hinauszugelangen. Aber meine Magie zurückzufordern würde einen Preis fordern.

Meine Magie ist nicht mehr dieselbe. Gaia hat gespürt, dass etwas damit nicht stimmte, sie ist wütend und dunkel. Sie spekulierte, dass die gepeinigten Teile meiner Seele – all meine schlimmsten Ängste und Ressentiments, die schmerzhaftesten meiner tiefsten und schrecklichsten Erinnerungen – mit hinausgelangt sind aus mir, als hätte sie gewusst, dass ich nur so überleben würde, was ich durchmachen musste. Aber ich habe mich immer gefragt, ob da noch mehr war. Ob die Dunkelheit in diesem Schatten womöglich nicht von etwas rührt, das ich durchgemacht habe, sondern von etwas, das ich *getan* habe. Und die Tatsache, dass ich mich immer noch danach sehne, beunruhigt mich mehr als alles andere daran.

»Es gibt eine Möglichkeit, Frieden zu schließen, Jack. Dich deinen Dämonen zu stellen, ist vielleicht der erste Schritt dazu, dir selbst zu vergeben. Gaia und ich haben gesagt, es würde schmerzhaft werden. Wir haben nie gesagt, es wäre unmöglich.«

Ich schiebe diesen Gedanken in einen tiefen Winkel meines Gehirns.

»Es ist okay, manchmal die Welt anzuhalten, dir die Zeit zu nehmen, die du brauchst, um zu heilen und nachzudenken, wenn man ein Trauma erlitten hat, so wie du und Fleur. Aber es ist nicht zu spät, Jack. Du kannst immer einen anderen Weg wählen. Gaia und ich wären für dich da, wenn du beschließt, es zu versuchen«, sagt er behutsam. »Wir lassen dich nicht allein.«

Ich beiße mir auf die Zunge. Ich habe auch einen Eid geleistet, Fleur zu schützen. Ihre Entscheidungen zu ehren. Und das werde ich ihr nicht vorhalten, um meinen Stolz zu retten. »Mir geht es gut.«

»Na gut«, sagt er. »Ich habe euch die vierteljährlichen Lebenskostenzuschüsse auf eure Konten überwiesen. Und ich habe permanente Visa für dich und Fleur besorgt, damit ihr so lange ihr wollt in Mexiko bleiben könnt. Sie werden noch diese Woche per Kurier ankommen, zusammen mit neuen Pässen für den Fall, dass ihr eure Meinung ändert, was die Rückkehr ins Observatorium betrifft …«

»Oder wenn Fleur und ich unsere Reise planen«, erinnere ich ihn.

Sein Mundwinkel zuckt nach oben und er fährt fort. »Eure neuen Papiere halten einer Routineflughafenkontrolle stand, aber ich empfehle euch beiden, jegliche rechtliche Verwicklungen zu umgehen, um eine Untersuchung eurer Identität zu vermeiden. Achtet auf die Geschwindigkeitsbegrenzungen, wenn ihr Auto fahrt, und geratet nicht in Rangeleien, bei der die Polizei mit ins Spiel kommt.« Seine klaren Augen glitzern wie der Kristall im Auge seines Stabs, reflektieren all meine vergangenen Entscheidungen und jede Möglichkeit in meiner Zukunft. Ich grinse unwillkürlich. Lyon ist das, was einer Vaterfigur für mich am nächsten kommt seit mehr als dreißig Jahren, und obwohl wir nicht immer einer Meinung sind, beruhigt es mich zu wissen, dass er auf mich aufpasst.

»Ich benehme mich.«

»Ich verlass mich nicht drauf«, sagt er trocken. »Wenn du mit Amber, Julio und den anderen redest, richte ihnen meine Grüße aus.«

»Mach ich.«

»Und Jack«, sagt er, seine Stimme mit Melancholie gefärbt, »ich weiß, dass du und Fleur nicht den Wunsch habt, hierher zurückzukehren. Nach allem, was ihr beide durchgemacht habt, habe ich wohl kein Recht, etwas anderes zu erwarten. Aber ihr werdet beide immer ein Zuhause hier haben. Zweifelt nie daran.«

Wenn ich jetzt die Augen schließen würde, könnte ich sein Büro riechen – den schweren Duft nach Kaffee und alternden Büchern, das trockene Kratzen seiner Kreide hinten in meiner Kehle. Ich nicke, schlucke die kleine, nagende Sehnsucht herunter, zurückzukehren. Meinen Schatten zu sehen. Ihn zu sehen.

»Bis zum nächsten Mal, Jack.«

»Bis dann, Professor.« Ich halte mein Lächeln fest, bis sein Bild flackernd erlischt.

3

DIE HORNHAUT AUF SEINER SEELE

Doug

Ich schaffe keine zehn Schritte aus Lyons Büro, da umstellen mich vier seiner neuen Wachen. Ich beiße die Zähne zusammen und sie führen mich den hell erleuchteten Gang hinab. Einer drückt sich ein Telefon ans Ohr, bejaht zwischen ausgedehnten Pausen. Mit einem abrupten Kopfnicken deutet er einen Richtungswechsel an, lenkt uns weg von der Galerie, die uns wieder zum Aufzug im Kreuz bringen sollte. Zurück zu meinem Zimmer.

»Wohin gehen wir?«, frage ich angespannt. Der Wächter schiebt sein Handy zurück in die Tasche. Je schneller ich in mein Zimmer komme, desto schneller kann ich meine Flucht planen.

Der Wächter hält die Tür zu einem Treppenhaus auf, das ich kenne. Erdige, abgestandene Feuchtigkeit steigt aus den Gängen weiter unten auf. Meine Füße bewegen sich langsamer und ich werde von hinten angestupst.

»Du wirst verlegt.«

»Wohin?«

»In eine Zelle.« Das Team führt mich eine Treppe hinab. Die Temperatur fällt ab, ein Frösteln krallt sich in mein Rückgrat. Die

Arrestzellen befinden sich in den Katakomben. Unmöglich, aus ihnen auszubrechen.

Das versetzt der ganzen Sache einen verfluchten Dämpfer.

Die weißen Wände und hellen Oberlichter weichen runden Stufen, aus Stein gehauen und von Fackeln beleuchtet. Das Team treibt mich durch die verschlungenen Tunnel unter der Schule zu einem Gang mit Zellentüren aus schweren Eisengittern. Eine Krähe – einer von Gaias Spionen – krächzt und schüttelt die Federn aus, als wir an der Stelle vorbeikommen, an der sie hockt. Man führt mich in eine Zelle, dann schnappen die Schlösser hinter mir zu.

Ich drehe mich um bei dem Geräusch, die Steinmauern schließen sich um mich herum, aber die Wachen sind weg, ihre Schritte verhallen unter dem Summen der Generatoren und dem Kratzen der Krähenkrallen auf ihrer Sitzstange.

Ich laufe in meiner Zelle im Kreis. Ich hatte mir nicht die Zeit genommen, um mir die Haare schneiden zu lassen in den Wochen, in denen ich Jack gejagt habe, und eine störrische Haarsträhne fällt mir immer wieder in die Augen, egal wie oft ich sie zurückschiebe. Für eine Schere und einen Rasierer würde ich einen Mord begehen. Aber Lyon hat mir nichts mitgegeben. Zweifellos traut er mir nicht zu, die Woche ohne Zwischenfall auszusitzen. Und aus gutem Grund. Ich würde den ganzen Laden hier niederbrennen, bevor ich freiwillig meine Magie abgebe und den Rest meines sterblichen Lebens hier diene.

Ich rüttle an den Stäben der Tür, nur um etwas von dem aufgestauten Frust loszuwerden. Die verdammten Dinger werden sich nicht rühren. Diese Zellen wurden erbaut, um Jahreszeiten festzusetzen. Die Wände sind aus Stein. Die Armaturen und Sanitäranlagen sind alle mit Durchflussreglern ausgestattet, die die Wasserversorgung kontrollieren. Nicht ein Teil in dieser Zelle ist entflammbar und keine Wurzeln können sich durch die dicken Felsplatten graben. Das weiß ich, denn ich war für kurze Zeit als neuer Rekrut damit betraut, diese Zellen zu bewachen. Damals waren sie dunkler, kälter und sehr viel ekliger als jetzt. Was nur zeigt, dass Lyon weich ist – zu schwach, um das Sagen zu haben.

Ein kleines Stück weiße Seife ist der einzige helle Fleck im Raum. Ich knöpfe das Oberteil meines Overalls auf und lasse es um meine Taille herabfallen, wasche mir den Stasisgestank und den Geruch von Lyons Büro vom Leib, so gut es geht mit dem Wasserrinnsal vom Waschbecken. Ich wirke ausgezehrt, sehe älter aus in der Spiegelung in der Stahloberfläche, und während ich mir Wasser ins Gesicht spritze, wünschte ich, ich könnte alles wegschrubben, was passiert ist, seit ich zuletzt hier war.

Der Wasserhahn schaltet sich unvermittelt ab und meine verbrauchte Wasserration wirbelt in den Ausguss. Ich hebe den Kopf, auf meiner nassen Haut bildet sich in der feuchten Kälte eine Gänsehaut. Die Hitze der Fackeln am anderen Ende des Gangs reicht nicht bis zu meiner Zelle, aber das brauche ich auch nicht. Die Kälte beruhigt meine Nerven. Sie weckt Erinnerungen an lange Tage, verbracht mit Denver und Noelle, und spricht zu meiner ältesten, mir vertrautesten Magie – bevor wir Wachen wurden, damals, als wir noch Winter waren.

Ich lasse den Overall, wie er ist, halb ausgezogen, lasse meine nassen Haarspitzen auf meine Schultern tropfen, lasse die Wintermagie sich regen nach ihrem langen Winterschlaf. Eis knackt und knirscht leise, überzieht meine Ohrmuscheln wie das Knistern eines Feuers in einem schwach erleuchteten Raum. Ich nehme einen tiefen Atemzug, ziehe die Kälte zusammen, bis sie voll in mir erwacht. Mein Atem wird weiß und Eis überzieht meine Hände wie Spitzenschleier. Die Anstrengung bringt mir Übelkeit ein und macht mich schwindlig.

Ich sinke auf das untere Stockbett und reibe mir den schmelzenden Frost von den Fingerspitzen. Eine Vision von Fleur kommt mir ungebeten in den Sinn, wie ein rauchendes Autowrack in meinem Rückspiegel, das ich lieber vergessen würde. Ich beneide sie dafür, wie die Erde sich für sie auftat, für sie bebte. Im Moment würde ich für den Bruchteil einer solchen Macht töten. Mit dieser Art Magie könnte ich diesen ganzen Laden bezwingen.

Metall kreischt über Metall und eine Klappe öffnet sich in der Zellentür. Ein Tablett erscheint, darauf eine kleine Wasserflasche und ein Pappbecher voll Vitamine.

Ich stelle das Tablett auf den Boden und starre böse die Wache auf der anderen Seite an, die die Klappe wieder zuschiebt. So viel zum Essen. Trotz der Stasisübelkeit knurrt mein Magen, aber ich weiß, dass es kein Essen gibt. Es wird noch ein paar Tage dauern, bis mein Körper wieder mehr als fade Flüssigkeiten und Nahrungsergänzung verträgt, und bis dahin wird Lyon seine Ausmerzung beendet haben.

Auf meiner Zunge lösen sich die Tabletten zu einer kreideähnlichen Paste auf, aber ich schlucke die Medizin trotzdem, entschlossen, bei Kräften zu bleiben. Dann rutsche ich an der kalten Steinwand herab und drücke mir die Wasserflasche an die Schläfe.

Mir bleibt eine Woche, um einen Weg hier herauszufinden.

Und dann … dann mache ich Jagd auf Jack.

Leise Stimmen schweben von den anderen Zellen herüber. Ich erkenne ein paar, doch das schrille Kreischen der Krähe bringt die Unterhaltungen schnell wieder zum Schweigen. Ich öffne die Augen, schüttle den schweren Mantel des Schlafs ab, der mich einhüllen will, als das Echo von Schritten lauter wird in den Tunneln. Wachen – ein ganzes Team, mindestens. Die Schlösser an meiner Zellentür klacken und ich spanne mich an, als sie aufschwingt, frage mich, ob der alte Mann zur Vernunft gekommen ist und seine Meinung darüber geändert hat, mir eine Woche zum Nachdenken zu lassen.

Ich wappne mich für einen Kampf, den ich nicht gewinnen kann. Falls die Wachen mich für die Terminierung hochschleifen wollen, kann ich den letzten Rest meiner Energie genauso gut darauf verwenden, ihnen einen Grund zu liefern, mich gleich hier und jetzt zu töten. Ich stehe auf, trete von der Tür zurück, da stolpert eine Gestalt über die Schwelle. Kai Sampson schwankt auf schwachen Beinen zum Hochbett, die Riegel schließen sich hinter ihr wieder mit einem Klacken. Sie blinzelt mich an, ihre dunklen Augen groß über hervortretenden Wangenknochen, die scharfen Züge ihres Gesichts in kränkliche Blässe eingemeißelt.

»Was machst du hier?«, frage ich.

Sie mustert mich mit ebenso misstrauischer Miene, die Arme um sich geschlungen, um den Stasistremor zu verbergen. »Ihnen sind die Zellen ausgegangen. Ich schätze, wir belegen jetzt doppelt«, krächzt sie, ihre Stimme noch rau, weil sie so lange nicht benutzt wurde. Sie weicht an den Rand der Matratze zurück und das feuerfeste Plastik knarrt, als sie sich setzt.

»Wenn du das glaubst, bist du eine größere Närrin, als ich dachte.« Es dringen nicht viele Stimmen aus den anderen Zellen. Nicht annähernd genug, um sie zu füllen.

Kais Blick durchdringt mich vom Halbdunkel des unteren Betts heraus. Nein. Sie ist keine Närrin. Lyon hat sie aus einem bestimmten Grund hier hereingesteckt. »Wie ist dein Treffen mit dem Professor gelaufen?«, frage ich gedehnt.

»Du meinst Chronos.«

Ich würge ein angewidertes Lachen hervor. »Hast du so früh deine Treue geschworen? Ich hatte etwas Besseres erwartet von dem Mädchen, das Jack Sommers erledigt hat.« Ich nippe an meinem Wasser.

Kai wird blass, während sie mir beim Trinken zusieht. Die Arme um die Taille geschlungen, taumelt sie zur Toilette.

Der scharfe Geruch nach Galle wabert durch die Zelle. Kai holt schaudernd Luft zwischen trockenem Würgen, zittert vor Anstrengung. Ich reibe mir fluchend das Gesicht.

»Wache!«, rufe ich. Ich rüttle an der Zellentür und Kai fängt erneut an zu würgen. Der diensthabende Wächter blickt finster zwischen den Stäben hinein.

»Was willst du, Lausks?« Ich kenne ihn. Er war ein Herbst aus Vermont. Denver und ich haben ihn mal vermöbelt, weil er aus der Reihe getanzt ist. Passt, dass Lyon die Wache mit einem Haufen verräterischer Memmen neu besetzt.

»Wir brauchen Wasser hier drin.«

»Sorry, *Captain*«, sagt er mit selbstzufriedenem Grinsen. »Ich kann dich bei dem Gekotze nicht hören.«

Meine Hand zuckt zwischen die Stäbe der Zellentür und schließt sich um sein Ohr, reißt es zu mir, bis sein Kopf gegen den Eisenrahmen schlägt. Eine Welle Wintermagie knistert durch meine Finger, kalt genug, um seine Haut zu erfrieren. »Wenn du nicht die Asche dieses Mädchens aufwischen möchtest, schlage ich vor, dass du ihr etwas Wasser und Vitamine bringst.« Ich schubse ihn weg, halte seinem wütenden Starren stand.

Sobald er sich weggedreht hat, beginnen meine Hände zu zittern. Ich halte mich an der Wand fest, ringe eine Welle des Schwindels nieder und den Drang, selbst zu kotzen.

Die Zelle mag ein unüberwindliches Hindernis sein, aber die Security nicht. Ich muss nur meine Stärke bewahren. Nur genug Macht beschwören, um eine einzige Wache zu überwältigen. Handle ich klug und verschwende keine Energie mehr, besteht die Chance, dass ich es doch noch hier herausschaffe.

Eine dünne Decke fliegt durch die Klappe und landet auf dem

Lehmfußboden, gefolgt von einer fadenscheinigen Ausrede von einem Kissen, einem sauberen Overall und einem zusätzlichen Handtuch. Ein Tablett erscheint mit einer zweiten Wasserflasche und einem Pappbecher mit Kais Nahrungsergänzung. Ich reiße es der Wache aus den Händen.

Die feuerfeste Decke ist rau und dünn, aber sie ist warm. Kai sinkt gegen die Seite der Toilette und ich lege ihr die Decke um die Schultern. Als sie sich nicht einmal regt, drehe ich den Verschluss ihrer Wasserflasche auf und werfe ihre Vitamine hinein. Sie lösen sich am Boden in einem Strom wütend schäumender Bläschen auf.

»Trink das.« Ich halte ihr die Flasche an die Lippen, ignoriere den Geruch nach Schweiß und Übelkeit, der an ihr haftet. Sie nimmt ein paar kleine Schlucke, beobachtet mich aus schmalen Augen, als wisse sie nicht sicher, ob sie mir vertrauen soll. Sie ist schnell. Scharfsinnig. Deshalb muss Lyon sie ausgewählt haben, um hier bei mir zu sein. Vermutlich, um mich auszuspionieren. Oder vielleicht, um meine Entscheidung zu beeinflussen.

Ich frage mich, was er im Gegenzug angeboten hat. Eine begehrte Region? Eine Position in seiner neuen Wache? Welche Karotte auch immer er ihr vor die Nase hält, es ist ein riskantes Spiel. Nicht nur ich muss hier in dieser Zelle eine Entscheidung treffen. Jeder hat Schwachstellen, Druckstellen, die man anstoßen kann. Und ich kenne so einige von Kais. »Verdammt mies gelaufene Mission, hm?«

Sie runzelt die Stirn, wendet sich von mir ab, als würde ihr wieder schlecht. »Ich habe Jack Sommers erschossen«, sagt sie und kauert sich unter ihrer Decke zusammen. »Drei saubere Schüsse in den Rücken und einer ins Bein, bevor er mich erwischt hat.«

Ich kratze mich am Kinn, kann das kurz aufzuckende Mitleid nicht unterdrücken. Sie war der Wache gegenüber loyal. Michael treu. Sie hat getan, was ihr befohlen wurde, und das ist nun ihr Dank.

»Wie hat er es gemacht?«, frage ich, meine Neugier geweckt.

»Was?« Ihr Blick hebt sich und sie sieht mich an, trüb und verwirrt.

»Wie hat er dich umgebracht?«

Scham färbt ihre blassen Wangen rot. »Er hat den Pfeilschaft von seinem Bein abgebrochen und mich damit aufgespießt.« Dass Jack sie getötet hat, wird mir meinen Job erleichtern. »Es waren Jagdpfeile mit breiter Spitze«, sagt sie, die Brauen zusammengezogen. »Drei im Rücken hätten ihn eigentlich erledigen müssen. Ich weiß nicht, wie er …« Ihre Augen schließen sich wieder fest wegen einer weiteren Welle Stasistremor.

Sie hat recht. Jack hätte mit diesen Verletzungen nie davonkommen dürfen. Und doch hat er dank Fleur genau das geschafft.

»Du hast deinen Job gemacht. Du hättest nichts tun können, um zu verhindern, was danach passiert ist.«

Sie wischt sich den Mund mit dem Handrücken ab, beobachtet mich aus dem Augenwinkel. »Du denkst, es war unvermeidlich?«

Tue ich das?, frage ich mich und knöpfe meinen Overall wieder zu. Die Unvermeidlichkeit ist tot. Ananke – Gaias Mutter, Ehefrau des toten Chronos und die Verkörperung des Schicksals – ist vor langer Zeit gestorben, kaltblütig von ihrem eigenen Ehemann ermordet. Übrig ist von ihr nur das Kristallauge im Stab der Zeit, das Auge der Unvermeidlichkeit, in das hineinzusehen Daniel Lyon sich so sehr fürchtet. Doch wenn der Herrscher über die Zeit – die mächtigste Magie im Universum – Angst hat vor dem, was er in diesem Kristall gesehen hat, dann muss es dafür einen sehr guten Grund geben. Sorgt er sich so, dass er Kai hier herunterschickt, um mich auszuspionieren, dann ist die Unvermeidlichkeit vielleicht doch nicht tot. Und vielleicht ist diese Magie mächtiger, als Lyon bereit ist zuzugeben.

»Sommers hatte Glück«, sage ich, speie seinen Namen förmlich aus. »Es war nicht das Schicksal, das uns hierhergebracht hat. *Er* war es.« Fleur mag Michael überwältigt und den Stab genommen haben. Aber alles, was sie getan hat, hat sie für Jack getan.

»Wenn du recht hast und ich nichts hätte tun können, dann war es vielleicht wirklich unvermeidlich.« Kai nimmt vorsichtig ein paar Schlucke Wasser. Ihre Haut ist bronzefarben und golden unter ihrer Blässe, deutet auf ihr früheres Leben als Sommer hin, bevor sie zur Wache kam. »Was, wenn Jack dazu bestimmt ist zu leben, und Daniel Lyon Chronos sein soll? Was, wenn *wir* die sind, die sich irren?«

»Wir haben Befehle befolgt.«

»Was, wenn wir das nicht hätten tun sollen?«

Nein. Ich weigere mich, diese Möglichkeit zu akzeptieren. Denn das würde bedeuten, dass meine Zeit als Wache und alles, wofür wir gekämpft haben, Vergeudung war. Es würde bedeuten, dass wir die Bestrafungen verdienen, die uns bevorstehen. Und ich habe zu hart dafür gearbeitet und zu lange trainiert, zu viele Jahre damit verbracht, Michael meinen Wert unter Beweis zu stellen, damit er mich zum Captain seiner Wache ernennt, um das zu akzeptieren. Nein, diese Niederlage war nur eine kleine Welle in unserem Schicksal.

»Ich sage dir, du hättest nichts tun können, um den Ausgang des Kampfs zu ändern. Aber der Krieg ist noch nicht vorüber.«

Ich umfasse den Rand des Waschbeckens, entschlossen, nicht die gleichen Fehler zu machen wie zuvor. Dieses Mal wird Sommers nicht mit seinem Leben davonkommen. Denn ich sorge dafür, dass nichts von dem übrig bleibt, wofür er lebt.

4

OHNE DEN HAUCH VON STURM

Jack

Die Luft im Park, der in der Nähe unserer Villa liegt, ist schwer vom Duft der Blumen. Vor dem Kampf hätte ich jede einzelne identifizieren können, nur indem ich einatme. Hätte jedes Pollenkügelchen riechen können, das auf Fleurs Haut hereinkommt. Aber seit der Schlacht ist mein Spürsinn auf den eines Administrators beschränkt.

Fleurs roter Punkt steht still auf dem Bildschirm meines Handgelenkmonitors, für die nächsten vierzig Minuten in Sicherheit an ihrem Schreibtisch im Spanischunterricht. Ich nehme meinen ersten vollen Atemzug des Morgens und meine Muskeln lockern sich, als ich die Markierung für meinen ersten Kilometer erreiche und langsam beschleunige. Der nagende Schmerz unter der Narbe in meinem Oberschenkel beginnt mit den längeren Schritten zu brennen, aber ich boxe mich durch. Bevor ich zum ersten Mal starb, war ich ein ordentlicher Läufer – im Sportunterricht an meiner Schule konnte ich mich gut behaupten –, aber Fleur hat mich schnell gemacht. Als Winter bedeutete jeder Kilometer, den ich zwischen uns brachte, einen Tag mehr am

Leben zu bleiben. Mit der Zeit bedeutete jeder Kilometer jedoch einen Tag mehr, den ich mit ihr in der gleichen Welt existierte.

Ich bin vielleicht kein Winter mehr. Ich kann keinen Wind heraufbeschwören oder es hageln lassen. Aber ich bin immer noch schneller als Fleur. Und vielleicht ist es dumm, aber seit ich meine Magie verloren habe, ist das Laufen das Einzige, das mir das Gefühl gibt, mich neben ihr behaupten zu können.

Am Ende der dritten Runde ist mein Schatten fast völlig aus meinem Kopf verschwunden. Ich komme an blühenden Jakarandas vorbei. Der süße Duft erinnert mich an Fleur und während ich ein paar Kids ausweiche, die Enten über den Weg jagen, ziehe ich meinen Ärmel hoch und werfe einen Blick auf meinen Handgelenksmonitor.

Fleurs GPS-Signal ist vom Screen verschwunden. Ich tippe darauf, um rauszuzoomen, verlangsame meine Schritte, als ich sie nirgends finden kann.

Kein rotes Licht in der Schule.

Auch nicht im Café. Oder in einer der Straßen, die nach Hause führen.

Schwer atmend stehe ich am Rand des Pfads und wähle ihr Handy an. Als niemand rangeht, versuche ich es auf dem Festnetz in der Villa. Kalter Schweiß bricht mir aus, ich lege auf, schätze die Minuten, seit ich zum letzten Mal auf meinen Monitor gesehen habe. Es muss ein Glitch bei ihrem Transmitter sein. Fleur verpasst den Unterricht nie; sie würde nicht früher gehen.

Ich biege vom Pfad ab und nehme eine Abkürzung durch das Unterholz, zu Fleurs Schule. Es gibt keinen eindeutigen Weg und ich bin gezwungen, langsamer zu werden, während ich mir einen Weg durch den wuchernden Dschungel um den Park suche. Die nächste Straße ist kaum zu erkennen durch die Bäume. Mein Blick klebt an meinem Monitor und ich suche auf der Karte nach einer klareren Route.

Schnick.

Ich erstarre wegen des viel zu vertrauten Geräuschs. Langsam hebe ich den Kopf, sodass die Klinge des Schnappmessers meine Kehle küsst.

»*Dame tu billetera y tu celular.*« Die Stimme kommt irgendwoher aus meinem Umfeld. Eine Hand schubst mich von hinten.

»*¡Hazlo ahora, cabrón!*« Eine andere Stimme. Es sind zwei.

»Ich habe keinen Geldbeutel bei mir.« Ich behalte den Blick geradeaus und meine Hände erhoben, damit sie sie sehen können. Lyons Warnung, die Polizei zu meiden, ist mir noch präsent. Der Typ hinter mir klopft die Taschen meiner Laufshorts ab, aber sie sind leer. Nicht einmal ein Hausschlüssel, und den Sicherheitscode bekommen sie niemals aus mir heraus. »Ich hab es dir gesagt. Ich habe kein Geld dabei.«

»*Tu reloj.*« Der neben mir deutet auf meinen Handgelenksmonitor und sticht mit der Klinge nach mir. Sie ist stumpf, aber ich habe keinen Zweifel, dass sie ihren Job erledigen kann. Ich drehe den Kopf weg. Auf keinen verdammten Fall gebe ich diesen Arschlöchern meine einzige Verbindung zu Fleurs Transmitter.

Sein Freund packt mein Handgelenk und ich entreiße es ihm wieder. Er versucht es erneut und ich ramme ihm den Ellbogen fest in die Rippen. Eisige Wut packt mich, der Wunsch zu kämpfen verschlingt jeden rationalen Gedanken und mein Absatz trifft sein Schienbein.

Ich packe das Handgelenk des ersten Typen, drücke das Messer weg von meinem Hals. Meine Faust kracht gegen seine Nase und er taumelt zurück, presst die Hand darauf. Ich wirble herum, trete seinen Freund rückwärts ins Gestrüpp. Einen einzigen, hellen, strahlenden Augenblick lang ist es, als wäre meine Magie zurück. Als wäre ich wieder ein Winter, kämpfte um mein Leben, immun gegen die Kälte. Bis glühend heißer Schmerz mich durchzuckt, als mir das Messer an die Kehle gedrückt wird.

Fleur

Im Klassenzimmer im zweiten Stock ist es stickig und heiß, und sogar nachdem ich die Hälfte meines Cappuccinos getrunken habe, ist es unmöglich, mich zu konzentrieren. Der schwere Geruch nach Schweiß vermischt sich mit dem intensiven Parfüm der Frau, die hinter mir sitzt, und dem Knoblauchatem eines anderen vom Mittagessen.

Sehnsüchtig huscht mein Blick zu dem einzigen offenen Fenster am anderen Ende des Zimmers, durch das eine leichte Brise den schwachen Erdduft aus dem Park am anderen Ende der Straße heranträgt. Meine Gedanken wandern zu Jack, zu seinen hängenden Schultern, wie er jeden Morgen zwischen seinen Übungen aus dem Fenster des Trainingsraums starrt, als wünschte er sich, woanders zu sein.

Oder jemand anderes.

In letzter Zeit war er rastlos. Er fordert seinen Körper auf eine rücksichtslose Weise. Als teste er seine Grenzen aus. Seine Beschränkungen. Manchmal läuft er stundenlang, als könne er diese Person einfach überholen, zu der er geworden ist. Ich kann den Frust, der sich in ihm breitmacht, beinahe riechen. Die aufgestaute Wut, die sich gegen ihn selbst richtet, ist eine wachsende, unangebrachte Feindseligkeit und ich sorge mich, dass er etwas Dummes tun und sich selbst verletzen wird.

Der Lehrer schwadroniert weiter, konjugiert Verben an der

Tafel. Ich raffe meine Bücher zusammen und gehe leise aus dem Klassenzimmer. Mein Transmitter ist ein fester Knoten in meinem Ohr und ich stelle ihn aus, lasse ihn in meine Tasche fallen, während ich die Stufen hinablaufe. Jack sitzt sowieso vermutlich nicht an seinem Schreibtisch vor dem Computer zu Hause. Er war zu angespannt, als ich die Villa verließ. Zu rastlos nach unserem Ringkampf. Ich weiß genau, wo ich ihn finden werde.

Ich stürze durch die Tür der Schule, überquere die Straße und halte auf den Park zu. Unter dem klaren, frischen Duft des Bachlaufs riecht die Luft satt und blumig. Ich schmecke die Brise, suche nach einer Spur von Jack und erfasse den Duft seines Schweißes. An seinen Menschengeruch muss ich mich immer noch gewöhnen, so anders als der nach Pfefferminz, Stechpalmenbeeren und Pinie, der ihn als Winter auszeichnete. Die schwachen Reste dieser Düfte sind beinahe vollständig verflogen, seit er seine Magie verloren hat, ersetzt von kühlen Moschusduschgels und minzigen Rasiergels. Unter ihnen ist die natürliche menschliche Wärme seiner Haut, der Duft, an den ich mich klammere. Der, in den ich mich hineinlehne, wenn ich nachts unter seinen Arm krieche, und in den ich mich jeden Morgen kuschle, wenn wir aufwachen.

Jacks Duft wird stärker, als ich mich dem Park nähere. Ich verlasse den Fußweg, vergewissere mich, dass niemand hinsieht, dann erklimme ich den Stamm einer Eiche und klettere auf einen hoch gelegenen Ast. Mich überkommt ein Déjà-vu, als ich mich in den Blättern verstecke, um auf ihn zu warten. Es könnte vor zwei Jahren gewesen sein. Oder zehn, oder sogar zwanzig. Plötzlich fühlt es sich an, als jage ich Jack wieder, und die unbehagliche Vertrautheit weicht nagender Schuld, als Jack um die Kurve auf dem Pfad biegt.

Seine Beine und Arme pumpen heftig, auf der Vorderseite seines Shirts bildet Schweiß ein dunkles, tiefes V. Ich verliere ihn aus dem Blick, als er auf das Gras abbiegt und die grellweißen Sneaker über einen Zaun aus aufgestapelten Steinen springen.

Wo zur Hölle will er hin?

Ich beschwöre einen angrenzenden Ast und springe vorsichtig von Baum zu Baum, folge seinem Duft, bis ich ihn wieder sehen kann. Er rennt nicht mehr.

Sonnenlicht reflektiert von einer Messerklinge. Panik flammt in mir auf, als ich sehe, wie ein Mann es Jack an die Kehle drückt.

Mit meinem Geist greife ich in die weiche Erde, suche nach einer Wurzel. Packe die, die mir am nächsten ist, dehne sie aus in Richtung Jack und der Männer, die sich streiten. Jack entreißt ihnen den Arm, ihre Stimmen werden lauter. Sein Ellbogen zuckt zurück und einer der Männer geht mit einem Grunzen zu Boden. Meine Sicht ist behindert von Blättern und Blumen. Sie bewegen sich alle, es ist schwer, etwas zu erkennen. Jack schlägt zu, dann wirbelt er herum, tritt den hinter sich zu Boden. Die Messerklinge glitzert auf, saust durch die Zweige und die Luft wird plötzlich schwer vom Geruch nach Blut. Blut, das schwach nach Winter riecht.

Jack!

Meine Wurzeln peitschen auf sie zu. Eine Efeuranke rollt sich von einem Zweig herab, reißt die Klinge aus der Hand des Mannes und schleudert sie weg. Jack umfasst seinen Hals. Rot rieselt es unter seinen Fingern hervor. Es juckt mir in den Füßen, ich will zu ihm rennen, aber ich halte mich verborgen, reiße Jacks Angreifer mit der Wurzel von den Füßen. Der erste Mann schreit auf, als ich ihn rückwärts ins Gestrüpp zerre. Jack dreht sich um und schlägt zu, aber ich habe den zweiten Mann bereits an den Fußgelenken gepackt. Mit einem scharfen Ruck meiner Gedanken geht er zu Boden und atmet entsetzt aus.

Die Männer stöhnen und rappeln sich auf, als stünde der Boden in Flammen, sie vergessen, was immer sie von Jack wollten, und rennen durch die Bäume davon. Jack berührt seinen Hals und sieht ihnen hinterher. Ich lasse die Wurzeln los und sie ziehen sich zurück unter die Erde, bevor noch jemand es sieht.

Jack hebt den Kopf, sucht in den Bäumen nach mir und ich schwinge mich vom Ast und lasse mich zu Boden fallen. Ich renne zu ihm, nehme sein Gesicht zwischen meine Hände. Sein Körper ist angespannt, zögerlich, sich mir zuzuwenden. Die Wunde ist trotz des ganzen Bluts nicht schlimm, nur ein tiefer Kratzer, und mein angehaltener Atem bebt, als er sich endlich losreißt.

Sein Blick, der sich auf mein Ohr richtet, ist kalt. »Du hast deinen Transmitter abgestellt.«

»Nur für ein paar Minuten.«

»Ich wusste nicht, wo du warst.«

»Ich war gleich hier.«

»Warum?«, blafft er und zieht die Aufmerksamkeit eines älteren Paars auf uns, das auf dem Weg spazieren geht.

»Weil«, sage ich mit leiser Stimme, »ich nicht wollte, dass du siehst, wie ich den Unterricht verlasse. Ich wusste, du würdest dir Sorgen machen.«

»Und du hast nicht daran gedacht, dass ich mir Sorgen mache, weil dein Signal einfach verschwunden ist?«

Ich grinse das Paar angespannt an, in der Hoffnung, dass sie weiter in die andere Richtung gehen. »Ich bin nicht verschwunden. Ich war nur die Straße runter, Jack. Es waren nur ein paar Minuten und ich wollte sowieso zu dir.«

»Weil du genau wusstest, wo ich bin, nicht wahr?« Die Schärfe in seiner Stimme überrumpelt mich. »Du wusstest genau, wo du mich findest. Und du brauchtest nur einmal tief einzuatmen, ein Gedanke … ein Schnippen mit deinen magischen Fingern und der ganze Dschungel steht dir zur Verfügung für meine Rettung. Na, weißt du was? So funktioniert das für mich nicht mehr. In dem Augenblick, in dem du diesen Screen abgeschaltet hast, war ich verloren!« Seine Stimme bricht und etwas in mir zerbricht ebenfalls. »Ich kann dich nicht mehr aufspüren. Ich kann dich nicht finden, kann dich nicht mehr retten, wenn du den Tracker nicht anhast!«

»Ich weiß. Und es tut mir leid. Es waren doch nur ein paar Minuten …«

»In ein paar Minuten kann alles Mögliche passieren.«

»Es ist nur ein Transmitter. Ein Kommunikator«, halte ich dagegen. Ohne eine Verbindung zu einer Ley-Linie kann der Transmitter mich nicht zurück ins Observatorium ziehen. »Es ist ja nicht so, als wäre er angeschlossen oder so.«

»Vielleicht sollte er das aber sein!« Jack wischt das Blut von seinem Hals und sieht weg, Schuldgefühle und Zorn ringen in seiner Miene miteinander, während ich unsicher einen Schritt von ihm weg mache.

»Was meinst du damit?«

Stirnrunzelnd sieht er auf seine blutigen Finger. »Vielleicht sollten wir darüber nachdenken, zurückzugehen.«

»Was meinst du mit zurück? Hast du vergessen, warum wir gegangen sind? Um das hier haben wir gekämpft und unsere Leben aufs Spiel gesetzt«, sage ich und deute mit einer ausholenden Geste auf den weiten Himmel um mich herum. »Woody hat hierfür sein Leben gegeben. Du hast deine Magie aufgegeben. Du hast ein Stück deiner Seele gegeben, Jack …« Mir stockt der Atem, als Schmerz in seinen Augen aufzuckt. Ich wusste, dass er sie vermisst. Ich wusste, dass die Abwesenheit seiner Magie sich anfühlen muss wie ein klaffendes Loch in ihm. Ein Loch, von dem ich gehofft habe, dass es mit der Zeit heilen würde, wie seine Narben.

»Geht es dir darum? Möchtest du deshalb zurück? Wegen deines Schattens?«

Ein Muskel an seinem Kiefer zuckt.

Donner grollt wie tiefes Stöhnen in der Ferne und Regen setzt ein. Jack wischt wieder Blut weg und tritt den langen Weg nach Hause allein an.

5

ZERRISSEN UND ZERSPRUNGEN

Doug

Ich werfe den Ball – provisorisch aus zwei Paar dicken, vom Observatorium ausgegebenen Socken gemacht, die fest zusammengerollt sind – immer und immer wieder an die Steindecke. Das mache ich seit wer weiß wie verdammt vielen Stunden. Doch so haben meine Hände etwas zu tun und nur so kann ich denken.

Stimmen wehen aus den anderen Zellen heran. Gelegentliches Lachen. Gelegentliche Flüche. Von meinem Stockbett aus höre ich zu und habe so herausgefunden, wer mit uns hier drin festsitzt; fast alle haben in Cuernavaca gekämpft. Lixue, das letzte überlebende Mitglied meines Teams, ist in der am weitesten von meiner entfernten Zelle – zu weit weg, um mit ihr zu kommunizieren, und ich bin sicher, das war Lyons Werk. In den Zellen neben meiner steckt niemand, dem ich vertraue … zumindest nicht ausreichend, um das Risiko einzugehen, ihnen meine Gedanken mitzuteilen.

Kai liegt in dem Bett unter meinem. Es ist Stunden her, seit einer von uns zuletzt etwas gesagt hat, irgendwann nach dem

Frühstück. Der Proteinshake hat dem Hunger kaum den Zahn gezogen und durch den Hungerkopfschmerz fühle ich mich nervös und ausgehöhlt.

Mit Ausnahme der Klappe für das Essenstablett hat sich die Zellentür nicht geöffnet, seit sie Kai hier hereingebracht haben, und ich bin überrascht, dass ich noch keinen Graben in den Boden gelaufen habe. Ich werfe den Sockenball durch das Zimmer und lege dann einen Arm über das Gesicht, aber in der Dunkelheit und Stille bleiben die flackernden Bilder, die ich in Lyons Büro gesehen habe.

Das untere Bett quietscht. Kurz darauf überrascht mich der weiche Aufprall von etwas im Bett neben mir. Ich löse den Arm von den Augen und sehe mit gerunzelter Stirn auf den Sockenball neben meinem Bein.

»Hast du entschieden, was du tun wirst?« Kais körperlose Stimme hallt leise von den Wänden wider und ich bedecke erneut mein Gesicht. Den paar Fragen, die sie zu stellen gewagt hat, seit Lyon uns zusammengesperrt hat, bin ich bisher ausgewichen, überzeugt, dass er sie geschickt hat, um zu spionieren. Aber sie hat die Zelle nicht ein einziges Mal verlassen, seit sie diese Tür geschlossen haben, und die Überwachungskamera an der Decke vor unserer Zelle ist nicht nah genug, um Geräusche aufzunehmen. Vielleicht lag ich falsch.

»Warum?«, frage ich vorsichtig. »Du?«

Von ihr kommt ausgedehntes Schweigen. »Ich dachte, ich wäre vielleicht eine gute Lehrerin. Du weißt schon … Bogensport. Oder vielleicht Erdkunde. Darin wäre ich gut.«

Ein trockenes Lachen steigt in meiner Kehle auf. Es baut sich auf, rollt durch mich hindurch, bis mein ganzer Körper bebt.

»Was denn? Es ist nichts falsch daran, Lehrerin zu sein. Du könntest auch unterrichten, weißt du.«

Ich setze mich auf, packe den Sockenball und schwinge die Beine vom Bett, lasse mich auf den Boden fallen. Kai liegt flach auf dem Rücken, die Finger hinter dem Kopf verschränkt. Ich werfe den Sockenball nach ihr und sie blitzt mich an.

Die Arme auf mein Bett gestützt, beuge ich mich über sie, werfe einen Schatten über sie. »Denkst du ernsthaft, Lyon lässt dich unterrichten?«

»Warum nicht? Nereida hat er es erlaubt.«

»Wer ist Nereida?«

»Meine Administratorin«, sagt sie mit einem Stirnrunzeln. »Sie unterrichtet Griechisch. Und Englisch als Zweitsprache. Professor Lyon sagt, sie ist glücklich.«

Ich unterdrücke einen Anflug von etwas, das Schuldgefühle sein könnten. Bei all dem Schock seit dem Erwachen und den Dingen, die ich bei meinem Treffen mit Lyon erfahren habe, habe ich ihn nie nach meinem Administrator gefragt. Wir hatten uns nie nahegestanden und ehrlich gesagt ist es mir scheißegal, was er mit seinem Leben anfängt, vorausgesetzt, Lyon hat ihm sein Leben gelassen. »Lyon hat dir das gesagt?« Sie sieht mich aus schmalen Augen an und ich murmle: »Klar hat er das.« Ich beuge mich weiter vor, verdecke das Licht. »Denkst du ernsthaft, dass Lyon dich beeinflussbare junge Geister ausbilden lässt, nach dem, was du mit Jack gemacht hast? Dass er dir in einer Million Jahren einen Bogen in die Hand drückt und dich laufen lässt?«

Sie wirft mir den Sockenball wieder zu. Ich fange ihn, bevor er mein Gesicht trifft. Sie rollt sich auf die Seite, weg von mir, und ich kichere leise vor mich hin.

»Begreif es endlich«, sage ich und werfe den Ball vorsichtig gegen ihr Kreuz. »Wenn du deine Magie aufgibst, schrubbst du danach die Böden. Vielleicht dienst du der Wache des alten Mannes in der Kantine, wenn du Glück hast.«

Ihre Fäuste ballen sich um den Rand ihres Kissens. »Da unsere Magie zu behalten wohl keine Option ist, was willst *du* tun? Dich für die Terminierung anbieten? Das klingt nach einem super Plan.«

»Besser, als zu duckmäusern.«

Sie fährt hoch, zu mir herum. »Das ist nicht duckmäusern. Es ist eine zweite Chance.«

Ich würge ein Lachen hervor. »Für was?«

»Ich weiß nicht! Ein neues Leben. Wir können neu anfangen.«

»Verarsch dich selbst, so lange du willst, Sampson. Diese zweite Chance, die er dir da anbietet, ist keine Gelegenheit. Es ist eine Bestrafung.«

Sie kreuzt die Arme vor der Brust. »Du weißt nicht, was du …«

»Aufstehen!« Wir beide zucken hoch, als eine Faust gegen die Zellentür schlägt und die Schlösser sich öffnen.

Vier Tage sind vergangen. Ich weiß es nur, weil ich mitgezählt habe, wie oft das Licht in unserer Zelle ausgegangen ist, nachdem die Wachen ihre letzte Runde gedreht haben, und wie viele Male es wieder anging nach den langen Nächten, die ich an die Decke gestarrt habe.

Kai liegt noch im Bett, ihre Augen sind groß. »Was denkst du, was sie wollen?«, flüstert sie.

»Keine Ahnung.«

Ich weiche zurück, als sich die Tür mit einem Quietschen öffnet. Ein Wachteam steht vor unserer Zelle. Wie bei all den anderen, die diese Woche nach uns gesehen haben, sind ihre Bewegungen steif und gestelzt, offensichtlich einstudiert, und ich wette, alle vier kommen frisch aus der Ausbildung. Lyon denkt sicher, es wäre das Klügste, was er je getan hat, die alte Wache loszuwerden und ganz neue Teams auszuwählen, aber ich würde jederzeit vier erfahrene Offiziere mit Blut an den Händen dreißig Grünschnäbeln, die noch nie einen Kampf gesehen haben, vorziehen.

Ein Wächter – der, dessen Ohr ich durch die Stäbe gezerrt habe – grinst mich höhnisch an und nähert sich der Zelle. Er grinst und hält zwei Paar Handschellen und feuerfeste Handschuhe hoch. Da wir kaum aus der Stasis raus sind, halten sie uns wohl für keine große Bedrohung. Nicht für ein ganzes Team.

Aber einer? Mit einem komme ich klar. Es geht nur darum, rauszukommen aus dieser Zelle und den Schwächsten von der Herde zu trennen.

»Wohin gehen wir?«, frage ich. Er dreht mich zur Wand um. Die Handschellen schließen sich mit einem Klicken, schmerzhaft fest. Er schiebt mich zur Tür, übergibt mich an einen seiner Freunde, offensichtlich sind sowohl sein Ego als auch sein Ohr noch angeschlagen. Dann zerrt er Kai von ihrem Bett, zieht ihr die Arme grob hinter den Rücken. Er antwortet mir nicht.

»Chronos gibt euch eine kleine Verschnaufpause wegen guter Führung«, sagt einer von den anderen und der gefrostete Wächter verzieht das Gesicht zu einer Grimasse.

Die Krähe vor unserer Zelle schlägt auf ihrem Ausguck mit den Flügeln, beobachtet uns, wie wir aus dem Warteraum geführt werden zu den Tunneln der Katakomben. Ich mustere beim Gehen die Wachen, aber ich kann den Anführer nicht ausmachen. Man mag ihnen die Macht über alle vier Elemente verliehen haben, aber ich würde meine Seele verwetten, dass sie nur eins kontrollieren können – das, das Gaia ihnen gegeben hat, als sie sie zu einer Jahreszeit machte. Es dauert, die Elemente zu meistern, sie als Waffe einsetzen zu können.

Wir biegen um eine Ecke in einen älteren Flügel auf der Verwaltungsebene. Ich spüre die subtile Neigung an der Anstrengung meiner Beine, ein so geringer Winkel, dass er mir keine Mühe bereiten würde, wäre die Stasismüdigkeit nicht. Der rampenähnliche Gang verbreitert sich zu einem hell erleuchteten Korridor und Kai und ich zucken zusammen, denn unsere Augen gewöhnen sich nur langsam daran, dass die Fackeln nun Leuchtstoffröhren an hohen, weißen Decken weichen.

Die Wachen bleiben vor einer Flügeltür stehen. Das Plakat daneben verkündet: »Beschränkter Zutritt: Fakultätserholungsbereich – nur für Angestellte«. Eine der Wachen wischt mit einer Schlüsselkarte über den Scanner und die Türen gleiten auf. Die Gerüche nach Seife und Schweiß, geöltem Stahl und Pool-Chemikalien vermischen sich, als die warme Luft von drinnen uns entgegenströmt. Ich ziehe den Geruch tief in meine Lungen, dankbar, etwas anderes zu riechen als den Gestank der Katakomben und den Körpergeruch, der an mir klebt.

Die Wachen zerren unsere Handschuhe herunter und schließen die Handschellen auf, drücken uns Handtücher und Kleider zum Wechseln in die Arme. Der Wächter, den ich schockgefrostet habe, mustert mich misstrauisch.

»Chronos gibt euch eine Stunde, um euch die Beine zu vertreten und euch sauber zu machen«, sagt eine Wächterin und sieht auf ihre Uhr. »Die Laufbahn und die Umkleiden sind für euch zur Benutzung abgetrennt. Das Betreten der Kampftrainingsräume ist euch verboten. Der Kraftraum auch. Es sind Schatten drinnen und Wachen stehen draußen vor jeder Tür, macht also keine Dummheiten.«

Die Tür schließt sich hinter uns, der Knall hallt von den hohen Wänden der Innenlaufbahn wider. Ein Wasserspender steht schwitzend auf einem Tisch, das schmelzende Eis bewegt sich langsam und gibt den Blick auf Orangen- und Zitronenscheiben frei. Zwei Proteinpacks liegen neben einem Stapel Pappbecher.

Kai lässt ihr Handtuch und die Kleider zu Boden fallen, reißt das Päckchen mit dem Pulver auf und schüttet es in einen Becher mit Wasser. Sie macht sich nicht die Mühe, es umzurühren, sondern kippt es herunter. Ihre Hand zittert, als sie den Becher erneut füllt, den letzten Rest des nassen Pulvers in ihren Mund rinnen lässt.

»Wir haben nur eine Stunde.« Ich nicke die Laufbahn hinab. »Können wir genauso gut nutzen.«

Kai lässt die letzten Tropfen auf ihre Zunge fallen und folgt mir auf die gummierte Fläche, holt auf und läuft dann zwischen den aufgemalten Linien neben mir. Es fühlt sich gut an, mehr als drei Meter zurückzulegen, ohne gegen eine Wand zu laufen.

Die erste Runde gehen wir langsam an, schweigend. Es bringt sowieso nichts, zu reden. Ich zähle Schatten, während wir die Bahn umrunden: einer unter dem Wassertisch. Einer schwebt im Lüftungsschacht hoch oben an der gegenüberliegenden Wand. Ein dunkler, verschlagener kleiner Scheißer verfolgt uns, dicht am Boden.

»Los, komm«, sage ich und biege von der Bahn ab, ein Auge auf die Schatten gerichtet, während ich das Schloss an der Tür zum nächsten Raum teste. Ich kann es riechen, das heiße Chlor, das durch die Ritzen dampft. Es muss der Fakultätspool sein.

»Wohin gehen wir?«, fragt sie.

»Sie haben gesagt, wir sollen uns sauber machen. Sie haben nicht gesagt, wo.« Die Schlösser hier sind alle anders – ein Sammelsurium aus Eisenwaren, die die Epochen widerspiegeln, in der jeder Teil des Observatoriums erbaut wurde, und den Wert, der dahinter gesichert ist. Dieses Schloss ist nicht kompliziert, mehr zur Abschreckung als eine Sackgasse. Ich halte den Türknauf fest und rufe das bisschen Magie, das mir zur Verfügung steht, in meine Finger, erhitze das Metall, bevor ich die Hand wechsle und einen Eisstoß hineinjage. Der Knauf dampft und überzieht sich mit Frost. Ein rascher Druck meines Daumens, etwas ploppt darin und das Schloss bricht auf. Von der Anstrengung wird mir schwindlig.

Ich schiebe die Tür einen Spalt auf und spähe hinein. Der Pool ist schwach beleuchtet, grünes und blaues Licht tanzt über die dunkle Decke darüber. Keine Wachen. Keine anderen Lichter, außer denen im Pool und dem warmen Schimmer, der mit uns durch die Tür schlüpft.

»Aber die Schatten …« Kai zögert, mir zu folgen.

»Entspann dich. Sie haben nur gesagt, wir dürfen nicht in die Trainings- und Krafträume. Vom Pool haben sie nichts gesagt.« Wir brechen keine Regeln. Noch nicht.

Ich streife den Overall ab und setze mich in meinem Slip an den Rand des Wassers. Dampf steigt von der Oberfläche auf, feucht und verführerisch, und die Schatten, die uns gefolgt sind, zucken vor der Hitze zurück.

Kai sieht zu, wie sie hinaufschweben zu den Luftschächten an der Decke.

»Entspann dich.« Ich nicke zu den Wintergespenstern. »Sie kommen nicht nahe genug heran, um uns zuzuhören.«

Wärme streicht über meinen Kopf, als ich hineintauche. Mein Blut fühlt sich dick an, meine Knochen schwer, die langen Jahre als Winter wehren sich gegen die Hitze. Ich durchstoße schnell wieder die Oberfläche, sauge die kühlere Luft ein, lasse den anfänglichen Schock über mich hinweggleiten.

Als ich das stechende Chlor aus den Augen blinzle, sehe ich, dass Kai immer noch an der Tür steht.

»Du warst doch mal ein Sommer, oder?« Ich spritze Wasser nach ihr. »Worauf zur Hölle wartest du noch, Sampson?« Ich wate tiefer hinein, wende ihr den Rücken zu, während sie die Knöpfe ihres Overalls öffnet. Das Wasser kräuselt sich, als sie die Temperatur testet, und ich warte auf das Platschen.

Ausgedehnte Stille, unterbrochen nur vom Plätschern des Wassers gegen den Betonrand des Beckens. »Zum Teufel noch mal«, murmle ich. »Was dauert denn da so lange? Wir haben nur …«

Ich zucke zusammen, als ihr Kopf neben mir die Oberfläche durchstößt, ihr kurzes Haar um ihr herzförmiges Gesicht zurückgestrichen.

»Nicht schlecht«, sage ich, verblüfft, dass sie mich hat überraschen können. Sie ist gut. Vielleicht sogar besser, als ich ihr zugetraut habe. »Hab dich gar nicht bemerkt.«

»Vielleicht bist du einfach ein lausiger Jäger.« Ihr Kinn streift die Oberfläche und sie tritt Wasser, ihr Blick huscht zu dem schattigen Nebel bei den Luftschächten. »Diese Dinger machen mir Angst.«

»Sie sind harmlos«, erwidere ich und wende mich zum tieferen Wasser um. »Die Fliegen sind sehr viel schlimmer.«

Ich steuere zum anderen Ende des Pools, weit genug weg, dass die Schatten uns nicht hören. »Wir haben nur ein paar Tage. Wir sollten einen Plan machen. Ich gehe nicht zu der Dekonstruktion. Also muss ich es wissen, bist du dabei oder nicht?«

»Ich kann nicht weglaufen.« Sie streicht sich die kurzen, dunklen Haarspitzen aus den Augen.

»In ein paar Tagen fühlst du dich stärker. Wir müssen nur eine Möglichkeit finden, an ein paar Wachen vorbeizugelangen, und uns dann eine Weile verstecken.«

»Es bleibt keine Zeit. Die Dekonstruktion ist in nicht mal einer Woche.«

»Ich dachte, du bist eine Kämpferin.«

»Es bringt nichts, sich gegen ihn zu stellen, Doug.« Sie senkt die

Stimme, blickt wieder zu den Schatten. »Wenn wir das tun, verlieren wir alles. Wir sollten einfach die Degradierung annehmen und unser Leben von vorn beginnen.«

Ich wische mir Wasser aus dem Gesicht. Sie gibt viel zu schnell auf. Ich habe sie trainieren sehen. Ich weiß, wie tough sie ist. Ich weiß, was sie kann. Und sie auch.

»Du bist eine Närrin, wenn du ihm vertraust«, sage ich leise. »Was immer Lyon dir dafür versprochen hat, damit du mich ausspionierst, er wird sich gegen dich wenden.«

Ihre Augen werden groß. »Das hat er nicht. Ich weiß nicht, wovon du da redest.«

Ein düsteres Lachen lässt meine Schultern beben. »Du magst ja eine gute Jägerin sein, Sampson, aber du bist eine miese Lügnerin.«

Sie schüttelt den Kopf, zu heftig und zu schnell. »So war es nicht, Doug. Das schwöre ich. Er macht sich nur Sorgen um dich.« Ich hebe eine Braue, damit sie weiß, dass ich sie durchschaue. »Ich meine es ernst. Er hat Angst, dass du bei der Dekonstruktion nicht kooperierst, und er hat Angst, dass jemand verletzt wird.«

Nein. Nicht jemand. *Er selbst.*

Ich erinnere mich an Lyons Gesicht, als er in das Auge des Stabs blickte. Er hatte Angst. Nicht um mich – er musste wissen, dass ich niemals nachgeben würde, dass er mich würde umbringen müssen. Er hatte Angst um *sich selbst.* Angst, dass *er* verletzt würde. Vermutlich Angst, dass ich es wäre, der ihn verletzt. Also hat er Kai geschickt, um mich weichzukochen, mich zu überzeugen, meine Magie ruhig herzugeben. Am Arsch.

Ich dränge sie in eine Ecke, die Arme auf den Poolrand gestützt, sperre sie dazwischen ein. Wenn Lyon sich vor dem fürchtet, was er in seiner Zukunft gesehen hat – vor etwas, das er bei der

Dekonstruktion gesehen hat, etwas, das ich tue und das ihm *schadet* –, dann bedeutet das, ich habe eine Chance.

Es gibt einen Weg nach vorn – in die Dekonstruktion einzugreifen muss meiner sein.

»Was hat er dir im Tausch angeboten, wenn du mich überredest, aufzugeben?«

Ihre Brust hebt und senkt sich schneller, während sie ängstlich zur Tür blickt. Ich rücke näher. »Was denkst du, was er Jack angeboten haben muss, um solche Loyalität in ihm zu wecken? Mehr Magie? Freiheit? Einen der begehrten Posten in seiner Wache? Und was hat Jack bekommen? Nichts, Kai. Er hat *nichts* bekommen. Er ist ein Administrator. Als Mensch, ohne eigene Magie, spielt er den Diener eines Frühlings.« Skeptische Falten durchfurchen ihre Brauen. Sie sieht störrisch weg. »Daniel Lyon kann man nicht vertrauen«, flüstere ich, mein Rücken schirmt unsere Unterhaltung vor den Schatten ab. »Was immer er dir angeboten hat, es wird in dem Augenblick verschwinden, in dem er mit dir fertig ist.« Ihr Blick zuckt zu meinem, die Wahrheit steht offen darin. »Was war es? Was hat er dir versprochen, Kai?«

Sie schluckt schwer. »Gnade. Für meine Schwester.«

»Wer ist deine Schwester?«

Sie zögert. »Sie heißt Ruby.«

Ich lasse mir den Namen durch den Kopf gehen. Rubin ist ein Geburtsstein für den Juli – ein geläufiger Name unter den Sommern. Es gab keine Rubys in Michaels Wache und der Name sagt mir nichts, aber es gibt Hunderte von Sommern im Observatorium, und ich erinnere mich nur an die, die ich beauftragt war zu jagen – die, die Probleme verursachten. »Was hat deine Schwester gemacht?«

»Lyon hat gesagt …« Ihre Miene ist gequält. »Er hat gesagt, sie hat Jack und seine Freunde gejagt. Dass sie sie angegriffen hat, als sie vom Observatorium weggelaufen sind. Ich habe ihm gesagt, dass sie es vermutlich nur wegen der Prämie getan hat. Michael hat eine riesige Belohnung ausgesetzt und ich kenne meine Schwester; sie mag den Wettbewerb. Sie hätte sie gewollt. Ich bezweifle ernsthaft, dass sie Jack aus irgendwelchen ideologischen Motiven heraus aufhalten wollte.«

Ich mag ihre Schwester jetzt schon. »Was ist mit ihr passiert?«

»Lyon sagte, sie würde hier im Observatorium festgehalten. Ich nehme an, sie wurde mit all den anderen gefasst, die Jack gejagt haben. Sie muss ihre Anhörung schon hinter sich haben.«

»Was hat er mit ihr vor?«

»Er sagt, er kann sie nicht freilassen. Dass ihr Schicksal von meiner Kooperation abhängt und von Jacks Bereitwilligkeit, ihr zu vergeben und sie gehen zu lassen, und dass ihre ›gegenwärtige Situation‹« – sie setzt Lyons Worte mit den Fingern in Anführungszeichen – »das direkte Ergebnis von Rubys Entscheidung ist, Jack zu jagen.« Ihr Seufzen klingt zittrig. Sie wischt sich einen Tropfen von der Wange und ich bin mir ziemlich sicher, dass es eine Träne ist. »Er hat gesagt, dass ich sie befreien kann, wenn ich den richtigen Weg wähle.«

»Und was ist mit dir? Was springt für dich dabei raus?«

Sie sinkt hinab ins Wasser, ihre Arme um die Mitte geschlungen. »Was mit mir passiert, ist nicht wichtig. Ich muss wissen, dass es meiner Schwester gut geht.« Sie schnieft und wischt sich noch eine Träne aus dem Gesicht. »Lyon sagte, das ist mein Weg nach vorn. Dass das Aufgeben meiner Magie der erste Schritt ist, mir selbst zu vergeben.«

»Wofür?«

»Für das, was ich getan habe.«

Die schwelende Wut, die ich spüre, seit ich aus der Stasis erwacht bin, droht überzukochen. Jetzt, da ich sicher weiß, dass sie unter Lyons Fuchtel steht, sollte ich sie hierlassen. Sie hat sich diese Suppe eingebrockt und sie ist tough genug, sie auszulöffeln. Aber ich komme nicht über den Gedanken hinweg, dass Lyon ihr die Magie nimmt, nur weil sie ihren Job gemacht hat. Weil sie genau das gemacht hat, was ihr befohlen wurde. Das ist keine Wahl, die er Kai lässt. Nicht, wenn er ihre Schwester gegen sie in der Hand hat.

Ich beuge mich hinab, zwinge sie, meinem Blick zu begegnen. »Hör mir zu. Du hast nichts falsch gemacht. *Wir* haben nichts falsch gemacht. Und es gibt nichts, wofür wir uns schuldig fühlen müssten. Ich gebe meine Magie nicht auf, bloß weil Lyon beschlossen hat, dass ich sie nicht mehr verdiene. Und du auch nicht.«

Lyon hat ein grauenhaftes Spiel getrieben, indem er Kai als Bauer benutzt hat. Wenn er glaubt, sie arbeitet für ihn – wenn er denkt, sie hat mich erfolgreich davon überzeugt, nachzugeben –, dann verschafft mir das einen Vorteil. Er überwacht ja nicht seine Zukunft, indem er ständig ins Auge sieht. Wenn Lyon Kai das Leben ihrer Schwester anbietet, dann muss ich ihr bloß mehr versprechen.

»Es gibt keinen Ausweg«, sagt sie mit einem resignierten Schniefen. »Ich kann nicht weglaufen. Nicht, wenn meine Schwester hier eingesperrt ist.«

»Wir laufen nicht weg. Wir kämpfen.«

Sie lacht, duckt sich unter meinem Arm weg. »Du spinnst total. Das ist unmöglich. Wir sind nicht stark genug.«

»Nichts ist unmöglich«, fauche ich, während sie von mir wegwatet. »Du hast es selbst gesagt. Er hat Angst, dass ich bei der Dekonstruktion nicht kooperiere. Dass ich jemanden verletze. Und glaub mir, ich würde nichts lieber tun, als ihn von seinem Thron zu stoßen.«

»Das kannst du nicht. Er ist jetzt Chronos.«

Ich folge ihr dichtauf durch das Wasser, achte darauf, leise zu sprechen. »Ja, *im Moment*, Kai. Aber wer immer den Stab hat, hat die Kontrolle.« Lyon hat den Fehler gemacht, mir das zu zeigen, als er mir die Vision des Kampfs am See offenbarte. Lyon brauchte nur Michaels Stab, um ihn zu töten. Lyon ist weich – er ist ein Gelehrter, kein Kämpfer. Seine Wache ist neu und unerfahren. Ich brauche nur einen Versuch, um ihn zu entwaffnen. »Der Stab ist der Schlüssel, um ihm die Macht zu nehmen. Er wird ihn bei der Dekonstruktion bei sich haben. Ich finde eine Möglichkeit, an ihn heranzukommen.«

»Lyon wird wissen, was du vorhast, bevor du auch nur fertig bist mit der Planung. Vermutlich weiß er es längst.«

»Er ist ein Feigling. Er wird nicht so weit vorausschauen.« Lyons Hände haben gezittert, als er das Auge bedeckte. Dieser letzte Blick hinein hat ihn etwas gekostet. Was immer er in dieser Vision sah, hat ihn aus der Bahn geworfen, als hätte ihn diese Zukunft beunruhigt. Ihn vielleicht sogar verängstigt. Und ich muss einfach glauben, dass ich derjenige bin, den er dabei beobachtet hat, wie er seine Zukunft verpfuscht.

Kai sieht mich an, als wäre ich verrückt geworden. »Es werden mindestens vier Wachen in dem Raum sein. Vielleicht mehr. Ganz zu schweigen von Gaia!« Sie flüstert Gaias Namen mit fast ängstlicher Ehrfurcht. »Selbst wenn du nahe genug herankämest, um den Stab an dich zu nehmen, würdest du es niemals lebend aus diesem Raum hinausschaffen.«

»Dann breche ich in sein Büro ein und stehle ihn vorher. Niemand sagt, dass wir auf die Dekonstruktion warten müssen.«

Sie bleibt stehen und gafft mich an. »Gestohlene Magie ist verfluchte Magie.«

»Wer hat dir denn den Scheißdreck beigebracht?«

»Eine Bibliothekarin aus den Archiven. Sie hat gesagt, gestohlene Magie fordert einen Preis. Und wenn du jemandes Magie nimmst ohne dessen Erlaubnis, übernimmst du auch dessen Schwächen und Fehler.«

»Schwachsinn. Es gibt keine Flüche.«

Ihr Lachen ist dunkel. »Ich wette, du hättest früher auch nicht gedacht, dass es so was wie Magie gibt.«

»Was soll's«, murmle ich und spritze Wasser nach ihr, sodass sie sich duckt. »Ich bin schon lange hier und so etwas habe ich nie gehört.«

»Selbst wenn du den Stab stehlen könntest, müsstest du zuerst einmal einen Weg aus unserer Zelle finden.«

Ich deute lässig auf den Pool um uns herum. »Und?«

Sie verdreht die Augen und fragt: »Was ist mit den Wachen?«

Ich ziehe sie zu mir, nah genug, um flüstern zu können: »Wir brauchen bloß eine kleine Ablenkung.«

Sie sieht zu mir auf durch dichte, nasse Wimpern und ich erhasche ein hoffnungsvolles Glänzen. »Selbst wenn es dir gelingen könnte, in sein Büro einzubrechen«, sagt sie leise, »hat Gaia ein Schoßtier darin. Eine Schlange. Du schaffst keine zwei Schritte aus der Tür, bevor Gaia es mitbekommt und die Wachen dich schnappen.«

Die Schlange. Daran hatte ich noch gar nicht gedacht. Ich weiche vor Kai zurück, wische mir warmes Wasser aus dem Gesicht. In Lyons Büro zu gelangen wäre nicht unmöglich. Die diensthabende Wache zu überwältigen, wenn sie zu unserer Zelle kommt, ihre Schlüsselkarte klauen, den Stab holen ... Ein Streich mit der Sense – mehr braucht es nicht, um Daniel Lyon ein Ende zu bereiten.

Aber Kai hat recht ... die Schlange stellt ein Hindernis dar. Wenn es eins von Gaias Schoßtieren ist, dann könnte sie auch einer ihrer Spione sein. Sie würde alles spüren, was die Schlange sieht, und sie würde in dem Moment wissen, was ich vorhabe, in dem ich in Lyons Büro einbreche.

»Es ist schräg«, sage ich leise, fast zu mir selbst, während ich den Schatten zusehe, wie sie zwischen den Schächten hin und her schweben. »Ich habe nie zuvor eine Schlange im Observatorium gesehen.« Solange ich hier lebte, gab es nur Krähen, Bienen, Fliegen und Schatten – die Kreaturen, die Gaia als Gefäße für Magie nutzt. Wäre es ein gewöhnliches Schoßtier, würde es nicht in einem Terrarium in einem verschlossenen Büro gehalten. Es würde in der Menagerie leben mit allen anderen Kreaturen Gaias, bis es zum Wirt für die Seele einer toten Jahreszeit würde.

Nein, diese Schlange ist anders. Ihre Augen sind auch nicht gewöhnlich. Sie erinnern mich zu sehr an Gaias.

Kais Schauder bringt die Oberfläche des Pools dazu, sich zu kräuseln. »Ich hasse Schlangen. Die war gruselig. Wie die auf dem Gemälde in der Galerie.«

Ruckartig drehe ich mich zu ihr um. »Welches Gemälde?«

»Das mit Chronos und Ananke.«

Schweißtropfen sammeln sich auf meiner Lippe und ich wische sie weg. Ich bin tausendmal an diesem Gemälde vorbeimarschiert auf meinem Weg zum und vom Kontrollraum. Es ist die einzige Darstellung Anankes, die auf dem Campus existiert. Darin wird sie als Schlange gezeigt. Und Kai hat recht. Die Augen der Schlange in Lyons Büro sind die gleichen wie in dem Gemälde – die gleichen wie Gaias. Diamanten. Facettiert wie das Kristallauge im Stab.

Ich fasse es nicht, dass mir das noch gar nicht aufgefallen ist. Diese Augen. Die Ähnlichkeit.

»Wir sollten gehen«, sagt Kai. »Die Wachen werden bald nach uns sehen.« Sie macht ein paar Schritte zur anderen Seite des

Pools, aber ich packe sie am Arm und ziehe sie zurück durch das Wasser, um außer Hörweite der Schatten zu bleiben.

»Was, wenn die Schlange kein Schoßtier ist?«

Sie runzelt die Stirn. »Was meinst du?«

»Warum sonst würde die Schlange in Lyons Büro gehalten, fern von allen anderen von Gaias Kreaturen und Spionen, wenn sie nicht besonders ist? Wenn sie nicht eines Platzes in Chronos' Nähe würdig ist?« Meine Aufregung nimmt zu und meine Stimme wird lauter. Ich muss mich sehr bemühen, das Adrenalin zu zügeln. »Was, wenn die Schlange eine Wirtin ist für Anankes Magie?«

Kai schüttelt meine Hand ab, ihr Gesicht wird blass. »Dann bin ich dafür, dass wir sie in Ruhe lassen. Es muss einen Grund dafür geben, dass dieses Ding in einem Käfig ist.«

Ich dränge sie in die Ecke, zwinge sie, mich bis zum Ende anzuhören. »Begreifst du es nicht? Michael muss ihre Seele eingesperrt haben, als er sie getötet hat, und er muss ihre Magie in diese Schlange befördert haben.« Sie starrt mich genauso an, wie ich die Bilder angestarrt habe, die auf Lyons Schreibtisch projiziert wurden, sowohl gebannt als auch voller Angst, wegzusehen.

»Und?«

»Nun, die Unvermeidlichkeit hatte die Macht über alles – Chaos, Erde, Zeit … sie alle. Chronos tötete Ananke, weil er *Angst* vor ihr hatte. Ihre Magie übertrifft sie alle. Und wenn Anankes Magie gestohlen und in eine Schlange versetzt werden kann, dann kann sie genauso gut gestohlen und in etwas anderes versetzt werden.« Wenn ein Tier Anankes Wirt sein kann, dann kann es auch ein Mensch sein. Ich muss nur diese Schlange in die Finger bekommen und die Magie aus ihr herausziehen. »Mit dieser Macht kann ich genau das tun, wovor Lyon sich fürchtet. Ich kann die Dekonstruktion verhindern.«

»Und was dann?«, fragt sie misstrauisch.

»Ich kann dir geben, was du wirklich willst … deine Schwester *und* deine Magie.«

6

ALLEIN IM WINTERREGEN

Jack

Meine Lungen brennen noch immer von dem Sprint nach Hause, als ich aus der Dusche komme. Egal wie viele Scheiben ich auf die Stange packe oder wie viele Kilometer ich renne, ich kann den Frust einfach nicht abarbeiten. Er ist tief in mir verankert. Nicht in meinen Muskeln oder der Lunge. Es ist ein hartnäckiger Schmerz hinter meinem Herzen und ich bin sicher, er bringt mich langsam um.

Ich verlasse das Bad, ohne abzuwarten, bis der Dampf sich vom Spiegel hebt, denn ich kann meinen Anblick nicht ertragen. Ein Blutfleck färbt das Handtuch, wo es meinen Hals gestreift hat. Ich konnte mich selbst nicht gegen zwei menschliche Arschlöcher verteidigen, die mir meine Uhr klauen wollten. Dieser Handgelenksmonitor ist mein einziges Mittel, um Fleur außerhalb der Villa zu beschützen, und wenn sie nicht in dem Moment aufgetaucht wäre, hätten sie mir die Kehle durchgeschnitten und ihn mir genommen.

Ich öffne eine Schublade und zerre mir ein frisches T-Shirt über den Kopf. Mein Handy vibriert auf der Kommode. Ich ziehe es zu mir heran, überfliege die Benachrichtigung auf dem Bildschirm. Eine E-Mail von Lyon.

Jack,
eure Visa sind in der Post. Ich habe einen Bericht beigefügt, den du dir ansehen solltest. Im Licht der jüngsten Ereignisse, sowohl hier als auch im Ausland, haben Gaia und ich beide das Gefühl, dass es für dich und Fleur am besten wäre, eure Ferienpläne zu überdenken.
Es tut mir leid, Jack. Ich bin da, wenn du reden willst. Und mein Angebot steht. Ich habe auch aktualisierte Pässe zu euren Visa beigelegt sowie zwei Reisegutscheine, genug für Flüge von Mexico City nach London, falls ihr eure Meinung zu eurer Rückkehr ändert.
Bis zu unserem Call nächste Woche,
Daniel
Professor Daniel Lyon
Das Observatorium, Fachbereich Humanwissenschaften

Ich verweile bei diesen letzten beiden Zeilen und ein Grinsen verzieht meine Lippen. Lyon ist immer noch nicht dazu gekommen, seinen Titel in seiner E-Mail-Signatur zu ändern. Er ist viel zu klug, viel zu detailverliebt, als dass das ein Versehen sein könnte. Lyons neuer Titel trägt bedeutend mehr Gewicht – Vater Zeit, Chronos, Gewährer der Unsterblichkeit, Herrscher unseres Universums … Die meisten wären begeistert, auch nur einen dieser Ehrentitel ans Ende ihres Namens zu heften, oder darüber zu setzen, und auszulöschen, wer sie zuvor waren. Aber nicht Lyon. Ich schätze, ihm ist es genauso unangenehm, seinen neuen Titel zu benutzen, wie es das mir war. Und etwas daran bringt die Ley-Linie zu seinem Büro noch heller zum Leuchten.

Bis ich den Anhang öffne.

Mein Lächeln verblasst, als ich den Bericht überfliege, meine Visionen unseres Jahrestagausflugs nach Amsterdam zu rauchenden Häuflein Asche zerfallen. Lyon und Gaia haben nach einer Handvoll unerlaubt fehlender Jahreszeiten gesucht – Kopfjäger, die Fleur und mich suchten, während wir auf der Flucht vor Michael waren. Die meisten hatten sich selbst gestellt und ihnen wurde Gnade gewährt. Andere wurden gefangen genommen und zurück ins Observatorium gebracht, um dort Anhörungen unterzogen zu werden. Aber ein paar waren abgetaucht, sobald sie von Michaels Niederlage hörten; und sie waren seither nicht mehr aufgetaucht.

Und wegen dieser Jahreszeiten macht Lyon sich Sorgen.

Ein Muster aus merkwürdigen und unzeitgemäßen Stürmen deutet an, dass sie am Leben sind – und sich nicht gerade bedeckt halten. Lyon hat allen nicht-verpaarten Jahreszeiten das Reisen untersagt, solange sie sich nicht überwachen lassen, per Transmitter an eine Ley-Linie gebunden. Was eine Option wäre für eine Jahreszeit wie Fleur – deren Magie durch eine Ley-Linie zurück zum Observatorium gezogen werden könnte, falls ihr jemals das Schlimmste zustieße –, aber nicht für einen Menschen wie mich.

Ich werfe das Handy aufs Bett, wo es eine Kuhle in der Steppdecke hinterlässt. Die Arme auf die Kommode gestützt, lasse ich den Kopf hängen, suche nach einer Möglichkeit, diese Neuigkeiten Fleur zu überbringen. Wir haben eine Armee von Wachen abgehängt und eine Horde kopfgeldjagender Jahreszeiten abgewehrt, die uns über den Atlantik und den größten Teil Nordamerikas jagten, aber jetzt, da ich ein Mensch bin, dürfen wir den Schutz unserer eigenen verdammten Stadt nicht verlassen.

Eine Brise bewegt die durchscheinenden Vorhänge unseres Schlafzimmers. Ich hebe den Kopf und erhasche einen flüchtigen

Blick auf etwas Rosafarbenes vor dem Fenster. Fleur hockt auf dem Rand des Pools im Hof unten, den Saum des Bauernrocks über die Knie hochgezogen, und die Füße baumeln im tiefen Ende. Ceiba und Zypressen bilden einen blassen Hintergrund, die Zweige nach unten gewandt, die blassen Blätter flattern unter den wabernden grauen Wolken hinter ihr. Ihr Haar ist hinter ein Ohr zurückgeschoben, enthüllt den langen weißen Draht, der ihre Ohrhörer mit dem Handy verbindet. Ein Fuß zieht traurig Muster im Wasser, während sie redet.

Der Atemzug, den ich einsauge, fühlt sich schwer an.

Sie ist wunderschön. Wunderschön und Ehrfurcht gebietend und stark; ich verdiene sie nicht.

Mein Telefon klingelt unvermittelt und ich zucke zusammen. *Cold as Ice* von Foreigner hallt durch das Zimmer und ich stürze zum Bett, um das Handy zum Schweigen zu bringen. Das selbstzufrieden dreinblickende Gesicht meines früheren Administrators füllt meinen Bildschirm aus. Ich habe den Klingelton nicht ausgewählt – Chill war das –, und egal wie oft ich ihn zu etwas ändere, bei dem ich nicht aus der Haut fahren möchte, gelingt es ihm doch wieder, mein Telefon zu hacken und den Ton wieder draufzuladen.

Mit einem Seufzen gehe ich ran. »Hey, wie läuft's?«

»Ich spürte eine Erschütterung der Macht.«

Ich schiebe das Telefon zwischen Schulter und Ohr und ziehe den Vorhang zur Seite. Fleur telefoniert noch. Und jetzt weiß ich auch, mit wem. »Poppy hat's dir erzählt, hm?«

»Nö. Aber sie reden seit fast einer Stunde und sie leitet meine Anrufe immer wieder auf die Voicemail. Ich bin bloß einmal durchgekommen und sie sagte nur, dass ich dich anrufen soll, bevor sie mich abgewürgt hat. Ärger im Paradies?«

»Nein.« Ich gehe mit dem Telefon den Flur hinab, biege in mein

Büro ab und schließe die Tür hinter mir. Dann lasse ich mich rückwärts auf die Couch fallen, einen Arm über die Augen gelegt. In der ausgedehnten Stille, mit der Stimme meines alten Mitbewohners im Ohr und den durchgelegenen Kissen der schäbigen alten Couch, die sich um mich herumschmiegen, kann ich mir fast vorstellen, dass ich wieder in unserem Quartier bin.

»Du kannst es mir nämlich erzählen …«

»Es gibt nichts zu erzählen«, grummle ich. Als ich die Augen öffne, ist Fleurs schiefer Immergrün direkt über meinem Kopf. Ich setze mich auf und schwinge die Füße über den Rand der Couch. »Es ist nichts. Alles okay.«

»Verstanden«, sagt er leise. Und Gaia sei Dank, er lässt es gut sein.

»Wo bist du überhaupt? Der Winter ist fast vorbei. Solltest du nicht zu Hause sein, in Stasis?«

»Mir bleiben noch ein paar Tage, bis Jarek herkommt und übernimmt. Ich bin bereit, nach Hause zu Poppy zu kommen. Den Rest des Sommers will ich mit meinem Mädchen netflixen und chillen.« Poppy – Fleurs frühere Administratorin, das Mädchen, von dem Chill schwor, er könne es nicht ausstehen, bis ihm die Chance geboten wurde, die Ewigkeit mit ihr zu verbringen – ist jetzt Chills Administratorin. Chill wurde während des Kampfs am See zum Winter, als er tödlich verwundet wurde bei dem Versuch, mich zu retten. Ich ließ die Gelegenheit verstreichen, Lyons alte Wintermagie zu übernehmen, damit Chill überleben konnte, und er rettete Poppy, indem er sie als seine Administratorin erwählte. In ein paar Tagen wird seine Jahreszeit vorbei sein und sie wird seine Materie – seine Seele, Magie und Energie – durch die Ley-Linien zurück zu ihrem gemeinsamen Zuhause in Fairbanks, Alaska, ziehen. Nach einiger Zeit in Stasis werden sie den Rest des Jahres gemeinsam verbringen können.

»Wie lange bist du außer Betrieb?« Ich gehe zu meinem Schreibtischstuhl und schalte meine Monitore an.

»Nur ein paar Tage. Warum? Wirst du mich vermissen?«

»Das hättest du wohl gern.«

»Ich habe mein Gesicht auf deinem Telefon programmiert, damit du nicht zu traurig bist, während ich weg bin.«

Ich lache laut auf. »Hab ich bemerkt. Wie hast du das gemacht?«

»Ein Hacker enthüllt nie seine Geheimnisse.« Ein Vogel ruft irgendwo im Hintergrund. Chills Atem tönt in abgehackten Stößen durch das Telefon, als würde er ein steiles Gelände erklimmen. Die Welt fühlt sich verdreht an, ich vor einem Computerbildschirm und Chill schnauft einen Berg hoch.

»Ein paar Tage, hm?« Eifersucht packt mich. Als ich ein Winter war, habe ich Monate in Stasis verbracht, damit die Traumata meiner Verletzungen heilen konnten, und im Arm meiner Freundin zu erwachen, war nie eine Option gewesen.

»Kein Blut wird vergossen. Muss nur lange genug schlafen, um meine magischen Batterien wieder aufzuladen«, sagt er und meint die Entdeckung, die uns herauszufinden half, wie wir draußen in der Welt überleben können, ohne dass uns der Saft ausgeht. Die Magie der Jahreszeiten funktioniert wie eine wiederaufladbare Batterie. Wir sind dazu gedacht, in Gruppen zu arbeiten, unsere gegensätzliche Ladung von Natur aus dazu geschaffen, einander zu heilen und die Magie des anderen zu erneuern. Die Stasiskammern waren Michaels verdrehte Lösung, um die Jahreszeiten voneinander zu trennen – uns zu kontrollieren, indem er uns mit Transmittern an das Observatorium band und uns von diesen Stasiskammern abhängig machte, um an Macht zu kommen –, statt uns zu erlauben, zu koexistieren. Zusammen waren wir zu stark, eine zu große Bedrohung, fähig, das System zu stürzen, das uns unterdrückte.

Denjenigen von uns, die das Observatorium verlassen haben,

sind eigene Lösungen eingefallen. Amber und Julio können einander aufladen, indem sie sich einfach berühren – etwas, das sie scheinbar unentwegt tun, egal wie das Wetter in Kalifornien ist. Fleur dagegen braucht keine Jahreszeit, mit der sie sich zusammentut, solange wir uns in einem Klima aufhalten, das sie begünstigt. Chill hingegen, der sich dafür entschieden hat, mit seiner menschlichen Administratorin in Fairbanks zu leben, mit den kurzen, warmen Sommern, ist zwischendurch auf eine Stasiskammer angewiesen für einen gelegentlichen Schub.

»Hm.« Abwesend rüttle ich an der Maus. Die Brutalität der Jagd, der Schmerz, Amber zu töten und von Fleur getötet zu werden, die Länge der Stasis und die Übelkeit, die darauf folgte, die Einsamkeit und Isolation … das waren die ätzenden Aspekte am Dasein als Winter – die, bei denen ich mir eingeredet hatte, ich wäre froh, dass sie vorbei waren. Und jetzt sind diese Sachen nicht mal mehr ein Problem.

»Alles okay, Jack?« Chill hat meiner Stimme viel zu viele Winter durch seine Kopfhörer zugehört, ist die nonverbalen Hinweise durchgegangen auf der Suche nach Anzeichen, dass etwas nicht stimmte. Dass ich in Gefahr war – zu müde, zu krank, zu wütend auf die Welt … bereit, aufzugeben.

»Ja.« Ich setze mich in meinem Stuhl auf und öffne meine Mails, schiebe die Gedanken beiseite, die seit dem Park an mir nagen. »Ich freue mich für dich, Chill. Niemand verdient es mehr als du und Poppy.« Das ist wahr. Und es ist der Grund, aus dem ich auf meine Chance verzichtet habe, wieder zum Winter zu werden – damit Chill und Poppy dieses Leben zusammen haben konnten.

Lyons E-Mail taucht auf meinem Bildschirm auf, als ich aktualisiere. »Hast du diesen Bericht gesehen, den Lyon vor ein paar Minuten rausgeschickt hat?«

»Lese gerade.« Chills Atmung hat sich beruhigt, als hätte er sich endlich hingesetzt. »Was hältst du davon?«

»Er sagt, sie hätten die Letzten von Michaels Wache geweckt. Sie werden alle von ihrer Magie befreit. Wer sich weigert, wird aus dem Programm Ausgemerzt.«

Ein leises Pfeifen ertönt aus dem Telefon. »Diese abtrünnigen Jahreszeiten, die Michael gegenüber loyal waren, könnten ein wenig aufgebracht sein, wenn ihre Freunde zu Asche verwandelt werden. Vielleicht hat Lyon Angst vor Vergeltung.«

»Scheint so. Sieht aus, als hätten wir alle eine Weile Ausgangssperre.«

»So viel zu euren Jahrestagsplänen. Habt ihr euch darüber gestritten?«

Ich bringe nur ein Grunzen zustande.

»Hey, Jarek klingelt an.« Chill saugt die Luft ein, als wäre er wieder unterwegs. »Ich muss rangehen. Dann müssen Poppy und ich meinen Trip nach Hause organisieren. Mittlerweile sollten die Mädchen fertig sein mit dem Tratschen über dich. Vielleicht solltest du mit Fleur reden.«

»Danke, mach ich«, sage ich. »Komm gut nach Hause und umarm Poppy von mir.«

Chill legt als Erster auf. Ich behalte das Telefon am Ohr, lausche der Stille am anderen Ende.

7

VON EINER LIEBE ODER EINER JAHRESZEIT

Fleur

Jack tritt unter der Veranda hervor, die Hände in den Taschen, die bloßen Füße halten auf dem Gras am Rand des Patios inne. Ich höre Poppys »Tschüss« kaum. Mein Blick ist auf den roten Strich auf Jacks Kehle gerichtet, während ich die Ohrhörer herausziehe und sie auf mein Telefon lege. Er kommt langsam heran, seine Zähne graben sich in seine Unterlippe und seine dunklen Brauen sind herabgezogen. Der schwache Geruch nach Blut erreicht mich vor ihm und er blickt auf, als mein Blick zu der roten Wunde sinkt.

»Es ist okay«, sagt er und beantwortet die Frage, die er in meinem Gesicht lesen muss. Ich ziehe die Füße aus dem Pool. Er sinkt neben mich, bevor ich aufstehen kann, nah, jedoch ohne mich zu berühren. »Wie geht's Poppy?«

Ich tauche die Beine wieder ins Wasser, vorsichtig, um nicht zu spritzen. Aus Angst, die zerbrechliche Oberflächenspannung zwischen uns zu stören. »Ihr geht es gut.«

»Ich vermute, du hast von der Ausgangssperre gehört?« Er dreht sich ein wenig, sieht mein leichtes Nicken. »Ich wollte nur … ich will nur, dass du weißt, dass ich heute Morgen mit Lyon darüber geredet habe, dass wir nach Amsterdam wollen. Er wollte mit Gaia darüber reden diese Woche und mir Bescheid geben, aber …« Er reibt sich die Augen und flucht leise. »Wozu auch immer es gut sein soll, er sagt, es tut ihm leid.«

»Das bezweifle ich ehrlich.« Diese bitteren Worte verlassen meinen Mund, bevor ich sie zurückhalten kann. Jacks Beziehung zu seinem alten Professor ist gestört und kompliziert, und jedes Mal, wenn ich versuche, ihn dazu zu ermutigen, einen Schritt zurückzutreten – Lyon und sein Handeln nicht als rein altruistisch anzusehen –, verteidigt Jack ihn instinktiv. Aber ich bin nicht davon überzeugt, dass Lyons Loyalität Jack gegenüber keinen Preis hat.

»Ich weiß, du magst ihn nicht. Das verstehe ich. Aber er versucht nicht, uns Steine in den Weg zu legen, Fleur. Und ich kann nicht einfach alles, was er für uns getan hat, ignorieren.«

»Du meinst, alles, was er getan hat, um seine Schuld zu lindern.« Eine Brise peitscht mir das Haar vor das Gesicht. Wolken sammeln sich über uns, werfen Schatten auf den Garten. »Ich weiß, dass du das Beste in ihm sehen willst. Aber als ich Daniel Lyon zum ersten Mal getroffen habe, tauchte er zu spät zu einem Kampf auf, den *er* von uns für sich ausfechten ließ. Um einen Titel für sich zu beanspruchen, den *wir* ihm gesichert haben. Er hat dich kaum angesehen, während du verblutet und gestorben bist, also verzeih mir, wenn ich ihm nicht vertraue.« Jacks Gesicht verschwimmt wegen der heißen Tränen, die mir in die Augen steigen, und ich ringe darum, sie zurückzuhalten. »Was mich angeht, Woodys Tod, dein Tod, Poppys Tod … Gabriel, Yukio, Noelle und die anderen …« Ich schließe die Augen, schaudere beim Gedanken an sie alle. »All diese Tode sind Lyons Schuld. Und nur weil Gaia uns zwei von euch zurückgegeben hat, heißt das nicht, dass ich ihm je verzeihe. Lyon hat uns manipuliert, Jack. Vergiss das niemals. Und ich verstehe beim besten Willen nicht, warum du je zu ihm zurückkehren wollen solltest.«

»Weil ich dich so nicht beschützen kann.« Jack deutet voller Abscheu auf sich, als ob jedes perfekt geformte Stück von ihm, jede Kurve und jede Kante, die so perfekt zu meinen passen, nicht Magie genug wäre.

»Was lässt dich glauben, dass wir dort sicher wären?«

»Lyon hat meinen Schatten. Er sagte, er würde mir helfen, wenn ich ihn zurückhaben möchte.«

»Du weißt, was ich davon halte. Du hast gehört, was Gaia gesagt hat. Dieser Schatten ist nicht mehr du. Er ist vergiftet, Jack.«

»Das weiß sie nicht.«

»Sie vielleicht nicht, aber wir.« Wir beide wissen, wann es passiert ist. Während des Hinterhalts in der Hütte von Jacks Großvater, als eine Gruppe Jahreszeiten uns umstellte. Julio und Amber hatten tödliche Wunden erlitten und meine Macht schwand zusehends. Wir drei bluteten aus und in einem letzten Versuch, uns zu retten, nahm Jack die Magie eines sterbenden Winters namens Névé Onding an, in dem Wissen, dass sie nicht gerettet werden konnte. Und selbst wenn sie hätte geheilt werden können, bin ich nicht überzeugt, dass sie diese Gnade verdient hätte nach dem, was sie uns hatte antun wollen.

Die Magie, die Jack Névé nahm, hat uns die Kraft gegeben, die Nacht zu überleben. Erst als wir erwachten, wurde uns klar, wie es Jack weiterhin beeinflussen würde. Diese Schuld quälte Jacks Gewissen wie ein wütender Geist. Er fragt sich immer noch manchmal – wir alle fragen uns das –, ob ein Stück von Névé Ondings Seele an diesem Tag an ihm haften geblieben ist. Ob sie sogar jetzt noch in seinem Schatten verhaftet ist.

Ich glaube einfach, dass Gaia ihm deshalb gesagt hat, es wäre gefährlich, ihn zurückzunehmen. Weil dieser Schatten nicht mehr wirklich Jacks allein ist.

»Ich weiß, es wird wehtun, aber Lyon hat gesagt …«

»Lyon ist ein Lügner und ein Strippenzieher! Wenn dieses Ding kaputt ist und wehtut, warum sollte er dann anbieten, es zurückzugeben?«

»Das *Ding* war ein Teil von mir!«

»Es ist kein Teil von dem, der du jetzt bist! Möchtest du das Risiko wirklich eingehen?« Eine Träne rinnt meine Wange hinab, als er mich mit solcher Sehnsucht in den Augen ansieht, einer stillen Verzweiflung, die ich lange nicht gesehen habe. Plötzlich ist es, als würde ich ihn durch einen Maschendrahtzaun ansehen, unsere Hände packen das Drahtgeflecht, unsere Stirnen sind einander nah, aber sie können sich niemals berühren. Er wusste, was er wollte in dieser Nacht, als ich ihn bei der Baustelle aufgespürt habe, bereit, die Regeln zu befolgen und seine Jahreszeit zu beenden. Er wusste, was er bereit war zu riskieren, um mich zu schützen, damit wir zusammen sein könnten. Ihm war es egal, dass es waghalsig und lebensgefährlich war; er hatte seine Wahl bereits getroffen.

»Du möchtest trotzdem zurück, nicht wahr? Das willst du. Zurück ins Observatorium.«

»Ich würde dich niemals allein hierlassen. Nie.« Er zögert, als wäge er seine Worte ab. »Aber was, wenn … was, wenn ich möchte, dass *wir* zurückgehen? Nur für eine Weile. Nur um zu sehen …«

Mein Kopf zittert und ich umfasse seine Wange, drehe ihn so, dass er mich ansieht. »Es gab dort kein *wir*, Jack«, flüstere ich. »Es waren du und ich auf entgegengesetzten Seiten des Kreuzes, die einander immer und immer wieder umbrachten. Es waren Lyon und Gaia, die auf die Zukünfte zweier einsamer, hoffnungsloser

Kinder wetteten, während sie mit unseren Leben spekulierten. Und ich liebe dich zu sehr, um jemals dahin zurückzukehren. Wir haben alles, was wir brauchen. Hier. Oder nicht?«

Er nickt in meiner Hand. Seine Wange warm unter meiner Handfläche.

Ich drücke meine tränennassen Lippen kurz auf seine, dann ziehe ich mich in unser Haus zurück.

8

FEUER VORZIEHEN

Doug

Am Morgen der Dekonstruktion werden wir, die letzten vierzehn Mitglieder der alten Wache, von unseren Arrestzellen zu den kunstvollen Flügeltüren des Kontrollraums geführt, wo wir in einer Reihe aufgestellt werden und warten sollen. Wir sind gefesselt, die Handgelenke vor uns zusammengebunden wie bei Kriminellen, die Hände mit Handschuhen bedeckt, die Feuer unterdrücken. Acht Gefangene warten vor mir und Kai. Weitere vier hinter uns.

Nicht so viele, wie ich gehofft hatte, aber genug.

Lixue ist die Letzte in der Reihe, sie schüttelt die Wache ab, die ihr die Handschuhe anziehen will. Unsere Blicke begegnen sich über den Köpfen der anderen zwischen uns, bevor unsere Prozession sich in Gang setzt und ich gezwungen bin, mich umzudrehen. Vier von Lyons neuen Rekruten begleiten uns, zwei vorn und zwei hinten. Vor mir verdunkelt Schweiß den Rücken von Kais Overall, ihre Angst durchdringend und scharf.

Ich beuge mich dicht an ihr Ohr, murmle: »Ich bin direkt hinter dir.« Beobachte sie. Stelle sicher, dass sie ihren Teil des Handels einhält. Ich bin schon zuvor übers Ohr gehauen worden, zu oft, um ihr vollständig zu vertrauen.

Sie nickt kaum wahrnehmbar. Als die Wachen die Türen öffnen und den ersten Gefangenen auf das Podest rufen, wird die Reihe vorwärtsgeschoben, um die Lücke zu füllen.

Ich zähle die Sekunden in meinem Kopf herunter. Volle zwei Minuten vergehen, bevor der gedämpfte Schrei des armen Kerls die Türen durchdringt. Es ist kein Schmerzgeheul, sondern ein gewaltiges, herzzerreißendes Beklagen eines Verlusts, weil ihm seine Magie entzogen und in einer von Gaias Kreaturen neu beherbergt wird. Ein Stich geht durch meinen Magen, während der Schrei sich hinzieht. Es ist gut, dass wir auf dieser Seite der Tür stehen. Ansonsten würde ich den Kleinen vielleicht mit meinen eigenen Ketten erwürgen, nur damit er endlich die Klappe hält.

Das kurze, dunkle Haar in Kais Nacken hat sich aufgerichtet, als der Schrei endlich verstummt. Das wird ihr Test. Ein Test ihres Engagements, ihres Muts, ihrer Loyalität mir gegenüber.

»Jetzt«, hauche ich.

Kai beginnt, sich im Kreis zu drehen, sich in ihren Ketten zu winden.

»Nein! Nein!«, protestiert sie, ihre Stimme wird zu einem Schrei. »Ich will das nicht! Das dürft ihr nicht zulassen!« Die Wachen von hinten stürzen vor, um sie zum Schweigen zu bringen. Sie wirft sich zu Boden, tritt und schlägt gegen ihre Füße.

»Zurück! Macht uns Platz!« Eine von Lyons Wachen stößt mich zur Seite. Der Typ bemerkt nicht, dass ich ihm die Schlüsselkarte von seiner Magnetkette aus der Tasche ziehe. Die Gefangenen hinter mir verrenken sich die Köpfe, drängen voran, um etwas zu sehen. Lixue ist die Einzige, die mich beobachtet, als ich aus der Reihe trete, meine Ketten eng am Körper halte, damit sie nicht klappern, während ich zurückweiche. Sie sagt kein Wort, als ich um die Ecke biege und losrenne.

Kais Schreie verklingen hinter mir und ich erreiche den Zugang zur Galerie. Vorsichtig spähe ich um die Wand herum, suche nach Krähen auf den hohen Sitzgelegenheiten unter der Decke, aber die Ausgucke sind leer. Keine Bienen oder Schatten in Sicht, nur eine einsame Fliege, die die Kuppel umrundet. Wenn sie mich sieht, wird Gaia das innerhalb von Sekunden erfahren und dieses Experiment ist vorbei.

Ich schüttle die Handschuhe ab, stecke sie in meine Tasche und löse einen Plastikknopf von der Vorderseite meines Overalls. Fest an die Wand gepresst, werfe ich den Knopf so weit ich kann in die gegenüberliegende Ecke. Er prallt gegen den Marmor und hüpft ein paarmal leise auf und ab.

Als ich um die Ecke spähe, sehe ich die Fliege innehalten und dann die Richtung wechseln, auf das Geräusch zuhalten.

Ich bewege mich schnell, sehe mich an jeder Ecke prüfend nach Wachen um, bis ich das Kreuz erreiche. Zwei Schatten sind am anderen Ende der runden Halle, für den Moment vom Aufzug in der Mitte verdeckt. Ich husche ins Portal, achte darauf, mich ihrer Geschwindigkeit anzupassen, und laufe durch den Kern, passe auf, dass sie mich auf ihrer Patrouille nicht entdecken. Ich drücke mich an Wände unter den Sicherheitskameras und biege in den Nordflügel ab. Die Sicherheitsvorkehrungen sind geringer, als sie sein sollten, und der Anblick von Lyons unbewachtem Büro versetzt meiner Zuversicht einen Adrenalinstoß. Er hat vermutlich alle seine Wachen im Ostflügel bei sich stationiert, weil er um sein Leben fürchtet. Und genau darauf habe ich gesetzt.

Meine Ketten klirren gegen das Bedienfeld, als ich mit der gestohlenen Schlüsselkarte über den Scanner rechts von der Tür wische. Das rote Licht flackert nicht mal. Eine Botschaft rollt über die Anzeige: *Bitte zweite Karte scannen.*

Welche zweite Karte? Lyon muss die Sicherheitsmaßnahmen erhöht haben, während ich in Stasis war. Panik überkommt mich. Ich packe die Messinggriffe und ziehe; die schweren Holztüren rühren sich nicht.

»Hey!«, dröhnt eine Stimme hinter mir. »Du darfst nicht hier sein! Was machst du …?«

Ich wirble herum, schwinge die Arme hoch. Meine Eisenhandschellen prallen gegen den Kiefer des Wächters, stoßen ihn zu Boden. Ich setze mich rittlings auf ihn, klemme seine Arme mit meinen Knien fest, meine Handschellen gegen seine Kehle gepresst, doch er tritt um sich. Meine Hände zittern, als sein Kopf endlich schlaff zur Seite fällt. Ich beeile mich, den Transmitter stumm zu schalten, ziehe ihn aus seinem Ohr und stopfe ihn in meine Tasche.

Meine Ketten rasseln, während ich an seinem Gürtel nach der Schlüsselkarte suche. Eine in jeder Hand, wische ich mit beiden Karten über den Scanner. Das rote Licht schaltet auf Grün und die Schlösser öffnen sich mit einem Klicken. Ich packe den reglosen Körper des Wächters unter den Armen, ziehe ihn mit mir in das Büro und schließe die Tür, sperre uns darin ein. Ein schwaches Licht glüht unter seiner Haut, seine Magie macht sich bereit, ihn zu verlassen. Er wird innerhalb von Minuten tot sein. Mir bleibt nicht viel Zeit, bevor jemand im Kontrollraum merken wird, dass er nicht mehr lebt.

Mein Kopf fliegt hoch, weil eine Bewegung die Lichter auslöst. Ich erstarre, während sie in rascher Folge flackernd angehen – Bücherregale, Leselampen, Schreibtischlampen, Oberlichter …

Mit angehaltenem Atem warte ich.

Das Büro bleibt still. Keine Schritte in der Halle. Keine aufblitzenden Alarme. Nur das Glitzern der Schlangenschuppen im Terrarium auf der anderen Seite des Raums.

Die Schlange windet sich, ihre zuckende Zunge folgt meinen Bewegungen, als ich näher herankrieche und mich vor das Glas knie, einen Blick in die schimmernden Facetten ihrer Augen werfe. Hatte ich zuvor noch Zweifel gehabt, dass Anankes Seele in dieser Schlange gefangen ist, so sind diese jetzt verschwunden.

»Ich bin hier, um dich zu befreien. Du wirst mir helfen, aus diesem Chaos zu entkommen. Aber das weißt du schon, nicht wahr?« Ich fahre mit dem Finger über den Deckel, aber er ist auf allen Seiten versiegelt. Ich sehe mich im Büro um, mein Blick landet auf einer hohen, gebogenen Leselampe hinter einem Ledersessel in der Ecke. Ich zerre den Stecker aus der Wand, stelle die Lampe auf den Kopf und schlage mit dem Fuß gegen die Seite des Terrariums. Mit einem Zischen weicht die Schlange vor dem zersplitternden Glas zurück. Ich schlage wieder und wieder zu, bis das Loch groß genug ist und das Tier hindurchgleiten kann.

Behutsam stelle ich die Lampe ab, stelle mich zwischen die Schlange und den einzigen Ausgang. Ihre Schnauze taucht auf, gefolgt von einem Meter achtzig an schimmernden Schuppen. Sie gleitet zu Boden und hebt den dreieckigen Kopf, eine Warnung im kobragleichen Schwanken ihres Körpers. Sie ist größer, als ich gedacht hatte, ihre Kiefer sind geöffnet und entblößen die sensenähnlichen Fänge.

»Wie zur Hölle sollen wir das hier angehen?«, flüstere ich. Ich habe schon gesehen, wie Gaia Magie in sich aufnimmt, sie in ihre Lungen zieht wie ein Staubsauger. Ich wusste, es würde nicht einfach, aber ich hatte nicht die Größe dieser Fangzähne bedacht. Oder funktioniert es wie bei Michael und dem Stab? Muss ich sie töten, um ihre Magie zu fordern?

So oder so muss ich versuchen, sie zu packen. Meine Hände

sind feucht und ich wische sie an meinem Overall ab. Die Schlange zuckt zurück, spiegelt meine Bewegungen, während ich mich langsam nähere, sie in eine Ecke dränge.

Sie zischt, als ich antäusche. Schweiß strömt mir über die Schläfen und ich stürze erneut vor, ziele auf die schlanke Muskellinie hinter ihren gezackten Kiefern.

Sie stößt zu und ich schreie auf, weil ihre Fänge in mein Handgelenk dringen. Meine andere Hand schließt sich um sie, während sie mit ihrem Körper wie mit einem Schwanz um sich peitscht. Ich versuche sie abzuschütteln, aber ihre Kiefer sind fest verschlossen. Der Biss wird heiß, wie Feuer unter meiner Haut.

Ein entsetzlicher, pochender Schmerz packt mich. Mein Herz klopft, als wollte es aus meiner Brust ausbrechen, und meine Haut brennt. Mein Wunsch nach der Magie wird beiseitegedrängt vom grundlegendsten, überwältigenden Bedürfnis, das hier zu überleben.

Ich drücke zu, schneide der Schlange die Luftzufuhr ab, erinnere mich daran, wie Lyon den Stab hielt, als der Blitz hindurchfuhr. Wie Michael sich gegen ihn gewehrt und sich gewunden hat. Ich erinnere mich an den blendenden Lichtblitz, mit dem die Magie vom einen Mann in den anderen fuhr, bevor Michael starb.

Meine Haut um ihr Maul beginnt zu leuchten. Die Magie breitet sich in meinem Arm aus. Glühend heiße Linien gleißen wie gegabelte Blitze unter meiner Haut. In dem Augenblick, in dem ich meinen Schrei nicht länger zurückhalten kann, erschlafft die Schlange.

Ihre Fänge ziehen sich zurück. Sie fällt mit einem schweren, dumpfen Schlag auf den Boden.

Ich zucke zusammen, blinzle Tränen weg, während die Schlange zu einem Haufen Asche zerfällt. Schwer atmend sinke ich auf die Knie, konzentriere mich mühsam auf die beiden kleinen Einstiche in meiner linken Hand. Meine Augen fühlen sich merkwürdig an, zu lichtempfindlich. Es ist, als wollten sie den gesamten Raum gleichzeitig erfassen.

Ich greife nach der Stehlampe.

Dann ziehe ich ihren Fuß zu mir und suche mein Spiegelbild in der Oberfläche der Lampe. Doch ich sehe Lyon. Ich sehe mein Gesicht in seinen Augen gespiegelt. Ich sehe mich selbst, wie ich seinen Stab halte. Ich blinzle. Blinzle wieder. Die strahlenden Facetten von zwei diamantgleichen Augen starren mich aus dem Messing heraus an.

Als ich mich bereit mache, das Büro zu verlassen, ist der Wächter nur noch ein gestaltloser Haufen Asche auf dem Teppich. Ich halte den Kopf gesenkt, meine Handgelenke passiv in meinen Ketten und die Ärmel tief herabgezogen, um die Bisse zu verdecken. Mein Haar hängt mir schlaff über die Augen, während ich zurück zum Kontrollraum gehe, mich aus dem Gedächtnis heraus durch die Gänge bewege.

Ein Wächter packt mich an den Schultern, als ich zurück in die Reihe treten will. »Wo zur Hölle warst du?«, murmelt er und zieht mich zurück zu den anderen.

»Solltest du das nicht wissen?« Sein Schweiß riecht säuerlich, sein Blick huscht überallhin, nur nicht zu meinem Gesicht. Er hat Angst … Angst, dass er für mein Verschwinden verantwortlich gemacht wird. Ich ringe den Drang nieder, aufzusehen und seinem Blick zu begegnen, neugierig, ob ich dieses Schicksal in ihnen sehen würde.

»Hast du ein Glück. Du bist der Nächste«, sagt er und schubst mich vorn in die Reihe.

Kai ist weg, bereits drin.

Ich versteife mich, als ein scharfer Schrei die Tür durchdringt. Ich halte den Kopf gesenkt, während sie heult. Ich hätte rechtzeitig zurück sein sollen. Ich hätte als Erster hineingehen sollen. Diesen Moment habe ich nicht gesehen, habe nicht nach ihm gesucht in der Lampe in meiner Eile, hierher zurückzukommen. Jeder neue Schrei schneidet durch mich hindurch. *Das ist ein Test,* rufe ich mir in Erinnerung. *Und sie hat ihn bereits bestanden.* Es ist nicht zu spät, das hier in Ordnung zu bringen.

Nach zwei weiteren qualvollen Minuten verstummen ihre Schreie und die Türen werden aufgezogen.

Ich weiß bereits, was darin wartet. Habe die Positionen der Wachen bereits in meiner Spiegelung in der Lampe gesehen. Fünf von ihnen, im Raum verteilt – ein Team von Lyons Leibwache, plus der Wächter, der mich hineinbringt –, also noch drei in der Halle übrig, zusammen mit den vier verbliebenen Mitgliedern von Michaels Wache … denen, die noch ihre Magie haben.

Die Wanduhr tickt hinter uns, während wir den Mittelgang hinablaufen zwischen Holzbänken hindurch. Eine Krähe kreischt auf Gaias Seite des Podests. Die Menagerie aus Käfigen hinter ihrem Schreibtisch stinkt nach Krähenscheiße und Magie. Die neun dekonstruierten Wachen, von ihrer Macht befreit, bilden eine nach saurem Schweiß stinkende Reihe vor der ersten Bank. Kai sitzt am Ende der Reihe, dem Mittelgang am nächsten, zusammengekrümmt und zitternd. Lyons Wächter führt mich an ihr vorbei nach vorn. Die Luft verändert sich, ihre Augen werden schmal, als sie zu mir aufsehen, glitzern verräterisch, während sie den Kopf hebt und mich ansieht. Ich verweile nicht bei ihr. Kann mir die Ablenkung nicht leisten. Ich überblicke den Rest der Bänke, an denen ich vorbeikomme. Keine der früheren Wachen trägt Ketten.

Der Wächter lässt mich vor dem Podest anhalten. Lyon steht

auf der niedrigen Plattform über mir. Ich behalte den Blick auf den polierten Fuß des Stabs gerichtet; meine Augen glänzen mich an, eine rasche, dunkle Spiegelung dessen, was kommt. Die Enden der schwarzen Samtschärpe, die das Auge bedecken, baumeln zwischen uns.

»Douglas«, sagt Lyon, während der Wächter meine Ketten entfernt. »Es ist immer noch Zeit, die richtige Entscheidung zu treffen.« Eine Krähe krächzt, flattert gegen die Stäbe ihres Käfigs an. Gaia dreht sich um, abgelenkt von diesem unerwarteten Anfall.

»Du hast mir keine Wahl gelassen.« Mein Puls beschleunigt. Ich hebe den Blick zu Lyon und in seinem sehe ich, was ich gleich tun werde.

»Ich hatte gehofft, es würde nicht so weit kommen«, flüstert er.

Ein Lächeln zuckt auf meinem Gesicht, als Lyon den Stab hebt. Der Wächter an meiner Seite sieht mich schief an, versteift sich. Er greift nach meinen Handgelenken und ruft nach den anderen Wachen, schreit eine Warnung heraus. Mit einem raschen Seitwärtsstoß meines Arms erwische ich ihn an der Kehle. Der Raum explodiert mit dem Donnern von Stiefeln, während er fällt. Wachen sprinten zum Podium. Nicht zu mir, sondern zu Gaia.

Sie wirbelt herum wegen des Aufruhrs, stößt ein Regal mit Käfigen um, während die Wachen sich schützend vor ihr aufstellen. Ihr Blick fliegt über ihre Köpfe hinweg zu meinem. Sie stürzt auf uns zu, aber die Wachen halten sie zurück.

»Nein! Zurück, Daniel!« Elektrizität knistert in ihrem Haar. Krähen und Insekten fliehen aus ihren Gehegen, ein Wirbel aus schwarzen Flügeln.

Ich springe auf das Podium, weiche aus, als Lyon die Sense nach meiner Brust schwingt. Ich habe jahrzehntelang Nahkampf trainiert. Ich habe in jedem Zustand gekämpft und trainiert, gegen jede Art Jahreszeit, habe jede erdenkliche Waffe benutzt, aber das hier … Meine Glieder reagieren mit einer Präzision und Geschwindigkeit, die ich nie zuvor besessen habe, ich weiche Lyons nächster Bewegung aus, als wüsste mein Gehirn bereits, wie sie aussieht. Die Stasisübelkeit ist verflogen. Jeder Umriss und jede Bewegung, sogar in meinem peripheren Sichtfeld, steht in scharfem Fokus. Meine Ketten sind weg. Der Raum, mein Körper, mein Schicksal … es fühlt sich endlich an, als unterstünden sie meiner Kontrolle.

Ich trete aus, erwische Lyon zwischen den Hieben mit der Sense am Bauch. Er kracht so wuchtig gegen das Podium, dass die Hartholzplattform splittert. Der Stab schlittert über den Boden. Ich stürze mich darauf, nehme meine Arme nur verschwommen wahr, so schnell bewege ich mich, und greife danach. Ich rolle mich auf den Rücken, drehe die Sense, hebe das spitze Ende wie einen Speer. Ich bereite mich vor, Lyon stürmt auf mich zu, zu schnell, um noch zu verhindern, was geschehen soll.

Gaia schreit, als Lyon in die Sense stürzt.

Sein Mund öffnet sich, seine Kiefer schlaff vor Schock, ein roter Fleck blüht um die Klinge herum auf. Meine Arme zittern unter seinem Gewicht, als er zusammensackt.

Lyon starrt auf mich hinab, seine Augen glasig und abwesend. Leer.

Blut tröpfelt zwischen seinen Lippen hervor. »Es ist immer noch Zeit«, sagt er, sein Mund formt Worte, die ich kaum hören kann über Gaias Schreien und den Rufen der Wache, »die richtige Entscheidung zu treffen.«

Sein Kinn sackt herab. Einen Moment lang kann ich nur vor mich hin starren. *Was zur Hölle soll denn das heißen?* Ich habe meine Wahl bereits getroffen – meine *einzige* Wahl –, oder nicht?

Chaos bricht aus. Ich zucke zusammen, weil ein elektrischer Stoß den Stab durchfährt. Meine Hände verschmelzen mit dem

Metall, meine Ellbogen starr und zitternd, während Lyons Magie in mich fließt, zu spät, um loszulassen. Der verkohlte Geschmack von Rauch erfüllt meinen Mund. Mein rechtes Auge brennt, als stünde es in Flammen. Mein Kopf fällt zurück und ich ersticke an einem Schrei.

Tränen laufen bei jedem Blinzeln über meine Wangen. Der Raum verschwimmt, meine Perspektive ist plötzlich völlig falsch. Im Raum riecht es nach Krieg, nach Blut und Angst und Verwirrung, als die Wachen aus der Halle durch die Türen platzen. Sie bleiben abrupt stehen, schirmen die Augen ab vor dem letzten grellen Aufflammen des Lichts, das durch den Stab strömt. Die pulsierende Elektrizität erstirbt und der Raum wird still, meine Hände immer noch um den frostüberzogenen Griff der Sense erstarrt. Die letzten vier Mitglieder der alten Wache stürmen herein, Ketten klirren, als sie anhalten.

Ich lasse den rauchenden Griff fallen. Lyon stürzt zu Boden, Asche flockt bereits von seinen Schultern.

Gaia fällt auf die Knie, während er zu Staub zerfällt.

Schmerz pocht hinter meinem rechten Auge und ich lege die Hand darauf, betaste mit zitternden Fingern das verformte Fleisch. Ich nehme den Stab, neige die Klinge zu meinem Gesicht herab. Ein eingesunkenes schwarzes Loch starrt mich aus dem Metall heraus an.

Ich bedecke die verbrannte Augenhöhle und die Worte, die Kai im Pool zu mir gesagt hat, hallen durch meinen Kopf …

Gestohlene Magie ist verfluchte Magie … du übernimmst auch die Schwächen und Fehler …

Nein. Das ist eine Lüge. Lyon hat nie sein Auge verloren. Das ist nur eine Geschichte, die dumme Bibliothekarinnen predigen, damit Jahreszeiten brav bleiben.

Ein Stromschlag pulsiert durch den Raum, die Luft nimmt den

rauen, elektrischen Geschmack eines nahenden Sturms an. Die Wachen, die Gaia umgeben, weichen zurück, rutschen auf Händen und Knien rückwärts. Ihr Haar erhebt sich statisch aufgeladen, wie ein Nest aus sich windenden, silbernen Schlangen.

»Was hast du getan!« Der Boden bebt, eine regelrechte Welle geht von ihr aus, und ich taumle. Eilig rapple ich mich auf, weiche vor der rohen Gewalt zurück, die sie ausstrahlt. So habe ich Gaia noch nie erlebt. Völlig aus dem Gleichgewicht. So hat Fleur Michael angesehen in der Vision, die Lyon mir gezeigt hat – als würde sie gleich die Erde aufreißen und die Hölle mit bloßen Händen entfesseln.

»Bleib zurück!« Ich neige die Sense Gaia entgegen, die dennoch näher kommt. Als sie nicht stehen bleibt, führe ich einen Schlag. Die Klinge zischt durch die Luft, hinterlässt einen flachen Riss an der Taille ihres Kleids. Sie hält knapp außerhalb der Reichweite inne, die Wangen gerötet und die Diamantaugen zornig blitzend.

Ein Holzbalken in der Ecke ächzt. Die Wachen, alte und neue, heben die Arme, um das Gleichgewicht zu halten, beobachten Wände und Decke, während der Boden wackelt. Sie wenden sich Gaia zu, als erwarteten sie einen Befehl von ihr.

»Ich habe den Stab!«, rufe ich ihnen zu. »Ihr gehorcht jetzt mir! Und du auch.« Ich deute mit der Klinge auf Gaia. »Und du bleibst verdammt noch mal stehen, wenn du weißt, was gut für dich ist!«

Gaia schüttelt den Kopf, ihre Stimme leise genug, dass nur ich sie hören kann, während sie sich gleichzeitig näher heranpirscht. »Das hier wird nicht so enden, wie du es dir vorstellst, Douglas. Man braucht zwei Augen, um klar zu sehen – zwei *Herzen*«, sagt sie und ihr Atem stockt kurz. »Und dir werde ich niemals dienen.« Ihre Stimme verhärtet sich, als sie über Lyons Asche steigt. »Du bist allein und wirst es auch immer sein.«

Gaia springt auf die Klinge der Sense zu. Sie keucht auf, ihr Körper hält zuckend inne, als sie ihr in die Brust dringt.

Unsere Blicke begegnen sich. Das hatte ich nicht kommen sehen. Hatte nicht über Lyons letzten Atemzug hinausgeblickt in der Lampenoberfläche. Das hier habe ich nie geplant. Aber Gaia schon. Sie wusste es ... warum hat sie sich dann nicht mehr bemüht, mich aufzuhalten? Ich suche in ihren Augen nach einer Antwort, während ihre Lider schwer werden. Eine dunstige Vision dringt flackernd durch die Schlitze. Nein ... eine Erinnerung. Keine Stimmen, kein Ton. Nur ein Bild.

Lyon sitzt da, schlingt die Schärpe um das Auge des Stabs. Gaia legt eine Hand auf seine Schulter und auf Lyons Schreibtisch rollt ein Schatten in einer Kugel herum. Seine Lippen formen die Worte: *Ich kann ihn noch retten.*

Die Erinnerung erlischt, als sich Gaias Augen flatternd schließen. Ein seltsamer Frieden legt sich über sie.

Ich schlucke schwer, rätsele immer noch an der Erinnerung herum, da werde ich heftig von den Füßen gerissen. Mit einem ohrenbetäubenden Knall zerbirst Gaia in einer Explosion aus Asche und Licht. Der Boden bebt und ein Gipsregen ergießt sich von der Decke.

Die Wachen ziehen sich an die Seiten des Raums zurück, die Blicke nach oben gewandt, weil der Kronleuchter klirrt. Ein Sturm aus Magie sammelt sich in der Nähe des Firsts, bildet einen Trichter. Die Monitore des Kontrollraums flackern statisch. Die Bildschirme gehen einer nach dem anderen aus.

»Du!«, schreie ich einen von Lyons Wächtern an, deute mit der Sense auf ihn. »Schließ ihre Ketten auf.« Ich nicke zu den vier Wachen des alten Regiments, die immer noch ihre Magie besitzen. »Sofort!« Lyons Wachen stehen alle stramm, dann stürzt einer nach dem anderen vor, um jemanden im Overall zu befreien.

Als die letzten Ketten zu Boden fallen, befehle ich den Wachen, sich hinzuknien. »Fesselt die Verräter!«, sage ich zu den anderen.

Michaels Wache – *meine* Wache – zögert nicht. Lixue ist die Erste, die Ketten und Feuerhandschuhe aufnimmt. Sie blafft Befehle und die anderen reagieren, ketten Lyons Wachen eine an die andere, während das Beben den Boden erschüttert.

»Was jetzt?«, ruft Lixue.

»Tötet sie.«

Ihr Blick zuckt zu meinem. Die schlanke Säule ihres Halses ruckt auf und ab, ihr Mund steht offen, als wolle sie protestieren. »Aber Doug. Sie sind …«

»Sofort!«

Ihr Blick verharrt auf der Klinge meiner Sense. Dann gibt sie das Kommando und die Mitglieder der alten Wache drängen sich um Lyons Team, beschwören ihre Magie. Licht flammt auf, verteilt sich im Raum, bis die letzte von Lyons Wachen zu Asche zerfällt.

Gaias Magie brüllt auf. Jaulender Wind peitscht Schutt durch den Raum. Stuck bröselt von den Wänden und Putzbrocken spritzen vom Boden auf. Die Luft ist schwer vor Staub.

Mein Blick irrt durch den Raum, sucht Kai. Sie wusste von dem magischen Fluch. Vielleicht weiß sie, wie man das hier aufhält. Ich entdecke sie zusammengekauert neben den Bänken, um sie herum rieselt Putz herab. Über ihr knarrt ein Stück Decke und löst sich. Sie schreit, wirft die Arme über den Kopf, als der große Brocken fällt.

»Nein!« Ich stürze auf Kai zu. »Halt!«

Alles erstarrt. Stille senkt sich herab wie eine Sense.

In meinen Ohren klingelt es, die Welt draußen ist vollkommen verstummt. Schwer atmend sehe ich mich um. Es ist, als wäre der Raum unter Wasser. Staubpartikel und Putz schweben reglos in der Luft. Die überlebenden Mitglieder der alten Wache stehen still da, wie Schaufensterpuppen, die man im Raum verteilt hat. Kais Mund ist in einem tonlosen Schrei erstarrt, die herabfallende Decke hängt in der Luft über ihrem Kopf.

Vorsichtig trete ich zwischen dem Schutt vor, habe Angst, dass jede zu schnelle Bewegung den Zauber brechen könnte. Meine Schritte sind lautlos auf dem zerbrochenen Glas. Ich strecke einen Finger aus, stupse ein Stück Putz an, das in der Luft hängt, doch es regt sich nicht. Ich suche mir einen Weg hindurch, um Leute herum, die still wie Statuen dastehen.

Der Sekundenzeiger der Uhr rührt sich nicht.

Ich starre auf meine zitternden Hände. Auf den rauchbefleckten Stab. Ein atemloses Lachen dringt keuchend aus meiner Lunge.

Ich bin die Zeit. Und die Unvermeidlichkeit. Zwei der größten Mächte des Universums.

Und um mich herum bricht die Welt zusammen.

Mein Gelächter wird panisch, fast hysterisch. Ich drehe mich im Kreis, nehme die Zerstörung wahr. Gaias Seele ist ein regloser Lichtwirbel über meinem Kopf. Sie blinzelt nicht einmal, aber ich bin sicher, dass sie diesen Ort zerfetzen wird, wenn ich keine Möglichkeit finde, sie zu kontrollieren.

Ich fahre mir mit der Hand durch den Putzstaub in meinem Haar. Ich weiß nicht, wie ich das hier wieder in Ordnung bringen soll. Ich weiß nicht, was der Stab kann, und kenne die Grenzen meiner neuen Magie nicht. Wie zur Hölle soll ich dieses Erdbeben aufhalten, das sie in Gang gesetzt hat? Ich weiß nicht, wie das alles funktioniert oder was ich als Nächstes tun soll. Oder …

Was als Nächstes …

Das Auge.

Ich senke die Sense, zerre an der Schärpe, meine Fingernägel verfangen sich im Samt, während ich mich mühe, den Knoten zu lösen. Ein erstickter Laut entfährt mir, als der Stoff herabfällt und ein klaffendes Loch enthüllt, wo der Kristall sein sollte.

Er ist weg.

Aber er war da. Lyon hatte ihn.

Er war *genau hier,* an der Spitze des Stabs, als er mir die Vision letzte Woche in seinem Büro gezeigt hat. Er hat hineingeblickt und er hat etwas gesehen …

Ich hatte gehofft, es würde nicht so weit kommen.

Mein Schrei hallt von den Wänden wider. Ich schleudere den Stab weg, der scheppernd über den Boden schlittert.

Lyon wusste es! Er wusste, dass dieser Augenblick eintreffen würde, und er hat den Kristall versteckt, um mich zu bestrafen.

Mein Atem entfährt mir in wütend weißen Wolken. Eis gleitet durch meine Adern, meine Wintermagie erwacht, als reagiere sie auf einen unbewussten Gedanken. Ich keuche auf, blicke auf den Frost auf meinen Händen hinab.

Die Zeit … sie ist stehen geblieben, als ich es brauchte. Als ich es ihr *befohlen habe.* Sie hat meinen Wünschen gehorcht, genau wie meine Wintermagie. Zeit ist nur eine andere Art der Magie. Wenn ich die Elemente kontrollieren kann, kann ich auch sie kontrollieren.

Ich nehme einen tiefen Atemzug, schätze den Raum ein. Fasse einen Plan.

Die Zeit von vorn starten. Kai retten. Gemeinsam finden wir einen Weg, was mit Gaias Magie anzufangen ist.

Der Stab klebt an meiner Handfläche, als ich mich herabbeuge und ihn aufhebe, die kalte Haut dehnt sich schmerzhaft, als ich mich wieder aufrichte und mich dicht zu Kai stelle. Ich hebe den Blick zur Uhr. Konzentriere mich auf den langen, kleinen Messingzeiger und stelle mir vor, wie er tickt. Stelle mir vor, wie er nach rechts läuft. Mein geschwärztes Auge brennt, als sich die Magie in mir regt.

»Vorwärts«, flüstere ich.

Plötzlich reißt mir ein Windstoß die Sense aus der Hand. Ich krache gegen Kai, stoße sie aus dem Weg, gerade in dem Moment, in dem der Schutt herabstürzt. Gaias Magie heult auf, prallt von der Decke ab und wirbelt gegen die Wände. Die Lichter flackern und erlöschen, bis das einzige Licht, das übrig ist, das wütende Glühen von Gaias Magie ist. Die Wachen stürzen sich in Deckung. Kai hustet, schirmt die Augen vor dem Staub ab. Ich ziehe sie auf die Füße, während Sturm sich um uns herum aufbaut.

»Du hast sie getötet!« Ihr Haar weht wie Dolche über ihre Augen. Sie reißt ihre Hand aus meiner los und weicht vor mir zurück, den Blick auf die Sense am Boden geheftet. »Du hast gesagt, du würdest den Stab nehmen. Von Töten war nie die Rede!« Wind peitscht durch den Kontrollraum, wirbelt Glas herum und weht Papiere von den Tischen. »Gaias Magie ist jetzt frei. Wir werden alle sterben!«

Sie will weglaufen. Ich packe sie und drehe ihr Kinn zu mir. »Wir werden nicht sterben! Ich habe dir versprochen, dass du in Sicherheit sein wirst. Dass du deine Magie bekommst. Wir bringen das hier in Ordnung. Du und ich. Verstehst du?« Ich werde sie mächtiger machen, als sie es sich je vorgestellt hat. Ich werde sie auf einen verfluchten Thron an meiner Seite setzen, wenn das bedeutet, dass wir beide lebend hier herauskommen. »*Du* nimmst Gaias Macht. Ich gebe dir ihre Magie.«

Ihr Blick zuckt zu meinem. Die Erinnerung, die ich darin sehe, lässt mich erstarren.

Ihr Overall ist sauber. Neu. Sie sitzt in dem Sessel in Lyons Büro, blass und zitternd vor Stasistremor. Sein Schreibtischkalender enthüllt das Datum – vor einer Woche. Ich sehe seine Lippen

Worte formen: *Wenn die Zeit kommt, versprich mir, dass du ihn beschützt. Dass du dieses Mal die richtige Wahl triffst. Es ist möglich, neu anzufangen, Kai. Das können wir alle.*

In der Erinnerung nickt sie. Aber ich sehe nicht mich in ihrem Geist. Nicht mich, der ihre Schuld oder ihren Drang nach Erlösung antreibt.

Ich lasse ihr Kinn los, die Welt sackt unter mir weg.

Ich brauche keine Magie, um zu erraten, was sie als Nächstes tun wird. Kai wird mich verraten.

Und wenn sie wegläuft, dann zu Jack.

Ich schubse sie von mir weg. Der Boden hebt sich. Ich ducke mich, schirme den Kopf ab, weil Schutt gegen meine Schulter kracht. Der Wind kreischt durch das Zimmer, zerbrochene Terrarien und Käfige spucken Glas auf den Boden. Eine Krähe fliegt kreischend an mir vorbei. Ein Schwarm Bienen rauscht auf den einzigen Ausgang zu. Als ich aufsehe, sind die schweren Holztüren weit aufgestoßen, schwingen in den Angeln.

Kai ist weg.

Ich umfasse den Rand von Gaias Schreibtisch, weil ein weiteres Erdbeben den Raum erschüttert. Ich greife nach dem Stab, benutze ihn als Stütze, um mich hochzudrücken. Scharf atme ich ein und ziehe Gaias Magie zu mir. Sie wehrt sich, schlägt an der Decke um sich, kämpft gegen meine Kontrolle an. Funken fliegen, während ich Atemzug um Atemzug den Trichter herabzwinge. Er zieht sich zu einem festen Ball aus Licht zusammen und steigt zu meinem Mund herab.

Ihre Magie brennt, aber ich atme sie ein. Voller Stacheln und Zähne und Klauen weigert sie sich. Sie zerfetzt mir die Kehle und ich widerstehe dem Drang, sie wieder herauszuwürgen. Ich taste wild über den Tisch, suche nach einem Käfig. Nach einem Wirt. Nach etwas, das sie halten kann, bevor sie mich zerreißt. Die Krähen, Bienen und Fliegen sind alle entkommen. Aber die Wachen sind noch da. Ich könnte eine von ihnen dazu bringen …

Nein.

Ich kann nicht riskieren, jemandem so viel Macht zu verleihen. Jeder könnte sich gegen mich wenden, so wie Kai.

Meine Finger schließen sich um eine Kugel. Ich schüttle sie, sodass sich der Deckel öffnet, dann übergebe ich mich hinein, speie Licht aus meinem Mund. Keuchend und zitternd sichere ich den Deckel und Gaias Magie zischt mich durch das Glas an. Blut tropft von meinem Kinn. Ich wische es mit dem Ärmel weg, sauge schmerzhafte, tiefe Atemzüge ein, während der Wind langsam abebbt.

Staub und Papiere schweben zu Boden. Als sich das Beben beruhigt, stehen die letzten verbleibenden Mitglieder der alten Wache – *meiner* Wache – langsam auf. Mit weit aufgerissenen Augen starren sie auf das geschwärzte Loch in meinem Gesicht. Ich meide ihre Blicke aus Angst, was ich darin sehen könnte. Die Arme auf Gaias Schreibtisch gestützt, lasse ich den Kopf über der Kugel hängen, frage mich, was zur Hölle ich als Nächstes tun soll.

9

GEHALTENE VERSPRECHEN

Jack

Mir ist schwindlig und ich bin bis auf die Knochen durchgeschwitzt, als ich endlich vom Laufband taumle und in mein Büro gehe zum Treffen mit Lyon. Ich lasse mich auf meinem Schreibtischstuhl nieder und rutsche an die Tastatur heran, checke Nachrichten, während ich auf seinen Anruf warte. Eine E-Mail von Poppy kommt rein, inklusive eines Selfies von Chill in einem schneeverkrusteten Parka neben einem Schild mit Höhenangabe am Fuß eines Bergpasses in Alaska. Meine Kehle zieht sich zusammen und ich schließe den Anhang, sehe stattdessen nach dem Wetterbericht.

Nichts als blauer Himmel und perfektes Frühlingswetter Hunderte Kilometer in jede Richtung, mit Ausnahme der kleinen, hartnäckigen Ansammlung dichter Wolken, die schon die ganze Woche über unserer Villa schwebt.

Die Eingangstür wird geschlossen. Ich schalte die Kanäle der Sicherheitskameras gerade rechtzeitig an, um zu beobachten, wie Fleur das Ende der gepflasterten Auffahrt erreicht. Ihr GPS-Licht flackert rot auf einem anderen Bildschirm, während sie um die Ecke biegt, in die Richtung ihrer Schule geht. Sie hat heute Morgen ohne jede Erinnerung oder Diskussion ihren Transmitter angelegt. Und als ich in die Küche ging, um mir Kaffee zu holen, waren alle Zettel von Reisen und Touren, die sie an den Kühlschrank geklebt hatte, weg. Unsere neuen Visa und Pässe sind vor ein paar Tagen per Kurier gekommen, zusammen mit den Reisegutscheinen von Lyon. Ich habe sie in eine Schublade gesteckt, sobald der Bote weg war.

Ich prüfe die Netzwerkverbindung und wische mir dabei Schweiß von der Stirn. Bei Song drei meiner Playlist bin ich mehr als bereit für eine kalte Dusche. *Wo zur Hölle ist Lyon?* Es sieht ihm nicht ähnlich, sich zu verspäten. Ich wähle die Nummer seines Büros und lausche fünfzehn Mal dem Freizeichen, bevor ich endlich aufgebe. Ich sacke in meinem Stuhl zurück, starre an die Decke, denke an all die Dinge, über die ich so gern mit ihm reden möchte und nicht weiß, wie. Über die Reisegutscheine in der Schublade. Über all die Gründe, aus denen Fleur nicht möchte, dass wir zurückgehen, und all die Gründe, aus denen ich das Gefühl habe, zurückkehren zu müssen.

Die Benachrichtigung eines Videocalls ploppt auf meinem Bildschirm auf. Etwas in mir entspannt sich, ich setze mich auf und klicke mit der Maus auf *Annehmen.*

»Hey, Professor.« Ich stoppe meine Musik, warte, dass die Kamera anspringt und sein Gesicht auftaucht.

»Nicht dass ich wüsste.« Ich blicke auf, nicht ganz enttäuscht, Amber auf dem Bildschirm zu sehen.

»Hey. Ich kann nicht lange reden. Warte auf einen Anruf von Lyon. Was ist los?«

»Hast du heute die Schlagzeilen aus London gesehen?«

»Nein, warum?« Ich klicke mich bereits durch geöffnete Tabs, rufe die Weltnachrichten auf und schicke die Bilder auf den zweiten Bildschirm auf meinem Schreibtisch. Normalerweise bin ich nicht auf dem Laufenden über das Wetter, das mehr als ein paar Hundert Kilometer von Cuernavaca entfernt ist. Aber der ungewöhnliche Fleck aus grünen Stürmen, die sich über das Radar erstrecken, reichen aus, um mich hellhörig zu machen.

»Vor ein paar Stunden wurde ein Erdbeben gemeldet.«

»Wie schlimm?«

»Nicht so schlimm wie 2008. Kaum eine Vier auf der Richterskala. Aber sieh dir die Stürme an.«

Ich zoome auf die Farbkleckse, die von Londons Zentrum ausgehen. Während ich sie ansehe, beginnen kleine Fronten weiter draußen aufzutauchen, als ob ein Wetterereignis das nächste auslöst. »Sieht aus, als hätte jemand einen Zusammenbruch.«

»Oder viele Jemande.« Ambers Blick fliegt über ihren Bildschirm, hin und her.

»Nichts, womit Gaia und Lyon nicht zurechtkommen.« Das muss der Grund für Lyons Verspätung sein. »Vielleicht bekommen sie endlich diese Geschichte mit den Abtrünnigen in den Griff. Je früher, desto besser.« Ich sinke zurück in meinen Stuhl, froh um die Ablenkung, während ich warte.

»Hey, wo wir von Lyon sprechen«, sagt sie und wendet ihre Aufmerksamkeit wieder mir zu, »habt Fleur und du auch ein seltsames Paket von ihm bekommen? Da war eine merkwürdige Nachricht drin und drei Reisegutscheine. Etwas von wegen euch treffen und auf einen Besuch zurückkehren?«

Lyon muss wirklich wollen, dass ich nach Hause komme, wenn er Amber und Julio da mit reinzieht. »Fahrt ihr?«

»Ich habe drei Worte für dich, Eismann.« Julios Gesicht erscheint wie eine Fotobombe, gerahmt von Ambers rotem Haar und den Bretterwänden ihres Schlafzimmers hinter ihr. »Auf. Keinen. Verdammten. Fall.«

»Das sind vier Worte«, kommentiert sie.

»Was soll ich sagen? Zu dem Thema habe ich starke Gefühle. Wir sind fast ums Leben gekommen bei dem Versuch, da rauszugelangen.«

»Ach, komm schon«, sagt sie abschätzend. »Ist ja nicht so, als würden wir über die Ley-Linien zurückgezerrt. Es wäre nur für ein paar Tage.«

»Es gibt vieles, was nur ein paar Tage dauert – Lebensmittelvergiftungen, Schneestürme und ein übler Tequila-Kater. Ich sehe keinen zwingenden Grund, mich freiwillig irgendwas davon auszusetzen.«

Ich stütze den Kopf in die Hand, kratze mit einem Fingernagel über den Rand meines Tischs, während ich ihrem Streit zuhöre. »Es ist sowieso hinfällig. Fleur hat bereits Nein gesagt.«

»Vielleicht können Julio und ich sie überzeugen. Bei uns ist ein Besuch längst fällig. Wir vier haben uns seit Monaten nicht offscreen gesehen.«

»Ich habe eine bessere Idee«, sagt Julio, schlingt seinen Arm um Amber und zieht sie aus dem Stuhl, damit er sich vor die Kamera setzen kann. Dann zieht er sie auf seinen Schoß und redet über ihre Schulter. »Wie wäre es damit: Du und Fleur packt eine Tasche und fliegt für ein langes Wochenende zu uns herauf? Das Wetter ist toll. Wir können an den Strand gehen, vielleicht ein bisschen zelten …«

»Wir zelten nicht«, wirft Amber ein und verdreht die Augen. »Wir haben ein Gästezimmer. Ihr könnt supergern bei uns übernachten, Jack. Ich verspreche, wir lassen euch nicht in einem Zelt schlafen.«

»Geht nicht«, sage ich abwesend und beobachte, wie Fleurs rotes Licht auf dem Bildschirm nebenan den Coffeeshop verlässt. »Lyon hat ein Reiseverbot für unverpaarte Jahreszeiten ausgesprochen. Wir stecken zu Hause fest, bis er es aufhebt.«

Es wird still. Ich wende mich wieder dem Bildschirm zu und sehe, wie Amber mich mit einem Stirnrunzeln mustert. Sie hält das Mikro zu, sagt etwas zu Julio. Er blickt zu mir, nickt und rutscht von ihrem Stuhl herunter, verschwindet aus dem Bild. Die Tür zu ihrem Schlafzimmer schließt sich mit einem Klicken.

»Was ist mit deinem Hals passiert?« Amber hat sich kein bisschen verändert. Rasiermesserscharf und niemals zurückhaltend. Ich hatte die verheilende Kruste ganz vergessen, bis sie darauf hingewiesen hat, und jetzt juckt es, als würde sie sich vielleicht wieder öffnen. Ich kratze leicht daran, aber es befriedigt nicht wirklich.

»Ich war draußen laufen. Ein paar Arschlöcher mit Klappmesser haben mich überrumpelt und wollten meine Uhr. Das ist alles.«

»Offensichtlich hast du überlebt. Was ist passiert? Hat dein Instinkt übernommen?«

»Vielmehr hat Fleur übernommen«, grummle ich. »Ich wäre gut allein klargekommen. Ich brauchte keine Hilfe.«

Sie mustert mich auf die gleiche durchdringende Art, wie sie es immer kurz vor einem Kampf getan hat, um die beste Möglichkeit aufzuspüren, mich anzugreifen, ohne selbst getroffen zu werden. »Rede mit mir, Jack. Was ist los?«

»Es gibt nichts zu reden.«

»Bullshit. Es gibt zwei Arten Menschen, die dich am besten kennen: die, die dich lieben, und die, die dich umbringen wollen. Und ich war beides.«

Ich reibe mir die Augen, hin- und hergerissen zwischen dem Impuls zu lügen und dem Drang, ihr mein Herz auszuschütten. »Ich weiß nicht … Ich glaube, vielleicht habe ich Heimweh.« Amber schweigt lang, als wäre das nicht die Antwort, mit der sie gerechnet hat. »Ich weiß nicht, warum. Ich kann es nicht erklären, okay? Mir … fehlt einfach etwas.«

»Deine Magie?«

Ich schiebe den Stuhl vom Schreibtisch zurück, grolle den Monitoren und Satelliten und Sicherheitskameras, auf die ich angewiesen bin, um meinen Job zu machen – einen Job, den ich an Fleurs Seite erledigen sollte, nicht indem ich mich hinter Bildschirmen verstecke. »Lyon hat sie«, sage ich. »Sie ist da, in einem Käfig auf seinem Schreibtisch. Er hat mir gesagt, dass ich sie zurückhaben kann. Dass sie mir gehört, wann immer ich sie will.«

»Möchtest du das?«

Ich schüttle den Kopf, wünschte, ich hätte den Anruf nicht angenommen, hasse das Mitleid in ihrer Stimme und die Sanftheit in ihrem Ton. Mir wäre es lieber, sie würde einfach auf mich losgehen, so wie früher.

»Ja, ich will sie!« Das Geständnis entkommt mir mit der Heftigkeit eines Winterwinds. Ich springe vom Stuhl auf und laufe durchs Zimmer. »Ich kann nicht beschreiben, wie das ist, Amber. Es ist, als würde mir eine Gliedmaße fehlen oder …«

»Ein Teil deiner Seele?«, sagt sie, beendet den Satz für mich.

Meine Kehle schnürt sich zu. »Fleur ist meine Seele.« Sie ist das Einzige von mir, ohne das ich nicht leben kann. Zumindest habe ich mir das eingeredet. Nur, dass ich in letzter Zeit das Gefühl habe, ein Teil von mir stirbt, und jetzt bin ich nicht mehr ganz sicher.

»Dein Schatten ist mehr als nur die Macht, die Gaia dir gewährt hat. Er hat in dir gelebt. Es ist ein Teil von dir geworden. Teile von dir existieren immer noch darin – deine Erinnerungen, dein Geist. Du spürst diese Leere aus einem Grund, Jack. Weil da eine Leere *ist.*«

»Vielleicht sollte sie auch da sein. Ich habe meinen Schatten gesehen. Er ist pervertiert, Amber. Er ist pervertiert und hässlich und dunkel wie ein Hagelsturm. Was, wenn ich dieses Ding in mir loslasse und es uns auseinanderreißt?« Ich sinke in meinen Stuhl und stütze die Ellbogen auf den Tisch, gehe mit dem Gesicht nah an die Kamera. Wenn jemand sich daran erinnern sollte, wie diese Dunkelheit aussieht, dann Amber. Nachdem ich Névés Magie genommen hatte, habe ich Ambers Leben bedroht. Doch jeglicher Groll, den sie deshalb gegen mich hegte, ist längst verraucht. Allein die Sorge kräuselt jetzt ihre vollen Lippen.

»Hast du mit Fleur gesprochen?«

»Das Thema kam auf«, antworte ich und reibe mir über das Gesicht. »Es ist nicht gut gelaufen.«

Amber hebt eine Augenbraue.

»Ich kann es Fleur nicht verdenken, dass es sie aufregt. Sie hat mich als ihren Administrator erwählt – ihren Hüter und Beschützer. Das kann ich nicht einfach beiseiteschieben und sagen, dass ihre Entscheidungen unwichtig sind.« Ich hätte sie nie darum bitten sollen, zurück ins Observatorium zu gehen. Hätte niemals auch nur darüber nachdenken sollen, denn ich wusste ja, wie es ihr damit gehen würde. Ich fahre mir mit beiden Händen durch die Haare, vergrabe sie in dem zerzausten, verschwitzten Wirrwarr. »Ich weiß es nicht, Amber. Wir beide wollen das Gleiche – einander beschützen –, aber es fühlt sich an, als würden wir es ganz falsch angehen. Es scheint, als könnten wir kein Gleichgewicht finden.«

Amber nagt an ihrer Lippe. »Vielleicht hat Julio recht. Ein Campingtrip ist womöglich doch nicht die schlechteste Idee.«

Ich presse mir die Handballen gegen die Augen. »Ich kann dir nicht folgen.«

»Vielleicht solltet du und Fleur mal eine Weile vom Radar verschwinden. Du weißt schon, zurück an den Ort, an dem ihr euch zuletzt ausgeglichen gefühlt habt.«

Ich denke zurück an unsere Zeit auf der Flucht, kann aber den

Ort, an dem wir uns zuletzt ausgeglichen gefühlt haben, nicht ausmachen. Jede perfekte Erinnerung von uns beiden zusammen während dieser Zeit war eingerahmt von Gefahren oder Katastrophen. Es gab nie einen perfekten Moment. Es gab nie eine Garantie, dass wir überleben würden. Es gab keine sicheren Orte. Fleur und ich hatten die Möglichkeit, sterben zu müssen, akzeptiert. Wir haben uns kopfüber in diese Sache hineingestürzt, in dem Wissen um das Risiko, alles für die Chance, zusammen zu sein. Wir haben *trotz* der Gefahr unsere Balance gefunden, nicht, weil wir beide in Sicherheit waren.

»Aber das Reiseverbot …«

Sie stößt ein Lachen aus. »Wann haben dich jemals Regeln von etwas abgehalten?«

Ich richte mich auf, meine Gedanken wirbeln herum.

»Amber, du bist ein Genie!« Ich beuge mich über die Tastatur, tippe rasch eine Mail an Lyon, in der ich ihn bitte, unser Treffen zu verschieben, und springe auf. »Ich ruf dich später an.«

»Warte, Jack, wo willst du hin?«, ruft sie.

Ein Lächeln knistert wie Frost über mein Gesicht, während ich meine Schuhe schnappe und zur Tür laufe. »Ich weiß noch nicht. Das finden wir jetzt heraus.«

10

MÖGE DIE NACHT DUNKEL SEIN

Fleur

Die beruhigenden Klänge einer Akustikgitarre erfüllen mein Studio. Die Aufnahme ist ein Mix, den Julio für mich gemacht hat, nachdem ich ihm gesagt hatte, dass es mir fehlte, ihm beim Spielen zuzuhören: alte Folkballaden, moderne Popsongs, ein wenig Classic Rock. Ambers klarer Sopran harmoniert mit Julios vollem Tenor, versetzt mich zurück zu einer Nacht, in der wir alle auf dem staubigen Boden einer wackligen Hütte saßen und ihnen zuhörten, wie sie sangen, bei Tassen voller Doseneintopf und dem Knistern eines Feuers.

Ich drehe meine Staffelei vom Fenster weg und nehme meinen Pinsel, lasse mich von Julios Musik davontragen, während ich male. Bis zur Mitte der Aufnahme hat sich die Szene auf der Leinwand vollständig verändert. Der Berghang hat sich zu einem tiefen Mitternachtsgrün verdunkelt und die Luft hinter den frostbedeckten Zweigen ist kaminrauchgeschwängert.

Ich trete zurück, um es zu mustern, bin von mir selbst überrascht, als ich die schwammige und schiefe Kontur eines Teichs erkenne. *Unseres* Teichs. Der bei der Hütte von Jacks Großvater, an den er mich brachte, damit wir unter den Sternen eislaufen konnten.

Mit einem Stich frage ich mich, was Jack davon halten würde. Würde er es in der Villa aufhängen wollen oder würde es ihn traurig stimmen, es anzusehen?

Ich zupfe ein Haar von der Pinselspitze, versuche, mich an mein Leben zu erinnern, bevor Gaia mir meine Magie gab. Meine Erdmagie ist so sehr Teil von mir. Bei der Vorstellung, sie entrissen zu bekommen, durchzuckt mich ein tief sitzender Schmerz. Ich weiß nicht, wer ich ohne sie wäre. Und obwohl mir der Gedanke Angst macht, dass Jack zurück ins Observatorium geht – ihn jemand so Mächtigem und Listigem wie Daniel Lyon anzuvertrauen –, ist es vielleicht falsch, ihn fernzuhalten.

Mein Magen knurrt. Der Himmel ist dunkel hinter dem Fenster über meinem Garten, Nachtinsekten singen zu den leisen Tönen von Julios Gitarre.

Ich sammle meine Pinsel ein und gehe damit zum Waschbecken, stelle den Wasserhahn an und befreie sie mit Seife von der Farbe. Ein Hauch von Rauch weht auf einer Brise durch das geöffnete Fenster, wie von dem Kamin im Bild heraufbeschworen.

Ich halte vor dem Becken inne, meine Hand reglos um die Pinsel.

Ich schalte das Wasser ab, dann die Musik, werde stutzig, als der Rauch dichter wird.

Langsam lege ich die Pinsel auf den Tresen, meine Gedanken gehen zu Lyons Memo über die Handvoll abtrünniger Jahreszeiten, die noch niemand hat aufspüren können. Ein lautes *Klick* ertönt irgendwo in der Villa. Mein Kopf zuckt hoch, mein Blick huscht zur Decke, als die Lichter ausgehen, mein Studio in Dunkelheit tauchen.

»Jack?«, rufe ich. Ich taste mit meiner Magie nach den Wurzeln der Bäume, die die Villa umstehen. Ich spüre keine Schmerzen – nichts brennt.

Ich wische mir die nassen Hände an meinem Kittel ab, schleiche zum Fenster und atme ein. Der Rauch schmeckt nicht nach Magie. Ich bin sicher, dass der Geruch nicht zu einem Herbst gehört. Vielleicht nicht einmal zu einem Menschen. Da ist kein bitterer, beißender Geruch nach Zigaretten, der aus den Wäldern dringt.

Ich ziehe meinen Kittel aus und lege ihn auf den Hocker. Dann öffne ich die Studiotür und noch ein *Klick* hallt durch die Villa, die Lichter im Flur gehen aus. Ich versteife mich, als ein weiteres *Klick* erklingt und der Trainingsraum dunkel wird, dann das Zimmer dahinter …

Mein Geist tastet nach einer Wurzel.

»Jack?« Zögerlich trete ich aus meinem Studio, stolpere fast über etwas auf dem Boden.

Mein Mund öffnet sich mit einem Keuchen.

Eine winzig kleine Votivkerze flackert im Flur. Eine Lilie – eine einzelne, perfekte Lilie – liegt auf einem gefalteten Zettel daneben.

Ich beuge mich herab und hebe sie auf. Die Blume an die Brust gedrückt, spähe ich den Flur hinab, aber da ist niemand. Ich falte den Zettel auf, halte ihn ins Kerzenlicht.

Lauf heute Nacht mit mir weg.
Keine Transmitter. Keine Handys.
Nur du und ich, unter dem Radar …

Ein Pfad aus weißen Votivkerzen erhellt den Weg zur Veranda. Leise trete ich an den Rand und spähe über das Geländer. Jack steht im dunklen Hof unten, er facht ein knisterndes Lagerfeuer in einem sorgfältig arrangierten Ring aus Steinen an. Eine Picknickdecke liegt auf dem Gras ausgebreitet, darauf eine Schachtel mit fettiger Peperoni-Pizza, die ich von hier oben riechen kann. Ein Beutel Marshmallows und zwei schwitzende Bierflaschen stehen daneben.

Jacks Gesicht leuchtet im sanften, orangefarbenen Licht und mein Herz flattert, als er zu mir hinauflächelt.

Mit der Lilie in der Hand folge ich dem Pfad aus flackernden Votivkerzen, eile barfuß die Wendeltreppe hinab, dann durch die offenen Patiotüren und in den Hof. Weitere Kerzen tupfen den Garten, schlängeln sich durch das kühle Gras um den vom Mond erhellten Swimmingpool, markieren den Weg zu Jacks Feuer.

Die Nacht riecht nach Jakarandablüten und Flammenbäumen, die den Garten mit leuchtenden orangen Blüten schmücken. Ich schiebe meine Finger zwischen Jacks und er streicht eine lose Haarsträhne aus meinem Gesicht zurück.

»Alles Gute zum Jahrestag.«

»Das ist unglaublich«, flüstere ich, schlinge meine Arme um seine Taille.

»Du bist unglaublich.« Er nimmt die Lilie und schiebt sie mir hinter das Ohr. Sein Daumen streichelt meine Wange und sein Mund verzieht sich zu einem breiten Grinsen. »Und du bist voller Farbe«, sagt er lachend und wischt etwas weg.

Meine Haut wird rot und ich wische mir jetzt selbst das Gesicht mit dem Handrücken ab.

»Bin ich underdressed für unser Date? Ich kann mich zurechtmachen«, sage ich und löse mich aus seinen Armen.

»Wag es ja nicht.« Er zieht mich an der Taille an sich, fest an seine Brust.

Den Kopf zurückgelegt, blicke ich hinauf zu den Sternen. Sie strahlen heller als sonst, weil die Villa hinter uns dunkel ist, und ihr Anblick raubt mir den Atem. Wie in der Nacht, die wir nebeneinander auf seinem offenen Schlafsack auf einem Berg in Tennessee verbracht haben. Jack streichelt in trägen Kreisen über meinen unteren Rücken, blickt auch hinauf und ich frage mich, ob er an die gleiche Nacht denkt wie ich.

»Vom Radar verschwinden, mh?« Mein Herz wird warm von all seiner Mühe und Fürsorglichkeit, die er in dieses Arrangement gesteckt hat. Wir sitzen hier fest, bis Lyon das Reiseverbot aufhebt, aber irgendwie ist es Jack gelungen, unseren Hof in einen magischen Ort zu verwandeln, eine Flucht vor dem Rest der Welt.

»Wohin würdest du gehen, wenn du überall hinkönntest, Fleur?« Sein Lächeln ist weich und verletzlich, genau wie auf dem Segelboot, auf dem wir aus London geflüchtet sind.

»Überallhin?«

»Überallhin.« Genau das hat er auch damals gesagt. *Überallhin*, hat er mir versprochen.

Meine Augen schließen sich, meine Gedanken wandern zurück zu der Leinwand in meinem Studio und meine farbbekleckssten Fingerspitzen fahren die Konturen seiner Brust nach.

»Dann würde ich den Teich bei der Hütte deines Großvaters wählen.« Diese eine perfekte magische Nacht, in der wir sorglos und glücklich waren. In perfektem Gleichgewicht. »Dahin möchte ich zurück«, sage ich und es schmerzt, als ich begreife, wie ernst es mir damit ist.

»Der Teich.« Sein Lächeln verblasst. »Nicht Amsterdam oder Chile? Nicht Kanada?«, fragt er leise. »Wenn ich dich überall hinbringen könnte – überallhin auf der Welt –, dann würdest du dorthin wollen?«

Meine Hände gleiten an seiner Brust herab, doch Jack löst sich von mir. Und mir wird klar, wie sich das anhören muss. Als würde ich dahin zurückwollen, um mit dem zusammen zu sein, der er vorher war. »Diese Nacht ... sie war unglaublich«, beeile ich mich nachzusetzen, habe Mühe, in Worte zu fassen, wie ich mich in dieser Nacht gefühlt habe. Wie ich mich *mit ihm* gefühlt habe. »Und dieser Kuss ...«

Ein Scheit bewegt sich im Feuer, lässt Funken aufstieben. Jack schiebt ihn mit einem Stock zurück. Er schüttelt den Kopf, aber nicht wütend, begreife ich. Nur ... nachdenklich. »Wenn wir jetzt zurück zur Hütte gingen, wäre es nicht das Gleiche. Ich kann nicht ...« Das Feuer spiegelt sich in seinen Augen. Sie schimmern vor Reue, als er mich endlich wieder ansieht. »Die Nächte wären kalt. Ich kann dich nicht warm halten, nur indem ich deine Hand halte. Ich kann den Teich nicht zufrieren lassen und dich zum Schlittschuhlaufen mitnehmen oder es schneien lassen oder ...«

Ich nehme ihm den Stock aus der Hand. Als er sich zu mir umwendet, drücke ich einen Finger auf seine Lippen. »Du brauchst mich nicht zum Schlittschuhlaufen mitzunehmen, Jack.« Ich fahre seine Oberlippe nach, dann die untere, bewundere Weichheit und Form, als sich sein Mund öffnet.

»Was brauchst du denn?«, fragt er.

»Nur das hier. Nur uns«, sage ich mit gedämpfter Stimme. »Dich und mich.«

Er lächelt, sein Atem ist warm an meinem Finger. »Ist das alles?«

Ich hebe eine Augenbraue. »Das, und vielleicht geröstete Marshmallows.«

Jacks Lachen klingt rau. Er führt mich zu der Decke, zieht mich neben sich hinab. Ich lehne mich an seine Schulter, beiße in ein Stück Pizza und biete ihm einen Bissen an, während er Marshmallows auf einen Spieß schiebt. Er röstet sie langsam, achtet darauf, sie nicht zu verbrennen, während er an seinem Bier nippt, seine Gedanken irgendwo in den Flammen verloren.

Ich lege mein Stück Pizza zurück in den Karton und schließe den Deckel.

Dann rutsche ich hinter ihn, schlinge meine Arme um seine Taille, lege meinen Kopf in die warme Kuhle zwischen seinen Schultern. Seine Hand schließt sich um meine, sicher und stark. Er irrt sich, wenn er denkt, dass er mich nicht beschützen und warm halten kann, nur indem er mich hält. Ich drücke einen Kuss auf eine seiner Narben, mein Mund bewegt sich langsam hinab zur nächsten, und er lehnt sich an mich. Etwas schabt an meinem Knie, das die Rückseite seiner Jeans berührt. Ich greife hinab und mein Mund öffnet sich vor Überraschung angesichts der beiden kleinen Büchlein, die aus seiner Gesäßtasche herausragen.

Pässe. Zwei Stück. Ich ziehe sie aus seiner Tasche und finde zwei Reisegutscheine, die darin stecken, Ziel und Datum noch leer, einer für jeden unserer Namen, ausgestellt auf einen großzügigen Betrag. Mein Atem stockt.

Lauf weg mit mir …

Das war kein Scherz. Seine Einladung war keine symbolische Geste. Er meint es ernst.

Wohin würdest du gehen, wenn du überall hinkönntest, Fleur?

Er meinte es ernst, mich vom Radar zu holen, ungeachtet Lyons Wünschen.

Ich sacke zurück auf die Knie mit den Pässen in der Hand, von der gleichen Aufregung durchströmt, die ich an dem Tag verspürte, an dem ich die Karten und die Gedichte fand, die er vor zwei Jahren für mich in der Library of Congress hatte liegen lassen, an genau dem Tag, an dem ich herausfand, was Jack vorhatte.

Als ich begriff, was er bereit war, für uns zu riskieren.

»Jack?« Sein Name entfährt mir mit einem zittrigen Flüstern. Wie konnte er auch nur eine Minute lang denken, dass er nicht genug sei für mich? Dass er mich nicht mit jeder Berührung rettet. Dass er mich nicht mit jedem Atemzug vervollständigt. Wie konnte er jemals auch nur ansatzweise glauben, er sei nicht durch und durch magisch?

11

EINE ENTRISSENE WELT

Doug

Lixue beobachtet mich quer durch den düsteren Raum, hält eine Flamme in der hohlen Hand. Ihr Gesicht und Haar sind weiß vor Putzstaub. Sie sieht mich an, als würde sie einen Geist erblicken. »Sollen wir sie verfolgen?«

Ich spucke einen letzten Mundvoll Blut aus und fahre mit einer Hand durch die Asche und den Schweiß auf meinem Gesicht. Mein linkes Auge brennt von all dem Staub und die leere rechte Augenhöhle pocht. Gaias Magie wirbelt in der Kugel herum, wirft einen blassen Schein durch den Raum. »Nein.« Meine Stimme ist rau. »Du wirst sie nicht finden. Nicht hier.« Mittlerweile ist Kai vermutlich tief in den Katakomben und wir sind nicht genug, um uns aufzuteilen und sie aufzuspüren.

Lixue wirft einen Blick auf den Stab, der über dem Schreibtisch liegt, akzeptiert meine Antwort, als müsste ich die Zukunft darin gesehen haben. Aber es war nicht Kais Zukunft, die ich gesehen habe, die mir alles klargemacht hat. Es war ihre Vergangenheit. Diese Unterhaltung, die sie letzte Woche mit Lyon geführt hat, hatte nichts mit mir zu tun. Lyon ging es nie darum, mich zu *retten*. Lyons einziges Ziel war es, Jack zu beschützen. Das war es, was er von Kai gewollt hat. Er hat sie überzeugt, dass es das Richtige wäre – der richtige Weg, um sich selbst zu vergeben. Jede Entscheidung, die Kai getroffen hat, war von Schuld motiviert und so hat er sie manipuliert. Jetzt wird sie keine anderen Entscheidungen treffen.

Sie fühlt sich für all diese Tode verantwortlich – die Wachen, Gaia, Lyon ... das habe ich in ihren Augen gesehen – ihr Entsetzen, als sie ihn sterben sah, wie sie mich angesehen hat ... ich habe ihr die Reue angemerkt bei seinen letzten Worten, als hätte er direkt zu ihr gesprochen: *Es ist immer noch Zeit, die richtige Entscheidung zu treffen.*

In diesem Augenblick hat Kai ihre Entscheidung getroffen. Sie hat sich für Lyon entschieden. Was heißt, sie hat sich für Jack entschieden.

Und ich würde meinen Stab darauf verwetten, dass sie genau zu ihm unterwegs ist.

»Was machen wir jetzt, Chronos?«

Die Frage holt mich aus meinen Gedanken. Es dauert einen Moment, bis ich begreife, wie Lixue mich genannt hat.

Chronos.

Ich richte mich gerade auf, ziehe den Stab vom Schreibtisch. Der Griff ist kalt und schwer, beißend und ungewohnt in meiner Hand. Die Mitglieder der alten Wache stehen entlang der gegenüberliegenden Wand. Die Luft schmeckt nach Unsicherheit und Angst. Ihre Blicke huschen zwischen mir und Lixue hin und her, als warteten sie auf einen Befehl oder eine Bewegung.

Ich hebe die schwarze Schärpe vom Boden auf und binde sie eilig um das Loch an der Spitze des Stabs, wo der Kristall war, hoffe, dass alle außer Lixue zu abgelenkt waren, um sein Fehlen zu bemerken. Ich kann es jetzt nicht gebrauchen, dass mich jemand herausfordert, bevor ich die Gelegenheit habe, ihn zu finden. Der Stab ist so kalt, dass er unter meiner Hand brennt, und ich beiße die Zähne zusammen, entschlossen, es mir nicht anmerken zu lassen.

»Lixue. Du bist die Kommandantin meiner neuen Wache«, verkünde ich und steige vom Podium herab. »Ich will, dass alle Flügel und Pforten verriegelt werden. Niemand darf sein Quartier verlassen. Ihr habt zwei Stunden, um einen neuen Trupp zusammenzustellen. Nur die stärksten Jahreszeiten. Und niemand mit fragwürdiger Loyalität.« Ich bleibe vor ihr stehen, den Kopf der Sense dicht vor ihrem Gesicht. Sie blinzelt nicht. »Jeder, der die Absicht verkündet, rebellieren zu wollen, wird eingeäschert. Ich gehe davon aus, dass du dich darum kümmerst.«

Sie nickt kurz und knapp, aber ihre Stimme bricht, als sie antwortet. »Ja, Sir.«

Ihr Blick ist ein flackerndes Chaos aus Erinnerungen, die sich zu schnell bewegen, um sie zu erkennen. Ein flüchtiges Bild halte ich fest, als es vorbeizuckt. Ich bekomme nur die Vergangenheit, einen Augenblick – ein Bild von ihr, wie sie neben mir auf den gefrorenen See in Cuernavaca stürzt. Für den Moment zufrieden, lasse ich sie gehen.

Mein Puls wird langsamer, mein Geist wird schärfer, während ich mich auf die Logistik der Operationen konzentriere. Das hier kenne ich. Darin bin ich gut. Das kann ich kontrollieren.

»Bradwell.« Ich deute mit meiner Sense auf einen schlaksigen Kleinen mit Babyface, der dem Kontrollraum am nächsten ist. »Herzlichen Glückwunsch. Du wurdest gerade befördert. Ich will, dass alle Trackingsysteme innerhalb einer Stunde wieder online sind. Und sieh zu, dass wir Strom und Belüftung in allen Flügeln haben.« Jede Jahreszeit, die wir verlieren, ist eine Jahreszeit, die wir finden und ersetzen müssen, und dafür habe ich keine Zeit. Je früher wir diesen Laden stabilisieren, desto früher kann ich Jack suchen.

»Ja, Chronos.« Bradwell rennt los, mäht dabei fast ein muskulöses Mädchen mit rasiertem Kopf und Tunneln in den Ohren um, als er zur Tür stürzt.

Das Mädchen wirft seinem Rücken einen finsteren Blick hinterher.

»Jora«, blaffe ich und sie steht überrascht stramm. Sie löst die verschränkten Arme, ihr Gesicht wird blass, weil ich zu den kränklichen, schwitzenden Menschen im Raum deute. Die Wachen, denen ihre Magie von Lyon entzogen wurde, wirken leer und verloren, ihre Hände zittern nutzlos an ihren Seiten. »Bring sie in die Krankenstation. Nachdem sie behandelt und frisch gemacht wurden, sollen sie sich wieder bei mir melden. Sie sollen das Personal führen ... Küche, Hausverwaltung und Wartungscrews ...« Ich halte inne, erhasche einen kurzen Blick auf eine Vision. Eine Erinnerung aus Joras Vergangenheit, die mich verunsichert; sie ist ein Langfinger. »Und schick einen Wartungstechniker zu meinem Büro. Ich will, dass jedes Schloss von Lyon neu codiert wird. Bis ich etwas anderes anordne, ist der Zugang zu meinem Büro und Apartment beschränkt.«

»Auf wen, Sir?«

»Mich.«

»Was ist mit deinem Personenschutz? Wie sollen wir ...?«

Ich drehe mich um, fixiere sie mit meinem merkwürdigen neuen Auge. Sie verwelkt darunter, als wisse sie, was ich sehe. »Habe ich mich undeutlich ausgedrückt?«

»Nein, Sir«, erwidert sie matt.

»Was stehst du dann noch hier?« Der Blick meines Auges verfolgt sie, während sie eilig zum Flur rennt. Ich drehe mich um, mustere die letzte Wache im Raum.

»Zahra.« Das grimmig dreinblickende Mädchen wischt sich Blut von der Wange. Sie war neu in Michaels Wache, kurz bevor die Rebellion begann, aber sie war klug. Konnte gut mit Computern umgehen. »Ich will einen vollständigen Bericht über den Verbleib jeder freien Jahreszeit oben. Ich will, dass jede gefunden und ein Bergungsteam einberufen wird. Wenn das erledigt ist, spürt ihr Jack Sommers und Fleur Attwell auf und lokalisiert ihre früheren Administratoren. Ich will *genau* wissen, wo sie sich aufhalten. Und bringt mir Kai Sampsons Akte.«

Kai mag weg sein. Aber sie kommt zurück wegen der einen Person, die ihr wichtig ist – ihrer Schwester. Und ich werde bereit sein.

Aber zuerst muss ich den Kristall finden.

Marchs Körpergröße ist der einzige Pluspunkt in seinem Lebenslauf, aber mir stand kein großer Kandidatenpool zur Verfügung, als Lixue ihn fand und zum Kontrollraum brachte, und so habe ich ihn zum Anführer meines Personenschutzteams ernannt. Jora mag eine unehrliche Diebin sein, aber sie hatte recht; ich bin jetzt Chronos und ich sollte einen Bodyguard haben. Man kann nicht sagen, wann jemand – sogar unter denen, die mir am nächsten stehen – versuchen könnte, mir ein Messer in den Rücken zu rammen.

Die Kugel im einen Arm und den Stab im anderen, kehre ich zurück zu meinem neuen Büro, mache unterwegs Inventur der sichtbaren Zerstörung. March trottet hinter mir her, hat Mühe, mitzuhalten. Sein Stolz strahlt von ihm ab, übelkeiterregend süß, und ich bereue meine Entscheidung bereits, ihn angestellt zu haben.

Ich postiere ihn vor der Tür, lasse den Stab auf den Teppich fallen in dem Augenblick, in dem sich die Schlösser hinter mir verriegeln. Meine Hände sind voller Blasen, wo ich den Griff gepackt hatte, und ich taste vorsichtig über die rote, rohe Haut. Ich erinnere mich nicht daran, dass Lyons Hände vernarbt waren, als er während unseres Treffens letzte Woche nach dem Stab gegriffen hat. Und auf Michaels manikürten Fingern habe ich nie auch nur einen einzigen Makel gesehen. Warum sind meine dann so zerstört? Ist es eine Art Test?

Ich stelle die Kugel auf den Schreibtisch, klemme sie zwischen ein paar Bücher mit festem Einband, damit sie nicht herunterrollt. Gaias Magie tobt darin, schlägt Funken und faucht, sobald ich mich dem Glas nähere. Meine Kehle beginnt erneut zu schmerzen, wenn ich sie nur ansehe.

Mein Kopf pocht und hartnäckiger Schmerz breitet sich in meiner Brust aus. Denver hatte mir einmal gestanden, dass akute Panik sich wie ein Herzinfarkt anfühlen kann. Hektisch wühle ich in Lyons Schreibtischschublade nach Xanax oder Säureblockern, verfluche mich wegen meiner Dummheit, weil ich absolut nichts finde. Dieser Ort ist eingehüllt in Magie; Sodbrennen und Herzinfarkte existieren hier nicht. Warum fühle ich mich dann, als würde ich sterben?

Entschlossen, das nagende Brennen zu ignorieren, krame ich durch Lyons Schränke, durchsuche jede Schublade und Nische nach dem fehlenden Auge, überzeugt, dass ich mich besser fühlen werde, sobald ich es in Händen halte. Der Kristall wird mir zeigen, wie ich Gaias Magie kontrollieren kann. Er wird mir zeigen, wo ich Jack finde. Und wie ich den Stab dazu bringe, mich nicht mehr bei jeder Berührung zu verbrennen.

Ich stoße eine Schranktür auf und meine Muskeln spannen sich an, weil ein Regenbogen über das Holz tanzt, aber es ist nur Licht, das von einer Kristallkaraffe abprallt. Ich schwenke die bernsteinfarbene Flüssigkeit darin herum. Der scharfe Geruch nach Alkohol sticht mir in die Nase, bevor ich die Karaffe auch nur öffne, und meine Augen tränen, während ich gierig trinke. Ich falle in Lyons Lederstuhl, neige den Kopf zurück und warte darauf, dass der Schnaps in meinem Blut ankommt, bete, dass er den Schmerz dämpft und mich in eine dunstige Wattewolke packt. Aber er verstärkt das Brennen in meiner Brust nur und verschärft die Kopfschmerzen.

Ich reibe mir die eingefallene Augenhöhle. Vielleicht hatte Kai recht und gestohlene Magie ist verflucht. Doch wenn das der Fall ist, warum hat Lyon dann kein Auge verloren, als er Michael die Magie nahm? Was war *sein* Fluch? Lyon wollte nicht einmal die Macht des Auges. Er hat dem mächtigsten Werkzeug, das er seinem Vorgänger gestohlen hatte, Scheuklappen angelegt. Vielleicht war das Lyons Fluch – er war zu ängstlich, zu schwach für so viel Macht. Er hatte sich nicht einmal die Mühe gemacht, Anankes Magie zu nehmen. Stattdessen hat er sie in einen Käfig in seinem Büro eingesperrt. Andererseits hat Michael das auch getan …

Ich drehe mich auf dem Schreibtischstuhl, starre auf das Loch, das ich ins Terrarium der Schlange geschlagen habe.

Als ich dieses Büro verließ, hatte ich noch beide Augen. Und Anankes Fähigkeit, die Zukunft zu sehen. Sie klar zu sehen. Aber in dem Augenblick, in dem ich mir Lyons Magie genommen habe, war die Fähigkeit verschwunden. Und mein Auge auch.

Wenn die alten Geschichten stimmen, dann hat Ananke Michael das Auge ausgestochen, um ihn dafür zu bestrafen, dass er ihre Macht haben und sie kontrollieren wollte. Aus Rache stahl er ihr Auge und setzte es in seinen Stab. Ich reibe über den störrischen Schmerz in meiner Brust. Ist dies mein Fluch? Kämpft die Magie der beiden in mir? Hat Anankes Magie mein Auge ausgebrannt, nur um Michael zu kränken?

Man braucht zwei Augen, um klar zu sehen …

Das Auge. Ich muss es finden und wieder in den Stab setzen. Vielleicht erhalte ich dann mein Sehvermögen zurück.

Ich durchsuche jeden Winkel meines neuen Büros, halte nur inne, als ein Wartungstechniker hereinkommt, um die Schlösser neu zu codieren. Der fehlende Kristall ist nirgends, aber es gibt nur wenige Orte, an denen der alte Mann ihn versteckt haben kann. Ich will gerade den kleinen Teppich vom Boden heben, als ein Klopfen an der Tür ertönt.

»Chronos?« Lixue tritt über die Schwelle, ein Tablet unter dem Arm. Sie blickt zu dem zerbrochenen Terrarium und dem Haufen Asche auf dem Boden.

»Setz dich.« Ich deute auf den Stuhl vor meinem Schreibtisch.

Sie setzt sich auf den Rand, so weit weg von Gaias Magie, wie sie kann. Der Stab lehnt an der Wand neben mir und sie wirft ihm einen nervösen Blick zu. Ich zögere, versuche noch einmal, Lixues Erinnerungen durchzugehen. Die Bilder sind aalglatt, schwer zu fassen. Ich wähle eine, jage sie und konzentriere mich, zwinge sie, langsamer zu werden, aber ich kann sie nur einen Augenblick lang festhalten, bevor sie verloren geht in einer Flutwelle aus weiteren. Doch dieser eine Augenblick, ein Flackern von ihr in ihrer neuen Rolle während der letzten Stunde, hat gereicht. Es muss reichen.

Ich greife nach der Sense. »Niemand sonst weiß davon.« Ich warte auf ihr knappes Nicken, dann reiße ich die Schärpe vom Stab.

Begreifen flackert über ihr Gesicht.

»Von jetzt an hast du eine einzige Aufgabe. Lyon muss das Auge versteckt haben. Es muss irgendwo im Observatorium sein. Du, und nur du allein, wirst danach suchen. Jora kann man das nicht anvertrauen.« Sie nickt, als hätte sie das bereits erahnt. »Lyons

Apartment, sein altes Büro im Winterflügel, seine alte Angestelltenwohnung … ich will, dass du alles auf den Kopf stellst, bis du ihn findest.«

»Ja, Chronos. Aber was ist mit Jack?«

»Was ist mit ihm?«

»Wir glauben, wir haben Jack, Fleur und die anderen lokalisiert.«

»Was meinst du mit ›ihr *glaubt*‹?«, knurre ich.

»Ihre persönlichen Aufzeichnungen sind alle von den Servern entfernt worden. Es ist, als hätten Gaia und Lyon nicht gewollt, dass jemand erfährt, wo sie sind. Aber Zahra ist alle Spesenabrechnungen des Observatoriums seit der Rebellion durchgegangen. Wir haben einige Anschaffungen ohne Namen in den Büchern gefunden. Die Beträge passen zu denen auf diesen Urkunden.« Sie streckt mir das Tablet entgegen.

Ich lege den Stab hin und reiße ihr das Gerät aus der Hand, scrolle durch Grundbucheintragungen und Treuhandverträge. Lyon und Gaia haben kaum einen Monat nach Michaels Tod drei Anwesen erworben – eines in Südkalifornien mit Blick auf die Küste; eines in Fairbanks, Alaska; und eine Villa in Cuernavaca, Mexiko.

»Befördere Zahra«, sage ich leise, während ich den Grundriss der Villa studiere.

»Da ist noch mehr. Kais persönliche Aufzeichnungen sind von den Servern gelöscht. Aber wir haben ihre frühere Administratorin aufgespürt. Sie unterrichtet im Sommerflügel. Wir konnten sie dazu bringen, eine alte, umfunktionierte Festplatte aus ihrem Schlafquartier rauszurücken. Einige gelöschte Ordner konnten wir retten.« Lixue greift über den Schreibtisch und klickt noch einen Ordner auf dem Tablet auf. Ich scrolle durch Nachrichten zwischen Kai und ihrer Schwester, überfliege Dutzende eingescannter, handgeschriebener Briefe zwischen ihnen. Pläne und Handel, Erinnerungen und Diskussionen … geleistete Versprechen, die fast fünfzig Jahre zurückreichen.

Diese Fehler, für die sie büßt – die Erlösung, nach der sie sucht –, reichen sehr viel weiter zurück als Cuernavaca. Sie reichen bis ganz an den Anfang.

Kai hat die gesamte Zeit Ränke geschmiedet, hat darum gekämpft, bei ihrer Schwester zu sein, seit dem Jahr, in dem sie hierherkamen.

Kai war Michael gegenüber *nie* loyal. Oder Lyon. Der einzige Mensch, der Kai je wichtig war, war Ruby.

»Die Schwester … wo ist sie?«, frage ich.

»Wir wissen es nicht. Wir können keinen Sommer namens Ruby mit dokumentierter Verbindung zu Kai finden.«

»Sucht weiter.« Lyon hat vermutlich auch all diese Aufzeichnungen von den Servern gelöscht. Er hatte nicht vor, es mir leicht zu machen. »Ich will einen Bericht, sobald ihr sie findet.«

Kai Sampson ist ohne irgendetwas hier herausgelaufen. Mit nichts als einem Bündel Lügen und den Kleidern, die sie am Leib trug, genau wie ich es ihr vorausgesagt hatte, wenn sie ihr Vertrauen in Lyon setzt. Sie hat kein Geld, keinen Pass, kein Essen, keine Waffen. Sie wird irgendwo haltmachen müssen. Das wird sie langsamer machen. Ich muss ihr nur einen Schritt voraus bleiben.

»Irgendeine Spur von Sampson?«, frage ich.

»Bradwell hat einen Treffer auf einer Straßenkamera in Peckham«, sagt Lixue rasch. »Dort ist sie vor einer Stunde aus einem Bus gestiegen.«

Ich reiche meiner Kommandantin das Tablet. »Wie schnell könnt ihr ein Bergungsteam bereit machen?«

»Sofort, Sir. Soll ich sie nach Peckham schicken?«

»Nein, nicht nach Peckham.« Ich kann vielleicht nicht die Zukunft sehen, aber ich brauche auch keinen Kristall, um die Strategie zu erkennen. »Dein Team soll in einer Stunde in mein Büro kommen. Bevor das hier vorüber ist, kommt Kai Sampson zu mir.«

12

RAFF MICH DAHIN

Jack

Die sanfte Berührung von Fleurs Lippen auf meinen Narben jagt mir einen Schauer über den Rücken. Ihre Finger fahren über die straffe Haut, erwecken eine Sehnsucht, die alles andere auslöscht. Ich schließe die Augen, sauge die Wärme ihres Körpers hinter mir auf. Plötzlich erstarrt sie.

»Jack?«

Meine Kehle wird eng, als sie meinen Namen flüstert. Jeder nagende Gedanke, den ich in den letzten paar Wochen hatte, verstummt und ich wende mich ihr zu.

Sie blickt von den Pässen in ihrer Hand auf. Tränen sammeln sich in ihren Augen und sie legt sie auf die Decke. Dann rutscht sie auf den Knien heran, legt ihre Hand auf meine Brust, kommt mit ihrem Gesicht dicht vor meines.

»Ich habe meine Meinung über die gerösteten Marshmallows geändert.« Sie lehnt sich gegen mich, bis sich unsere Stirnen berühren und meine Nase ihre Wange streift, die feucht vor Tränen ist. Ich beobachte eine, die auf ihre Lippen zugleitet. Schmerzhaft langsam neigt sie den Kopf, ihr Mund bewegt sich sanft über meinen.

Ich werfe den Spieß ins Feuer. Meine Hände finden ihre Taille, folgen ihrem Schwung. Ihr Mund schmeckt nach Salz und Lust.

Ein tiefes Stöhnen steigt in mir auf, als der Kuss inniger wird. Meine Hände wandern an ihrem Rücken hinauf und wir stehen auf. Nicht bereit, uns voneinander zu lösen, taumeln wir über das Gras, die Körper aneinandergedrückt, die Finger in den Haaren des anderen vergraben, nur Zungen und Zähne und Berührung und Atem, bis ihr Rücken gegen die Mauer der Villa prallt und ich nicht näher herankann.

Mein Telefon vibriert vorn in meiner Hosentasche.

»Dein Telefon«, keucht sie.

»Egal.«

»Was ist mit dem Feuer?«, flüstert sie, den Hinterkopf ans Haus gelehnt.

»Das brennt herunter.«

Sie keucht auf, weil mein Zahn ihren Nacken streift. Ihre Hände gleiten unter mein Hemd und wir taumeln ins Haus.

»Was ist mit den Sicherungen?«, fragt sie rau. Ihr Atem an meinem Ohr raubt mir den Verstand. Ich kann keinen zusammenhängenden Gedanken mehr fassen.

»Lassen wir aus.«

Wir tasten uns durch die Dunkelheit, prallen gegen Möbel, laufen blind die Stufen hinauf, stoßen die ausgebrannten Votivkerzen auf dem Treppenabsatz um und prallen gegen die Wand. Ich brauche dringend Luft, aber ich will sie nicht loslassen. Sie zieht mir das Hemd über den Kopf. Knöpft den oberen Knopf meiner Jeans auf, während wir den Rest der Stufen hinaufstolpern. Ich löse ihr Haar aus dem Band, die langen rosa Spitzen fallen um ihr Gesicht herab, Spuren ihres Shampoos versüßen die Luft. Ich werfe die Lilie achtlos zu Boden, als wir den Flur erreichen.

Meine Finger graben sich in ihre Hüften, ich schiebe sie rückwärts in unser Schlafzimmer.

»Jack …?«, flüstert sie. Ihr Absatz prallt gegen den Fuß des Betts. »Hast du was gehört?«

Mein Mund ist in ihrem Haar vergraben, ich küsse die weiche Kuhle, wo ihre Schulter ihren Hals trifft. »Nur dein Fuß«, murmle ich, schlinge die Arme um ihre Taille, bereit, sie aufs Bett zu heben.

»Nein. Hör mal.« Sie drückt gegen meine Brust. Ihr Körper versteift sich in meinen Armen und ihre Augen schimmern in der Dunkelheit. »Hast du das gehört?«

Ich ziehe mich zurück und lausche, wir beide atmen schwer. Ein leises Klappern hallt im Flur, das gleiche Geräusch, das die Glasvotivkerzen machten, als wir sie auf den Stufen umgestoßen haben.

Ein Schauder wandert mein Rückgrat hinauf und ich löse mich von Fleur.

Ich drehe mich zur Tür um. Ein unerwartetes Geräusch und eine Bewegung kommen aus dem Flur. Jemand packt meine Hände und reißt sie mir hinter den Rücken. Fleur schreit, ich werde über den Boden gezerrt, das Entsetzen auf ihrem Gesicht festgehalten vom Mondlicht, während drei schattenhafte Umrisse sie umstellen. Ich trete um mich, kann meinen Arm befreien. Ein Grunzen erklingt, als ich meinen Ellbogen hart rückwärts stoße. Einer der Schatten wirbelt auf mich zu und ich ziehe eine Faust zurück. Als ich zuschlage, tritt mir jemand von hinten die Beine weg. Meine Knie prallen auf die Fliesen, meine Arme werden hinter meinen Rücken gezerrt.

»Was wollt ihr?«, schreie ich. Zwei Gestalten packen Fleur an den Handgelenken, drücken sie gegen die Wand. Ich zähle wenigstens vier Schatten im Zimmer. Es sind keine Jahreszeiten. Fleur hätte sie gerochen. Wir hätten gewusst, dass sie in der Nähe sind.

Das Wetter hätte sie schon vor Stunden verraten. »Nehmt, was ihr wollt, und haut ab! Lasst sie in Ruhe!«

Fleur wirft sich mit vollem Gewicht nach vorn, aber eine der Gestalten zieht einen Arm über ihre Brust, hält sie zurück. Eine silberne Sense ist auf ihren Ärmel gestickt, der vertraute Umriss der metallischen Fäden scharf und klar, sogar im Halbdunkel.

Das sind keine Einbrecher oder Diebe. Das sind Wachen.

Aus dem Augenwinkel sehe ich ein rotes Licht blinken. Ein Transmitter. Fleurs Augen werden groß, als sie meinem Blick begegnet.

Panik steigt in mir auf. Ich taumle gegen den Wächter hinter mir, aber er hält mich unten. »Lasst sie los!«

»Ziel in Gewahrsam«, sagt eine der Wachen mit rauer Stimme, die ich schon gehört habe, aber mein Gehirn ist zu verwirrt, um sie einzuordnen.

Fleur kämpft, windet sich, um von ihnen loszukommen. Einer der Wächter grunzt und flucht, als ihre Faust ihn am Kiefer trifft. Ihr Knie zuckt hoch, trifft einen Schoß. Die Temperatur im Raum fällt ab, als die Wachen ihre Magie sammeln, um sie zu bändigen. Frost knistert über die Wände der Villa. Die warme Luft kondensiert, erfüllt den Raum mit kaltem, dichtem Nebel. Ein Schrei bricht aus Fleurs Mund hervor, strömt in einer dicken, weißen Wolke heraus, während Frost über ihre Arme kriecht.

Ich sauge einen eisigen Atemzug ein. Die Kälte … sie wird sie umbringen.

Ich fahre hoch, reiße mich von der Wache los. Etwas zerbricht auf meinem Hinterkopf, das Klirren von Glas hallt mir in den Ohren, und meine Knie geben nach.

Fleur schreit meinen Namen, ihre Stimme klingt verzerrt und fern. Ich schüttle den Kopf, der Raum schwankt, wird mal klar, mal dunkel.

Glas schneidet in meine Knie, als ich mich wieder hochdrücke. Ein heftiger Wind peitscht durch das Haus, wischt den Nebel weg. Der Geruch nach Ozon erfüllt die Luft. Sie knistert aufgeladen. Meine Haare stehen zu Berge und Fleurs Magie setzt den Raum unter Strom.

Vor den geöffneten Fenstern raschelt es und die Wachen wenden sich um. Dicke Ranken schieben sich über die Fenstersimse herein und die Wachen taumeln. Die Ranken gleiten über den Boden, auf ihre Fußgelenke zu. Einer der Wächter greift nach einer Scheide an seiner Taille, während die Pflanzen sich zum Stoß zusammenrollen.

»Nein! Halt!« Ich stürze vor, als er die Klinge zieht, aber eine Ranke schleudert mich von dem Gemenge weg, und ich rutsche über den Boden. Der Wächter schlägt heftig nach den Ranken und Fleur schreit auf. Die Pflanze erschlafft, fällt zurück über den Sims.

Der Wind erstirbt und die Vorhänge hängen wieder ruhig.

Ich rieche Blut.

»Fleur!« Ich blinzle, mühe mich, ihre Gestalt in der Dunkelheit zu erkennen, krieche auf sie zu.

Schwarze Tropfen rinnen über den Frost auf ihren Armen, verschmieren die hellen Ärmel der Wachuniform, während sie die Wand herabrutscht. Eine der Wachen reißt mich am Haar zurück.

Eine Wächterin tippt gegen den Transmitter. »Ziel gesichert«, sagt sie undeutlich, runzelt die Stirn und wischt sich Blut von der Nase. »Bereit für den Transport. Holt uns nach Hause.« Ein Funke entzündet sich auf der Handfläche einer anderen Wächterin, die glühend heiße Flamme meißelt ihre Gesichtszüge aus der Dunkelheit.

»Lixue?« Wir waren mal zusammen Winter, vor Jahren, bevor sie zu Michaels Wache gehörte. Ich sehe sie aus schmalen Augen an, kann nicht begreifen, warum sie hier ist, in meinem Haus. Warum sie Fleur verletzen. Lyon müsste die alte Wache längst aufgelöst haben. Er müsste sie bereits von ihrer Magie befreit haben. Etwas muss schiefgelaufen sein.

Gänsehaut, die nichts mit der Kälte zu tun hat, kriecht über meine Haut, als ich an die Stürme über London denke. Dass Lyon unser Treffen verpasst hat. »Wir unterstehen einer Schutzverfügung«, presse ich zwischen zusammengebissenen Zähnen hervor. »Daniel Lyon wird euch bei lebendigem Leib die Haut abziehen, wenn er hiervon erfährt.«

Lixue erstickt ihre Flamme, ihr Gesicht ausdruckslos in der Dunkelheit. »Sorry, Jack. So hätte es nicht enden müssen.«

Licht flackert durch das Zimmer. Ich schirme die Augen gegen den grellen Schein ab, der immer heller wird. Fleurs Kinn ruht auf ihrer Brust. Ein rotes Licht blitzt in ihrem Ohr und dann beginnt ihr Körper zu leuchten.

»Nein!«, schreie ich. »Nein! Ihr könnt sie nicht mitnehmen!« Ich wehre mich, will verzweifelt zu ihr, aber Lixue und ihre Wachen zwingen mich, zurückzuweichen. Zwingen mich zuzusehen, wie der Heiligenschein um Fleur droht, mich erblinden zu lassen. Zwingen mich, meinen schlimmsten Albtraum zu durchleben, als ihr Licht aufflammt und erstirbt. Und dann ist sie weg.

13

HINTERLIESS KEINE SPUR

Jack

Das Schlafzimmer ist dunkel, die Vorhänge reglos.

Ich blinzle gegen das Nachbild an, ersticke an Fleurs Namen. Sie ist weg. Sie haben sie *geholt*.

Die Wachen lösen ihren Griff, als meine Arme erschlaffen. Ich bin zu fassungslos, um mich noch zu wehren. Lixue weicht vor mir zurück, ihr Körper beginnt zu schimmern, der Heiligenschein um sie herum wird mit jeder Sekunde heller. Ich werfe mich auf sie, fliege durch die leere Luft, wo sie gerade noch stand, dann pralle ich gegen die Kommode und krache zu Boden.

»Kommt zurück, ihr Arschlöcher! Bringt sie zurück!« Mein Schrei hallt von den Wänden der leeren Villa wider. Nicht einmal ein Blatt regt sich in Fleurs Garten.

Ich renne durch die mondbeschienene Halle, stolpere die Stufen hinab, zwei auf einmal.

Meine bloßen Füße schlittern um Ecken, weichen in der Dunkelheit Möbeln aus. Ich platze in den Hauswirtschaftsraum und werfe alle Schalter im Sicherungskasten an. Sie rasten ein, stellen den Strom im Haus Zimmer um Zimmer wieder her: die oberen Stockwerke, Erdgeschoss, Veranda, Hof …

Die Wandleuchter hinten fluten den Hof mit Licht, fangen eine dunkle Gestalt vor dem aquamarinfarbenen Leuchten des Swimmingpools ein. Das Mädchen trägt keine Uniform und keinen Aufnäher, aber ihre Haltung ist die einer Kämpferin. Einer Jägerin. Die Chancen stehen mehr als gut, dass sie eine von ihnen ist.

Das Mädchen stolpert zurück, als sie mich durch die Patiotüren erblickt. Sie rennt auf die Bäume zu. Ich stürze hinter ihr her, packe sie am Rand des Pools und wir stürzen beide über den Rand.

Wasser schwappt über uns, das Gewicht meiner Jeans und ihrer Schuhe zieht uns zu Boden. Sie tritt nach meinen Schienbeinen, will zum Rand, während ich sie zu mir ziehe. Unsere Köpfe durchbrechen die Oberfläche, wir beide ringen nach Luft. Ich packe sie am Kragen ihres Pullis und drehe sie um, lasse sie fast los, als ich ihr Gesicht sehe.

Kai Sampsons Mund bildet den gleichen schockierten Ausdruck wie in dem Augenblick, in dem ich sie mit dem Schaft ihres eigenen Pfeils erstochen habe – dem, mit dem sie mir ins Bein geschossen hatte.

Ich schüttle Wasser aus meinen Augen und packe sie fester. Ihr schwarzes Haar ist kürzer, Poolwasser tropft über ihre Stirn, die abgeschnittenen Spitzen kleben feucht um ihre Ohren. Da ist kein rotes Licht. Kein Transmitter in keinem von beiden. Er muss sich gelöst haben, als wir aufs Wasser aufprallten. Ich riskiere einen raschen Blick zum Boden des Pools, dann zum Rand, halte sie immer noch am Pulli über der Wasseroberfläche.

»Wo ist er?« Ich schüttle sie. Ihre Augen sind geweitet, ihre Nägel graben sich in meine Haut. »Wir gehen jetzt! Du nimmst mich mit!«

Ihr Kiefer spannt sich an. Sie tritt mit ihrem Fuß in die Narbe an meinem Oberschenkel. Ich fluche zwischen zusammengebissenen Zähnen und tauche ihren Kopf unter Wasser, dann lasse ich sie gerade lange genug hoch, um etwas Luft einzusaugen. »Wo ist dein Transmitter?«

Sie hustet, ihre Augen glühen groß vor Panik. »Ich kann dich nicht mitnehmen«, sprudelt sie hervor. »Ich bin nicht …«

Ich stoße ihren Kopf wieder unter Wasser. Sie bäumt sich auf und tritt um sich, aber ich halte sie fest, bis ein Strom aus Bläschen von ihren Lippen kommt. Ich höre das *Twing* ihres Bogens, das Sirren der Pfeile, die an meinem Ohr vorbeizischten. Ich sehe mein Blut um mich herumwirbeln, als das Eis brach und ich in den See sank. Es war Kais Schuld. Wegen ihr bin ich ein Mensch. Wegen ihr konnte ich Fleur nicht beschützen. Aber jetzt wird Kai Sampson dafür sorgen, dass ich Fleur zurückbekomme.

Ich reiße ihren Kopf hoch. Sie saugt verzweifelt Luft ein.

Ihr Transmitter muss in einer Tasche sein, irgendwo in ihren Kleidern.

»Wenn du vorhast, mich zu töten«, sage ich warnend, »machst du das besser sofort.« Ich drücke sie wieder unter Wasser, warte darauf, dass sie ihre Magie einsetzt und sich wehrt. Aber nichts passiert. Ihre Bewegungen werden langsamer, dann hört sie auf, um sich zu schlagen.

Die letzten Bläschen steigen um die treibenden Haarspitzen herum auf. Ich packe fester zu, wappne mich für das, was kommt. Niemand kann so lange tot spielen. Ihre Magie wird entweder aufsteigen und mich bekämpfen, oder sie wird darum kämpfen, sich aus ihrem sterbenden Körper zu befreien, damit ihr Administrator sie nach Hause holen kann. Jeden Augenblick wird sie jetzt glitzernd an die Oberfläche steigen und ich reise per Anhalter durch die Ley-Linien mit, so wie sie Fleur mitgenommen haben.

Kais Arme erschlaffen.

Ihr Hals ist entspannt, wo ich sie unter Wasser festhalte. Hier stimmt etwas nicht.

Ich reiße ihren Kopf hoch. Wasser strömt ihr aus der Nase und dem Mund, und sie hängt reglos in meinem Griff. Ich ziehe sie an den Rand des Pools, ringe mit meiner nassen Jeans und ihrem toten Gewicht, der raue Beton schabt über meine Arme, als ich sie über den Rand hieve. Der Aufprall auf dem Boden treibt ihr das Wasser aus den Lungen. Sie rollt sich auf die Seite, hustet den Inhalt meines Pools raus.

Ich nehme den Rettungsring von der Wand und nutze das Seil, um ihre Handgelenke und Fußgelenke von hinten festzubinden, während sie noch würgt. Meine Augen brennen vom Chlor, aber ich baue mich über ihr auf. »Wo ist dein Transmitter?«

Sie hustet, saugt stoßweise Luft ein. »Ich habe keinen. Ich bin keine mehr von denen.«

»Bullshit. Ich war hier. Ich habe alles gesehen! Wohin haben sie sie gebracht?«

»Zurück ins Observatorium. Zu Doug.« Sie zuckt zusammen, als das Seil in ihre Handgelenke schneidet. »Sie arbeiten jetzt für Doug.«

»Das ist nicht möglich. Das ist …« Meine Widerworte verstummen, weil ein Frösteln meine nackte Haut überzieht. Letzte Woche hat Lyon gesagt, er hätte vor, die alte Wache zu dekonstruieren. Sie ihrer Magie zu entheben.

Ich bin nicht sicher, ob er davon überzeugt werden kann, seine Magie friedlich aufzugeben …

Doug. Er muss entkommen sein. Er, Lixue und die anderen, die heute Nacht hier waren … sie müssen geflohen sein, solange sie noch ihre Magie hatten. Aber wenn Kai ihre noch hat, warum hat sie sich dann nicht gegen mich gewehrt?

Ich wische mir Wasser aus dem Gesicht und streife mein Haar zurück, dann sehe ich sie an. Nicht ein Flackern von Magie regt sich um sie herum. Nicht ein Aufflüstern von Wind.

»Heilige Scheiße. Du bist ein Mensch.« Lyon muss ihr die Magie genommen haben, bevor die anderen geflohen sind. Aber wenn sie alle es aus dem Observatorium geschafft haben, warum nutzen sie dann die Ley-Linien, um dorthin zurückzukehren? Warum tauchen sie nicht ab, sodass Lyon sie nicht aufspüren kann? Warum machen sie sich die Mühe, Fleur mitzunehmen zu Lyons Bau?

Es sei denn, sie haben keinen Grund mehr, Lyon zu fürchten.

Sie arbeiten jetzt für Doug.

Ich taumle rückwärts, denke an den unbeantworteten Anruf beim Professor, das Telefon, das immer und immer wieder klingelte.

14

IN SEINEN VERIRRTEN FUSSSTAPFEN

Doug

Ich ziehe die Schlüsselkarte über den Sensor. Ein smaragdgrüner Blitz, dann öffnet sich das Schloss zur Suite.

Meiner Suite.

Ich trete über die Schwelle, suche den Raum ab nach Bewegungssensoren und Kameras, die Ohren gespitzt nach dem verräterischen Piepsen vor dem Plärren eines Alarms, aber der Raum bleibt still. So still wie der Körper, dem er zuvor gehörte. Ich durchquere das Zimmer, meine Finger streichen über die samtige Rückenlehne der Couch, dann die glatte, glänzende Oberfläche des Buffets. Der weitläufige Schlupfwinkel liegt tief in einem Winkel unter dem Winterflügel, weit weg vom Kontrollraum. Der größte Teil des Campus hat beim Erdbeben Schaden genommen, aber dieser Raum scheint unberührt von dem Chaos, das sich gestern im Ostflügel ereignet hat.

Ich wische Blut und Staub von meinen Händen. Sie hinterlassen einen Fleck auf meinem Overall und ich blicke mich zu den schmutzigen Spuren um, die meine Schuhe im plüschig cremefarbenen Teppich hinterlassen haben. Ich habe weder geschlafen noch geduscht seit der Dekonstruktion gestern. Jede wache Stunde habe ich damit verbracht, Brände zu löschen, weil eine kleine Krise zur nächsten führte. Die Gewitterstürme über London fingen spät letzte Nacht an, es gab Stromausfälle, Bäume stürzten um wie Dominosteine überall in England. Heute Morgen hatten starke Winde die Küste Frankreichs verwüstet und die Sturmfluten erreichten zu Mittag Portugal. Dazwischen begruben außerordentliche Sandstürme eine ganze Stadt in Tunesien. Ich bin zu erschöpft, um noch geradeaus sehen zu können, und alles tut weh. Ich weiß nicht, was zur Hölle ich tun soll.

Vor einer Stunde habe ich mich in meinem Büro eingeschlossen und die Zeit angehalten, nur um mir ein paar Stunden Schlaf auf meinem Schreibtischstuhl zu stehlen, aber in der Minute, in der ich wegdöste, zerbrach die Magie und Lixue klopfte mit weiteren schlechten Nachrichten an die Tür.

In weniger als vierundzwanzig Stunden haben wir neun Jahreszeiten verloren. Zwei gingen mit dem Wind, als ihre Jahreszeiten endeten und wir ihre Stasiskammern nicht rechtzeitig online bringen konnten, um sie nach Hause zu holen. Zwei andere haben ihre Transmitter weggeworfen und sind zusammen desertiert. Eine andere wurde von den Ley-Linien gefegt, als das Stromnetz flackerte. Je früher wir die befreiten Jahreszeiten und die Deserteure verfolgen können, desto besser. Wir müssen jede Region aufklären, um diese Stürme unter Kontrolle zu bekommen.

Die Nachwehen von Gaias Erdbeben haben das ganze Observatorium erschüttert. Wir hatten das Wifi in den Schlafquartieren runterfahren müssen, damit sich die Panik nicht ausbreitet, nachdem eine Handvoll Sommer es sich in den Kopf gesetzt hatten, aus ihren Zimmern auszubrechen. Marchs Team hat beim Niederschlagen des Aufstands über die Stränge geschlagen und jetzt muss ich bis Juni vier tote Sommer ersetzen.

Ich schenke mir ein Glas Wasser aus einem Dekanter auf dem Buffet ein. Es ist warm und abgestanden und kühlt das Brennen in meiner Brust kein bisschen. Ich sinke auf das Sofa. In der hohlen Hand beschwöre ich eine kleine Flamme, nur um mich selbst daran zu erinnern, dass ich es kann. Ich habe schon zuvor neue Magie gemeistert. Gelernt, sie ohne Schmerzen zu nutzen. Das schaffe ich wieder.

Die Flamme wächst, erweckt das Brennen von den Erfrierungen auf meiner Handfläche wieder zum Leben. Ich schließe die Faust und es zischt.

Die Kälte … sie war Michaels Waffe – seine Affinität – und der Stab gehörte ihm. Den alten Legenden nach schenkte jeder der Götter Gaia ein Element. Chronos gab ihr die Kälte des Raums. Ananke verlieh ihr die Unvermeidlichkeit des Ozeans und der Gezeiten. Chaos schenkte ihr das Feuer. Und aus diesen Geschenken wurde die Erde geboren. Ich kann nur raten, dass die kalte Magie von Michaels Stab mir Erfrierungen zufügt, weil sie gegen Anankes Macht ankämpft. Der Stab ist heute noch kälter – es tut fast weh, ihn zu halten. Ich habe ihn an den Schreibtisch in meinem Büro gelehnt stehen gelassen, nur damit ich ihn nicht hierhertragen musste.

Eine verwelkte Topfpflanze auf dem Beistelltisch verhöhnt mich. Ich stehe darüber, befehle ihr, sich zu regen, aber die herabhängenden Blätter rühren sich nicht einmal. Ich haue auf den Tisch.

Gaia besaß Macht über alle vier Elemente. Sie konnte sie geben, nehmen oder selbst nutzen, aber *Erd*magie war ihre Essenz – ihre stärkste Affinität. Erdmagie hatte dieses Beben ausgelöst, und wenn ich recht habe, liegt der Schlüssel zur Kontrolle von Gaias Magie darin, dieses eine Element zu meistern. Ich bin sicher, dass die Magie in der Kugel sich nie ergeben wird, um in mir zu leben, wenn ich nicht lerne, sie zu bezähmen.

Ich schütte den Rest meines Wassers über die Pflanze und etwas spritzt auf den Tisch. Ein dunkler Tropfen platscht dazu und ich ziehe mir den Ärmel über die Nase, fluche, weil er sich rot färbt. Ich stelle mein Glas ab und mache mich auf die Suche nach einem Bad.

In der breiten Flügeltür zum Schlafzimmer bleibe ich stehen. Der Hauptraum ist karg, ganz weiße Wände und Glas und präzise, klare Linien – ein Ort zum Arbeiten, um Dinge zu erledigen.

Doch das Schlafzimmer wirkt, als gehörte es jemand anderem. Der Raum ist in weiches Licht von Glühbirnen getaucht. Zwei falsche Fenster zeigen die Illusion eines schneebedeckten Waldes und eine Brise aus dem Belüftungsschacht über mir zerzaust mir das Haar. Ich könnte schwören, dass ich einen Hauch Pinienduft in der umgewälzten Luft wahrnehme. Ich drehe mich von den Fenstern weg zu einem Himmelbett aus Mahagoni mit eingerollten, klauenbewehrten Füßen.

Ich hole Luft, überrascht, dass ich Lyons Duft nicht auf meiner Zunge schmecke. Aber keins von Lyons Büchern liegt auf den Nachttischen, keine geordneten Papierstapel oder überlappenden Kaffeebecherringe sind zurückgeblieben, wie die, die ich immer in seinem Büro gesehen habe, als ich noch ein Winter war. Staub sammelt sich auf dem Finger, mit dem ich über den Nachttisch fahre. Kein Gipsstaub von dem Erdbeben, sondern Staub, wie er zurückbleibt, wenn etwas verlassen ist, als wäre das Zimmer seit Monaten nicht genutzt worden.

Neugierig ziehe ich die Türen zum begehbaren Kleiderschrank auf, teile ein Meer aus sorgsam gebügelten Anzügen. Seidenkrawatten hängen tadellos da. Reihen mit Anzugschuhen stehen auf den Regalbrettern. Ich bleibe vor einem Samtgestell mit einer Sammlung Augenklappen stehen, sauber ausgelegt in Reihen und nach Farben sortiert. Meine Wahl fällt auf eine mit einem schwarzen Satinband – es ist dieselbe, die Michael an dem Tag trug, an dem er mich in seine Wache aufnahm – und ich fühle mich erneut versichert, dass das hier das Zimmer *meines* Chronos war, und zwar nur seins.

Lyon muss in Gaias Suite gezogen sein, sich im Bett seiner Freundin versteckt haben wie ein Feigling, zu beschämt von seinen Taten, um in dem Zimmer des Mannes zu schlafen, den er ermordet hatte. So wie er sich vor Anankes Auge versteckte, es bedeckte, damit er sich dem Ende, das er verdiente, nicht stellen musste.

Ich ziehe ein Hemd von einem Bügel, fordere es für mich. Schnappe mir eine Hose und eine Krawatte und trage den Anzug dann in ein großes Marmorbad. Die Fäden meines Gefängnisoveralls ratschen, Nähte reißen, so eilig habe ich es, das Ding auszuziehen. Ich meide mein Spiegelbild, stoße die Tür zur Dusche auf und drehe den Hahn auf, trete unter den Strahl, ohne abzuwarten, dass es dampft. Dreck und Blut färben das Wasser. Ich schäume und schrubbe meine Haut wund, bis die Blasen auf meinen Händen aufweichen und sich ablösen und der letzte Rest Blut und Asche den Ausguss hinabwirbelt.

Danach stehe ich nackt vor dem Spiegel, die Hände auf beide Seiten des breiten Marmorwaschbeckens gestützt. Aufsässig rinnt ein Tropfen Blut aus meiner Nase und meine Brust fühlt sich eng an. Der gleiche Schmerz wie gestern drückt gegen meine Rippen. Ich hebe den Blick und mustere mein Spiegelbild. Die geschwärzte Augenhöhle. Eine Erinnerung flackert auf, leuchtet mir aus meinem verbleibenden Auge entgegen …

Es ist immer noch Zeit, die richtige Entscheidung zu treffen.

Ich zucke zusammen, als mein Handy auf dem Waschtisch vibriert. Ich wende mich vom Spiegel ab, wische mit zitternden Händen über den Bildschirm.

»Chronos?«, fragt Lixue, da ich nichts sage. Ihre Stimme klingt belegt, erschöpft, als wäre sie gerade erst zu sich gekommen.

»Ich hoffe, du hast gute Nachrichten.«

»Wir haben Fleur.«

»Wo ist sie?«

»In einer Arrestzelle in den Katakomben. Sie war verletzt. Nicht schlimm. Aber sie schläft noch.«

»Ruft mich, wenn sie wach ist.« Ich lege auf, eine Hand immer noch auf den Rand des Waschbeckens gestützt. Michaels schwarze Klappe liegt auf den frischen Kleidern neben mir. Ich ziehe sie mir über den Kopf, kämme mein nasses Haar zurück und lege es so, dass es meine leere Augenhöhle bedeckt.

»Du bist jetzt Chronos«, sage ich und wage es, mich anzusehen. Ein Kloß bildet sich in meinem Hals und ich schlucke. Es ist, als starrte ich in Michaels Gesicht. Ich hebe die Stimme, bis die Facetten meines Auges flammen. »Du bist jetzt Chronos.«

Ich falte die Hose auseinander und ziehe sie an. Schiebe die Arme heftig durch die Hemdsärmel und ziehe den Krawattenknoten zu. Mein Kiefer spannt sich beim Anblick meines Spiegelbilds an. »Du bist jetzt Chronos«, sage ich erneut, noch lauter, schlüpfe in Michaels Jackett und knöpfe es über meiner Brust zu, stelle überrascht fest, dass es passt. »Und du hast die Macht, alles zu kontrollieren.«

15

KÄLTESCHAUDER

Jack

Auf dem Feed der Überwachungskamera aus der Küche windet Kai sich auf dem schweren Holzstuhl. Sie hat versucht, ihre Fesseln abzustreifen, sobald ich das Zimmer verlassen habe, aber die Seile sind so straff, sie werden halten.

Die Festplatte in meinem Büro erwacht summend wieder zum Leben und meine klatschnassen Jeans verteilen Poolwasser auf dem Boden. Ich ziehe mein Telefon aus der vorderen Hosentasche, froh um die wasserfeste Hülle, und entsperre den Screen. Fünf verpasste Anrufe und eine Voicemail von Poppy.

Ich fluche, erinnere mich an das anhaltende Summen in meiner Tasche, während Fleur und ich so dumm waren, die Welt zu vergessen. Es war meine Schuld. So unvorsichtig hätte ich niemals sein dürfen.

Ich tippe auf Poppys Nachricht. Ihre Stimme klingt panisch.

»Jack? Hier ist Poppy. Es ist etwas passiert. Alles war gut. Chill hat seine Jahreszeit an Jarek übergeben und getextet, dass er bereit wäre für den Transport. Ich habe mich auf sein GPS geschaltet, aber er hat es nicht nach Hause geschafft. Ich glaube …« Ihre

Stimme schwankt. »Ich glaube, seine Strecke wurde gekapert. Das Signal seiner Ley-Linie führte in eine Sackgasse in London. Jack, ich habe ein mieses Gefühl. Niemand im Observatorium beantwortet meine Anrufe. Nicht Gaia, nicht Lyon. Von ihnen habe ich vor ein paar Tagen ein merkwürdiges Päckchen bekommen. Da war ein Reisegutschein drin. Ich habe einen Platz im nächsten Flieger nach Heathrow gebucht. Ich gehe ihn suchen. Wenn du diese Nachricht hörst, ruf mich an.«

Kalte Angst schnürt mir die Brust ein. Ich wähle Maries Nummer.

Sie geht beim ersten Klingeln ran.

»Jack, ich hab versucht, dich zu erreichen.« Ihr Kaugummi schnalzt. »Hast du auch so eine schräge Nachricht von Poppy bekommen? Ich meine, Poppy ist immer ein wenig schräg, aber das war …«

»Hör zu«, erwidere ich, meine Stimme so angespannt, dass sie zu brechen droht. »Vier von Michaels Wachen sind gerade in unser Haus eingebrochen auf Doug Lausks' Befehl. Sie haben Fleur mitgenommen. Du musst Amber und Julio an einen sicheren Ort schaffen. Sofort.«

Ihr Kaugummikauen verstummt. »Was meinst du mit ›sie haben Fleur mitgenommen‹? Wohin?«

»Durch die Ley-Linien. Zurück zum Observatorium. Chills Verschwinden war kein Zufall. Du musst Poppy aufspüren, bevor sie London erreicht. Sag ihr, sie soll keinen Fuß ins Observatorium setzen, bevor ich da ankomme.«

Ich lege auf und trage mein Handy in die Küche. Ich lasse mein Telefon auf den Tresen fallen, gehe zum Messerblock. Die dicke Stahlklinge des Hackmessers sirrt, als ich es aus der Hülle ziehe. Kai wird ruhig.

»Erzähl mir alles, was du weißt.« Ich knalle das Messer auf die

Kücheninsel, die Klinge ihr zugewandt, sodass sie sie gut sehen kann. »Fang damit an, warum du hier bist. Hat Doug dich geschickt?«

»Nein.« Sie schüttelt den Kopf. »Ich habe es dir doch gesagt. Ich bin keine von ihnen. Ich wusste, sie wollten hierher. Ich habe versucht, ihnen zuvorzukommen und dich zu warnen, aber ich war nicht schnell genug.«

»Mich wovor warnen? Was hat Doug vor?«

»Ich weiß es nicht genau ...«

Ich packe sie am Ohr und drehe ihren Kopf so, dass sie mich ansieht. »Denk gut nach.«

Sie beißt die Zähne zusammen. »Ich weiß nur, er hasst dich«, presst sie hervor.

»Wenn er mich so sehr hasst, warum hat er mich nicht einfach umgebracht?« Warum hat er Fleur geholt? Und Chill? Ich wäre das leichtere Ziel gewesen.

»Weil er dich nicht umbringen will. Er will dir wehtun. Er will, dass du genauso leidest, wie er gelitten hat! Er gibt dir die Schuld für alles, was er verloren hat.«

Ein schrecklicher Gedanke kommt mir. Doug hat seinen besten Freund verloren. Und seine Freundin. Und das ist noch nicht alles, was Doug in diesem Kampf verloren hat.

Meine Ohren klingeln, der schrille Nachhall eines unbeantworteten Anrufs. »Was hat er getan?«

Kai schließt die Augen.

Ich nehme das Hackmesser vom Tresen und sie zuckt zusammen. »Was hat er getan!«

»Er hat Lyon und Gaia getötet und er hat den Stab.«

Meine Hände zittern um den Griff des Messers. »Du lügst. Das hätte Lyon kommen sehen. Er hätte eine Möglichkeit gefunden, sich zu schützen.«

»Doug ist in Lyons Büro eingebrochen und hat sich Anankes Magie genommen, vor der Dekonstruktion.«

»Ananke? Das ergibt keinen Sinn. Diese Magie ist verloren. Von ihr ist nur das Auge im Stab übrig.«

Kai schüttelt den Kopf. »Doug und ich haben sie gefunden. Sie war stark. Doug hatte keine Mühe, Lyon und Gaia niederzumähen. Es war, als würden sie nicht einmal versuchen, sich zu wehren.«

Ich taumle von ihr fort und lege das Messer auf den Tresen. *Nein. Das kann nicht sein.* Das hätte ich bemerkt, oder nicht? Poppy, Marie und ich … hätten wir es nicht gespürt, als es geschah? Es war Lyons Magie – seine Kontrolle über die Zeit –, die uns davor bewahrte, zu altern, und die uns Unsterblichkeit verlieh, sodass wir bei unseren Jahreszeiten bleiben konnten. Wenn diese Magie fort ist …

Mein Handy klingelt. Ich kenne die Nummer nicht. Benommen halte ich mir das Telefon ans Ohr.

»Wer ist da?«, frage ich, meine Kehle rau.

»Ich versuche, Jack Sommers zu erreichen.«

»Am Apparat.«

»Hier ist Officer Williams von der Polizeidienststelle in Nelson County, Virginia. Wir wurden von Ihrem Immobilienanwalt in London durchgestellt. Das war die einzige Nummer, die der Notdienst hatte. Er sagt, Ihnen gehört eine Hütte draußen bei Wintergreen?«

Meine Hände packen das Telefon fester. »Was ist damit?«

»Es tut mir leid, Ihnen das sagen zu müssen, aber es gab einen Brand …«

Die Hütte meines Großvaters … unser Unterschlupf, wo Chill und ich uns zum ersten Mal getroffen haben … wo ich Fleur zum ersten Mal geküsst habe.

»… warten noch auf den Bericht des Brandschutzinspektors. Es steht nicht mehr viel, aber angesichts des Alters und des Zustands der Hütte war es vermutlich ein Unfall …« Nein. Das war kein Unfall. »Mr Sommers? Mr Sommers, sind Sie noch dran?«

Ich lege auf.

Lyon ist tot. Doug hat Fleur und Chill. Unser Schlupfwinkel ist weg.

Er will, dass du genauso leidest …

Ich umklammere die Kücheninsel. Die Wasserpfütze unter Kais Stuhl dehnt sich zu meinen bloßen Füßen hin aus. Ihre Kleider sind durchweicht, ihre Schrammen von unserem Kampf erblühen violett und golden unter dem harschen Küchenlicht.

»Warum bist du hier?«, frage ich, meine Fingerknöchel sind weiß auf dem Tresen. »Hat er dich geschickt, um eine Botschaft zu überbringen? Hat er dich ausgewählt für den Job, nur um es mir reinzureiben?«

»Ich habe dir doch schon gesagt, er weiß nicht mal, dass ich hier bin!«

»Darauf würde ich nicht wetten«, erwidere ich, mühe mich, mein Temperament zu zügeln. »Er hat Anankes Magie und er hat den Stab. Was hast du dir dabei gedacht, herzukommen?«

»Ich hatte keine Zeit zu denken! Ich bin einfach abgehauen. Ich konnte Doug nicht vertrauen und ich wusste nicht, wo ich sonst hinsoll. Ich muss zurück ins Observatorium und das kann ich nicht allein. Ich brauche deine Hilfe!«

Ich ersticke fast, glühend heiße Tränen der Wut drohen überzulaufen. »Du hast mich *umgebracht*. Du hast mir in den Rücken geschossen! Was zur Hölle hast du da unten zurückgelassen, dass du auch nur auf die Idee kommen kannst, dass du das verdienst? Deine *Seele*? Deine Magie? Deine gottverdammte Unsterblichkeit?«

»Ruby!« Ihr Kopf zuckt hoch. »Ich habe meine Schwester dort gelassen, Ruby! Sie ist da unten, und wenn Doug sie findet, lässt er sie leiden, nur um mich zu bestrafen, weil ich …« Sie wendet den Blick ab. Ihre Wangen färben sich rot vor Scham.

»Weil du was?«

»Weil ich mich entschieden habe, das Richtige zu tun«, sagt sie leise. »Lyon hat mich gebeten, dich zu beschützen, also bin ich hergekommen.«

Ein sarkastisches Lachen entfährt mir. »Bullshit. Damit hätte Lyon dich *niemals* betraut. Nicht nach dem, was du mir angetan hast.«

Ihr Blick geht zu mir. »Ich bin nicht stolz auf das, was ich getan habe. Lyon meinte, mich dir zu stellen wäre der erste Schritt, um mir selbst zu vergeben. Dass es mein Weg nach vorn wäre. Er meinte, es wäre nicht zu spät, die richtige Entscheidung zu treffen …«

»Warte … was hast du da gerade gesagt?« Diese Worte … sich unseren Dämonen zu stellen und uns selbst zu vergeben … dass es nicht zu spät ist, einen neuen Weg zu wählen … Diese Worte sind von Lyon. Es ist der gleiche Rat, den er mir letzte Woche gegeben hat, als wir miteinander sprachen. »Lyon hat dich geschickt? Er hat genau diese Worte gesagt und er wollte, dass du herkommst?«

Sie nickt. »Er hat gesagt, wenn ich dich schütze, hilfst du mir, meine Schwester zu befreien.«

Ich berühre die hintere Hosentasche, weil ich mich an die Reisegutscheine und die Pässe erinnere, die Lyon nach dem Anruf geschickt hat. Es waren zwei Gutscheine in diesem Umschlag gewesen. Drei in Ambers. Aber nur einer in dem Umschlag, den er Poppy gesandt hat.

Lyon wusste es …

Er wusste, was Doug tun würde. Dass Kai herkommen würde. Dass wir alle zum Observatorium aufbrechen würden, um Fleur und Chill zu suchen.

Der zweite Gutschein, den er mir geschickt hat … der war nicht für Fleur.

Kai zuckt zurück, als ich nach dem Messer greife, aber ich schneide das Seil zwischen ihren Handgelenken durch. Mit einem Ruck geben sie nach.

Sie rührt sich nicht. Atmet nicht einmal, als ich das Messer zurück in den Block schiebe.

»Oben sind trockene Kleider«, sage ich. »Pack, was immer du in ein Handgepäck kriegst. In einer Stunde fahren wir zum Flughafen.« Ich spüre ihren Blick schwer auf meinen Narben. Dann höre ich, wie sie aus der Küche zu den Stufen schlurft. Erst als ich sicher bin, dass sie weg ist, lasse ich den Griff des Hackmessers los.

16

ETWAS UNHEILVOLLES

Fleur

Meine Zunge klebt mir am Gaumen und ich ringe nach Luft, wecke mich damit selbst. Ich fahre hoch, ziehe keuchend meine Lungen voll mit warmer, trockener Luft. Meine Stirn prallt gegen etwas und ich lande wieder flach auf dem Rücken. Ich blinzle gegen die Sterne an, beschirme die Augen vor dem grellen Schein der Lichter, die durch eine durchsichtige Plastikkuppel nur Zentimeter von meinem Gesicht entfernt fallen.

Ich drücke dagegen, mein Geist verarbeitet nur langsam, wo ich bin. Oder wie ich dahin gekommen bin.

Ich war bei Jack. Habe Jack geküsst.

Nein! Mein Atem beschleunigt, das Glas der Stasiskammer beschlägt, als ich jetzt heftig gegen den Deckel drücke.

»Lasst mich raus!« Das dicke Plastik dämpft meine raue Stimme und ein Schwall Bilder bricht über mich herein: Blut an den Wänden, auf meinen Armen. Jack auf den Knien, von Wachen flankiert. Ein Messer, ein Krachen, eine zerbrochene Lampe. Dann Jack, mit dem Gesicht auf dem Boden. »Jack!« Ich muss zu ihm. Muss ihn finden, bevor sie …

Oh, Gaia. Bitte nicht.

Meine Fingernägel kratzen vergeblich an der glatten Kuppel. In einem Wutanfall hämmere ich mit den Fäusten dagegen. Ich drehe den Kopf hin und her, mühe mich, irgendwas über die Steinwände hinaus zu erkennen, die mich umgeben. Da ist eine Tür mit Metallstäben. Durch sie sehe ich Fackeln durch düstere Tunnel verschwinden.

Ich bin unter dem Observatorium. In den Zellen, in den Katakomben.

»Lasst mich raus!«, schreie ich. »Wenn ihr Jack anrührt, schwöre ich bei Gaia, dass ich …«

»Gaia ist tot.« Scharf atme ich ein. Statisches Knistern ertönt aus dem Lautsprecher neben meinem Ohr. »Ich habe sie umgebracht.« Die barsche Stimme klingt kalt und vertraut, aber ich kann sie nicht einordnen.

»Du lügst.« Ich möchte es nicht glauben. Weigere mich, es zu glauben. Wäre Gaia tot, würde ich es wissen. Oder nicht? Wäre Gaia tot, wäre dieser Ort – diese Welt und jede Kreatur darin – mit ihr gestorben. Meine tränenden Augen erblicken einen tiefen, gezackten Riss im Stein über mir. Ein dünner Staubfilm liegt auf dem Deckel der Kammer, als wäre die Erde erschüttert worden, ihr Inhalt durcheinandergeschüttelt. »Ich will mit Chronos reden.«

»Ich bin Chronos«, erwidert die Stimme.

»Du lügst!«

»Und du sitzt in einem sehr kleinen Gefängnis fest.«

»Ich verlange, mit Daniel Lyon zu sprechen! Wo ist er?« Die antwortende Stille ist laut genug, meine Seele zu zerschmettern. »Wer bist du? Was hast du getan?«

Die körperlose Stimme ist kaum mehr als ein Flüstern. »Ich denke, das weißt du.«

Gänsehaut überzieht meine Haut. Ich starre durch die Kuppel, plötzlich zurückgeworfen in ein verlassenes Gebäude, an einen Stuhl gefesselt in einem düsteren Raum. Doug Lausks' Eisen-und-Kupfer-Atem ist heiß auf meinem Gesicht, das Blut, das er dank mir vergießt, tropft aus seiner Nase.

»Ich habe dich mal gewarnt, dass du dich vor mir in Acht nehmen solltest, Fleur Attwell.«

»Wo ist Jack?« Diese Wachen waren in unserem Haus. In unserem *Schlafzimmer*. Der Strom war abgeschaltet, unser Sicherheitssystem runtergefahren. Die Wachen waren uns zahlenmäßig überlegen. Ohne seine Magie – ohne *mich* – war Jack schutzlos.

»Die Welt endet, Fleur. Mutter Erde und Vater Zeit sind tot und du scherst dich nur um Sommers? Ich hätte dich für besser gehalten.« Die Schlösser neben meinem Kopf schnappen auf. Ich zucke von dem unerwarteten, scharfen Geräusch zurück, dann strömt kalte Luft durch das gebrochene Siegel herein.

Ich rühre mich nicht. Atme nicht, während das Rauschen im Lautsprecher erstirbt und die Lichter in der Stasiskammer aufflackern und erlöschen.

»Doug?« Ich schlage von innen gegen die Kuppel. Der Deckel hebt sich. »Doug, antworte mir!« Vor einer Minute hätte ich alles gegeben, um aus der Kammer herauszukommen, aber jetzt würde ich alles darum geben, nur zu erfahren, was mit Jack passiert ist. Ich trete den Deckel vollständig auf, mir ist schwindlig und kalt, ich setze mich auf und mustere die hohen Mauern der Zelle. Meine Haut prickelt. Ich sinke in mich zusammen, die Arme verschränkt, um meine bloßen Brüste vor der Kamera zu verbergen, die in der Ecke des Raums hängt. Eine verblichene Decke und ein Overall liegen auf einem Metallstockbett an der gegenüberliegenden Wand. Ich stoße mich vom Rand der Kammer ab, falle fast aufs Gesicht, weil meine Knie nachgeben und Stasisübelkeit mich überrollt. Meine Verletzungen scheinen nicht schlimm gewesen zu sein – die Übelkeit hält sich in Grenzen –, aber die Zeit, die ich zur Erholung in der Kammer verbracht habe, hat mich ausgelaugt und ich bin ungeschickt.

Ich schnappe mir den Overall vom Bett und schiebe die Beine hinein, drehe meinen Körper weg von der Kamera, denn mir wird schlecht beim Gedanken daran, dass Doug mich vermutlich die ganze Zeit beobachtet hat.

Nachdem ich mich in den rauen Overall verpackt habe, trete ich ans blinkende rote Licht der Kamera. Ich stehe darunter, das Kinn hocherhoben, und starre in die Linse. »Du dachtest, ich würde mich um irgendwas anderes scheren? Du hast gedacht, ich wäre *besser als das*?« Ich spucke Doug seine eigenen Worte entgegen. »Das war dein erster Fehler. Ich verspreche dir, ich bin noch viel, viel schlimmer.« Ich presse eine Hand an die Wand, ignoriere eine Welle der Erschöpfung, als ich meine Magie beschwöre. Elektrizität knistert in meinen Haaren. Meine Finger prickeln, als ich meinen Geist ausstrecke, aber wir sind zu tief unter der Erde und es gibt hier keine Wurzeln.

Voller Entschlossenheit und fuchsteufelswild durchsuche ich den Stein, rufe die Rhizome der Mose und Algen, die sich in seinen Nischen verbergen. Ich habe das schon einmal gemacht, an der Grenze in Tecate. Nur dass ich dieses Mal bereits so tief unter der Erde bin, dass ich nicht weit suchen muss.

Ich beiße die Zähne zusammen, als die Wand bebt. Schiefersplitter rieseln an meinen ausgestreckten Händen vorbei. Mit einem letzten Schubs meiner Gedanken zerbricht die Oberfläche der Mauer und rutscht zu einem Schutthaufen herab. Die Kamera kracht ebenfalls herab, baumelt kopfüber an den Drähten. Ich drehe sie richtig herum, gehe dicht an die Linse heran, in dem

Wissen, dass Doug mich beobachtet. »Ich mach dich fertig«, verspreche ich ihm, dann reiße ich die Kamera aus der Wand.

Das rote Licht erlischt.

Ich sinke zu Boden, zu erschöpft, um noch länger zu stehen. Es war nur Theater, eine Show, um zu zeigen, dass ich nicht so schwach bin, wie Doug es gerne hätte. Und jetzt, da es vorbei ist, fühlt es sich noch mehr an wie eine Farce. Ich ziehe mir die dünne Decke um die Schultern und hocke am Fuß des Betts, meine Tränen fallen stumm und schnell herab, während ich mich an das Entsetzen auf Jacks Gesicht erinnere. Energisch wische ich sie weg.

Jack lebt. Er muss am Leben sein. Wäre er tot, wüsste ich es. Würde ich es spüren.

Aber hatte ich das nicht noch vor wenigen Augenblicken auch über Gaia gedacht?

Die Temperatur in meiner Zelle fällt. Ich hebe den Kopf, gerade als ein dunkelgrauer Schatten durch die Stäbe der Tür schwebt. Er umrundet meine Zelle und huscht wieder hinaus, lässt eine eisige Brise zurück. Doug hat ihn vermutlich geschickt, um mich auszuspionieren.

Nein, denke ich und schüttle entschlossen den Kopf, *Gaia kann nicht tot sein.* Doug kann unmöglich beide überwältigt haben. Und doch, je länger ich dasitze und die Kälte der Katakomben in meine Knochen kriecht, desto mehr frage ich mich, ob er die Wahrheit gesagt hat. Wenn Lyon und Gaia wirklich tot sind, wer leitet dann das Observatorium? Wer wacht über die Jahreszeiten und garantiert Wohlergehen und Unsterblichkeit unserer Administratoren?

Wenn Doug frei ist, wer passt dann auf Jack auf?

Ich rapple mich auf. Julio und Amber … Ich muss eine Möglichkeit finden, sie zu kontaktieren. Sie können reisen. Sie können zu ihm. Wenn ich die Tür aufbekomme und aus der Zelle herauskomme, kann ich es in den Kontrollraum schaffen und Marie eine Botschaft senden, damit die drei ihn finden.

Meine Finger legen sich um die Stäbe. Elektrizität knistert, als ich die Stirn daranlehne, meinen Geist auf die Mauern fokussiere und meine Magie beschwöre.

»Ich weiß, dass du ziemlich krass bist und so, aber bist du sicher, dass das eine so gute Idee ist?«

Ich hebe den Kopf. Die raue Stimme kommt von einer Zelle weiter den Tunnel hinab. Ich spähe durch die Stäbe und entdecke ein Paar Augen, das mich anstarrt.

»Chill?« Sein Name entfährt mir mit einem Schluchzen.

»Höchstpersönlich.«

»Was ist passiert? Wie bist du hier gelandet? Ist Poppy bei dir?« Die Stäbe drücken in meine Stirn und ich verdrehe mir den Hals, um in die anderen Zellen sehen zu können, aber soweit ich das erkennen kann, stehen sie alle leer.

»Ehrlich, ich bin nicht sicher, wie ich hergekommen bin«, krächzt er. »Poppy hatte meine Koordinaten eingeloggt. Ich bin in die Ley-Linien, hatte erwartet, zu Hause aufzuwachen. Aber ich bin hier aufgewacht. So wie du wohl.« Erleichtert atme ich auf, Poppy geht es vielleicht gut. Sie ist vielleicht immer noch in Fairbanks in Sicherheit. »Was ist mit dir?« Chill lehnt sich gegen die Stäbe seiner Zelle und ich sinke an meinen herab, zu müde, um mich aufrecht zu halten.

»Jack und ich waren zu Hause. Wir waren …« Meine Kehle wird eng beim Gedanken an Jacks Lippen auf meinen, beide so selbstvergessen, blind dem gegenüber, was um uns herum geschah. »Ein Wachteam ist in die Villa eingebrochen. Ich habe mich gewehrt, aber es waren zu viele. Sie trugen die alten Aufnäher auf ihren Jacken. Ich denke, sie arbeiten für Doug.« Mein Blick hebt sich und ich sehe Chill an. Ich frage mich, ob er weiß, was mit Lyon und Gaia passiert ist, aber ich weiß nicht, ob ich bereit bin für die Antwort. Oder was es für Poppy und Jack bedeutet. »Die Wachen müssen mich durch die Ley-Linien hergebracht haben. Ich weiß nicht, was danach mit Jack passiert ist.« Meine Stimme bricht, als ich Jacks Namen sage. Ich will mir nicht vorstellen, was Dougs Freunde mit ihm gemacht haben könnten.

»Wie viele waren da?«, fragt Chill.

»Ich habe vier gezählt.«

»Nur ein Team gegen seinen Heimvorteil? Da setze ich auf Jack.«

Der Gedanke an Jack, der mit vier Wachen ringt, raubt mir den Atem. »Was, wenn er tot ist, Chill?«

Ein düsteres Lachen grollt aus seiner Zelle. »Die bessere Frage ist, was, wenn er das nicht ist?«

Meine Gedanken wirbeln um diese Möglichkeit. Ich hatte gar nicht darüber nachgedacht, dass Jack stark genug oder schnell genug sein könnte, um der Wache auf sich allein gestellt zu entkommen. Wenn er es tatsächlich lebend da herausgeschafft hat, wohin würde er dann gehen?

»Oh nein«, flüstere ich und packe die Stäbe. »Jack darf uns nicht suchen. Nicht hier.«

Chill antwortet nicht. Wir beide wissen genau, was Jack tun wird. Doug hat die perfekte Falle eingerichtet. Und wir sind der Köder.

Stille legt sich über die Zellen. Das einzige Geräusch ist das Zischen der Fackeln weiter unten im Gang. Ich fühle mich haltlos in der Zeit. So tief unter der Erde habe ich kein Gefühl für Tag oder Nacht, keine Ahnung, wie viele Tage oder Wochen vergangen sind, seit die Wachen mich durch die Ley-Linien gezerrt haben. Jack könnte schon hier gewesen sein. Doug hat nicht geantwortet, als ich gefragt habe, wo Jack ist.

»Wie lange waren wir in Stasis?«

»Keine Ahnung«, erwidert Chill. »Ich bin erst vor ein paar Stunden aufgewacht. Die Stasisübelkeit ist nicht so schlimm. Nicht annähernd so schlimm wie die, die Jack sonst durchgemacht hat. Und mir ging es gut, als ich in die Ley-Linien gezogen wurde – ein wenig müde vielleicht, aber ich war nicht verletzt. Ich glaube nicht, dass ich lange weg war.«

Ich war verletzt, aber definitiv am Leben, als ich spürte, wie mich die Ley-Linien herabzogen. Vielleicht hat Chill recht und wir haben nicht lange geschlafen. Vielleicht ist immer noch Zeit, um Amber und Julio zu kontaktieren und Jack davon abzuhalten, herzukommen.

Wir beide spannen uns an beim Geräusch von Stiefeln, die durch die Tunnel marschieren. Zwei Wachen bleiben am Eingang zu den Arrestzellen stehen und ein hoher Schatten streckt sich nach meiner Zelle aus. Ein Paar glänzender schwarzer Anzugschuhe hält vor mir an. Mein Blick steigt von ihnen auf zur sorgsam gebügelten Falte einer Anzughose und den Aufschlägen einer streng geschnittenen Anzugjacke. Die Fackeln flackern in den Tunneln hinter ihm und werfen seltsame Schatten auf einen harten Kiefer und die scharfen Wangenknochen. Beim Anblick der schwarzen Augenklappe weiche ich von den Stäben zurück.

Michael ist tot. Ich habe gesehen, wie seine Asche in den Wind gewirbelt wurde. Das hier … das ist unmöglich.

Das Gesicht kommt näher an die Stäbe, enthüllt einen blonden Scheitel. Dougs linkes Auge glitzert zu einem höhnischen Grinsen. Es funkelt wie ein Diamant. Wie Gaias Augen.

»Was hast du getan?« Ich stehe auf, nähere mich den Stäben, suche in seinen Händen Lyons Sense. Er hebt einen Finger, als ich den Mund öffne und weitersprechen will.

»Du fragst dich, ob ich die Wahrheit sage«, bemerkt er selbstzufrieden. »Du fragst dich, warum ich Daniel Lyons Stab nicht habe, wenn ich ihn wirklich umgebracht habe?«

»Hat es zu schwer auf deinem Gewissen gelastet, ihn zu tragen?« Ich blicke wütend durch die Stäbe zu ihm auf. »Oder hast du zu viel Angst, ihn in meine Nähe zu bringen, nach dem, was ich mit Michael gemacht habe?«

Mit erschreckendem Tempo greift Doug in meine Zelle und zieht mich am Kragen vor. Seine Hände, die meine Kehle berühren, sind rau, die Haut aufgeplatzt und kratzig. Ich packe die Stäbe, stütze mich ab, als er mich auf die Zehenspitzen zerrt, mich zwingt, seinem einäugigen Blick zu begegnen. Ich schlucke schwer gegen den Frost und die Gewalt, die darin glitzern.

Sein Flüstern ist kalt an meiner Wange. »Schätze dich glücklich, dass ich meine Sense *nicht* mitgebracht habe.«

Er schubst mich rückwärts und lässt dann los, doch mir entgeht das Zucken nicht, das er zu verbergen versucht, der kaum wahrnehmbare Schauder, als er sich von mir abwendet. Der Geruch nach Eisen wird stärker und er berührt seine Nase, meidet die Blicke der Wachen. »Bringt sie in den Kontrollraum«, befiehlt er ihnen über die Schulter hinweg.

Ein riesiger Wächter deutet auf Chills Zelle. »Was ist mit dem anderen, Sir?«

Dougs Stimme klingt belegt. »Lasst ihn verrotten.«

17

EINGEROLLT UND ANGEZISCHT

Doug

Das Klacken meiner Absätze auf den abgenutzten Steinstufen hallt durch den Aufgang der Wendeltreppe. Die Lederschuhe sind steif, eng an den Zehen und locker an den Fußgelenken, sie reiben mir Blasen in die Fersen, und die Kugel mit Gaias Magie fühlt sich seltsam an unter meinem Arm. Ich schiebe einen Finger unter meine Krawatte und öffne den obersten Knopf meines Hemds, nehme einen tiefen Atemzug der feuchten, abgestandenen Luft, die nicht hilft, den Druck in meiner Brust zu erleichtern.

Kondensiertes Moos glänzt feucht an den Wänden, fängt das Fackellicht ein. Es stinkt hier unten und ich werde froh sein, wenn der Strom in allen Flügeln endlich wiederhergestellt ist, die Flure vom Schutt befreit sind und die verdammten Aufzüge wieder laufen.

Die Treppe endet an einem Steinabsatz und ich stoße die Tür auf. Der Gang zum Kontrollraum ist stockfinster, bis auf ein schwachrotes Glühen von einem Notausgangslicht über mir und dem Schein der zischenden Magie in der Kugel. Ein Wandleuchter hat sich gelöst und baumelt an seinen Drähten und ein Haufen

Schutt bildet einen Damm, versperrt den Lauf der Quelle, wo sie sich auf den Boden ergießt. Ich trete über dunkle Pfützen hinweg, bei jedem Schritt wütender. Jede zerbrochene Glühbirne und geflutete Rohrleitung ist nur eine Erinnerung an meine Unfähigkeit, das alles hier unter meine Kontrolle und wieder in Ordnung zu bringen.

Als ich Fleur in ihrer Zelle besucht habe, sagte ich, sie hätte Glück, dass ich keine Sense dabeihätte. Aber Glück hatte nichts damit zu tun. Ich hatte mich dazu entschieden, den Stab in meinem Büro zu lassen, zum Teil, weil es zu verflucht wehtut, ihn herumzutragen, aber vor allem, um zu verhindern, dass ich ihr die Kehle durchschneide. So verlockend es war, durch diese Stäbe zu greifen und sie zu würgen, ich würde es nicht wagen, Jack Sommers die Qualen zu ersparen, die er erleidet, wenn er sie sterben sieht.

Und ich brauche etwas von ihr.

Ich stoße die Flügeltür zum Kontrollraum auf. Sie prallt gegen die Wand, der Klang hallt von den polierten Holzbänken wider, an denen vorbei ich zum Podium stürme. Ich stelle die Kugel auf die vernarbte Schreibtischoberfläche. Gaias Magie wirft sich gegen die Seite des Glases wie ein leuchtender Schwarm angepisster Hornissen. Es muss eine Möglichkeit geben, sie mir zunutze zu machen und sie zu kontrollieren. Ich kann sie niemand anderem anvertrauen.

Die Bildschirmwand hinter dem Podium ist kaputt und dunkel. Ich lehne mich an Gaias Schreibtisch, das Holz knarrt unter meinem Gewicht, und ich blicke über die schuttbedeckten Bänke, wo sie und Michael Hof zu halten pflegten. In diesem Raum wurde ich während meiner ersten Ranglistenzeremonie befördert. Hier führte man mich in Michaels Wache ein.

Es gab Ordnung und Regeln. Alles ergab Sinn.

Die Leere dieses Raums, der einer Ruine gleicht, bohrt sich mir tief unter die Haut. Wenn ich die Magie in mir nicht nutzen und lernen kann, neue Jahreszeiten zu schaffen, dann ist das Observatorium, die Welt und alles darin dem Untergang geweiht. Ich wäre Michaels größter Fehlschlag. Herrscher von nichts. Dann wäre unwichtig, was mit Jack oder Fleur passiert, denn niemand hier würde lange genug leben, um es mitanzusehen.

Beim Klang sich nähernder Schritte vom Gang spanne ich mich an. Ein widerlich süßer Duft wird stärker, wie Gänseblümchen unter nervösem Schweiß. Ich drücke mich von Gaias Tisch ab, trete in die Mitte der Empore, gerade als sich die Türen öffnen und Fleur Attwell hindurchgeschoben wird.

Sie wankt, ihr Zeh rutscht auf einer Glasscherbe aus und sie saugt Luft ein. Ihr wilder Blick huscht über den herabgefallenen Putz, die zerbrochenen Terrarien und kaputten TV-Bildschirme. Tränen steigen ihr in die Augen, als ihr Blick auf der Kugel landet. Die Magie beruhigt sich fast sofort, ihr Licht wird weicher und sie schwebt auf sie zu, stößt sanft gegen die Seite ihres Gehäuses. Ich neige den Kopf, beobachte den merkwürdigen Austausch.

Die Wachen schubsen Fleur vorwärts, zerbrechen den Zauber. Elektrizität knistert um sie herum und sie kommt abrupt vor mir zum Stehen.

Ich halte die Hände hinter meinem Rücken, verstecke meine Verbrennungen und mustere sie. »Du willst mich töten, aber das wirst du nicht. Nicht heute.«

»Hat dir das dein Stab gesagt?«

»Ja.« Ich lächle trotz der Lüge. Ich kann es mir nicht leisten, Schwäche zu zeigen. Nicht vor meinen Wachen. Und schon gar nicht vor ihr.

Sie ballt eine Faust. »Der hat sich schon zuvor geirrt.«

»Die Mauern hier drin sind geschwächt«, sage ich und laufe auf dem Podium hin und her. »Sofern du nicht das gesamte Observatorium niederreißen möchtest, würde ich keine weiteren impulsiven Darbietungen mehr empfehlen. Auch das Ende habe ich gesehen und es ist nicht schön.«

Ihr Blick huscht zu den Rissen in der Decke. »Warum hast du mich dann herbringen lassen?«

»Um Jack für das bezahlen zu lassen, was er getan hat. Er wird dich suchen und dann wird er leiden.« Ich steige vom Podium herab und gehe auf sie zu. Ein Muskel an ihrem Kiefer spannt sich an. »Ich will, dass er in Lyons leerem Büro sitzt und ihn so betrauert, wie ich um Michael getrauert habe. Ich will, dass er sieht, wie sein bester Freund ermordet wird und seine Magie davonschwebt. Ich will, dass er weiß, wie es sich anfühlt, durch die Hand seiner Freundin zu sterben.«

Der Blick ihrer dunklen Augen durchbohrt mich. »Das wird niemals geschehen.«

»Bist du dir da so sicher?«

Die Luft riecht jetzt erdig und beißend, weil sie ihre Macht entfesselt. Ich kann es nicht sehen, aber ich spüre es. Ich spanne mich an, als ihre Magie hinabgreift in die Erde, auf mich zukriecht. Ich weiche zurück und sie tritt schnell vor. Der Boden unter meinem Fuß zerfällt, bringt mich aus dem Gleichgewicht, stößt mich gegen die Stufen des Podiums. Lixue schlägt Fleur fest gegen die Schläfe.

Fleurs Hand fliegt an ihren Kopf und ihre Magie zuckt vor mir zurück. Ihre Knie prallen so heftig auf den Stein, dass sie aufkeucht.

»Genug!«, schreie ich. Schmerz und Demütigung flammen in meiner Brust. Ich weiß nicht, auf wen ich wütender bin – auf Fleur, weil sie mich töten wollte, oder auf Lixue, die ohne meinen Befehl gehandelt hat. Ich stehe auf und klopfe meine Anzughose ab, lockere meine Krawatte mit einem heftigen Ruck.

»Das da!«, keuche ich und deute auf Fleur. »*Deshalb* lebst du noch. Das will ich von dir.«

»Was?«, blafft sie. »Du willst, dass ich dich mit einer Wurzel erwürge? Da bin ich ja froh, dass wir bei etwas einer Meinung sind. Das bekomme ich definitiv hin. Au!« Sie greift sich an den Hinterkopf, weil Lixue sie erneut schlägt.

»Ich sagte, genug!«, schreie ich Lixue an. Dann wende ich meinen finsteren Blick wieder Fleur zu. Anders als bei Lixue zeigt sich auf ihrem Gesicht kein Fünkchen Reue. »Du wirst mir beibringen, Erdmagie zu nutzen.« Ich drücke den Handballen gegen mein Brustbein und der Schmerz dämpft sich zu einem stumpfen Ziehen.

»Warum sollte ich das tun?«

»Weil dein sehr menschlicher Freund auf dem Weg hierher ist.«

Ihr Lächeln ist sarkastisch. »Er ist noch nicht hier.«

»Nein, aber euer Winterfreund ist hier. Und ich mache Chill seine letzten Stunden zur Hölle, wenn du nicht kooperierst.«

»Ich dachte, du sparst ihn auf für irgendeinen großartigen theatralischen Racheakt.« Die Worte triefen vor Spott, als wäre es ein Witz.

Meine Stimme wird gefährlich leise und ich trete ganz nah an sie heran. »Jack hat jede Menge Freunde, die ich zu diesem Zweck benutzen kann. Amber, Julio, Poppy, Marie ... sie alle sind auf dem Weg hierher. Also lass uns was klarstellen. Du bist ein braver kleiner Frühling und zeigst mir, wie ich die Erdmagie benutzen kann. Du lehrst mich, sie zu kontrollieren – die Pflanzen, die Beben, alles –, oder ich mähe deine Freunde einen nach dem anderen vor dir nieder.«

Ein Funken Angst entbrennt in ihrem Blick. Erinnerungsfetzen flackern darin auf, an die grausame, brutale Art, auf die sie diese Magie einsetzt, um die zu schützen, die sie liebt. Es macht mich nur noch gieriger. Ihr Mund wird zu einer harten, dünnen Linie. »Du bist nicht Mensch genug, um diese Art Magie einzusetzen.«

»Es ist nichts *Menschliches* an Gaias Magie.«

Fleurs Gesicht neigt sich mit einem verwirrten Ausdruck nach oben. Ihr Blick huscht zu der glühenden Kugel auf dem Schreibtisch, dann wieder zu mir. Ein neugieriges Lächeln steht darin. »Du kannst sie nicht halten, oder?« Blut rauscht in meine Wangen und sie stößt ein Lachen hervor. »Du hast versucht, sie ihr zu nehmen, und ihre Magie hat dich zurückgewiesen.«

Ich stürze vor, packe Fleur am Hals, schüttle sie in dem dringenden Wunsch, ihr Leben auszulöschen. Gaias Magie wirft sich tobend gegen das Glas, Lichtstrahlen schießen aus der Kugel wie Dolche.

Frost überzieht knisternd meine Arme, Fleurs Kinn. Der Boden bebt, Dreck fliegt hoch, während sie an meinen Händen zerrt, nach Luft ringt. Magie leuchtet in ihr, droht durch ihre Haut zu brechen. Ich könnte die Zeit anhalten, genau jetzt. Ich könnte sie unendlich lange an der Schwelle des Todes festhalten. Ich könnte es mir immer und immer wieder ansehen, so wie Noelles Tod sich jedes Mal in meinen Träumen abspielt, wenn ich die Augen schließe.

Brennender Schmerz schnürt mir die Brust zu, raubt mir den Atem.

Lixues Augen werden groß und etwas Warmes sickert aus meiner Nase. »Chronos, du blutest.«

Der Geruch ist schwer in der Luft. Ich krümme mich zusammen und Fleur fällt zu Boden.

18

VIA AUTOBAHN NACH HAUSE

Jack

Kai zupft unruhig an der rosa Perücke herum, die wir in einem Kostümladen auf dem Weg zum Flughafen besorgt haben. Die Flugbegleitung scannt ihre Bordkarte und wirft noch einen Blick auf Fleurs Ausweis. Ich halte den Atem gefühlt eine Ewigkeit an, warte darauf, dass sie merkt, dass Kais olivfarbene Haut nicht zu dem hellen, sommersprossigen Gesicht auf dem winzigen Bild passt, oder dass die Form von Kais Augen etwas schräger ist als Fleurs. Sie übergibt Kai den Pass und die Bordkarte, und ich eile Kai hinterher, die mit schnellen Schritten über die Gangway ins Flugzeug läuft.

»Hättest du dich noch auffälliger benehmen können?«, fauche ich ihr ins Ohr, während wir den Gang hinabgehen.

»Ich kann nicht anders. Es juckt. Wie kann man so viele Haare haben?«

Ich schubse sie auf unsere Reihe zu. Je früher wir in der Luft sind, desto besser.

Sie schiebt sich auf den Fensterplatz und ich lasse den Sitz zwischen uns frei. Die Arme gekreuzt, starre ich auf die Kopfstütze vor mir. Der Flug hat bereits dreißig Minuten Verspätung und ich fahre förmlich aus der Haut, weil ich endlich wieder bei Fleur sein will.

»Ich habe keine Läuse«, sagt sie bitter.

»Entschuldige bitte, wenn mir der Gedanke nicht gefällt, die nächsten zwölf Stunden Brezeln zu knabbern mit dem Mädchen, das mich ermorden wollte.«

»Ich habe nicht versucht, dich zu ermorden. Ich war …«

Ich drehe mich um, folge ihrem Blick. Ein Mann steht neben mir im Gang, hört unserer Unterhaltung zu.

»Ich glaub, ich bin auf C«, sagt er schwach.

Kai dreht sich zum Fenster und ich rutsche auf den leeren Platz in der Mitte. Während des Starts sitzen wir in angespannter Stille und mein Bein hüpft ungeduldig auf und ab, als das Flugzeug endlich abhebt.

»Wie ist der Plan?« Kai hat sich in die Ecke gedrückt, die Beine fest an die Brust gezogen, und blättert abwesend ein Magazin durch. Der Mann auf dem Gangplatz schnarcht leise, den Kopf von mir weggedreht. Niemand sonst scheint zuzuhören.

»Ich bringe uns ins Observatorium«, sage ich leise. »Ich finde Fleur und Chill, und dann hole ich sie raus.«

»Wow«, erwidert sie trocken und blättert eine Seite um, »klingt, als hättest du die ganze Sache durchgeplant. Ich muss zugeben, ich weiß nicht, ob ich mit dem Druck klarkomme. Ich meine, du hast vielleicht meine Fähigkeit überschätzt, irgendwas zu der Rettungsmission beizutragen.«

»Ich brauch keinen Spotter. Ich habe nie um deine Hilfe gebeten oder deinen Schutz. Du bist zu mir gekommen, schon vergessen?«

Kai schiebt die Füße zu Boden. Sie schließt das Magazin und beugt sich so nah zu mir, dass ich die Schatten der Schlaflosigkeit unter ihren Augen sehe. »Ich sage dir das nur ungern, aber wir reden hier nicht von Doug, Captain der Wache. Wir reden hier über Zeit und Unvermeidlichkeit und über die elementare Macht aller vier Jahreszeiten, die jetzt einem Tyrannen mit Gottkomplex zur Verfügung steht. Dougs Lebensziel ist es, diese Macht gegen dich einzusetzen, also lass dir mal was Besseres einfallen als ›Entspann dich, ich mach das schon‹.«

»Stimmt, du bist ja eine Expertin bei der Planung von Mord und Verrat.«

»Ich habe niemanden ermordet!« Die Person vor mir dreht sich um und sieht uns zwischen den Sitzen an. Kai erwidert den Blick finster, bis sie sich wieder wegdreht. »Und ich habe keinen Verrat begangen«, flüstert sie.

»Nein? Warum erzählst du mir dann nicht, wie es Doug ganz allein gelungen ist, Gaia und Lyon abzuschlachten, ihre ganze Macht zu übernehmen und das Observatorium zu demolieren?«

In der Villa hat Kai gesagt, es wäre nicht zu spät, die richtige Entscheidung zu treffen. Mich zu töten war vielleicht ihre erste miese Entscheidung, aber ich schätze, das war nicht die letzte. Sie war da, als Lyon und Gaia ermordet wurden. Und Doug hat ihr wenigstens einen Teil seines Plans anvertraut, was sie zu einer Komplizin macht. Lyon war vielleicht bereit, ihr den Versuch zur Wiedergutmachung zu gewähren, aber das heißt nicht, dass ich ihr vertrauen muss.

Sie drückt sich gegen die Seite des Flugzeugs. »Ich wusste nicht, dass er sie töten will. Hätte ich es gewusst, hätte ich ihm niemals geholfen. Er hat zu mir gesagt, er wolle Anankes Magie klauen, damit wir uns den Weg nach draußen freikämpfen und fliehen könnten. Den Rest seines Plans hat er mir nicht erzählt.«

»Und das mache ich auch nicht. Ich bin nicht so dumm, dem Mädchen zu vertrauen, das mich in einen wandelnden Kebab verwandelt hat.«

»Du willst meinen Schutz nicht? Na gut«, sagt sie, »dann stell dich ihm allein. Aber du solltest nicht ohne eine Waffe da reingehen. Ich kenne jemanden in London, der …«

»Ich *habe* eine Waffe. Sie wartet auf mich in einem Glaskäfig in Lyons Büro. Und sobald ich da bin, lasse ich sie frei.« Mein einziges konkretes Ziel ist, meinen Schatten zu finden, bevor Doug mich erwischt. Qualvoll, toxisch, befleckt … aber das ist mir egal. Ich nehme ihn zurück, wenn es bedeutet, dass ich retten kann, was …

Mein Magen sackt ab. Ich packe die Armlehne, drücke mich in den Sitz, während das Flugzeug durch eine Turbulenz schlingert. Kais Hand klammert sich um meine. Ich werfe ihr einen Blick zu, die Kabine bebt, und sie reißt die Hand weg.

»Achtung. Hier spricht der Flugkapitän.« Die Passagiere verstummen und lauschen der abgehackten Stimme aus der statisch rauschenden Lautsprecheranlage. »Wir durchfliegen eine unerwartete Wetterlage. Wir bitten alle, auf ihren Plätzen zu bleiben. Bitte sorgen Sie dafür, dass Ihre Gurte geschlossen sind, und sichern Sie alle unbefestigten Gegenstände unter dem Sitz vor Ihnen.«

Blitze zucken vor dem Fenster. Kai schließt die Augen, ihr Mund bewegt sich in stummem Gebet, während Regentropfen gegen das Glas platschen und sich die Nase des Flugzeugs hebt.

»Ist das Doug?« Meine Knöchel packen die Armlehne fester, mein Magen zieht sich zusammen, weil mir klar wird, wie leicht es für ihn wäre, uns auf diesem Flug zu finden.

Kai schüttelt den Kopf. »Er hasst dich viel zu sehr dafür. Er wird dich nie so einfach sterben lassen.«

»Wie beruhigend.«

»Falls es dir ein Trost ist, ich glaube nicht, dass er uns mit dem Stab finden kann. Ich habe ihn gesehen, nachdem er ihn Lyon weggenommen hatte. Das Auge ist weg.«

»Weg?«

Sie nickt, dann bebt die Kabine erneut und sie wird blass. »Der Kopf der Sense war mit einer Schärpe umwickelt, als ich mich letzte Woche mit Lyon getroffen habe. Ich konnte nicht herausfinden, wieso. Aber nachdem Doug sie an sich genommen hatte, war die Schärpe weg und das Auge auch.«

Seltsam. Warum sollte Lyon den Stab bedecken, es sei denn, er wollte nicht, dass jemand merkte, dass das Auge fehlte? Was immer sein Grund war, ich sollte vermutlich erleichtert sein, dass es weg ist – eine Waffe weniger, die Doug gegen uns einsetzen kann –, aber bedenkt man all die anderen Mächte, die er hat ansammeln können, scheint das kaum noch von Bedeutung.

»Wenn Doug Anankes Magie hat, braucht er den Stab nicht, um uns zu finden. Wie sollen wir ins Observatorium eindringen, wenn Doug jede unserer Bewegungen im Voraus kennt?«

»Ich bin nicht überzeugt, dass es so ist. Nachdem Doug Lyons Magie an sich genommen hatte, brannte sie ihm ein Auge aus«, sagt sie mit einem angewiderten Schauder. »Es war vermutlich der Fluch.«

»Fluch?«

»Du weißt schon, gestohlene Magie ist verfluchte Magie.« Kai gafft meine verwirrte Miene an. »Doug hat die Magie gestohlen und die Magie hat ihm sein Auge genommen. Verstehst du? Verflucht«, erklärt sie, als wären unsere Probleme damit gelöst.

»Lyon hat kein Auge verloren«, bemerke ich bissig.

»Lyon hat auch nichts von Ananke gestohlen.«

Eine weitere Runde Turbulenzen erschüttern das Flugzeug. Wir beide drücken uns in unsere Sitze, als das Flugzeug mit einem Ruck absinkt. Blitze gabeln sich zwischen den Wolken und Regentropfen ziehen Schlieren über das Fenster.

»Die Stürme werden schlimmer«, bemerkt Kai. »Das Wetter

bringt uns wahrscheinlich um, noch bevor Doug die Gelegenheit bekommt.«

»Was meinst du?«

»Stürme bedeuten Stromausfälle. Und wenn der Strom weg ist, dann sind das auch die Verbindungen zu den Ley-Linien. Werden Jahreszeiten ausgesperrt und enden im Wind, kann niemand neue schaffen, um das Gleichgewicht wiederherzustellen.«

»Warum kann Doug das nicht tun?«

Sie wendet sich mir zu und zieht eine Augenbraue hoch. »Hast du jemals Michael eine Jahreszeit erschaffen sehen? Nein. Weil das nicht in seiner Macht steht. Das ist Gaias Fähigkeit. Und wenn ihre Magie frei ist, steckt die ganze Welt in Schwierigkeiten.«

Das Flugzeug steigt wieder und die Kabine stabilisiert sich. Als der Kapitän das Anschnallzeichen wieder abstellt, stütze ich die Ellbogen auf und reibe mir die Augen. Die Erschöpfung bricht über mir zusammen, als ich begreife, wie viel mehr auf dem Spiel steht als das Leben von Chill und Fleur.

Wie viel Zeit bleibt uns, um Doug aufzuhalten, bevor er den ganzen verdammten Planeten zerstört?

»Es tut mir leid«, flüstert Kai. Ich hebe den Kopf und sehe, dass sie aus dem Fenster starrt, an ihrer Lippe nagt. »Es sollte ein sauberer Schuss sein«, gesteht sie. »Ein Pfeil in den Rücken, damit ich dir nicht ins Gesicht sehen muss, während du stirbst. Aber du warst so entschlossen, wieder aufzustehen, ganz egal, wie oft ich auch auf dich geschossen habe.« Sie schaudert. »Ich habe nie jemanden so kämpfen sehen. *Das* ist der Grund.«

Mein Mund wird trocken, als ich daran zurückdenke. »Der Grund wofür?«

Sie dreht sich zu mir um. »Dass ich mich entschlossen habe, zu dir zu kommen, nach allem, was mit Doug passiert ist. Weil ich glaube, dass ich verstehe, warum Lyon an dich geglaubt hat.« Sie lehnt sich wieder gegen die Flugzeugwand, ihr Kopf ruht in dem Nest aus rosafarbenem Haar. Ich sage kein Wort und dann schließen sich ihre Augen langsam.

Den ganzen Flug über bleibe ich wach und frage mich, wie viele Schüsse ein Mensch aushalten kann und ob ich die Kraft haben werde, immer wieder aufzustehen.

19

EIN FLECKEN ALTER SCHNEE

Doug

Das falsche Fenster in Sommers' altem Schlafquartier schaltet sich mit einem Flackern an, als ich eintrete und das Licht anmache. Lixue huscht hinter mir herein und geht an mir vorbei zum angrenzenden Schlafzimmer.

Mit einem Finger streiche ich über ein paar niedrige Regale, halte bei einem Vintage-Schallplattenspieler inne und blättere eine Sammlung mit alten Punkalben auf Vinyl durch. Ein Stapel Videospielhüllen stürzt um, als ich nach einem abblätternden Rubikwürfel greife.

Jack Sommers und ich lebten jahrelang im selben Flügel, liefen durch dieselben Flure und aßen in derselben Cafeteria, ohne einander jemals wirklich kennenzulernen, bevor ich zur Wache wurde. Es gab gelegentliche Wintergesellschaften oder mal eine heimliche Schlafquartiersparty, bei denen Noelle unvermeidlich von ihm angezogen wurde und eine Unterhaltung anfing, und das war für gewöhnlich der Zeitpunkt, zu dem ich ging. Etwas an der Art, wie sie ihn ansah – wie *jeder* ihn ansah, als wäre er ein Rätsel, das jeder lösen wollte –, hatte mich immer stinkwütend werden lassen. Lyon war *mein* Fakultätsberater gewesen, als ich zum Winter wurde, Jahre vor Jack. Aber dann kam Jack und von dem Moment an war er jedes Mal da, wenn ich mich nur umdrehte. Es war, als hätte Lyon eine unauffällige Obsession für den Neuen; er bevorzugte ihn immer, verwendete seine Zeit immer darauf, »Jack bei der Akklimatisierung zu helfen«, weil Sommers ein zu großes jammerndes Balg war, um zu begreifen, dass er in der verfluchten Lotterie gewonnen hatte, als er starb und ins Observatorium kommen durfte. Im nächsten Jahr erbat ich einen Beraterwechsel, nur damit ich mir das nicht mehr anhören musste.

Als Michael Sommers einlud, sich der Wache anzuschließen, war ich sicher, dass Lyon ihm einen Vorteil verschafft hatte. Erst später ist mir klar geworden, warum Michael ihn hatte rekrutieren wollen ... Weil er etwas in Jacks Zukunft gesehen hatte, oder vielleicht in seiner eigenen, und er einen außer Kontrolle geratenen Zug zum Entgleisen bringen wollte, bevor er auch nur den Bahnhof verlassen konnte. Und doch lehnte Jack ab.

Ich schleudere den Würfel weg. Staub fliegt auf, als er auf das eingesunkene Polster eines beklagenswerten alten Sofas trifft. Ich gehe zu dem Schreibtisch in der Ecke. Chills Arbeitsplatz ist der beeindruckendste Teil des Zimmers – drei schnittige High-End-Monitore, eine teure ergonomische Tastatur und eine vorsichtig demontierte Festplatte. Eingeweide und Drähte quellen aus der Hülle, garantieren vollkommene Nutzlosigkeit für mich.

Ich leere eine Schreibtischschublade aus. Krümel ergießen sich aus einer offenen Tüte Chips und Kakerlaken huschen heraus, verschwinden unter einem Stapel leerer Ordner. Der Mülleimer unter dem Schreibtisch ist voller zerschredderter Dokumente und Fotos. Jack und sein Administrator waren gründlich, bevor sie sich davonmachten.

Ich folge dem Rascheln in ihr gemeinsames Schlafzimmer und beobachte, wie Lixue das Wenige durchgeht, was Jack und sein Administrator hinterlassen haben. Anders als Jack scheint sein Administrator im Lauf der Jahre ein paar persönliche Besitztümer angehäuft zu haben. Jacks Zimmerhälfte wirkt kahl im Vergleich – keine gerahmten Familienbilder, Plunder, Trophäen oder Hobbyausrüstung, die mehr über ihn enthüllen könnten als das bisschen, was ich mir aus den wenigen unbedeutenden Aufzeichnungen zusammenreimen konnte, die von den Servern zu eliminieren Lyon sich nicht die Zeit genommen hatte. Es ist, als hätte sich Jack Sommers niemals die Mühe gemacht, sich einzurichten. Als hätte er von Anfang an nie vorgehabt zu bleiben.

Lixue ist gründlich, sie durchsucht die Eingeweide elektronischer Geräte auf etwas, das es wert ist, gerettet zu werden. Sie dreht die Betten um, reißt Kissen und Polster auseinander und sieht in die Ritzen. Unvermittelt hält das rhythmische Gestöber inne. Ich drehe mich um und sehe, dass sie leise spricht, eine Hand an ihrem Transmitter. Ihr Blick zuckt zu mir. »Das ist Zahra. Sie sagt, Sampson und Sommers sind auf einem Flug aus Mexico City. Sie landen in zwölf Stunden in Heathrow.«

Was heißt, dass sie bald vor unserer Tür stehen. »Dann beeilst du dich besser mal, diesen verdammten Kristall für mich zu finden. Ich will ihn haben, bevor Jack hier ist.«

»Ja, Sir.« Lixue trennt die Verbindung und beginnt, Jacks Kleiderschrank und Kommodenschubladen zu durchwühlen. Irgendwo hier in diesem Raum muss er sein. Sonst haben wir überall gesucht.

»Chronos, hier drin.« Lixue zieht eine Metalltruhe aus dem Schrank, stößt eingerollte Röhren aus Zeichenpapier beiseite und zerrt die Kiste in die Mitte des Raums.

Ich beuge mich herab und hebe eine Rolle auf. Die Seiten lassen sich nur unwillig entrollen und die dunklen Bleistiftskizzenlinien verschmieren, als ich die Ecken unten halte.

Kaum lesbare Notizen füllen die Ränder. Die sich überschneidenden Linien sind mit X-Symbolen und Fragezeichen markiert. Ich erkenne den Umriss des Gebäudes auf der Zeichnung, noch bevor ich Jacks Handschrift entziffern kann. Eine runde Halle füllt die Mitte der ersten Seite, die davon ausgehenden Speichen jedes Flügels breiten sich über die nächsten vier Blätter aus.

Das sind Ausschnitte einer Karte. Einer Karte des Observatoriums.

Die Seiten sind mit Daten markiert, weil mit der Zeit Details hinzugefügt oder ausradiert worden sind. Die frühsten reichen zurück bis 1989. Der Teil der Katakomben unter dem Nordflügel ist grob skizziert, die Tunnel unter Jacks Schlafquartier penibel beschriftet. Manche sind als offensichtliche Sackgasse markiert. Andere sind unvollendet mit Fragezeichen.

Er hat die Ausgänge aus dem Winterflügel kartiert – seit dem Jahr, in dem er hier ankam. Sogar bevor Fleur herkam. Als ob es ihn vom ersten Tag an in den Fingern juckte, diesen Ort zu verlassen. Das Betreten der Katakomben war Jahreszeiten und Administratoren untersagt, was bedeutet, Jack hatte Hilfe.

Und ich kann mir denken, von wem.

Ich werfe die Karten zu Boden. »Ich will, dass jeder Tunnel unter dem Nordflügel durchsucht wird, sobald wir hier fertig sind.«

»Was soll ich mit denen machen?« Lixue hockt vor der geöffneten Truhe. Etwas Klares, Glänzendes baumelt von ihrer Hand, wirft Regenbogen auf den Boden. Lixue zuckt zusammen, als ich ihr den Gegenstand entreiße, aber es ist nur ein Weihnachtsbaumanhänger, ein Schneemann, der keine Ähnlichkeit mit dem fehlenden Kristall aus dem Stab hat. Ein Segment des Schneemannkörpers ist zu klein, ein anderes zu groß, sie alle zu rund, um das Auge sein zu können.

Ich wickle das Band um meinen Finger und mustere den Schneemann. Von dem bisschen, das ich von Jacks Zimmer gesehen habe, scheint er mir kein sentimentaler Typ, aber die Truhe ist voller Andenken … aus Porzellan, Glas und Silberschnickschnack. Es müssen an die dreißig sein …

Ich knie mich neben die Kiste und begreife, was ich da sehe.

»Was ist das?«, fragt Lixue.

»Das sind nicht Jacks. Die gehören Fleur.« Es sind die Gedenkstücke, die sie jedes Frühjahr für ihn machte, nachdem sie ihn getötet hatte.

In Lixues Augen sehe ich die Spiegelung einer geteilten Erinnerung. Der Tag, an dem unser Team eins der Ornamente an einer Pinie hängend fand in irgendeinem hinterwäldlerischen Kaff in Virginia. Jacks Initialen waren in die Rinde geschnitzt. Mehr Beweis brauchte ich nicht, um Fleurs Rekonditionierung zu rechtfertigen. Lixue war bei mir gewesen an dem Tag, an dem wir Fleur in einer Gasse in die Enge getrieben und sie wegen ihrer Gefühle für Jack konfrontiert hatten. Und Noelle … sie hatte Fleurs Strafe ausgeführt. Offensichtlich hatte sie nichts daraus gelernt; sie hatte ihnen trotzdem bei der Flucht geholfen. Und es hatte sie umgebracht.

»Warum sollte er die hierlassen?«, fragt Lixue. »Ich meine, es ist offensichtlich, warum er die Karten zurückgelassen hat – er wusste, dass er sie nie wieder brauchen würde. Aber warum diese hierlassen, wenn er alles andere so sorgsam vernichtet hat?«

Vielleicht waren sie ihm so wichtig, dass er sie nicht zerstören konnte.

Ich fische einen silbernen Engel aus der Kiste, lasse ihn von seinem Band herabbaumeln und lese die Inschrift.

Liebe kennt keine Jahreszeit: sie bleibt –,
Noch Mond, Tag, Stunden – bloße Fetzen Zeit …

Die Zeile eines alten Gedichts liest sich wie ein Liebesbrief. Oder ein Code. Egal, wenn dieser Schmuck Jack etwas bedeutet, ist das für mich umso mehr Grund, ihn wie Brotkrumen im Observatorium aufzuhängen, nur um ihn zu verhöhnen, wenn er herkommt.

»Bring die Kiste und die Karte zu meinem Büro.«

»Ja, Chronos.« Vorsichtig legt sie alle Anhänger zurück in die Truhe und sammelt die Karten ein.

Ich lasse den Silberengel in meine Tasche gleiten, sicher, dass ich alles habe, was ich brauche, um Jack aufzuspüren, sobald er herkommt. Er und Kai werden sich vermutlich in den Katakomben unter dem Winterflügel verstecken. Kai wird sich auf die Suche machen nach ihrer Schwester, während Jack einen Plan schmiedet, um Fleur zu finden. Und mit etwas Glück entdecke ich da unten nicht nur Jack. Die Karten würden genügen, um ihn aus seinem Loch auszuräuchern, aber das werde ich gar nicht tun müssen. Ich werde das Auge haben. Und Gaias Magie. Dann muss ich nur diesen glänzenden Engel vor seiner Nase herumbaumeln lassen und Jack Sommers kommt zu mir.

20

IN DEN STURM HINEIN

Jack

Regen fließt in wogenden grauen Laken herab, als wir aus dem Terminal in Heathrow treten und in ein wartendes Taxi springen. Ich gebe dem Fahrer eine Adresse auf der Park Vista, ein Reihenhaus auf der Nordseite des Greenwich Park. Die Eingangspforte zum Nordflügel ist vertrautes Gelände, und sobald ich drin bin, bringt mich der Winterflügel näher an Lyons altes Büro heran.

Ich wische mir das Gesicht am Ärmel ab, aber meine Jacke ist genauso durchweicht. Die vertraute, feuchte Kälte geht bis auf die Knochen und macht depressiv, und jeder Zentimeter von mir sehnt sich nach unserem Zuhause in Cuernavaca. Nach Fleur.

Ich ziehe mein Telefon aus der Tasche. Kai plaudert mit dem Fahrer und ich nutze den letzten Rest des ersterbenden Akkus, um meine Nachrichten zu checken. Meine letzte Voicemail kam vor Stunden, direkt nachdem wir ins Flugzeug gestiegen sind.

»Jack, hier ist Amber. Ich habe versucht, dich zu erreichen. Wir haben Poppy gefunden. Sie ist auf dem Weg nach London. Bitte tu nichts Dummes, bis wir da sind. Ruf an, wenn du das hier hörst.«

Ich probiere es bei jedem, aber meine Anrufe gehen direkt auf die Voicemail, und dann gibt mein Akku auf.

Kai zieht ihre nasse Kapuze zurück, streift ihre Perücke ab, sobald wir aus dem Flughafen sind. Sie schiebt sie in ihren Rucksack, der Reißverschluss verfängt sich an einer langen, rosafarbenen Strähne, als sie die Tasche achtlos schließt. Der Anblick lädt mentale Bilder in meinen Kopf ein, bei denen sich mein Magen umdreht.

Ich lehne mich gegen das Fenster, will das Taxi mit meinen Gedanken dazu zwingen, schneller zu fahren, während Regentropfen seitwärts über das Glas gleiten. Die Fahrt bis zum Observatorium dauert fast eine Stunde und dann müssen wir noch einen Weg hinein finden, ohne entdeckt zu werden.

Kai starrt geradeaus, ihre Gedanken unlesbar in der Dunkelheit. Ich weiß nicht, was sie erwartet, wenn wir durch das Portal kommen, aber für meine Begriffe ist sie auf sich gestellt, sobald wir es in den Winterflügel schaffen.

Ich wende den Kopf und lese ein Schild, an dem wir vorbeirasen.

»Hey«, rufe ich dem Fahrer zu, klopfe an die Trennscheibe, während er einen Umweg nach Peckham nimmt. »Wohin fahren wir? Das ist nicht der Weg zum Greenwich Park.«

Der Blick des Fahrers huscht im Rückspiegel zu Kai.

»Wir machen noch einen Stopp«, erklärt sie.

»Wir haben keine Zeit für Stopps.«

Sie senkt die Stimme. »Du denkst vielleicht, du hast alles im Griff, Lancelot, aber ich weiß, was da drin auf uns wartet, und ich setze keinen Fuß in diesen Laden ohne eine Waffe. Und du solltest das auch nicht.« Grellbunte Straßenlampen reflektieren von ihrem Gesicht und wir nähern uns einem Teil der Stadt, in den ich mich nachts lieber nicht wagen würde.

Der Fahrer biegt in eine schmale Gasse ab, dann hält das Taxi schlingernd vor einer verschlossenen Stahltür an. Alles an diesem Ort schreit Gefahr. Ich weiß nicht einmal, wo wir sind, aber die Sicherheitsgitter vor der Tür und die zerbrochenen Glühbirnen reichen mir. »Es ist drei Uhr morgens. Der Laden hat offensichtlich zu. Wir sollten einfach …«

Kai reicht dem Fahrer ein Geldbündel durch die Trennscheibe, wirft sich den Rucksack über die Schulter und steigt aus. Der Fahrer blickt im Spiegel zu mir, wartet darauf, dass ich ebenfalls aussteige. Mit einem gemurmelten Fluch packe ich meine Tasche und folge ihr.

Ich behalte die Gasse im Blick, während Kai sich auf die Klingel lehnt. Eine Klappe in der Tür gleitet zur Seite. Ein Auge späht hindurch, die dunkle Pupille hüpft zu Kai, dann zu mir, bevor sich die Klappe wieder schließt.

Kai packt die Stäbe und versetzt ihnen einen heftigen Stoß. »Komm schon, Auggie! Mach die verdammte Tür auf!«

Ein Bolzenschloss kreischt und die Tür springt auf. Der graue Schnurrbart des Mannes fängt das spärliche Licht ein, als er mit dem Kinn durch die Stäbe zu mir nickt. »Der da ist hier nicht willkommen.«

»Toll, da sind wir uns ja alle einig.« Ich ziehe Kai am Ärmel. »Komm schon, gehen wir.«

Kai schüttelt mich ab. »Ich muss nur ein paar Dinge holen, dann bist du uns los, Auggie. Versprochen. Augustus Poole, darf ich vorstellen, Jack Sommers«, sagt Kai, als hätte der Kerl mir nicht gerade gesagt, ich solle mich verpissen. »Jack Sommers, das ist mein guter Freund Auggie.«

Augustus Pooles Name sagt mir alles, was ich über ihn wissen muss. Er ist kein Sommer – wenigstens nicht mehr –, aber er war vermutlich einmal der Administrator von jemandem, vor langer

Zeit, nach den Falten um seine Augen und dem Silber in seinem Bartschatten zu urteilen. Meine Schultern entspannen sich ein kleines bisschen. Er scheint keine große Bedrohung zu sein.

Auggie grummelt vor sich hin, schließt das Sicherheitstor auf und scheucht uns rein. Wir folgen ihm einen dunklen Flur hinab in eine Art Laden. Zwei gesprungene Glasschaukästen stehen in der Mitte, an den schimmelfleckigen Wänden dahinter stapeln sich Kisten und loser Kram hoch auf. Die Schatten schwanken mit dem Pendeln der einsamen Glühbirne mit, machen es schwer, sich auf etwas zu konzentrieren.

Auggie lässt sich auf einem Hocker nieder und lehnt einen Ellbogen gegen einen Schaukasten. Eine riesige schwarze Fliege landet auf einem Fleck auf seinem Hemd. »Ich hab dir doch gesagt, es ist nicht sicher für dich, wieder herzukommen, Mädchen.«

»Ich habe keine Wahl. Meine Schwester ist da unten, Auggie. Ich kann sie nicht zurücklassen.«

Er schüttelt den Kopf. »Das ist Selbstmord, was immer du vorhast.« Die Fliege erhebt sich in die Luft und schwebt um mich herum. Ich wedle sie weg, aber sie kreist und kommt zurück. »Es gab noch mehr Erdbeben«, sagt Auggie.

»Schlimm?«, fragt Kai.

»Nachbeben größtenteils. Ich kann niemanden im Sommerflügel erreichen. Der Strom muss ausgefallen sein. Dieser Laden wird sich selbst zerstören und du willst nicht in der Nähe sein, wenn das passiert. Dieser Lausks-Junge hat keine Ahnung, was er da getan hat …«

Ich schlage erneut die Fliege weg, die wieder an mir vorbeisummt. Auggies Hand schießt vor, fängt mein Handgelenk ab. »Nicht.« In seinem Griff ist ein fester Druck und in seinem Blick steht Mordgier. Die Fliege kommt noch einmal an mir vorbei und setzt sich dann auf Auggies Schulter, bevor ich begreife, was sie ist – oder besser, wer sie ist. Sie muss einmal ein Sommer gewesen sein. Vielleicht Auggies.

Ich hebe die Hände, um zu zeigen, dass ich niemandem schaden will, und Auggie lässt los. »Tut mir leid, hab's nicht kapiert.«

Kai berührt ihn am Ärmel, lenkt seine Aufmerksamkeit auf sich. »Wir brauchen nur ein paar Sachen«, sagt sie und deutet auf den Kistenstapel hinter ihm. »Dann sind wir weg.«

Auggie rutscht von seinem Hocker und zieht sich hinter die Schaukästen zurück, schiebt einen Stapel Kisten zur Seite und enthüllt dahinter ein Paneel in der Wand. Es öffnet sich zu einer dunklen Treppe und Auggie bedeutet uns, ihm zu folgen, dann steigt er hinab. Ich ziehe den Kopf ein, die hölzernen Setzstufen knarren unter meinem Gewicht, und die niedrige Decke streift fast meinen Kopf, als wir einen Keller betreten. Der Raum ist schwach erhellt von Lampen mit Zugketten, vor den Mauern stehen Reihen von Holzregalen. Es ist wie das Arsenal eines Doomsday-Preppers, jede Oberfläche mit einfachen Waffen übersät.

Kai nimmt einen schnittigen, schwarzen Recurvebogen von einem Gestell an der hinteren Wand. Ihre Hand gleitet darüber, untersucht ihn im Licht. Ich erstarre, als sie die Sehne zurückzieht, ganz auf ihre Aufgabe konzentriert, als hätte sie vergessen, dass ich hier bin. Unsere Blicke begegnen sich über dem eingebildeten Pfeil, den sie auf mich gerichtet hat, und ihr steigt Farbe in die Wangen.

»Das wird reichen«, sagt sie und räuspert sich, legt ihn neben ihren Rucksack. Sie zieht einen Köcher vom Regal und stopft ihn mit Pfeilen voll. Die Silberspitzen sind mit gemein aussehenden, einziehbaren Widerhaken versehen und mir wird bei ihrem Anblick ein wenig übel.

»Damit kannst du nicht durch den Greenwich Park marschieren«, rügt Auggie sie. Er gräbt in einem Schrank herum und zieht eine Tasche hervor. Für meine Begriffe könnte es eine Posaunentasche sein und ich schätze, er glaubt, dass die meisten Leute das ebenfalls denken werden. Kai packt ihren Bogen hinein und wirft sich die Tasche über den Rücken. Dann läuft sie vor den langen Regalen hin und her und entscheidet sich für ein Jagdmesser mit einer gezackten Klinge. »Was ist mit ihm?«, fragt Auggie, während sie einen Beingurt anlegt.

Sie nickt zu mir. »Mach nur. Nimm dir, was du willst.« Zu Auggie sagt sie: »Setz es auf meine Rechnung.«

»Du wirst nicht mehr lange genug leben, um die zu begleichen«, grummelt er und entlockt ihr ein Lächeln. Sie greift in die Tasche und drückt ihm etwas in die Hand. »Was ist das?«, fragt er, dann weicht ihm die Farbe aus dem Gesicht.

»Dein Geld.« Sie klopft ihm auf die Schulter. »Ich lebe ja nicht mehr lange genug, um es zu brauchen, richtig?« Sie zieht noch ein Messer aus der Auslage und schiebt es in ihre Tasche.

Auggies Augen werden feucht, aber seine Miene ist eisern, als er sich mir zuwendet. »Mach schon, Junge. Du hast die Lady gehört. Such dir aus, was dir gefällt.«

Kai stopft ihren Rucksack voll mit Ausrüstung, während ich meinen Mantel ablege und meine Arme durch ein Schulterholster aus Leder schiebe. Zwei Jagdmesser schmiegen sich an meine Rippen, die Ledergriffe leicht erreichbar. Ihre Form erinnert mich an ein Messer, das Amber Woody einmal geschenkt hat, und ich verspüre den vertrauten Stich über seinen Verlust. Ich sichere die Messer in den Scheiden.

Ich untersuche die Regale und Schaukästen und betrete durch einen Perlenvorhang einen anderen Raum. Die engen Regalreihen sind voll mit Ausrüstung zum Überleben: Dosennahrung, Wasserkrüge, Batterien und Generatoren, Laternen, Verbandskästen, Kompasse, Grillspieße. Ich bleibe vor einem leeren Glasschaukasten stehen und meine Augen werden groß, als ich begreife: Es ist der gewölbte Deckel einer Stasiskammer. Es sieht aus wie eine Art frankensteinsche Schrottplatzkreation, zusammengeschustert aus Teilen von Modellen, die ich seit vor der Jahrtausendwende im Observatorium nicht mehr gesehen habe.

»Die ist eine Schönheit, oder?«, fragt Auggie, der hinter mich tritt. »Ich höre, die neuen haben alle möglichen schicken Glocken und Pfeifen. Aber die hier ist echt was Besonderes. Hab alle Teile selbst gesammelt und zusammengebaut.«

»Funktioniert sie?«, frage ich und streiche mit dem Finger über die Oberfläche.

»Die Kammer selbst geht an. Ohne einen Transmitter ist es aber schwer festzustellen, ob sie wirklich funktioniert.« Er zuckt mit den Schultern. »Ich kann gut mit Zange und Schraubenzieher, aber ich bin kein Experte für Computer. Konnte das Ding nie online bringen. Wenn ihr alle fertig seid mit diesem ganzen Unfug, könnt ihr vielleicht zurückkommen und einem alten Mann zeigen, wie man das macht.« Er dreht sich um und geht mit schwermütigem Nicken davon, der Perlenvorhang raschelt hinter ihm.

Ich schiebe Streichhölzer in meine Jacke, eine Taschenlampe, eine Rolle Isolierband, eine Handvoll Nebelgranaten, ein kleines Taschenmesser. Dann klopfe ich auf meine Taschen und fühle mich immer noch schlecht ausgerüstet.

Eine Bewegung erregt meine Aufmerksamkeit. Ich drehe mich gerade rechtzeitig um, um ein schwarzes Lederetui vor meiner Brust abzufangen. »Ich hab gehört, du bist gut mit denen«, sagt Kai.

Das Etui rappelt leise und ich drehe es um und ziehe den Reißverschluss auf, enthülle ein paar der schönsten Dietriche, die ich je gesehen habe. »Wer hat dir das gesagt?«

»Lyon könnte es mal erwähnt haben«, meint sie und sieht zu

Boden. »Lass uns gehen«, sagt sie dann mit einem gequälten Lächeln. »Möchte Doug nicht warten lassen.«

Ich schließe das Etui und schiebe es in meine Tasche. Ich will Kai für nichts danken, aber zum ersten Mal, seit ich gestern Abend ins Flugzeug gestiegen bin, fühle ich mich beinahe bereit für die unmögliche Aufgabe, die vor mir liegt.

Ich danke Auggie und gehe die Stufen hinauf, gebe Kai einen Augenblick, um zu bezahlen. Hinter mir höre ich ihr gedämpftes Lebewohl, das Klatschen von Händen auf Schultern, als sie sich umarmen, und ein Schniefen, das von Auggie stammen muss.

Kai beeilt sich, mich einzuholen, und ich trete durch die Tür in die diesige Dunkelheit der Gasse. »Da ist ein Park ein paar Straßen nördlich von hier«, sagt sie. »Da bekommen wir ein Taxi.«

Der Regen hat sich in ein eisiges Nieseln verwandelt und ich stoße die Hände tief in die Taschen, um sie zu wärmen, laufe schnell, um so viel Entfernung zwischen Auggie und uns zu legen, wie ich kann, in der Hoffnung, dass es kein Fehler war, dort anzuhalten. Vor mir rascheln die Bäume, die den Park umgeben, ihre Zweige von einem Wind bewegt, der zu oft, zu schnell die Richtung zu ändern scheint. Blitze flackern in der Ferne und eine Handvoll verstreuter Schneeflocken wirbeln auf der Brise dahin. Kais Füße platschen in die Pfützen hinter mir.

»Woher kennst du Auggie?«, frage ich Kai über die Schulter, nicht sicher, ob ich ihr vertraue.

»Er war ein Administrator, als ich ins Observatorium kam«, erklärt sie und wird schneller, um mich einzuholen. »Er und sein Sommer haben im Quartier neben meinem gewohnt. Ich hatte eine schwierige Wandlung. Daisy und er haben mir geholfen, mich einzugewöhnen.«

»Die Fliege?«

Kai nickt, bestätigt meine Vermutung. »Daisy war wie eine Schwester für ihn. Er hat sie verehrt. Aber sie war direkt. Leichtsinnig. Sie hatte vorgefasste Meinungen und weigerte sich, den Kopf einzuziehen. Michael hat an ihr ein Exempel statuiert und sie Ausmerzen lassen.« Kai zuckt zusammen, als schmerze die Erinnerung immer noch. »Auggie wurde erlaubt, im Observatorium zu bleiben. Er arbeitete eine Weile als Hausmeister, blieb unauffällig und behielt Daisys Fliege ein Jahrzehnt oder so im Blick, bis ein Fakultätsmitglied ihnen bei der Flucht half.«

»Wer?«, frage ich aufgeregt. »Wenn dieser Angestellte noch da ist, kann er uns vielleicht helfen.«

»Er ist nicht mehr da.« Kais Miene wird verschlossen, der Kummer in ihren Augen sagt mir alles, was ich wissen muss. Wer immer Auggie geholfen hat, wurde vermutlich dafür Terminiert. Wir sind auf uns gestellt. »Was jetzt?«, fragt sie und beeilt sich, um mit mir Schritt zu halten.

»Wir gehen zum Nordportal und finden einen Weg hinab ins Observatorium.«

»Wie?«

»Das weiß ich, wenn ich es sehe.«

»Also improvisierst du einfach?«

»So ziemlich.« Am Rand des Parks bleibe ich stehen, laufe auf dem Bürgersteig hin und her, suche nach einem Taxi, aber es ist in aller Herrgottsfrühe hier und da ist niemand, bis auf ein paar Wohnsitzloser, die sich um eine Mülltonne drängen. Feuer leckt an den Seiten hinauf, wirft Funken und oranges Licht auf ihre Gesichter. Ein tiefer, rasselnder Husten ertönt unter einer Decke am Boden.

Kais Blick springt zu mir, als winzige flackernde Lichter wie verlorene Funken vom Feuer in die Luft wirbeln beim nächsten

Hustenanfall des Mädchens. Als wir näher kommen, drückt sich das Mädchen das Ende eines fadenscheinigen Quilts über den Mund, fängt die letzten Reste Magie ein, bevor es jemand bemerkt. Ihre Haut hat einen kränklichen Grauton und ist von Schweiß überzogen, ihre Augen sind glasig und blicken abwesend ins Feuerlicht.

Ich knie mich neben sie. »Sommer oder Frühling?«, frage ich leise.

Ihre Wimpern flattern, schwerlidrig und verwirrt. Ihre Lippen platzen auf, als sie flüstert: »Sommer. Wie hast du …?« Der Blick ihrer dunklen Augen ruht auf meinem Gesicht. Dann gleitet er zu Kai und Erleichterung zeigt sich darin. Ihr schwaches Aufkeuchen löst einen weiteren Hustenanfall aus. Kai sinkt neben sie, reibt in langsamen Kreisen über den Rücken des Sommers, bis der Anfall abklingt.

»Du kennst sie?«, frage ich leise.

Kai schüttelt den Kopf. »Nicht gut. Ich war ein Sommer in der südlichen Hemisphäre. Ich glaube, sie war im Norden.« Kai streicht das wirre Haar des Sommers zurück. Ein Transmitterlicht blinkt, ein gleichmäßiger roter Puls, und Kai verdeckt ihn wieder. »Kannst du nach Hause?«

Das Mädchen schüttelt den Kopf. »Ich habe seit sechs Tagen nichts von meinem Admin gehört. Als wir das letzte Mal gesprochen haben, sagte sie, es gäbe irgendeinen Putsch. Dass die Wachen alle in ihre Zimmer sperren. Sie klang verängstigt. Und dann hat sie einfach aufgehört zu antworten. Ich wusste nicht, was ich tun sollte, also bin ich hergeflogen, aber ich komme nicht zu ihr durch und ich hatte zu große Angst, mich selbst am Portal zu stellen.«

Kai und ich tauschen einen besorgten Blick. Auggie sagte auch, er könne nicht zum Sommerflügel durchdringen. Dass der Strom schon ausgefallen wäre. Dieses Mädchen hat Stunden, höchstens einen Tag, bevor dieses Wetter sie zerstört. Zu dieser Jahreszeit werden wir wahrscheinlich keinen Herbst oder Winter finden, der durch Londons Straßen läuft und ihr helfen kann.

Kai steckt den Quilt um die Schultern des Mädchens fest und glättet ihr das Haar. Sie zieht mich zur Seite, damit das Mädchen uns nicht hört. »Wir können nichts für sie tun außer zusehen, dass wir so schnell wie möglich da herunterkommen und den Strom im Sommerflügel wiederherstellen.«

Wir beide sehen auf, als sich Scheinwerferlicht nähert. Ein Taxi. »Komm. Je früher wir ein Portal erreichen, desto besser.« Ich springe vom Bürgersteig, winke es heran. Kai wirft dem sterbenden Sommer einen letzten Blick zu, dann rennen wir durch den eisigen Regen zum Taxi.

21

AUF IHREN LAGERN ERSTICKT

Fleur

Meine steifen Glieder ächzen, als ich mich auf dem kalten Steinboden rege. Langsam drehe ich den Kopf, orientiere mich an den Eisenstäben. Ich berühre die wunden Muskeln in meinem Hals, taste über die blauen Flecke und schlucke Feuer. Meine Knie schreien, als ich mich an der Wand aufsetze, mich mühsam daran zu erinnern versuche, was war, bevor ich ohnmächtig wurde.

Ein rotes Licht zwinkert mir von einer neuen Kamera zu, die an der Decke befestigt ist.

Ein Haufen herabgefallener Steine liegt neben meiner Hand und ich denke darüber nach, einen auf die Kameralinse zu schleudern. Aber dann würde Doug nur jemanden herschicken, um sie zu ersetzen. Vielleicht würde er sogar selbst kommen. Und ich bin nicht bereit, mich ihm schon wieder zu stellen.

Ich reibe mir die Schläfe, wo Lixue mich geschlagen hat, lausche dem leisen Schnarchen aus Chills Zelle und bete, dass er falschlag. Dass Jack nicht kommt. Bete, dass Doug gelogen hat wegen der anderen.

Ein Schatten regt sich im Gang. Eine kalte Brise zerzaust mein

Haar und ein grautrüber Schatten schlüpft zwischen den Stäben in meine Zelle. Er taumelt wie eine wütende Wolke, als wäre er ärgerlich oder ungeduldig, umkreist meinen Kopf und kehrt dann zurück. Ich werfe eine Handvoll Schutt nach ihm und er huscht davon. Ich reibe mir die Arme, um mich zu wärmen.

Stiefeltritte hallen durch die Katakomben. Ich schiebe mich hoch, gerade als Lixue vor meiner Zelle stehen bleibt. Ihre Hände sind leer. Kein Wasser. Kein Essen. Der riesige Wächter, den ich schon einmal gesehen habe, steht hinter ihr.

»Was willst du?« Es tut weh zu sprechen und die Worte klingen rau. Beunruhigung erfasst mich, als sie einen Schlüssel ins Schloss schiebt.

»Chronos will dich sehen.« Sie stößt die Tür auf und ich weiche vor dem riesigen Wächter zurück, der in meine Zelle tritt. Er lächelt, ein wenig kleinlaut, und legt ein Paar Handfesseln um meine Gelenke, bevor er mich sanft nach draußen führt.

Ich versuche, mir unsere Route zu merken, während ich durch die gewundenen Tunnel geschoben werde, aber nachdem wir zwei- oder dreimal abgebogen sind, sehen sie alle gleich aus. Die Gänge sind dunkel, die Fackel wirft Schatten, die es schwer machen, etwas zu sehen. Zerbrochene Schieferstücke graben sich in meine bloßen Füße, während die Wachen mir eine schmale Wendeltreppe hinauf folgen.

Oben stößt Lixue eine Metalltür auf. Helles weißes Licht strömt durch den Spalt und ich kneife die Augen zusammen wie ein auftauchender Maulwurf. Ein langer Gang verläuft zu meiner Linken. Ein weiterer zu meiner Rechten. Nach dem Weg durch die düsteren Tunnel blenden mich die glänzenden Bodenfliesen und die makellos weißen Wände beinahe, aber ich bin dennoch sicher, dass ich noch nie zuvor in diesem Teil des Observatoriums war.

Etwas Kaltes streift mein linkes Fußgelenk. Ich halte inne,

überrascht, einen Schatten darum huschen zu sehen. Er flitzt hin und her, hektisch und rastlos, und ich frage mich, ob es derselbe ist, der in meiner Zelle war.

Lixue treibt mich mit einem Schubs voran, stößt mich auf eine Tür am Ende des Gangs zu. Sie scannt eine Schlüsselkarte und das Schloss schnappt auf. Lixue streckt den Kopf vor, redet mit leiser Stimme, während der große Wächter mich im Blick behält.

»Lasst uns allein«, antwortet eine vertraute Stimme von drinnen.

Lixue stößt die Tür weit auf, stupst mich, weil ich mich weigere, einzutreten.

Doug sitzt auf einem makellosen weißen Sofa, die Ellbogen ruhen auf seinen Knien, die Finger sind ineinander verschränkt und er sieht auf einen Fernseher. Er blickt nicht auf. Der Raum ist weitläufig und kahl – saubere Kanten, kein Schnickschnack, ganz in Weiß und aus Glas und Chrom. Mein Blick huscht in jede Ecke, aber nirgends ist der Stab der Zeit zu sehen.

»Schließ die Tür.« Dougs Stimme ist harsch und tief, als wäre er eine Weile allein gewesen.

»Bist du sicher, Chronos?« Lixues Blick huscht zu mir.

»Der Frühling macht keine Probleme. Oder, Fleur?« Verschneites, schwarz-weißes Bildmaterial rieselt über den TV-Bildschirm. Zwei Wachen betreten den Bildausschnitt. Sie lehnen sich an die Wand vor Chills Zelle.

Ich versteife mich, als die Tür sich mit einem Klicken hinter mir schließt.

Doug steht auf und geht zum Sideboard. Er gießt Wasser aus einem Kristallkrug in ein niedriges Glas und streckt es mir entgegen. Seine Hemdsärmel sind hochgerollt, seine Unterarme angespannt, und er wartet darauf, dass ich es entgegennehme. Ich balle die Fäuste, zwinge mich, wegzusehen.

»Wie du willst.« Er dreht das Glas hin und her, sieht mich an, nimmt einen tiefen Schluck. Ich schlucke, schmerzhaft und trocken, es klingt laut in meinen Ohren. Der Blick seines Auges senkt sich zu den blauen Flecken auf meinem Hals, als würde er meine Gedanken lesen. Ich habe nichts gegessen oder getrunken, seit ich aus der Villa gezerrt wurde. Doug nippt wohlig am Rest des Wassers, jeder langsame Schluck verhöhnt mich.

Er tritt näher, sein Haar fällt über die Klappe, die sein rechtes Auge bedeckt. Der kalte Diamant seines linken Auges wandert über meinen schweißbefleckten Overall bis ganz hinab zu meinen schmutzigen, blutenden Füßen. Er deutet mit seinem Glas auf das Sofa. Ich umgehe ihn weiträumig, bleibe davor stehen.

Ein Keramiktopf steht in der Mitte des Sofatischs aus Glas. Die wächsernen grünen Blätter, die über den Rand quellen, sind der einzige Farbklecks im Raum.

Mein Geist stürzt sich darauf, gleitet in die feuchten, kühlen Wurzeln, ergreift die Topfpflanze wie eine eben entdeckte Waffe, während ich mich gleichzeitig auf dem Sofa niederlasse.

Doug beobachtet mich über den Rand seines Glases. »Ich habe diesen Topf jetzt tagelang angestarrt und ich kann kein einziges Blatt bewegen. Warum?«, will er wissen.

Sein Tonfall bringt ihm ein geringschätziges Lächeln ein.

Mit einer sehr raschen Bewegung greift er nach einem Blatt, drückt es zwischen Daumen und Zeigefinger. Mein rechter Arm verbiegt sich in seltsamem Winkel. Ich schreie auf, reiße meinen Geist aus der Pflanze in der Sekunde, bevor der Stiel bricht.

Doug setzt sich auf das Sofa mir gegenüber, zwirbelt das abgebrochene Blatt zwischen den Fingern. Er stellt sein Glas mit einem scharfen Klirren auf den Tisch und starrt mich mit diesem schrecklichen, glänzenden Auge an.

Ich stürze mich auf sein Glas und knalle es gegen den Tisch. Es zerspringt mit einem ohrenbetäubenden Krachen und ich weiche vom Sofa zurück, umklammere eine dicke, glitzernde Scherbe mit der Hand. Ich renne zur Tür, darauf gefasst, dass Doug zuschlägt, aber er macht keine Anstalten, mich aufzuhalten. Der Türknopf rutscht mir durch die vom Blut glitschige Hand. Ich rüttle daran, aber sie ist verschlossen, das Sicherheitspanel daneben blinkt rot. Ich wirble herum und suche im Raum nach einer anderen Tür, aber es gibt keinen Ausweg. Doug erhebt sich von der Couch. Er täuscht an, als ich nach ihm schlage, packt mein Handgelenk, das an seinem Hals vorbeizuckt. Er verdreht mir den Arm hinter dem Rücken und die Scherbe entgleitet meinen Fingern. »Mach es nicht schwerer als nötig.«

»Du bist ein Idiot, wenn du glaubst, dass ich dir das hier leicht mache. Warum sollte ich?«, blaffe ich. »Du bringst mich doch so oder so um.«

Doug zerrt mich zum Bildschirm. Er greift mit der freien Hand nach der Fernbedienung und stellt den Kanal auf die Satellitenfeeds. Farben explodieren auf dem Bildschirm. Mein Blick huscht über die Wetterkarten und mein Mund öffnet sich, als ich dem Pfad der todbringenden Stürme folge, die sich über Europa und Afrika ausbreiten. Schlagzeilen laufen über den unteren Rand des Bildschirms. Zerstörte Städte. Handelsrouten unterbrochen. Märkte in Panik. Die Opferzahlen sind überwältigend und ich wende mich ab.

Doug wirft die Fernbedienung durch das Zimmer und dreht mich am Arm herum, zwingt mich, ihn anzusehen.

»Hier geht es nicht mehr nur um dich und deinen Freund. Darum ging es noch nie, aber du und Jack wart zu eigensüchtig, um das zu erkennen. Gaias Magie ist frei, und wenn ich sie nicht kontrollieren kann, wird jede lebende Kreatur auf diesem gottverlassenen Planeten leiden und sterben. Die Zerstörung der Welt wird deine Schuld sein!«

»*Du* hast sie getötet!«, sage ich und ringe Tränen nieder. »Alles war gut. Alles war *besser* unter Lyon und Gaia. *Du* hast das gemacht.«

»Ich habe nur beendet, was du und Sommers angefangen habt. Und jetzt werden du und ich das wieder in Ordnung bringen.« Seine Stimme klingt angestrengt. Er drückt eine Handfläche auf sein Brustbein und schiebt mich von sich. Er atmet flach, krallt nach seiner Krawatte, zieht den Knoten herab und stürzt schwerfällig zur Karaffe. Er umklammert seine Brust, dreht ein Glas um, füllt es mit zitternder Hand bis zum Rand und trinkt das Wasser in großen, gierigen Schlucken.

»Was ist los?«, frage ich und werfe einen hoffnungsvollen Blick zur Tür.

»Nichts. Also komm nicht auf dumme Ideen von wegen Abhauen.« Seine Stimme ist rau. Er stellt das Glas ab und wischt sich mit dem Ärmel über den Mund.

Mein Mund ist so trocken, dass sich nicht einmal mehr Speichel bildet. Ich lecke mir über die Lippen, versuche mich zu erinnern, wann ich zuletzt Wasser getrunken habe, und mein Magen knurrt. Bei dem Geräusch dreht Doug sich um, zieht seine Krawatte über den Kopf und wirft sie über die Sofalehne. Er nickt zu einer Flügeltür hinter sich.

»Du blutest auf meinen Teppich. Da ist ein Erste-Hilfe-Kasten im Bad. Mach dich sauber. Dann fangen wir an.«

Ich öffne den Mund, will protestieren, aber er deutet auf das zerbrochene Blatt, das auf dem Tisch vor ihm verwelkt. »Du bleibst hier bei mir und wir arbeiten rund um die Uhr. Du hast Zeit, mir zu zeigen, wie man Erdmagie kontrolliert, bis Jack hier auftaucht. Ich schlage vor, du machst etwas aus deinen letzten Augenblicken auf dieser Welt.«

Er wendet mir den Rücken zu, lässt mich wissen, dass diese Unterhaltung beendet ist.

Ich starre ihn an, kann mich nicht rühren. Wie lange, bis Jack nach mir sucht? Wie viele Tage, bis Doug uns beide umbringt?

»Du hast mir schon einmal die Hände gebunden«, erinnere ich ihn. Er dreht sich um, und als sein Blick meinem begegnet, rufe ich eine Erinnerung auf – der Tag meiner Rekonditionierung, als er mich an einen Stuhl gefesselt hat, das befriedigende Knacken, mit dem mein Kopf seine Nase traf. »Wie gut lief das für dich?«

An seinem Kiefer zuckt ein Muskel.

Ich stürme ins Schlafzimmer, schließe die Türen hinter mir und sinke mit dem Rücken dagegen.

22

DIE NACHT BRICHT SCHNELL HEREIN

Jack

Das Portal zum Sommerflügel ist südlich vom Greenwich Park. Kai und ich ducken uns hinter eine Reihe Hecken neben dem zweigeschossigen Haus in Blackheath. Die Fenster sind dunkel und die Verandalichter aus. Eine niedrige Ziegelsteinmauer schirmt uns vom vorbeifahrenden Verkehr ab und Kai macht ihren Bogen bereit. Ich packe meine Taschenlampe und die Dietriche, suche nach Bewegungen im Haus.

»Denkst du, sie machen sich die Mühe, Wachen in einem Haus ohne Strom zu positionieren?«

Kai nickt. »Sie wären dumm, ein Portal nicht zu bewachen, *besonders* eins ohne Strom.«

»Wie viel Zeit habe ich für die Schlösser?«

»Wenn sie dich hören, hast du vielleicht noch fünf Sekunden, um die Tür zu öffnen, bevor sie sich auf uns stürzen.« Sie verstaut ihren Rucksack in Reichweite des Fensters neben uns. Dann rollt sie die Schultern und schüttelt die Hände aus. »Bereit?«

»Nicht wirklich.« Meine Hände sind so kalt, dass ich kaum meine Finger spüre.

»Mach dir keine Sorgen. Ich bin hinter dir.«

Die Dunkelheit verbirgt meine Grimasse. Das letzte Mal, als ich Kai den Rücken zugewandt habe, hat sie drei Pfeile reingeschossen. Aber sie steht auf und pirscht sich mit erhobenem Bogen zur Tür und mir bleibt keine Wahl, als ihr zu folgen.

Ich schleiche die Verandastufen hinauf. Als ich mich vor die Tür knie, erscheinen mir meine Hände ungeschickt, weniger empfindlich beim Ertasten der Stifte, als sie sein sollten. Ich lausche mit angehaltenem Atem, warte auf Kais knappes Nicken, bevor ich den Knauf drehe.

Die Angeln knarren, als ich die Tür einen Spalt aufstoße. Durch die schmale Lücke habe ich freie Sicht in den dunklen Salon.

Auf das Gesicht einer Wächterin, die hinter einem Schreibtisch sitzt und aufsieht.

Ich stoße die Tür auf. Sie schwingt ganze zehn Zentimeter auf, bevor sie stehen bleibt und sich eine Kette über die Öffnung spannt.

»Scheiße!«, krächze ich.

Die Wächterin springt von ihrem Platz auf. Meine Taschenlampe spiegelt sich im Lauf ihrer Waffe.

Ich springe auf und werfe mich mit der Schulter gegen die Tür. »Du hast mir nicht gesagt, dass da eine Kette ist!« Das Holz um die Kette splittert, das Geräusch geht im Schrei der Wächterin unter, die nach ihrem Team ruft. Ich zucke zurück, weil sich eine Kugel in den Türrahmen gräbt. Dann ramme ich die Tür erneut. Sie fliegt auf und ich stolpere herein.

Kais Fuß knallt in meine Kniekehle. Ich krache zu Boden, während etwas über meinen Kopf hinwegzischt. Ein *Zwack* ertönt und die Wache mit der Waffe geht zu Boden. Ein Pfeil ragt ihr aus der Kehle.

Noch ein *Zwack*. Eine Wächterin am Ende des Flurs fällt um.

Kai tritt um sie herum, den Bogen gehoben, einen Pfeil eingelegt. Sie ruckt den Kopf zur Seite, weist mich an, hinter ihr zu bleiben, während wir zusammen um die Leiche herum und in die Küche pirschen. Der Boden bebt, als sich das Donnern schwerer Stiefel nähert, dann fliegt die Kellertür auf …

Zwack. Ein Wächter stürzt hindurch. Kai tritt ihn, sorgt dafür, dass er am Boden bleibt.

Sie legt einen weiteren Pfeil auf und tritt dabei über ihn hinweg, verschwindet die Kellerstufen hinab. Ich bleibe stehen und fische eine Schlüsselkarte aus seiner Tasche, bis mir einfällt, dass wir Kais Rucksack draußen gelassen haben. Ich laufe zurück zum Fenster, ducke mich, als die Magie der toten Wache über meinen Kopf hinwegschwebt. Dann werfe ich mir Kais Rucksack über die Schulter und blinzle den grellen Schein weg, weiß nicht genau, was ich da sehe, denn ich entdecke einen Schatten, der sich den Flur hinabbewegt.

Eine Wächterin schleicht in die Küche, tritt auf leisen Sohlen zur Kellertür. Ich ziehe mein Messer und folge ihr, erreiche die Treppe, gerade als sie sich hinter Kai schleichen will.

Ich schleudere meine Klinge. Kai wirbelt herum, den Bogen erhoben, die Wächterin fällt die letzten paar Stufen herab, landet mit dem Gesicht voran am Fuß der Treppe mit meinem Messer im Rücken.

Kai sieht blinzelnd zu mir auf und senkt den Bogen. Keiner von uns sagt etwas, während ich mich hinabbeuge, mein Messer wieder aufnehme und die Schlüsselkarte der Wächterin aus ihrer Tasche ziehe. Wir schirmen die Augen ab, als ihre Magie aufflammt und davonschwebt. Das Licht verblasst und ich übergebe Kai ihren Rucksack und eine der Schlüsselkarten, behalte die andere selbst.

Ich schalte meine Taschenlampe an, leuchte mit dem Strahl

durch den Keller. Der Aufzug zum Sommerflügel befindet sich in der gegenüberliegenden Ecke des Raums. Ich lege die Taschenlampe auf den Boden, ziehe die Aufzugtüren auf und spähe in den Schacht. Feuchte, muffige Luft peitscht von unten herauf. Es riecht stark nach Mineralien und Moosen, die gleichen eingesperrten Gerüche, die die Katakomben unter dem Observatorium erfüllen. Eine geöffnete Coladose steht neben mir auf einem rechteckigen Klapptisch. Ich gieße den restlichen Inhalt auf den Boden und werfe die leere Dose in den Schacht.

Kai schleicht hinter mir heran und wir beide lauschen. Nach einer langen, langen Zeit höre ich ein fernes Echo, als die Dose scheppernd am Boden aufkommt.

Mit einem gedämpften Fluch reibe ich mir das Gesicht. Als Jahreszeit einen Aufzugschacht hinaufzukommen, war eine Sache. Einen Aufzugschacht als Mensch hinabzukommen fühlt sich an, als wolle man ohne Fallschirm aus einem Flugzeug springen. Ich starre auf die schweren Kabel, die in der Schwärze verschwinden. Wir könnten ein oder zwei Stockwerke an ihnen herabrutschen … aber dreißig? Die Gefahr, den Halt zu verlieren und abzustürzen, ist viel zu groß.

Kai holt ein Seil aus ihrem Rucksack. Ohne Warnung packt sie mich vorn am Shirt und zieht mich zu sich, schlingt das Seil zu einer Reihe von Knoten.

»Was machst du da?« Ich schlage nach ihren Händen, während sie das Seil um meinen Rücken führt und einen Knoten an meiner Leiste festzurrt.

»Dir einen Gurt machen. Ich schnalle dich an die Kabel.«

»Nein«, protestiere ich und wünschte, wir hätten stattdessen das Winterportal genommen. »Das ist eine ganz miese Idee.«

»Hast du einen besseren Plan? Das ist der einzige Weg runter.« Sie wiederholt die Prozedur mit einem zweiten Seil, macht eine

Schlinge um ihre eigene Mitte. Zufrieden tritt sie an den Klapptisch neben der Tür. Mit einer Armbewegung fegt sie den Kram herunter. »Hilf mir mal«, sagt sie und dreht den Tisch um, klappt die Beine ein.

Ich packe die andere Seite. Zusammen legen wir ihn in die geöffneten Aufzugtüren. Kai schiebt ihn über die eine Seite des Schachts, meidet dabei die Kabel. Dann legt sie ihn auf den dünnen Rand auf der anderen Seite und bildet so ein Brett über der Öffnung. Sie wirft sich den Rucksack auf den Rücken und zieht sich den Bogen über die Schulter. Einen Fuß stellt sie auf die behelfsmäßige Brücke und belastet sie vorsichtig. Mir wird schlecht, als sie einen weiteren vorsichtigen Schritt macht. Dann einen dritten. Bis sie außerhalb der Reichweite der Schachtwände steht, die Kabel umklammert, um das Gleichgewicht zu halten.

»Komm schon«, sagt sie mit bebender Stimme, »bevor ich die Nerven verliere.« Sie bindet das freie Ende ihres Seils um das Kabel.

Ich leuchte mit meiner Taschenlampe in das dunkle Loch unter ihr.

»Nicht«, sagt sie und schluckt schwer. »Sieh nicht hinab.«

»Das ist verrückt.« Ich schiebe meine Taschenlampe in meine Vordertasche, sodass sie hinauf zur Decke leuchtet. Mit angehaltenem Atem mache ich einen zögerlichen Schritt hinaus auf den Tisch.

Wir beide erstarren, als er knarrt, sich ein wenig unter unserem Gewicht durchbiegt. Ich mache noch einen vorsichtigen Schritt, versuche, nicht an die dreißig Stockwerke Luft unter mir zu denken.

Kai arbeitet schnell, sie bindet das freie Ende meines Seils an das Kabel über ihres. »Das ist ein Klemmknoten. Der müsste sicher genug sein, um deine Schlinge an Ort und Stelle zu halten …«

»Müsste?« Sie ignoriert meine brüchige Stimme.

»Du lockerst ihn so«, sagt sie und demonstriert das Lockern. »Wenn du ein paar Schritte hinabgleitest, zieht er sich wieder zu. Wir machen langsam. Wenn du zu schnell gleitest, brennst du dein Seil durch.« Sie wartet auf mein Nicken. Panik packt mich, weil mir klar wird, worauf ich mich gerade eingelassen habe. »Ich geh zuerst«, sagt sie und betont noch mal: »Warte, bis ich dich rufe, dann komm hinter mir her. Langsam.«

Kai schwingt sich von der Plattform und lehnt sich in ihrer Schlinge zurück. Sie gleitet ein paar Schritt weit. Dann zieht sich der Knoten um das Kabel zusammen, hält ihren Abstieg auf. Sie nickt zu mir hinauf, wirft mir ein beschwingtes Lächeln zu, dann zupft sie an ihrem Seil und rutscht weiter den Schacht hinab. Ich werfe einen Blick zurück in den Keller, höre zu, wie sich Kais Knoten anspannt und wieder löst, anspannt und löst, bis das Gleiten ihres Seils in der Dunkelheit verschwindet. Der Kegel meiner Taschenlampe wirft gespenstische Schatten um mich herum.

Eine leise Stimme dringt zu mir. Ich neige den Kopf über den Rand, aber die Stimme kommt nicht von unten, sondern vom Stockwerk über mir. Die Stimme wird lauter und Stiefel stürmen die Kellertreppe hinab. Ich zerre die Taschenlampe aus der Tasche, fummle mit beiden Händen am Schalter.

»Er ist im Aufzugschacht!« Eine Waffe entlädt sich. Ich ducke mich, weil eine Kugel an meinem Kopf vorbeisirrt. Sie gräbt sich in die Steinmauer, bombardiert mich mit Splittern. Die Lampe entgleitet mir. Ich greife nach ihr, doch sie poltert den Schacht hinab. Wieder wird eine Waffe abgefeuert. Schmerz durchzuckt meinen Oberarm und ich springe vom Tisch in die Dunkelheit unter mir, bevor ich auch nur begreife, was ich da tue.

Ich falle, greife Luft. Mein Geschirr gleitet ein paar Meter, während der sich mir der Magen verknotet, dann komme ich mit einem Ruck zum Halten, genau in dem Augenblick, in dem ich die Hand um das Seil schließe. Mein Schwung löst den Knoten direkt wieder und ich falle erneut. Kalte Luft peitscht an mir vorbei. Das Seil jault, sirrt über das Kabel und ich stürze durch die Schwärze.

Kugeln prallen von den Wänden des Schachts ab über meinem Kopf. Kai schreit mir Anweisungen zu, aber ich kann sie über dem Krachen der Pistolen und dem Kreischen des Seils nicht hören. Ich greife nach dem Kabel, um meinen Sturz zu bremsen, reiße die Hände zurück, als es mir Haut von den Handflächen fetzt.

Der Geruch nach brennendem Nylon erfüllt den Schacht, Kai schreit meinen Namen, während der Boden auf mich zurast.

23

WER SICH ZUERST ERGIBT

Doug

Ich reiße die Augen auf beim holprigen Klopfen an der Tür meines Apartments.

»Essenslieferung.« Die gedämpfte Stimme auf der anderen Seite klingt barsch und vertraut. Ich reibe mir das Gesicht und stemme mich auf der Couch hoch, erledigt und unausgeruht, dann stehe ich auf und lasse Boreas ein. Der Winter im Ruhestand rollt einen Essenswagen über die Schwelle, die Wangen gerötet von dem Marsch von der Nordküche hierher. »Wo willst du es?«

Ich deute fahrig ins Zimmer, das universelle Zeichen für *Ist mir scheißegal.* »Stell's irgendwohin«, murmle ich.

Die Türen zum Schlafzimmer schwingen auf. Fleur rauscht hindurch in einem sauberen Overall und mit finsterem Blick, reibt sich mit einem Handtuch die nassen Haare.

»Da ist nur eine Zahnbürste drin und ich benutze sicher nicht …« Ihre Tirade verstummt und Boreas blickt von seinem Wagen auf. Mit einem höflichen Nicken senkt er wieder den Kopf, widmet sich seiner Aufgabe, lässt die Räder einrasten und entfernt die Silberkuppeln von den Servierplatten.

Der Speisesaalmanager räuspert sich. »Ruf in der Küche an, wenn du mit dem Essen fertig bist, Douglas. Dann komme ich zurück und hole den Wagen.« Fleurs Atem wird schneller, als der alte Mann sich zum Gehen wendet.

»Chronos«, korrigiere ich ihn und versperre ihm den Weg. »Du sprichst mich mit Chronos an, wenn du deinen Job behalten willst.«

Den Blick nach unten gewandt, nickt er. »Meine Entschuldigung, Chronos. Es wird nicht wieder passieren.«

Ich trete zur Seite. Fleur umklammert das nasse Handtuch an der Brust und sieht zu, wie er hinausschlurft.

Sie zuckt zusammen, als ich die Tür zuknalle.

Ich sehe unauffällig in ihre Augen, als ich zur Couch zurückkehre, gehe ungeschickt kurze Ansichten von wirren Erinnerungen durch, aber Boreas' Gesicht taucht in keiner auf.

»Iss«, sage ich und nicke zu den Tellern. Wir haben bereits zu viel Zeit verschwendet und ich werde ihn sowieso nicht zurückrufen. Sein Angebot, den Wagen zurückzuholen, war offensichtlich eine Botschaft für sie.

Ihr Magen knurrt. Sie lässt das Handtuch auf die Armlehne des Sofas fallen und stürzt zum Wagen, packt ein Glas Orangensaft und stürzt es in vier großen Schlucken runter. Er läuft ihr übers Kinn, doch sie macht sich nicht die Mühe, ihn wegzuwischen. Stattdessen häuft sie vegane Würstchen, Obst und Pancakes auf einen Teller und ertränkt alles in Sirup. Sie schiebt sich mit den Händen einen zusammengelegten und triefenden Pancake in den Mund, noch bevor sie das Sofa erreicht.

Es tut weh, ihr zuzusehen. Ich habe seit Tagen nichts Richtiges gegessen und das ständige Brennen in meiner Brust hilft meinem Appetit auch nicht. »Du bist erst seit zwei Tagen aus der Stasis. Ich habe keine Zeit, abzuwarten, während du dich vollstopfst, bis dir schlecht wird.«

Fleur kaut langsamer. Ihr Blick geht hin und her, als würde sie nachrechnen.

»Du warst achtzehn Stunden in Stasis«, sage ich und beantworte die ungestellte Frage in der Falte zwischen ihren Brauen. Sie runzelt die Stirn erneut, schiebt sich einen weiteren Bissen in den Mund und ihre Augen schließen sich, während sie gierig schluckt.

Ich reiße ihr den Teller weg, lasse ihn auf den Wagen fallen. »Jetzt«, sage ich und schiebe die Topfpflanze auf sie zu, setze mich ihr gegenüber. »Zeig es mir.«

Sie blitzt mich wütend über eine Serviette hinweg an, wischt sich den Sirup vom Kinn. »Ich kann es dir nicht zeigen«, antwortet sie scharf. »So kann man das nicht lernen.«

Ich knalle die Handfläche auf den Sofatisch. »Dann erklär es mir!«

Ihre Miene ist schwer zu deuten – Wut, Feindseligkeit, vielleicht Ungeduld, aber keine Angst. Das nie.

Ich fahre mit den Händen durch mein Haar, zügle meine Wut. Je wütender sie wird, desto heftiger wird sie gegen mich ankämpfen. »Sag mir, wie du die Pflanze beherrschst«, beharre ich mit erzwungener Ruhe.

Sie schüttelt den Kopf, als wäre ich ein Idiot. »Genau das ist es. Du kannst sie nicht *beherrschen*. Pflanzen sind keine Menschen. Ihnen ist es egal, wer du bist oder wie viel Macht du hast oder welche Krone du zu tragen glaubst. Du kannst sie nicht herumkommandieren, als wären sie jemand von deinem Küchenpersonal.«

Ich springe von der Couch auf, reiße sie am Arm hoch und beschwöre dabei eine Flamme, halte sie dicht vor ihr Gesicht. »Feuer ist auch nicht menschlich, aber es kommt, wenn ich es rufe.«

Sie beobachtet die Flamme, beißt die Zähne zusammen. »Genau das ist es. Du bahnst dir einen Weg durch die Welt mit Gewalt, nimmst, was du willst, und schubst Leute herum, drohst und schreist und verlangst, dass sie dir gehorchen ... So funktioniert Erdmagie nicht. Du kannst nicht einfach in etwas Lebendiges reinstürmen, Kontrolle durch brutale Gewalt ausüben und erwarten, dass es mit dir kooperiert.« Sie greift nach meinem Arm, um die Flamme wegzuschieben, aber ich bringe sie näher heran, packe fester zu.

»Mir geht die Geduld aus.«

»Pflanzen sind lebendige Wesen«, sagt sie mit einem Zusammenzucken, ihre Wange von der Hitze gerötet. »Sie atmen, sie essen, sie reproduzieren sich und sie leiden, genau wie wir. Und am besten begreift man, wie man sie zu etwas bewegen kann, indem man selbst fühlt, was sie fühlen!«

»Hör auf, mich zu verarschen, und sag mir, wie ich die Kontrolle über diese gottverdammte ...«

Die Pflanze regt sich in ihrem Topf.

Ich wende mich dem Geräusch zu, werde ruhig, als Fleurs Blick einen abwesenden Ausdruck annimmt. Keine Visionen. Keine Erinnerungen. Nur die dunkle Leere ihrer Iriden, als wäre ihr Geist an einen anderen Ort gegangen. Mein Feuer verlöscht mit einem Zischen.

Die Pflanze streckt sich und wird wach. Ein rankenähnlicher Stiel rutscht auf mich zu, greift hinauf nach meiner freien Hand, als ich meinen Arm an die Seite sinken lasse. Ich bewege mich nicht, während sie über mein Handgelenk kriecht, sich langsam darumwickelt, ihren Topf Zentimeter um Zentimeter über den Tisch zieht. So etwas habe ich nie zuvor gesehen. Es ist nicht so beeindruckend wie die Videoaufzeichnung von dem Erdbeben, das Fleur in Tecate ausgelöst hat, oder das ganze Zedernwäldchen, dem sie befohlen hatte, Michael niederzuringen. Aber während der Topf schabend auf mich zurutscht, kriecht ein Schauder über meinen Nacken, und ich versichere mich, dass ich Fleur noch festhalte.

Die Ranke klettert in schlangengleichem Muster höher, der Topf rutscht näher mit kleinen, raubtierhaften Bewegungen.

»Das ist *Epipremnum aureum*«, sagt Fleur, während die Pflanze meinen Unterarm umrundet, »allgemein bekannt als Goldene Efeutute. Sie ist fast unmöglich umzubringen.« Ihr leerer Blick gleitet zu meiner Kehle, während sich die Pflanze um meinen Ellbogen windet. »Die herzförmigen Blätter bleiben grün, werden erstaunlich lang, selbst wenn sie in Dunkelheit gehalten werden. Diese Spezies rankt, indem sie sich an Oberflächen klammert«, erklärt sie. »Man weiß, dass sie ganze Waldböden überzieht, ganze Ökosysteme erstickt. Und die Blätter, täuschend harmlos aussehend, sind tödlich für schwächere Spezies. Du siehst also«, sagt sie mit einem bedrohlichen Lächeln, »sie braucht nicht von dir *beherrscht* zu werden. Sie ist absolut in der Lage, dich zu erhängen, zu ersticken oder dich ganz allein im Auge zu behalten, mit oder ohne deine Einwilligung oder dein Zutun.«

Der Topf schabt über den Rand des Tischs. Ich drehe mich gerade rechtzeitig um, um zu beobachten, wie er sich darüberneigt, dann zu Boden kracht, Erde auf dem Teppich verteilt. Die Wurzeln der Pflanze baumeln störrisch von meinem Arm. Sie verfestigen ihren Griff, ziehen sich auf meine Schulter, meiner Kehle gefährlich nahe.

Ich lasse Fleurs Arm fallen, ein paar ihrer Haarsträhnen verfangen sich an meiner Armbanduhr, weil ich mich beeile, die Ranke abzuwehren. Eine rosafarbene Locke wird von ihrer Kopfhaut gerissen und sie keucht auf.

Ich reiße das Efeu weg und werfe es, mit Wurzeln und allem, auf den Tisch. »Diese dumme Vorführung von dir hat uns lediglich viel Zeit gekostet. Ich habe keine weiteren Pflanzen hier unten. Jetzt muss ich Lixue zur Galerie schicken, damit sie noch eine holt.«

»Du brauchst keine neue.« Mit einem entnervten Seufzen kniet sie sich hin und sammelt die Erde in den zerbrochenen Topf.

»Was machst du da?«

»Es in Ordnung bringen.«

»Du kannst sie nicht in Ordnung bringen. Sie ist tot.«

»Sie ist nicht tot«, blafft sie und setzt vorsichtig die durchhängende Ranke wieder in die Erde zurück. »Wenn du es spüren könntest, würdest du das wissen.«

»Das sagst du immer wieder, als wüsste ich, was das heißt!«

»Das ist Empathie, Doug!« Sie schießt hoch, ihre Stimme wird laut. »Die grundlegende menschliche Fähigkeit, die Gefühle eines anderen zu teilen! Aber offensichtlich ist die Fähigkeit zu fühlen unter deiner Würde, da du so sehr damit beschäftigt bist, Gott zu spielen und auf deine eigene Menschlichkeit zu verzichten!«

»Ich *spiele* nichts!«

»Nein? Beweis es!« Sie deutet auf den zerbrochenen Topf, das erhobene Kinn eine Herausforderung. »Bring es in Ordnung.«

Ich zucke vor, starre ihr ins Gesicht und widerstehe dem Drang, sie zu erwürgen. »Wenn ich das könnte, würden wir diese Unterhaltung nicht führen.«

»Du kannst es«, sagt sie und stößt mir einen Finger in die Brust. »Gaia hat dir diese Macht gegeben, als sie dich zur Wache machte. Sie ist in dir, ob du dich dazu entscheidest, sie zu benutzen, oder nicht.«

»Ich habe mich für sie entschieden! Sie hat sich nicht für mich entschieden!«

Ich drehe mich um und laufe ans andere Ende des Zimmers, angewidert vom Aufblitzen der Neugier in ihrem Blick. Ich massiere die schmerzende Stelle, an der sie mich gepikt hat, und ziehe mein Telefon aus der Tasche, um Lixue zu rufen.

»Du kannst tausend Pflanzen herbringen lassen, aber du wirst sie nur alle umbringen«, sagt Fleur gereizt. »Auf diese Art lernst du nie, die Magie zu kontrollieren. Die Natur der Erdmagie ist kreativ, nicht destruktiv. Sie ist anders als Feuer. Sie reagiert nicht auf die gleiche Art wie Wasser und Wind. Erdmagie zu erlernen ist nicht das Gleiche, wie kämpfen zu lernen.«

Sie atmet tief durch die Nase ein und starrt auf den zerbrochenen Topf. Ihre Arme hängen locker an ihren Seiten und ihr Blick nimmt wieder diesen abwesenden Ausdruck an, ihre Augen schließen sich langsam.

Magie knistert durch das Zimmer. Ich senke mein Telefon, kehre vorsichtig zur Couch zurück, während die Pflanze sich langsam regt. Fleur keucht. Ihre Augen sind vor Schmerz zusammengezogen, dann in tiefer Konzentration, während sich die Pflanze von selbst im Topf aufrichtet. Ihre Wurzeln graben sich in die Erde, winzige Noppen tauchen am Stiel auf und entfalten sich zu glänzenden neuen Blättern, die über den Rand des Topfs quellen. Ich packe Fleurs Arm, weil die Ranken wieder auf mich zukriechen.

»Das ist nah genug.«

Die Pflanze verharrt. Fleurs Augen öffnen sich. Ihre Lider sind schwer und ihr Arm entgleitet meinem Griff, als sie auf die Couch sinkt, erschöpft und erschüttert.

»Warum hast du das gemacht?« Diese Pflanze war aus ihrem Topf gerissen worden. Ich habe ihren Stiel abgerissen, als ich sie wegwarf. Warum sollte jemand sich die Mühe machen und versuchen, das wieder in Ordnung zu bringen?

Sie schüttelt ihre Hände aus, massiert einen Phantomschmerz aus ihren Muskeln. »Du kannst nichts in Ordnung bringen, wenn du nicht zugeben kannst, dass es kaputt ist. Bevor du Schmerz heilen kannst, musst du bereit sein, ihn zu spüren, ob es deiner ist oder der von jemand anderem.« Sie zieht eine Augenbraue hoch wegen meiner ausdruckslosen Miene. »Gaias Macht war nicht in Konflikt und Dominanz verwurzelt. Ihre Magie wurzelte in Synergie … in *Verbindung*. So hat sie das Gleichgewicht erreicht. Solange du damit nicht zurechtkommst, wird ihre Magie für dich nicht funktionieren.«

Ihr Blick sinkt auf meine Brust. Ich hatte nicht einmal bemerkt, dass ich sie gerieben habe, und lasse rasch die Hand fallen.

»Der Schmerz, den du spürst …«

»Ich habe keine Schmerzen«, blaffe ich.

»Das habe ich schon mal gesehen. So war es mit Lyon.« Meine Hände ballen sich zu Fäusten beim Klang von Lyons Namen, aber sie fährt fort. »Nachdem er Michaels Macht genommen hatte, fasste er sich an die Brust wie du eben. Gaia sagte, die Magie der Jahreszeiten sei nicht kompatibel mit der Magie der Zeit. Ihre Natur ist zu unterschiedlich. Deshalb musste Gaia Lyon seine Wintermagie nehmen; er konnte nicht beides haben. Letztendlich hätte es ihn umgebracht.«

»Das ist eine Lüge!«

»Es ist ein Rat, Doug! Vielleicht solltest du in Erwägung ziehen, dass du der Sache nicht gewachsen bist!« Sie deutet auf die stumm geschalteten Satellitenbilder auf dem Fernseher.

»Und warum sollte ich auf einen Rat von dir hören? Denkst du, ich bin so dumm, dass ich auch nur ein einzelnes Element meines Arsenals aufgebe, weil du mir das sagst?« Ich würge ein Lachen hervor. »Du willst nur, dass ich schwach bin, wenn dein Freund kommt. Du willst ihm eine Chance verschaffen. Aber weißt du was? Er hat keine. Jack ist zerbrechlich. Er ist *machtlos*. Ich werde seinen schwachen, sterblichen Körper von innen heraus zerstören. Und dann zerstöre ich jeden, der ihm je wichtig war, angefangen bei dir.«

Spannung knistert zwischen uns. Fleurs Blick senkt sich zu meiner Lippe, über die etwas Warmes rieselt. Ich berühre sie, mein Gesicht wird heiß, als ich sehe, dass meine Finger rot sind.

»Rede dir das ruhig ein«, sagt sie. »Dann mach doch und halte all die Magie fest. Wir werden ja sehen, wen du so zuerst zerstörst.«

24

WIE GEISTER IN DER NACHT

Jack

Mit klingelnden Ohren liege ich auf der schwankenden Oberfläche der Aufzugkabine, meine Handflächen auf dem kühlen Metall, und blinzle hinauf zu dem schwachen Wanken von Taschenlampenstrahlen, die den staubigen Schacht durchbohren. Kai arbeitet schnell, reißt das Geschirr von meinen Beinen und schneidet mich vom Seil los. »Steh auf. Wir müssen weiter.«

Mein Kopf ist benebelt. Ich schreie auf, Schmerz durchzuckt meinen Arm, als sie mich daran hochzieht. Sie stemmt die Zugangsklappe auf, die mit einem Krachen gegen den Aufzugskorb fällt. Steinbröckchen und Staub regnen herab, als eine Kugel neben meinem Fuß aufprallt.

»Komm schon«, drängt sie und schiebt mich auf die Klappe zu, als eine weitere Kugel neben uns aufschlägt. Ich falle in den Aufzug, lande mit einem *Rums* auf dem Boden. Das Abteil bebt, als Kai neben mich fällt und die Klappe zuknallt.

Die Dunkelheit im Aufzug ist verwirrend. Mein Arm ist nass, der Ärmel meiner Jacke klebrig und warm. Ich strecke die Hand aus, um mich abzustützen, und Kai entfernt sich von mir.

Ihre Hände gleiten über die Wände. Mit einem Grunzen drückt sie die Aufzugtüren auf. Schwaches rotes Licht von einem Notausgangszeichen fällt herein. Zerbrochenes Glas glitzert wie Rubine im Gang. Der Boden ist mit Putz und Schutt übersät und die Luft dünn und schwer vor Staub.

Kai hockt sich neben mich. »Geht es dir gut?«

Mir gelingt ein schwaches Nicken. Sie zieht meinen gesunden Arm über ihre Schulter, hilft mir auf. Mein Kopf pocht, aber ich folge ihr zu einer Flügeltür am Ende des Gangs.

»Unheimlich hier unten, oder?«, fragt sie mit Flüsterstimme. Haarfeine Risse ziehen sich wie Spinnweben über die Mauern und die Stahltüren sind in krummen Rahmen verzogen. Es sieht aus, als wären wir per Fallschirm in ein Kriegsgebiet gesprungen.

»Hat Fleur das gemacht?«, frage ich.

»Gaia«, sagt Kai und probiert den Riegel der Tür. »Als Doug sie umgebracht hat, ist ihre Magie ausgerastet. Ich war sicher, dass sie den ganzen Laden einreißen würde. Das Observatorium hat noch gebebt, als ich weg bin.« Sie wirft sich mit der Schulter gegen die Tür, aber die rührt sich nicht.

»Wie bist du rausgekommen?«

»Durch die Katakomben.«

»Warte.« Ich packe ihren Arm, stemme mich gegen einen Schwindelanfall. »Du kennst dich in den Katakomben aus? In allen?«

Kai nickt, ihre Augen spiegeln das gespenstische Licht von dem Notausgangsschild über uns wider. In den Katakomben gibt es keinen Strom. Keine Kameras. Keine Wachen. Wenn es eine Möglichkeit gibt, von Flügel zu Flügel durch die Tunnel zu gelangen, können wir unbemerkt durch das Observatorium laufen.

»Kannst du es mir zeigen?«

Kai versteift sich. Ihr Kopf ist einem gedämpften Geräusch auf der anderen Seite der kaputten Tür zugeneigt. Unsere Blicke treffen sich, als die Stimmen lauter werden.

»Ich habe es über Kurzwelle gehört«, sagt eine weibliche Stimme. »Eine Wache im Kontrollraum sagte, es gäbe eine Störung am Südportal.«

Kai und ich weichen von der Tür zurück, gerade als die Schritte davor anhalten.

»Sie müssen da drin sein.« Noch eine Frauenstimme. »Das ist der einzige Weg, auf dem sie reinkommen konnten.«

Kai macht ihren Bogen bereit. Sie zieht einen Pfeil aus dem Köcher und kniet sich in die Mitte der Halle. Ich nehme ein Messer in die Hand und drücke mich mit dem Rücken an die Wand.

Die Tür rasselt in den Angeln. Das Metall stöhnt, weigert sich.

»Hilf mir mal, das aufzustemmen.« Die Männerstimme klingt vertraut. Vermutlich eine der Wachen, die uns in der Villa angegriffen haben.

Ein Teil lockerer Betonstahl gleitet durch die Öffnung. Kai richtet ihren Pfeil aus, der Spalt in der Tür wird breiter. Eine Schulter stemmt sich hindurch, der Bizeps des Wächters wölbt sich, und die Muskeln in seinem Unterarm straffen sich, als er sie aufzwingt, sie für die anderen festhält.

Ein langes Bein in einer taktischen Hose streckt sich durch die Lücke. Kai zieht die Sehne zurück und zielt, als ein schlanker Arm und zwei lange, rotbraune Zöpfe seitwärts durch die Öffnung rutschen.

»Warte!«, rufe ich und versetze Kais Bogen einen Stoß, gerade als die Sehne von ihren Fingerspitzen rutscht. Der Pfeil fliegt weit daneben, prallt von der Wand ab und macht schlitternd vor Ambers Füßen halt.

»Was zur Hölle macht ihr hier?« Der Adrenalinschub lässt mich schwanken.

»Dank sei Gaia, wir haben dich gefunden!« Amber wirft die Arme um mich. Mein Arm pocht, während sie die Luft aus mir herausquetscht. »Wir haben einen Direktflug aus San Diego erwischt. Hast du ernsthaft gedacht, wir würden dich allein nach Fleur und Chill suchen lassen?«

Ich löse sie von mir, als Julio, Marie und Poppy sich durch die Lücke in der Tür schieben. »Sorry, ich habe versucht anzurufen, aber mein Akku war leer, und ich …«

Amber beschwört eine Flamme und die Halle erstrahlt in hellem Licht. Kai zieht noch einen Pfeil aus dem Köcher, schirmt sich hinter mir ab, als Ambers Feuerlicht sie findet. »Was zur Hölle macht *sie* hier?« Ambers Flamme schlägt Funken. »Geh weg, Jack. Ich grille sie.«

»Warte …« Ich hebe die Hände, stolpere beinahe, als ich rückwärts in Kais Bogen pralle. Die Spitze eines Pfeils kommt in mein Blickfeld und ich schiebe ihn zur Seite. »Es ist nicht, was du denkst. Sie ist gekommen, um zu helfen.«

Julio tritt näher heran. »Das erklärst du besser schnell, Jack, denn ich bin nur zu bereit, jemanden zu ertränken.« Das kann ich ihm nicht mal verübeln. Julio war der, der drei Pfeile aus meinem Rücken ziehen und die Wiederbelebung an meiner blutenden Leiche durchführen musste, nachdem Kai mich durchlöchert hatte.

Ambers Flamme lodert auf und Kai duckt sich hinter meine Schulter.

Poppy drängt sich nach vorn. »Lasst gut sein, ihr alle! Und mach das Feuer aus. Die Luft ist hier unten schon dünn genug.« Sie wendet ihre Aufmerksamkeit mir zu und der Blick ihrer großen blauen Augen wird weich. »Es ist schön, dich zu sehen, Jack.« Sie drückt mir einen Kuss auf die Wange.

»Wie seid ihr hier runtergekommen?«, frage ich. Offensichtlich nicht auf dem gleichen Weg wie wir.

Julio reißt Kai den Bogen aus den Händen. Der Blick, mit dem sie ihn bedenkt, könnte den Laden niederbrennen. »Wir haben den Winterlastenaufzug beobachtet und eine Nachricht an Boreas geschickt«, sagt Julio und reicht den Bogen weiter an Amber. »Er hat uns runtergeschmuggelt. Wir kamen vor ein paar Stunden an und haben uns in meinem alten Zimmer versteckt, aber da können wir nicht bleiben. Der ganze Flügel läuft auf Reservestrom. Ein Wachteam hat gerade sämtliche Jahreszeiten und Administratoren aus Ambers alter Wohneinheit eskortiert und sie irgendwo anders untergebracht, vermutlich um Strom zu sparen. Alle Systeme, die zu den leeren Zimmern führen, sind abgestellt worden, einschließlich der Belüftung. Wir können nicht riskieren, die Luft anzustellen. Das bemerken sie.«

Marie überprüft die Halle vor der Tür. Das Rad ihres Feuerzeugs ratscht in ihrer Tasche. Sie neigt den Kopf in Kais Richtung. »Wenn wir Robin Hood umbringen wollen, lasst es uns hinter uns bringen. Wir haben nicht viel Zeit, bevor die Wachen zum gleichen Schluss kommen wie wir und anfangen, nach Jack zu suchen.«

Kai weicht vor ihnen zurück, benutzt mich als Schild und zieht mich an der Schulter auf die Sackgasse zu. »Ich will nur meine Schwester finden.«

»Niemand tötet hier irgendwen«, sage ich und strecke die Arme aus. Amber und Julio starren Kai an, als würden sie wirklich darüber nachdenken. Schweiß durchweicht mein Shirt. Der Raum dreht sich und ich schüttle den Kopf, um ihn wieder klar zu kriegen. Die Bewegung schickt quälende Schockwellen durch meinen Schädel und ich bin ziemlich sicher, dass ich mich gleich übergeben muss. Die Spannung zwischen Kai und den anderen scheint das Einzige, was mich noch aufrecht hält. »Kai kennt sich in den Katakomben aus«, sage ich und packe Julio am Arm, der versucht, um mich herumzugehen.

Julio und Amber tauschen einen Blick. Ich lockere meinen Griff, mir ist gefährlich schwindlig, nachdem die Spannung abflaut.

Marie nickt zu mir. »Was immer wir tun, wir machen es besser schnell, bevor Loverboy hier ausblutet.«

Verwirrt folge ich ihrem Blick meinen Arm hinab. Mein Ärmel trieft und Blut rinnt stetig herab. Eine Pfütze breitet sich auf dem Boden aus, fast schwarz im schwachroten Licht.

Der Raum verschwimmt vor mir. Kai holt scharf Luft, Amber flucht. Julio stürzt zu mir. Der Boden sackt unter mir weg und ich sinke in seine Arme.

25

EINEN SCHRITT RÜCKWÄRTS GEMACHT

Fleur

Doug starrt mich an, seine Hände zucken an seinen Seiten. Ich kann nicht sagen, ob er mich erwürgen will oder ob er den Drang niederkämpft, das Blut von seiner Nase zu wischen.

Sein Telefon leuchtet in seiner Hand auf und er geht von mir weg, klemmt es sich zwischen Schulter und Ohr. »Ich hab dir doch gesagt, dass ich nicht gestört werden will«, blafft er, zerrt an den rosa Haaren, die an seiner Uhr hängen, und stopft sie in seine Tasche. »Wie lange ist das her? … Wo sind sie jetzt?« Sein Kiefer spannt sich an. »Du hattest einen Job, Lixue. Ich will, dass das geregelt wird. Was ist mit den Stürmen? … Wie viele mehr?« Er flucht leise, zwickt sich in den Nasenrücken. »Mach eine Eskorte bereit. Der Frühling und ich gehen und ich will, dass die Lage am Südportal unter Kontrolle ist, bevor wir zurückkommen.« Er will auflegen, dann ändert er seine Meinung. »Und bring eine Zahnbürste und ein paar Kleider mit. Ich kann sie hier nicht rausbringen, wenn sie so aussieht.« Er legt auf und lässt sein Telefon auf den Beistelltisch fallen.

»Wohin gehen wir?«, frage ich.

»Hoch«, antwortet er und tupft an seiner Nase herum.

Ich widerstehe dem Drang, zur Tür zu sehen. Wenn ich in die Nähe eines Parks oder eines Waldes komme, kann ich ihn überwältigen und entkommen. Ich kann Jack aufspüren, bevor Jack mich findet, und ihn an einen sicheren Ort bringen. Wenn Amber und Julio schon auf dem Weg hierher sind, können wir uns einen Plan einfallen lassen, um Chill zu retten, und überlegen, was wir mit Gaias Magie anfangen.

»Komm nicht auf dumme Ideen«, warnt Doug mich.

»Was hast du vor? Mich in dein großes, gruseliges Schlafzimmer sperren mit deinem gewaltigen, einschüchternden Himmelbett und deinem traumatisierenden Zimmerservice? Du und ich, wir wissen beide, dass du mir nicht wehtun willst.«

Ein paar angespannte Minuten verstreichen, bevor ein lautes Klopfen an der Tür ertönt. Der straffe Draht zwischen uns zerreißt, als er sich umdreht und öffnet.

Er kommt mit einem Stapel Kleidern zurück und drückt ihn mir in die Hände.

»Zieh dich an«, sagt er.

Die Kleider riechen nach Gaia. Der Gedanke daran, sie anzuziehen, macht mich krank. Da ich mich nicht rühre, schubst Doug mich in Richtung Schlafzimmer. Ich stolpere gegen den Frühstückswagen, lasse eine Bluse fallen. Ich knie mich hin, um sie aufzuheben, und mein Blick streift die Seite des Wagens. Ein Aufkleber verkündet, dass er zur Nordküche gehört.

Ich stehe langsam auf, umklammere Gaias Kleider.

Der Speisesaalmanager hat entfernt nach Winter gerochen. Als ich im Observatorium lebte, habe ich Boreas nie kennengelernt, den Winter im Ruhestand, der Jack und mir bei der Flucht durch den Lastenaufzug der Nordküche geholfen hat, aber Jack hat ihn mir einmal beschrieben. Der Mann, der den Wagen gebracht hat, passte zu Jacks Beschreibung und er hat mich seltsam angesehen, als er anbot, zurückzukommen und den Wagen zu holen, als wisse er vielleicht, wer ich bin.

Wenn ich ihm eine Nachricht zustecke, könnte er vielleicht eine Möglichkeit finden, sie Jack zu überbringen?

Doug und Lixue flüstern in eindringlichem Tonfall, sie streiten über einen Zwischenfall am Südportal. Ich husche leise ins Schlafzimmer und schließe die Türen. Dann werfe ich die Kleider aufs Bett, reiße die Schubladen eines antiken Sekretärs auf, durchwühle ihn auf der Suche nach einem Notizblock und einem Stift.

Eilig kritzele ich eine Nachricht für Boreas und falte sie zu einem festen Quadrat. Dann ziehe ich die Anzughose und Bluse an, die Lixue für mich gebracht hat, und streife Gaias Mantel darüber. Die Kleider passen mir alle, sogar die flachen Schuhe, und plötzlich möchte ich sie mir vom Leib reißen.

Ich wende mich vom Spiegel ab, schiebe den Zettel in meine Handfläche, bevor ich die Schlafzimmertüren öffne.

Dougs Rücken ist mir zugewandt, seine Stimme abgehackt, während er über Lixue herfällt wegen des Sicherheitspatzers, für den sie und ihr Team verantwortlich sein müssen. Meine Hand streift den Wagen im Vorbeigehen und ich schiebe das Papier unter den Obstteller, genau einen Augenblick, bevor Lixue den Wagen holt.

Mein Blick verfolgt ihn, als sie ihn in den Flur schiebt.

Doug reißt seine Jacke von der Couch und schiebt sich die zerbrochene Topfpflanze unter den Arm. »Du wartest hier«, sagt er, sieht mich aber nicht an und geht mit großen Schritten zur Tür.

Ich stürze ihm hinterher. »Du hast gesagt, ich soll mit dir gehen.«

»Vorher hab ich noch was zu erledigen.«

Er knallt die Tür hinter sich zu und ich trete dagegen, meine

Finger jucken. Das ist das erste Mal, dass er mich in seinem Apartment allein gelassen hat, und ich drehe mich um, mache Inventur von allem, was ich zu meinem Vorteil nutzen kann. Kein Telefon. Kein Computer. Keine Möglichkeit, mit jemandem draußen zu kommunizieren. Nur ein falsches Fenster und ein dummer … Fernseher.

Ich packe die Fernbedienung, erinnere mich an die Schwarz-Weiß-Bilder von Chills Arrestzelle. Ich weiß nicht so viel über Technik wie Poppy, aber wenn der Fernseher verbunden ist mit einem Netzwerk, muss es eine Möglichkeit geben, eine Nachricht rauszuschicken. Ich schalte durch die Kanäle … Wetter, Weltnachrichten, Überwachungskamerafeeds des Kontrollraums, vom Kreuz, der Galerie – und da: Chills Zelle.

Ich klicke auf *Menü* und scrolle die Optionen durch, halte beim Wort *Kamera* inne. Die Pfeiltasten scheinen den Winkel der Kamera zu steuern. Aber es gibt kein Audio. Kein Lautsprecher oder eine Möglichkeit, zu kommunizieren mit …

Drei Gestalten betreten den Warteraum und nähern sich Chills Zelle. Doug geht voraus, er trägt seine Sense, und mein Atem entfährt mir, als ich näher zum Bildschirm gehe. Etwas ist seltsam an dem Stab – etwas ist um den Kopf gewickelt, wie ein Schal oder eine Schärpe. Doug blickt hinauf zur Kamera, während er in sein Telefon spricht. Es ist, als würde er mich direkt ansehen.

Das Bild flackert und statisches Rauschen erfüllt den Bildschirm.

»Nein«, flüstere ich und drücke hektisch auf Knöpfe. »Nein!« Ich zappe durch jeden Kanal, aber das Einzige, was funktioniert, sind das Wetter und die Nachrichten.

Ich sinke auf die Couch, die bunten, aufblühenden Farbflecke auf den Radarbildern explodieren immer noch hinter meinen geschlossenen Augenlidern. Ich hole langsam und tief Atem. *Doug wird ihn nicht umbringen. Noch nicht.* Dougs Pläne sind größer; das hat er mir gesagt. Er benutzt Chill nur, um an mich heranzukommen. So wie er sie alle benutzen will, um an mich heranzukommen. Jeder, den ich auf dieser Welt liebe, ist auf dem Weg hierher, stolpert in diese Falle, um uns zu retten.

Ich werfe die nutzlose Fernbedienung gegen die Wand. Die Radarkarten auf dem Bildschirm sind überschwemmt von Stürmen. Flutwellen, Stromausfälle, Feuer. In meinen Augen steigen Tränen auf, als ich die Newsticker lese. Es gibt bereits Hunderte Opfer. Innerhalb von Wochen werden es Tausende mehr sein, Millionen, vielleicht sogar Milliarden.

Bald wird es egal sein, was Doug für Jack und unsere Freunde geplant hat. Wenn ich keine Möglichkeit finde, ihn aufzuhalten und in Ordnung zu bringen, was er angerichtet hat, werden wir alle sterben – jeder Einzelne von uns.

26

SCHNEE GEGEN KÄLTE

Doug

Die Wachen im Gang treten für mich beiseite. Ihre Angst ist förmlich greifbar, als ich an ihnen vorbeilaufe. Ich bedeute Jora und March, mir zu meinem Büro zu folgen. Sie stehen draußen Wache, während ich die Pflanze ablege und meinen Stab hole. Meine Verbrennungen sind noch wund und ich ziehe ein Paar Handschuhe über, bevor ich ihn packe. Selbst durch das Leder schickt der Stab kalte Schmerzwellen durch meine Gelenke und ich krümme mich wegen des unerwarteten Feuers in meiner Brust.

Du kannst nichts in Ordnung bringen, wenn du nicht zugeben kannst, dass es kaputt ist. Bevor du den Schmerz heilen kannst, musst du bereit sein, ihn zu fühlen …

Mit einem kaum zu unterdrückenden Schrei wische ich mit dem Arm über den Schreibtisch, verfehle nur knapp die Topfpflanze und schicke Stifte, Ordner und einen Tacker zu Boden.

Ich bin nicht kaputt. Mit mir oder meiner Magie ist alles in Ordnung. Ich brauche nur Zeit. Zeit, um sie zu meistern.

Gegen den Schreibtisch gestemmt, konzentriere ich mich auf meine Atmung. Der Schmerz ist fast unerträglich. Aber Schmerz ist jetzt ein untrennbarer Teil meines Lebens. Macht kann nur aus Schmerz erwachsen – daraus, ihn zu besiegen. Ich kann diese Magie meistern – die ganze Magie.

Den Kiefer gegen den pochenden Schmerz zusammengepresst, stürme ich mit meiner Sense aus dem Büro. Meine Wachen reihen sich hinter mir ein, als ich vorangehe zum Kreuz, der spitze Fuß des Stabs tippt auf den Boden und die Klinge spiegelt ihre vorsichtigen Mienen wider. Die Aufzugtüren schließen sich hinter uns.

Jora und March halten die Köpfe gesenkt, weigern sich, meinem Blick in den verspiegelten Wänden zu begegnen. Zusammen mit den Kleidern, die Lixue vorher zu meinem Apartment gebracht hat, hat sie die Art Nachrichten übermittelt, die zu einer Massenausmerzung führen sollten. Wenn meine Laune schlechter wäre, hätte ich jede Wache im Südflügel zur Terminierung aufstellen lassen, aber Kai und Jack ist es gelungen, vier von ihnen zu erledigen, bevor sie ins Südportal verschwunden sind, und ich brauche hier jede Wache, die noch bei Bewusstsein ist.

Ich kann mir keine weiteren Fehler leisten. Ich darf nicht riskieren, Jack und Kai zu unterschätzen, die vermutlich wie Kakerlaken durch die Tunnel unter meinen Füßen wieseln. So weit hatten sie nie kommen sollen. Die Portale waren alle bemannt und bewaffnet. Jack und Kai hätten bei ihrer Ankunft entdeckt und gefangen werden sollen. Und doch hat eine der wenigen funktionierenden Kameras im Südflügel vor siebenundneunzig Minuten ein Bild von ihnen aufgezeichnet. Und sie waren nicht allein.

Ich hab keine Ahnung, wie Amber Chase und Julio Verano die Portale haben durchdringen können, aber das werde ich verdammt sicher herausfinden.

Die Aufzugtüren gleiten auf. Die Wachen folgen mir so dichtauf, dass ich ihre Herzschläge spüre, während ich auf die Katakomben zustürme. Die Tunnel zu den Arrestzellen werden enger um uns herum. Eine Fackel knistert, als ich an ihr vorbeilaufe. Fleurs Zellentür steht offen und ich trete sie zu, der laute Knall hallt von den Wänden wider, als ich daran vorbei auf Chills Zelle zumarschiere.

Eine Kamera jault hinter mir. Ich drehe mich um, sehe zu, wie sich die Linse ruckhaft vor und zurück bewegt, als schalte jemand an der Fernbedienung herum. Ich sehe finster hinauf und ziehe mein Telefon aus der Tasche, rufe im Kontrollraum an. Bradwell geht ran. »Schalt alle Sicherheitskamerafeeds zum Fernseher in meiner Suite ab.« Ich stecke mein Telefon wieder ein, wende mich Chills Zelle zu.

»Steh auf«, knurre ich in die Schatten. Ich kann ihn riechen, seinen ungewaschenen Körper und den abgestandenen Atem. Ich schnappe mir eine Fackel von der Wand und werfe sie zwischen die Stäbe. Sie landet mit einem Zischen neben ihm und er reißt sein Bein weg, damit sein Overall nicht Feuer fängt. »Steh auf, hab ich gesagt!«

Fackellicht glänzt in seinen Augen, als er sie von sich wegtritt. Er steht langsam auf, bringt sein Gesicht dicht an die Stäbe. Das ist nicht derselbe ängstliche Administrator, den Denver und ich einst aus der Cafeteria geschleift haben. Nicht derselbe bemitleidenswerte Loser, der sich hinter einer falschen Brille versteckt und den Ruf seiner Jahreszeit als Währung genutzt hatte, um sich einen Platz am Tisch der coolen Kids zu erkaufen. Chills Augen wirbeln weiß, seine Magie baut sich auf wie ein Sturm, wartet auf die Chance, mich unter sich zu begraben.

Er starrt offensichtlich angeekelt auf meine Augenklappe. »Wo ist Fleur?«

»Ich bin nicht hier, um über Fleur zu reden. Du und ich unterhalten uns über Poppy.«

Zwischen seinen dunstigen Atemzügen ist eine lange Pause. »Was ist mit Poppy?«

»Du wirst mir sagen, wie zur Hölle sie und ihre Freunde es hier herunter geschafft haben.«

Seine Knöchel umklammern die Stäbe. »Sie ist hier?«

»Mit Chase, Verano und ihren Administratoren. Und du sagst mir, wie sie reingekommen sind.«

»Woher soll ich das wissen? Ich habe geschlafen, als du und deine Freunde mich von den Ley-Linien gerissen habt. Wenn Poppy und die anderen hier sind, war ich jedenfalls nicht mit von der Partie.«

»Nein, aber du warst maßgeblich daran beteiligt, ihre Flucht von hier zu planen, also wette ich, dass der Schlüssel zu diesem Rätsel in deinem Schädel ist, und wenn du mir nicht erzählst, wie sie hier runtergekommen sind, bin ich bereit, ihn zu spalten, nur um zu sehen, was so rauskommt.«

Chill macht einen Schritt zurück. »Tu, was du tun musst, Arschloch. Ich erzähl dir einen Dreck.«

Ich rufe über die Schulter nach Jora, die die Zelle aufschließen soll. Chill wehrt sich, als die Wachen ihn herauszerren und Jora ihm die Handgelenke hinter dem Rücken zusammenbindet. Sie tritt seine Beine auseinander und sichert jedes an den Stäben.

»Öffnet seine Augen«, blaffe ich, weil Chill den Kopf wegdreht.

March hält den Kopf des Winters fest, dreht ihn so, dass er mich ansieht. Jora zieht seine Augenlider auf.

Seine Erinnerungen fluten mich, verwirrend und chaotisch. Ich mühe mich, ein einzelnes Bild zu fassen, bevor das nächste beginnt. Ein Haus in Alaska ... der See in Cuernavaca ... ein Feuer in der Wüste ... das Erdbeben in Tecate ... ein Strand neben einer Klippe ... der Rücksitz eines SUVs mit seiner Administratorin ...

eine U-Bahn unter der Erde ... eine Hütte in den Wäldern ... ein Boot ... ein Aufzug ...

»Da.« Mit schierer Willenskraft greife ich das Bild. Mein Kopf pocht, während ich darum ringe, es festzuhalten.

Eine Holzkiste steht auf einem Karren, gefahren von einem Mann mit einem mir bekannten roten Gesicht. Geld wechselt den Besitzer. Ein Schlüsselbund wird aus der Tasche eines Küchenkittels gezogen ...

Ich gehe in die Knie und krümme mich, die Hand auf mein Auge gedrückt, bis der scharfe Schmerz nachlässt.

Michael hat nie herausgefunden, wie Jack und seine Freunde entkommen sind. Das Material von den Kameras um Jacks Schlafquartier war gelöscht worden, hatte mysteriöse Lücken in den Aufzeichnungen auf den Servern hinterlassen und der Van, den wir aufgespürt hatten, war unter einem falschen Namen gekauft. Als wir seinen Standort fanden, war Michael mehr darum besorgt, Jacks kleines Abenteuer zu beenden, als herauszufinden, wo es begonnen hatte.

Hätte Michael diesen Moment gesehen – dieses Gesicht – im Auge seines Stabs, hätte er Jacks Rebellion im Keim ersticken können. Jack und seine Freunde wären alle mit dem Wind gegangen.

»Wenn du Jack siehst«, knurre ich Chill an, »sagst du ihm, dass ich Fleur habe. Und sag ihm, dass ich auf ihn warte.«

27

DAS HERZ, DAS ZU SUCHEN SICH SEHNT

Jack

Eine kalte Hand umschließt mein Gesicht. Ich schmecke Staub. »Wach auf.« Ein schnappendes Geräusch. Ein Spritzer lauwarmes Wasser, dann ein kalter Schlag ins Gesicht.

Überrascht hole ich Luft, meine Augen öffnen sich und ich mühe mich hoch zum Sitzen.

Jemand hält mich aufrecht. Jemand anderes drückt eine Wasserflasche an meine Lippen. Ich schlage nach den Armen, die mich umfassen, mein linker Oberarm dehnt sich schmerzhaft, als ich die Augen vor dem hellen Licht einer Fackel beschirme. »Mach das Ding weg!«

Die Fackel zischt, als Marie sie in ein Loch in einer groben Steinwand schiebt. Stalaktiten tropfen von der Decke, jedes *Pling* prallt von den hohen Höhlenwänden wider. Ich sitze auf einer Steinplatte … eine Art Sarg, so wie es aussieht. Reihen davon umgeben mich und weitere sind in Säulen im Stein gehauen. Ein gewaltiger Eisenherd – ein Verbrennungsofen mit einer riesigen Eisentür und einem hohen Silberschlot – nimmt die Mitte einer Wand ein, verschwindet in der Decke darüber.

Wir sind in den Katakomben.

»Wie viel Uhr ist es?«, frage ich und meine Gedanken werden hektisch. Ich taste über meine Brust, meine Fingerspitzen fahren über grobe Stiche direkt unter meiner linken Schulter. »Wie lange war ich weg?«

»Trink.« Poppy hält mir eine Wasserflasche vor die Nase. »Die Kugel hat dich nur gestreift, aber du hast jede Menge Blut verloren. Du musst trinken.« Ich öffne den Mund, um zu widersprechen, aber sie bringt mich mit einem Finger zum Schweigen. »Trink!«

Ich nehme die Flasche und werfe ihr über ein paar vorsichtigen Schlucken finstere Blicke zu. Als ich sicher bin, dass das Wasser nicht wieder hochkommt, trinke ich gierig aus. Mir dreht sich der Kopf, weil ich ihn zurückneige, um an die letzten paar Tropfen zu kommen, und ich verliere das Gleichgewicht, rutsche vom Sarg.

Amber packt mich um die Taille, ihre kalten Finger halten mich fest. Sie pfeift leise, als sie meine Bauchmuskeln betastet. »Heilige Scheiße, Jack! Wann hast du dir so ein Waschbrett zugelegt?«

Ich schüttle sie ab.

»Ernsthaft, Sommers«, sagt Julio. »Du hast ein paar Pfund zugelegt, seit wir uns das letzte Mal gesehen haben.« Er lehnt sich ohne Shirt gegen die rauen Steinwände, kaut an einem Stück Brot. Die zerfetzten, blutigen Überreste seines türkisen Button-down-Hemds sind immer noch um meinen Arm gewickelt.

»Hanteln.« Ich löse den Knoten des Druckverbands und schüttle meine tauben Finger aus.

»Hast du endlich den Arsch hochgekriegt und aufgehört, dich selbst zu bemitleiden, oder wolltest du einfach nur mithalten können?«, neckt er mich.

Ich dehne den Rücken, beiße die Zähne zusammen, um nicht aufzukeuchen. Amber tritt langsam beiseite, als wäre sie unsicher, ob ich allein aufrecht sitzen bleiben kann. Marie schlägt ein Erste-

Hilfe-Set zu und legt es auf eine Kiste mit Wasserflaschen. Ein Stück Brot hängt zwischen ihren Zähnen. Sie reißt einen Brocken ab und hält ihn mir hin. Ich nehme ihn, aber nur, weil mein Magen eine direkte Verbindung zu den Nerven in meinen Fingern zu haben scheint.

»Wo haben wir das ganze Zeug her?«, frage ich.

Julio antwortet zwischen den Bissen, deutet mit dem Daumen auf Kai. »Die Göttin der Jagd hat heimlich ein paar Vorräte aus der Küche besorgt.«

Kai zeigt ihm den Mittelfinger aus der dunklen Ecke heraus, in der sie allein sitzt. »Du hast gesagt, ich könnte meine Waffen wiederhaben.«

»Ich sagte, du könntest deinen *Bogen* zurückhaben. Und genau den habe ich dir gegeben!«

»Ich möchte auch meine Pfeile.«

»Wohl kaum.«

Kai starrt zu ihrem Köcher, der am anderen Ende der Höhle liegt. Sie ist die Einzige, die mich *nicht* anstarrt. In der Luft liegt immer noch zerbrechliche Anspannung, während sich meine Freunde schützend in meiner Nähe aufhalten.

»Mir geht es gut. Seht ihr?« Ich zeige auf mich und stehe dabei auf. »Total gut. Lasst uns gehen.« Niemand rührt sich. »Auf was zur Hölle warten wir? Mittlerweile weiß Doug, dass wir hier sind. Je schneller wir loskommen, desto schneller kommen wir zu Fleur und Chill. Richtig, Poppy?«

Sie nagt an ihrer Lippe. »Wir haben auf dem Weg hier runter geredet, Jack. Wir denken …« Sie sieht über die Schulter zu den anderen. »Wir denken, es ist vielleicht besser, wenn Julio und Amber in diesem Fall die Führung übernehmen.«

Ich nicke zögerlich. »Okay, klar. Das ergibt Sinn.« Julio und Amber sind am stärksten von uns. Und wenn ihnen etwas passiert, können sie einander heilen. Es ist klug, sie nach vorn zu schicken. »Schön. Julio und Amber gehen voraus und Kai und ich bleiben hinten. Verstanden.« Amber und Julio tauschen einen Blick. Marie hebt eine Braue. »Was?«, frage ich und sehe zwischen ihnen hin und her.

»Es ist nur … wir dachten, die Administratoren sollten zurückbleiben und auf andere Art unterstützen.«

»Welche andere Art?«

»Du weißt schon, Julios und Ambers Fortschritt aus sicherer Entfernung überwachen.«

Ich sehe mit schmalen Augen von Poppy zu Julio zu Amber und dann zu Marie. Sie meinen es ernst.

»Kai hat uns alles erzählt«, sagt Amber leise. »Doug sucht nach *dir*, Jack. Nicht nach uns.«

Julio steckt die Hände in die Taschen seiner Jeans. »In dem Augenblick, in dem er dich findet, war es das. Dann bedeutet das Game over für Chill und Fleur.«

Poppy legt eine Hand auf meine Schulter. »Wenn der Rest von uns sich versteckt, während Julio und Amber sie suchen, können wir ihnen mehr Zeit verschaffen.«

»Was?« Ich löse mich von ihrem Arm. »Nein! Auf keinen Fall bleibe ich zurück. Kai kennt den Weg. Und ich weiß, wie Doug tickt. Ich muss es nur bis zu meinem Schatten schaffen.«

Ambers Mund steht offen. »Äh, nein. Das ist absolut kein kluger Plan, Jack. Dieser Schatten ist eine Wildcard. Wir haben keine Ahnung, wie er reagieren wird, wenn du versuchst, ihn dir wieder zu nehmen – oder wie *du* reagieren wirst. Das ist ein Risiko, das wir uns gerade nicht leisten können.«

»Dann war's das?«, schreie ich. »Ihr steckt mich einfach in ein Zimmer und zwingt mich zuzusehen, während ihr meine Freundin rettet?«

Amber legt die Arme um ihren Bauch, zieht die Brauen herab. »Es tut mir leid, Jack.«

Julio hat nicht mal die Eier, mich anzusehen.

»Ich habe es ihnen gesagt«, bemerkt Kai leise, »wir sind allein gut klargekommen. Wir haben Waffen und wir haben einen Plan. Du wirst Fleur finden und ich meine Schwester. Wir brauchen keine Hilfe.«

Julio verdreht die Augen. Die anderen ignorieren sie.

»Ich muss pissen«, murmle ich. Es stimmt nicht. Ich bin nur müde und frustriert und brauche einen Augenblick zum Nachdenken.

Julio neigt den Kopf in Richtung eines Tunnels am Ende der Kammer. »Soll ich mitkommen?«

»Danke«, presse ich hervor, »aber ich kann allein pinkeln.« Ich berühre die Beule an meinem Hinterkopf, passe auf, nicht die Fäden zu erwischen, und humple zwischen den Särgen davon. Kais Blick huscht hinauf zu meinem, als ich an ihrem Platz vorbeikomme. Darin ist eine Dringlichkeit oder vielleicht auch Wut. Aber kein Mitleid. Und ich bin überrascht, wie dankbar ich dafür bin.

Ich verschmelze mit der Dunkelheit des Tunnels und sinke mit dem Rücken gegen die Wand, lausche darauf, wie die anderen gedämpft streiten.

»Wenn Sampson keinen Scheiß erzählt, dann ist der Herbstflügel nicht weit«, sagt Julio. »Der Nordwesttunnel sollte uns bis in die Nähe von Ambers Zimmer bringen. Wir können die Administratoren dortlassen.«

»Jack hat viel Blut verloren. Wir sollten ihn zuerst eine Weile hier ausruhen lassen.« *Verdammt, Poppy. Nein.*

»Dem stimme ich zu«, fällt Amber ein. »Er ist nicht in der Verfassung, durch die Katakomben zu laufen. Was, wenn er eine Gehirnerschütterung hat?« Als hätte sie sich jemals zuvor um meine Kopfverletzungen geschert. *Sie* hatte mir bisher die meisten davon verpasst.

»Wir können noch eine Stunde hier warten und ihn dann in Ambers Zimmer bringen«, sagt Julio. »Da ist er mit euch beiden sicher, während Amber und ich nach Chill und Fleur suchen.«

Den Teufel wirst du tun, Verano.

Ich stoße mich von der Wand ab, bereit, aus dem Tunnel zu stürmen und einen Streit anzufangen, als ich Kai dabei ertappe, wie sie mich direkt anstarrt, ihre Augen brennen ein Loch in die Dunkelheit.

Ihre Knöchel am Bogen werden weiß. Sie nickt ein Mal, ein sehr leichtes Senken des Kinns, als wüsste sie, dass ich zusehe. Ihr Mund bewegt sich, ihre Lippen bilden ein einzelnes, stummes Wort: *Geh.*

Sie nickt mit dem Kinn ein Mal gen Tunnel. Ihre Hand gleitet vom Bogen zum Hals einer Wasserflasche, dreht sie auf, während die anderen weiterreden zwischen Bissen von Brot. Sie stellt die Flasche neben sich ab und greift in ihre Tasche.

Was tut sie da?

Ohne ein Geräusch zieht sie eine Angelschnur hervor. Sie blickt zu mir auf und bindet das Ende des durchsichtigen Fadens an einen Pfeil, der unter ihrem ausgestreckten Bein verborgen ist.

Begreifen verbrennt den letzten Rest Dunst in meinem Kopf. Ich weiche in den Tunnel zurück. Das ist der einzige Wink, den Kai braucht.

Sie rollt sich auf ein Knie, hebt ihren Bogen und zielt auf die Fackel. Poppy kreischt, zieht den Kopf ein, der Pfeil findet sein Ziel. Kai reißt heftig an der Schnur, zerrt die Fackel aus dem Loch. Die anderen zucken vor den Funken zurück, während Kai die Fackel über den Boden zieht, sie mit einer Hand vor der anderen zu sich heranzerrt. Ein Schrei und ein Zischen erklingen, als sie die Wasserflasche über die Flamme gießt, die Höhle in Dunkelheit taucht.

Ich drehe mich um und taste mich durch den Tunnel. Kai prallt gegen meinen Rücken, schiebt mich tiefer in die Höhle.

»Schneller!« Sie nimmt meine Hand, zieht mich hinter sich her. Pfeile rasseln im Köcher unter ihrem Arm. In der Kammer ertönt ein Rascheln, als die anderen uns hinterherstürzen. Amber ruft meinen Namen und Julio flucht, während die Katakomben uns ganz verschlingen.

28

TIEFERES GEBRÜLL

Fleur

Eine Stunde lang dämmere ich und schrecke zwischendurch immer wieder hoch, vermutlich sogar länger, meine Fersen hängen über das Ende des Sofas in Dougs Apartment. Dann schrillt der Sicherheitsalarm los und ich setze mich schnell auf, weil die Tür auffliegt.

Doug stürmt ins Zimmer. Er streift schwarze Lederhandschuhe ab und wirft sie auf die Armlehne des Sofas, lässt sich dann selbst darauffallen und stößt einen wütenden Seufzer aus. Ein Handschuh rutscht über den Rand und fällt zu Boden, hinterlässt einen roten Streifen auf dem Teppich. Ich knie mich hin und hebe ihn auf.

»Warum ist Blut an deinen Händen?«, frage ich. Das Leder ist durchweicht, befleckt meine Finger. Ich erfasse einen Hauch von Pfefferminz und Pinie. Wintermagie.

Mein Atem beschleunigt, als ich mich an den Feed auf dem Fernseher erinnere. Doug hatte seine Sense dabei, als er Chills Zelle besuchte.

Doch dieses Blut ist nicht von Chill. Nur schwach mit den verbleibenden Spuren von Magie gefärbt, riecht es zu menschlich, als gehörte es früher einmal einem Winter.

Meine Gedanken taumeln zurück zu Dougs Streit mit Lixue. Der Zwischenfall am Südportal. Etwas von einem Einbruch … »Wessen Blut ist das an deinen Händen?«

Doug lacht leise und meine Knie drohen nachzugeben.

»Was hast du getan?« Die Frage kommt mit einem erstickten Schluchzen aus mir heraus. Die Lampe flackert und ich spüre, wie sich meine Haarspitzen aufstellen. Doug schießt hoch, weil ich auf ihn zugehe, bis ich auf Augenhöhe bin mit den roten Spritzern, die mit dem Muster seiner Krawatte verschmelzen. Tränen strömen meine Wangen herab und ich trete und schlage nach ihm.

Da ist zu viel Blut. Alles an ihm riecht nach Jack.

Doug taumelt zurück, stolpert gegen das Sofa und ich schubse ihn. Er streckt die Hand aus, fängt meine Faust ab. Unerwartet hart zieht er an meinem Arm und dreht mich herum, drückt mich an sich, hält meine Hände fest, während ich weiter versuche, nach ihm zu krallen und zu kratzen.

»Hör auf!« Ich fühle, wie Blut in die Rückseite meines Shirts dringt, und ein Schrei entfährt mir.

Der Boden beginnt zu beben, lässt die Kristallkaraffe auf dem Tablett klirren. Doug packt mich fester, während ich mich mühe, freizukommen. Der Kronleuchter über uns schwingt, droht sich loszureißen, aber das ist mir egal. Ich will ihn darunter begraben.

»Beruhige dich!«, schreit er und beobachtet die Decke. Ich beiße in seinen Arm, schmecke das Blut auf seinem Ärmel und den Hauch seiner Magie, als meine Zähne Haut durchstoßen. Er blafft einen Fluch.

Eine plötzliche, schwindelerregende Bewegung, als Doug mich aufhebt und auf die Couch wirft, sein Gesicht fuchsteufelswild. »Das Blut ist nicht von Jack, verdammt! Ich hab gesagt, hör auf!«

Das Beben beruhigt sich. Er steht über mir, seine Brust hebt und senkt sich, sein Auge glitzert und blickt wild. Seine Augenklappe ist heruntergerutscht und der Anblick dessen, was übrig ist, wo sein anderes Auge sein sollte, raubt mir den Atem. Die leere Augenhöhle ist schwarz, das verbrannte Fleisch darum welk und eingesunken. Ich schlucke, kämpfe dagegen an, mich zu übergeben. Doug wendet sich von mir ab, lässt sein Haar darüberfallen, schnappt sich die Augenklappe vom Boden und zieht sie sich über den Kopf. Er rückt sie zurecht, sodass sie das fehlende Auge verdeckt, bevor er sein Haar zurückstreicht und dem langsam pendelnden Kronleuchter zusieht.

»Glaub mir«, sagt er zwischen zusammengebissenen Zähnen. »Wenn ich Jack finde, habe ich nicht vor, ihn schnell umzubringen.«

»Wessen Blut ist es dann?«

»Geht dich nichts an.« Er knöpft seine Hemdsärmel auf, zieht die Ärmel hoch. Blut tröpfelt von dem Biss in seinem Arm und er sieht die Wunde mit gerunzelter Stirn an, dann wandert sein Blick zu mir, bevor er das Hemd abstreift und es in den Mülleimer wirft. »Hol deinen Mantel. Wir gehen, sobald du dich wieder berappelt hast.«

Ich wische mir über die Lippen, überrascht von dem roten Streifen, der darauf ist, aber ich fühle mich nicht schuldig genug, um Reue zu spüren. Wenn er auf eine Entschuldigung aus ist, die wird er nicht bekommen. Ich gehe ins Bad, spritze mir Wasser ins Gesicht, spucke seinen üblen Geschmack aus und spüle mir den Mund im Waschbecken aus.

Was immer Doug vorhat, unser kleiner Ausflug wird mich durch diese Tür bringen. Und das bedeutet eine Gelegenheit zum Abhauen. Um Jack und die anderen zu finden, bevor sie es herschaffen.

29

DER BAUM DER STURM

Doug

Der Aufzug zur Oberfläche fährt langsam. Auf halbem Weg hinauf flackert der Strom und die Kabine schlingert.

Fleur umklammert das Geländer. Ihr Blick huscht himmelwärts, als die Lichter aus und an gehen und die Kabine ihren Weg zum Ostportal wieder aufnimmt. Ich hatte es nicht gewagt, sie durch den Winterflügel zu bringen, in den Lixue gerade vier Wachteams gesandt hatte, um nach Jack zu suchen. Jack ist vielleicht durch das Sommerportal heruntergekommen, aber die Winterhallen waren sein Revier. Jede Karte aus seiner Truhe zeigte die Katakomben unter dem Winterflügel – unter meinem Büro und meinem Apartment. Zu dieser Konfrontation bin ich nicht bereit. Noch nicht. Wenn ich mich Jack stelle, habe ich das Auge und Gaias Magie. Jack mag ein Mensch sein, aber seine Freunde sind es nicht. Ich werde sie nicht so unterschätzen wie Michael.

Die Aufzugtüren gehen auf und die Wächterin vom Haus springt auf. Sie senkt den Kopf. »Chronos.«

»Wo ist meine Mannschaft?«

Sie deutet zur Tür. »Bereits in Position.«

Blitze zucken hinter den Fenstern. Der Wind heult, Zweige kratzen wie Fingernägel über die Hausverkleidung. Der Gedanke, in dieses Wetter hinauszugehen, gefällt mir gar nicht, aber ich habe keine Wahl. Laut Lixue haben wir siebzehn Jahreszeiten auf zwei weiteren Kontinenten verloren und diese Zahl wird nur steigen, wenn die Stürme außer Kontrolle geraten.

Fleur schreckt zurück, als ich die Tür aufziehe und ein eisiger Nebel hereinweht. Ich schiebe sie hinaus in die Nacht, ziehe meinen Kragen hoch gegen den Regen und steuere sie am Arm auf den Greenwich Park zu.

»Ich dachte, Gaias Magie hütet das Wetter hier«, sagt sie mit einem Schauder, »oder hast du das auch versaut?«

Sie redet von der Magie, die diese Region vor dem konstanten Rein und Raus der Jahreszeiten durch die Portale schützt. Wäre es mir nicht gelungen, Gaias Magie in diese Kugel einzusperren, wäre die Stadt mittlerweile wohl dem Erdboden gleich.

»Ich habe nichts versaut«, erwidere ich und spucke kalten Regen aus, der über mein Gesicht peitscht. »Wir sind geschützt. Wenn du glaubst, in London wäre es schlimm, solltest du den Rest von Europa sehen. Das hier«, ich deute zum sturmgepeitschten Himmel, »passiert, wenn man Orkane in Deutschland, Sturzfluten in Spanien und Hagelgewitter in Frankreich hat. Willkommen zu der Katastrophe, die du und dein Freund ausgelöst habt.« Fleur geht voran, ihr eindringlicher Blick erhellt von einem Blitz, während sie durch den Regen auf den leeren Park zusteuert. Es ist keine Seele in Sicht, niemand sonst ist verrückt genug, dem Sturm zu trotzen, der seit Tagen über unserer Region hängt. Ich lasse ihre Leine lang genug, um die Straße zu überqueren und über die Ziegelsteinmauer auf den Grashügel zu springen. Nicht weit entfernt sehe ich das Aufblitzen von vier roten Transmitterlichtern.

Ich tippe auf meinen, bestätige mir meine Verbindung zum Kontrollraum und befehle allen, ihren Standort zu verdecken.

Statisches Rauschen schwillt an, als Fleur die Eiche auf der anderen Seite der Mauer erreicht.

»Nur damit wir uns richtig verstehen, ich habe ein Wachteam um uns herum positioniert. Sie sehen alles, was du tust. Wenn du auch nur mit einem Zeh aus der Reihe tanzt, bezahlt dein Freund Chill dafür. Und wenn du auch nur versuchst, abzuhauen, jagen und erledigen sie dich.« Das Blut auf meinen Händen hätte genauso gut Chills sein können, und das weiß sie.

Sie kneift die Augen gegen den Regen zusammen. Die Luft zischt, als Blitze den Himmel über dem Park zerreißen. »Was machen wir hier draußen?«

»Den Unterricht fortsetzen.« Mit einem Grinsen zeige ich auf den Baum. »Je schneller du mir zeigst, wie ich Erdmagie beherrschen kann, desto schneller gehen wir wieder rein.«

Sie streicht sich das Haar aus den Augen, sieht in die Schatten. Elektrizität knistert um uns herum, als sie die Finger krümmt. »Na schön«, sagt sie und starrt auf die Eiche hinter mir. »Lass uns mit einer Demonstration anfangen.«

Ihre Magie vibriert wie eine Ley-Linie, sengt einen Pfad unter meinen Füßen hindurch. Sie vollführt eine knappe Bewegung mit der Faust. Ein Zweig peitscht durch die Luft und schneidet mir in die Wange. Meine Hand schießt vor und packt ihn, zerknickt ihn zwischen den Fingern und Fleur schreit auf.

Sie springt zurück, hält ihre Hand. Blut strömt zwischen ihren Knöcheln hervor, vermischt mit Regen. Ihr Gesicht verzieht sich vor Schmerz und sie starrt auf den deformierten Knochen in ihrem kleinen Finger.

»Ich hab dir gesagt, tu das nicht!« Meine Wange brennt.

Sie sinkt auf die Knie, Schmerz und Kälte rauben ihr die Kraft.

»Verdammt, wir haben keine Zeit für so was.« Ich beschwöre meine Wintermagie. Sie zuckt vor mir zurück, schreit auf, als ich ihren gebrochenen Finger mit eisiger Hand packe. Schmerzen wie bei einem Herzanfall packen meine Brust und sie keucht, krümmt sich, während meine Magie in sie hineinströmt. Die Knochen in ihrem Finger richten sich und wachsen wieder zusammen, die Wunde schließt sich. Als es vorbei ist, schubse ich sie mit einem Stöhnen von mir.

Fleur umklammert ihre Rippen, wir beide keuchen, aber der Schmerz der Magie ebbt ab. »Diese Magie …«, sagt sie schwer atmend. »Sie wird dich umbringen. Keine Übung wird dich davor retten!«

»Nur, wenn du uns nicht beide vorher umbringst.« Der Park verschwimmt und ich reibe mir die Brust, zwinge den Schmerz dazu, nachzulassen. Ich habe einiges von dem spärlichen Videomaterial von Jack und seinen Freunden auf der Flucht aus dem Observatorium gesehen. Ich weiß, in der Theorie, wie eine schwache Jahreszeit und eine starke Jahreszeit einander berühren und Magie teilen können … wie sie ihre Macht teilen und einander heilen können. Aber nichts hätte mich auf das hier vorbereiten können. Der plötzliche Energieverlust macht mich benommen und schwach. Fleur hingegen sieht aus, als könnte sie jeden Baum in diesem Park beschwören, mich niederzumachen.

Ihr Blick huscht zu einem Zweig über meinem Kopf.

»Schnall dich an, *Chronos*«, sagt sie und ich greife nach meinem Transmitter. »Das wird eine sehr lange Nacht.«

30

GEGEN UNS IN DER DUNKELHEIT

Jack

Kai rennt, zerrt mich hinter sich her, ihr Bogen hüpft auf ihrer Schulter, während sie durch den Tunnel flitzt. Julio flucht, schreit Amber zu, Licht zu machen. Eine Flamme lodert auf, wir biegen an einer Gabelung nach rechts ab, außer Reichweite des Feuerscheins, die Stimmen meiner Freunde verklingen hinter uns. Die Schwärze vor uns ist erstickend, verwirrend. Ich kann nicht sagen, ob meine Augen offen sind oder geschlossen.

»Wie hast du das gemacht?«, keuche ich.

»Menschen können auch Magie wirken. Taschenspielertricks. Hasen aus ’nem Hut zaubern. Optische Täuschung durch Licht. Jeder kann das«, sagt sie und zieht mich um eine weitere Ecke.

»Aber …«

»Red leise. Sonst hören sie dich.«

Kai hält sich links. Meine Schulter schabt an der Wand entlang, die frischen Fäden verfangen sich an dem rauen Stein, als wir die Richtung wechseln. Ich blaffe einen Fluch und zwinge sie, anzuhalten.

»Weißt du überhaupt, wohin wir gehen?«

Sie schlägt mir eine Hand über den Mund. Ich höre Julio, Amber, Marie und Poppy nicht mehr und eine Welle der Panik durchzuckt mich. Ich reiße ihre Hand weg und fauche: »Wir können sie nicht einfach so in der Dunkelheit lassen!«

Sie schaltet ihre Taschenlampe ein und ich beschirme die Augen vor dem grellen Schein. Der sanftgelbe Kegel leuchtet von ihrer Tasche auf, wirft gespenstische Schatten über ihr Gesicht.

»Wenn du zurückgehen wolltest, würdest du nicht flüstern. Du willst genauso wenig in eine Schlafkammer gesteckt werden wie ich. Wir würden nur Däumchen drehen, während Amber und Julio sich hier unten verlaufen auf der Suche nach deiner Freundin.«

Ich beiße die Zähne zusammen, blicke den Weg zurück, den wir gekommen sind.

»Mach dir keine Sorgen wegen deiner Freunde. Doug wird sie nicht suchen. Er ist zu sehr damit beschäftigt, uns zu suchen. So ist es sicherer für sie.«

Hin- und hergerissen blicke ich ein letztes Mal zu dem Tunnel hinter mir. Er verschwindet praktisch hinter dem Strahl der Taschenlampe.

»Ich tu dir einen Gefallen«, sagt sie mit einem Schulterzucken, »aber wenn du nicht mitkommen möchtest, lass dich von mir nicht aufhalten.« Sie schiebt ihren Bogen über die Schulter und geht los, nimmt ihre Taschenlampe mit. Ich folge ihr, verspüre immer noch den Drang, zurückzugehen. Aber sie hat recht. Wenn sie alle zu sehr damit beschäftigt sind, sich um mich zu sorgen, halte ich sie nur auf.

»Wohin gehen wir?«, frage ich, weil der Tunnel schmaler wird und mich dazu zwingt, hinter ihr zu gehen. Ich senke den Kopf, um ihn mir nicht an den Stalaktiten anzustoßen, die von der niedrigen Decke hängen.

»Der Winterflügel müsste etwa vierhundert Meter nördlich von uns sein.«

Meine Brust ist eng, die Wände zu nah, als ich darüber nachdenke, wie leicht man sich hier unten verlaufen kann. Durch das Labyrinth aus Tunneln zu wandern, bis die Batterie ihrer Taschenlampe aufgibt und sich dieser Ort in ein großes Grab verwandelt.

Wir erreichen eine Gabelung und Kai bleibt stehen, leuchtet auf ihren Kompass. »Da ist ein Brennofenrohr hinter den Küchen unter jedem Flügel«, erklärt sie. »Wir können hinaufklettern und uns in den Winterquartieren verstecken, bis wir herausgefunden haben, wo sie Fleur festhalten.«

»Ich dachte, du wolltest deine Schwester suchen. Ist ihr Flügel nicht direkt über uns?«

»Meine Schwester ist ein Winter«, sagt sie, wählt einen Tunnel und verschwindet vor mir.

»Ein Winter?« Ich jogge, um mitzuhalten, stoße mir den Zeh an einem Stein. »Wie das?« Es ist selten, dass Geschwister als Jahreszeiten zum Observatorium kommen. Ich kannte nur ein Paar, Zwillinge, die zusammen herkamen nach einem Unfall, bei dem das Auto von einer Brücke geschleudert wurde und in einen eisigen Fluss stürzte. Gaia machte sie beide zu Wintern und wies ihnen angrenzende Regionen zu, damit sie weiter einander nahe sein konnten.

»Meine Schwester und ich starben zusammen. Ein Hausbrand«, erklärt Kai. »Als Gaia uns fand, stimmten wir zu, mit ihr zu gehen, aber uns war nicht klar, was der Preis dafür war. Dass wir unterschiedlich sein würden, für immer getrennt. Sie hat uns sogar in verschiedenen Hemisphären untergebracht. Ich habe sie seither nicht mehr gesehen.« Der Tunnel wird breiter und Kai geht schneller.

»Wann war das?«

»Heiligabend 1973.«

Ich beschleunige, um neben sie zu kommen, aber ich weiß nicht, was ich sagen soll. »Das ist scheiße. Ich weiß, dass es Gaia um Balance und alles ging, aber das scheint mir ziemlich herzlos, selbst für ihre Verhältnisse.«

»Ja, nun … sie und Lyon hatten ihre Gründe«, murmelt sie.

»Wieso sollte Lyon etwas mit deiner Zuteilung zu tun gehabt haben?«

Kai sieht mich schief an. »Das ist unwichtig. Schnee von gestern, richtig?«

Vielleicht. Aber ich werde das Gefühl nicht los, dass es merkwürdig ist. »Was hat es mit dem Namen deiner Schwester auf sich? Nicht, dass ich da groß reden darf, aber ich dachte, Ruby wäre ein Sommername. Du weißt schon, wie der Geburtsstein.«

»Ruby ist ihr *echter* Name«, erwidert Kai knapp. »Und so sehe ich sie.«

»Glaub mir, das verstehe ich.« Wenn jemand die Bedeutung eines Namens versteht, dann ich. »Wie heißt sie jetzt? Ich kenne die meisten Winter in meiner Hemisphäre. Vielleicht kann ich herausfinden, in welchem Zimmer sie ist.« Es gibt nur ein paar Hundert Winter auf dem Campus. Sie sollte nicht schwer zu finden sein.

»Professor Lyon sagte, sie läuft unter dem Namen Névé. Névé Onding.«

Mir stockt der Atem. Kai läuft weiter, sieht über die Schulter nach, wieso ich stehen bleibe. Mein Blick huscht über ihr Gesicht … ihre Wangen, ihre Nase, das Grübchen in ihrem Kinn. Ich schlucke schwer, mein Kopf verdrängt all die kleinen Ähnlichkeiten, die jetzt so offensichtlich erscheinen. Das kann nicht Névés Schwester sein. Nicht die Névé, die Amber bei der Hütte umgebracht hat.

Meine Kehle wird eng, als ich an Névés schlaffen Mund an meinem denke, die Magie in ihrem Atemzug, die ich in mich aufgenommen habe, als sie starb.

Ich sehe weg. Zur Wand. Zu Boden. Überallhin, nur nicht zu Kais Gesicht, damit ich die Spuren ihrer Schwester nicht darin sehen muss. »Du hast mit dem Professor über sie gesprochen?«

»Im Geheimen. Er half uns eine Weile, Briefe auszutauschen.«

Das klingt wie etwas, das Lyon für eine seiner Lieblingsstudentinnen getan hätte. Wie etwas, das er für *mich* getan hätte. Dieses Wissen löst eine neue Welle Schuldgefühle in mir aus. Lyon kannte Kai und Névé, bevor ich auch nur herkam. Nicht nur flüchtig, sondern gut. Vielleicht so gut, wie er mich kannte. Und doch, als ich ihn von dem Münztelefon hinter der Bar in Oklahoma anrief – als ich ihm gestand, dass Névé tot war und ich ihre Magie genommen hatte –, hat er kein Wort gesagt. Weder zu mir *noch* zu Kai. Warum hat Lyon ihr die Nachricht nicht überbracht, als sie aus der Stasis kam? Hat er versucht, mich zu schützen …?

Er hat gesagt, wenn ich dich schütze, hilfst du mir, meine Schwester zu befreien.

Ihre Schwester. Mein *Schatten*.

Hat Lyon Kai ausgesandt, um mich zu finden – um mir zu *helfen* –, weil er wusste, dass wir das Gleiche suchen?

»Wann hast du zuletzt von ihr gehört?«, höre ich mich fragen.

»Vor langer Zeit. Wir hatten einen Streit.« Kai blickt auf, deutet mein verblüfftes Schweigen als Neugier. »Ruby hat mir vorgeworfen, was mit uns passiert ist. Das Feuer war meine Schuld. Ich hatte eine Kerze in unserem Zimmer angelassen und das Fenster war gekippt und der Vorhang …« Mit einem Schaudern schließt sie die Augen. »Ruby war schon immer nachtragend, aber danach … na ja, sie hat mir das nie verziehen. Sie wollte nie hier sein, aber ich dachte, vielleicht …« Kai seufzt schwer. »Ich dachte, vielleicht könnten wir das hinter uns lassen, doch Ruby hörte auf, mir zu schreiben, und nach einer Weile hat Lyon sowieso nicht mehr angeboten, Briefe für mich weiterzugeben.«

Ich schlucke einen üblen Geschmack herunter. Kai dachte, ihre Schwester hätte aufgehört zu schreiben, weil sie wütend war. Aber was, wenn sie aufhörte zu schreiben und Lyon aufhörte, Vermittler zu sein, weil ihre Schwester tot war?

Kais Blick fällt auf ihre Hände. »Als ich in die Wache befördert wurde, dachte ich, ich bekomme die Gelegenheit, sie zu sehen. Wachen haben so viel mehr Bewegungsfreiheit, hier unten und oben, aber ich wurde so schnell ins Training geworfen und es war keine Zeit. Bevor sie mir auch nur einen Schlüssel zum Kreuz gaben, wurde ich nach Cuernavaca gesandt, um dich zu finden. Als Nächstes bin ich in einer Zelle erwacht. Und dann hatte ich keine andere Wahl, als wegzulaufen, weil mit Doug alles eskalierte. Aber jetzt bin ich hier«, rechtfertigt sie sich, als hätte sie Angst, dass ich ihre Entscheidungen verurteile. Nur dass ich nicht sie verurteile, sondern mich selbst für das, von dem sie nicht weiß, dass ich es getan habe. Und ich verurteile Lyon dafür, dass er es ihr vorenthalten hat. »Ich bin wegen meiner Schwester zurückgekommen«, sagt sie mit störrisch gehobenem Kinn. »Und wir werden sie finden.«

Die Hoffnung in ihrer Stimme ist ein Pfeil in mein Herz. Sie geht voran, weiß nicht, dass die Person, auf die sie vertraute, sie herzubringen, ihr zu helfen, ihre Schwester zu retten, genau die Person ist, die ihre Schwester hat sterben sehen und die deren Magie gestohlen hat. Ganz egal, wie lange ich Kai schon ein Messer in den Rücken rammen wollte, damit sie so leidet, wie ich gelitten habe – wie sage ich ihr, dass ein Teil der Seele ihrer Schwester einmal mit meiner verbunden war? Dass sie in mir war, sie anstarrte auf diesem Berg in Cuernavaca?

»Wie kannst du sicher sein, dass sie noch lebt?«, rufe ich ihr hinterher.

Kai bleibt stehen. Sieht über die Schulter. »Woher weißt du, dass Fleur lebt? Oder Chill?«

»Das weiß ich nicht.«

»Ich auch nicht«, antwortet sie leise und wartet, bis ich sie einhole.

31

DIE KÄLTE KRIECHT HEREIN

Jack

Die Wände des Tunnels verbreitern sich unvermittelt, öffnen sich zu einer Höhle, die von Eiszapfen aus Stein durchzogen ist. Kai tritt ein und bleibt direkt wieder stehen, das Licht ihrer Taschenlampe huscht durch den Raum. Sie gräbt in ihrer Tasche nach einem Päckchen Streichhölzer. Mit einem Knacken und einem *Wusch* zündet sie eine Fackel an und schiebt sie in das Loch in der Wand zurück.

Ich drehe mich langsam im Kreis. Mehr Steinsärge, so wie die anderen. »Wo sind wir?«

»Unter der Winterküche«, erwidert sie und lässt Rucksack und Bogen von den Schultern gleiten.

Ich kann nicht glauben, dass ich trotz all der Jahre, die ich hier unten herumgestochert, Bereiche von Hand gezeichneter Karten zusammengestückelt habe, diesen Raum nie entdeckt habe. »Was denkst du, wer in diesen Dingern ist?«, frage ich und fahre mit einem Finger über den kalten Stein.

»Was glaubst du, wo die Fakultätsmitglieder und Angestellten begraben werden, wenn sie sterben? Anscheinend darf man wählen, wenn man die Rente übersteht, ohne jemanden zu verärgern.« Sie deutet von den Särgen zu einem Brennofen an der gegenüberliegenden Wand. Der Ofen darin ist der gleiche, den wir gerade unter dem Sommerflügel verlassen haben, mit einem breiten, silbernen Rohr, das oben herausragt.

Kai deutet auf meinen Arm. »Kannst du klettern?«

»Hab ich eine Wahl?«

Sie reißt das Eisengitter des Ofens auf und steckt den Kopf hinein, leuchtet in den Schacht. Sie steckt sich die Lampe in die vordere Tasche ihrer Jacke, sodass der Strahl aufwärts zeigt. »Ich gehe vor«, sagt sie und streift ihre Ausrüstung über. »Sobald ich sicher bin, dass die Luft rein ist, gehen wir zu den Schlafquartieren. Du musst dich beeilen. Wir haben nur ein paar Sekunden, um an den Kameras vorbeizukommen, bevor uns jemand entdeckt. Was denkst du, wo wir Boreas finden?«

Als Kai mich fragte, wo wir unsere Suche beginnen würden, wenn wir es hier herunter geschafft hätten, ist mir Boreas' Name wie Schmuggelware über die Lippen gekommen. Er ist der Mann für den Nordflügel. Er hört alles, was hier unten passiert, und er hat überall Kontakte, sowohl über als auch unter der Erde. Er wird wissen, wo Doug Fleur und Chill festhält.

Er wird auch wissen, welches Zimmer Névé gehörte.

Und ich wette, er weiß, was mit ihr passiert ist.

»Wir sollten zur Küche.«

Kai steigt in den Brennofen. Ich spähe hinein. Eine Leiter führt an einer Seite des Schachts hinauf, verschwindet in der Dunkelheit. Jedes Wort, das ich nicht gesagt habe, steigt wie Galle in mir auf, während sie anfängt zu klettern. »Kai, warte …« Sie hängt mit einer Hand an einer Sprosse, dreht sich und blickt auf mich hinab. »Bevor wir mit Boreas reden, solltest du etwas wissen.«

»Ich weiß schon, wie Boreas arbeitet, wenn du das meinst. Sein

Ruf war nicht auf den Winterflügel beschränkt, weißt du. Mach dir keine Sorgen«, sagt sie und wendet sich wieder der Leiter zu, klettert ein paar Sprossen hinauf. »Auggie hat sich geweigert, das Geld zu behalten, das ich ihm gegeben habe. Es sollte mehr als reichen, damit Boreas uns sagt, wo Doug Fleur festhält.«

»Das ist es nicht, da ist noch was anderes.« Ich steige in den Schacht und packe die erste Sprosse, zische, weil eine Naht in meiner Schulter aufreißt. Eine warme Blutspur rieselt meinen Arm herab.

Kai hält an. »Sicher, dass du keine Hilfe brauchst?«, fragt sie und sieht mit gerunzelter Stirn zu mir herab. »Es ist weit bis nach oben. Vielleicht solltest du vorgehen.«

»Danke, mir geht's gut.« Ich lasse sie ein paar weitere Sprossen erklimmen, bevor ich ihr folge, passe auf, meinen Arm nicht zu sehr zu belasten. Es fühlt sich gut an, sich zu bewegen. Etwas zu tun. Den Ansatz eines Plans zu haben: Boreas suchen, herausfinden, wo Doug Fleur und Chill festhält, meine Magie aus der Kugel in Lyons Büro holen und dann uns alle hier rausbringen. Aber was passiert, wenn ich Kai von ihrer Schwester erzähle?

Ich klettere schneller, um mitzuhalten, denke bewusst nicht an den Schmerz oder das mögliche alternative Ende dieser Geschichte. Ich werde Kai alles sagen. Nur … nicht jetzt. Ich kann nichts tun, um zu ändern, was mit Névé passiert ist. Aber wenn wir uns beeilen und aufmerksam bleiben, gibt es immer noch eine Chance, dass wir Chill und Fleur retten können.

Wir steigen zwei Stockwerke hinauf, kommen durch den Verwaltungstrakt zu den Hauptflügeln darüber. Ich pralle fast mit der Sohle von Kais Schuh zusammen, weil sie anhält.

Sie drückt ihr Ohr an den Schacht, dann schiebt sie ein Taschenmesser in einen Ritz. Mit einem Grunzen stemmt sie ein Paneel auf. Schwaches Licht strömt herein, beleuchtet einen breiten

Streifen ihres Gesichts, während sie das Paneel daneben zu Boden gleiten lässt.

Ich steige nach ihr in eine Art Besenkammer. Die Regalbretter sind voll Reinigungsmaterial und Küchenuniformen. Wischeimer und Besen reihen sich an den Wänden auf.

Kai öffnet die Kammertür einen Spalt und späht den Flur hinab. »Die Kameras werden schwer zu umgehen sein«, flüstert sie.

»Halt mal. Ich hab eine Idee.« Ich nehme ein paar weiße Küchenkittel und elastische Kappen vom Regal, so wie die, die Boreas Julio und mir gegeben hat an dem Tag, an dem er uns hier heraushalf. Kai und ich ziehen sie über unsere Kleider. Ich reiche ihr eine dünne Maske mit Gummiband und ziehe mir selbst eine über den Kopf.

Kais schmale Gestalt versinkt in dem Kittel. Eine Beule ragt gut sichtbar an ihrem Rücken hervor.

»Lass den Bogen hier«, sage ich.

Sie weicht vor mir zurück. »Auf keinen Fall«, antwortet sie und sieht mit schmalen Augen auf meinen Arm. Ein roter Fleck sickert bereits durch meinen Kittel. »Du bist auch nicht gerade perfekt getarnt.«

Ich schnappe mir eine Schürze vom Regal und lege sie über meinen Arm.

Sie verdreht die Augen, grummelt vor sich hin und streift ihren Bogen ab, verstaut ihn hinter einem Haufen Besen.

Wir huschen aus der Kammer und gehen Richtung Küche. Der Flur ist still. Zu still. Kein Klappern von Wasserbadbehältern. Keine summenden Küchenuhren. Kein Sirren von Abluftventilatoren, die Essensgerüche über den Servierstationen absaugen. Eine Reihe verlassener Essenswagen parkt an einer Wand, Sandwiches und Obstbecher stapeln sich darauf. »Wo zur Hölle sind alle?«

»Ich weiß nicht«, sagt sie misstrauisch.

Die Küche ist dunkel. Kai duckt sich dicht hinter mir, als spüre auch sie es – dass hier etwas ganz und gar nicht stimmt.

»Boreas?«, rufe ich. Sein Name hallt von den Edelstahlöfen wider.

Die Tür des begehbaren Kühlschranks steht einen Spalt offen. Ein schmaler Lichtstreif fällt heraus, dehnt sich zu unseren Füßen. Ich wende mich dem hohen Jaulen einer Kamera an der Wand zu. Sie bewegt sich langsam auf uns zu. Bevor sie uns erfasst, stoße ich die Gefriertür weiter auf und scheuche Kai hinein. Sie atmet scharf ein.

»Entspann dich«, sage ich und trete hinter ihr in den Gefrierschrank, »so kalt es ist gar nicht …«

Kai ist erstarrt, hat eine Hand auf den Mund gepresst.

»Scheiße. Nein!« Ich stürze an ihr vorbei und knie im wabernden Nebel um Boreas' Füße. Er sitzt aufrecht an eine Gemüsekiste gelehnt, sein Kinn ruht auf seiner reglosen Brust. Seine Glatze hat einen merkwürdigen Grauton und die kühle Luft stinkt nach Blut. Ich drücke zwei Finger an das weiche, kalte Fleisch an seinem Hals. Boreas' Augen sind offen, groß und starr. Langsam sickert Blut aus einem Schnitt in seiner Kehle, fließt in einen Abfluss am Boden.

An seinem Hemd ist ein Zettel befestigt.

WILLKOMMEN ZU HAUSE, JACK. ICH HABE DICH ERWARTET.

Meine Hände ballen sich zu Fäusten. Boreas und ich standen uns nicht direkt nahe, aber das hier … dieser Tod geht auf mein Konto. Doug hat buchstäblich meinen Namen daran *befestigt*, hat die eine Person getötet – die *einzige* Person –, die noch übrig war, die mir hätte helfen können, und seine Leiche in einem Gefrierschrank geparkt, um mich zu verhöhnen, nur um etwas klarzustellen. Dass ich selbst im kältesten Raum machtlos bin. Vollkommen schutzlos ohne meine Magie. Und Doug weiß das.

Ich reiße die Notiz von der Sicherheitsnadel los und Boreas' Kopf rollt zur Seite. Eine Locke blutrotes Haar fällt aus der gefalteten Seite zu Boden. Ihre Spitzen sind rosa.

»Nein«, flüstere ich. Meine Hände zittern, ich beuge mich herab und berühre sie. »Fleur?«

Kai zieht mich an den Ellbogen zurück. »Wir müssen gehen, Jack. Wir müssen los!«

»Wo zur Hölle ist sie?«, krächze ich. »Was hat er ihr angetan?« Ich reiße mich von Kai los und beuge mich runter, um die Haarlocke aufzuheben. Sie zu säubern. Ich bekomme keine Luft. Kann meinen Blick nicht von diesem kleinen Stück von Fleur losreißen, während Kai mich am Arm packt. Meine Fäden ziepen, als sie mich aus dem Gefrierschrank schleift und gegen die Wand stützt, direkt unter der Kamera, wo Doug uns nicht sehen kann. Aber das ist egal. Er hat genug gesehen. Er hat gesehen, dass Boreas uns geholfen hatte. Er hat gesehen, dass wir unterwegs sind. Kai hat es selbst gesagt. Er ist die Unvermeidlichkeit. *Meine* Unvermeidlichkeit.

Ich habe dich erwartet.

Kai führt mich den Flur hinab zurück in die Kammer. Sie reißt ihren Kittel herunter und zieht sich den Bogen über. »Wohin gehen wir, Jack?«, fragt sie, ihre Bewegungen schnell, ihre Stimme hektisch.

Ich schüttle den Kopf und fahre mir mit den Fingern durchs Haar. Doug weiß genau, wo wir sind. Was wir als Nächstes tun. Er wartet darauf, dass ich ihn finde, als wäre das ein Spiel.

»Ich muss Fleur und Chill finden.« Das sage ich mir, seit wir ins Flugzeug gestiegen sind. Und jetzt sind wir hier. So nah, dass ich sie riechen könnte, wenn ich meine Magie hätte. Aber ich habe keine Ahnung, wo zur Hölle sie sind. »Wir müssen sie finden. Wir müssen sie jagen.«

»Wie?« Sie schüttelt mich, beugt sich in mein Sichtfeld. »Denk nach, Jack. Wo sollen wir hin? Wer sonst könnte wissen, wo wir sie finden?«

»Lyons Büro«, sage ich und plötzlich sehe ich die Kammer um mich herum wieder scharf. »Da ist etwas in Lyons Büro, das ich holen muss.«

32

LOSGELASSEN VOM TEUFEL

Fleur

Doug möchte eine Lektion lernen, also erteile ich ihm eine. Hoch konzentriert beschwöre ich zwei Wurzeln der Eiche. Sie drängen auf seine Füße zu, aber er rollt sich weg. Solange sein Kopf gesenkt ist, renne ich los. Die Wachen schreien, Stiefel donnern von allen Seiten über das Gras. Ein rotes Licht blitzt rechts von mir auf. In der Sekunde, in der ich in Reichweite einer Wurzel bin, rufe ich sie an die Oberfläche, fessle die Wache. Ein übelkeiterregendes *Knack* und ein grelles Blitzen, dann wird ihre Magie in die Ley-Linien unter uns gezogen.

Ein zweites rotes Licht blinkt links von mir, holt schnell auf. Ich hole mit dem Arm aus. Die Zweige einer Kastanie peitschen vor, als die Wache daran vorbeistürmt. Sie schreit und der Himmel wird hell vom Aufflammen ihrer Magie.

Ein weiteres Stiefelpaar donnert hinter mir heran. Mein Geist greift nach einer Wurzel und ein drittes Aufflammen erleuchtet den Park. Im schwindenden Licht entdecke ich die letzte Wache. Der Typ steht auf der offenen Lichtung vor mir, wartet darauf, mich abzufangen. Meine Magie schraubt sich durch die Erde vor mir. Der Boden bricht unter seinen Füßen zusammen und der Krater verschlingt ihn.

Ich sprinte auf ein paar Bäume zu, husche hinter einen breiten Stamm und drücke meinen Rücken gegen die Rinde. Ich versuche, meinen Atem zu beruhigen, und lausche dabei auf Dougs Schritte.

»Fleur!«, brüllt er. »Vor mir kannst du nicht weglaufen!« Seine Schritte werden langsamer, als wisse er, dass er nahe ist. »Es gibt keinen Ausweg. Nicht, wenn du möchtest, dass deine Freunde überleben.«

Chill … Ich lehne den Kopf an den Stamm, die Augen wegen des kalten Regens geschlossen. Chill würde wollen, dass ich weglaufe, wenn es bedeutet, Jack und Poppy zu retten.

Ein Zweig bricht. Ich taste mit meinem Geist ins Erdreich, suche nach seinen Sohlen auf dem nassen Boden.

»Ich kann dich riechen«, sagt er, seine Stimme so tief, dass mir ein Schauder über den Rücken jagt.

Meine Gedanken fließen in die Äste des Ahorns hinter Dougs Rücken. Mit einem lauten Stöhnen peitschen die gewaltigen Zweige auf ihn zu, zerren ihn von den Füßen und schleudern ihn gegen ihren Stamm. Doug schreit mich an, während der Baum ihn auf die Knie zwingt. Ich springe aus meinem Versteck vor, packe Wurzeln mit meinem Geist, schlinge sie um seine Handgelenke und reiße seine Arme weit auseinander. Eine Ranke windet sich um seinen Kopf, neigt ihn zurück, entblößt seine Kehle. Eine weitere rutscht vom Baum herab, pflückt den Transmitter aus seinem Ohr und wirft ihn ins Gras. Das rote Licht pulsiert zwischen uns wie ein Herzschlag.

Dougs Auge ist aufgerissen, der Regen strömt in Bächen über sein Gesicht. »Worauf wartest du?«, schreit er.

Ich beschwöre einen Zweig und ziele damit auf seine Brust wie mit einem Speer.

Sein Atem kommt stoßweiße. Ein einziger Befehl von mir und sein Leben ist zu Ende.

Und wenn er stirbt, was dann? Was passiert mit der Zeit, wenn diese Magie verloren geht? Was geschieht mit uns allen? Der Transmitter blinkt im Gras. Wenn ich Doug zurückschicke durch die Ley-Linien mit dem Rest seiner Wachen, wie lange wird er dann schlafen? Und was passiert unterdessen mit der Erde?

Mein Speer zuckt zurück. Doug beobachtet mich, wie ich zurückweiche, als hätte er keine Ahnung, wer ich bin. Ich kann das nicht allein beenden. Ich muss nachdenken. Ich brauche einen Plan. Ich brauche Jack.

»Fleur, tu das nicht!« Dougs Stimme hebt sich zu einem Schrei, als ich mich umdrehe und losrenne.

Die Lichter der Stadt flackern zwischen den Bäumen vor mir. Ich sprinte darauf zu, den Wind in meinem Rücken, habe keine Ahnung, in welche Richtung ich laufe. Ich suche einen Pub oder eine Kneipe. Einen Ort mit Telefon oder Computer, den ich benutzen kann. Irgendwie erreiche ich Jack schon.

Dougs Schrei klingt gedämpft und fern. In einer entlegenen Ecke meines Kopfs spüre ich, wie er sich gegen die Baumwurzeln wirft. Ich mühe mich, so lange festzuhalten, wie ich kann, erreiche den Zaun am entferntesten Ende des Parks. Im Regen wird mein Geruch schwer aufzuspüren sein. Doug hat den Stab nicht dabei – er kann nicht sehen, wohin ich gehe.

Ich überquere die Straße bei Crooms Hill, orientiere mich an den Straßenschildern. Der Regen peitscht von der Seite heran. Hagel prasselt auf mein Gesicht und der Wind ist beinahe unerträglich. Es muss spät sein. Jedes Ladenfenster ist dunkel und ich habe kein Geld für ein Taxi. Ich weiß nicht, wie lange ich laufe, bevor ich die orangefarbenen Zungen einer Flamme vor mir entdecke.

Mit klappernden Zähnen gehe ich darauf zu. Der Rauch, der

vom Feuer in der Tonne aufsteigt, riecht nach verbranntem Müll, aber ich werde dennoch von seinem Versprechen auf Wärme angezogen.

Dann erreichen andere Gerüche meine Nase und ich bleibe abrupt stehen.

Verkohltes Holz … tote Blätter … feuchtes Heu.

Herbst.

Ich mache vorsichtig einen Schritt zurück … direkt in ihn.

Die Hand des Herbsts legt sich um meine Kehle, seine behandschuhten Finger packen fest zu. Ich bekomme keine Luft. Ich greife nach einer Wurzel, aber da ist Straße unter mir und Mauerwerk um mich herum.

»Fiese Nacht für einen kleinen Spaziergang, Frühling.« Ich würge, sehe Sterne, während er mein Haar beiseiteschiebt. »Wo ist dein Transmitter, Mädchen? Oder bist du eine von diesen frei laufenden Jahreszeiten, von denen man hört?«

Er dürfte nicht hier sein. Nicht in dieser Region. Nicht zu dieser Jahreszeit.

Er muss ein Abtrünniger sein. Und wenn er auf der Flucht ist, weil er Michael gegenüber loyal war, bedeutet das nichts Gutes für mich.

Ich stoße meine Ferse am Schienbein des Herbsts herab, schneide seinen Schrei ab, indem ich meinen Ellbogen in seine Rippen stoße. Ich winde mich aus seinem Griff, aber er fängt mich am Haar ein und drückt mich über den Rand der Tonne, mein Gesicht dem Feuer gefährlich nahe. »Ich erkenne dich. Du bist der Frühling, der die Rebellion angefangen hat. Schätze, du hast die Neuigkeit nicht gehört. Gaia ist tot. Keine Naturgesetze mehr. Keine Grenzen. Keine Regionen oder Territorien. Nichts, was uns noch davon abhält, uns einfach zu nehmen, was wir wollen.« Die Flamme zuckt mit einem Funkenregen aufwärts.

»Ich will deine Magie oder dein Territorium nicht.« Meine Augen tränen und ich würge an einer Lunge voll Rauch. »Lass mich los.« Ich taste hinter mir nach seiner Hand in meinem Haar. Dieses kalte Wetter begünstigt ihn, aber wenn ich ihn nur berühren kann …

Der Herbst lacht. »Du vergisst, wer hier die Macht hat.«

»*Ich* habe die Macht. Offensichtlich habt ihr das *beide* vergessen.« Dougs kalte, krächzende Stimme ertönt irgendwo hinter uns. Der Herbst wird ruhig, sein Griff fest und ich huste. »Lass den Frühling los, dann vernachlässige ich das hier vielleicht.«

Der Herbst atmet ein, prüft die Luft. »Wer zur Hölle bist du?«, blafft er über die Schulter.

»Ich bin dein neuer Chronos.«

»Was, wenn ich dir das nicht glaube?«

»Dann empfehle ich dringend, dass du dich umdrehst.«

Der Herbst reißt mich hoch und wirbelt mich herum. Ich blinzle den Rauch aus den Augen und sehe Doug, der am Zugang zur Gasse steht, die Hände in den Taschen, sein nasses Haar tropft ihm ins Auge. Die Facetten fangen die Flammen ein, spiegeln sie.

Der Herbst lässt mich los, tritt von mir weg. »Es tut mir leid, Chronos. Ich wusste nicht … Nimm sie. Sie ist …«

Ich greife nach dem Herbst, packe ihn an der Kehle und manövriere ihn zwischen mich und Doug. In der Sekunde, in der meine bloßen Hände seinen Nacken umschließen, strömt seine Macht durch mich, sucht nach Balance mit meiner.

»Bleib weg!«, warne ich Doug. Ich zerre den Herbst rückwärts, schinde Zeit, giere nach Stärke. Die Macht, die ich im Park von Doug genommen habe, ist bereits erschöpft nach dem Kämpfen und dem Lauf durch die Kälte. »Bleib weg von mir.«

Doug kommt näher, seine Hände bewegen sich in den Taschen, dann steht er direkt vor uns.

»Wenn du mit einem Leben handeln willst, Fleur, dann sorgst du besser dafür, dass das Leben was wert ist.« Der Herbst keucht auf, als Doug ihm ein Messer in den Bauch rammt. Sein Körper sackt zusammen, ein unerwartetes, totes Gewicht in meinen Armen, und der prickelnde Puls seiner Macht schwindet.

Der Herbst fällt aufs Pflaster. Doug beobachtet mich durch die aufsteigenden Funken der Magie der sterbenden Jahreszeit, ihr Leuchten reflektiert in der harten Oberfläche seines Auges. Als der letzte Funke mit dem Wind gegangen ist, bleibt nur ein Haufen Asche übrig.

Das Feuer in der Tonne knistert in der Stille.

»Ich werde dir nichts beibringen«, sage ich und weiche einen Schritt zurück. »Töte mich, wenn du willst. Ich gehe nicht mit dir zurück.«

Sein Kiefer wiegt sich vor und zurück, als denke er ernsthaft darüber nach. Kurz darauf wirft er mir sein Telefon zu. Ich fange es vor der Brust auf und der Bildschirm erwacht zum Leben, als meine nassen Hände es berühren. Ein Video läuft darauf. Das Bild ist unscharf, eine Fünfsekundenschleife aus monochromatischem Schnee. Aber es ist nicht zu verkennen, wen ich da sehe oder wo sie sind.

Meine Knie platschen in eine aschgraue Pfütze und ich sehe zu, wie Poppy und Marie einen Gang hinablaufen. Amber und Julio folgen ihnen, sie haben Jack untergehakt. Seine Füße schleifen über die Bodenfliesen. Ein dunkler Fleck breitet sich über seinen Ärmel aus. Sie laufen schnell, an mir vertrauten Türen und Schildern vorbei. Ein dunkelhaariges Mädchen mit Pixie-Haarschnitt folgt ihnen, ihr Gesicht in Schatten getaucht, dann huschen sie aus dem Bildausschnitt.

Ich bin zu spät. Sie sind bereits hier.

Ich sehe der Bildschleife zu. Sehe zu, wie sie Jacks schlaffen

Körper wieder und wieder mit sich ziehen. Er ist da unten, verletzt. *Sie alle* sind da unten. Und ich bin hier oben. Und ich kann nur mit Doug zu ihnen zurück.

33

BIS DASS DER BAUM NICHT NOCH MEHR ERTRAGEN KANN

Doug

Der Frühling und ich sind jetzt seit Stunden dran, und würde es nicht in Strömen regnen, würde ich jeden Baum im Greenwich Park niederbrennen.

»Zeig's mir noch mal!« Regen läuft mir in den Mantelkragen. Der kalte Wind beißt durch ihn hindurch. Egal wie oft ich den Zweig mit meinem Geist zu packen und ihn dazu zu bringen versuche, etwas Nützliches zu machen, er reagiert nicht.

»Das bringt nichts!« Ihre Wangen sind gerötet und ihre Zähne hören einfach nicht auf zu klappern. »Ich hab dir schon gesagt, es geht nicht um das, was du tust. Es geht um das, was du fühlst!« Ich fühle nur vollkommene Erschöpfung und einen beharrlich nagenden Schmerz, der schlimmer zu werden scheint, je länger ich diese Magie zu nutzen versuche, deren Einsatz sie mir beibringen soll. Es ist so nervig wie meine Fähigkeit, die Zeit anzuhalten. Ich kann den Raum einnehmen, aber ich kann nichts beeinflussen.

»Letztes Mal war ich nah dran. Ich war in dem verdammten Baum und habe gespürt, wie ich schiebe!«

»Du hast nur *dich selbst* gefühlt, Doug.«

»Der Zweig hat sich bewegt. Du hast es gesehen! Ich muss nur lernen, wie …«

»Das bringt nichts! Ich will rein.«

Ich packe sie am Jackenaufschlag. »Zeig es mir, hab ich gesagt!«

»Ich bin müde.« Ihre Stimme bricht und sie schwankt. »Hier draußen ist es zu kalt. Ich kann nicht …« Sie taumelt, zuckt. Ihre Augen rollen zurück und ihr Körper fällt zur Seite, bricht im schlammigen Gras zusammen.

Ich knie mich neben sie, fluche leise. Ihre Haut ist zu kalt, ihre schlaffen Augenlider reagieren nicht, als ich ihr auf die Wange schlage. Ich könnte meine Wintermagie beschwören und sie wiedererwecken, aber als ich ihr das letzte Mal etwas Macht verliehen habe, hat sie alle vier Wachen erledigt und mir den Arsch aufgerissen. Es ist fast drei Uhr morgens. Wir beide sind bis auf die Knochen durchweicht, steif gefroren, hungrig und wund, und das hier bringt mich nicht weiter. Ich schiebe einen Arm unter ihre Knie und hebe sie hoch.

Ihr Kopf baumelt lose herab, Regen sammelt sich in der Kuhle zwischen ihren Schlüsselbeinen und rinnt ihr in den Kragen. Ihre Augen rollen unter den Lidern hin und her, Erinnerungen zucken kurz und ablenkend auf in den schmalen Schlitzen, während ich durch das Parktor stolpere. Donner grollt in der Ferne. Meine durchweichten Stiefel treten in Pfützen auf der Straße. Fleur zittert heftig, als wir das Haus erreichen.

Ich trete die Eingangstür auf. Eine Hand zieht den Vorhang vor dem Seitenfenster zurück. Das Gesicht der gleichen nervösen Wache wie vorhin taucht hinter dem Glas auf. Sobald sich die Tür einen Spalt öffnet, schiebe ich mich mit der Schulter voran hindurch. Fleurs Lippen schimmern blau im schwach erhellten Foyer und ich verfluche mich, dass mir diese Anzeichen entgangen sind.

Sie ist nicht Gaia. Keine Wächterin oder Göttin. Sie ist ein Frühling und es ist nicht warm genug für sie.

Die Wache verschließt die Tür und stürzt hinter uns her auf die Kellertreppe zu. »Ist alles in Ordnung, Chronos? Kann ich etwas tun?«

»Bleib mir aus dem Weg.« Ich schiebe Fleur in eine aufrechte Position und lege sie mir dann über die Schulter. Ihr volles Gewicht schwingt gegen meinen Rücken, als ich die schmale Treppe hinabsteige und auf den Aufzugsknopf drücke. Die Tür gleitet auf und ich hieve sie in den Aufzug. Regenwasser tropft von ihrem Haar und spritzt zu Boden, während wir den langen Weg hinab antreten.

Die Wachen im Kreuz weichen zurück, als ich mit Fleur auf der Schulter auftauche.

»Holt Kommandantin Lixue ans Telefon«, blaffe ich. Sie machen mir Platz. »Ich will, dass frische Handtücher, zusätzliche Decken und Kleider zum Wechseln in meine Suite gebracht werden. Und ein Essenswagen mit heißen Getränken.«

»Ja, Chronos.« Sie senken die Köpfe und ich rausche an ihnen vorbei. Ich habe mich daran gewöhnt, an ihre Abneigung gegenüber meinem Auge, als wären sie unsicher, wie viel ich in ihren sehe, und als wären sie nicht bereit, das Risiko einzugehen. Würde ich glauben, sie neigten die Köpfe aus Respekt vor meiner Position, wäre ich vielleicht glücklicher darüber. Aber die meisten tun es, weil sie etwas verbergen und Angst haben vor den Konsequenzen. Je mehr von meinen Leuten ich um mich habe, desto wenigeren vertraue ich. Von Furcht motivierte Loyalität gewinnt man leicht, aber diese Bande zerbrechen genauso leicht. Jeder würde sich gegen mich wenden, um die eigene Haut zu retten. Fleur hat wenigstens den Mumm, sich gegen mich zu wehren.

Einen Arm um ihre Beine gelegt, öffne ich mit dem anderen die

Tür mit meiner Schlüsselkarte und stoße sie auf. Putzstaub und zerbrochenes Glas übersäen immer noch die Teppiche in meiner Suite. Es knirscht unter meinen Stiefeln, als ich Fleur ins Bad trage und das Wasser in der Dusche so heiß wie möglich aufdrehe.

Sie rutscht von meiner Schulter wie ein schlaffer Lumpen, weigert sich, aufrecht gehalten zu werden. Das Wasser sickert wie mit heißen Nadeln durch meine Kleider, als ich sie gegen die Duschwand lehne und sie zu Boden sinkt. Sie hat Gänsehaut, pinke Röte kriecht über ihren Hals.

Ich hocke mich neben sie, tippe ihr auf die Wange. »Fleur, wach auf.« Langsam öffnen sich ihre schweren Lider, ihre dunklen Augen fokussieren mich nur träge.

Ich warte darauf, dass sie mich wegstößt. Nach mir schlägt.

»Ich habe Hunger«, krächzt sie.

Ich stehe auf und trete aus dem Wasserstrahl. »Ich habe schon was bestellt.«

Fleur beobachtet mich, die Hände gegen die Duschwanne neben sich gestemmt, während ich rückwärts aus der Dusche trete. Als ich überzeugt bin, dass sie nicht ertrinkt, nehme ich ein Handtuch von einem Stapel auf dem Waschtisch und wische mir das Gesicht ab, lasse sie dann allein im Bad. Ich schließe die Schlafzimmertüren hinter mir, tropfe Wasser über den Teppich auf meinem Weg ins Wohnzimmer. Mitten im Zimmer steht ein Essenswagen und auf der Armlehne der Couch liegt ein Haufen zusätzlicher Decken und frischer Kleider.

Ich ziehe meine Jacke aus und etwas fällt auf den Teppich – ein zerbrochener Zweig mit vier bemitleidenswerten Knospen, die sich in meinen Kleidern verhakt haben müssen.

Ich reibe mir die Brust, zwirble den zerbrochenen Stiel, denke zurück an die Dinge, die Fleur über das Fühlen von Schmerzen gesagt hat.

Meine Gedanken greifen nach der Pflanze, prallen ab von ihrer Membran, weil ich zu schnell, zu heftig dagegendrücke. Ich versuche es erneut, ein vorsichtiges, neugieriges Streifen meiner Gedanken diesmal, und werde mit einem scharfen Stich belohnt. Ich atme hindurch, gleite tiefer in die Haut der Pflanze, passe mich ihrer Gestalt an. Ich stelle mir vor, wie sich meine Lungen ausdehnen. Stelle mir vor, wie sich meine Fäuste lösen. Die Knospen erschaudern, dann öffnen sie sich langsam, entrollen ihre Blätter direkt vor mir.

Die Schlafzimmertüren fliegen auf. Fleur steht in dem Spalt, ihr Haar in ein Handtuch gewickelt, den Kragen eines langen, dicht verschlossenen Bademantels fest umklammert. Ihr Blick fällt auf die Pflanze, dann auf mein Gesicht. Angst zuckt auf.

Ich nicke zum Wagen, werfe den Zweig in den Mülleimer. Sie stürmt vor und hebt die Silberkuppeln auf, ihre Hände tasten verstohlen über die Ränder des Tabletts, als suche sie etwas. »Was hat die Küche zum Abendessen geschickt?«, fragt sie und hebt einen Teller hoch, fährt mit den Fingern darunter.

»Wenn du Boreas meinst, der ist tot.« Der Teller entgleitet ihrer Hand und klirrt leise gegen das Tablett. »Du hast gefragt, wessen Blut das war. Jetzt weißt du es.«

Sie tritt vom Wagen weg. Ihr Gesicht wird blass und sie nimmt den Haufen von Gaias Kleidern auf und drückt sie sich an die Brust. Dann verschwindet sie in meinem Schlafzimmer und verschließt die Türen.

34

ZERBROCHENES GLAS

Jack

Die Gemeinschaftsräume im Winterflügel sind auffallend leer, die Trainingsräume still, die Flure dunkel. Normalerweise war Kai vorn, aber seit wir die Küche verlassen haben, läuft sie hinter mir her und ihr Blick huscht in jeden Durchgang, an dem wir vorbeikommen, als erwarte sie, ihre Schwester darin zu sehen. Schlafquartier um Schlafquartier ... jede Tür ist geschlossen. Das Observatorium wirkt verlassen, innerlich tot, die Augen geschlossen, die Fäuste geballt. Wir laufen auf leisen Sohlen durch die Gänge, lauschen dem Gemurmel angespannter Stimmen durch die Wände und es fühlt sich an, als würden wir beobachtet, als würde jede Jahreszeit und jeder Administrator und jede Administratorin, die in diesen Hallen gefangen sind, gemeinsam die Luft anhalten, auf etwas warten.

Das Summen einer dringlich klingenden Unterhaltung verstummt, als Kai dicht an einer der Türen vorbeiläuft. Sie hebt eine Faust, will anklopfen, ihr Mund öffnet sich, um etwas zu denen darin zu sagen. Ich greife nach ihrer Hand, um sie aufzuhalten, forme mit den Lippen das Wort *Nein*.

»Sollten wir sie nicht rauslassen? Sie sind gefangen.«

»Es ist besser für sie, wenn sie uns nicht sehen«, flüstere ich. Ich gehe weg von der Tür, ziehe Kai hinter mir her, während die Mädchen drinnen anfangen, gegen die Tür zu schlagen und nach uns zu rufen. Hier unten sind Hunderte Jahreszeiten und Administratoren in ihren Zimmern eingesperrt. Wir können sie unmöglich alle retten. Als wir an Gabriels und Yukios altem Schlafquartier vorbeikommen, muss ich mir in Erinnerung rufen, dass sie weg sind. Mit dem Wind gegangen. Ich könnte an ein paar anderen Türen klopfen von Jahreszeiten, die ich kannte, doch alle, die mich gut genug kennen, um mir zu helfen, stehen vermutlich unter Beobachtung. Ich kann nicht riskieren, Aufmerksamkeit auf diesen Flügel zu lenken. Nicht, bis ich gefunden habe, weshalb ich hier bin.

Lyons Büro ist weit hinten im Winterflügel. Ich habe noch nie darüber nachgedacht, aber rückblickend ergibt diese Abgeschiedenheit Sinn. Gaia wollte Lyon so fernhalten von Michael wie möglich, weit unter seinem Radar. Ich hoffe nur, das vollgestopfte, staubige Büro – mitsamt der Kugel, die Lyon darin aufbewahrte – ist auch unter Dougs Radar geblieben.

Kai bleibt vor jeder Anschlagtafel stehen, an der wir vorbeikommen, überfliegt die angetackerten Verkündungen mit ihrer Taschenlampe, sucht vermutlich nach dem Namen ihrer Schwester. Ich laufe schnell durch die Flure, halte mich an die dunklen Gänge ohne Strom, zwinge sie, bei mir zu bleiben. Ihre Schuhe platschen in Pfützen von kaputten Rohren, das Klacken ihres Bogens gegen ihren Köcher zeigt mir, dass sie immer noch hinter mir ist.

Unerwartet bleibe ich stehen.

Kai prallt gegen meinen Rücken und ich hebe eine Hand, damit sie schweigt. Die Tür zu Lyons Büro steht offen. Instinktiv hole ich Luft, suche verzweifelt nach einem Hinweis darauf, was uns drinnen erwarten könnte. Aber ich rieche nur Staub und meinen eigenen Schweiß.

Vorsichtig schleiche ich näher. Kais Bogen rappelt nicht länger, und als ich zurückblicke, sehe ich, dass sie ihre Waffe schon gezogen hat. Ich drücke mich eng an die Wand und spähe ins Zimmer. Die Scharniere quietschen, während ich die Tür vorsichtig weiter aufstoße.

Kai senkt den Bogen. Ich keuche scharf auf, als das rote Licht aus dem Gang in den Raum fällt.

Ich trete hinein in den Geruch nach Kreidestaub und die schwachen Spuren von Lyons Rasierwasser. Die Kugel und ihr Bronzepodest sind weg. Sein Schreibtisch liegt auf der Seite, die Schubladen sind ausgeleert und der Inhalt verstreut. Die Rücken seiner Lieblingsbücher sind weit aufgeklappt, die Seiten zerrissen, zu Boden geworfen.

Ich richte seinen Stuhl auf. Zerbrochenes Glas knackt unter meinen Füßen. Die Splitter sind geschwungen und dick, und ich sinke auf den Stuhl, den Kopf in den Händen, starre auf die Überreste der zerschmetterten Kugel.

Mein Schatten ist weg.

Wie viel hat Doug in Lyons und Gaias Augen gesehen, bevor er sie umbrachte? Hat Doug die Kugel zerbrochen, während sie den Raum plünderten auf der Suche nach etwas anderem, oder wusste er, dass der Schatten in der Kugel meiner war? Ich wiege mich im Stuhl, meine Kehle ist eng, während ich mir all das ausmale, was Doug damit angestellt haben könnte.

»Wir sollten gehen«, sagt Kai sanft, ihr Tonfall weniger eindringlich als zuvor, als ahne sie, wie nahe ich einem Zusammenbruch bin. Als verstehe sie, dass ein Stück von mir in dem Augenblick gestorben ist, in dem ich dieses Zimmer betrat. »Wir können zurückgehen und uns in den Katakomben verstecken, bis wir wissen, was wir tun sollen.« Sie berührt meine Schulter.

Ich hebe den Kopf, erlaube mir einen letzten Blick durch das Zimmer. Eine Spiegelung über Lyons Schreibtisch erregt meine Aufmerksamkeit, das Aufleuchten von Licht auf Glas über dem verblassten Poster von Cuernavaca, das mich immer an Fleur erinnert. In den vergangenen drei Jahrzehnten habe ich zahllose Stunden auf diesem Stuhl verbracht und es angestarrt. Es hing immer am gleichen Platz, das Klebeband so alt, dass es genauso gut mit Zement hätte befestigt sein können. Merkwürdig, dass Lyon es plötzlich gerahmt hat.

Ich stehe auf und das Leder knarrt, die Überreste der Kugel knirschen unter meinen Füßen, als ich das Zimmer durchquere und den Rahmen von der Wand nehme. Ich halte ihn in beiden Händen, mein Blick geht über die Ränder. Dann schlage ich ihn gegen die Wand und Kai keucht erschreckt auf.

Glas regnet auf meine Schuhe. Ich schüttle die losen Splitter aus dem Rahmen und lege ihn mit dem Bild voran über die Armlehnen des Sessels, ziehe die Ränder des Posters zurück. Ein gefaltetes Blatt Papier klebt daran. Ich lege den Rahmen auf den Boden, falte Lyons Brief auf und lasse mich in den Stuhl fallen.

Jack,
wenn du das liest, dann ist das Schlimmste eingetroffen. Ich habe immer versucht, nicht zu sehr auf das Schicksal zu setzen. Ich habe gehofft, es würde anders laufen, doch wenn du jetzt hier bist, waren meine Bemühungen, die Gezeiten zu wenden, nicht erfolgreich und dieser Augenblick war unvermeidlich. Ich bedaure nur, dass ich keine Gelegenheit mehr hatte, dich noch ein letztes Mal zu sehen, um dir zu sagen, wie sehr du mir im Laufe der Jahre ans Herz

gewachsen bist. Es gibt so vieles, das ich wünschte, dir erklärt zu haben. Dich gehen zu lassen war nicht leicht. Ich kann nur hoffen, dass es am Ende das Richtige war.

Trauere nicht um Gaia oder mich. Denk daran, wir sind nur Materie in einem geschlossenen System, können weder erschaffen noch zerstört werden. Wir sind nur verwandelt, von einer Form in die andere. Glaube mir, wenn ich dir sage, dass ich noch hier bin, in jeder Lektion und jeder Unterhaltung, die wir je miteinander geteilt haben. Halte dich fest an diesen Gesprächen, so wie ich es getan habe und auch jetzt tue, während ich hier vor dem leeren Stuhl sitze, auf dem du so oft gesessen hast, deine Energie so lebendig in diesem Raum, in dem ich dir dieses letzte Lebewohl schreibe.

Vor nicht allzu langer Zeit habe ich dir einen Eid geleistet. Ich habe geschworen, ich würde dich beschützen. Dich sicher zu bewahren, falls du je den Drang verspüren würdest, hierher zurückzukehren und dich selbst zu finden. Ich habe getan, was ich konnte, um dieses Versprechen zu halten.

Ein Stück von jedem von uns lebt hier im Observatorium, Jack.

Geh zurück zu deinem Anfang, um die Antworten zu finden, die du suchst. Finde die fehlenden Teile. Atme tief ein und erinnere dich an den Löwen, der du bist, aber sei achtsam: Zerbrochene Zähne können schärfer sein, als wir glauben. Pass auf, nicht die zu verletzen, die dir am wichtigsten sind.

Voller Dankbarkeit für alles, was du mir gegeben hast, und voller Hoffnung in das, was ich in dir gesehen habe,

Professor Daniel Lyon

»Jack, die Wachen könnten jeden Augenblick durch diese Gänge patrouillieren. Wir müssen gehen.« Kai späht durch einen Spalt in der Tür, wippt auf den Fersen, aber ich kann nicht aufhören, auf Lyons Nachricht zu starren.

Diese Nachricht. Die Reisegutscheine. Die Bitte, die er an Kai gerichtet hat …

Lyon wusste es. Er wusste, dass genau dieser Moment eintreten könnte. Er wusste es lange genug, um zu versuchen, es zu verhindern, machte unterdessen aber Notfallpläne, falls er versagte. Er wusste, dass ich hierherkommen würde. Dass ich genau auf diesem Stuhl sitzen würde, knöcheltief in zerbrochenem Glas, seinen Verlust betrauern, nach Fleur suchen, während Doug das Observatorium auf den Kopf stellt, Leben nimmt und Seelen stiehlt, vermutlich meinen Schatten wie eine gottverdammte Trophäe bei sich trägt.

Lyon wusste es, er hat Pläne gemacht und mir nichts gesagt.

Ich lese die Nachricht erneut, meine Braue zieht sich über seinen Worten zusammen.

Atme tief ein, sagt er mir, *und erinnere dich an den Löwen, der du bist.* Aber ich habe mich nie machtloser gefühlt als gerade in diesem Moment.

Ich habe geschworen, ich würde dich beschützen. Dich sicher zu bewahren … Ich habe getan, was ich konnte, um dieses Versprechen zu halten.

Wie zur Hölle hat er es gehalten? Wie konnte er glauben, es wäre sicher, ein Stück meiner Seele in diesem Raum schutzlos stehen zu lassen? Ich zerknülle die Nachricht und werfe sie auf seinen umgestürzten Schreibtisch. Er wusste, welches Chaos Doug in diesem Raum anrichten würde. Warum hat er dann die Kugel hiergelassen, meine Seele und meine Magie gefangen und entblößt, wo Doug sie finden würde? Warum nicht auch meinen Schatten verstecken?

Ich vergrabe den Kopf in den Händen, die Ellbogen auf den Knien, starre auf das Chaos am Boden. Das Zimmer sieht aus, als wäre ein Tornado hindurchgefegt.

Ich hebe den Kopf.

Bücke mich, hebe eine gebogene Scherbe auf, halte das Stück der Kugel vor mich.

Dich gehen zu lassen war nicht leicht. Ich kann nur hoffen, dass es am Ende das Richtige war.

Ich ignoriere den Schmerz, als ich im Glas auf die Knie falle und den Schutt durchwühle.

»Jack«, flüstert Kai, »was machst du da?«

Ich drehe Bücher und Papiere um, schiebe eine heruntergefallene Lampe zur Seite. »Er ist nicht hier.« Hoffnung regt sich in mir, als Lyons Nachricht langsam Sinn ergibt.

»Was immer du suchst, Doug hat es wahrscheinlich zerstört. Und wenn eine seiner Wachen uns hier findet, sind wir definitiv die Nächsten!«

Ich schiebe leere Schubladen beiseite und Lyons verstreute Akten. »Nicht die Kugel. Der Sockel. Der Sockel fehlt.« Der Bronzeständer, der meine Kugel hielt … ich sehe ihn nirgends. Hätte Doug die Kugel zerschmettert, wäre der Ständer hier.

Mit einem ungeduldigen Schnauben löst Kai sich vom Türrahmen und geht ein paar Schritte von mir entfernt auf die Knie. Glas klirrt leise und Papier raschelt. »Bitte sag mir, warum wir unsere Leben bei der Suche nach einem überbewerteten Kuchenständer riskieren.«

»Weil ich nicht glaube, dass er hier ist.«

Kai hört auf, rumzuwühlen. Sie hockt auf der anderen Seite des Schreibtischs und gafft mich an, während sie ihr verschwitztes Haar mit dem Ärmel zurückwischt. »Und das ergibt Sinn, weil?«

»Ich glaube nicht, dass Doug die Kugel zerschmettert hat. Ich glaube, Lyon war es.« Selbst wenn Lyon im Stab nicht über seinen eigenen Tod hatte hinaussehen können, musste er wissen, dass das Observatorium unter Doug fallen würde – dass der gesamte

Laden ins Chaos stürzen würde. In einem solchen Durcheinander etwas zu verbergen ist leicht. »Ich glaube, er hat die Kugel zerstört und meinen Schatten freigelassen, dann den Ständer versteckt, damit Doug nicht erkennt, was er da sieht, wenn er hier sucht. Wenn mein Schatten frei ist, kann ich ihn immer noch finden.«

Und dann bin ich stark genug, um Fleur und Chill hier rauszuholen.

Kai verschwindet hinter dem Schreibtisch. Ein leises Knarren, gefolgt von einem hohlen Schlag. »Wow«, flüstert sie.

»Was ist?« Ich umrunde den Tisch. Kai beugt sich über einen quadratischen Rand im Boden, das klappbare Holzpaneel liegt offen neben ihr.

»Ein Geheimgang.« Sie stellt ihre Taschenlampe an und leuchtet in das Loch. »Das muss zu Gaias Suite führen.«

»Warum denkst du das?«

Sie hält inne, ihr Mund öffnet und schließt sich wieder, dann zuckt sie mit den Schultern. »Einfach … du weißt schon … Gerüchte. Nachdem Gaia und Lyon während der Rebellion aus dem Observatorium geflohen sind, haben die Leute geredet. Wenn sie wirklich insgeheim verliebt waren, seit Jahren gemeinsam Pläne schmiedeten, müssen sie eine Möglichkeit gehabt haben, ohne Michaels Wissen zusammen sein zu können, richtig? Ich wette, das hier war es.« Sie wendet sich zu schnell wieder dem Durchgang zu, als wäre es ihr unangenehm, meinem Blick zu begegnen. Sie beugt sich hinab in das Loch, eine Hand auf den Rand gestützt, die andere hält ihr Licht. Ihre Hand rutscht ab und ich packe ihre Jeans, bevor sie durch die Öffnung fallen kann. Papiere knistern unter meiner Faust, als ich sie hochziehe.

»Was ist das?«, frage ich und fange den dicken Stapel gefalteter Blätter auf, die ihr aus der hinteren Tasche rutschen.

»Nichts.« Sie greift danach, will sie dringend zurückhaben. Aber sie ist zu klein und meine Arme sind zu lang, und ich öffne die gefalteten Papiere rasch. Zuerst erfasse ich den Sinn der Zeichnung nicht – ein Kreuz durchschneidet die Mitte des Blattes, jede Himmelsrichtung windet sich vom Rand des Papiers. Die exakt geraden Linien durchschneiden ein Labyrinth aus sanft geschwungenen, sich gabelnden Linien. Tunnel. Dutzende. Von schmalen Wendeltreppen durchzogen, alle mit Lyons Handschrift gekennzeichnet.

»Das ist eine Karte der Katakomben.« Mein Blick flitzt über Lyons saubere Markierungen. Das Papier ist dünn, die Tinte vom Alter verblasst und die Knicke abgenutzt. »Wo hast du die her?«

»Sie gehört mir«, sagt sie, greift immer noch danach. »Lyon hat sie mir gegeben.«

»Wann?«

»Vor langer Zeit. Gib sie zurück!«

Ich halte es höher, außerhalb ihrer Reichweite. Das Licht vom Gang scheint durch das Papier, enthüllt andere schwache Markierungen. Ein zweites Stück Papier klebt an den Falten und ich schäle die Seiten auseinander. Diese zweite Karte ist vertraut, voller Orientierungspunkte, die ich erkenne. Das Kreuz in der Mitte, der Kontrollraum unter dem Ostflügel. Die Archive unter dem Westen. Und im Norden und Nordosten zwei weitläufige Apartments, eines mit *Chronos' Suite* und eines mit *Gaias Apartment* beschriftet.

Eine dünne, gepunktete Linie verbindet Gaias Apartment mit einem Raum unter dem Winterflügel, in der Nähe des Orts, an dem wir stehen. Ich halte die beiden Karten zusammen gegen das Licht, überlappe die Knicke, bis sie perfekt aufeinanderpassen. Vier Linien verschwinden an jedem Ende der Seite, eine in jedem Flügel, beschriftet mit *Notfallfluchtrouten*.

»So hast du also den Weg nach draußen gefunden, als du vor

Doug weggelaufen bist«, sage ich und verfolge die Ausgänge. Das sind die Tunnel, die ich jahrelang gesucht habe – die, bei deren Suche Lyon mich erwischt hat und von denen er wusste, dass ich sie so unbedingt finden wollte. »Warum hast du mir nicht erzählt, dass du eine Karte hast?« Warum hat Lyon das nicht?

Ich neige die Seite, sodass ich Lyons Beschriftungen und Anmerkungen lesen kann. Direkt unter dem Kontrollraum öffnet sich eine Treppe zu einem Gang, den fast ein Dutzend kleiner, quadratischer Räume flankiert. Arrestzellen.

Ich wende mich ihr zu, bin mir des Bogens auf ihrem Rücken nur zu bewusst. »Du hast mir gesagt, du hättest keine Ahnung, wo Doug Fleur festhält. Warum verheimlichst du das vor mir?«

Sie weicht vor mir zurück, eine Hand nach dem Köcher ausgestreckt. Ihre Augen sind groß, ihre Wangen von Schmutz bedeckt. Lyon hat Kai vertraut. Genug vertraut, um ihr eine Karte zu geben, von der er nicht einmal mir erzählt hat. Warum? Was haben sie sonst noch vor mir verheimlicht?

»Wer warst du für ihn?«

»Jemand, der dir helfen kann.«

»Bevor oder nachdem du auf mich geschossen hast?« Sie zuckt zurück, als ich sie in eine Ecke dränge. »Wer warst du für ihn, als er dir diese Karte gegeben hat?«

Ihr Absatz trifft die Wand. »Ich war verloren, wie du! Ich war allein und hatte Angst und ich wollte nur bei meiner Schwester sein. Lyon hat mir die Karte gegeben und ich dachte, er könnte uns helfen, aber da lag ich falsch.«

Ihr Geständnis fühlt sich dünn an, als verberge sie immer noch etwas. »Was verheimlichst du mir?«

»Nichts.« Ihr Seufzen klingt zittrig, als versuche sie, nicht zu weinen. »Ich habe es versaut. Lyon hat mir diese Karte gegeben, weil er mir vertraute. Ich habe dieses Vertrauen gebrochen, als ich zur Wache gegangen bin. Und jetzt will ich das in Ordnung bringen. Ich will dir helfen. Das ist alles.«

»Wenn du versucht hättest, mir zu helfen, warum hast du mir dann nichts von der Karte erzählt?«

»Weil ich mir nicht sicher sein konnte, dass du sie nicht nehmen und mich stehen lassen würdest. Und ich brauche dich, um meine Schwester zu finden.«

Sie hat mir nichts von den Arrestzellen erzählt, weil sie wollte, dass ich sie zu Boreas bringe, damit sie zuerst ihre Schwester finden konnte. Ihre Schwester, die meine Freunde für ein Kopfgeld hatte ermorden wollen. »Viel Glück dabei.« Ich falte die Karte und schiebe sie in meine Tasche, wende mich zur Tür. Lyon hat Dinge vor mir verborgen. Kai hat Dinge vor mir verborgen. Die einzige Person, der ich im Moment vertraue, bin ich.

»Warte«, ruft sie und stürzt hinter mir her. »Du brauchst mich immer noch. Ich kann dir immer noch helfen.«

»Danke, aber ich glaube, ich komme allein zurecht.«

»Du bist dumm, wenn du glaubst, Doug allein ausschalten zu können.«

»Glaub mir, du bist die Letzte, die ich als Rückendeckung möchte.«

»Weil du keinen Spotter brauchst, richtig?«

»Richtig.«

»Das ist Bullshit. Wenn du das wirklich glaubst, müsstest du zugeben, dass Fleur *dich* nicht braucht.« Ich halte abrupt inne, denn diese Worte gehen mir tief unter die Haut. »Jeder braucht jemanden, der auf ihn aufpasst, Jack. Sogar du. Ich kann dir helfen, sie zu finden. Und wenn deine Magie hier unten ist, kann ich dir helfen, auch sie zu finden.«

Meine Fäuste ballen sich. Vielleicht ist es dieses Zimmer. Der Geruch. Vielleicht ist es dieses Loch im Boden oder dieser verdammte Ledersessel. Vielleicht ist es sein Brief in meiner Tasche, all diese achtsam gewählten Worte, die noch so frisch in meinem Kopf sind. Ich kann Lyons Anwesenheit hier praktisch fühlen. Ich weiß genau, was er sagen würde. Er würde mir sagen, dass ich Hilfe annehmen soll, wo ich sie finde, die Stärke von anderen annehmen, wenn sie angeboten wird. Dass es einen Grund gibt, dass er ihr vor all diesen Jahren diese Karte gegeben hat und nicht mir. Dass es einen Grund gibt, warum er Kai nie gesagt hat, was mit Névé geschehen ist. Ich habe es nur noch nicht begriffen.

Ich blicke hinauf zu dem leeren Fleck an der Wand, wo früher Lyons Poster hing. »Ich kann nur hoffen, dass du recht hast«, flüstere ich und übe mich in Zuversicht, dass ein Teil von ihm immer noch hier ist. Dass ein Teil von *mir* noch hier ist. Und dass wir irgendwie in der Lage sind, ihn rechtzeitig zu finden.

35

ARGLOSE FEDERN UND INNERES FEUER

Fleur

Ich ziehe mich rasch an, schließe den Reißverschluss eines frischen Overalls und ziehe einen von Gaias Wollpullis über den Kopf, unsicher, wie viel Zeit ich noch allein habe. Ich entferne die Schlüsselkarte aus der Tasche des Bademantels, ohne daraufzusehen, und schiebe sie in meine Socke, verdecke sie unter meiner Fußsohle. Ich hab sie aus Dougs Manteltasche gezogen, als er in der Dusche neben mir kniete. Jetzt muss ich nur einen Weg aus dieser Suite finden und mir einen Plan ausdenken.

Doug hat die Grundlagen gemeistert – sich seinen Weg an Barrieren vorbeizutasten, seinen Geist so tief wie möglich in eine Pflanze zu strecken, bis die Verbindung zum Wirt stark und stabil ist. Wie seine Finger in einen engen Lederfahrhandschuh zu schieben, wo der Handschuh jeder Bewegung der Hand folgt.

Ich hatte nicht gedacht, dass er so schnell lernen würde. Ich dachte, ich hätte mehr Zeit. Nachdem er jetzt die Gelegenheit zum Üben hatte, wird es nicht lange dauern, bis er Gaias Magie erneut an sich zu nehmen versucht. Wenn er versagt wie zuvor, wird er wahrscheinlich das gesamte Observatorium über unseren Köpfen zum Einsturz bringen. Und wenn er Erfolg hat? Angenommen, die Magie zerfetzt ihn nicht, dann jagt er Jack. Und das kann ich nicht zulassen.

Eine Tür knallt im Wohnzimmer. Ich halte inne, die Hand gegen das Fußteil des Betts gestützt, die andere Socke halb über den Fuß gezogen, lausche ich auf Stimmen draußen. Ich ziehe die Socke hoch, öffne die Tür einen Spalt und finde das Wohnzimmer leer vor. Dougs Jacke ist von der Sofalehne verschwunden.

In meiner Eile, die Schlüsselkarte aus meiner Socke zu ziehen, während ich zur Tür renne, falle ich fast hin. Ich wische damit über den Sensor, aber das Licht leuchtet nicht grün. Ich wische erneut. Nicht einmal ein Blinken. Ich rase durch das Apartment, durchwühle Schubladen und Schränke, suche hinter Bilderrahmen und TV-Monitoren, weiß nicht, was ich suche. *Wie würde Jack rauskommen?*

Ich stehe auf einem Stuhl und rüttle an einem Belüftungsschlitz in der Wand, aber selbst wenn ich den aufbekäme, wäre er zu klein.

Ein Schauder kriecht mir über den Nacken. Ein weiterer kriecht an meinem Bein hinauf.

Ich keuche auf und wirble herum. Ein Schatten schwebt in der Luft vor mir.

»Du«, flüstere ich. »Was machst du hier?«

Die kleine dunkle Wolke wendet sich und rollt sich herum, dreht sich im Kreis, als wolle sie meine Aufmerksamkeit auf sich lenken. Sie fliegt an mir vorbei ins Wohnzimmer, dann kommt sie zurück, nur um erneut davonzuhuschen, als wolle sie, dass ich ihr folge.

Sie schwebt neben dem Buffet.

»Was? Ich verstehe dich nicht.«

Der Schatten streckt sich und wird ganz dünn, stürzt sich hinter den Schrank und kommt wieder hervor. Da schwebt er, beobachtet mich. Dann gleitet er wieder zwischen den Schrank und die Wand, bis es scheint, als wolle er Charade spielen.

»Hör mal, ich habe keine Zeit, um Verstecken zu spielen und dich zu …« *Suchen.*

Er möchte, dass ich etwas suche.

Ich beuge mich über das Buffet, aber es steht eng an der Wand und ich kann nichts durch den schmalen Spalt erkennen. Ich packe eine Seite und wuchte sie ein paar Zentimeter weg. Ein großes Metallgitter ist an die Wand geschraubt – eine Ansaugöffnung, groß genug für mich. Als ich mich umdrehe, ist der Schatten verschwunden.

Mit rasendem Herzen lehne ich die Schulter gegen den Schrank und drücke. Der plüschige Teppich wehrt sich, aber mir gelingt es, ihn weit genug hervorzuschieben, um mich selbst in die Lücke zu quetschen.

Schraubenzieher. Ich brauche einen Schlitzschraubenzieher. Oder ein Messer. Oder einen Brieföffner.

Ich renne zum antiken Sekretär im Schlafzimmer, aber aus dem hat man alles Scharfkantige entfernt. Ich probiere es im Bad, ziehe Schränke und Schubladen auf, öffne hektisch ein kleines Lederetui mit einem Nagelpflegeset. Die Schere ist weg, aber die stumpfe Metallnagelfeile könnte helfen.

Mit zitternden Händen schiebe ich die Feile in die Rille im Kopf einer Schraube. Die Feile rutscht ab und meine Knöchel schaben über den Rand des Gitters. Ich versuche es erneut und es gelingt mir, alle vier Schrauben zu lösen, sodass das Gitter von der Wand gleitet. Die Luft in dem Schacht ist abgestanden und kalt. Ich krieche auf Händen und Knien, frage mich, wie ich durch das Belüftungssystem navigieren soll, sobald ich weiter drin bin, als das Licht, das aus dem Apartment hinter mir hereinsickert, endgültig verschwindet. Ich würde gerade alles für einen Transmitter geben – Jacks Stimme in meinem Ohr, der mir sagt, wohin ich gehen soll und wie ich ihn finde.

Unvermittelt sehe ich mich einem gespenstischen Schatten gegenüber und keuche auf.

Der Schatten flitzt voraus, wartet am Ende der ersten Abbiegung auf mich.

»Halte durch, Jack. Ich komme«, flüstere ich und krieche ihm hinterher durch den Belüftungsschacht.

36

BEVOR ICH SCHLAFE

Jack

Vor zwei Jahren hätte mich die Aussicht auf eine Jagd nicht so abgeschreckt. Es wäre mir so leichtgefallen, wie zu atmen. Jetzt weiß ich nicht einmal, wo ich anfangen soll.

»Wohin gehen wir?« Kais Stimme hallt durch den Tunnel, ihre Schuhspitzen streifen im Gehen meine Absätze. Ich werfe ihr über die Schulter einen finsteren Blick zu und sie lässt sich ein wenig zurückfallen. Gerade genug, dass sie mich nicht wieder ins Stolpern bringt.

»Wir gehen zu meinem Zimmer.« In seinem Brief sagte Lyon, ich solle zu meinem Anfang zurückkehren, um zu finden, was ich suche. Mein altes Schlafquartier war das erste und einzige Zuhause, das ich hier je kannte.

»Bist du verrückt?« Kai quetscht sich neben mich, zwingt mich dicht an die Wand. »Doug weiß, dass wir hier sind! Er lässt dein Zimmer vermutlich von Wachen observieren. Wie kannst du dir sicher sein, dass er nicht darin auf uns wartet?«

»Hast du einen besseren Vorschlag?« Ich halte an einer Gabelung im Tunnel inne. Die Taschenlampe zwischen die Zähne geklemmt, ziehe ich Lyons handgemalte Karte auf und halte sie hoch, vergleiche sie mit den beiden Wegen vor uns. Ich wende mich nach links. Nach ein paar Schritten endet der Tunnel jäh.

Kai schnaubt. »Gib mir die Karte.«

»Nie im Leben.«

»Wir haben uns offensichtlich verlaufen.«

»*Du* hast dich verlaufen. Ich weiß genau, wo ich bin.« Ich leuchte mit dem Licht an die Wand vor mir, drehe mich langsam in dem beengten Platz. Die Wände sind solide, aber hier soll eine Art Treppe sein. Oder zumindest war hier mal eine. Ich fahre mit den Fingern über die Vertiefungen im Stein, frage mich, ob Chronos das ganze Ding vor Jahren zuzementiert hat. Das wäre typisch. Ich halte mir Lyons Zeichnung dicht vor das Gesicht, verenge die Augen, um die winzigen Buchstaben zu lesen.

»Um Chronos' willen, würdest du mir die verdammte Karte endlich geben? Warum haben Männer nur immer solche Probleme, um Hilfe zu bitten?«

»Ich würde dir genauso gern meinen Schatten geben wie diese Karte.«

»Ich würde *niemals* Magie von einem anderen nehmen.«

Ich bin froh, dass sie in der Dunkelheit nicht sieht, wie ich zusammenzucke. »Du wärest überrascht, was du alles kannst, wenn du glaubst, jemand, den du liebst, stirbt.«

»Was du da tust, ist nicht das Gleiche, Jack. Dieser Schatten gehörte dir. Etwas zurückzuholen ist nicht das Gleiche, wie es zu stehlen«, sagt sie nachdenklich. »Außerdem kann ich von niemandem Magie nehmen. Ich bin ein Mensch.«

»Das bin ich auch.«

»Aber deine Magie ist ein Teil von dir. Sie hat eine Verbindung zu dir. Sie sollte von dir angezogen werden. Und Lyon hat ja bereits gesagt, dass es dir möglich wäre, sie zurückzufordern.«

»Er hat nie behauptet, dass es leicht würde.« Ich kratze mir den Nacken, es fällt mir schwer, ihr in die Augen zu sehen. »Was ist mit deiner Magie? Sie muss hier irgendwo im Observatorium sein.«

Sie schüttelt den Kopf, lehnt sich an die Tunnelwand. »Die Kugeln wurden beim Erdbeben alle zerschlagen. Sie ging während der Dekonstruktion verloren.«

»Das tut mir leid.«

»Ist in Ordnung«, sagt sie mit angespanntem Lächeln. »Ich habe Frieden damit geschlossen.«

»Wie schließt man seinen Frieden mit so etwas? Doug hat dir versprochen, er würde dir helfen, und er hat dich nach Strich und Faden belogen. Wegen ihm wirst du sie niemals zurückbekommen.«

»Vielleicht verdiene ich sie nicht«, sagt sie leise. »Ich hätte ihm nicht helfen müssen. Aber ich habe diese Wahl getroffen. Und jetzt muss ich mit den Konsequenzen leben. Es ist zu spät, meine Magie zu retten. Der einzig wichtige Teil von mir, der noch hier ist, ist Ruby.« Sie stößt sich von der Wand ab und schiebt den Bogen auf ihrer Schulter hoch. »Ich schätze, wir sind so wie du und dein Schatten … Ruby und ich waren lange nicht zusammen, aber wir sind immer miteinander verbunden. Ich muss glauben, dass ich sie finde. Und dass sie dann mit mir kommt.«

Schuld breitet sich in meiner Kehle aus. Kai dreht sich um und geht den Weg zurück, den wir gekommen sind.

»Kai, warte. Es gibt da was, was ich dir sagen muss …«

Ein leises Grollen regt sich unter meinen Füßen. Der Boden beginnt zu beben. Ich stemme die Hände gegen die Tunnelwände, weil Staub und Steinchen auf uns rieseln. Kai duckt sich, die Augen groß vor Panik.

»Was passiert hier?«, fragt sie. Der Boden zittert erneut, dann wird es gespenstisch still.

»Bin ziemlich sicher, das ist Fleur.« Ein bewunderndes Lächeln macht sich auf meinen Lippen breit. »Und ich schätze, sie ist angepisst.«

Kai beobachtet die Decke und schluckt schwer. »Vielleicht kannst du sie bitten, das nicht noch mal zu machen, wenn du sie findest.«

Wir warten, lauschen auf ein Nachbeben. Die Höhle pfeift leise. Der Rand der Karte flattert in einer kühlen Brise, die durch einen neuen Riss in der Wand zischt. Ich verfolge ihn mit meiner Lampe bis zu einem Loch in der Decke. Dann trete ich einen Haufen herabgefallener Steine beiseite und stelle mich unter das Loch, leuchte mit der Lampe hinein. Der Lichtstrahl wird von einer kurzen Metallschiene reflektiert.

Das waren keine Stufen auf der Karte. Das war eine Leiter.

»Gib mir mal deinen Bogen«, sage ich und stecke die Taschenlampe in meine Hemdtasche, sodass der Strahl nach oben zeigt. Zögerlich streift Kai den Bogen ab und reicht ihn mir. Ich hebe ihn hoch, angle die untere Sprosse mit dem gebogenen Ende. Mit einem Kreischen rutscht die Leiter herab.

Ich gehe in die Hocke, verschränke meine Hände und hieve Kai hoch. Sie erklimmt die Sprossen, ebenso begierig, aus dem staubigen, beengten Raum herauszukommen, wie ich. Als ich hochspringe, zittert die Leiter, doch ich erwische eine Sprosse und ziehe mich hinauf. Meine Schulter schmerzt und bei einem Ziehen frage ich mich, wo Amber, Julio, Poppy und Marie sind. Wenn sie Fleurs Beben gespürt haben und die gleiche Erleichterung empfinden wie ich …

Ein Nachbeben erschüttert die Leiter, lässt losen Schiefer auf unsere Köpfe regnen. Kai kreischt, verliert den Halt. Sie greift im Rutschen eine Sprosse und ihr Fuß trifft meine Schulter. Wir halten uns fest, warten, dass das Zittern aufhört.

»Beeil dich«, sage ich. »Bevor das nächste kommt.«

Wir steigen die letzten paar Schritte zu einer Öffnung im Boden über uns hinauf. Kai windet sich aus dem Tunnel, dann greift sie hinab und hilft mir hoch. Mein Licht zuckt über Wände voller Metallregale.

»Wo sind wir?«, fragt Kai.

»Wenn Lyons Karte stimmt, sind wir in einer Wartungskammer in der Nähe vom Kreuz.« Ich klopfe mir den Staub ab und öffne die Tür einen Spalt. Die Deckenlampen im Flur flackern wie Stroboskoplichter. Ich ducke mich wieder, als ein Wachteam eine Gruppe Jahreszeiten und Administratoren auf das Kreuz zutreibt. Die Arme der Winter sind voller Rucksäcke und Gepäck, als würden sie auf einen anderen Flur verlegt. Ich erkenne ein paar. Kai späht über meine Schulter durch den Spalt, hofft auf ihre Schwester. Wachen rufen einander zu auf der anderen Seite des Plexiglasdurchgangs am Ende des Gangs. Eine Wächterin deutet auf einen Computerbildschirm, schlägt gegen seine Seite. Ich blicke zur nächsten Kamera, aber da blinkt kein rotes Licht.

»Das Beben muss das Netzwerk abgeschaltet haben. Komm schon.« Nachdem die Gruppe das Kreuz verlassen hat, führe ich Kai durch den Gang, weg von den Wachen. Stimmen blaffen durch die Halle. Meine Hände zittern vor Adrenalin, als ich mich vor die Tür meines alten Schlafquartiers knie und einen Dietrich ins Schloss schiebe. Kai zieht ihren Bogen, zielt damit in Richtung sich nähernder Stiefelgeräusche.

»Jack?«, flüstert sie.

»Ich beeile mich.«

»Sie kommen!«

Ein Taschenlampenstrahl biegt um die Ecke, gerade als der letzte Stift an seinen Platz gleitet. Ich drehe den Knauf, ziehe Kai hinein und schließe die Tür hinter uns. Dann sacke ich rückwärts dagegen, während die Wachen vorbeidonnern, und schalte meine Taschenlampe erst an, nachdem ich überzeugt bin, dass sie weg sind.

Der Anblick meines alten Zimmers bringt einen Ansturm der Erinnerungen mit sich. Ich gehe rasch durch jeden Raum, ziehe den Duschvorhang zurück, stoße jede Tür auf und sehe unter den Betten nach, gebe dabei eine Reihe leiser Flüche von mir, weil nirgendwo eine Spur von meinem Schatten ist.

Kai liegt ausgestreckt auf dem Boden und starrt an die Decke, während sie langsam wieder zu Atem kommt.

»Sieht aus, als wäre jemand vor uns hier gewesen«, bemerkt sie. Stapel loser Papiere und Akten liegen verstreut um sie herum. Unsere verschlissene alte Couch ist umgeworfen, die Festplatte ist auseinandergenommen und die Glasplatte von Chills Schreibtisch gesprungen. Meine Stasiskammer ist weg, die Drähte baumeln von der Wand.

Ich trete Chills Tastatur zur Seite und eine unerwartete Schwere macht sich in meiner Brust breit. Das Zimmer riecht immer noch schwach nach ihm. Nach Cheese Doritos und Schmuggel-Beef-Jerky. Mit einem Stich beuge ich mich herab und hebe die Überreste seines Stoffeisbären auf. Die Nähte sind aufgerissen, die Füllung quillt heraus. Ich trage ihn in unser altes Schlafzimmer und lege ihn zurück auf seinen Teil des Stockbetts. Meine Schranktür steht offen und meine alten, aufgerollten Skizzen des Observatoriums sind weg. Ebenso die Truhe, in der ich Fleurs Baumschmuck aufbewahrte …

Ich knalle die Tür zu und fahre mir mit den Händen durch die Haare. Ich hätte Boreas bezahlen sollen, damit er sie einpackt und lagert. Hätte Lyon bitten sollen, alles zu unserem Haus in Cuernavaca zu schicken. Jetzt hat Doug sie. Ich kann mir denken, warum er die Karten wollte, aber warum ihren Weihnachtsschmuck?

Ich reibe mir die Augen und stolpere zurück ins vordere Zimmer. Kai hat Chills Schreibtischstuhl aufgerichtet. Sie sinkt darauf und reißt eine Tüte Chips auf, hält mir auch eine hin. »Die waren in der Schublade. Und Schokoriegel«, sagt sie. »Und da sind ein paar Wasserflaschen im Minikühlschrank unter dem Fenster …«

»Ich weiß, wo mein eigener Minikühlschrank ist«, erwidere ich verärgert und reiße ihr die Tüte aus der Hand. »Die gehören Chill.«

Mit einem bösen Blick reißt sie sie wieder an sich, steckt sich energisch einen Chip in den Mund. »Für den Fall, dass du es noch nicht bemerkt hast, wir hatten nichts zu essen außer Brot und Wasser, seit wir in London angekommen sind. Mir ist es egal, wem diese Chips gehören. Ich habe Hunger. Und du solltest auch was essen.« Sie wirft mir ein Twix zu und mein Magen grummelt wie ein verdammter Verräter. Mit einem wütenden Seufzen reiße ich die Verpackung auf, ramme mir einen ganzen Schokoriegel in den Mund.

»Wir sollten hierbleiben und uns eine Weile ausruhen«, schlägt sie vor. »Vielleicht kommt dein Schatten.«

Ich antworte mit einem Mund voll Schokolade. »Wir sind schon seit über einem Tag hier unten und er hat sich noch nicht die Mühe gemacht, sich zu zeigen.«

»Vielleicht bewegen wir uns zu schnell. Weißt du, genauso, wie als du klein warst und deine Mom dir sagte, dass du bleiben sollst, wo du bist, falls du jemals verloren gehst, damit sie dich leichter finden kann?«

Ich ersticke an einem trockenen Lachen. »Ich habe mich jahrelang nicht von der Stelle gerührt und auf meine Mutter gewartet. Ich versichere dir, sie hat mich nie gesucht.«

»Oh«, macht Kai leise. Ich hasse das unterschwellige Mitleid. Das Letzte, was ich brauche oder verdiene, ist Kais Mitleid. »Egal, es würde jedenfalls nicht schaden, sich auszuruhen«, schlägt sie vor. »Abgesehen von dem Nickerchen in den Katakomben hast du nicht mehr geschlafen, seit wir Cuernavaca verlassen haben. Und du hast viel Blut verloren.«

Ich laufe hin und her. Wenn ich mich hinsetze, stehe ich vielleicht nicht mehr auf. »Wir haben keine Zeit dafür. Wir müssen meinen Schatten finden. Und dann muss ich Fleur und Chill finden.«

Sie starrt in die Chipstüte, sucht nach einem ganzen in den Krümeln. »Entspann dich. Er wird sie nicht umbringen. Noch nicht, auf jeden Fall«, räumt sie ein. »Er wird abwarten, bis er dich findet.«

Ich mustere ihr Gesicht, frage mich, welche Beziehung sie und Doug hatten in der kurzen Zeit, in der sie hier waren und ihre Flucht planten. Sie redet, als würde sie ihn sehr gut kennen. Und das passt für mich nicht zu der Person, der Lyon diese Karten anvertraut hat.

Ich nehme das zweite Twix aus der Verpackung, kaue, kippe eine Flasche Wasser hinterher. Nun, da der Durst gelöscht und der Hunger für den Moment gestillt ist, schlägt die Müdigkeit endlich ihre Krallen in mich. Ich ziehe meine Jacke und mein Holster aus, die Luft ist zu dünn und warm in dem stromlosen Raum.

Der Ärmel meiner Jacke klebt an dem verkrusteten Blut auf meinem Hemd. Ich schäle den Riss im Stoff ab und entdecke wenig überrascht zwei gerissene Fäden und eine fette Prellung.

»Wie fühlst du dich?«, fragt Kai.

»Als wäre ich angeschossen worden und einen Aufzugschacht hinuntergestürzt.« Die Fäden ziepen, als ich das Sofa wieder aufrichte und mich in die durchgesessenen Kissen fallen lasse. Es saugt mich tief in seine vertraute Umarmung und ich atme seinen

Geruch ein. Kai isst die letzten von Chills Chips, dreht die Tüte um und schüttelt sie über ihrem Mund aus. Ich lege einen Arm über das Gesicht, tue so, als wäre sie nicht da, tue so, als würde immer noch Chill mir gegenübersitzen, nach Doritos riechen und meine Geduld auf die Probe stellen.

Sie leben. Sie müssen leben, sage ich mir beim Einschlafen. Denn eine Welt ohne sie kann ich mir nicht vorstellen.

37

MACH SIE ALLE KALT

Fleur

Das Licht am Ende des Schachts wird heller. Ich krieche auf schmerzenden Händen und Knien schneller, folge dem Schatten um eine letzte Kurve, dann purzle ich in eine Höhle irgendwo in den Katakomben.

Eine Fackel erhellt die Kammer, wirft gespenstische Schatten auf die Bogengänge, die in den Stein gehauen sind. Ich bin von einem Labyrinth aus kalten, feuchten Möglichkeiten umgeben, ein Pfad immer dunkler und weniger einladend als der andere. Der Schatten streift meinen Knöchel, stupst mich in einen der schmalen Tunnel. Als ich die Fackel von der Wand pflücke, stoße ich einen Fluch aus, weil die Flamme anfängt zu schrumpfen und der Tunnel vor mir sich in ein zugiges schwarzes Loch verwandelt.

»Du willst mich wohl verarschen.« Die Luft riecht nach verwesenden Leichen. Ein stetiges *Tropf, tropf, tropf* hallt vom Boden wider und ein Tier huscht irgendwo in der Nähe herum. Langsam laufe ich durch den engen Durchgang, meine Finger streifen über die moosigen Wände. Ich kann kaum die Hände vor dem Gesicht sehen und schlurfe, damit ich nicht stolpere oder in ein Loch falle.

Der Schatten saust um mich herum und das Fackellicht flackert stärker. »Ich mach, so schnell ich kann. Ich sehe nichts. Es ist zu dunkel.« Das muss Jacks Schatten sein. Er ist zu ungeduldig, als dass er jemand anderem gehören könnte. Er schert aus, zurück durch den Tunnel, kühlt im Vorbeizischen die Luft.

Unvermittelt hält der Schatten inne. Er schwebt ganz still in der Luft, alarmiert von etwas, das ich nicht spüre. Ich atme ein, rieche nichts als die modrige Fäulnis der Katakomben.

»Was ist?« Ich senke die Stimme zu einem Flüstern, weil mir dämmert, dass die Dinge, die ich an diesem Ort am meisten fürchten sollte, nicht so einfach am Geruch erkannt werden können. Die Wachen könnten überall sein. Oder Doug.

Der Schatten wogt an mir vorbei, den Weg zurück, den wir gekommen sind, und die Brise ist so stark, dass sie meine Haare anhebt und die winzige Flamme meiner Fackel erlischt. Mit angehaltenem Atem warte ich darauf, dass meine Augen sich an die Dunkelheit gewöhnen. Aber hier ist kein Licht. Gar keins. Die Stille dehnt sich unendlich aus und meine anderen Sinne schärfen sich, um das auszugleichen.

»Komm zurück!«, flüstere ich, taste nach den Wänden, mache ein paar vorsichtige Schritte vorwärts. Die Temperatur im Tunnel steigt und ich werde panisch, als mir klar wird, dass der Schatten wirklich weg sein muss. »Warte! Du kannst mich nicht hier allein lassen! Wo bist du?« Meine Stimme hallt hier anders, als hätte ich einen größeren Raum betreten. Ich strecke die Hände aus, mache winzige Schritte. Ein tiefes Summen vibriert in der Ferne. Ein schwacher Schein brennt sich durch die Schwärze vor mir und ich gehe darauf zu, will verzweifelt zum Licht.

Langsam wird der Schein heller und das Summen lauter. Nach ein paar weiteren Schritten kann ich deutlich den Umriss einer gewölbten Öffnung sehen, die in einen anderen Raum führt.

Auf den ersten Blick scheint der Raum leer und ich trete vorsichtig auf die bulligen, schattigen Umrisse zu. Das Summen ist jetzt fast ohrenbetäubend.

Stasiskammern.

Dutzende. In Reihen aufgestellt. Die meisten dunkel. Eine Handvoll sind an Generatoren angeschlossen. Im Raum hängt schwer der Geruch nach Abgasen, der von gewaltigen Ventilatoren in ein Loch in der Decke der Höhle gesaugt wird.

Ich gehe auf eine Reihe erleuchteter Kammern zu. Die Gesichter schlafender Jahreszeiten sind darin als Silhouetten zu erkennen, die Kontrollpanels blinken. Ich erkenne eine – einen Frühling, der gegenüber von Poppy und mir wohnte. Poppy hatte Gerüchte gehört, dass sie ein Mädchen kennengelernt hätte und nach Frankreich gezogen wäre. Dass sie von Lyon und Gaia freigelassen worden wäre. Wenn die Gerüchte stimmten, warum ist sie hier, im Bauch des Observatoriums? Wenn sie sich entschieden hat, zurückzukommen, warum schläft sie nicht in ihrem Quartier?

Stimmen und Gelächter wehen zwischen den Kammern heran, zusammen mit dem Quietschen eines Rollwagens. Ich ducke mich, krabble auf Händen und Füßen zwischen zwei unbeleuchtete Stasiskammern. Mit angehaltenem Atem drücke ich mich mit dem Rücken gegen eine Steinplatte, die Stimmen werden lauter.

»Wie viele Kammern sollen wir noch für Chronos hier runterbringen?«

»So viele wir reinbekommen.« Ich kann ihr Schnaufen hören, als sie eine Kammer von einem Wagen hieven. Sie schabt gegen Stein, als sie sie auf einer Felsplatte abstellen. »Wir haben gestern sechs weitere Jahreszeiten verloren. Der Kontrollraum sagt, sie sind alle mit dem Wind gegangen. Er schickt heute Abend wieder welche auf die Jagd.«

»Ich verstehe nicht, warum er sich die ganze Mühe macht, um

sie aufzutreiben und zurückzubringen. Warum nicht einfach neue machen?«

»Kommandantin Lixue sagt, er ist noch nicht bereit. Außerdem«, fügt er über dem Summen der Ventilatoren hinzu, »sagt Chronos, sind sie Eigentum des Observatoriums und gehören hierher. Er will, dass sie alle reingeholt werden zur Rekonditionierung und Neuverteilung. Hier ist eine Liste von denen, die er heute Abend reinholt, und den Kammern, die auf Stand-by sein sollen.«

Ich ducke mich tief, als ein Schalter umgelegt wird und ein schwacher Lichtschein um die Steinplatte fällt. Ich ziehe die Knie fest an die Brust, die Spitzen meiner Sneaker aus dem Licht.

»Riechst du das?«, fragt einer.

»Was?«

»Es ist irgendwas Süßes.«

Ich atme flach, taste in meiner Tasche nach der Nagelfeile.

»Ich rieche nichts außer den Abgasen.« Die Wache legt noch ein paar Schalter um.

»Hey«, sagt ein anderer. Ich sehe die Spiegelung seines Transmitterlichts im Chromrahmen der Stasiskammer mir gegenüber. Ich wage es nicht, mich zu bewegen. »Der Kontrollraum ruft. Die Kommandantin braucht uns oben. Sie sagt, es ist dringend.«

Die Stiefel der Wachen bewegen sich von mir weg. Mein angehaltener Atem entfährt mir, als ihre Stimmen leiser werden. Ich hebe den Kopf und sehe vorsichtig über die Stasiskammern. Ein paar sind immer noch dunkel, aber mehrere sind neu erleuchtet, die blinkenden gelben Lichter an den Kontrollpanels sind auf Stand-by geschaltet.

Mir dreht sich der Magen um. Dieser Raum … das ist eine einzige, riesige Arrestzelle.

Dougs Wachen jagen freie Jahreszeiten, zwingen sie zurück,

entführen sie durch die Ley-Linien und reißen sie aus ihren neuen Leben, als könne er so diesen Ort wieder in den alten Zustand zurückversetzen. Als könnten noch so viele Rekonditionierungen eine befreite Jahreszeit jemals vergessen lassen, was sie hatte.

Wütend sehe ich mich zwischen den Dutzenden Kammern um, die auf ihre Belegung warten. Wie viele – so wie Jack und ich, wie Chill und Poppy – werden heute Nacht einander aus den Armen gerissen?

Ich packe einen schweren Feuerlöscher, der an der Wand hängt. Vorsichtig, um keine der belegten Kammern zu erwischen, schwinge ich ihn gegen die nächste leere Kammer, zerschmettere die Kuppel und zerschlage das Kontrollpanel. Wenn die Stasiskammern nicht online sind, wenn sie auf die Jagd gehen, haben sie keine Möglichkeit, diese Jahreszeiten zurückzubringen. Ich zerstöre jede leere Kammer in der Höhle, eine nach der anderen.

Als ich fertig bin, starre ich auf meine blutenden Hände. Ich lasse nicht zu, dass Doug diesen Ort wieder in das Gefängnis verwandelt, das es einmal war. Dafür haben wir zu hart gearbeitet und zu viel aufgegeben.

Ich lasse nicht zu, dass er mich benutzt. Ich lasse nicht zu, dass er Jack wehtut, oder Chill, oder sonst jemandem.

Wenn Doug die Macht von Gaias Magie erfahren will, wenn er wissen will, zu welch einer Zerstörung sie fähig ist, dann werde *ich* Gaias Magie finden, und dann führe ich es ihm höchstpersönlich vor.

38

DOCH NICHT EIN GEIST

Jack

Ich öffne die Augen. Dann taste ich über das Bett nach Fleur, aber mein Arm trifft die Rückenlehne einer Couch. Mein Bein rutscht über die Seite, als ich mich mühsam aufsetze und mich daran erinnere, wo ich bin.

Ein dünnes Lichtband sickert durch die Ritze unter der Tür meines Schlafquartiers herein. Schatten bewegen sich auf der anderen Seite. Ein metallisches Klappern erklingt, als jemand am Knauf dreht.

Ich rutsche von der Couch. Ein Schlüssel wird mit einem Schaben ins Schloss gesteckt.

Eine gedämpfte Stimme. »Doug will, dass zwei Wachen rund um die Uhr hier drin sind, bis wir einen Hinweis auf Sommers' Aufenthaltsort haben. Jora wurde im Kontrollraum aufgehalten. Ich habe ihr gesagt, ich würde sie vertreten, bis sie auftaucht.«

»Warum sieht er nicht im Auge von seinem Stab nach, wohin Sampson und Sommers gegangen sind?«

»Wenn er das könnte, hätten wir sie schon gefunden. Sie sind nicht mehr wie wir.« Die Schlüssel fallen klirrend zu Boden. »Würdest du endlich mal diese verdammte Tür öffnen? Du hast eine einzige Aufgabe, um Chronos' willen, March.«

Ich husche still ins Schlafzimmer, dankbar, dass Lyon nie dazu gekommen ist, die Schlösser in den Flügeln mit Schlüsselkarten zu versehen. Kai ist ein dunkler Umriss auf den blassen Laken in meinem Bett. Ich knie mich davor und drücke eine Hand auf ihren Mund. Das Weiß ihrer Augen blitzt auf. Ihre Hand schließt sich um mein Gelenk, ihr Atem stockt, weil ich ihr Aufkeuchen unterdrücke. Ich halte einen Finger an meine Lippen, dann rappelt die Tür und die Wachen streiten sich draußen.

»Sei leise«, sagt der Wächter.

»Rumschleichen bringt nichts«, antwortet die Wächterin. »Sommers müsste ein Idiot sein, um sich in seinem eigenen Zimmer zu verstecken.«

Ich ziehe die Hand von Kais Mund, berühre mein Ohr an der Stelle, wo mein Transmitter war. Sie nickt.

Die Bettfedern knarren leise, ihre Bewegungen katzenhaft in der Dunkelheit, in der sie nach ihrem Bogen tastet. Sie klopft auf das Bett, dann greift sie in die Lücke zwischen Matratze und Wand. Ihre Hand kommt leer wieder zum Vorschein. Sie wendet sich mir zu, holt panisch Luft. Sie muss ihn im vorderen Zimmer gelassen haben.

Ich greife nach meinen Messern, aber mein Holster ist auch da draußen, liegt auf der Sofalehne zusammen mit meiner Jacke.

Die Tür schwingt ein paar Zentimeter auf. Der Schein einer Taschenlampe zuckt über den Boden, gleitet langsam über die Möbel, dann betritt die erste Wache den Raum. Die zweite folgt.

»March, sieh dir das an«, sagt die Wächterin, hebt meine Jacke von der Couch. »Die war vorher nicht hier.«

Ich husche hinter sie und schließe leise die Tür mit den Zehen, schneide das Licht vom Flur ab.

Die Wächterin schreit auf und der Strahl der Taschenlampe huscht zu mir.

Kai stürzt aus dem Schlafzimmer, schlägt mein Skateboard mit einem ohrenbetäubenden *Knack* auf Marchs Hinterkopf. Im Sturz greift sie seinen Transmitter.

Ich habe die andere Wache von hinten in den Würgegriff genommen und stelle ihren Transmitter auf stumm, bevor ich ihn Kai zuwerfe.

Der Ellbogen der Wache knallt in meine Rippen. Sie schwingt den Griff ihrer Taschenlampe gegen mein Knie, windet sich aus meinen Armen und leuchtet mir in die Augen.

Ein Umriss in Kai-Größe taucht hinter ihr auf, mein Skateboard zum Schlag erhoben.

»Nein!«, schreie ich Kai zu, weiche dem nächsten Schlag der Wache aus und nutze ihren Schwung, um zwischen die beiden zu gleiten. »Wir brauchen sie lebend.«

Die Wächterin lässt ihre Taschenlampe fallen. Sie wirbelt zu mir herum, schlägt mit beiden Händen zu. Meine Fäden ziepen bei jedem Abblocken und in der Dunkelheit entgehen mir ein paar Schläge. Ihre Faust trifft meine Schläfe. Ich hole aus und verfehle sie zweimal, bevor ich einen kräftigen Schlag gegen ihr Gesicht lande. Knorpel bricht.

»Oh, dafür wirst du bezahlen«, sagt sie. Die Luft stinkt nach Blut. Magie knistert und eine Flamme entzündet sich in ihrer Hand.

Lixue.

Ich ducke mich, packe sie um die Taille. Ihr Atem verlässt ihre Lungen, als sie zu Boden kracht. Ich setze mich rittlings auf sie, drücke ihre Hände flach zu Boden.

Kai greift die Taschenlampe, leuchtet damit über meine Schulter.

Finster sieht Lixue zu mir auf, ihre Augen tränen und ihre Oberlippe glänzt rot.

»Wo ist Fleur?«, will ich wissen.

»Warum sollte ich dir helfen?«, knurrt sie. »Du und deine Freundin habt einen hübschen langen Urlaub in Mexiko gemacht, während mein Team in einer Zelle saß und auf den Tod wartete.«

»Lyon hätte euch niemals umgebracht.«

»Er wollte uns unsere Magie nehmen. Du weißt genauso gut wie jeder andere, dass das das Gleiche ist, verdammt! Was mich angeht, Doug hat mein Leben gerettet. Zur Hölle mit deinem.« Sie spuckt mir Blut ins Gesicht.

Ich packe fester zu. »Wo ist sie? Wohin hat Doug sie gebracht?«

Lixues schneeweiße Augen rollen zurück und ihr Atem verdichtet sich wie Nebel. Frost knistert über ihr Gesicht und zum ersten Mal verstehe ich, warum Amber so ausgeflippt ist wegen meiner Wintermagie. Ihre Haut verbrennt meine Hände, sengend kalt. Ich packe sie fester, durch die Eisschicht hindurch.

Ein tiefes Stöhnen erhebt sich in den Wänden des Bads. Fliesen zerspringen und ein Rohr platzt, schickt eine Wasserfontäne ins Schlafzimmer. Der Strahl wirbelt durch die Luft auf Kai zu. Sie lässt die Taschenlampe fallen, als das Wasser sie angreift, sich in ihre Nasenlöcher und zwischen ihre Lippen drängt.

»Hör auf!«, schreie ich Lixue an. Wasser rauscht über den Boden meines Schlafzimmers, spritzt über die Schwelle auf mich zu.

Blut befleckt Lixues Lächeln. »Sonst was?«

Kai würgt, Wasser gleitet in und aus ihrer Nase, ihrem Mund. Ihre Knie geben nach.

»Sag mir, wo er Fleur festhält!«

Lixue lacht. »An dem einen Ort, an dem du dir wünschtest, dass du es könntest, Jack.«

»Wo!«

Sie dreht sich, bringt mich aus dem Gleichgewicht. Zwillingsfunken entzünden sich auf ihren Handflächen und ich rolle mich weg von der Hitze. Lixue rollt mit mir mit, greift nach meinem Gesicht, das Wasser durchweicht meine Kleider. Ich drücke ihr Handgelenk herab, zittere vor Anstrengung, sie zurückzuhalten, ihre Haut ist plötzlich so heiß, dass sie mich versengt. Ich schließe die Augen, wende mich ab, ihr Feuer leckt über meine Wange.

Auf der anderen Seite des Zimmers würgt und spuckt Kai.

Das war's. Wir werden beide sterben.

Plötzlich umhüllt eine Kältewelle meinen Arm. Ich öffne blinzelnd die Augen, kann nicht glauben, was ich da sehe. Ein Schatten klammert sich an meinen Unterarm, isoliert mich mit einer Schicht aus kaltem Dunst. Lixues Feuer zischt, zuckt davor zurück. Ein triumphaler Schrei bricht aus mir hervor, als mein Schatten sich an meine verbrannte Haut bindet.

Ich möchte Lixue ins Gesicht brüllen. Ich will diesen ganzen Laden auseinanderreißen. Mein Schatten. Er ist hier. Er ist zu mir gekommen.

Atme tief ein … Erinnere dich an den Löwen, der du bist.

Ich öffne die Lippen und hole Luft. Ich öffne dem Schatten meinen Mund, meine Lungen, meine Seele. Die Kälte erfüllt mich, bringt einen seltsamen Schmerz mit sich. Sie versengt die Zähne, breitet sich in meiner Brust aus und Erinnerungsfetzen fegen durch mich hindurch wie ein Hagelsturm – manche vertraut, aber nicht alle meine.

Meine Hand greift nach Lixues Kehle, als wäre sie besessen. Ihre Augen werden groß vor Angst, ich würge sie. Sie packt mein Handgelenk, ihre langen Nägel graben sich in meine Haut. Ich atme, ringe darum, loszulassen, während widersprüchliche Bedürfnisse um die Kontrolle in meinem Körper ringen. Ich will sie töten. Ich will ihr Leben beenden für das, was sie Kai antut. Aber ich will … nein, ich *brauche* sie lebend, wenn ich Fleur finden will.

Lixues Lippen werden blau und reglos. Meine eigene Hand

wehrt sich gegen mich, während ich sie energisch von mir wegschiebe.

Ich schüttle die letzten Ranken meines Schattens ab, während Lixue kollabiert, aber mit Erleichterung sehe ich, wie die Farbe wieder in ihre Wangen zurückkehrt.

Kai drückt sich auf alle viere hoch, ein Wasserstrom bricht aus ihrem Mund hervor. Ich schwenke den Strahl der triefenden Taschenlampe durch den Raum.

Mein Schatten ist weg.

Ich setze mich auf die Fersen, mein Hemd durchweicht von schmelzendem Frost, und stumpfer Schmerz pocht in mir. Ich habe es in der Sekunde gespürt, in der die Magie meinen Körper wieder verließ, so als hätte man mir eine Spitze mit Widerhaken aus dem Herzen gerissen.

Wasser sprüht aus dem kaputten Rohr und ich taumle zum Hauptabsperrventil im Bad, um es abzustellen. Unter mir platscht eine Pfütze, als ich zu Boden sinke und zuhöre, wie Kai im Nebenzimmer hustet.

Mein Schatten war hier. Er kennt mich. Er ist zu mir gekommen und hat mich beschützt. Doch statt mit mir zu kooperieren, fühlte es sich an, als kämpften wir um die Kontrolle.

Kai sinkt gegen den Türrahmen zum Schlafzimmer. Sie hält mir mein Holster und die Messer entgegen. »War das dein Schatten?«, krächzt sie.

Ich hatte nicht gedacht, dass sie ihn gesehen hätte. Ich hatte angenommen, das Wasser hätte sie blind gemacht. »Ich glaube es.«

»Warum hast du ihn dir nicht genommen?«, fragt sie. »Du hast die ganze Zeit davon gesprochen, dass du deinen Schatten finden musst. Warum hast du ihn gehen lassen?«

Ich stehe auf und stoße meinen Schrank auf, wühle darin nach trockenen Kleidern. »Ich weiß nicht. Es fühlte sich falsch an.« Ich stopfe Pullis und Jeans in meinen Rucksack, zusammen mit den letzten Wasserflaschen und etwas Jerky aus Chills Schublade.

»Falsch? Es ist deiner, wie kann der sich falsch anfühlen? Er ist zu dir gekommen, Jack. Er wusste, dass du in Gefahr bist, und er ist zu dir gekommen. Er ist dir praktisch in den …«

Ich werfe meinen Rucksack aufs Bett. »Es hat sich einfach falsch angefühlt, okay? Ich weiß nicht, warum ich ihn nicht an mich genommen habe. Ich kann es nicht erklären. Mein Schatten ist kaputt! Er ist beschädigt und offensichtlich kann er sich davon nicht mehr erholen!«

Ihre Brauen ziehen sich zusammen. »Was meinst du mit beschädigt?«

Ich zwicke mir in den Nasenrücken, dränge Erinnerungen zurück, die ich lieber vergessen würde. »Es fühlt sich nicht mehr an wie meine Magie. Er hört nicht auf mich. Er scheint … wütend.« Ich denke daran, was Kai im Flugzeug gesagt hat, dass gestohlene Magie verflucht ist. Ist dies mein Fluch? Ein angepisster Schatten, der sich weigert, mir zu vergeben?

»Ein wenig Wut könnte genau das sein, was wir gerade brauchen.«

Ich schüttle den Kopf. »Sogar Lyon sagte, es wäre gefährlich. Dass ich jemanden verletzen könnte. Ich kann ihn nicht kontrollieren.«

»Und du wirst ihn auch nie kontrollieren, wenn du ihn weiter wegscheuchst. Ob es dir gefällt oder nicht, dieser Schatten ist ein Teil von dir. Und wenn du deine Magie zurückwillst, dann musst du dich irgendwann dem stellen, was dich belastet.«

»Ich weiß. Und das werde ich.« Ich reibe mir die Augen, fühle mich ausgelaugt und leer. Lyon und Gaia sollten hier sein, um mir zu helfen, mich wieder zusammenzusetzen. Um mir zu helfen herauszufinden, wer ich jetzt bin. Aber sie sind tot. Und Fleur ist vermisst. Und ich bin einfach nicht sicher, ob ich mich dem stellen kann, was sich in diesem dunklen Nebel verbirgt. »Mein Schatten wird nicht so weit weg gehen. Ich probiere es wieder.« Ich spüre ihn immer noch, wie er über mir schwebt wie eine kalte Wolke.

»Du gibst mir die Schuld, nicht wahr?« Auf meinen verwirrten Blick hin erwidert sie: »Für das, was mit deinem Schatten passiert ist.«

»Nein«, murmle ich. Ich gebe mir selbst die Schuld, aber das kann ich ihr nicht sagen. Nicht jetzt. In diesen Abgrund habe ich heute Abend bereits geblickt. Ich ertrage den Gedanken nicht, Névés Schwester mit in diesen Abgrund zu nehmen.

»Wann fängst du an, mir zu vertrauen?« Kais Frage überrascht mich. »Keine weiteren Kebab-Witzchen mehr«, sagt sie. »Keine weiteren Witze, dass ich meine Pfeile da behalten soll, wo du sie sehen kannst. Ich habe dich nicht den ganzen Weg bis hierher gebracht, um dich dann aufs Kreuz zu legen. Und ich habe nicht vor, jetzt damit anzufangen.«

Ich versuche zu begreifen, wie ich mich fühle. Der Umstand, dass wir beide einander Schreckliches angetan haben, wissentlich oder nicht, macht den Schaden nicht wieder gut, den wir angerichtet haben.

Ich nehme meine Jacke von der Couchlehne und ziehe die Karte aus der Innentasche, halte sie ihr hin. Sie greift mit triefenden Ärmeln danach, dann hält sie inne.

»Vielleicht solltest du sie behalten«, meint sie und deutet auf ihre nassen Taschen. Sie wirft sich den Bogen über, gerade als March und Lixue sich anfangen zu regen. »Wir hauen besser ab, bevor sie zu sich kommen.«

Ich schiebe die Karte wieder in meine Tasche, zusammen mit den beiden Transmittern, die wir den Wachen abgenommen haben. Dann werfe ich mir den Rucksack über die Schulter und blicke ein letztes Mal zurück, denke an das, was Kai gesagt hat, dass ich meine Magie nicht kontrollieren werde, solange ich mich ihr nicht stelle, ohne sie von mir zu schieben. Ich suche nach Spuren meines Schattens an diesem Ort, den ich früher mit Chill bewohnte – bevor wir weggelaufen sind, vor Fleur, vor all den Entscheidungen, die uns an diesen Punkt geführt haben –, und frage mich, ob es sich jemals wieder so anfühlen wird.

39

HÖR NICHT AUF ZU LEUCHTEN

Doug

Gaias Magie erwacht, als ich mein Büro betrete und mich hinter meinen Schreibtisch setze, die leuchtenden Funken weichen vor mir zurück. Die Luft in der Kugel summt elektrisch, die Magie schleudert winzige Stromblitze gegen das Glas, während ich die Kiste mit Fleurs Anhängern durchwühle.

Ich stelle den Silberengel ab und beuge mich zu der Hülle vor, widerstehe dem Drang, sie zu zerschlagen, weil das Licht vor mir zurückzuckt.

Wenn Fleur den Kontrollraum betrat, hat Gaias Magie sich nie so verhalten. Die Funken beruhigten sich, dimmten sich zu einem weichen Schein und die Magie reckte sich Fleur entgegen wie die Nase eines neugierigen Tiers, das unbedingt an ihr schnüffeln wollte. Ganz anders als jetzt bei mir.

Du bist nicht Mensch genug, um diese Art Magie einzusetzen.

Ich schiebe mich zurück auf den Stuhl, blicke finster auf die Kugel, in der sich die Magie wieder beruhigt. *Mensch*. Fleur hatte mir dieses Wort entgegengeschleudert, als hätte es Macht. Als wäre *Mensch* sein etwas, das man anstreben sollte. Als ob jeder

Administrator oder Besenschubser an diesem Ort in diese Kugel greifen und Gaias Magie nehmen könnte. Aber nicht ich.

Der Gedanke daran, dieses Bienennest zu verschlucken, lässt mich schaudern. Aber es führt kein Weg daran vorbei. Ich presse mein Auge zusammen, erinnere mich daran, wie Fleurs Gesicht sich vor Schmerz zusammenzog, als sie ihre Magie in die kaputte Pflanze schob. Ich hatte auch etwas gespürt – nicht so sehr Schmerz wie tiefes Unbehagen –, als ich den Zweig in meiner Suite heilte. Es war nicht unerträglich. Nicht wie das Feuer, das sich jetzt in meiner Brust ausbreitet. Fleur hat gesagt, der erste Schritt, um etwas in Ordnung zu bringen, wäre die Bereitschaft, den Schmerz anzuerkennen. Ihn zu durchleiden.

Ich massiere meine Brust und sehe der Magie zu, die im Glas schwimmt. Wenn ich Erfolg habe, verfüge ich über die Macht, alles in Ordnung zu bringen, was Lyon kaputt gemacht hat – das Gleichgewicht wiederherzustellen, das Michael etabliert hatte. Jack ist hier. Fleur ist meine Gefangene. Sobald ich das hier hinter mich gebracht habe, kann ich sie beide eliminieren. Was zur Hölle hält mich also davon ab?

Ich beuge mich zum Schreibtisch vor. Die Magie lehnt sich weg.

Das hier wird nicht so enden, wie du es dir vorstellst, Douglas. Man braucht zwei Augen, um klar zu sehen … Du bist allein und wirst es auch immer sein.

Ich stütze den Kopf in die Hände. Ich sollte nach dem Auge suchen.

Ein Klopfen an der Tür reißt mich aus meinen Gedanken. Ich schiebe den Engelsanhänger beiseite. »Herein«, rufe ich. Lixue öffnet die Tür einen Spalt. Der Geruch der Schande weht mit ihr herein und ich beiße die Zähne zusammen. »Ich dachte, du würdest ein Überwachungsteam in Sommers' Zimmer positionieren.«

»Ich war dabei, Chronos. Ich meine … das habe ich.« Sie betritt mein Büro. Ihre Nase ist geschwollen und ihre Augen blau unterlaufen. Dunkle Flecken umrunden ihren Hals. »March und ich … wir sind in einen Hinterhalt geraten«, berichtet sie rau. »Als wir zu Sommers' Zimmer kamen, waren er und Kai bereits drinnen.«

Ich lege meine Fingerknöchel auf die Oberfläche des Schreibtischs und beuge mich vor. »Jack Sommers ist verletzt. Kai Sampson ist aller vier Elemente entledigt. Die beiden haben keinen Tropfen Magie mehr in sich. Willst du mir sagen, dass meine erfahrensten Wachen sich den Arsch haben versohlen lassen von zwei machtlosen Menschen?«

»Nicht direkt, Sir.« Sie räuspert sich. »Da war ein Schatten.«

Ich suche in ihren Augen nach einem Zeichen, dass sie lügt. Aber die Erinnerungen ihres Kampfs mit Jack sind chaotisch, die Bilder seines Schlafquartiers zu dunkel, um etwas zu erkennen. »Erzähl mir davon.«

»Er … er kam aus dem Nichts. Er … schien sich von selbst an Jack zu binden. Er wirkte … «

»Spuck's aus, Kommandantin!«

»Er schien Sommers seine Magie nutzen zu lassen.«

Meine Gedanken gehen zurück zu der Erinnerung, die Lyon mir von den Augenblicken gezeigt hat, die Michaels Tod vorausgingen. Da war ein Schatten in einer Kugel gewesen, wie die, die Gaia immer wie ein Schoßtier auf ihrem Schreibtisch stehen hatte – Daniel Lyons Schatten. Ist es möglich, dass genau dieser Schatten Sommers hilft?

Nein … nein, ich habe in Lyons Visionen gesehen, was mit diesem Schatten passiert ist. Gaia hat ihn Jacks Administrator gegeben, als sie ihn zum Winter machte. Aber was ist mit Jacks geschehen?

Ich kann ihn immer noch retten. Das hatte Lyon zu Gaia gesagt.

In der Erinnerung, die ich in seinen Augen gesehen habe, bevor ich ihn tötete, war noch ein Schatten gewesen. Noch eine Kugel. Sie stand auf einem Tisch. Aber nicht auf diesem Tisch.

Ich packe Lixues Kinn, gehe umständlich ihre Erinnerungen durch, bis ich über die stolpere, die ich suche – der Tag, an dem sie Lyons altes Büro durchsucht hat. Der vollgestopfte Raum ist zerstört, als hätte ihn das Erdbeben beschädigt. Die Kugel ist nicht da. Papiere, Bücher und Glas liegen überall verstreut.

Glas … Die Kugel.

Verdammt sei Lyon. Er hat sie zerbrochen.

Ich knalle die Faust auf den Tisch. »Hat Sommers den Schatten genommen? Ist er wieder ein Winter?«

Lixue blinzelt nervös. »Ich … ich glaube nicht.«

»Ich würde doch meinen, die Antwort sollte eindeutig ausfallen.«

»Als March und ich zu uns kamen, waren sie bereits weg. Aber ich habe nichts in dem Raum gerochen.« Sie zappelt herum, eine Hand geht diskret an ihr Ohr.

»Wo ist dein Transmitter?«

Sie lässt die Hand sinken, schweigt länger, als die Frage rechtfertigt. »Der wurde beim Kampf beschädigt. Ich habe den Kontrollraum gebeten, mir einen neuen zu besorgen.«

Ich sinke zurück in meinen Stuhl. Wenn Sommers' Schatten so begierig darauf war, ihm zu helfen, warum hat er ihn dann nicht zurückgenommen? Warum sollte er sich nicht bis an die Zähne mit Magie bewaffnen und dann Jagd auf mich machen?

»Sir?« Lixues Stimme ist ein entferntes, quälendes Ziehen am Ende meines Geduldsfadens. »Da ist noch was. Es geht um die Stasiskammern in den Katakomben.« Die Luft um sie herum scheint zu beben. »Jemand hat sie zerstört.«

»Wie viele?«, blaffe ich.

Lixue zuckt mit den Schultern. »Wenigstens ein Dutzend.«

Das sind zwölf freie Jahreszeiten, die meine Wachen nicht mehr wiederfinden werden. Wenn ich die Jahreszeiten nicht unter Kontrolle bringe, gibt es keine Chance, unsere Verluste wiederherzustellen.

»Sommers und seine Freunde«, knurre ich. »Wie sind sie an den Wachen vorbeigekommen?«

»Die Wachen waren alle unterwegs, um den Frühling zu suchen.« Sie schreckt vor mir zurück. »Die beiden, die vor deinem Apartment stationiert waren, haben nach ihr gesehen – jede Stunde, genau wie du gesagt hast.« Sie schluckt, hat sichtlich Angst, den Rest auszusprechen. »Sie haben einen offenen Belüftungsschacht hinter einem Schrank gefunden. Sie ist weg, Sir.«

»Nein«, presse ich zwischen zusammengebissenen Zähnen hervor und zerre mir die Handschuhe über die Hände. »Sommers ist hier, zusammen mit jedem, der ihr wichtig ist. Ohne sie wird sie diesen Ort nicht verlassen.«

»Ich lasse im Kontrollraum in den Konstruktionsskizzen nach einer Karte des Belüftungssystems suchen …«

»Mach dir nicht die Mühe. Ich finde sie.« Auf dem Weg zur Tür greife ich nach der Sense.

»Aber Sir, ich kann …«

»Ich sagte, ich jage sie selbst!«

40

EINE VORSICHTIGE STIMME

Jack

Jede Stunde, die vergeht, schnürt mein Herz vor Angst fester ein. Kai hat den Winterflügel nur zögerlich verlassen. Wenn das Problem mit Lixue und March nicht gewesen wäre, hätte sie die Vorsicht in den Wind geschossen und an jede Tür in diesem Gang geklopft, finster entschlossen, ihre Schwester zu finden. Doch sie wusste so gut wie ich, dass es nur eine Frage der Zeit ist, bis die Wachen nach ihrer verschollenen Kommandantin suchen. Bald werden sie die Winterschlafquartiere stürmen auf der Jagd nach uns und so blieb uns keine Wahl, als uns in die Katakomben zurückzuziehen.

Lyons Karte brennt mir ein Loch in die Tasche. Mein Drang, Fleur und Chill zu finden und sicherzustellen, dass sie leben, ist so groß, dass ich explodieren könnte.

»Sag mal, dein Freund Chill …«, beginnt Kai, als wir uns den Arrestzellen nähern. »Er kennt sich mit Computern aus, stimmt's?«

»Er ist der Beste.« Heftige Sehnsucht packt mich. Ich habe Chill nicht mehr gesehen, seit wir uns alle nach dem Kampf in Cuernavaca getrennt haben. Lyon und Gaia haben ihn und Poppy nach

Fairbanks begleitet und sie in ihrem neuen Zuhause untergebracht. Jedes Mal, wenn er anrief, habe ich ihm versprochen, dass ich ihn besuchen würde. Dann habe ich immer wieder lahme Entschuldigungen vorgebracht, weshalb es nicht ging – Fleur hat Unterricht, Bauunternehmer sind gebucht und sollen ein neues Sicherheitssystem in der Villa installieren, das Wetter ist nicht gut, um Fleur allein zu lassen –, aber die Wahrheit war: Es schmerzte mich, Chill anzusehen. Es tat weh, den Ausdruck in seinen Augen zu sehen und die Magie darin glitzern zu sehen – Magie, die meine hätte sein können, wenn ich sie angenommen hätte, als Gaia sie mir anbot, und die ich stattdessen Chill überlassen habe. In Momenten, auf die ich nicht stolz bin, hadere ich manchmal mit der Entscheidung, die ich am See getroffen habe. Aber seit Poppy mir erzählt hat, dass Chill verschwunden ist, würde ich alles geben – würde die gleiche Entscheidung wieder treffen –, diese Magie gerade jetzt in ihm lebendig zu sehen. »Ich kenne niemanden außer Chill, der sich in die Server des Kontrollraums hacken kann. Er ist deine beste Chance, wenn du erfahren willst, welches Zimmer deiner Schwester gehörte.« Ich presse die Lippen fest zusammen, begreife meinen Fehler, als die Worte bereits draußen sind.

»Du denkst, sie haben alle verlegt?«, fragt sie neugierig.

»Weiß nicht«, murmle ich. Ich mag es nicht, sie anzulügen, aber in Vergangenheitsform über ihre Schwester zu reden bringt mir mit Sicherheit schnell einen Pfeil im Rücken ein. Unsere Partnerschaft fühlt sich bestenfalls fragil an und ich kann es nicht riskieren, meine einzige Verbündete zu verlieren. Ich versuche, die Schuld abzuschütteln, aber sie klammert sich an mich, und je länger sie an mir haftet, desto schwerer wird sie. »Lyon und Gaia haben viele Änderungen hier unten vorgenommen«, erkläre ich. »Sie haben die Schlafsaaltrennung aufgehoben, aber ich weiß nicht, wie weit sie gekommen sind.«

»Sobald wir herausgefunden haben, welches Zimmer Névé gehört, suche ich sie auf.«

Ich nicke. Ihr Glück zu wünschen fühlt sich scheiße an, also sage ich gar nichts.

Der Tunnel vor uns verbreitert sich. Fackellicht flackert durch einen Bogengang am Ende. Ich bleibe stehen und hebe eine Hand, lausche. Kai schaltet ihre Taschenlampe aus. Ich sehe keine Wachen am Eingang zu den Arrestzellen.

Ich werfe einen kleinen Kiesel durch den Bogen. Er scheppert über den Steinboden und prallt von einer Zelle ab. Kai steht mit dem Bogen bereit und jemand regt sich. Eine kalte Brise streift uns.

»Da ist eine Kamera links von dir, über der Tür zur ersten Zelle.« Chills raue Stimme erreicht mich wie die Antwort auf ein Gebet. Ich werfe einen Blick zu Kai zurück. Sie duckt sich tief, späht um die Ecke, ihr Blick huscht über die Wand, bis sie das blinkende rote Ziel entdeckt. Sie zielt. Ihr Pfeil fliegt, durchschneidet die Drähte. Das rote Licht erlischt.

Ich werfe mich an Kai vorbei in den Gang, stürze an den leeren Zellen vorbei, suche nach Fleur, mein Puls beschleunigt, als ich sie nicht entdecke. Ein paar blutige Knöchel umklammern die Eisenstäbe am Ende des Gangs. Ich greife in Chills Zelle, ziehe sein Gesicht an die Stäbe, bis sich unsere Stirnen berühren.

»Hast dir Zeit gelassen.« Er lächelt, seine rauen Lippen sind aufgesprungen vor Durst. Ich will Doug in Stücke reißen, weil er meinen besten Freund in einen Käfig gesteckt hat.

»Wo ist Fleur?«

»Ich habe eine der Wachen per Funk gehört. Klang, als wäre sie abgehauen und vor ein paar Stunden von ihrem Radar verschwunden.«

Mir entfährt der angehaltene Atem. »Bist du in Ordnung?«

Seine Haut ist schweißbedeckt, aber kalt. Er ist zu blass, zu dünn. Ohne die Temperaturen hier unten könnte Chill wohl kaum noch stehen. »Bist du verletzt?«

»Mir geht es gut. Hast du mit Poppy gesprochen? Geht es ihr gut?«

»Sie ist in Sicherheit.« Ich knie mich vor das Schloss an seiner Zelle, schiebe mir zwei Dietriche zwischen die Zähne. »Sie ist bei Julio, Amber und Marie«, sage ich um sie herum und hoffe, dass es stimmt.

Vor Erleichterung sackt er zusammen. »Wo sind sie?«

»Wir haben uns aufgeteilt«, murmle ich. »Amber und Julio wollten dich und Fleur suchen. Die Admins sollten sich in Ambers altem Zimmer verstecken.«

Ich schiebe eine Klammer in das Schlüsselloch, da fällt plötzlich die Temperatur. Frost knistert über das Schloss, klebt meine Haut an das Metall. Ich reiße meine Hände zurück und schüttle meine Finger aus. Chills Augen sind weiß, Magie wirbelt darin. »Runter, Jack«, sagt er mit eisiger Stimme.

Ich wirble auf den Knien herum, erwarte, mich einem Wachteam gegenüberzusehen, aber es ist nur Kai, den Bogen halb erhoben.

»Entspann dich, sie gehört zu mir.« Mein Herzschlag beruhigt sich und ich sehe wieder stirnrunzelnd auf das Schloss.

Chill sieht aus, als wäre er bereit, ihr einen Eiszapfen ins Auge zu schleudern. »Was zur Hölle macht sie hier?«

»Mir helfen.«

»Ein bisschen weniger Gequatsche und etwas mehr Schlösserknacken, bitte schön?«, knurrt sie.

»Ich versuch es, aber diese Schlösser sind älter als …« Lyons Name bleibt mir im Hals stecken und ich schiebe den Gedanken beiseite. »Die Schlösser sind alt. Es könnte eine Weile dauern.«

Ich ringe einen Schauder nieder. »Mach dich mal locker, Chill. Das hier wird noch viel länger dauern, wenn meine Hände kalt sind.«

Er starrt Kai finster über meinen Kopf hinweg an. »Niemand kommt. Die Wachen sind vor einer Weile abgehauen. Sie suchen alle nach Fleur. Sie kann nicht weit gekommen sein. Sobald du die Zelle aufhast, können wir sie und die anderen suchen und dann verschwinden …«

Der Boden hebt sich unter mir, wirft mich zurück und schleudert meine Dietriche weg. Chills Griff um die Stäbe ist alles, was ihn aufrecht hält, als die Höhle bebt. Staub wallt durch den Gang und die Wände um uns herum zersplittern. Kai wankt nach links, nach rechts, taumelt gegen eine Zellentür und hält sich an den Stäben aufrecht. Ich stürze vor, will meine Dietriche holen, wappne mich gegen eine weitere Welle.

»Das bedeutet nichts Gutes«, sagt Chill, nachdem der Boden sich endlich beruhigt hat. »Sie müssen sie gefunden haben. Doug bringt sie vermutlich zurück.«

»Hierher?« Mein Herz hüpft, als mir klar wird, wie nah sie ist. Wie bald ich sie vielleicht sehen kann.

Chills Blick begegnet meinem und Entschuldigungen wirbeln darin herum.

»Wohin zurück? Wo hält er sie fest, Chill?«

»In seiner Suite im Nordflügel.«

Seine Suite. Michaels Apartment.

Ich stoße einen Dietrich ins Schloss und bin überrascht, dass kein Frost über meine Finger knistert. »Wenn ich diese Tür öffne, wirst du Kai in den Winterflügel bringen und einen Computer suchen. Hack die Server des Kontrollraums und finde die Nummer von Névé Ondings Zimmer …«

»Névé Onding?«, fragt Chill. »Aber Névé Onding ist …«

»Kais Schwester.« Ich blicke jäh von dem Schloss auf. Sein Mund klappt auf und er zieht die Augenbrauen hoch. »Kai hat mir geholfen, hier herunterzukommen, unter der Bedingung, dass wir ihr helfen, ihre Schwester zu finden«, erkläre ich. »Nachdem du Névés Zimmernummer herausgefunden hast, trennt ihr euch. Sie sucht nach ihrer Schwester, während du zum Herbstflügel gehst zu Poppy und den anderen. Ich treffe euch in drei Stunden am Verbrennungsofen unter dem Winterflügel. Das sollte uns beiden genug Zeit verschaffen.« Ich knacke das Schloss und drücke Chill Lyons Karte und meine Taschenlampe in die Hände.

»Wohin gehst du?«, fragt er.

»Ich suche Fleur.«

Kai sagt nichts. Sie scheint genauso erpicht darauf wie ich, hier wegzukommen und mit der Jagd zu beginnen. Ich drehe mich um und renne den Gang hinab, zurück zum Winterflügel.

»Bist du verrückt?«, faucht Chill und holt mich ein. Gemeinsam kommen wir an einer Reihe leerer Zellen vorbei. »Du kannst nicht allein zu dieser Suite. Du läufst in eine Falle.«

»Bin schon in Schlimmeres reingerannt.«

Er packt meinen Ellbogen und hält mich fest. »Du kannst Doug nicht jagen. Nicht, solange du …«

Ich fahre zu Chill herum. »Nicht solange ich was? Solange ich ihr Admin bin? Soweit ich weiß, ist es nämlich mein Job, sie am Leben zu erhalten.«

Chill weicht zurück. Er wäre ein Heuchler, würde er etwas anderes sagen, und das weiß er.

»Ich hab es schon einmal versaut. Das passiert mir nicht noch mal.« Ich beiße die Zähne zusammen gegen Erinnerungen an die Nacht, in der ich sie zuletzt gesehen habe. »Ich finde sie. Und ich bringe sie zurück.«

Chill nickt. Sein Blick huscht zu Kai, die am Eingang des Tunnels auf uns wartet. Er packt mich am Ohr – dem Ohr, in dem früher mein Transmitter war, wo seine Stimme mir Gesellschaft leistete, jeden Winter und jede Jagd hindurch auf mich aufpasste – und sagt sanft: »Mach nichts Dummes. Pass auf. Behalt die Wand im Rücken und deine Fluchtwege im Blick. Wenn sich was komisch anfühlt, mach, dass du rauskommst. Drei Stunden. Dann komme ich dich suchen.«

Er hebt die Faust. Ich stoße meine vorsichtig dagegen.

»Drei Stunden«, verspreche ich.

»Jack!« Kais Stimme hält mich auf, als ich mich gerade zum Nordtunnel umdrehe. »Danke. Für alles«, sagt sie leise. »Ich hoffe, du findest Fleur.«

Ich nicke. Schuldgefühle schnüren mir die Kehle zu. Ich kann ihr nicht das Gleiche wünschen. Aber sie verdient es, die Wahrheit zu erfahren. Ich ziehe ein paar Dietriche aus dem Etui, das sie mir gegeben hat, und halte sie ihr hin. »Ich entschuldige mich für alles, was ich bisher getan haben könnte, das dich verletzt hat.«

Ein trauriges Lächeln tritt auf ihre Lippen. »Schnee von gestern, richtig? Pass auf dich auf, Jack«, sagt sie und nimmt die Dietriche entgegen.

Ich blicke ihnen nach, bis sie und Chill nicht mehr zu sehen sind.

41

EIN PAAR KÖNNTEN SICH VERFANGEN

Fleur

Der Schatten huscht um mich herum, aufgeregt und drängend umkreist er meine Beine. Die Schlüsselkarte, die ich in der Dusche aus Dougs Tasche gezogen habe, rutscht mir aus der Hand. Ich beuge mich herunter und hebe sie auf, zittere dabei so übel, dass ich zwei Anläufe brauche, um sie über den Sensor zu ziehen. Eine große Wacheinheit ist auf der Suche nach mir durch die Katakomben gerauscht, während ich mich hinausschlich, ihre donnernden Stiefel hallten von den Mauern eines angrenzenden Tunnels wider. Dougs Stimme dröhnte durch ihre Funkgeräte, bestätigte, dass auch er da unten war. Sie werden nicht lange brauchen, um meinen Geruch aufzunehmen und ihn hierher zu verfolgen. Dieses Büro gehörte einmal Michael. Dann Lyon. Ich kann nur vermuten, dass es jetzt Dougs ist, und ich hoffe, dass es kein Fehler war, dem Schatten hierher zu folgen.

Ich ziehe die Schlüsselkarte erneut über den Sensor.

Bitte, lass es klappen. Bitte, lass es klappen. Bitte, lass es klappen.

Die Schlösser gehen auf. Die Tür quietscht in den Angeln und ich husche hinein. Plötzlich flutet Licht das Zimmer und ich drücke mich gegen die Tür, während der Schatten durch den Raum flitzt.

Das Büro ist leer. Nur Bewegungssensoren. Ich stoße den Atem aus, den ich angehalten hatte.

Auf dem großen Eisenholzschreibtisch, zwischen ein paar in Leder gebundenen Buchrücken, steht eine Kugel.

Gaias Magie wirft einen warmen Schein auf das Holz. Ich nähere mich dem Tisch und höre ein sanftes Summen durch das Glas hindurch. Winzige Funken schweben wie Glühwürmchen darin, tanzen aufwärts und streifen den Deckel, wo meine Finger ihn berühren.

Die Pflanze aus Dougs Suite steht in dem zerbrochenen Topf daneben. Die langen Stiele neigen sich Gaias Licht zu. Ein helles, wächsernes Blatt scheint sich an etwas verfangen zu haben. Ich entwirre es, keuche auf, als ich eine Schlaufe aus rotem Satin von der Ranke befreie und sich dabei ein kleiner Silberengel löst.

Ich halte das angeschlagene Schmuckstück vor mich, sodass es sich dreht, und die Inschrift auf der Rückseite wird sichtbar.

Das ist *mein* Engel. Der, den ich Jack in den Wäldern hinterlassen habe.

Neben dem Schreibtisch steht eine geöffnete Truhe, voller Baumanhänger. Neunundzwanzig Stück ... das weiß ich, ohne zählen zu müssen. Ich ziehe eine winzige Schneekugel heraus. Kirschblüten rieseln um einen Baum.

»Wie sind die hierhergekommen?«, murmle ich zittrig.

»Das Gleiche könnte ich dich fragen.«

Ich wirble zur Tür herum, halte die Schneekugel fest in der Faust. Doug wirkt selbstzufrieden, er schließt die Tür hinter sich, lehnt den Stab gegen die Wand. Ich sehe zum ersten Mal, dass er ihn bei sich hat. Er ist genauso, wie ich ihn in Erinnerung habe, die Sense kalt und glitzernd scharf, mit Ausnahme der seltsamen schwarzen Schärpe um den Kopf.

Er tritt näher, versperrt mir den Blick und zieht sich ein Paar Handschuhe aus. »Ich habe dich die ganze Nacht gesucht.«

»Ist das nicht ein bisschen übertrieben? Ich habe dein Zimmer erst vor ein paar Stunden verlassen.«

»Oh, das ist echt witzig«, sagt er und schüttelt den Kopf, lässt die Handschuhe auf den Tisch fallen. Sein Haar klebt ihm verschwitzt an der Stirn. Ein Schmutzstreifen ist auf seiner Wange zu sehen und Dreck von den Höhlen haftet an seinen Anzugschuhen. Eine Spur aus getrocknetem Blut zieht sich über seine Lippe. »Netter Trick, deinen Duft von den Abgasen der Generatoren verdecken zu lassen.« Meine Hand ballt sich um die Schneekugel, als er näher heranpirscht. Ich trete vom Schreibtisch weg, aber er treibt mich nur weiter in sein Büro hinein. »Es war reiner Zufall, dass ich dich entdeckt habe, als du die Hintertreppe zur Galerie hinaufkamst.«

»Du bist mir hierher gefolgt?« Wie? Dabei war ich so vorsichtig. Ich war sicher, dass niemand hinter mir war, als ich dem Schatten gefolgt bin.

Doug löst den Schmuck aus meinen Fingern, wirft ihn in die Luft und fängt ihn wieder auf, bevor er ihn gegen das Bücherregal schleudert. Er zerspringt, Glasscherben streifen meinen Arm, und ich zucke unwillkürlich zusammen.

»Ich folge dir schon seit einer Stunde, habe abgewartet, ob dein Freund auch auftaucht. Auf der Suche nach dir hat er ein Riesenchaos angerichtet.« Er greift nach einem weiteren Anhänger in der Kiste. Und noch einem. Er schleudert sie gegen die Wand und Glas und Porzellan regnen auf mich herab.

»Hör auf! Die gehören mir!«

Er greift nach einem weiteren Anhänger. Es ist der erste, den ich Jack hinterlassen habe.

Mein Geist greift nach der Pflanze. Die Blätter beben, als ich ihn in ihre Wurzeln schiebe. Ich packe sie, überrascht, dass die Pflanze sich vor mir zurückzieht. Nicht als wolle sie sich weigern, sondern als ziehe jemand anderes an ihr. Mit einem heftigen Ruck wird die Pflanze meinen Gedanken entrissen.

Mein Blick huscht zu Dougs.

Ein Lächeln verzieht seine Lippen und eine Ranke peitscht auf mich zu. Ich fasse mir an die Schläfen, zwinge meinen Geist wieder hinein, stemme mich gegen Dougs, ringe mit ihm um die Kontrolle über die Pflanze. Doug und ich umkreisen einander neben dem Tisch, unsere Gedanken täuschen an und stürzen sich aufeinander. Der Keramiktopf scheppert auf dem Schreibtisch. Erde und Scherben explodieren in alle Richtungen, als die Wurzeln hervorbrechen und die Ranken herumtasten. Sein Geist packt meinen. Meine Gedanken drängen seine zurück. Ein übelkeiterregendes Déjà-vu überkommt mich, als hätten wir das hier schon einmal gemacht.

Ein scharfer Schmerz durchzuckt meine Schläfe und ich trete heftig mit meinen Gedanken aus, keuche auf, als es Dougs Geist aus der Pflanze schleudert.

Mein Körper fliegt rückwärts, knallt mit vernichtender Gewalt auf den Teppich, während Doug in den Schreibtisch kracht.

»Du bist ein Arschloch«, stöhne ich, meine Gedanken wirr.

»Und du bist eine gute Lehrerin«, erwidert er keuchend.

Ich spüre, wie Dougs Geist zur gleichen Zeit zu einer Wurzel stürzt wie meiner, aber ich bin schneller. Ich drücke meinen Geist hinein, beanspruche die Pflanze für mich und übernehme die Kontrolle. Doug greift hinter sich, tastet nach den Überresten des zerschmetterten Topfs. Mit einem wilden Grinsen gräbt er seine

Finger in die Erde. Meine Rippen ziehen sich mit erstickendem Schmerz zusammen, als seine Faust sich um den Wurzelballen der Pflanze schließt.

Panik überkommt mich. Ich versuche, meinen Geist aus der Pflanze zu ziehen, aber er sitzt fest, als hielte Doug mich dort gefangen. Er drückt die Wurzeln fester zusammen. Meine Lungen verschließen sich. Ich bekomme keine Luft.

Doug packt sich an die Brust, Qual zuckt unvermittelt über sein Gesicht. Mit einem verblüfften Schrei lässt er die Pflanze fallen und ich taumle zurück, hole erstickt Luft.

»Wie hast du das gemacht?«, krächzt er, die Hand auf sein Brustbein gedrückt, ein Spiegelbild meiner Geste.

Wir beide stehen da, vorgebeugt, blass und zitternd. Ich weiß nicht, was hier passiert. Ich habe meine Magie nie so außer Kontrolle erlebt. Es fühlt sich an, als würde sie gegen sich selbst kämpfen. Als würde sie gegen *mich* kämpfen.

Elektrizität knistert, als ich mich aufrichte. Der Raum beginnt zu beben. Doug schiebt sich näher an seinen Stab heran.

»Bist du wahnsinnig?« Sein Blick geht zur Decke, wo der Messingkandelaber zu schwingen beginnt. »Hör auf damit, bevor du jeden hier umbringst, einschließlich deiner Freunde!«

Der Boden hebt sich und er stolpert.

Mein Herz hämmert gegen meine Rippen, der steigende Druck in mir ist zu heftig, um ihn zu kontrollieren. »Ich kann nicht. Etwas stimmt nicht.«

Magie schwillt in mir an. Es ist, als wäre es plötzlich zu viel. Ich kann meine Arme nicht darumschlingen. Ich atme tief, greife mit meinem Geist nach ihren heißen, elektrisierten Enden. Ich versuche, sie zu fassen, aber sie peitschen um sich. Wehren sich gegen mich. Graben sich tiefer in die Erde.

Eine Karte in einem dicken Glasrahmen torkelt von der Wand.

Ledergebundene Bücher schwanken von ihren Regalbrettern. Die Sense gleitet aus ihrer Ecke und prallt auf den Teppich. Glühbirnen zerspringen und es wird dunkel.

»Bring das unter Kontrolle, Fleur!«

Hinter mir erklingt ein heftiges Scheppern. Glas zerspringt, etwas Schweres trifft auf den Boden. Ich beschirme die Augen vor einem hellen Aufflammen. Wie ein Schwarm wütender Glühwürmchen – Gaias Magie ist frei.

Wind wirbelt Papiere auf, weht Bücher hoch und peitscht zerbrochenes Glas durch das Zimmer. Doug flucht, als die Magie einen Trichter bildet und Putz auf unsere Köpfe herabregnet.

Unsere Blicke begegnen sich. Er schubst mich, schleudert mich rückwärts gegen das Bücherregal und stellt sich zwischen mich und die Magie. Sein Kopf neigt sich zurück, als hole er Luft.

»Nein!« Ich stehe auf und trete ihm in die Kniekehlen. Meine einzige Chance zu fliehen besteht darin, ihm mit der Magie zuvorzukommen.

Doug stemmt sich auf alle viere hoch, greift nach dem Kopf seines Stabs. Seine Finger packen die Schärpe und ihr Knoten löst sich, als er ihn näher heranzieht.

Der stumpfe Griff des Stabs pfeift durch die Luft, trifft mich quer über die Brust. Die Macht des Schlags schleudert mich weg. Doug kniet über mir, hält meine Arme mit den Knien an den Seiten, die Hand auf meinen Mund gedrückt, und das Licht wirbelt hinter ihm.

»Sie gehört mir«, sagt er, »und zwar ganz.«

Ich kann nicht atmen. Kann meinen Mund nicht öffnen, um ihn zu warnen, dass er einen Fehler macht. Doug wirft den Kopf zurück und öffnet die Lippen. Ich trete um mich, die Magie steigt herab und auf ihn zu. Meine Kehle brennt mit der Hitze von tausend Sonnen, als er die Funken einatmet. Ich schreie in seine

Hand, sicher, dass wir beide sterben, während er die Magie vollständig in sich aufnimmt.

Seine Brust leuchtet wie bernsteinfarbenes Feuer auf und er bricht zusammen. Blitze zucken. Eis und Schnee peitschen über meine Haut. Ich halte mir gegen ein ohrenbetäubendes Brüllen die Ohren zu. Dann wird alles schwarz.

Ich erwache ausgestreckt am Boden, keuche und huste, während sich das Beben beruhigt. Glas klirrt leise, ich drücke mich hoch, klopfe Porzellanscherben und Putz von meinem Shirt. Meine Kehle brennt. Alles tut mir weh, unter meinem Brustbein sitzt ein akuter, pulsierender Schmerz, der das Atmen schwer macht. Ich blinzle, aber da ist keine Spur Licht im Zimmer.

Mein Bein streift einen Schuh. Ich rutsche weg, stoße gegen den Schreibtisch. Ich höre Dougs langsame, gleichmäßige Atemzüge und halte ganz still, weil sie unregelmäßig und flach werden.

Er stöhnt. Ich taste um mich nach seinem Stab, meine Hände befühlen hektisch den Teppich. Doug holt scharf Luft, als eine Glasscherbe meine Handfläche trifft. Ich ignoriere das Stechen, taste auf Händen und Knien um mich. Meine Finger schließen sich um einen kalten Metallstab, während Dougs sich neben meinen festklammern.

»Sei nicht dumm, Fleur.« Seine Stimme klingt rau und angespannt, sein Griff um den Stab ist eisern. Ich werfe mich mit ganzem Gewicht rückwärts, aber Doug entreißt mir den Stab und ich pralle benommen und orientierungslos nach hinten in die Dunkelheit. Ich weiche vor seiner Stimme zurück. Mein Absatz trifft den Schreibtisch und ich taste mich an der Kante entlang bis zum Ledersessel. Dann bis zur Wand.

»Wohin gehst du?« Er grunzt, Glas klirrt, als würde er sich aufsetzen.

Die Tür ist direkt hinter mir. Ich greife nach dem Knauf. Als meine Hand sich darum schließt, scheint eine Faust meinen Geist zu packen. Ich schreie auf, als die Muskeln in meinen Beinen sich zusammenziehen und mein Hinterteil auf den Boden prallt. Mein Kopf knallt gegen den Schreibtisch. Betäubt reibe ich über den pochenden Schmerz zwischen Nacken und Schädel, mühe mich zu begreifen, was gerade passiert ist.

Doug wird ganz still.

Ich rolle mich auf die Seite und stemme mich hoch. Ich taste mit meiner Magie um mich, aber sie scheint an etwas festzuhängen wie ein Pulli, der sich an einem Nagel verfangen hat. Je mehr ich sie zu mir ziehen will, desto heftiger zieht sie zurück.

Ich schließe die Augen und verfolge meine Magie bis zu dem Punkt, an dem sie festhängt. Es ist, als würde man einem Faden durch einen dunklen Tunnel nachjagen. Nichts an diesem Ort kommt mir bekannt vor. Ich bin nicht in einer Wurzel. Oder einem Rhizom. Aber das hier lebt. Atmet. Ein rhythmisches Pochen hallt innerhalb seiner Wände.

Ein schwaches Licht schimmert an den Rändern meines Bewusstseins und mein Geist folgt ihm in eine leuchtende Kammer. Meine Gedanken kommen abrupt zum Halt. Meine Magie hat sich im Zentrum eines großen Platzes zusammengerollt, umgeben von glitzernden Sternen.

Nein. Nicht Sternen …

Funkelnde Lichter umschweben meine Magie wie Glühwürmchen. Ihre Bewegungen erinnern mich an die Magie in Gaias Kugel. Ich ziehe an dem Faden meiner Magie, weiche mit meinem Geist langsam aus dem höhlenartigen Raum zurück. Ich weiß nicht, wo das hier ist, aber ich weiß, dass ich nicht hier sein sollte.

Während ich mich zurückziehe, schwärmen die Lichter zu mir, aufgeregt und summend. Ich ziehe, aber meine Magie rührt sich nicht.

»Was machst du da?« Dougs Stimme scheint mich in Stereo zu erreichen, sowohl innerhalb als auch außerhalb meines Kopfs. Ich versetze meiner Magie einen heftigen Ruck und Doug brüllt: »Lass das!«

Meine Gedanken schnellen zurück in meinen Körper. Ich zucke gegen die Seite des Schreibtischs zurück, schirme die Augen ab, weil sich eine Flamme in Dougs Handfläche entzündet. Er leuchtet damit auf mich. »Was machst du in meinem Kopf?«, schreit er.

»Dein Kopf?« *Oh, Gaia, nein!* Ich werfe meine Gedanken aus, taste nach der Stelle, an der meine Magie endet und Dougs beginnt, aber ich kann die beiden nicht entwirren.

»Raus da!«, blafft er.

»Glaub mir, nichts wäre mir lieber, als irgendwo anders gefangen zu sein als in deinem verdrehten, sadistischen Kopf, aber ich kann nicht. Ich hänge fest. Hör auf damit und lass mich gehen!« Ich reiße heftig an meiner Magie.

Doug taumelt und flucht, schlägt sich eine Hand auf die Stirn. Meine Knie geben nach und ich falle wie ein Stein, als hielte eine kalte Hand mich am Kopf unten. Ich knie da, erstarrt, kann mich nicht rühren. »Was zur Hölle hast du getan?«, brüllt er.

»Was *ich* getan habe? Das ist nicht *meine* Schuld.« Mein Herz hämmert. Es ist, als wären meine Knie am Teppich festgewachsen.

»Das ist *deine* Affinität! *Deine* Magie. Du hast es mir beigebracht, schon vergessen?«

»Ich habe dir das nie beigebracht. Ich kann das nicht mal! Das ist nicht …« Mein Atem wird ruhig, als sich alle Teile zusammenfügen. Meine Magie ist in Doug gefangen, aber diese Lichtfunken waren Gaias Magie. Doug benutzt sie, um mich zu manipulieren. »Das ist *deine* Schuld. Du hast Gaias Magie genommen. Du hältst zu viel Macht fest. Du kannst sie nicht kontrollieren. Das konnte auch Lyon nicht.«

Plötzlich ist er direkt vor mir, sein Auge glitzert wild. »Vergleich mich niemals mit ihm.« Seine Magie lässt mich los und schubst mich weg. Aber egal wie sehr ich an meiner Magie ziehe, sie kann sich nicht losreißen.

Meine Hand schließt sich um eine dicke Glasscherbe. Ich ramme sie in Dougs Bein. Schmerz durchfetzt meinen Oberschenkel und wir schreien beide auf, dann fällt er vor mir auf ein Knie.

Gespiegelte rote Flecken sickern durch unsere Kleider. Mit zusammengebissenen Zähnen reißt Doug die Scherbe heraus. Ich keuche, drücke die Hand auf meine Wunde, während er mich mit mörderischem Blick ansieht. Er reibt sich die Brust. Ein dunkler Fleck färbt sein Hemd. Mit gerunzelter Stirn starrt er auf den Schnitt quer über seiner Handfläche. Mein Mund wird schmal, als ich den passenden Schnitt auf meiner bemerke.

Ich stecke fest. Bin von unserer Magie an ihn gefesselt. »Das war alles Teil deines dummen Plans, oder?«

»Das war definitiv nicht der Plan! Wie soll ich dich töten, wenn ich dich nicht verletzen kann, ohne mich selbst zu verletzen?« Sein Gesicht wirkt rot im warmen Schein seines Feuers. Er beugt sich herab und hebt die umgefallene Lampe auf, stellt sie auf den Schreibtisch und legt seine Flamme in das Nest der zerbrochenen Glühlampe. Die Hände auf den Hüften, läuft er im verwüsteten Zimmer auf und ab, sein Stab liegt vergessen am Boden.

»Wir können das wieder in Ordnung bringen«, sage ich mit erzwungener Ruhe. »Wir müssen nur herausfinden, wie wir überhaupt miteinander verbunden worden sind, und uns dann wieder daraus lösen. Es muss bei unserem Kampf passiert sein. Unsere Magie hat sich schon früher berührt, als wir in Cuernavaca miteinander gerungen haben.« In einem Wutanfall hatte Doug mich angegriffen. Ich habe eine Wurzel beschworen, um ihn zurückzuhalten, und er hat sie weggedrückt. Nicht mit den Händen, sondern mit dem Geist. Überwältigt von Trauer hat er damals vermutlich gar nicht bemerkt, dass er Erdmagie nutzte. Ich bin sicher, dass wir da nicht miteinander verbunden waren, aber dieses Mal habe ich gespürt, wie sein Wille mit meinem um die Kontrolle über die Pflanze rang. »Wir müssen dieses Mal eine Grenze überschritten haben. Eine Art Pfad zwischen der eigenen Magie und der des jeweils anderen eröffnet haben.«

Er läuft hin und her wie ein Tiger in einem Käfig. »Ich habe nie zuvor von so etwas gehört.«

Ich denke zurück an all meine Jahre der Ausbildung. »Es ist möglich, dass der Geist zweier Frühlinge einen physikalischen Raum zur gleichen Zeit einnimmt, aber ich habe nie davon gehört, dass jemand so feststeckt.«

Ich massiere mein Brustbein, frage mich, wem der dumpfe Schmerz gehört. Doug bleibt stehen und Überraschung färbt seine Wangen.

»Der Schmerz, er ist nicht so schlimm wie vorher«, sagt er und lehnt sich mit dem Rücken an die Wand, beobachtet mich mit neugieriger Miene.

»Wie ist das möglich? Wenn überhaupt, müsstest du dich schlechter fühlen. Ich habe Lyon gesehen, nachdem er Michaels Magie an sich genommen hatte.«

»Ich bin stärker als Lyon«, sagt er und spuckt Lyons Namen förmlich aus. »Ich war nicht nur eine Jahreszeit. Ich war eine Wache. Ich hatte sehr viel mehr Magie.«

»Du hast sehr viel mehr *genommen,* als jemand in der Lage sein sollte zu bewältigen. Du müsstest dich vor Schmerzen winden. Die Magie müsste sich wehren und sich einen Weg aus dir hinaussprengen. Wie ist es überhaupt möglich, dass du Gaias Magie auch in dir hast?«

Ich spüre einen Stoß in meinem Geist, als versuche er, mich hinauszuschubsen. Sein Blick bleibt an einem Stück der zerschmetterten Kugel hängen. Eine Emotion scheucht meine Gedanken auf und es dauert einen Moment, bis ich begreife, dass es nicht meine eigene ist. Sie flackert durch seinen Kopf, fast zu schnell, als dass ich sie identifizieren kann. Abscheu? Eifersucht? Mit unvermitteltem Entsetzen begreife ich, dass ich ihn *fühlen* kann. Nicht nur seinen körperlichen Schmerz, sondern seine Stimmungen.

»Gaias Magie«, sagt er bitter. »Sie … hat anders reagiert an dem Tag, an dem du in den Kontrollraum kamst. Sie schien … von dir angezogen zu werden.«

»Und?«

»Vielleicht bin nicht *ich* derjenige, der dich festhält.«

Ich denke daran zurück, wie Gaias Licht mich in Dougs Kopf umgeben hat. Wie es sich an mich zu klammern schien, als ich mich zurückziehen wollte. Doug war derjenige, der Gaias Magie eingeatmet hat, aber wir beide haben darum gekämpft, bis er diesen Atemzug tat. Könnte Gaias Magie dieser Verbindung zu mir gefolgt sein? Könnte sie sich an mich gebunden haben und mich mit sich in ihm gefangen halten? Wahrt meine Präsenz den zerbrechlichen Frieden in Doug und ermöglicht es ihm, so viel Magie in sich zu behalten? Und wenn ja, wer von uns kontrolliert sie?

Ich taste mit meinen Gedanken herum, stupse die Magie, die uns verbindet, versuche sie zu manipulieren, aber sie reagiert nicht. Dougs Kopf ruckt hoch, als wisse er, was ich da tue. Seine Gedanken schieben sich in seine neue Fähigkeit wie eine kalte Hand in einen Handschuh. Dougs Geist ist offensichtlich das Gefäß und er scheint Kontrolle sowohl über mich als auch über Gaias Magie zu haben.

Sein Kopf neigt sich zur Tür und ich höre ein leises Klopfen. Abgelenkt lockert er den Griff um meinen Geist.

»Lass uns in Ruhe«, blafft Doug.

»Aber Sir«, sagt Lixue, ihre Stimme durch das Eisenholz gedämpft, »ich sollte doch Bericht erstatten, sobald wir etwas finden.«

Eine Emotion rast über mich hinweg – Hoffnung. Nicht meine. Dougs. Sein Geist knistert, als er die Tür aufreißt. »Du hast das Auge gefunden? Wo?« Mein Blick huscht zu dem Stab auf dem Boden und überrascht erkenne ich, dass die Schärpe weg ist. Und das Auge auch. An seiner Stelle ist ein Loch.

Lixues Augenbrauen ziehen sich zusammen, als sie an ihm vorbei zu der zerstörten Kugel am Boden blickt. »Nein, Chronos. Ich habe es noch nicht gefunden. Wir haben die Schwester.«

Er reißt ihr das Tablet aus den Händen. Der Blick seines Auges zuckt darüber und ich verspüre Überraschung.

»Was ist los?«, frage ich, da er das Tablet von mir weghält. »Wessen Schwester?«

»Bring den Frühling in meine Suite.« Doug redet über mich, als wäre ich nicht im Zimmer. »Sieh zu, dass der Luftschacht versiegelt ist und jeder Zentimeter auf andere Fluchtrouten überprüft wird. Niemand darf Hand an sie legen. Wer ihr auch nur ein Haar krümmt, wird dafür bezahlen. Verstanden?«

»Ja, Sir.«

Er beugt sich herab und nimmt die schwarze Schärpe vom Boden auf. Ich sträube mich angesichts der unerwarteten, düsteren Eile, die ich in ihm spüre, als er nach seinem Stab greift. Ich dränge mich vor die Tür, versperre ihm den Weg. »Wohin gehst du?«

Er schubst mich in Lixues Arme und geht an mir vorbei aus der Tür.

42

SCHNEE FÜR STAUB

Doug

Mit der Flamme in der Hand laufe ich durch Névé Ondings abgedunkeltes Schlafquartier. Laut der Personalakte, die Bradwell ans Licht befördert hat, ist Névé seit mehr als anderthalb Jahren tot, umgebracht von Amber Chase, während Jack und seine Freunde auf der Flucht waren. Névés Admin, inhaftiert mit den anderen, die Jack verfolgt hatten, erhielt nach der Anhörung einen Aufseherjob und wurde in ein Zimmer in den Angestelltenquartieren verlegt, deshalb steht dieses verlassen.

Ich fahre mit einem Finger durch den Staub auf Névés Schreibtisch. Merkwürdigerweise ist nichts von Névés Seite des Quartiers entfernt worden. Entweder war Lyon zu beschäftigt, um sich darum zu kümmern, oder er wollte, dass jemand es so findet. Unordentlich. Bewohnt. Warm, auch wenn es immer noch hartnäckig nach Winter riecht. Die blaue Farbe an den Wänden fühlt sich entfernt vertraut an, von den Flurpartys, als ich noch als Jahreszeit im gleichen Flügel wohnte.

Ich sinke in den flauschig blauen Lesesessel in der Ecke und lege mir den Stab über den Schoß, dankbar, dass ich ihn nicht halten muss. Das verdammte Ding scheint mit jeder Berührung schwerer und in meiner Eile, hierherzugelangen, habe ich meine Handschuhe vergessen. Ich reibe mir die Kälte von der Handfläche und zucke zusammen. Der Schnitt, den Fleur mir verpasst hat, ist noch immer schmerzhaft wund. Als ich sie in meinem Büro zurückgelassen habe, sind ihre Schreie irgendwann einem beharrlichen Pochen gegen die Mauern meines Geists gewichen, das ich den gesamten Weg zum Kreuz gespürt habe. Ich fühle sie immer noch dort, schäumend vor Wut in einer entlegenen Ecke meiner Gedanken, aber je ferner sie ist, desto leichter fällt es mir zu denken und desto schwächer erscheint meine Fähigkeit, sie zu spüren. Und doch merke ich, wie ich immer wieder nachsehe, um sicherzugehen, dass sie noch da ist.

Ein seltsames statisches Summen ist in meiner Brust. Den Kopf an die Sessellehne gelegt, reibe ich darüber, denke an das, was Fleur in meinem Büro gesagt hat. Gaias Magie sticht nicht mehr – nicht so wie zuvor – und der beharrliche Schmerz, der mich verfolgt hat, seit ich den Stab nahm, ist jetzt gedämpft, als ob eine scharfe Ecke abgebrochen und jemand anderem übergegeben worden wäre.

Irgendwie muss ich Fleur aus dem Kopf bekommen und das hier beenden. Als Wirt hat mein Geist vielleicht die Kontrolle über Gaias Magie, aber diese Magie fühlt sich offensichtlich mit Fleur verbunden. Die Möglichkeit, dass Gaias Magie sich an ihr festhält wie an einer Schmusedecke, stellt ein Problem dar. Wie entwirre ich uns und halte dabei weiter an der Macht fest? Und wenn es mir gelingt, Fleur hinauszuwerfen, wird Gaias Magie mich bekämpfen, sobald sie weg ist?

Seufzend setze ich mich auf. Eine tote Pflanze sackt über die Ränder eines Topfs auf einem Bücherregal neben mir. Die braunen Blätter sind steif und brüchig, die Erde eingesunken und rissig, so trocken ist sie. Ich stupse die Ränder mit meinem Geist an, taste nach Lebenszeichen. Als ich sie mit der Fingerspitze berühre, bricht ein trockenes Blatt vom Stiel und schwebt zu Boden. Ich habe eine Million Mal gesehen, wie Gaia Leben einhauchte. Habe auf einem alten Videoband zugesehen, wie Fleur einen erfrorenen Schmetterling wieder zum Leben erweckte. Ich beuge mich nah zu der Pflanze vor und stoße einen sanften Atemzug aus. Die toten Blätter knistern, dann fallen zwei weitere herab.

Wenn ich wirklich über Gaias Magie befehle, sollte ich Leben einhauchen können. Ich, nicht Fleur. Wenn ich nicht einmal etwas so Kleines wie eine Hauspflanze zurückbringen kann, welche Hoffnung habe ich da, neue Jahreszeiten zu erschaffen?

Leise Schritte verharren im Gang, direkt vor Névés Zimmer. Finger auf dem Knauf. Ein vorsichtiges Klopfen.

Ich puste die Flamme aus, als Metall gegen Metall schabt. Ein Schlüssel – nein, ein Dietrich – gleitet ins Schloss. Ich nehme die Sense, lausche einer Reihe von Schab- und Klickgeräuschen. Nach ein paar misslungenen Versuchen dreht sich der Knauf und ein schwacher Lichtkegel dehnt sich vom Gang über den Boden aus.

Die Tür schließt sich leise.

»Ruby?« Kais Stimme bricht. Der schmale Strahl einer Taschenlampe fällt vor sie, fängt die Möbel im Wohnzimmer ein. Sie folgt dem Licht ins Schlafzimmer ihrer Schwester, bemerkt mich absolut nicht, bleibt stehen, als sie die abgezogene Matratze und die leeren Regale der Admin erreicht. »Ruby?«, flüstert sie und ihre Stimme zittert, während der Strahl über die Linie fährt, die ich im Staub auf dem Schreibtisch ihrer Schwester gezogen habe.

Das Licht schwenkt auf mich zu.

Ich halte die Zeit an, bevor unsere Blicke sich begegnen können.

Staubpartikel hängen reglos im Strahl ihrer Taschenlampe. Ein dünnes Spinnennetz baumelt erstarrt an der Decke in der Ecke über ihrem Kopf. Kai steht vollkommen reglos, als wäre sie aus Wachs. Ich erhebe mich aus Névés Sessel und umrunde sie, meine Bewegungen in der dunklen Oberfläche ihrer Augen reflektiert.

»Du hast mich angelogen«, flüstere ich. »Du hast mich betrogen. Und wofür? Für einen Deal mit Lyon? Lyon war tot! Es gab nichts, was er dir geben konnte! Nichts, was er dir hatte versprechen können, das ich dir nicht angeboten hätte, und du hast dich trotzdem für ihn entschieden.« Tief in meinem Kopf spüre ich, wie Fleurs Geist still wird. Ihr Hin- und Hergelaufe hat aufgehört, ihr Bewusstsein lauscht, als spürte sie, dass etwas nicht stimmt. Ich senke die Stimme. Flüstere in Kais Ohr: »Ich bin zurückgekommen. Habe mein Versprechen gehalten. Ich habe dir ihre Magie angeboten. Wir hätten all das hier gemeinsam wieder in Ordnung bringen können. Aber stattdessen bist du zu Jack gerannt.« Ich stehe wieder vor ihr, mein Gesicht dicht vor ihrem. »Du dachtest, du könntest ihm vertrauen. Und jetzt bist du die Angeschmierte.«

Ich richte mich auf und lasse dabei die Zeit wieder laufen. Kai holt scharf Luft. Sie lässt die Taschenlampe fallen. Sie greift nach ihrem Bogen und ich packe ihr Handgelenk.

Ihr Blick huscht zur Sense. Sie hütet sich, mich zu fragen, was ich hier mache.

»Du hättest die beiden niemals umbringen dürfen«, sagt sie, als rechtfertige das ihren Verrat.

»Jemand musste sie aufhalten. Du hast doch die Stürme gesehen. Die Katastrophen. Die Feuer und Überschwemmungen. Sie werden nur schlimmer.«

»Wegen dem, was du getan hast!« In ihren Augen sehe ich eine Erinnerung aufblitzen – ein krankes Mädchen, unter einer dünnen Decke auf dem Bürgersteig zusammengekauert, Hagel prallt von ihren Schultern ab und es hustet.

Ich schüttle den Kopf. »Du weißt so gut wie ich, dass Lyon all das vor langer Zeit in Gang gesetzt hat.« Sie wendet sich von mir ab, schuldbewusste Röte fegt über ihre Wangen. »Ohne Sommers' Rebellion wäre alles, wie es war. Lyon ist letzten Endes hierfür verantwortlich.«

»Lyon hat nur versucht, uns zu befreien!«

»Wirklich?«, frage ich. »Wer hat dich denn in diese Arrestzelle mit mir gesteckt? Ich habe dich gehen lassen!« Abrupt blickt sie zu ihrem Handgelenk und ich lasse es mit einem letzten Stoß fallen. Dann wandere ich zum Bücherregal ihrer Schwester, fahre mit einem Finger über Névés Trophäen und Figürchen. »Ich sehe, dass du und Jack ein Bündnis geschlossen habt. Weiß er, wer du bist?«

Ihr Schweigen dauert zu lange. »Natürlich weiß er das.«

»Nicht, wer du warst, als du ihn in Cuernavaca erschossen hast. Weiß er, wer du sein solltest? Du und deine Schwester?« Ich trete wieder hinter sie und sie hält den Atem an. »Weiß er von deinem geheimen Bündnis mit Lyon vor all diesen Jahren?« Ich beuge mich vor und flüstere: »Ich weiß davon.«

Ich trete wieder vor sie und sehe sie an. »Die ganze Zeit hattest du es sein sollen. Vor Sommers. Vor Fleur. Du und deine Schwester solltet das System gemeinsam zerschlagen. Lyon hat etwas in dir gesehen, nicht wahr?« Kais Widerwillen, mich anzusehen, ist Antwort genug. »Also hat Gaia dich und Névé in Jahreszeiten verwandelt, aber in unterschiedliche. Sie hat euch in andere Flügel eingeteilt in dem Wissen, wie sehr du darum kämpfen würdest, bei deiner Schwester zu sein. Lyon hat dich jahrelang vorbereitet. Er hat deine Schuldgefühle wegen des Brands ausgespielt, dafür gesorgt, dass du das Gefühl hattest, dich reinwaschen zu müssen, hat diese dummen Briefe für dich überbracht und Gedanken in deinen Kopf gepflanzt, in der Hoffnung, du würdest deine Schwester von der Flucht überzeugen, denn er rechnete damit, dass ihr das Paar sein würdet, das die Rebellion in Gang setzt. Aber Névé war der Schwachpunkt, nicht wahr? Du warst ihr nicht wichtig genug, damit sie aufs Spiel setzte, was sie nun hatte.«

»Sie liebt mich«, erwidert sie mit bebender Stimme. »Sie hatte nur Angst.«

»Oder vielleicht war sie auch einfach zu wütend auf dich.« Kai zuckt zurück, starrt zu Boden. »Dann kamen Sommers und Fleur, und Lyon hatte neue Marionetten für sein Spiel. Und plötzlich warst du nicht mehr des Professors Lieblingsprojekt. Was ist passiert? Du wurdest bitter und eifersüchtig und hast dich aus Trotz der Wache angeschlossen?«

»Nein! Ich habe mich der Wache angeschlossen, weil es die einzige Möglichkeit war, um Ruby zu sehen.«

»Weil Lyon dich aufgegeben hat und du deine Chance verspielt hattest. Und als du die Gelegenheit bekamst, Lyons Musterschüler zu erledigen – den, der erreicht hatte, was du nicht erreichen konntest –, hast du sie ergriffen.«

»Das wollte ich nicht!«

»Weiß Jack das? Hast du auf der Türschwelle von Jacks Villa um Gnade gewinselt und gestanden, dass er wegen *deines* Versagens hier ist?« Ein Schweißtropfen rinnt an ihrer Schläfe herab. »Hast du Sommers erzählt, dass du ihn niedergeschossen hast, weil er das getan hat, was du nicht tun konntest? Dass du dich nur der Wache angeschlossen hast, um näher bei deiner Schwester zu sein, und dass du ihm jetzt nur deshalb hilfst?«

»Halt den Mund!«

»Du und Sommers seid nicht besonders ehrlich zueinander gewesen. Was lässt dich glauben, dass du ihm vertrauen kannst?«

»Er hat mich bis hierher gebracht.«

»Damit du deine Schwester finden und sie retten kannst?« Ich schüttle den Kopf, laufe dabei langsam im Zimmer auf und ab. Würde ich sie nicht so sehr hassen, könnte sie mir vielleicht leidtun. »Er hätte dir so viel Zeit ersparen können. Nicht zu erwähnen das Flugticket.« Ich pflücke ein totes Blatt von Névés Pflanze und halte es hoch, sodass Kai es sehen kann. »Jack hätte dir sagen sollen, was mit ihr passiert ist.«

Ihre Stimme zittert. »Was hast du ihr angetan?«

Ich lache. »Ich habe sie nicht angerührt.«

»Wo ist sie dann?«

»Vielleicht solltest du das Jack und seine Freunde fragen, denn sie waren die Letzten, die sie lebend gesehen haben.«

»Du lügst«, antwortet sie mit angespannter Stimme.

»Wozu sollte das gut sein?« Ich lehne mich mit der Hüfte an den Schreibtisch. »Ich bin neugierig ... hat Jack dir vergeben, dass du ihn erschossen hast, bevor oder nachdem du ihm gesagt hast, wer deine Schwester war?«

»Hör auf, so zu reden.«

»Was?«

»Du sprichst über meine Schwester, als wäre sie tot.«

»Du weißt es wirklich nicht, oder?« Ich stoße mich vom Tisch ab und trete näher, den Stab in der Armbeuge und das tote Blatt zwischen den Fingern drehend. Dann zerdrücke ich das Blatt und lasse die Brösel fallen. »Névé ist mit dem Wind gegangen. Jack und seine Freunde haben sie vor achtzehn Monaten getötet. Eine Woche bevor du dabei versagt hast, ihn in Cuernavaca zu erledigen. Und Lyon hat es dir nie gesagt.«

Ihre Kehle hüpft und in ihre Augen steigen Tränen. »Ich glaube dir nicht.«

Sie dreht sich um und rennt auf die Tür zu. Ich packe sie an der

Kapuze, zerre sie rückwärts, die Klinge der Sense fällt wie eine Guillotine vor ihr Gesicht. In der Klinge spiegeln sich ihre großen Augen, ihr heftiger Atem lässt den Stahl beschlagen.

»Amber Chase hat Névé umgebracht. Sie hat den Transmitter deiner Schwester zerstört, ihr dann den Hals gebrochen. Aber willst du wissen, was die absolute Krönung war?« Eine Träne rinnt an Kais Wange herab. »Jack Sommers hat ihre Magie genommen. Er hat sie gestohlen, als sie ihren Körper verließ. Er ist ein Lügner und ein Dieb. Warum, denkst du, hat er dir diese Dietriche für das Schloss gegeben? Er wusste, sie würde diese Tür nicht öffnen.«

Sie sackt gegen mich, ihre Brust hebt und senkt sich heftig, ihre Knie geben nach. Ich halte sie aufrecht, flüstere in ihre kalte Ohrmuschel: »Dieser Schatten, den ihr gejagt habt … denkst du, es ist nur Jacks Seele darin? Hast du nicht gesagt, gestohlene Magie sei verflucht? Dass sie mit einer Schwäche einhergeht? Was, wenn Jacks Schwäche Névé ist?« Kai wird totenstill. »Jack hat die Magie deiner Schwester gestohlen. Und jetzt ist er hier, sieht die Möglichkeit, sie zurückzunehmen. Aber vielleicht hat dieser Schatten ja noch eine Verbindung zu jemand anderem.« Sie hebt den Kopf, begreift langsam. »Was glaubst du, wen dieser Schatten beschützt hat, als Lixue euch angegriffen hat?«

Ihr Atem stockt. Sie reißt sich aus meinen Armen los und taumelt von mir weg. »Der Schatten … du denkst, ein Stück von Ruby ist darin?«

Ich trete ihr den Köcher entgegen, die Pfeile springen über den Boden. »Es gibt nur eine Möglichkeit, das herauszufinden.«

43

FEUER FÜR GESTALT

Jack

Die Fackel lodert, wirft Schatten über Lyons Karte, während ich den letzten Tunnel zur Wendeltreppe hinabrenne, die zu Dougs Apartment führt. Mittlerweile sollte Chill tief in den Katakomben sein mit Kai. Mit etwas Glück finden sie einen Computer und Kai kann ihrer eigenen Wege gehen und nach Névés altem Zimmer suchen. Dann kann Chill Amber, Julio und die anderen aufspüren und zu unserem Treffpunkt gelangen, während ich Fleur aus Dougs Zimmer befreie.

Ich lehne die Fackel an die Wand am Fuß der Treppe. Sie fängt einen rostfarbenen Fleck auf der blassgrauen Felsplatte zu meinen Füßen ein. Der blutige Fußabdruck ist klein, etwa von der gleichen Größe wie Fleurs.

Mein Herz prescht los und ich nehme zwei Stufen auf einmal, bereite mich mental auf jede mögliche Verfassung vor, in der ich sie vorfinden könnte, mir schmerzhaft der Tatsache bewusst, dass ich nicht die Macht habe, sie zu heilen.

Mein verletzter Arm pocht und ist heiß, meine Kleider sind schweißgetränkt. Doug und seine Wachen werden mich vermutlich riechen, aber daran kann ich jetzt nichts ändern. Ich habe bereits zu viel Zeit verloren.

Die Metalltür oben quietscht, als ich sie einen Spalt öffne. Ein heller Lichtstreifen zerteilt den Absatz, als ich hinaus in den Gang spähe. Zwei Wächter stehen neben Dougs Apartmenttür Wache. Ich greife in meine Tasche und meine Finger schließen sich um eine Rauchgranate, die ich von Auggie mitgenommen habe. Leise ziehe ich den Stift, stelle die Granate neben mich auf den Boden. Mit gezogenem Messer drücke ich den Rücken gegen die Wand, atme in meinen Ärmel, während weiße Rauchwolken in den Korridor eindringen.

»Riechst du das?«, fragt einer der Wächter.

»Da brennt was«, antwortet der andere.

Dann rennen sie, ihre Stiefel quietschen auf den Marmorfliesen.

»Das kommt vom Treppenhaus!«

Die Tür schwingt auf. Licht von der Fackel, die ich am Fuß der Treppe habe brennen lassen, flackert durch den Rauch. »Hier unten!«, ruft einer zwischen Hustenanfällen.

Die beiden Wachen steigen die Stufen hinab. Ich verschmelze mit dem Rauch hinter ihnen, stoße meine Klinge in den Rücken des nächsten Wächters und reiße seine Schlüsselkarte von dem Haken an seiner Hüfte, als er fällt. Der zweite Wächter dreht sich um, die Augen tränen vom Rauch. Ich ziehe die Klinge über seine Kehle, bevor er einen Laut von sich geben kann.

Zwei kurze Lichtblitze schweben die Stufe hinab und in den Tunnel. Ich bedecke weiter den Mund, huste in meinen Ärmel und wate zurück durch den Rauch in den Gang.

Ein Notlicht färbt den dichten Dunst rot. Ich zerbreche das Glas vor dem Feueralarm und ziehe den Hebel herunter. Sirenen heulen und die Sprenger erwachen spritzend zum Leben. Durchweicht und triefend ducke ich mich wieder in den Treppenaufgang und hocke mich hinter die Tür.

Dougs Apartmenttür fliegt auf.

»Was ist hier draußen los?« Ein Wächter stürzt heraus, knallt die Tür hinter sich zu. Seine Stiefel rennen in meine Richtung, aber der Rauch und das Wasser verdecken meinen Geruch und seine Füße platschen an mir vorbei Richtung Kreuz.

Ich warte einen Herzschlag lang … zwei, sehe nach, ob die Kamera an der Decke wirklich von mir abgewandt ist, dann sprinte ich durch den dichten Rauch auf Dougs Apartment zu. Ich wische mit der Schlüsselkarte vor dem Sensor hin und her, werfe mich über die Schwelle und knalle die Tür hinter mir zu, ziehe gleichzeitig das Messer.

Meine Augen brennen und ich wische mir das Gesicht am Ärmel ab. Ich bin in einem dämmrigen Raum. Da ist ein Sofa und eine Bar und ein ovaler Sofatisch mit Glasplatte. Bei einer flüchtigen Bewegung zucke ich zusammen. Ein Schatten taucht hinter einer schmalen Lücke unter einer Flügeltür am anderen Ende des Raums auf. Ich packe das Messer fester und gehe auf die Tür zu. Sie ist von außen mit einem Riegel und einem Schloss versehen.

»Wer ist da?« Mein Puls rast beim Klang von Fleurs Stimme.

Ich greife nach meinen Dietrichen, entdecke dann einen Schlüsselbund auf dem Glastisch. Hektisch gehe ich sie durch, bis ich den richtigen habe. Ich reiße das Schloss weg, ziehe den Riegel zurück und stoße die Tür auf.

Fleurs Atem stockt, als sie mich sieht.

»Jack?«

Ich bin schon bei ihr, meine Hände liegen um ihr Gesicht, sind in ihrem Haar, mein Atem geht heftig, meine Kehle ist eng vor Rauch und Begeisterung und Angst. Ich umschließe ihren Kopf, lasse gierig ihr Gesicht, ihre Augen, ihren Körper auf mich wirken.

»Geht es dir gut? Geht es dir gut?« Sie ist in einen groben Wollpulli gehüllt, der ihr bis auf die Oberschenkel fällt. Ein dunkelroter Fleck lugt unter dem zerrissenen Hosenbein des Overalls hervor, den sie darunter trägt. Ich greife im gleichen Moment danach, in dem sie nach dem Riss in meinem Ärmel tastet. Unsere Finger verschränken sich miteinander und sie zieht mich an sich.

»Mir geht es gut«, flüstert sie, erstickt an einem Lachen. Dann einem Schluchzen. Eine Träne rinnt über ihr Gesicht und wir beide zittern und grinsen wie Idioten.

Ich fasse sanft ihr Gesicht, umschließe ihr Lächeln mit meinen Händen, hinterlasse Blutstreifen und Rauch auf ihren Wangen. Der Kuss, den ich mir nehme, erscheint mir hastig und verzweifelt. »Ich dachte, ich hätte dich verloren.«

Ihre Arme liegen um meinen Hals, drücken mich weiter an sich. »Du bist verdammt hartnäckig. Ich wusste, du würdest mich finden.« Unser Atem geht schneller, unsere Küsse werden heftiger und tiefer, voller Verlangen und Unglauben, als rechnete jeder von uns damit, dass der andere gleich verschwindet.

Ich will jeden Teil von ihr spüren, muss wissen, dass sie wirklich hier ist. Als ich die Arme um ihre Taille schlinge und sie hochhebe, entfährt mir ein gepeinigtes Fauchen, weil meine Fäden unter ihrem Gewicht reißen. Meine Hand legt sich unter ihr verletztes Bein und sie holt scharf Luft, als ich es um mich schlinge.

»Tut mir leid«, sage ich und löse mich ein wenig, prüfe, ob es ihr gut geht.

»Braucht es nicht.« Sie packt mich am Hemd und zieht meinen Mund wieder an ihren, küsst mich fest, ihre Beine um meine Hüften geschlungen, während ich sie mit dem Rücken gegen die Wand drücke, wir beide schwer atmend.

»Er wird bald zurückkommen«, sagt sie und neigt den Kopf zurück, um wieder Luft zu bekommen. Ich küsse ihren Kiefer, die

Seite ihres Halses, die Stelle hinter ihrem Ohr, ihre Kehle. Sie stößt ein gepeinigtes Wimmern aus, das mich beinahe zerstört. »Du musst gehen«, keucht sie. »Der Feueralarm … Er wird wissen, dass du hier bist.«

»Das ist in Ordnung«, sage ich zwischen unseren gemeinsamen Atemzügen. »Bis Doug begreift, dass du weg bist, sind wir weit unten in den Katakomben.«

»Aber Jack …«

»Ich habe Chill schon gefunden.« Ich streiche ihr das Haar aus dem Gesicht, meine Finger verharren auf ihren Wangen und ich küsse sie erneut. »Amber, Julio, Poppy und Marie … sie alle sind hier. Ich habe einen Weg nach draußen gefunden. Lyon hat eine Karte hinterlassen. Es gibt Tunnel an die Oberfläche. Ausgänge, von denen Doug nichts weiß, unter den …«

Ihre Hand legt sich über meinen Mund. Ich weiche zurück, mustere ihr Gesicht, die plötzliche Abwesenheit ihrer Wärme erschüttert mich. Ihre Lippen sind geschwollen, ihr Hals gerötet, ihre dunklen Augen konzentriert auf mich gerichtet. Sie schüttelt den Kopf. »Ich kann nicht gehen.«

Ich lasse sie auf die Füße hinabrutschen. »Wenn du Angst um mich hast, Fleur, das brauchst du nicht. Ich habe es bis hierhin geschafft. Ich komme mit Doug klar. Mein Schatten … er ist hier. Lyon hat ihn befreit und ich …«

»Ich weiß.« Sie schnieft. »Ich habe ihn gesehen. Er hat mich gefunden. Ich glaube, er hat versucht, mir einen Weg nach draußen zu suchen.« Ein trauriges Lächeln tanzt über ihre Lippen. »Aber ich kann nicht gehen. Egal wohin ich gehe, Doug wird wissen, wo ich bin. Wenn ich mit dir gehe, bringe ich euch alle in Gefahr.«

»Nein.« Ich streiche ihr eine lose Haarsträhne hinter das Ohr zurück. »Er kann dich nicht sehen im Stab. Das Auge fehlt. Lyon hat gewusst, was kommen würde. Er muss es versteckt haben. Ich habe keine Zeit, das zu erklären. Du musst mir einfach vertrauen. Wenn wir weglaufen, wird Doug dich nicht aufspüren können.« Ich ziehe sie zur Tür. »Aber du hast recht. Wir sollten hier weg. Ich habe die Wachen durch die Ley-Linien zurückgeschickt. Wir haben nicht viel Zeit, bis ein neues Team auftaucht.«

»Ich weiß, dass der Kristall weg ist«, sagt sie und bohrt die Absätze in den Teppich. »Das ist es nicht. Ich kann nicht weg.«

Ich mustere ihr Gesicht, aber ich sehe keine Angst in ihren Augen, sondern Resignation. »Ich verstehe das nicht. Was willst du damit sagen?«

»Etwas ist passiert, als Doug und ich miteinander gekämpft haben. Ich weiß nicht, wie genau, aber unsere Magie hat sich ineinander verheddert. Wir sind … durch sie verbunden.«

»Was meinst du mit verbunden?«

»Doug und ich haben unsere Erdmagie in dieselbe Pflanze geschickt. Wir rangen um die Kontrolle über sie und ich glaube, wir wurden dabei irgendwie miteinander verbunden. Es ging alles so schnell.« Die Worte purzeln aus ihr heraus. »Da war ein Erdbeben. Gaias Kugel fiel zu Boden und zerbrach, ihre Magie war frei und wir kämpften um sie. Doug kam zuerst an sie heran, aber als er sie eingeatmet hat, muss sie sich stattdessen an mir festgehalten haben. Sie hält fest, Jack, und sie lässt nicht los, und jetzt ist ein Stück meiner Magie in ihm gefangen.« Sie schüttelt ihre Hände aus. Ihr Atem geht hektisch.

»Was passiert, wenn du gehst?«

Sie wirft den Kopf zurück, als hätte sie Mühe, Worte zu finden. »Du weißt doch, dass ich mit meiner Erdmagie spüren kann, wenn jemand durch das Gras herankommt? Wie ich die Erschütterungen durch den Boden spüren kann, selbst wenn derjenige weit weg ist? So ist das hier auch. Je weiter Doug weg ist, desto schwerer ist es, ihn zu spüren. Ich fühle ihn jetzt«, sagt sie, legt eine

Hand auf ihre Brust. »Er ist weit weg, aber wir sind durch die Magie verbunden, und wenn ich wollte, könnte ich diese Spur zu ihm zurückverfolgen, ihr wie einem Faden durch einen Tunnel folgen. Und ich würde ihn letztendlich finden.« Ihre Mundwinkel ziehen sich herab. »Und er wird mich ebenfalls finden, Jack. Egal wohin ich gehe, er wird mich aufspüren.«

Eine Million Albträume kriechen in meinen Kopf hinein. »Nein! Ich lasse dich nicht hier bei ihm! Das wird niemals passieren, Fleur. Er will dich umbringen!«

»Er wird mir nichts tun.«

»Woher willst du das wissen?«

»Weil er das nicht kann!« Sie beißt sich auf die Lippe und wendet sich ab.

Ich umschließe ihre Wange, damit sie mich ansieht. »Was meinst du, er kann dir nichts tun? Woher weißt du das?«

»Weil ich in seinem Kopf festsitze und ich es einfach ... weiß.« Sie zieht meine Hand von ihrer Wange und tritt von mir weg, als müsse sie sich bewegen. Oder nachdenken. »Gaias Magie klammert sich an meine. Aus irgendeinem Grund wird sie von mir angezogen. Vielleicht, weil sie eine Affinität zu meiner Erdmagie verspürt.«

»Kannst du sie kontrollieren?«

»Nein, ich habe es versucht. Dougs Körper ist definitiv der Wirt. Ich glaube, meine Magie dient nur als eine Art Puffer zwischen ihnen.« Sie läuft auf und ab, schiebt sich nachdenklich das Haar aus dem Gesicht. »Im Moment scheint er sie kontrollieren zu können. Aber wenn es uns gelingt, unsere Magie zu entwirren, wird Gaias Macht – zusätzlich zu all der Macht, die er bereits an sich genommen hat – ihn vermutlich umbringen. Chronos' und Anankes Magie scheinen nicht friedlich in einem Wirt koexistieren zu können. Es ist, als würden sie in ihm ringen. Gaias Magie ist … ruhig, wenn sie mit meiner verbunden ist. Die Anwesenheit meiner Erdmagie scheint die Spannung zwischen ihnen etwas abgebaut zu haben. Doch all diese Macht müsste Chaos in ihm anrichten. Wenn ein Teil von mir nicht dort drin wäre, würde er wahrscheinlich explodieren«, sagt sie und reibt sich die Stirn.

Es fühlt sich an, als würde sie mir etwas verschweigen.

»Und was jetzt?«, frage ich angespannt, als sie vor mir stehen bleibt. Sie nimmt meine Hände und hält sie zwischen uns fest.

»Er wird mir nichts tun, Jack«, sagt sie leise. »Das kann er nicht. Aber das heißt nicht, dass er dir nichts antun wird.«

»Heißt das …«, meine Stimme überschlägt sich, »ich soll einfach gehen und dich hier bei ihm lassen?«

»Welche Wahl haben wir? Denkst du, ich will das, Jack?«, ruft sie und ihre Stimme bricht bei diesen Worten. »Denkst du auch nur einen Augenblick lang, dass ich nicht sofort mit dir durch diese Tür hinausrennen würde, wenn mir etwas einfiele, um aus dieser Sache rauszukommen?«

Ich nehme ihr Gesicht zwischen meine Hände. Sie zittern vor Verlangen, sie hochzuheben und hier rauszutragen. »Das ist ein guter Plan. Ein *toller* Plan. Lauf mit mir weg. Wir bleiben immer in Bewegung. Wenn wir weit genug laufen, schnell genug, wird er dich nicht finden. Das lasse ich nicht zu.«

»Es ist nicht wie zuvor, Jack! Es stehen nicht mehr nur unsere Leben auf dem Spiel. Gaias Magie, Lyons, Anankes … Doug hat sie *alle* an sich genommen. Und er kann sie nicht kontrollieren, nicht allein! Die Welt wurde ins Chaos gestürzt, als er Lyon und Gaia umgebracht hat, und es wird immer schlimmer. Wenn ich gehe, wird er mich jagen. Das weißt du. Und was dann? Was ist mit den Hunderten anderer Jahreszeiten, die gerade da draußen herumirren? Was ist mit den Hunderten, die hier eingesperrt sind und darauf warten, dass alles einstürzt? Das ist so sehr unsere

Schuld wie Dougs. Wir haben das hier angefangen! Und jetzt müssen wir uns den Konsequenzen unserer Entscheidungen stellen!«

»Wir finden einen Weg! *Ich* finde einen Weg! Ich denke mir einen anderen Plan aus. Du weißt, dass ich das kann.«

»Dafür ist keine Zeit!«

»Ich werde nicht gehen!«

»Und ich auch nicht!« Diesen Ton kenne ich. Wie sie den Kiefer anspannt, nachdem sie eine Entscheidung getroffen hat.

»Bitte«, flehe ich und lehne meine Stirn an ihre, flüstere: »Bitte tu das nicht …«

Fleur umfasst mein Handgelenk. Ihr Gesicht wird blass. Ihre Augen blicken leer und abwesend, konzentriert auf irgendetwas hinter mir. Es ist der gleiche leere Ausdruck, den sie hat, wenn sie ihre Magie in ihrem Garten oder im Dschungel um die Villa benutzt, als wäre ihr Geist an einem anderen Ort.

»Was ist? Was ist los?«, frage ich.

»Er kommt.«

»Wie lange?«

»Minuten … vielleicht weniger.«

»Fleur, hör mir zu«, sage ich und fasse sie an den Schultern. Sie blinzelt, ihre Pupillen ziehen sich zusammen und sie fokussiert mich wieder. »Du hast gesagt, du bist in seinem Kopf? Ist er auch in deinem?«

Sie denkt einen Augenblick nach. Schüttelt den Kopf.

»Kann er deine Gedanken hören? Kann er sehen, was du denkst?«

»Ich glaube nicht. Nicht so.« Sie runzelt die Stirn. »Aber sein Auge … er hat eines wie Chronos. Es scheint, als könne er nur die Vergangenheit sehen. Ohne den Kristall scheint er nicht viel mehr sehen zu können.«

»Weil Anankes Auge die Zukunft sieht.« Ich erinnere mich an die Kreidezeichnung, die Lyon angefertigt hat, während er mir erklärte, wie der Stab der Zeit funktioniert. Michael konnte jemandem in die Augen blicken und seine Erinnerungen sehen – kritische Augenblicke aus der Vergangenheit und die Entscheidungen, die zu diesen Augenblicken geführt hatten. Doch der Kristall im Stab hatte alle Wege, die vor ihnen lagen, vorhergesagt, hatte eine potenzielle Straßenkarte enthüllt von jedem möglichen zukünftigen Ergebnis. »Ohne den Kristall kann er sich seiner Zukunft nicht gewiss sein. Oder der von jemand anderem.«

»Deshalb muss er ihn so verzweifelt suchen«, sagt sie. »Er bedeckt den Kopf des Stabs mit einer Schärpe. Vermutlich will er nicht, dass jemand erfährt, dass er eine Schwäche hat.«

»Eine Schwäche, die man ausnutzen kann«, murmle ich und die groben Eckdaten eines Plans nehmen Gestalt an. Wenn ich recht habe, hat Lyon diesen Kristall versteckt, um Doug zu schwächen und mich zu schützen, um sicherzustellen, dass ich zu meinem Schatten und zu Fleur kommen kann. Er hätte das Auge an einem Ort versteckt, von dem er sicher war, dass ich es dort finden würde. »Ich werde es finden. Und dann nutze ich es, um ihn hervorzulocken. Wenn Doug seine Zukunft so dringend sehen will, muss er dafür etwas hergeben.«

»Was?«

»Dich.«

Ihre Brauen ziehen sich zusammen. »Das kann er nicht. Ich habe doch gesagt, wir hängen fest.«

»Nein, *du* hängst fest. Er hat die Kontrolle. Das hast du gesagt. Und wenn er die Magie kontrolliert, dann hat er die Macht, dich freizulassen. Er braucht nur einen kleinen Anreiz.« Ich ziehe Fleurs Kopf an meine Brust, damit Doug nicht sehen kann, was ich jetzt sage. »Ich finde diesen Kristall und lasse mir etwas einfallen, um dich hier herauszuholen. Das schwöre ich bei meinem Leben. Ich, Julio, Amber, Chill, wir alle … wir finden einen Weg, dich zu befreien. Vertraust du mir?«

Sie nickt an meiner Brust.

»Hör gut zu. Da ist ein Tunnel zwischen Lyons altem Büro und Gaias Apartment. So haben sie Zeit miteinander verbracht, ohne dass Chronos es merkte. Wenn etwas geschieht und du in Gefahr bist, geh zu Gaias Apartment. Du suchst diesen Tunnel und dann läufst du. Es gibt Wege an die Oberfläche durch die Katakomben, einen an jedem Hauptende. Lauf und sieh nicht zurück. Ganz egal, was passiert, ich schwöre, ich werde dich finden.« Ich drücke den Knauf meines Messers in ihre Hand. Ihre warmen Finger schließen sich um meine. »Wenn du aushalten kannst bis heute Nacht, hinterlasse ich dir eine Nachricht am Eingang zum Tunnel, sobald ich den Kristall gefunden habe, ich lasse dich wissen, wo du mich findest. Wenn Doug dich jagt, stellen wir uns ihm gemeinsam. Und dann haben wir das Auge.«

»Heute Nacht? Jack, er sucht es seit Tagen. Wie willst du …?«

Ich drücke einen Kuss auf ihre Stirn, flüstere: »Er kennt Lyon nicht so wie ich. Ich weiß, wie Lyon denkt. Ich werde nicht lange brauchen.«

Sie zieht mein Gesicht an ihres und schiebt mir eine Schlüsselkarte in die Hand. »Die habe ich von Doug gestohlen. Sie öffnet jede Tür auf der Verwaltungsebene sowie die Pforten zum Kreuz, aber sei vorsichtig, Jack. Er wird angepisst sein, wenn er herausfindet, dass Chill weg ist. Er hat schon Boreas getötet. Wenn er dich erwischt …«

»Das wird er nicht.« Ich stehle mir noch einen innigen Kuss und denke darüber nach, sie mir über die Schulter zu werfen und in die Katakomben zu schleifen. Wir beide sind atemlos, als wir uns endlich voneinander lösen. Ich wische ihr eine Träne von der

Wange. »Ich hole dich hier raus, das verspreche ich.« Selbst wenn ich ihn dafür umbringen muss.

Sie flüstert mir zu, dass ich vorsichtig sein soll. Aber ich will nicht mehr vorsichtig sein. Ich will gefährlich sein. Ich will kalt und tödlich sein. Ich will meinen Schatten finden, Doug die Magie aus dem Körper zerren und ihm den Stab der Zeit in den Rachen stopfen.

44

LASS TOD HERABKOMMEN

Fleur

Es bringt nichts, mich wieder in Dougs Schlafzimmer einzuschließen, nachdem Jack weg ist. Je näher Doug seinem Apartment kommt, desto klarer werden seine Emotionen. Sein Misstrauen windet sich in mir, schnüffelt an den Grenzen meiner Magie. Er weiß, dass etwas nicht stimmt.

Das Licht am Sicherheitspanel blinkt grün, eine Sekunde bevor die Tür aufschwingt. »Wo sind die Wachen, die ich draußen postiert habe? Und was machst du außerhalb deines …« Sein Kopf neigt sich neugierig und seine Lippen teilen sich, ein tödliches Aufblitzen einer Erinnerung flackert in seinem Auge. Sein Blick springt zum Schlafzimmer hinter mir.

Er leckt sich die Lippen, als könne er Jacks Geruch immer noch im Raum schmecken. »Sommers war hier.« Er schlendert näher. Sein Hemd ist rauchgeschwängert vom Gang draußen. »Und er ist ohne dich weg.«

»Weil ich ihn darum gebeten habe.«

»Wie edel«, sagt er und geht an mir vorbei ins Schlafzimmer.

»Es erfordert Mut, zu gehen. Du solltest das mal ausprobieren.«

»Ich meinte dich.« Er inspiziert das Zimmer, als rechne er damit, dass Jack hinter einer Tür hervorspringt. Ich spüre seine Gedanken umhertasten, nach einem Zugang in meinen Kopf suchen.

»Es ist reizend, wenn du denkst, er ist da draußen sicherer, versteckt wie ein Maulwurf in den Katakomben.« Er lässt sich auf die Couch fallen und lockert den oberen Knopf seines Hemds, jetzt weniger wachsam, da er weiß, dass ich ihm nichts tun kann. »Aber es gibt noch andere Gefahren außer mir, die in der Dunkelheit lauern.« Er zieht eine Augenbraue hoch, lädt zu einer Frage ein. Aber ich bin nicht sicher, ob ich wissen möchte, wovon er spricht.

Doug beobachtet mich. Ich spüre, wie seine Magie meine umkreist, abschreitet, verspottet. »Worüber habt du und Sommers denn geredet, während ich weg war? Hast du ihm von unserem kleinen Dilemma erzählt?«, fragt er selbstzufrieden.

»Geht dich nichts an.«

»Du musst es ihm erzählt haben. Ansonsten wäre er niemals gegangen. Dafür ist er viel zu draufgängerisch. Aber du hast ihm nicht alles erzählt, nicht wahr?« Er neigt den Kopf, beäugt mich neugierig. »Lass mich raten … du hast ihm nicht erzählt, woher du diese Stichwunde im Bein hast. Denn wenn er wüsste, wie verwundbar du bist, könnte er zögern, sich selbst zu verteidigen. Siehst du? Wie ich schon sagte … du bist edler, als gut für dich ist. Er hatte dich nicht verdient.«

Für die Vergangenheitsform möchte ich ihn durchs falsche Fenster schleudern. »Er verdient verflucht viel mehr als du.«

Doug zieht sein Telefon aus der Tasche und scrollt abwesend durch seine Nachrichten, seine Stimme wird tief. So tief, dass ich fast nicht verstehe, was er murmelt. »Er ist sowieso ein toter Mann.«

Mein Haar knistert elektrisch. »Was meinst du?«

»Geht dich nichts an«, höhnt er und wirft sein Mobiltelefon auf den Kaffeetisch. Pulsierender Schmerz flackert in ihm auf.

Nicht der beharrliche, körperliche Schmerz, den ich verspüre, seit unsere Magie ineinander verheddert ist. Er ist schärfer, akuter. Verrat.

Ein Bild durchzuckt meine Gedanken … nein, unsere Verbindung. Zuerst ist das Bild unscharf. Schwer zu greifen. Ich sehe nur ein Mädchen. Der Kontrast von kurzem, dunklem Haar und einem verschwommenen Gesicht. Ich jage ihm nach, dringe tiefer in seinen Geist ein, konzentriere mich, die Züge des Mädchens werden scharf und verschwimmen erneut.

Ich kenne sie. Ich habe sie schon gesehen. Der kurze Pixie-Haarschnitt. Die zierliche Gestalt. Das ist das Mädchen, das Jack und unseren Freunden im Videofeed auf Dougs Telefon nachgelaufen ist. Und als das Bild klarer wird, wird mir auch bewusst, dass ich sie schon woanders gesehen habe.

Aber es gibt noch andere Gefahren außer mir, die in der Dunkelheit lauern.

Ich nehme Dougs Telefon vom Tisch, bevor er mich aufhalten kann, und öffne seine Foto-App, scrolle durch seine Videos, während er hinter mir herrennt.

Sie ist es. Kai Sampson, eine von Michaels Wachen. Ich habe sie nur einen Moment auf dem Berg gesehen, bevor Jack und ich getrennt wurden und sie ihm nachjagte. Aber ihr Name hat sich mir eingebrannt wie ein Brandmal. Jack schreit ihn manchmal immer noch, zuckt in blinder Panik im Bett hoch, greift nach unsichtbaren Pfeilen in seinem Rücken.

Doug entreißt mir sein Telefon.

»Nein!« Das Wort erschüttert den Raum. »Du pfeifst diese Wache sofort zurück!«

»Das würde ich ja, aber sie gehört nicht zu mir. Sommers hat sie mit hergebracht. Komm schon«, sagt er und packt mich grob am Arm. »Wir gehen. Wir müssen uns oben um was kümmern.«

Mit einem Ruck befreie ich mich, trete aus seiner Reichweite. Kais Gesicht ist plötzlich deutlich in Dougs Kopf zu sehen, seine Gefühle für sie grell beleuchtet unter qualvoll hellem Licht. Er verabscheut sie. Vertraut ihr nicht. Und was heißt das, Jack hat sie hergebracht? »Warum? Warum sollte Jack das tun?«

»Weil sie beide das Gleiche wollen. Er will seinen Schatten finden, damit er hereinstürmen und dich retten kann, und sie will ihre Schwester finden.« Ein weiteres Gesicht taucht in seinem Geist auf. Eine blaue Strähne im Haar. Frost auf der Haut, weißes Wirbeln in den Augen.

»Névé«, flüstere ich und plötzlich fällt es mir schwer zu atmen. »Névé war ihre Schwester?« Sie suchen beide nach Jacks Schatten. »Ich verstehe das nicht. Warum sollten sie zusammen herkommen?« Jack konnte es nicht gewusst haben. Névés Tod verfolgt ihn. Er hätte niemals so ein Geheimnis als Druckmittel eingesetzt. Aber Doug …

»Du«, sage ich und mühe mich, geerdet zu bleiben, während sein Geist in Aufruhr gerät. »Du hast es ihr *gesagt*. Dahin wolltest du, als du vorhin das Büro verlassen hast.«

»Kai Sampson ist nicht mein Problem!« Doug fährt zu mir herum. »Möchtest du wissen, was mein Problem ist? Mein Problem ist das hier.« Er zieht ein totes Blatt aus seiner Tasche und zerdrückt es in der Hand. »Achtundsechzig Jahreszeiten sind mit dem Wind gegangen, dieser Laden hier fällt auseinander, und die Leute stellen langsam meine Fähigkeit, das in Ordnung zu bringen, infrage! Das ist mein Problem!« Er hämmert den Zeigefinger gegen die Schläfe. »Und solange du mit von der Partie bist, ist es auch dein Problem! Wenn du also damit fertig bist, dir Sorgen zu machen über diese schwachsinnige Schnitzeljagd nach der Magie deines Freundes, die in den Katakomben läuft, könntest du mir vielleicht helfen herauszufinden, wie man die Welt wieder in einen anständigen Betriebszustand versetzt!« Sein Geist ist ein wahrer Sturm aus Gefühlen.

Ich muss Jack finden. Ich muss ihm eine Botschaft überbringen. Und das kann ich nicht, während Doug mich beobachtet. Ich muss ruhig bleiben. Meine Gefühle im Zaum halten. Ich weiß nicht, wie viel von meinem Kopf Doug sehen kann oder ob er überhaupt bemerkt hat, dass er es kann, aber wenn er Verdacht schöpft, dass ich etwas im Schilde führe, dann wird er es mit Sicherheit versuchen.

»Okay«, sage ich erzwungen ruhig. »Aber ich gehe nicht in einem verfluchten Gefängnisoverall da raus. Ich will echte Klamotten. Warme. Und einen Mantel.«

Er weicht vor mir zurück. »Ich rufe Lixue …«

»Nein«, sage ich und zwinge mich, nicht an Jack zu denken, während ich meine aufmüpfigen Hände in die Taschen schiebe. Meine Finger legen sich um den Holzschmuck, den ich vorhin von Dougs Büroboden aufgehoben habe. »Als sie mir das letzte Mal Kleider ausgesucht hat, bin ich fast erfroren. Ich suche meine Sachen selbst aus oder ich gehe nicht mit.«

»Na schön«, grummelt er. »Wir gehen bei Gaias Apartment vorbei.«

45

AM RANDE DES UNHEILS

Jack

Ich stelle Lyons Schreibtischstuhl auf und lasse mich darauffallen, suche wieder nach seinem Brief, sicher, dass mir ein Hinweis darin entgeht. Ich habe all seine verstreuten Akten durchgesehen. Ich habe die Unterseite jeder weggeworfenen Schubladenunterseite überprüft und die Ränder jedes Gedichtbands. Die Ellbogen auf den Knien, starre ich auf das geheime Paneel im Boden. Fleur in Dougs Apartment zurückzulassen fühlt sich an wie ein Fehler, aber ich werde mich hüten, sie zum Gehen zu zwingen. Ich kann nur das Auge finden, mir einen Plan einfallen lassen und warten.

Der schlimmste Teil – der verflucht noch mal schlimmste Teil, schlimmer, als zu wissen, dass sie noch einen Tag mit ihm da drin eingesperrt verbringen muss – ist, dass sie es in dem Glauben tut, dass sie *mich* beschützt. Weil sie Angst hat um *mich*. Ich sollte ihr Beschützer sein, ihr Administrator, der, der sie aus unmöglichen Situationen wie dieser hier herausholt. Und statt mir aus dieser Suite zu folgen, ist sie entschlossen, die Stellung zu halten und mein persönlicher Tornado zu sein, mich vor Doug abzuschirmen. Aber sie hat die wichtigste Lektion vergessen, die wir gelernt haben.

Man kann allein keinen perfekten Sturm erschaffen.

Ich reibe mir die Augen, lasse unsere Unterhaltung Revue passieren, rufe mir in Erinnerung, dass sie nicht ganz allein ist. Zu wissen, dass mein Schatten zu ihr gekommen ist, ermutigt mich in dem Entschluss, ihn zu finden. Wenn mein Schatten sie kennt – wenn er den Wunsch hat, sie auf die Art zu beschützen wie ich –, dann ist er vielleicht doch meiner. Vielleicht hat Kai recht und das Einzige, was mich davor zurückhält, ihn wieder an mich zu nehmen, ist meine Angst, mich ihm tatsächlich zu *stellen*.

Ich hebe den Kopf und sehe auf die Uhr an der Wand. Ich habe noch ein paar Stunden, bevor ich die anderen treffe. Genug Zeit, das Auge zu finden und meinen Schatten aufzuspüren …

Mein Blick fällt auf das Whiteboard. Auf die letzten Notizen, die Lyon dort gemacht hat, bevor er starb.

ENTROPIE: Chaos, Auflösung, das Maß an Unordnung oder Ungewissheit in einem System.
»Entropie ist der allgemeine Trend des Universums zum Tod und zur Unordnung.« – James R. Newman

Ich gehe zum Board und wische mit einem Finger über das Wort *Entropie*. Es verwischt nicht. Darunter liegt ein Permanentmarker in der Schale.

Lyon wollte nicht, dass diese Nachricht gelöscht würde.

Ich lese es erneut. Mein Geist hakt sich wie eine Sense um das einzige unterstrichene Wort.

Chaos. Das war es, was Chronos am meisten fürchtete. Das Unvorhersehbare. Deshalb suchte er Balance und Kontrolle. Um das Chaos in Schach zu halten. Und dann kamen Fleur und ich und brachten seine gesamte Welt ins Wanken. Wir luden das Chaos ein. Entfesselten es. Und aus der Asche all dessen erschufen Lyon und Gaia unsere Welt neu. Sie machten sie besser. Friedlich. Sie gaben jedem hier Grund zu hoffen.

Jedem außer Doug.

Er hat also einen Krieg verloren. Wir haben alle etwas verloren an diesem Tag. Teile unserer selbst. Menschen, die wir liebten. Fleur und ich waren keine Ausnahme, aber wir lebten unsere Leben weiter.

Doug nicht … Er konnte den Gedanken nicht ertragen, etwas zu verlieren – nicht seine Stellung, nicht seine Freunde und definitiv nicht seine Magie. Und so musste er losziehen und sich mehr nehmen. Gaia hat Lyon davor gewarnt, zu viel Macht festzuhalten, dass es gefährlich wäre. Dass all diese Magie ihn schließlich zerreißen würde. Lyon hatte eine Magie für eine andere eingetauscht. Aber Doug … er musste unbedingt alles haben – Zeit und Unvermeidlichkeit, Erde und alle vier ihrer Elemente. Ohne Fleur würde Doug sich vermutlich selbst zerstören und die ganze Welt mit sich nehmen.

Doug ist nicht mehr nur Chronos. Er ist die Verkörperung der Entropie. Ein verdammtes Gefäß für das Chaos.

Ich springe auf und Lyons Stuhl stürzt hinter mir zu Boden. »Ein Gefäß für das Chaos. Das ist es. Das willst du mir sagen«, flüstere ich.

Wir sind nur Materie in einem geschlossenen System, hatte Lyon geschrieben, *können weder erschaffen noch zerstört werden … Geh zurück zu deinem Anfang …*

Ich renne zur Tür, meine Schritte gedämpft vom Summen des Generators, laufe mithilfe der Schlüsselkarte, die Fleur mir gab, durch das Observatorium, folge Lyons Karte zurück zum Ostflügel. Nur Schritte vom Kontrollraum entfernt erstarre ich beim

Geräusch von Rädern auf Glas. Ich biege in einen Seitengang und ducke mich in die Schatten. Eine Krähe blinzelt mich von ihrem Ausguck an, den Kopf geneigt, dann schlendern zwei Wachen an mir vorbei, schieben Wischeimer auf den Kontrollraum zu. Ich beobachte den Vogel mit großen, flehenden Augen, warte darauf, dass er mich verrät. Aber die Krähe bleibt gnädig still.

Glas knirscht unter meinen Füßen, als ich an Gaias Menagerie vorbeikomme. Die Wand ist von gezackten Scherben gerahmt, die Gehege zerstört und alle Käfige leer. Ein gewaltiger, buckeliger Bienenstock liegt verlassen auf dem Boden, zerquetscht von der Macht des Sturzes. Winzige Aschehäufchen – die Seelen toter Frühlinge – bestäuben den Boden um ihn herum.

Die Krähe schwebt über meinen Kopf herab, ihre Flügel streifen die Zweige des uralten Feigenbaums, der den Bogengang vor mir in Schatten taucht. Die Galerie hinter der Laube ist dunkel. Ich pflücke eine Fackel von der Wand und zünde ein Streichholz an. Ich kann gerade so die Krähe vor mir erkennen, sie sitzt auf einem herabgestürzten Deckenbrocken unter der Kuppel. Ich betrete die Galerie und hebe die Fackel zum erdbebengeschädigten Fresko. Das Feuer leckt an den leuchtenden Farben, lässt die fehlenden Bereiche des Gemäldes dunkler im Kontrast erscheinen.

Der größte Teil der Geschichte ist da – die Geschichte des Ursprungs der Welt. *Mein Anfang* … die Geburt der Jahreszeiten.

Die Legende beginnt an einem Ende der Halle, mit einem Bild von Chronos und Ananke, die sich zusammentun – nur Wasser und Wind in einem kalten, kahlen Universum. Ihr Bund war konfliktreich. Zeit und Unvermeidlichkeit kamen scheinbar nicht miteinander aus und das Universum entflammte letztendlich, gebar das Chaos. Das Gemälde zeigt den Verlauf der Zeit, bewegt sich durch die Kuppel bis zur Geburt der Welt. Gaias Bildnis schwebt über dem höchsten Punkt im Raum. Nur mit Blättern und Blumen bekleidet, steht sie in der Asche von Chronos' und Anankes feuriger Vereinigung. Unsere Elementarmagie explodierte aus dem Chaos heraus und Gaia machte sich diese Magie nutzbar, um die ersten Jahreszeiten zu schaffen.

Ich stehe unter dem letzten Bild von Chronos und Ananke. Teile des Gemäldes sind weggebrochen, aber das Ende der Geschichte ist da, genauso wie ich es in Erinnerung habe. Ihre ausgestreckten Arme umfassen Gaia und ihre Nachkommen, kontrollieren das Chaos, ihr Gleichgewicht hält es im Zaum. Aber waren sie wirklich die, die es kontrollierten? Oder war es Gaia, die dem Universum die Balance brachte – um den fragilen Frieden zwischen ihnen zu wahren?

… all diese Macht müsste Chaos in ihm anrichten. Wenn ein Teil von mir nicht dort drin wäre, würde er wahrscheinlich explodieren …

Chronos' gemalte Sense biegt sich zu mir hin. Er hält Anankes Hand, aber die Ausdehnung dunkler Materie zwischen ihnen – die chaotische kosmische Suppe, die der Ursprung der Jahreszeiten war – ist weg, der Putz gerissen und zu Boden gekracht.

»Ich bin hier, Professor«, flüstere ich. »Ich bin am Anfang, suche Antworten. Was wollen Sie mir sagen?« Ich stupse ein Stück Schutt mit dem Fuß zur Seite. »Ist es das? Ist es das, was wir in Gang gesetzt haben? Das Ende der Welt?« Doug nahm Zeit und Unvermeidlichkeit und sperrte sie zusammen in sich ein. Er ist die Verkörperung ihres Bunds. Ist er der Bote des Chaos? Der Anfang und das Ende des Universums? Ist es nur eine Frage der Zeit, bis er explodiert? Wenn es mir gelingt, Fleur zu befreien, was geschieht mit der Welt? Wie retten wir die Magie und fangen von vorn an?

Die Krähe hockt auf einem Schutthaufen und schlägt krächzend mit den Flügeln. Ich mache *pst,* um sie zum Schweigen zu bringen, aber sie krächzt heftig und pickt an einem bunt gefärbten

Stück Putz. Die Flamme tanzt, als ich mich auf sie zubewege. Sie beruhigt sich, als ich die Fackel gegen die Wand lehne und anfange, Brocken des Freskos aus dem Schutt zu ziehen. Ein gemalter Arm. Gaias Hände. Erde, Wasser, Wind und Feuer.

Eine große Fliese gleitet zu Boden, enthüllt ein Gesicht, als sich der Staub legt. Eine Schlange rollt sich um Anankes Hals. Ihre beiden Diamantaugen blicken zu mir auf, eines davon stumpf und ausdruckslos. Das andere scheint im Fackellicht zu zwinkern.

Ich falle im Schutt auf die Knie, fahre den schimmernden Rand des Edelsteins mit dem Finger nach. Dann befreie ich den Kristall aus der Fliese und puste den Staub herunter. Anankes Auge starrt mich an.

Lyons fehlendes Teil … Es war die ganze Zeit für alle sichtbar versteckt. Das Auge … unsere Zukunft und all die Antworten … die Sense und der Kristall … die Erde und die Jahreszeiten … all die Magie …

Sie waren alle genau hier, ganz am Anfang.

Plötzlich begreife ich, was Lyon von mir will. Ich sehe den Plan, den er sich ausgemalt hatte, bevor Doug ihm sein Leben nahm. Ich weiß, warum Lyon uns alle hierher zurückgebracht hat. Ich habe Fleur gesagt, ich würde zu ihr zurückkommen, sobald ich herausgefunden habe, wie ich sie befreien kann. Aber Lyon ging es nicht darum, dass ich nur Fleur rette. Lyon erwartete von mir, dass ich alle rette.

46

DIE VERPASSTE STRASSE

Fleur

»Fünf Minuten«, sagt Doug.

Gaias Duft ist überwältigend in dem engen Raum: Wälder und Meere und Wüstenblumen. Und anderes ... ranzige Gerüche, die die Illusion zerschlagen, dass sie vielleicht immer noch hier sein könnte. Ein Brotlaib beginnt in einem Beutel auf dem Küchentresen zu schimmeln, der saure Gestank verdorbener Milch weht von einer Müslischale heran, die in der Spüle steht. Die Topfpflanzen, die im Raum verteilt stehen, lassen die Blätter hängen. Ich bringe es nicht übers Herz, sie wiederzubeleben, nur um sie erneut ihrem Elend zu überlassen.

Doug führt mich durch Gaias Apartment. Gaias Esszimmertisch ist übersät mit Akten und Berichten, als hätte sie gedacht, sie würde wieder zurückkommen. Er bleibt stehen, blättert die Seiten durch, nimmt eine hastig hingekritzelte Notiz. Die verschlungene Schrift passt zu Lyons Unterschriften auf den Memos in Jacks Büro in der Villa.

Es ist Zeit, meine Liebste.

Doug zerknüllt die Notiz und wirft sie weg, geht dann hinüber ins nächste Zimmer. Ich trödle herum, sehe das Apartment mit anderen Augen. All die kleinen Hinweise, die andeuten, wie eilig und unaufmerksam sie es verlassen haben muss. All die Kleinigkeiten, die sie stehen und liegen gelassen hat. Wie lange wussten Gaia und Lyon, dass sie ihrem finalen Tod entgegengingen?

Ich folge Doug, nehme dabei einen Stift vom Tisch und schiebe ihn in den Ärmel meines Overalls. Doug öffnet eine Flügeltür im Flur und dahinter kommt Gaias Büro zum Vorschein.

»Ihr Schlafzimmer muss da drin sein«, sagt er und deutet zur einzigen anderen Tür am Ende des Flurs. »Such dir ein paar Kleider raus und lass uns dann gehen.«

Sein Geist verfolgt mich, aber er scheint interessierter daran, Gaias Büro zu durchschnüffeln, als mit mir zu kommen. Gaias Schlafzimmertür ist beschädigt, ich stoße sie auf, fühle mich beim Eintreten wie ein Eindringling. Ein Riss erstreckt sich über die Gipskartonplatte über einem Himmelbett, vermutlich ein Überbleibsel von meinem Zusammenbruch vorhin. Ein Wasserrinnsal sickert durch den Riss, durchweicht die geblümten Zierkissen.

Ich gehe rasch durchs Zimmer, mustere die Wände und spähe hinter Möbel, suche nach dem Geheimgang, den Jack erwähnt hat.

Ich sehe nichts, also öffne ich die Schranktür, schiebe Kleiderbügel so heftig über die Stange, dass sie quietschen. Meine Hand verharrt, als dahinter ein rechteckiges Paneel in der Wand zum Vorschein kommt. Ich nehme den Anhänger aus meiner Tasche und den Stift aus meinem Ärmel, schirme mich hinter der geöffneten Schranktür ab und kritzle eine Notiz an Jack darauf.

KAI IST HIER.
SIE WEISS BESCHEID.
PASS AUF DICH AUF.
–J

Der Kugelschreiber schneidet in das weiche Holz, ungeschickt und kaum lesbar, aber besser bekomme ich es nicht hin. Ich ziehe mich eilig an, streife den zerrissenen, blutigen Overall ab. Der Schnitt in meinem Bein pikt, als ich den Stoff von der abheilenden Wunde löse. Ich ziehe warme Kleider übereinander und wähle einen langen, schweren Mantel aus dem Schrank aus. Dann schiebe ich den Anhänger statt seiner über den Kleiderbügel, positioniere ihn genau über der Öffnung, wo Jack ihn sicher finden wird. Den Kuli lasse ich auf dem Boden liegen, zwischen einem Paar Schuhe.

Dougs Geist kratzt ungeduldig an meinem. Ich nehme ein Paar Handschuhe, einen Schal und eine Mütze vom Regal und knalle den Schrank zu, dann gehe ich zu ihm. Er steht auf der Schwelle und will gerade nach der Tür greifen. Misstrauisch mustert er mich von oben bis unten. Ich versuche, nicht an Jack zu denken.

»Was?«, blaffe ich und schiebe meine Arme in Gaias Mantel. »Dann passt es eben nicht zusammen. Was hast du erwartet? Du hast gesagt, ich soll mich beeilen.«

Seine Gedanken umkreisen meine misstrauisch. Ich sehe ihm direkt in sein Auge und denke an ihn, auf den Knien, gefangen in den Armen eines Baums, schreiend, während ich von ihm weglaufe und seine Wachen im Greenwich Park erledige.

Doug packt mich am Kragen und stößt mich durch die Tür.

47

»KOMM RAUS! KOMM RAUS!«

Jack

Ich sitze in dem Tunnel neben dem Paneel zu Gaias Zimmer und die Wände scheinen auf mich zuzurücken, während ich die Nachricht von Fleur lese.

Das ist alles, was ich habe, die einzige Information, die Fleur mir hinterlassen hat. Sie verwendet ihren einen Versuch, mit mir zu kommunizieren, darauf, mich vor Kai zu warnen. Aber wie hat Fleur herausgefunden, dass Kai hier ist? Und wichtiger noch, was weiß Kai?

Ich schiebe den Anhänger in meine Tasche. Über Kai kann ich jetzt nicht nachdenken. Es war sowieso nur eine Frage der Zeit, bis sie die Wahrheit über Névé erfahren würde. Sie hat vermutlich schon einen Pfeil mit meinem Namen in ihren Bogen gelegt. Und wenn sie erfahren hat, was ich vor ihr geheim gehalten habe, dann kann ich ihr das wohl wirklich nicht übel nehmen.

Anankes Auge ist schwer in meiner Tasche. Ich ziehe es heraus und mustere es im Fackellicht, aber egal wie oft ich auf der Suche nach einer Antwort hineingesehen habe, ich erkenne nur die harten Linien auf meiner Handfläche durch das Glas.

Ein Stück von jedem von uns lebt hier im Observatorium ... Finde die fehlenden Teile.

Teile. Plural. Ich habe Lyons fehlendes Teil gefunden, aber mein Schatten durchstreift diesen Ort immer noch. In den Händen eines Menschen ist das Auge nur ein nutzloser Kristallbrocken. Wenn Lyons Plan jemals funktionieren soll, muss ich zuerst meine Magie zurückholen.

Erschöpft und zerschlagen zwinge ich mich aufzustehen, ducke mich, um nicht an die niedrige Decke des Tunnels zu stoßen, und laufe in Richtung Katakomben zurück. Die Tunnel sind gespenstisch still, gruseliger jetzt, da ich allein bin.

Die Fackel zuckt, angefacht von einer unerwarteten Brise. Ein Frösteln überkommt mich und ich bleibe stehen, lausche. So tief im Bauch des Nordflügels sollte kein Wind wehen.

»Komm schon«, sage ich mit leiser Stimme, sicher, dass mein Schatten in der Nähe ist. »Es tut mir leid, was vorhin passiert ist. Wir können es noch mal versuchen. Richtig?«

Schmerz schubst mich vorwärts, blendend und glühend heiß. Ich schreie auf, lasse die Fackel fallen und meine Knie prallen auf den Stein. Mein linker Arm brennt, verweigert den Dienst. Ich drehe mich um und sehe über meine Schulter. Ein Pfeil steckt tief im Muskel.

Ein Warnschuss.

Ich werfe mich vorwärts auf die Fackel, ersticke sie mit meiner Jacke. Dunkelheit flutet den Tunnel und ich krieche voran, versuche dabei keine Geräusche zu machen, drücke mich in eine Nische in der Wand. Der Schaft des Pfeils streift den Stein und Schmerz durchzuckt mich wie ein greller Blitz. Ich beiße die Zähne zusammen, ersticke den Drang zu schreien.

Der Strahl einer Taschenlampe entflammt mit einem Klicken. Blassgelbes Licht huscht an mir vorbei.

»Du hättest es mir sagen sollen.« Kais Stimme bebt. Ihr Fuß platscht leise durch flaches Wasser. »Ich weiß, was du meiner Schwester angetan hast. Ich weiß, was du ihr genommen hast. Doug hat mir alles erzählt.«

Den Arm an die Seite gedrückt, zwinge ich mich, aufrecht stehen zu bleiben. Ich will nicht sprechen, will nicht riskieren, meinen Standort zu verraten, aber sie verdient eine Antwort. »Du musst mir glauben«, sage ich, atme dabei puren Schmerz aus. »Wir hatten keine Wahl.«

Das Licht ihrer Taschenlampe schwingt in Richtung meiner Stimme. »Wenn wir keine Wahl haben, dann basierte der Krieg, den ihr begonnen habt, auf einer Lüge. Nur darum ging es bei eurer dummen Rebellion, richtig? Wahlmöglichkeiten?« Der Kegel ihres Lichts wird heller. Ein loser Stein knirscht unter ihrem Schuh. »Amber hat eine Wahl getroffen, als sie meiner Schwester das Genick brach. *Du* hast eine getroffen, als du ihre Magie für dich gestohlen hast.«

»Ich habe es nicht für mich selbst getan. Ich habe es getan, um meine Freunde zu retten. Was immer Doug dir erzählt hat, es war nicht die ganze Geschichte.«

»Ein Teil der Geschichte ist besser als keiner.« Ihr Licht geht aus, die plötzliche Dunkelheit ist verwirrend.

»Ich weiß, du bist wütend«, rufe ich. »Und dazu hast du jedes Recht. Ich bin nicht stolz auf das, was passiert ist.«

»Dann solltest du keine Probleme haben, sie zurückzugeben.«

»Was zurückzugeben? Was meinst du?«

»Die Magie meiner Schwester.« Ihre Stimme ist nah, aber ich kann sie nicht orten. »Ich bin wegen Ruby hergekommen und ich gehe nicht ohne sie.«

»Du kannst den Schatten nicht an dich nehmen. Das ist meiner. Er ist ein Teil von mir.«

»Und meine Schwester war ein Teil von *mir*.«

Im Tunnel wird es absolut still, nur durchbrochen von meinen keuchenden Atemzügen und dem leisen Plätschern von dem Blut, das von meinem Arm tropft.

Eine Faust trifft mein Bein. Dann rammt Kai einen Pfeil in meinen Oberschenkel und Schmerz explodiert darin. Ihr Atem ist heiß auf meinem Gesicht, als sie ihn tiefer hineintreibt.

»Ruf ihn!«, sagt sie und packt mich am Haar, sodass ich aufschreie. »Ruf den Schatten meiner Schwester. Er soll zu dir kommen!« Sie stößt mir das Knie in die Rippen. Ich klappe nach vorn, kann nicht atmen. Mit einem brutalen Ruck reißt Kai den Pfeil aus meiner Schulter. Brüllender Schmerz fetzt durch mich hindurch. Sie krallt ihre Finger vorn in mein Shirt und stößt mich rückwärts gegen die Wand. »Na los!«

»Ich kann nicht!«, keuche ich. »Ich weiß nicht, wie …«

»Er ist schon mal zu dir gekommen!«

Ich kann nicht denken. In der pechschwarzen Finsternis sehe ich nur den Berg in Cuernavaca, den blendenden Schmerz, als ich über Felsvorsprünge falle, ihre Pfeile in meinem Rücken. Ich schmecke Blut und Dreck. Ich höre das *Flack* ihrer Bogensehne und das brechende Eis, das Rauschen des blutigen Wassers in meinen Ohren, als der See mich verschlingt.

Kalt. Plötzlich ist mir eiskalt.

Eine Brise regt sich in der Luft zwischen uns und Kai wird still, ihr Atem schwer, weil die Temperatur im Tunnel abfällt.

Mein Schatten. Er ist hier.

Kai löst ihren Griff. Ich spüre, wie sie sich einen Schritt zurückzieht. Höre das Rascheln ihrer Pfeile im Köcher, als ihr Kopf herumzuckt, sie nach dem Schatten sucht.

Ich renne los, taumle durch die Dunkelheit, den linken Arm fest an meine Seite gepresst, sicher, dass sie dicht hinter mir ist.

Ich stoße meinen rechten Ellbogen zurück. Knorpelgewebe reißt. Sie keucht und ich höre ihre Schuhe schlittern, gefolgt von einem Aufprall. Ihre Pfeile klappern, verteilen sich überall.

Mein Bein kreischt bei jedem schlingernden Schritt, mein rechter Arm vorgestreckt in die Dunkelheit, während ich weiterrenne. Kais Taschenlampe geht an. Der Strahl springt über die Wände, huscht über mich, dann kommt er zurück und ihre Füße donnern über den Boden. Die Luft platzt aus meinen Lungen, als sie gegen meinen Rücken knallt und mein Körper auf Stein prallt.

Ich bäume mich unter ihr auf, werfe sie gegen die Tunnelwand. Ihre Taschenlampe rollt, der schwache Strahl leuchtet ein paar Schritte weit weg. Ich taste mich auf Händen und Knien vorwärts darauf zu, während sie nach dem Schaft des Pfeils in meinem Bein greift. Sie reißt ihn heraus und ein Schrei zerfetzt meine Kehle.

Bevor ich die Augen öffnen kann, ist sie über mir. Blut tropft von ihrem Kinn, ihre Taschenlampe wirft Schatten über ihre rot verschmierten Zähne.

Ein eisiger Wind fegt zwischen uns, zerzaust ihr Haar.

Wir erstarren beide, atmen schwer, jeder versucht, den Schatten zu erkennen, der über uns heranrauscht.

Einer von uns. Nur einer von uns kann diese Magie aufnehmen.

Ich leere meine Lungen. Hole dann tief Luft. Kais Hand schließt sich über meinen Mund, ihr Kopf peitscht herum, um den Schatten im Blick zu behalten, der um uns herumsaust.

»Ruby?«, flüstert sie. »Ruby! Bist du das?«

Der Schatten taumelt in der Luft, dunkel und hektisch. Ich weiß nicht, wessen Magie es ist. Meine? Névés? Unser beider Magie, miteinander verwoben wie Dougs und Fleurs? Ich weiß lediglich, dass es nur noch eine Möglichkeit geben wird, meine

Magie zurückzubekommen, wenn Kai sie jetzt nimmt. Und ich brauche diesen Schatten, um Fleur zu retten.

Ich beiße fest in ihre Finger. Mit einem Fluch reißt sie die Hand von meinem Mund. Ich trete mit meinem gesunden Bein aus und rolle mich unter ihr hervor. Dann ziehe ich mich an der Wand hoch.

Ein kalter Windhauch faucht zwischen uns. Ich sauge einen weiteren Atemzug ein, ermuntere den Schatten, zu mir zu kommen. Kai springt mich an, wirft mich gegen die Wand. Sie schlägt auf meine verletzte Schulter. Tritt gegen die Wunde in meinem Oberschenkel. Ich falle und schreie auf, kann nicht stehen, dann atmet sie tief ein und ich sehe zu, wie mein Schatten in ihrem Mund verschwindet.

Elektrizität knistert in der Luft. Die Temperatur fällt ab und der Wind schwillt an, wirbelt Dreck durch den Tunnel. Ich beschirme die Augen vor dem fliegenden Staub, lausche dem bekannten Knacken von Frost, der knisternd die Wände überzieht. Eine letzte heftige Bö, dann wird die Luft still.

Ich senke den Arm. Durch die dichten weißen Wolken meines Atems sehe ich Kai dort knien, auf ihre Hände starren. Frost bedeckt ihre Unterarme wie ein Spitzenmuster. Ihr kurzes dunkles Haar schimmert vor Eis, die gefrorenen Strähnen klirren leise in der Stille. Eine Träne löst sich, erstarrt auf halbem Weg ihre Wange hinab und ein hysterisches Lachen bricht aus ihr hervor.

Sie sieht zu mir auf, ihre Augen wirbeln weiß.

Sie kommt zu mir zurück, beugt sich herab und hebt die Taschenlampe auf. Dann, mit einem unerwarteten, peitschenähnlichen Krachen, schlägt sie mir mit dem Handrücken gegen den Kiefer. Ich falle mit dem Gesicht voraus in den Dreck. Sie beugt sich herab und ihre kalte Hand tätschelt meine Seite. »Du verdienst meine Vergebung nicht. Oder mein Vertrauen.«

Ich warte auf einen weiteren Pfeil, der seine Krallen in mich schlägt. Stattdessen steigt die Temperatur in der Höhle. Ich hebe den Kopf, während das Knirschen ihrer Schritte leiser wird, sich immer weiter und weiter gen Osten entfernt. Die Richtung, aus der wir gekommen sind.

Die Richtung, in die ich wollte, als sie auf mich schoss.

Zum Verbrennungsofen, wo Chill und die anderen auf mich warten.

Ich stolpere durch die Dunkelheit, keine Ahnung, wie weit ich gelaufen bin. Mein Puls hämmert qualvoll gegen die Binde, die ich als Aderpresse aus meinem zerrissenen Hemd um meinen Oberschenkel gebunden habe. Ich konzentriere mich auf die Unebenheiten der Wände, auf die Geräusche in den Tunneln, jeder Sinn geschärft durch die Abwesenheit von Licht. Ich muss Amber finden, bevor Kai sie erledigt.

Ein schwaches Licht scheint um eine Biegung im Tunnel vor mir. Ich taumle darauf zu, stolpere durch eine mir bekannte gerundete Öffnung. Stimmen dringen leise von der anderen Seite heran. Julio und Chill zanken sich. Poppys halbherzige Ermahnungen. Maries trockenes Lachen.

Die Höhle verschwimmt um mich herum, ihre Gesichter werden scharf und wieder unscharf, und ich packe den Rand des Durchgangs, um mich zu stützen.

»Jack!«, ruft Poppy.

Drei weitere Augenpaare zucken in meine Richtung. Chill stürzt auf mich zu. »Jack! Was ist passiert?«

»Wo ist Amber?«, bringe ich zwischen schweren Atemzügen hervor.

Julio und die anderen tauschen einen merkwürdigen Blick. »Sie hat jemanden gerochen – einen Winter. Sie meinte, sie würde dich riechen – dass du deine Magie gefunden haben müsstest. Sie war so aufgeregt, dass sie nicht warten wollte, also ist sie losgegangen, um dich zu suchen.« Er wird blass. Julio reißt eine Fackel von der Wand und sprintet in einen angrenzenden Tunnel. Ich stolpere ihm nach durch die schmale Öffnung. Hinter mir höre ich, dass Chill und die anderen uns folgen.

Ich jage dem Fackellicht hinterher. Es dehnt sich aus, als sich der Tunnel weitet, eine Höhle vor uns erhellt. Amber ist auf den Knien in der Mitte, ihr Körper schlaff und ihr Kinn auf der Brust. Kai steht hinter ihr, hält sie an einem Pfeil in ihrem Rücken aufrecht. Kais weiße Augen wirbeln vor Frost, dann lässt sie los.

Amber bricht zusammen, fällt mit dem Gesicht voran.

Julios Schrei hallt durch die Höhle. Kais Bogen bricht unter ihrem Gewicht, als er sie zu Boden stößt. Sie hält ihn mit eisigen Händen zurück und greift nach seiner Kehle.

Zu spät. Ich bin zu spät gekommen, um sie aufzuhalten. Zu spät, um Amber zu retten.

Ein schwaches Leuchten breitet sich in der Mitte der Höhle aus. Chill stürzt an Ambers Seite, Lichtnadeln durchdringen ihre Haut. Er zieht sie auf seinen Schoß, rollt sie auf die Seite, teilt seine Energie mit ihr, während er den Pfeil aus ihrem Rücken reißt. Sie erwacht mit einem Keuchen. Marie und Poppy rennen los, um ihm zu helfen, Druck auf die Wunde auszuüben.

Julio ist jetzt ein Sturm aus Zorn und Wut. Seine Arme beben und er hält Kai an der Kehle fest. Schwaches Licht flackert unter ihrer Haut.

»Nimm sie, Jack«, sagt Julio zwischen zusammengebissenen Zähnen. »Nimm die Magie!«

Kai reißt die Augen auf. Ihr Knie knallt gegen seinen Oberschenkel, bringt ihn aus dem Gleichgewicht. Sie rutscht von ihm weg, ihre Brust hebt und senkt sich, während Julio sie von hinten packt. Er nimmt sie in einen Würgegriff und dreht sie wie eine Opfergabe zu mir um. »Nimm sie jetzt, Jack!«

Meine Magie in ihr leuchtet heller, gefährlich nah an der Oberfläche.

Ich will das letzte Messer aus meinem Holster ziehen. Kai windet sich in Julios Griff. Mein Bein pocht unter der Aderpresse und der Boden schwankt unter mir. Ich könnte meine Magie zurücknehmen. Sie würde mich heilen. Ich könnte Doug verfolgen und versuchen, Fleur zu retten. Aber das kann ich nicht. Nicht so.

Atme tief ein und erinnere dich an den Löwen, der du bist.

Meine Hand verharrt in meiner Jacke, deren Tasche schwer herabhängt von der letzten Rauchgranate und den Transmittern, die wir Lixue und March abgenommen haben. Der Blick von Kais frostbedeckten Augen findet meinen. Ihre Hand gleitet in ihre Tasche, als greife sie ebenfalls nach einer Waffe.

Meine Finger rutschen vom Messer ab. Bevor ich es mir selbst ausreden kann, greife ich nach der Granate, ziehe den Stift und werfe sie Julio vor die Füße. Wenn er sieht, was ich vorhabe, wird er nur versuchen, mich davon abzuhalten.

Julio springt zurück, als sie auf ihn zurollt. Ich stürze zu Kai, bevor ich sie in der dicken weißen Rauchwolke aus den Augen verliere. Ich lege die Arme um sie und ihr Kopf zuckt hoch, dann drücke ich das Messer in ihre Seite. Mit einem harten Stoß sinkt die Klinge zwischen ihre Rippen.

Ihr Rücken biegt sich durch. Meine Magie leuchtet unter ihrer Haut.

»Es tut mir leid«, flüstere ich und schiebe Marchs Transmitter um ihr Ohr. Das rote Licht blinkt und Kai erschlafft in meinen Armen. Dann ist sie weg.

Ich falle auf die Knie, nichts hält mich mehr aufrecht als ihre

Magie – *meine* Magie –, die zu einem Lichtball zusammenschmilzt und durch die Tunnel davonschwebt, es hoffentlich in Marchs Kammer schafft, in Sicherheit.

Der Rauch legt sich und ich sehe, dass alle um Amber herumstehen. Julios Hände sind auf ihrem Gesicht, seine Lippen auf ihre Stirn gedrückt. Sie bewegt sich, ihre Augenlider sind schwer, aber ihre Wunde heilt bereits.

Julio hebt den Kopf, starrt auf meine blutige Aderpresse und den zerrissenen Saum meines rot durchweichten Shirts, als hätte ich den Verstand verloren.

»Hat jemand ein Erste-Hilfe-Set?«, stammle ich, unterbreche die straff gespannte Stille.

Chill, Poppy und Marie sehen zu mir auf, die Stirnen vor Sorge verzogen, als betrauerten sie meinen Verlust. Und vielleicht tun sie das auch. Vielleicht tut das auch ein Teil von mir. Aber dafür ist jetzt keine Zeit. Ich habe einen Plan, wie ich Fleur zurückbekomme, und für den braucht es mehr als Magie.

48

LASS MEHR FUNKEN AUFSTEIGEN

Doug

Der Schneeregen fegt seitwärts heran, die Bürgersteige vor dem Portal sind von einer dicken Schicht Schneematsch bedeckt. Blitze zucken in der Nähe. Donner hallt von den Ziegelsteingebäuden rechts und links von uns, während ich Fleur auf Crowley's Wharf zusteuere. Ich spüre ihr wachsendes Unbehagen, als wir uns der Biegung nähern und eisiger Wind von der Themse heranweht. Sie hat in Gaias Apartment einen schweren Wollmantel und eine Mütze, einen langen Kaschmirschal und gefütterte Lederhandschuhe gefunden. Die untersten Lagen unter ihrer Jeans und dem schweren Pulli lassen sie stärker wirken, massiver, aber unter alldem zittert ihre Magie bereits. Ich muss darauf achten, dass sie nicht zu lange hier draußen bleibt.

Die Stürme sind schlimmer geworden, nachdem sich die Gerüchte über Lyons und Gaias Tod herumgesprochen haben. Lixue sagt, Jahreszeiten haben sich zu Paaren zusammengefunden, bilden kleine Gruppen und fliehen aus ihren Regionen, statt die Reise zurück durch die Ley-Linien zu riskieren. Für jede befreite Jahreszeit, die wir aufspüren und nach Hause bringen können, verschwinden zwei weitere aus unserem System, erzeugen neue Stürme. Stromnetze sind in Dutzenden Städten zusammengebrochen, machen es noch schwerer, die verbundenen Jahreszeiten nach Hause zu holen. Meine Wachen löschen überall Brände, aber ganz gleich, was wir auch tun, die Funken breiten sich weiter aus.

Es bleibt keine Zeit mehr für nutzlose Lektionen mit Topfpflanzen und Machtkämpfen im Park. Keine Zeit mehr, um sie auf die Suche nach dem Auge zu vergeuden. Es ist Zeit, mir selbst Antworten einfallen zu lassen. Ich habe die Kontrolle über Gaias Magie; das ist alles, was ich brauche, um neue Jahreszeiten zu erschaffen – meine *eigenen* Jahreszeiten. Wenn ich genug von ihnen erzeugen kann, kann ich sie alle selbst indoktrinieren und das Gleichgewicht wiederherstellen, das Lyon zerstört hat. Kai wird Jack sicher eine Weile beschäftigen, was heißt, dass Fleur und ich uns endlich daranmachen können, diesen Schlamassel in Ordnung zu bringen. Wenn jemand hartnäckig und selbstlos genug ist, um die Toten zurückzubringen, dann ist es Fleur.

Die Magie in mir regt sich, während ich dem Nullmeridian gen Norden folge, auf das tiefe Brummen der Energie der gewaltigen Ley-Linie unter meinen Füßen reagiere. Durch sie fühle ich mich mit dem gesamten Universum verbunden. Wenn ich die Augen schließe, erkenne ich fast das Gewebe der Welt – eine Karte aus Zeit und Raum –, jede elektromagnetisch geladene Linie glüht unter der Erdoberfläche.

Vor uns schlägt die Glocke von der Kapelle des Trinity Hospital, das tiefe *Bong* gedämpft durch die Windböen. Irgendwo in der Nähe klackt ein Schloss auf und der Geruch nach Müll weht aus der nächsten Straße heran. Ich biege nach Osten ab, folge dem Gestank zu einem Parkplatz bei Highbridge Wharf. Ein Teenager tritt aus einer Wohnung, die Schultern in seinem Mantel hochgezogen, Schneeregen peitscht sein wuschliges Haar. Ein Müllbeutel baumelt von seiner Hand und er überquert den Parkplatz zu einem Abfallbehälter.

Fleur sträubt sich neben mir. »Was machst du?«

»Ich tue uns allen einen Gefallen.« Fleur packt meinen Ärmel, als ich loslaufe, ihm folge, dann hechte ich nach dem Kragen des Jungen und ihr Griff rutscht ab.

Der Junge lässt den Beutel fallen und Blech und Glas scheppern darin, ich packe ihn am Hals und drücke ein Messer daran.

»Entspann dich«, sage ich zu ihm, »es ist gleich vorbei.«

»Doug! Nein! Was machst du da?«

Ich stoße zu und der Junge krümmt sich. Er umklammert seinen Mantel, die dicke Wolle verbirgt das Blut. Fleurs Panik lässt Magie in mir dröhnen. Ihre weit aufgerissenen Augen blicken von den Fenstern der Wohnung, aus der der Junge kam, zu der leeren Straße hinter uns. Der letzte Schlag der Kirchenglocke ertönt und verklingt.

»Die Welt braucht Jahreszeiten, Fleur. Er stirbt. Zeig mir, wie ich ihn retten kann.«

»Ich weiß nicht, wie! Das kann ich nicht!«

»Ich habe gesehen, wie du das gemacht hast.«

Ich suche nach ihrem Blick. Sehe ihren Geist herumtasten und die gleiche Erinnerung ergreifen. Sie sitzt auf einer Lichtung mit Blumen. Ein Schmetterling sitzt auf ihrem Gesicht. Sommers lässt ihn erfrieren, tötet das Ding in einer dummen Zurschaustellung seiner Magie, oder vielleicht nur, um sie zu verärgern, Rache, weil sie ihn verletzt hat. Fleur nimmt den Schmetterling in die hohle Hand, bläst zwischen ihre Finger. Der Schmetterling fliegt davon.

»Du weißt, wie das geht«, sage ich, halte den Jungen am Mantel aufrecht. »Du kannst ihn zurückbringen. Es ist verdammt noch mal das Gleiche.«

»Das war ein Insekt! Das war bloß wenig Magie! Es hat Jahre

gedauert, bis ich herausgefunden habe, wie!«, schreit sie und umklammert ihren Kopf. »Er ist ein Mensch. Dafür bin ich nicht stark genug!«

»Dann stirbt er.«

»Du bist ein Monster!«

»Vielleicht. Aber ich bin ein Monster mit einer Bestimmung und du bist jetzt Teil davon, ob es dir gefällt oder nicht.« Sie wird das hier tun. Sie fühlt zu viel. Sorgt sich zu sehr um das Leben, als dass sie diesen Jungen hier auf der Straße verbluten lässt. Ich habe diese Stelle gewählt, im Schatten eines Krankenhauses, dessen Turmspitze hinter mir zu erkennen ist, um sie daran zu erinnern, wo sie herkommt. Wie sie hierhergekommen ist. Dass sie nur hier ist, weil sie gerettet wurde.

Ihre Wahl ist leicht. Denn ich habe ihr keine Wahl gelassen.

Fleur

Der Junge sieht mich aus großen Augen an, während das Blut zwischen seinen Fingern hervorsickert. Die Kirchenglocke dröhnt in meinem Kopf.

Ich sinke neben dem Jungen nieder, nehme seine Hand, gerade als sich seine Augen schließen. Meine Berührung wird seinen Tod nicht verhindern, aber es scheint falsch, ihn leiden zu lassen, ohne ihm Trost zu spenden.

Doug läuft vor mir im Schneematsch hin und her. »Ihm bleibt keine Zeit mehr, Fleur!«

»Ich kann das nicht«, schreie ich zu ihm auf, blinzle den Schneeregen weg. *Du* kontrollierst Gaias Magie! Nicht ich.«

Ein Muskel arbeitet wütend an seinem Kiefer. Mit einem ungeduldigen Grunzen sinkt er mir gegenüber auf die Knie, starrt mich über den Jungen hinweg böse an und rollt ihn auf den Rücken. Dann packt er ihn grob am Kragen seines Mantels, neigt seinen Kopf aufwärts und drückt seinen geöffneten Mund auf die schlaffen Lippen des Jungen. Doug beatmet ihn mit zwei raschen Atemzügen von Mund zu Mund, hält kurz inne und sieht unsicher zu mir, bevor er wieder den Kopf senkt und zwei neue Atemzüge hineinbläst. Ein dünner Strom goldenen Lichts spannt sich zwischen ihnen und ich taste das kalte Handgelenk des Jungen nach einem Puls ab. Dougs Wangen glühen, als er noch einen Atemzug holt und es erneut probiert. Immer und immer wieder. Das Gesicht des Jungen wird nur blasser. Die Blutung versiegt langsam. Dann bleibt sein Herz stehen.

Mit heftig bebender Brust unterbricht Doug den Kontakt. Der Kopf des Jungen sinkt zu Boden. Doug kommt taumelnd hoch, beobachtet, wie das schwache Leuchten im Hals des Jungen verblasst.

»Du hast Gaias Magie! Tu etwas!«, schreie ich ihn an, wütend, weil er einfach aufgibt. Dass er so etwas tut, ohne die Gewissheit, dass er es vollenden kann! »Wir können ihn nicht einfach hier liegen lassen!«

Dougs Lippen verziehen sich zu einem kaltschnäuzigen Lächeln. »Du hast recht. Das können wir nicht.«

Eine kalte Hand packt meinen Hinterkopf. Ein Frösteln kriecht mein Rückgrat hinab, als Dougs Magie in meine Muskeln gleitet. Mein Körper biegt sich vor, meine Handflächen klatschen auf den eisigen Boden, stützen mich über dem Jungen ab.

»Was hast du …?« Hitze rast durch meinen Körper wie Feuer über eine Lunte. Ich spüre Gaias Magie von Dougs Körper in meinen übergehen, die verwickelte Brücke zwischen uns wie eine Ley-Linie überqueren. In meinem Kopf ist ein Brummen. Meine

Lungen brennen. Sterne drängen sich in meinem Blickfeld und die Magie erfüllt meine Lungen. Funkelnde Strahlen aus bernsteinfarbenem Licht strömen durch die Öffnung in meinem Mantel. Ich keuche auf und eine Ranke aus Magie wölkt mit einem Atemzug hervor. »Was hast du mit mir gemacht?«

»Ich habe dich von deinen jämmerlichen Entschuldigungen befreit. Worauf zur Hölle wartest du noch? Auf meine Erlaubnis?«

Dougs Geist zwingt mich vorwärts, bis ich mich über die Lippen des Jungen beuge. Elektrizität knistert in meinem Haar. Ich fokussiere meine Gedanken und spüre Gaias Magie aufsteigen und reagieren, als kenne sie mich bereits. Doug stößt meinen Mund gegen den des Jungen.

»Atme!«, schreit er mich an.

Magie ergießt sich aus meinen Lungen in den Jungen, eine Flut aus bernsteinfarbenem Feuer. Ein sanftes Glühen entfacht sich in seiner Brust. Ich spüre Dougs Geist verharren, beobachte, wie sich das Licht erhellt mit seiner kranken Neugier, während meine Lungen sich vollständig entleeren.

Die kalte Hand gibt mich frei. Ich zucke hoch, atme schwer. Ein paar verirrte Funken gleiten zwischen meine Lippen und ich wische sie an meinem Ärmel ab. Die Wangen des Jungen füllen sich mit Farbe und seine Brust dehnt sich. Ich falle rückwärts auf meine Hände, mir ist schwindlig. Doug ruft die Erdmagie zu sich zurück.

Der Junge rührt sich. Doug greift hinab und öffnet die Jacke des Jungen. Die Wunde ist weg, hat nur eine schwache Narbe zurückgelassen und den moschussüßen Geruch gefallener Blätter. Mit einem selbstzufriedenen Lächeln befestigt Doug den Transmitter am Ohr des Jungen.

»Lixue«, sagt er, greift in die Tasche des Jungen und zieht einen Schlüsselbund heraus, »bring den Herbst heim.«

Lichtnadeln durchdringen die Haut des Jungen. Ich schirme die Augen vor dem grellen Licht ab, als sein Körper sich entmaterialisiert und seine Magie mit einem statischen Fauchen hinauf in Richtung Greenwich Park saust.

Ich schüttle den roten Matsch von meinen zitternden Händen. »Du bist krank! Du hast diesem Jungen einfach sein Leben entrissen! Was ist mit seiner Familie? Und seinen Freunden? Er hatte sein ganzes Leben vor sich und du hast es ihm genommen!«

Er zerrt mich an meinem Mantelkragen hoch. »Ich weiß nicht, warum du dich so darüber aufregst. Ich war der, der ihn getötet hat. Du hast gerade sein Leben gerettet.«

»Du hättest ihn selbst wiederbeleben können. Du brauchtest mich nicht.«

Er beugt sich dicht vor mein Gesicht. »Da liegst du falsch. Du warst die, die gesagt hat, man müsse etwas *fühlen,* damit die Magie funktioniert! Du musst jemanden retten *wollen.* Und mir war der Kleine scheißegal.« Er deutet mit einem Finger auf den blutigen Matsch, der auf der Straße zurückgeblieben ist.

Dougs Kiefer mahlt vor und zurück, und er spielt mit den Schlüsseln des Jungen, sein Geist klammert sich fest an eine Emotion, die er mir nicht zeigen möchte.

»Lass uns gehen«, sagt er endlich, wendet sich wieder dem Parkplatz zu. »Es ist zu kalt für dich hier draußen.«

49

BRENNEND GEHT ES NIEDER

Jack

Amber schüttelt den Kopf, blickt stirnrunzelnd über Poppys Schulter, während Poppy die letzten Fäden bei mir abbindet. »Ich weiß nicht, Jack. Dieser Plan wirkt sehr weit hergeholt. Du vertraust auf eine ungeprüfte Theorie. Wir könnten Fleurs Leben aufs Spiel setzen. Wir haben null Garantie, dass es funktioniert.«

»Meine Theorien haben auch schon vorher standgehalten.« Ich spanne mein Bein an, teste Poppys Fingerfertigkeit und beuge die Muskeln unter den Fäden. Unsere Flucht aus dem Observatorium – zur Hölle, dass wir überhaupt überlebt haben ohne die Ley-Linien – hatte auf einer Theorie beruht. Wir haben es so weit geschafft. Lyon hat an mich geglaubt. Genug, dass er und Gaia sich selbst geopfert haben, um dafür zu sorgen, dass Fleur und ich überleben. Er hat seinen Tod vorbereitet in dem Wissen, dass ich kommen würde. Ich muss glauben, dass dies der richtige Weg ist. »Was Doug getan hat, kann nicht ungeschehen gemacht werden. Doug *ist* das Chaos. Er ist Entropie in Aktion. Und letztlich wird er zerbrechen. Wir müssen eine Möglichkeit finden, seine Magie von Fleurs zu trennen.«

»Dann tun wir es.« Julios Arme liegen um Amber, sodass sie Hautkontakt haben. Er drückt einen Kuss auf ihre Schläfe und die Farbe kehrt in ihre Wangen zurück. Sie lehnt mit dem Rücken an ihm, lässt sich von ihm stützen. »Auf keinen Fall lassen wir zu, dass dieses Arschloch auf seinem Egotrip Fleur mit in den Abgrund zieht.«

Chill bewundert die gemein aussehenden, einziehbaren Widerhaken an der Pfeilspitze, die er aus meinem Bein gezogen hat. Dann klatscht er das blutige Ding in meine Handfläche, als wäre es ein Souvenir. »Ich bin dabei. Was ist mit dir?«, fragt er Poppy, zerzaust ihr das Haar, während sie sich über mein Bein beugt und ihre Arbeit begutachtet.

Sie grinst mich grimmig an und beißt dann den Faden ab, trennt ihn von der Rolle. »Wir lassen Fleur das nicht allein durchstehen. Natürlich bin ich dabei.«

»Wie fangen wir es dann an?«, fragt Marie, die an der Wand lehnt und ein Pfefferminzkaugummi mit den Zähnen zermalmt.

Ich ziehe das Hosenbein herunter und stehe vorsichtig auf. Dann fische ich den zweiten Transmitter aus meiner Tasche und werfe ihn Chill zu. »Wir brauchen eine intakte Stasiskammer.«

Marie hebt eine Augenbraue. »Du hast gesagt, Fleur hätte die Kammern zerstört, die du in der Höhle gefunden hast.«

»Der Strom im Herbstflügel läuft immer noch. Wenn Julio und Amber ein leeres Schlafquartier ausfindig machen können, kann ich uns reinbringen. Chill dürfte keine Probleme haben, eine Stasiskammer online zu bringen.«

»Wie bekommen wir den Transmitter zu Fleur?«, fragt Chill.

»Wir finden einen Weg, Doug eine Nachricht zukommen zu lassen, benutzen das Auge, um ihn rauszulocken. Wir sagen, wir bringen das Auge nur mit, wenn er Fleur mitbringt. Dass wir über ihre Freilassung verhandeln wollen. Dann finden wir eine Möglichkeit, ihr den Transmitter zu geben, und holen sie über die Ley-Linien raus.«

Julio sieht auf Amber hinab. Sie nickt an seinem Rücken. »Amber und ich können den Transmitter zu Fleur bringen. Wir sollten Doug lange genug ablenken können, damit Chill Fleur rausholen kann. Zusammen können wir beide ihn vermutlich erledigen.«

Poppy schließt stirnrunzelnd das Erste-Hilfe-Set. »Wer immer Doug tötet, bekommt die Wucht dieser ganzen Magie zu spüren. Dann sitzen wir im gleichen Boot wie Doug jetzt. Nein.« Sie reibt sich mit einem feuchten Tuch Blut von den Händen und sieht dabei nachdenklich drein. »Wir wissen bereits, wie das funktioniert. Die Magie ist in Objekten verankert. Chronos' Magie war an seine Sense gebunden. Anankes war an das Kristallauge gebunden. Wenn Amber oder Julio Doug erschlagen, kommt die Magie frei. Die Zeit wird sofort zu demjenigen springen, der in Besitz des Stabs ist, und die Unvermeidlichkeit wird die Person finden, die das Auge besitzt, doch wenn Fleur weg ist, geht Gaias Magie erneut verloren. Sie braucht jemanden, in den sie springen kann. Und ich denke, dieser Jemand muss an die Erde gebunden sein.«

Alle sehen zu mir, jeder beantwortet stumm die Frage. Fleur ist vermutlich der stärkste Frühling hier. Hatten Gaia und Lyon diesen Augenblick die ganze Zeit kommen sehen? Hat Lyon uns deshalb nie erzählt, was er über unsere Zukunft wusste – dass Fleur entführt und hierhergebracht werden würde –, weil er wusste, dass es die einzige Möglichkeit wäre, sie noch einmal herzubekommen? Hatten sie es geschehen lassen in dem Wissen, welche Rolle ihr bei alldem bestimmt sein würde? Wenn ja, dann macht das *meine* Rolle in Lyons übergeordnetem Plan nur eindeutiger.

»Ich muss es sein. Ich muss der sein, der sich mit Doug trifft.« Ich unterdrücke ein Aufkeuchen, als ich mir das überstreife, was von meinem vom Blut steifen Hemd übrig ist. »Doug wird mich nicht als Bedrohung wahrnehmen, weil ich seine Magie nicht auf die Art aufnehmen kann wie du. Ich treffe mich mit ihm allein und schaffe den Transmitter zu Fleur.«

»Und was dann?«, fragt Marie um ihr Kaugummi herum.

»Dann nehme ich den Stab.«

Sie hört auf zu kauen und starrt mich an. »Aber du hast doch gesagt, dass du die Magie nicht für dich fordern kannst.«

»Nein, aber ich kann sein Spielzeug eine Weile klauen.« Ich denke an Kais Worte zurück. Daran, dass wir alle die Fähigkeit besäßen, ein wenig Magie zu nutzen. Dieser Plan erfordert nur ein wenig Fingerspitzengefühl. »Wir nutzen Fleurs Verschwinden als Ablenkung. Fleurs Lichtblitz sollte genug Chaos anrichten, damit wir das hier durchziehen können. Während Doug abgelenkt ist, stehle ich den Stab und renne weg. Poppy sorgt dafür, dass Fleur es durch die Ley-Linien schafft. Chill ist meine Augen und Ohren, er sieht zu, dass mein Fluchtweg mit dem Stab frei ist.«

Chill grinst, streckt mir die geballte Faust entgegen, so wie er es immer machte, bevor ich auf die Jagd ging. »Genau wie in alten Zeiten.«

Ich stoße meine Knöchel gegen seine, wünschte, es wäre eine Jagd, die ich allein durchziehen könnte. »Ich versuche, Doug lange genug wegzulocken, damit ihr Fleur wieder wecken könnt. Wie lange wird sie brauchen, Poppy?«

Alle drehen sich zu Poppy um, die nachdenkt. »Wenn sie bei Bewusstsein und gesund ist, während ich sie durchziehe, kann ich ihre Kammer sofort öffnen und sie wecken.«

Julio schaudert. »Gib ihr für den Flug mal besser eine Kotztüte.«

»Sie kommt schon klar«, beruhigt Poppy mich. Ich sehe zu Chill, der nickt, und bin zufrieden.

»Ich verschaffe ihr so viel Zeit, wie ich kann. Sobald ich wieder bei euch ankomme, muss einer von euch den Stab übernehmen und Doug erledigen. Sobald ihr ihn niedergemäht habt, ist die Magie frei. Dann liegt es an uns, sie zu nutzen. Wir wissen, dass Gaias Magie von Fleur angezogen wird. Anankes Magie sollte zu der Person mit dem Auge wollen. Und Chronos' Magie zu der mit dem Stab.«

Amber und Julio tauschen ernste Blicke. Wer immer die Magie übernimmt, wird auf unbestimmte Zeit an diesen Ort gebunden, verantwortlich für all das – die Zeit, die natürliche Ordnung, die Unvermeidlichkeit. Es ist wirklich viel verlangt. Wir sind gerade erst freigekommen von diesem Ort. Doch ich weiß, was Fleur tun würde. Das Gleiche, was ich tun würde, wenn ich es nur könnte. Sie würde alles opfern, um den Rest von uns zu retten.

»Ich nehme den Stab.« Julio drückt Ambers Hand. Sie nickt angespannt.

»Ich nehme das Auge«, sagt sie. Amber blickt zu Marie. Ausnahmsweise widerspricht Marie nicht. Welche Wahl haben wir? Amber streckt ihre Hand nach dem Kristall aus. Ich greife in meine Tasche und erstarre.

»Was ist los?«, fragt sie.

»Der Kristall. Er war hier, in meiner Tasche.« Ich nehme die Fackel von der Wand und wische damit über den Boden. Ich gehe auf alle viere, kratze losen Dreck und Kiesel beiseite, halte Ausschau nach einem Glimmern, aber er ist nicht da. Meine Hand verharrt, während ich meine Schritte zurückverfolge. Ich lag mit dem Gesicht voran im Dreck, nachdem Kai mich mit der Taschenlampe geschlagen hatte. Sie hat sich über mich gebeugt und mir die Seite getätschelt. Nein, die Seite meiner *Jacke*. Dann hat sie, kurz bevor ich den Transmitter um ihr Ohr geschoben und sie in Stasis geschickt habe, in ihre Tasche gegriffen.

»Verdammt, Kai!« Ich werfe die Fackel zu Boden, laufe in der

Kammer auf und ab. »Kai. Sie hat ihn genommen. Sie hat ihn bei sich. Er war in ihrer Hand. Wir müssen ihn finden.« Es ist der einzige Köder, den ich habe.

Ich werfe mir den Rucksack über und renne, humple zurück durch die Tunnel in Richtung Verbrennungsofen und die frischen Nähte stechen bei jedem Schritt. Kai hatte den Transmitter einer Wache. Sie hätte sich irgendwo auf der Schlafquartierebene materialisiert, nicht hier unten bei den gefangenen Jahreszeiten. Die Stasiskammern der Wachen würden an einem bequemeren und sichereren Ort aufbewahrt. An einem Ort mit Strom.

Der Herbstflügel.

Die Schritte der anderen erklingen dicht hinter mir. Beim Verbrennungsofen quietscht der schwere Eisenrost, als ich ihn aufziehe und hineinklettere. Hinter mir erklimmen die anderen die Sprossen der Leiter, Schuhe schaben auf Metall. Ich bin fast auf einer Ebene mit dem Verwaltungstrakt, als eine Bö heißer Luft von unten heraufrollt.

Ich sehe hinab. Die Köpfe der anderen sind Silhouetten vor einem grellen orangefarbenen Schein. Schwarzer Rauch steigt von unten auf, stickig und dicht. Jemand hat den Brennofen angemacht.

»Steig rauf! Los!«, schreit Poppy.

Eilig klettere ich die Sprossen hinauf, die Fäden schmerzen. Die Leiter bebt unter unserem gemeinschaftlichen Gewicht. Dampf faucht durch den Zylinder hinauf, als Julio die Feuchtigkeit aus den Höhlen heranzieht. Der leichte, kühle Nebel legt sich über uns, isoliert uns vor der Hitze, aber es reicht nicht, um das Feuer zu löschen. Die Metallstreben werden mit jeder Sekunde heißer.

Ich blicke auf, schätze die Entfernung zur Verwaltungsebene ein und genau in diesem Moment schiebt sich Lixues Kopf durch eine Öffnung im Schacht. Eine Flamme entzündet sich in ihrer Hand. Sie wächst, dehnt sich nach unten aus, bis ich die Hitze auf meinem Gesicht spüre. Wachen über uns. Ein Feuer unten. Wir sitzen fest zwischen den Stockwerken.

»Beeil dich!«, kreischt Marie. »Die Sprossen sind zu heiß! Ich kann mich nicht länger halten!«

»Heilige Scheiße, Chill! Deine Hand ist kalt! Lass meinen Knöchel los!«, blafft Julio.

»Sorry, Kumpel. Ich brauch hierfür etwas Saft. Alle festhalten!« Chills Stimme hallt den Schacht hinauf, getragen vom Heulen des eisigen Winds. Die Bö fegt Lixues Flamme zurück. Die Metallstäbe stöhnen unter dem schnellen Temperaturwechsel.

»Ich kann das nicht lange durchhalten«, ruft Chill. »Los, Jack!«

Ich fange an zu klettern, angetrieben vom Wind. Eine Schraube löst sich aus der Leiter, schneidet mir im Vorbeifliegen in die Wange. Die Metallstrebe unter meinem Fuß knirscht.

Wir schaffen es niemals bis zur Schlafquartierebene. Die anderen müssen zu weit klettern und das Feuer unter uns brennt immer heißer. Das Zugangspaneel zur Verwaltungsebene ist nur ein paar Schritte über mir. Ich weiß, dass Lixue (und vermutlich ihr Team) auf der anderen Seite wartet, aber es ist unser einziger Ausweg.

Ich steige die letzte Sprosse hinauf und krieche durch die Öffnung. Voller Schweiß und Ruß taumle ich in den dichten Nebel im Gang. Rauch strömt aus dem Zugangspaneel. Marie hustet, während ich sie und dann Poppy herausziehe.

Lixues Stimme ertönt hinter uns. »Du und ich haben noch eine Rechnung offen.«

Ich drehe mich um, stelle mich vor die Öffnung. Lixue spielt mit einem Feuerball, wirft ihn zwischen den Händen hin und her, starrt mich quer durch den Gang nieder, als würde sie mich gerne aufspießen und zum Abendessen grillen. Zwei Wachen flankieren sie. Hinter mir ruft Marie Chill, Amber und Julio zu, schreit sie an, schneller zu klettern.

»Wo ist dein Schatten?«, fragt Lixue mit einem beißenden Lächeln. »Oh, warte. Ich bin ziemlich sicher, dein Wachhund – *und* deine Magie – sind gerade in einer Stasiskammer in der Turnhalle des Nordflügels aufgetaucht. Ich schätze, Sampson hat auch dich verraten. Zu blöd«, sagt sie mit einem gleichgültigen Schulterzucken. »Ihr zwei Überläufer verdient einander.«

Ich hebe die Hände. Rede ruhig. »Kai Sampson ist gegangen, weil sie wusste, dass dieser Ort außer Kontrolle gerät. Doug wird den ganzen Laden zerstören. Wir wollen die Dinge nur wieder in Ordnung bringen. Die Balance wiederherstellen. Es ist immer noch Zeit, das Richtige zu tun und uns gehen zu lassen.«

»Damit die Dinge wieder werden, wie sie waren?« Sie stößt ein bellendes Lachen aus. Ihr Blick gleitet zu Chill, Amber und Julio, die aus dem Schacht hinter mir klettern. »Was denkst du, was wir vorhatten? Hast du eine Ahnung, wie viele Jahreszeiten oben frei herumlaufen? Hast du eine Ahnung, was passiert, wenn sie da draußen nicht allein überleben können? Sie sind mit dem Wind, Jack! Ihre Territorien sind verlassen! Und diese Stürme und Beben und Feuer und Fluten sind das Ergebnis. Menschen sterben! Überall! Und es ist unsere Aufgabe, die Welt im Gleichgewicht zu halten! Die Kontrolle darüber zu behalten!« Tränen steigen ihr in die Augen, alle Lässigkeit dem Zorn gewichen. »Das ist alles deine Schuld! Das alles hat angefangen, als du und deine Freundin beschlossen habt, dass ihr zu gut wärt für diesen Ort. Eure Selbstsucht hat die Rebellion in Gang gesetzt, die uns an diesen Punkt gebracht hat. Doug will nur Ordnung ins Chaos bringen.«

»Er *ist* das Chaos!«, schreie ich. »Siehst du nicht, was mit ihm geschieht? So viel Magie kann er nicht kontrollieren. Es wird ihn zerreißen. Und dann geht jeder hier zusammen mit ihm in den Wind.«

Ihr finsterer Blick ist voller Verachtung. »Wie wär es dann, wenn du zuerst gehst?«

Ihre Flamme lodert auf, als sie auf uns zukommt. Die anderen Wachen folgen, einer schwingt eine Lanze aus Eis, der andere eine Kugel aus waberndem Wasser. Julio, Amber und Chill beziehen hinter mir Position. Das Fauchen von Feuer ertönt, das Knacken von Eis und das Rauschen von Wasser, als sie sich bereit machen, dem Angriff zu begegnen.

Plötzlich bebt der Boden, schleudert Lixue auf die Knie. Wir alle strecken die Hände aus, stützen uns ab, während das Beben um sich greift. Putz splittert, fällt in Brocken von der Decke. Ein Riss zerteilt den Marmorboden mit einem ohrenbetäubenden Krachen.

Lixue weicht zurück, berührt ihren Transmitter.

»Chronos, hörst du mich?«, schreit sie. Ein Krächzen. Geschnatter über das Funkgerät. Die Stimme einer Wache wird unterbrochen von statischem Rauschen, die Worte zu verzerrt, um sie zu verstehen. »*Chronos und der Frühling … oben … geht nicht an sein …* «

Eine Fackel fällt scheppernd aus ihrer Halterung, streut Funken über den Boden. Eine Wand reißt neben uns. Wir schirmen uns ab, weil eine Leitung platzt und Wasser in den Gang spritzt.

Lixues Blick fliegt zu mir. Doug ist bereits oben. Wenn er sich in Sicherheit gebracht hat, weiß er, dass dieser Laden kurz vor dem Zusammenbruch steht.

»Das ist Doug!«, schreie ich über den Spalt. »Er kann es nicht verhindern. Je mehr Macht er nimmt, desto weniger Kontrolle hat er. Vergiss die befreiten Jahreszeiten. Sie haben ihr eigenes Schicksal gewählt. Und sie sind sicherer da draußen auf sich gestellt als die, die ihr hier unten gefangen haltet!« Ich warte darauf, dass sie ihr Feuer nach mir schleudert. Aber sie sieht uns nur an, ballt und lockert ihre Fäuste, während die Wände beben. »Wenn du nicht zulässt, dass wir das in Ordnung bringen, werden wir alle sterben. Ich weiß, wie man das aufhalten kann.«

»Ich kann dich nicht gehen lassen!« Sie schüttelt den Kopf, als wolle sie sich selbst überzeugen.

»Dann lass wenigstens *sie* gehen!« Ich zeige auf die Schlafquartiere über uns. Es müssen Hunderte Jahreszeiten in ihren Zimmern gefangen sein. »Noch ist Zeit, sie zu retten.«

Lixue nagt an ihrer Lippe, während die Wachen auf ihr Kommando warten. Ein Brocken der Decke stürzt hinter ihnen ein und sie ducken sich. Der Notstrom blitzt auf und erstirbt. Alarme dröhnen und Sprinkler erwachen zum Leben, regnen auf unsere Köpfe herab.

Sie schirmt sich mit einem Arm ab. »Es sind zu viele! Wir bekommen sie nie alle raus!«

»Gibt es eine Möglichkeit, die Schlösser zu allen Schlafquartieren vom Kontrollraum aus zu deaktivieren?«, fragt Chill.

Lixue nickt.

»Tu es«, sage ich zu ihr. »Es gibt je einen Notfalltunnel in jeder Himmelsrichtung jedes Flügels. Sie führen durch die Katakomben hinaus.« Ich nehme Lyons Karte aus meiner Tasche und reiße sie in vier Teile, einen für jeden Flügel. Den Winter gebe ich Chill und Poppy, den Herbst Amber und Marie, und den Sommer reiche ich Julio. Sie schieben die Teile unter ihre Shirts. Das letzte Stück der Karte halte ich Lixue hin. Sie zögert.

»Nimm es«, sage ich und drücke es ihr in die Hand. »Evakuiere alle aus dem Ostflügel. Sag ihnen, sie sollen sich alle einen Partner suchen oder besser noch eine Gruppe Jahreszeiten, sobald sie die Oberfläche erreichen. Sag ihnen, sie sollen sich bedeckt halten, bis das Beben aufhört. Wir finden eine Möglichkeit, ihnen eine Nachricht zukommen zu lassen, sobald sie sicher zurückkehren können.«

Lixue und die Wachen bedenken mich mit einem letzten Blick, dann drehen sie sich um, weichen Schutt aus auf ihrem Weg zum Kreuz.

50

DAS KRACHEN VON HOLZ

Fleur

Doug richtet den Rückspiegel, dreht ihn weg von sich. Er wirkt lächerlich auf dem Fahrersitz des winzigen VW Golf, sein blondes Haar streift fast das Dach und die Beine sind so lang, dass seine Oberschenkel das Lenkrad berühren.

»Wohin wollen wir?«

Doug ignoriert mich, schaltet Sender um Sender mit statischem Rauschen durch.

Ich ziehe Gaias triefnassen Mantel eng um mich, drücke mich gegen die Beifahrerseite von dem Auto des Jungen, so weit weg von Doug wie möglich. Der Schauder, der sich durch mich hindurcharbeitet, hat nichts mit der Kälte zu tun. Reste von Gaias Magie sind immer noch warm in mir, wie glühende Asche, die darauf wartet, ganz zu ersterben. Als könnte sie sich wieder entzünden und mich lebendig verbrennen, wenn sie genug Luft bekäme, und ich hasse mich selbst dafür.

Was Doug diesem Jungen angetan hat – und der kleine Anteil, den ich dabei gespielt habe –, war etwas, das Gaia nie getan hätte. Niemals hätte sie ein unschuldiges Leben genommen. Hätte niemals jemand anderen in Zugzwang gebracht. Leben oder sterben – sie hat die Wahl immer uns überlassen.

Und ich habe diesem Jungen die Wahl genommen. Weil Doug mir meine genommen hatte.

Das statische Rauschen erlischt. … *Windgeschwindigkeiten von mehr als hundertfünfzig Stundenkilometern vor der Isle of Wight … Mann starb in Hampshire, nachdem ein Baum auf sein Auto stürzte … Mehrere Schwerverletzte nach einem Blitzschlag in Winchester … Flüge jetzt auch ausgesetzt in Gatwick und Heathrow … Mehr als vierhunderttausend ohne Strom …*

Ich greife hinüber und schalte das Radio ab.

»Du hättest sein Auto nicht klauen müssen«, blaffe ich, wütend, dass es keine Bestrafung gibt, die ich Doug angedeihen lassen kann, ohne selbst zu leiden. Vielleicht verdiene ich es ja. »Seine Familie könnte es brauchen.«

Er sieht zu mir, den Mund angewidert verzogen. »Tu nicht so heuchlerisch, Fleur. Seit wann kümmert es dich oder deine Freunde, wenn ihr euch etwas nehmt, das nicht euch gehört?«

»Das ist nicht das Gleiche.«

»Du hast recht. Ist es nicht. Ich hab dem Kleinen einen Transmitter gegeben und ihn nach Hause geschickt. Was mehr ist, als ich von dir sagen kann.« Ein flüchtiges Bild von Denver huscht durch seine Gedanken und ich drehe mich zum Fenster. Doug biegt Richtung Süden ab, bringt uns zurück zum Park.

»Wenn wir zurück zum Observatorium wollen, hätten wir zu Fuß gehen können«, sage ich. »Wir brauchen das Auto nicht.«

»Dir ist kalt und du bist nass und müde. Wir haben noch viel zu tun und du nutzt mir nichts, wenn du ohnmächtig wirst.« Er schaltet die Heizung an, dreht grob an den Reglern und schiebt die Lamellen der Belüftung so, dass sie auf mich zeigen. Aber ich brauche seine Almosen nicht. Oder seine Attitüde. Ich will nicht daran denken, was genau Doug meint. Ich will einfach nur zurück ins Observatorium. Zurück zu Jack.

Das Auto wird langsamer. Doug hält an der Grenzmauer an, die den Greenwich Park umgibt. Die Scheibenwischer klatschen hin und her, zählen die Sekunden, während wir mitten auf der leeren Straße stehen und Regen und Schneeregen auf die Motorhaube prasseln. Ich blicke auf, die Augen schmal, und sehe durch die Windschutzscheibe, warum wir angehalten haben.

Ein Paar rennt durch den Park, die Hände verschränkt, zu schnell, die Gesichter angespannt. Die beiden werden nicht langsamer, als sie den Zebrastreifen betreten. Sie blickt über die Schulter und er zieht sie über die Straße. Sogar aus der Ferne erkenne ich ihre Angst.

Doug dreht das Fenster ein wenig herunter, sein Auge auf sie gerichtet, atmet er ein. Ich rieche es auch.

Ein Sommer. Ein Herbst. Sie fliehen gemeinsam.

Doug lässt den Motor aufheulen. Das Paar sieht auf, ihre Augen werden groß, als Doug den Gang reinhaut. Sein Fuß drückt hart auf das Gaspedal und das Auto schlingert unter mir. Ich packe die Tür, eine Hand gegen das Armaturenbrett gestemmt, während das Auto auf sie zukreischt.

»Was machst du da?« Das Auto rast auf der Mittellinie dahin, während sich das Paar der Straßenmitte nähert, genau vor uns.

»Eine Lektion erteilen«, sagt er und schaltet hoch, sodass der Motor aufkreischt.

Der Junge zieht das Mädchen an der Hand mit und sie rennen auf den Straßenrand zu.

Die Reifen werfen Schneematsch und Wasser auf, als wir auf der eisigen Straße ins Schleudern geraten. Doug schaltet, wendet und plötzlich sind wir direkt hinter ihnen. Jagen sie.

»Hör auf!« Ich packe die Tür und drücke mich in meinen Sitz zurück. »Du bringst sie um!«

»Du kapierst aber schnell!« Er reißt das Steuer herum, dreht scharf, während sie einen Haken schlagen in die nächste Straße, zurück zum Park. Es ist ihre einzige Chance, uns zu entkommen.

»Tu das nicht«, flehe ich ihn an. »Es sind nur die beiden. Es ist doch nicht schlimm, sie ihre eigenen Leben leben zu lassen. Lass sie gehen!«

»Und was dann?« Seine Stoßstange ist ihnen gefährlich nah auf den Fersen. »Wer übernimmt die Regionen, die sie verlassen? Wer sorgt dafür, dass nicht alles außer Kontrolle gerät? Du etwa?« Er wirft einen scharfen Blick auf mein Gesicht, richtet ihn dann wieder auf die Straße – auf sein Ziel –, während die Reifen des Autos in ein Schlagloch sacken. »Wenn Hunderte andere es ihnen nachmachen, kommst du dann mit mir mit und suchst neue Jahreszeiten, um sie zu ersetzen? Hilfst du mir, sie zu verwandeln? Sie auszubilden? In der Hoffnung, dass nicht alle abtrünnig werden und ihre Posten verlassen?« Sein Lachen klingt höhnisch, als ich nicht antworte. »Wohl kaum.«

Das Auto schlingert erneut, jagt sie um eine Kurve, während sie Hand in Hand auf die Ziegelmauer zurennen, auf den Eingang des Parks zu. Wir sind zu nah. Fahren zu schnell. Sie werden es niemals schaffen.

»Diese beiden werden den anderen eine Lektion sein. Vertrau mir«, sagt Doug und tritt das Gas durch. »Es ist das Beste so.«

Das Auto schießt vorwärts, ist nur noch ein paar Schritte von den Beinen des Paars entfernt. Ich greife über Doug hinweg und packe das Lenkrad, zerre mit beiden Händen daran. Doug tritt auf die Bremse. Das Auto schießt von der Straße, der Pulli des Mädchens ein leuchtend blauer Fleck im Beifahrerfenster, dann gleiten wir auf die Ziegel zu.

Ein metallisches Knirschen ertönt und das Splittern von Glas, dann wird mein Körper vorwärtsgeschleudert. Ein rasender

Schmerz durchbohrt meine Stirn, der Gurt gräbt sich in meinen Hals. Ich hebe den Kopf, blinzle benommen, erblicke flüchtig etwas Blaues durch das Tor, dann fällt mein Kopf schlaff auf meine Brust.

51

ZWEIMAL STERBEN

Jack

Wir alle rennen los auf das Kreuz zu, folgen Lixue und ihrem Team durch ein Treppenhaus, das normalweise nur für Wachen zugänglich ist. Auf der Ebene mit den Schlafquartieren halte ich mich dicht an Julio, als wir uns in Gruppen aufteilen. Lixue ruft laut über den schrillenden Alarm und den herabfallenden Schutt hinweg, schreit Befehle in ihren Transmitter.

»Ich sagte, öffnet die Türen in jedem Flügel! Alle!« Sie sieht einmal über die Schulter, zieht die Schlüsselkarte hervor. Doch ich halte bereits die, die Fleur mir gegeben hat, in der Hand. Ich reiche Julio die andere, die ich der Wache vor Dougs Apartment gestohlen habe, und wir beide machen uns daran, andere Türen zu öffnen, während Lixue und ihr Team hinter der efeuverhüllten Pforte zum Ostflügel verschwinden.

Amber und Marie rufen kurz: »Viel Glück!«, dann rennen sie durch die Herbstpforte.

Meine Füße schlagen praktisch Wurzeln, während ich Chill und Poppy nachsehe, die in den Winterflügel rennen.

Ich bin ziemlich sicher, dein Wachhund – und *deine Magie – sind gerade in einer Stasiskammer in der Turnhalle des Nordflügels aufgetaucht.*

Julio bleibt stehen, wartet an der Sommerpforte auf mich. »Komm schon, Sommers! Gehen wir, bevor der ganze Laden einstürzt.«

Bevor dieser ganze Laden das Auge unter sich begräbt. Ohne den Kristall geht unser ganzer Plan, Fleur zu retten, Doug aufzuhalten und eine globale Katastrophe zu verhindern, in Rauch auf.

Ich laufe auf die Nordpforte zu.

»Jack!«, schreit Julio quer durch das Kreuz.

Ich drehe mich um, jogge zurück auf die Plexiglaspforte zu. »Bring alle in den Südflügel zum Tunneleingang. Wenn ich in vierzig Minuten nicht da bin, dann geht an die Oberfläche und sucht die anderen.«

»Aber Fleur ...« Julios Augen sagen alles. Unser Plan, sie durch die Ley-Linien rauszuziehen, ist keine Option mehr. Die Notstromsysteme fangen schon an zu versagen und jede einzelne Stasiskammer hier wird innerhalb der nächsten paar Stunden unter dreißig Stockwerken Schutt begraben werden. Aber ich weiß, was sie sagen würde. Hinter Julio, durch die beschlagene Plexiglaspforte, stürmen Sommer aus ihren Schlafquartieren. Admins mit panischen Mienen tragen ihre schlafenden Jahreszeiten auf den Schultern. Andere stürmen von Zimmer zu Zimmer und helfen, die zu evakuieren, die zu schwach sind, um sich selbst zu retten.

»Sie würde wollen, dass wir ihnen helfen. Egal wie hoch der Preis ist. Geh«, sage ich. »Bring sie raus und finde die anderen.«

Julio nickt einmal, ein knappes Zucken seines Kopfs, als verbeiße er sich einen Kommentar. Er flitzt durch die Pforte und ruft Befehle. Einen Augenblick später folgt ihm eine Reihe Sommer den Gang hinab und verschwindet aus meinem Sichtfeld.

Ich jogge durch die Nordpforte. Chill hat die Winter bereits auf den Weg gebracht, sie bilden eine Reihe zu dem Durchgang im Abstellraum, durch den Kai und ich von den Katakomben heraufgeschlichen sind. Ich stürze an ihm vorbei zur Turnhalle und er ruft mir zu: »Jack, wo zur Hölle willst du hin?«

»Ich hole das Auge.«

Das tiefe Grollen wird lauter, als bereite sich die Erde auf einen Schrei vor. Als wolle sich der gesamte Ort selbst verschlingen. Ich kämpfe mich durch die hinteren Gänge des Winterflügels, weiche Schutt aus und schirme das Gesicht vor den Funken ab, die von baumelnden Drähten herunterregnen. Ich biege um die letzte Ecke zur Turnhalle. Die Türen sind verrammelt und ich stoße sie mit der Schulter auf, quetsche mich hinein. Die Luft ist dick vor Abgasen. In der Turnhalle stehen reihenweise Stasiskammern auf Platten mit Rädern, die Deckel geöffnet und dunkel, der Raum bereits evakuiert. Ein Generator stottert auf der anderen Seite des Zimmers, hat nur noch wenig Treibstoff. Eine einzige Kuppel ist in einer entlegenen Ecke noch geschlossen, innen erleuchtet, der Ventilator summt.

Ich laufe zwischen Reihen mit Stasiskammern darauf zu, entdecke Kais Scheitel mit den kurzen, dunklen Strähnen durch das beschlagene Glas. Ihr Gesicht wirkt friedlich unter einer Frostschicht. Die Wachen haben alle evakuiert außer Kai – die *Überläuferin* nannte Lixue sie. Vermutlich hielten sie sie für unwürdig, gerettet zu werden.

»Komm schon, komm schon, komm schon!« Fieberhaft drücke ich Knöpfe auf dem Display, aber der Deckel öffnet sich nicht. Ich stürze, weil ein weiteres Beben den Raum erschüttert, ducke mich unter Kais Kammer, als ein Stück der Decke zusammenbricht. Als ich wieder aufsehe, ist der rote Notfallentriegelungshebel direkt vor mir. Ich lege ihn um. Der Deckel der Kuppel hebt sich und eine Nebelwolke strömt heraus, enthüllt Kais nackten Körper. Ihre rechte Hand ist zur Faust geballt. Ich befreie das Auge, schiebe es in meine Tasche und ziehe den Reißverschluss zu.

Hin- und hergerissen stehe ich neben ihrer Kammer. Sie hat versucht, mich umzubringen. Sie hat versucht, Amber umzubringen. Und doch kann ich sie nicht hier dem Tod überlassen.

Ich streife meine Jacke ab und wickle sie um sie. Ein Faden reißt in meiner Schulter, als ich ihren Arm packe und sie hochziehe. Mit einem Stöhnen werfe ich sie über die gesunde Schulter und schleppe sie zum Ausgang.

»Nur, damit das klar ist, hiernach sind wir quitt«, murmle ich und frage mich, ob ein Teil von ihr mich hören kann. Ob irgendein Teil von ihr aufwachen und sich an das hier erinnern wird.

»Nicht, dass es wichtig wäre, aber ich habe tatsächlich angefangen, dich nicht zu hassen.« Notfallsprinkler erwachen über meinem Kopf zum Leben, durchweichen uns, während ich auf die Besenkammer zuhalte. Die Regale sind immer noch von der Wand zurückgezogen, der Schacht, durch den wir hineingeklettert sind, steht immer noch offen.

»Und es tut mir leid.« Ich keuche, während ich in die Tunnel hinabsteige. Die Steinwände dämpfen das Kreischen des Alarms. »Du hast recht, ich hätte früher etwas sagen sollen, aber ich wusste, du wärest angepisst, und ich hatte Angst, du würdest mir keine Zeit lassen, es zu erklären«, sage ich mit einem Schnaufen, als wir den Boden erreichen. Ich schalte mein Feuerzeug an und winke mit der Flamme vor uns, blinzle Staub weg. »Ich habe versucht, mit Névé zu reden. Sie zum Zuhören zu bewegen oder dazu, uns einfach gehen zu lassen, aber Chronos hatte ein Kopfgeld auf uns ausgesetzt und Névé wollte es. Fleur hat versucht, sie zurückzuhalten, aber als Névé zum tödlichen Schlag ausholte, hatte Amber keine Wahl, als sich zu verteidigen. Névés Tod war ein Unfall. Aber ihre Magie zu nehmen, um Amber, Julio und Fleur zu retten … das war meine Entscheidung und dafür übernehme ich die volle Verantwortung.« Es fühlt sich gut an, das laut auszusprechen, als wäre eine Last von mir genommen, auch wenn sie mich nicht hören kann. »Da hast du es also«, sage ich und verlagere ihr Gewicht, um sie tiefer hinein in die Katakomben zu tragen. »Ich bin ein Arschloch, weil ich es dir nicht früher erzählt habe, und es tut mir leid.«

Eine Krähe rauscht über meinen Kopf hinweg und ich folge ihr, fast sicher, dass ich gen Süden laufe. Der Vogel flattert heftig, hin und zurück durch den blockierten Tunnel vor uns, seine Flügel schlagen in blinder Panik.

Ich halte das Feuerzeug höher, erhelle eine unpassierbare Mauer aus herabgefallenen Steinen.

»Nein!« Schweiß tropft mir in die Augen und ich schwanke unter Kais Gewicht. Ein Einsturz.

Ein Schatten taumelt hin und her, sucht nach einer Öffnung, bevor er durch eine papierdünne Lücke zwischen zwei gefallenen Steinen verschwindet. Es muss einen anderen Weg hinaus geben.

Ich drehe mich um, vorsichtig, damit Kais Kopf nicht an die schmalen Wände schlägt, und ein weiteres Beben erschüttert den Tunnel. Steine fallen von der Decke, prasseln auf Kais Rücken und meine Schultern. Ich ducke mich, lasse das Feuerzeug fallen, während der Felsbrockenregen vor uns niedergeht. Im Tunnel wird es schwarz, die Luft ist dick vor Staub.

Ich lege Kai vorsichtig in den Dreck, taste nach dem Feuerzeug.

Meine Hand schließt sich darum und mit einem Klick erhellt sich die Höhle mit dem staubigen Licht. Die Flamme bleibt ruhig, kein einziges Flackern, und ich halte sie hoch. Mein Magen dreht sich um, als mir klar wird, warum.

Keine Luft.

Der Tunnel ist zu beiden Seiten völlig versperrt.

»Scheiße«, murmle ich.

Das Grollen verstummt, weicht einem leisen Tröpfeln. Ich richte das Licht erst in die eine und dann in die andere Richtung und mein Herz steigt mir immer weiter den Hals hinauf, als ich dem Geräusch zu seiner Quelle folge. Wasser strömt aus einem Riss im Stein, rieselt die Wand hinab und breitet sich auf dem Boden aus, die Sohlen meiner Schuhe verschwinden langsam unter der schimmernden schwarzen Oberfläche.

Das Wasser rauscht unter Kais ausgestreckte Beine, leckt an ihrer Wange auf dem Tunnelboden. Ich packe ihre Schultern und lehne sie aufrecht an die Wand. Bis ich sie endlich richtig abgestützt habe, reicht mir das Wasser bereits bis zu den Knöcheln.

Ich platsche auf die versperrte Öffnung zu, zerre mit einer Hand an den gefallenen Steinen und halte mit der anderen das Feuerzeug hoch. Die Steine fallen herab, einer nach dem anderen. Aber hinter jedem Stein, den ich bewegen kann, wartet der nächste.

Das war's. Wir werden hier unten ertrinken. Vielleicht ist es Karma. Die Natur, die mein Schicksal ausgleicht wegen der miesen Dinge, die ich getan habe.

Noch ein Stein kommt frei und platscht herab. Das Wasser ist so kalt, dass ich meine Beine kaum noch spüre. Meine Finger bluten, die Nägel brechen, weil ich mit ihnen an den Steinen kratze.

Als ich mich nach Kai umsehe, hat das Wasser ihre Brust erreicht. Ich wate zu ihr, meine Schulter brennt, als ich sie noch einmal daraufhieve und zurück zur Wand trage.

»Ich schätze, das ist Anankes Vorstellung von ausgleichender

Gerechtigkeit«, murmle ich, während das Wasser gegen meine Taille plätschert. »Meine Bestrafung, weil ich dich in meinem verdammten Infinitypool ertränken wollte.« Ich halte Kai um die Taille fest und trete dabei nach einem Stein, will einen Weg für das Wasser schaffen, sodass es entkommen kann, aber der Druck ist zu stark. »Was würde ich gerade darum geben, ein Sommer zu sein …«

»Was genau würdest du dafür geben?«, dringt da eine gedämpfte Stimme durch den Stein.

»Julio?«, keuche ich freudig. »Wie zur Hölle hast du mich gefunden?«

»Du hast seit einer Woche nicht geduscht, Arschloch. Was denkst du?«

»Kannst du mal helfen?«, rufe ich zurück.

Einen Moment ist nur Stille auf der anderen Seite. Ich wippe vor, packe Kai fester, weil das Wasser an meinen Knöcheln zieht. Es drückt meine Beine zurück, als der Wasserpegel fällt, den Steinhaufen vor uns enthüllt. Hinter uns wirbelt und schäumt eine Wasserwand, zurückgehalten von einer unsichtbaren Barriere.

»Bleib zurück!« Julios Ruf klingt angestrengt, seine Stimme ist angespannt. Die Wasserwand rückt langsam näher, kriecht auf uns zu.

»Beeil dich!«

Der lose Stein, den ich befreien wollte, wankt und bebt. Mit einem letzten Tritt stößt Julio ihn weg und der Rest der Barriere stürzt um ihn herum zusammen. Julio und ich beeilen uns, die Steine wegzuschieben, bis wir einander darüber hinweg ansehen können. Seine Augen werden schmal, als er Kai erblickt.

»Du bist ein gottverdammter Heiliger. Oder ein verfluchter Idiot«, sagt er mit einem Grunzen, während er sich müht, das Wasser im Griff zu behalten. »Ich bin mir nicht sicher.« Er schleift den letzten Stein von dem Haufen, öffnet eine Lücke, die groß genug ist für mich, doch da erschüttert ein weiteres Grollen die Wände. »Machen wir, dass wir hier rauskommen.«

Er schiebt mich den Tunnel hinab, während der Damm bricht und das Wasser uns aufs Tageslicht zutreibt.

52

SEINE HARTNÄCKIGE FURCHT

Doug

Etwas steckt in meinem Auge. Etwas zieht an mir. Zerrt an mir. Ein Arm um meine Taille. Lilien in meinem Gesicht. Und Rauch. Eine schrille Stimme, die mich anschreit.

»Doug, steh auf! Du musst aufstehen!«

Gaia. Sie ist da. Kopfüber.

Nein. Ich bin kopfüber. Hänge von meinem Anschnallgurt. Blut spritzt auf das Autodach. Feuerschein fängt sich in einer zerbrochenen Flasche. Der Geruch von vergossenem Alkohol und Rauch erfüllt die Luft.

Gaia beugt sich ins zersprungene Fenster, greift nach mir. Sie ist wunderschön. Die schönste Frau, die ich je gesehen habe, ihr Silberhaar reflektiert im Benzin, das auf dem Gehsteig schillert, ihre Stimme wie die eines Engels. »Komm jetzt mit mir und lebe für immer nach meinen Regeln. Oder stirb heute Nacht.«

Ein Auge öffnet sich, das andere ist störrisch, weigert sich. Ich blinzle etwas zähflüssig Rotes weg, fluche leise, weil mir die Rückseite meiner Hand das Gesicht zerschneidet. Mein Mantelärmel schimmert.

Glas. Ich bin voller Glas.

Orangefarbene Flammen tanzen durch die Risse in der Windschutzscheibe. Schwarze Wolken quellen vom zerdrückten Dach eines unbekannten Autos.

Das Auto, das ich gestohlen habe … Die Schlüssel des Kleinen baumeln in der Zündung.

»Komm jetzt mit, sonst werden wir beide sterben!« Fleur zieht an meinem Anschnallgurt, müht sich, ihn aufzubekommen. Blut tropft von ihrer Schläfe aus einem Schnitt an ihrem Kopf, färbt ihre Haarspitzen.

»Verdammt, Doug! Steh auf!«

Meine Hände greifen ungeschickt nach dem Gurtschloss. Es hakt.

»Da ist ein Messer … in meiner Tasche«, murmle ich, kann kaum einen zusammenhängenden Gedanken fassen. Sie greift in die Tasche, die ihr am nächsten ist. »Links. Die linke Tasche.«

Mit einem gemurmelten Fluch quetscht sie sich zwischen mich und das Lenkrad. Ich hebe den Arm, mache ihr Platz, stöhne, weil Schmerz hinter meiner Rippe explodiert. Fleur zuckt zusammen, holt scharf Luft, als fühle sie es auch. Sie klappt das Messer auf, sägt durch das dicke Material des Sicherheitsgurts. Als er endlich aufgeht, packt sie meinen Arm und zieht mich raus, wir beide schreien auf, als sich meine Rippe bewegt.

Das Feuer knistert und ploppt, faucht, sobald es mit dem Regen in Berührung kommt. Fleur würgt am dichten Rauch, legt meinen Arm um ihre Schultern und führt mich durch das Tor in den Park. Ich spüre sie in meinem Kopf, wie sie die Ränder meines Geists nach empfindlichen Stellen abtastet. Nicht zum Spionieren, sondern um nach Schäden zu suchen, wird mir klar. Ich frage mich, wie viel von der Erinnerung sie gesehen hat, bevor ich aufgewacht bin. Ob sie alles gesehen hat, was in dieser Nacht geschah. Ob sie meinen Streit mit meiner Mom gesehen hat. Ob sie gesehen hat, wie mein Dad ging, oder gehört hat, was er sagte. Ob sie gesehen hat, wie ich die Flasche billigen Fusel plattgemacht habe in meinem Auto, direkt vor dem Unfall. Ich schüttle ihren Arm ab und dränge die Erinnerung weit zurück.

Hinter uns ertönt eine ohrenbetäubende Explosion. Von einer Hitzewelle werden wir mit dem Gesicht voraus ins Gras geschleudert. Fleur stemmt sich auf die Hände, dreht sich zum Auto um, das von Flammen eingehüllt ist. Regen strömt ihr über das Gesicht, Ruß und Blut rinnen über ihre Wangen, und sie starrt durch den Park auf einen blauen Fleck in der Ferne.

Der Boden scheint zu beben. Ich kann nicht sagen, ob es mein gestörter Gleichgewichtssinn ist oder ob er sich wirklich bewegt. Fleur sieht hinab auf ihre Hände im Gras. Ihre Augen nehmen einen glasigen, abwesenden Ausdruck an. Ich spüre das Ziehen ihrer Magie, als sie sich aus ihrem Körper entfernt, sich in den Boden schiebt. Meine eigene Magie jagt ihr nach, schmerzhaft langsam.

Unsere Blicke begegnen sich.

Beben.

Tief unten.

»Komm schon«, sagt sie und schleift mich fast auf die Füße. »Wir müssen zurück. Das Nordportal ist nicht weit.«

Meinen Arm über ihre Schulter gelegt, hinken wir gen Norden. Auf halbem Weg über das lange Rasenstück bleibt Fleur stehen, ihre Hand gräbt sich qualvoll in meine Rippe.

Sie neigt den Kopf in die Richtung des schweren Grollens von Schritten, die wir beide durch die Erde vibrieren spüren. Ich folge ihrem Blick und sehe, dass vom Park Row aus ein Schwarm Menschen in den Park strömt. Winter. Dutzende. Nein. *Hunderte.* Fleur wirbelt herum, keucht, als eine Welle aus Jahreszeiten auf die Mitte der Wiese zudonnert.

Frühlinge, Herbste, Sommer … sie erklimmen die sanften

Hügel und rennen in unsere Richtung. Sie alle rennen, stürzen aus jeder Himmelsrichtung auf uns zu, strömen in der Mitte des Parks zusammen. Unter ihnen entdecke ich die kakifarbenen Uniformen der Wachen – *meiner* Wachen –, die die Jahreszeiten in Gruppen aufteilen, sobald sie eintreffen, und sie in Trauben auf die Portale an jedem Ende des Parks zuleiten.

»Lixue«, murmle ich, »was zur Hölle machst du da?«

»Was passiert hier?«, fragt Fleur, mustert die fernen Gesichter der Jahreszeiten. »Sie evakuieren. Etwas stimmt nicht.« Sie will zu ihnen laufen, aber sie kommen direkt auf uns zu. Auf das Nordportal hinter uns.

Ich packe Fleur, drehe um und ziehe sie an der Hand mit, während der Pulk näher kommt. Sie stolpert fast, verdreht sich den Hals, um über ihre Schulter zu blicken, sucht vermutlich nach ihren Freunden in dem Mob. Ich ziehe sie über die Straße und die Stufen zu dem Reihenhaus hinauf.

Wasser strömt über mein Gesicht, ich klopfe heftig an die Tür. Eine Wächterin späht durch das Seitenfenster, ihre Augen werden groß, als sie uns sieht. Gedämpfte Stimmen rufen und die Schlösser gleiten auf, dann schwingt die Tür nach innen. Ich ziehe Fleur über die Schwelle. Sie rennt direkt zum Seitenfenster, presst die Hände ans Glas.

»Verschließt das Portal«, schreie ich der Wache zu. »Niemand kommt rein. Verstanden?« Ich stürme ins Wohnzimmer und zerre die Vorhänge zu. Es sind zu viele. Mein Kopf birst fast. Ich kann nicht denken.

»Du kannst sie nicht einfach da draußen lassen!«, schreit Fleur. »Sie brauchen Hilfe. Das sind deine Jahreszeiten. Du musst sie schützen!«

»Sie haben das Observatorium verlassen. Sie kennen die Regeln.«

»Was ist mit diesem Jungen? Der, den du umgebracht und ausgerechnet jetzt verwandelt hast? Hast du ihm die Regeln erklärt?« Sie folgt mir in die Küche, dicht auf meinen Fersen. »Du hast dieses Beben gespürt. Diese Jahreszeiten hatten keine Wahl, sie mussten weglaufen!«

Ich spüre, wie sie herankommen. Spüre ihre Füße auf der Straße, bevor sie auch nur die Veranda erreichen. Sie hämmern an die Tür, ihre Gesichter an die Wohnzimmerfenster gepresst, rufen sie meinen Namen.

»Es gibt immer eine Wahl.« Ich nehme Fleur am Arm und schiebe sie zur Kellertür. »Niemand kommt rein!«, rufe ich erneut über die Schulter, knalle die Tür hinter uns zu.

Ich schließe mein Auge, lausche dem gedämpften Hämmern von Fäusten an der Portaltür, dem gedämpften Flehen. Fleur läuft am Fuß der Treppe auf und ab, ihre Angst und das Adrenalin toben in mir.

Ich streife meinen nassen Mantel ab, verbeiße mir ein gequältes Stöhnen, während ich mich aus den Ärmeln schäle und mich auf die oberste Stufe setze. Meine Seite pocht und ich lehne den Hinterkopf an die Tür. *Das war's. Das Ende des Observatoriums. Das Ende von allem.* Lyon lacht vermutlich in seinem Grab. Und Michael … Ich hoffe, wo immer er ist, sieht er mein Versagen nicht mit an.

Ich vergrabe den blutenden Kopf in den Händen.

»Chronos?«, fragt die Wache durch die Tür. »Da will jemand Funkkontakt herstellen. Er sagt, Jack Sommers fragt nach dir.«

53

DIE ERDE BEIM POL PACKEN

Jack

Auggie öffnet die Tür kurz nach Mitternacht, zieht seinen schäbigen Morgenmantel über dem Flanellschlafanzug zu. Der Wind brüllt, strömender Regen peitscht unsere Kleider und bläst über seine Schwelle, auf der wir stehen, durchweicht und zitternd. Ich bin mir ziemlich sicher, dass er uns gleich die Tür ins Gesicht schlagen wird, bis er den Körper sieht, der über Julios Schulter liegt. Kais tropfendes Haar ist alles, was nicht von der Decke verhüllt wird, die wir hinten in dem Van gefunden haben, den wir gestohlen haben, um herzukommen. Das musste reichen. Auggies dunkle Augen huschen an uns vorbei in die Gasse hinter seinem Reihenhaus, dann scheucht er uns rein.

Die Tür schließt sich, dämpft den heulenden Wind. Poppy und Marie tauschen skeptische Blicke, sobald wir alle im vollgestopften Wohnzimmer stehen. Die Fliege, die ich beim letzten Mal hier gesehen habe, surrt neugierig um uns herum. Amber schnüffelt und runzelt die Nase.

Auggie schiebt die Decke von Kais Gesicht. Er zieht eine Stabtaschenlampe aus seiner Hemdtasche und öffnet ihre Augenlider, mustert ihre Pupille, während er den Strahl vor dem frostigen Wirbeln ihrer Iris hin und her schwenkt. »Lass mich raten«, sagt er trocken, »du hast ihr endlich das mit ihrer Schwester erzählt.«

»Du wusstest es?«, frage ich. Er war nicht gerade freundlich zu mir, als wir uns kennenlernten. Ich hatte gedacht, er wisse wie so viele andere nur wegen der Rebellion von mir. Wenn er von meiner Beteiligung an Névés Tod wusste, warum hatte er es Kai dann nicht gleich erzählt?

Sein Nicken ist knapp. Er deutet auf ein zerwühltes Sofa am anderen Ende des Zimmers. Julio lässt Kai darauffallen, steckt die Decke um sie fest, zieht ihre Arme an ihre Seiten, vermutlich aus Angst, dass sie aufwacht und ihn mit einer Eisklinge verfolgt.

»Daniel Lyon hat mir einen Besuch abgestattet, etwa eine Woche, bevor ihr beiden hier aufgetaucht seid. Er sagte, Kai könnte vielleicht herkommen und meine Hilfe brauchen, und sie könnte einen überraschenden Gast mitbringen.« Auggie stößt einen erschöpften Seufzer aus, sieht zur schlafenden Kai. »Schien nicht richtig, so ein Geheimnis vor ihr zu wahren, und ich wollte nichts mit dem zu tun haben, was Lyon meinte, kommen zu sehen. Aber er sagte, es wäre von äußerster Wichtigkeit, sie nicht von ihrer Mission abzulenken, was immer die auch wäre. Er sagte, sie würde die Wahrheit selbst herausfinden, zur richtigen Zeit.« Er dreht sich zu mir um, sieht mit einem Stirnrunzeln auf meine nassen Kleider. »Da ist ein Schrank oben. Hol ein paar Handtücher für dich und deine Freunde. Ihr tropft alles voll.«

Die anderen drängen sich im Wohnzimmer zusammen und ich steige die klapprigen Holzstufen hinauf. Genau wie das untere Geschoss ist der Flur oben mit altem Kram übersät. Durchhängende Pappkisten stehen entlang der Wände und ich bin gezwungen, mich seitwärts hindurchzuzwängen, um die erste Tür zu erreichen und zu öffnen. Ich lege einen Lichtschalter um, gaffe den

Inhalt eines vollgestopften Schlafzimmers an. Der Raum riecht alt, wie der Keller des Heims für Jungen, in dem ich als Mensch gelebt habe. Er ist voll mit Antiquitäten: eine Nähmaschine mit großem Metallpedal. Ein alter Hoover-Staubsauger mit großen Rädern und einem Schild, auf dem 1912 steht. Ein Radio mit echten Knöpfen. Und ein Schallplattenspieler für Vinylplatten, für den Amber vermutlich töten würde, das wette ich.

Der Boden knarrt beim Betreten, ich greife nach einem antiken Filmprojektor wie dem, auf dem meine Mutter früher alte Heimfilme abspielte.

»Fass mit deinen nassen Händen nichts an.« Auggies Stimme schwebt die Stufen hinauf. »Ich habe Jahre damit verbracht, alles in diesem Zimmer wieder aufzubauen. Jedes Stück ist mir mehr wert als du.«

Ich verlasse das Zimmer, schalte das Licht aus und schließe die Tür hinter mir, um nach Handtüchern zu suchen. Ich finde sie in einem Schrank weiter den Gang hinab und staple sie in meinen Armen, dann steige ich die Stufen wieder herunter.

»Ich nehme an, ihr braucht Hilfe, um dieses Chaos wieder in Ordnung zu bringen.« Auggie deutet auf einen großen Konsolenfernseher und ich verteile Handtücher an meine Freunde. Der Fernseher ist älter als ich. Vielleicht sogar älter als Amber. Auggie richtet die Antenne aus und das Bild wird klar. Der stumme Schwarz-Weiß-Wetterbericht wirft graues Licht auf das Gesicht der schlafenden Kai. Ihr Atem geht flach, ihr Gesicht wirkt gespenstisch blass.

»Sonst konnten wir nirgendwo hin«, erkläre ich. »Doug hat die Kontrolle über seine Magie verloren. Das ganze Observatorium stürzt ein. Wir haben so viele Jahreszeiten wie möglich durch die Tunnel evakuiert.«

»Und Doug?«, fragt er. »Wo ist der Stab?«

»Er ist rausgekommen. Ich nehme an, er hat den Stab bei sich.« Und Fleur. Aber ich bezweifle, dass Auggie das wichtig ist.

Er hebt das Kinn, mustert mich an seiner Hakennase herab, als bilde er sich eine Meinung über mich. »Und du dachtest, ich könnte dabei helfen, ihn zu finden.«

»Nein, ich …«

Auggie wendet sich zur Kellertür. Ich stürze hinter ihm her, erinnere mich an all die Werkzeuge und Ausrüstungsgegenstände und Geräte, die er da unten versteckt. »Warte, kannst du das etwa?«

»Nein.« Er zieht an der Kette, die von der Decke hängt. Eine Glühlampe geht flackernd an, erhellt die schmale Kehre der knarzenden Stufen, die er hinabsteigt. »Zu viele Jahreszeiten laufen Amok. Zu viele Stürme. Zu viele Stromausfälle … Doug zu finden wird praktisch unmöglich sein, wenn er nicht gefunden werden möchte.«

Ich folge ihm in den Keller. »Was, wenn ich etwas habe, das er will?« Ich spüre das Gewicht des Kristalls an meiner Seite. Ich ziehe ihn aus meiner Tasche und halte ihn zwischen uns hoch.

Auggies Pupillen blitzen auf. »Woher hast du das?«

Die anderen kommen vorsichtig die Stufen herab. Ich ignoriere ihr leises Geflüster, mit dem sie Auggies Waffensammlung mustern. Auggie greift nach dem Auge. Ich schließe die Finger darum. Das ist das einzige Spiel, das mir übrig bleibt. »Wie locke ich ihn raus?«, frage ich.

Auggie saugt an seinen Zähnen, kratzt über die Stoppeln am Kinn. Er bedeutet mir, ihm zu folgen zu einem Regal in der Ecke, wo er ein Bettlaken von einem alten UKW-Radio zieht und dabei eine Staubwolke aufwirbelt.

»Wow«, sage ich, als Auggie es vom Brett hievt. »So eins hab ich seit der Highschool nicht mehr gesehen.« Und selbst damals waren sie schon alt. Auggie stellt es auf einen antiken Schreibtisch, dann zieht er einen Stuhl durch den Raum und setzt sich davor. »Funktioniert das überhaupt?«

Auggie grunzt, die Brille tief auf dem Nasenrücken, während er das Radio anschaltet. Die Fliege umkreist ihn einmal, dann setzt sie sich auf seine Schulter.

Neugierig kommt auch Amber heran. »Ich verstehe das nicht. Wie soll ein Radio uns helfen, eine Nachricht an Doug zu übermitteln?«

Auggies Lächeln ist schmal und vielleicht ein wenig selbstzufrieden. »Das Observatorium hört immer mit.«

»Das Observatorium ist leer«, sage ich. »Der Kontrollraum ist mittlerweile vermutlich begraben.«

»Nur die Teile, die unter der Erde sind.« Mit gerunzelter Stirn dreht Auggie an den Knöpfen. »Sag deinem Freund, diese Klinge da ist scharf.«

Ich drehe mich um und sehe, dass Julio mit einem Katana herumspielt. Ich ziehe einen Finger über meine Kehle und deute auf das Regal, auf dem es lag. Er legt es mit einem übertriebenen Seufzer zurück in die Scheide.

Auggie schaltet das Mikro an. »Nordportal ... Nordportal ... Hört ihr mich?«

Marie, Chill und Poppy kommen näher, hören zu, während Auggie die Knöpfe justiert. Ich reibe mir die Augen, kämpfe gegen Frustration und Müdigkeit an. Das Radio ist ein Dinosaurier. Auf keinen Fall wird das funktionieren.

Ein Zischen durchbricht die Stille. »Hier ist das Nordportal. Gib dich zu erkennen.«

Meine Nackenhaare richten sich auf. Das verdammte Ding funktioniert wirklich. Mein Blick huscht zu dem Perlenvorhang am Eingang zum Hinterzimmer. Wenn Auggie all den Kram oben zum Laufen gebracht hat, was kann er dann noch alles reparieren?

»Hier ist … Schwarze Fliege.« Auggie schaltet das Mikro aus, seine Augen funkeln verschmitzt. »So habe ich all die Jahre Kontrollraumkommunikation belauscht. Du weißt schon, die Fliege an der Wand.« Er wedelt mit der Hand, deutet auf uns alle. »Und jetzt offensichtlich eine lästige Fliege.«

»Das ist eine private Frequenz«, antwortet die knisternde Stimme. »Sie haben keine Befugnis, zu senden.«

»Zur Hölle mit eurer Befugnis«, grummelt er und schaltet das Mikro wieder ein. »Ich habe eine Nachricht für Chronos. Verstanden?«

Ich halte den Atem an während der langen Pause.

»Wer ist da?«

»Stellt mich zu Doug Lausks durch.«

»Ich fürchte, das ist nicht mögl…«

»Sagt ihm, dass Jack Sommers mit ihm reden will.«

Auggie steht vom Stuhl auf, bedeutet mir, seinen Platz einzunehmen. Das Leder knirscht, als ich mich daraufsetze. Er richtet das Mikro in meine Richtung.

Wir halten kollektiv den Atem an, während eine Reihe von Klicks ertönt.

»Du hast es wohl lebend rausgeschafft.« Dougs Stimme klingt grimmig – ungeduldig und feindselig. Wenn ich die Augen schließe, sehe ich, wie er neben mir den Gang hinab zum Kreuz läuft, meinen Rücken gegen die Wand knallt und mir eine Flamme ins Gesicht hält. Mit jeder Faser meines Seins will ich ihn umbringen. Ich will ihm Fleur aus dem Kopf reißen und ihn mit Lyons Sense durchbohren.

»Enttäuscht?«, bringe ich hervor.

»Keineswegs. Du und ich haben noch was zu erledigen.«

Mein Blick huscht zurück zum Perlenvorhang. »Ich bin bereit für die Abrechnung. Sag Zeit und Ort an.«

Die Länge seiner Pause sorgt dafür, dass ich Gänsehaut bekomme. »Der Musikpavillon. Greenwich Park. In einer Stunde. Komm allein.«

»Du kommst mit Fleur.« Ich ziehe an meinem feuchten Haar, besorgt, dass ich zu viel gesagt habe. Ich kann es mir nicht leisten, dass Doug eine Falle dahinter vermutet. »Ich will einen Beweis, dass sie lebt und in Sicherheit ist. Dann kannst du mit mir machen, was du willst.«

Statisches Rauschen knistert wie Frost. »Eine Stunde«, sagt er. »Lass mich nicht warten.«

Auggie schaltet das Radio ab. »Warum hast du ihm nichts von dem Kristall erzählt? Du hättest ihn dazu benutzen können, um das Mädchen zu verhandeln.«

»Ich verhandle mit niemandem.«

»Er wird sie dir auf keinen Fall übergeben.«

»Deshalb hole ich sie.« Ich stehe vom Stuhl auf und umrunde den Schreibtisch, schiebe den Perlenvorhang zu Auggies Hinterzimmer beiseite.

»Was machst du da?«, fragt Auggie.

Ich beuge mich über die alte Stasiskammer, die ich letztes Mal hier gesehen habe, untersuche die Knöpfe und Rädchen. Die Kuppel der Kammer ist aus echtem Glas. Nicht Plexi. Keine Plastikteile. Alles ist aus Messing und Bronze und Silber. Alle Rädchen und großen Glaskolben mit feinen, gedrehten Stahlglühfäden. »Was bräuchtest du, damit die hier funktioniert?«

Auggies Brauen ziehen sich zusammen. »Nur Strom. Die Maschine ist einfach, aber es ist …«

Chill pfeift leise, untersucht die Rädchen am Fuß der Kammer. »Das Ding ist unglaublich. Ich habe noch nie eine so alte gesehen.«

»Bitte … fass die nicht an. Die sind sehr zerbrechlich«, sagt Auggie, rückt an Chill heran.

»Gibt es einen Transmitter?«, frage ich.

»So was in der Art«, sagt er zögerlich. »Ich meine, alle Teile sind da, aber ...«

»Dieser Konsolenfernseher oben, das Radio, der alte Filmprojektor und der Schallplattenspieler im Schlafzimmer ... Du hast die zum Laufen gebracht, richtig?«

Begreifen macht sich auf seinem Gesicht breit. »Das kann nicht dein Ernst sein.«

»Was denkst du, Jack?« Ich drehe mich um und entdecke Amber hinter mir, die mir den gleichen misstrauischen Blick zuwirft wie an dem Tag, an dem ich ihr zum ersten Mal sagte, dass ich uns alle aus dem Observatorium befreien wollte.

»Ich werde Fleur zurückholen durch die Ley-Linien, so wie wir es geplant haben. Das ist die einzige Möglichkeit, sie von Doug wegzubekommen.«

»Jack, diese Stasiskammer sieht aus, als gehörte sie in ein Museum«, stammelt sie. »Was, wenn es nicht funktioniert?«

»Haben wir eine andere Wahl?« Die anderen treten nacheinander in den kleinen Raum hinter ihr. Ich sehe jeden von ihnen an, beschwöre sie, mir so zu vertrauen wie zuvor. »Es ist noch der gleiche Plan, er ist nur etwas langwieriger. Wir können das packen. Das weiß ich. Ich treffe Doug im Greenwich Park und schaffe den Transmitter zu Fleur. Poppy zieht Fleur durch die Ley-Linien. Solange Doug abgelenkt ist, schnappe ich mir den Stab, dann locke ich ihn zurück zu Auggie. Wir bringen Doug hier runter, genau so, wie wir es besprochen haben.«

Auggies Augenbrauen schießen in die Höhe. Das dünne Drahtgestell seiner Brille gleitet hinab auf den Höcker auf seiner Nase und er starrt mich an. »Auf keinen Fall! Ich habe das hier seit Jahrzehnten vor dem Kontrollraum geheim gehalten.«

Ich wische mit einer Geste durch den Raum. »Umso mehr

Grund, ihn hier zu konfrontieren. Er wird nicht wissen, wo er hineinläuft. Wir haben alle Waffen, die wir brauchen, um diesen Laden zu sichern und eine Falle aufzustellen.« Ich sehe es bereits vor mir. Marie und Poppy können seine Wachen von den Fenstern oben ausschalten, wenn sie sich nähern, und Julio und Amber können Doug in den Hinterhalt locken, sobald er drin ist. Wenn Fleur bereits hier ist, dann hat jede Magie der Götter einen Wirt. Das Chaos wäre abgewendet. »Kannst du sie zum Laufen bringen?«, frage ich Auggie leise. Diese Kammer ist mein einziger Plan, um sie zu retten. Uns bleiben keine anderen Optionen.

Auggie räuspert sich leise. Dann geht er zu einer winzigen, gravierten Kiste auf einem Regalbrett an der Wand. Er greift hinein, holt ein Armband aus Silber, Kupfer und Gold heraus und legt es mir in die Hand. »Fleur muss das tragen.«

Das Armband ist klobig – ein breites Band aus glänzenden Metallen. »Es ist zu groß. Wie soll ich es zu Fleur bekommen, ohne dass Doug es bemerkt?« Es wird schwer genug sein, nahe genug an sie heranzukommen.

»Das wird nicht deine einzige Herausforderung. Das Armband ist nur ein Leiter. Sie muss es tragen und zusätzlich einer Ley-Linie nahe sein, damit sie hindurchgezogen werden kann.« Auggie holt eine Karte vom Regal und entrollt sie, dann schnallt er sich ein Vergrößerungslicht an die Stirn.

»Was ist das?«, frage ich und beuge mich über seine Schulter, um die verblasste Tinte zu lesen.

»Eine Karte der Ley-Linien. Als diese Kammer in Benutzung war, war das die einzige Möglichkeit, eine Jahreszeit nach Hause zu leiten.« Er fährt mit dem Finger über die Seite, tippt auf sein Haus auf der Karte, zieht ihn langsam Richtung Norden, mit eindringlichem Blick sucht er etwas.

»Die Ley-Linien zu finden ist einfach«, sagt Chill und deutet auf die Mitte der Karte. »Der Nullmeridian geht direkt durch den Greenwich Park. Wenn Fleur am Pavillon ist, steht sie praktisch auf einer.«

»So einfach ist es nicht«, sagt Auggie, der mit zusammengekniffenen Augen durch seine Brille sieht. »Das ist kein Wifi. Das Gerät muss sich auch auf einer Ley-Linie befinden. Da«, sagt er und tippt auf die Karte. »Wir können die Stasiskammer zum Burgess Park bringen.« Ich beuge mich zur Karte vor. Der Park befindet sich genau westlich von einer Kreuzung zweier Ley-Linien.

»Wie weit ist das?«, frage ich.

»Nicht weit«, sagt Auggie und rollt die Karte zusammen. »Der Van, der in der Gasse steht … ist das eurer?« Julio nickt unverbindlich. »Gut. Damit können wir die Stasiskammer transportieren. Wenn wir uns beeilen, bleibt noch Zeit, die Kammer in den Burgess Park zu schaffen.«

Burgess Park ist wenigstens sechseinhalb Kilometer vom Pavillon entfernt. Ich bin schnell. Aber mit einem verletzten Bein und wenig Nahrung oder Schlaf werden sich diese sechseinhalb Kilometer anfühlen, als trainiere ich für einen Marathon. Oder einen Spießrutenlauf.

Ich hatte mir vorgestellt, heimlich einen Transmitter in Fleurs Hand zu drücken. Hatte mir vorgestellt, dass Poppys Stimme in ihrem Ohr dabei wäre, sie beschützen würde. Plötzlich wirkt der Plan ziemlich aussichtslos. Was, wenn Doug das Armband sieht und es kapiert? Was, wenn die Kammer versagt und sie mit dem Wind geht? Was, wenn ich es gar nicht mit dem Stab zurückschaffe zu Auggie?

Chill klopft mir auf die Schulter. Schüttelt sie einmal beruhigend, dann sagt er: »Sie kommt klar. Wir bringen sie nach Hause. Das schwöre ich.«

»Ich weiß.« Wenn jemand sie nach Hause bringen kann, dann

er und Poppy. Aber das tröstet wenig, wenn die gesamte Zukunft der Welt von meiner Fähigkeit abhängt, sie zur Ley-Linie und den Stab zu meinen Freunden zu bringen.

»Nimm das«, sagt Auggie und legt mir ein drahtloses Headset um das Ohr. Es sieht aus wie eine Art Transmitter. Ich berühre es, frage mich, wie alt es ist. Auggies Mundwinkel verzieht sich aufwärts, während er es richtet. »Mach dir keine Gedanken. Das ist neue Technik. Dein Winterfreund hier wird deinen Aufenthaltsort aufspüren können. Er kann dich hören und du ihn.«

»Wir kümmern uns um Fleur«, sagt Chill leise. »Geh besser. Du hast weniger als eine Stunde, um bis zum Pavillon zu kommen.«

Ich drehe mich zur Treppe um, rechne damit, dass Julio und Amber mich aufhalten wollen. Erwarte, dass jemand all die *Was-wäre-wenns* laut ausspricht, die in meinem Kopf herumlärmen.

Julio hebt eine Handfläche, packt meine Hand, als ich mit meiner dagegenklatsche, und zieht mich in eine Umarmung. Er klopft mir auf den Rücken, passt dabei auf, die Nähte nicht zu treffen. »Lass diesen Arsch nicht nah genug heran, dass er dir die Haare versaut«, sagt er und entlockt mir ein zögerliches Grinsen. »Lass uns gehen. Ich fahr dich zum Park.«

Amber stupst ihn aus dem Weg. Sie schlingt die Arme um mich, drückt mich fest. »Pass auf dich auf«, flüstert sie. »Wir stehen hinter dir.«

54

VERNEIGE DICH UND NIMM DAS ENDE AN

Fleur

Jack hat etwas vor. Er wäre nie dumm genug, sich auf so etwas einzulassen. Nervös laufe ich vor dem Pavillon hin und her, starre hinaus in den Park. Regen strömt über den Rand des achteckigen Dachs, spritzt auf die Steinplatten darunter. Die hohen Türme im Finanzdistrikt wirken gespenstisch, der Horizont ist in dicken, schwarzen Dunst gehüllt, von den wirbelnden Sturmwolken ausgewaschen. Ganze Stadtzüge sind unbeleuchtet, ohne Strom.

Es ist leicht zu begreifen, warum Doug diesen Ort ausgewählt hat. Er läuft durch den Pavillon, das helle Auge gleitet wie ein Suchscheinwerfer über den Park. Der Pavillon ist höher gelegen, bietet freie Sicht in jede Richtung, die hohen Bäume umstehen das Eisengebäude in einem großen Kreis wie riesige Wachen. Diese ganze Sache stinkt nach einer Falle. Und mir gefällt nicht, wie schlüpfrig sich Dougs Geist anfühlt, wenn ich zu erkennen versuche, was darin vor sich geht.

Doug bleibt stehen, versteift sich, als Jack in der Ferne auftaucht wie ein Schatten im Nebel. Ich stürze zum Geländer, aber Dougs Geist packt mich, bevor ich die Stufen erreiche.

Das Hemd unter Jacks Jacke ist befleckt, rote Spuren auf dem nassen Stoff. Sein Schritt ist merkwürdig geneigt, als schone er das rechte Bein, und ein zerrissenes Loch in seiner Jeans wird sichtbar, als er näher kommt. Der Regen verstärkt den Duft von Blut in der Luft. Jack bleibt bei den Bäumen stehen. Sein Blick flackert zu mir, wachsam, um Doug und seine Sense nicht zu lange aus den Augen zu lassen. Wenn Jack unter all diesem Blut verletzt ist – wenn er Schmerzen hat –, bemüht er sich sehr, es nicht zu zeigen. Trotzdem bin ich überrascht, dass er seine Verletzungen nicht verbirgt, denn er weiß, dass Doug unzweifelhaft versuchen wird, das auszunutzen.

Oder vielleicht ist all das Teil von Jacks Plan. Sich selbst als leichte Beute präsentieren. Sich selbst auf eine dumme, selbstlose Art opfern, um mich zu retten, wie er es schon in Cuernavaca gemacht hat.

Meine Stimme bricht, als ich ihm zurufe: »Du hättest nicht kommen sollen.«

»Er *musste* kommen. Nicht wahr, Sommers? Um dich selbst zu beweisen. Um *ihr* zu beweisen, dass du kein abgehalfterter, gescheiterter, impotenter Versager mit wenig Selbstbewusstsein und einem Sterblichkeitsproblem bist.«

Man muss es Jack zugutehalten, er zuckt nicht einmal mit der Wimper.

Ich zerre an meiner Magie. Doug schüttelt mich mit düsterem Lachen ab. Er versucht, sorglos zu wirken, aber ich weiß es besser. Seine Finger um den Stab brennen und sein Kopf pocht. Seine angeknackste Rippe schmerzt bei jedem Luftholen. Genau wie Jack weigert er sich, seine Verletzungen zu zeigen.

»Nur um das klarzustellen«, ruft Doug, »du bist hier, um dich mir zu unterwerfen. Du kannst natürlich auch gegen mich kämpfen, wenn du lieber als Held stirbst.« Doug deutet mit dem Ende des Stabs auf mich. »Aber du solltest wissen, dass alles, was du tust, um mir zu schaden, ihr genauso schaden wird.« Er kratzt mit der Fingerspitze über den Schnitt auf seiner Stirn, sodass Jack ihn sieht. Jacks Blick springt zu der passenden Wunde an meiner Stirn. Er sieht zwischen uns hin und her.

Ich habe Jack gesagt, dass Doug mich nie verletzen würde. Dass Doug mich nicht verletzen *könnte.* Aber *das* habe ich Jack nicht erzählt. Ich wusste, dass es ihn das Leben kosten könnte. Dass er zögern würde, sich selbst gegen Doug zu verteidigen, um *mich* nicht zu verletzen.

Ich sehe, wie sich die Rädchen in seinem Kopf drehen, die Richtung ändern. Was immer er vorhatte, das hat er nicht mit einberechnet.

»Mach dir keine Sorgen wegen mir. Ich komme klar.« Ich halte mir die schmerzende Seite, wünsche mir, Jack könnte meine Gedanken lesen. Dass er diesen kleinen Hinweis versteht – diese Schwachstelle von Doug, die ich versuche, ihm zu vermitteln. Dass er wüsste, wie sehr ich mir wünsche, dass er sich umdreht und wegläuft.

Regen peitscht über sein Gesicht. »Ich will sie zuerst sehen«, ruft er.

»Du hast sie gesehen.«

»Lass mich ihr Lebewohl sagen. Dann kannst du mich haben.«

Dougs Lachen dröhnt über den Rasen. »Für wie dumm hältst du mich? Näher kommst du nicht ran. Auf die Knie, Sommers.« Der Boden bebt. Gras zerreißt, als eine Wurzel hinter Jack hervorbricht, seinen Knöchel packt und ihn hinabzieht. Regen spritzt hoch, als er mit Händen und Knien im Matsch landet.

Ich habe meine zitternden Fäuste geballt. Doug hat alles durchschaut. Wie er Erdmagie anwenden kann. Wie er mich benutzen kann, um Jahreszeiten zu schaffen. Er hat alles, was er will. Und jetzt hat er Jack. Dougs letzte verbleibende Schwachstelle bin ich. »Hör auf damit! Wenn du ihn tötest, zerstört es mich. Der Schmerz wird dich verfolgen. *Ich* werde dich verfolgen.«

»Das tust du bereits.« Er verändert den Griff um die Sense, sein Auge brennt hasserfüllt und er grinst Jack an. »Du hast keine Ahnung, wie lange ich darauf gewartet habe.« Er macht einen Schritt auf die Stufen zu, aber ich bin schneller. Wenn er Jack niedermäht, muss er zuerst an mir vorbei.

Ich springe die Pavillonstufen herab, mein Geist kämpft bereits darum, die Wurzel von Jacks Knöchel zu befreien. »Steh auf!«, rufe ich ihm zu. Jack schüttelt den Griff der Wurzel ab und mein Geist gleitet aus der Pflanze in dem Augenblick, in dem Jack sie von sich wegtritt. Ich renne zu ihm, nur Schritte von seiner ausgestreckten Hand entfernt, als meine Beine mir den Dienst versagen. Mein Körper hält mit einem Ruck an, der Schwung schleudert mich fast vorwärts in Jacks Arme, während Doug wie eine Schlange in die tiefsten Tiefen meiner Gedanken hineingleitet. Ich spüre, wie er sich streckt, jeden letzten Winkel einnimmt, mich wieder zu sich zieht. Eine Träne gleitet meine Wange hinab. »Lauf, Jack! Los!«

Jacks Augen werden groß vor Schock, als ich auf die Knie falle. Dougs Magie zieht mich runter wie ein schwerer Stein. »Ich verlasse dich nicht«, sagt Jack und kniet sich vor mich. Er packt mich an den Schultern. Sie beben vor Anstrengung, Dougs Willen zu widerstehen.

»Hör zu«, sagt Jack eindringlich, seine Hände umfassen mein Gesicht. »Ich weiß, ich habe dir in der Villa ein Versprechen gegeben, bevor sie dich geholt haben. Ich weiß, ich habe dir gesagt, ich würde uns nie wieder an diesen Ort binden. Aber ich habe dir auch versprochen, mir eine Möglichkeit einfallen zu lassen, das alles in Ordnung zu bringen und uns hier rauszubringen. Und dafür musst du mir vertrauen.« Jacks Hand gleitet in seine Tasche. »Was immer als Nächstes passiert, vergib mir.«

Etwas Kaltes umschließt mein Handgelenk. Ein Band aus ineinander verflochtenen Metallen. Ich spüre, wie Doug vom Pavillon aus auf uns zutaumelt. Das schwere Pochen des Stabs gegen das Gras. Jacks Finger gleiten in einen Flecken Erde zwischen uns.

»Es tut mir leid, Fleur. Es tut mir leid!« Seine Hände fliegen hoch, werfen mir Schlamm in die Augen.

Ich schreie auf, wische an meinem Gesicht herum.

Ich kann nichts sehen. Meine Lider nicht öffnen.

Hinter mir schreit Doug. Ich falle vorwärts in Jacks Arme, während sich Dougs Griff um meinen Geist lockert.

»Lauf, Fleur!« Jack zerrt mich auf die Füße. Er rennt, zieht mich hinter sich her, haucht Entschuldigungen, fleht mich an, schneller zu machen. Ich stolpere, aber er wird nicht langsamer. Ich verankere meine Gedanken im Boden, taste mit meinem Geist vor mich, erkenne die niedrigen Senken und Hügel. Jedes Blinzeln brennt, treibt mir dicke, heiße Tränen in die Augen. Die Landschaft ist ein qualvoll schmerzender verwischter Schimmer vor mir.

»Ich weiß, es tut weh. Aber wenn es dir wehtut, tut es ihm auch weh. Halt ihn aus deinem Kopf draußen!«, krächzt Jack, zieht mich schneller voran. »Öffne nicht die Augen. Lass ihn nicht hindurchsehen.«

Ich spüre, wie Doug sich erholt. Spüre, wie er auf die Füße kommt. Ich fühle seine Magie, die um ihn peitscht, unsere Verbindung verfolgt, dem Boden zuhört, nach mir sucht.

Mein Schuh verfängt sich in einer Furche und mein Knöchel verdreht sich. Jack wird langsamer, als ich scharf Atem hole. »Lauf weiter!«, sage ich und zwinge mich, mitzuhalten.

Ich weiß nicht, wie weit wir gekommen sind. Oder wo wir sind.

Mein Schuh klatscht auf harten Untergrund – ein Bürgersteig oder eine Straße. Jack wird schneller. Mit geschlossenen Augen lasse ich mich von meiner Magie leiten, entschlossen, mit ihm mitzuhalten.

Endlich lässt er mich anhalten. Schwer atmend nimmt er mein Gesicht zwischen seine Hände, wischt Dreck und Regen weg. »Kannst du sehen?«

Ich blinzle und neuerlicher Schmerz durchzuckt mich. Ich erhasche einen kurzen Blick auf meine Umgebung, bevor ich gezwungen bin, sie wieder zu schließen. Das weiße Ziffernblatt der Uhr von Shepherd Gate tickt hinter Jacks Kopf.

»Weißt du, wo wir sind?«, fragt er.

Ich nicke. »Was machen wir hier?«, frage ich, hektisch, weil ich spüre, wie meine Verbindung zu Doug wieder stärker wird. »Er kommt, Jack. Wir müssen weiter. Du musst weglaufen, bitte!«

Jack wendet mein Gesicht wieder seinem zu. »Hör mir gut zu. Du musst zum Längengrad. Du weißt, wo der ist.«

»Aber der Zaun.« Da ist eine Ziegelmauer hinter ihm. Ein hohes Eisentor. Der Meridian ist auf der anderen Seite. Ich fühle das schwache *Tick* durch die Ziegel pulsieren.

»Da ist ein Baum über uns, direkt über dem Zaun. Finde ihn.«

»Ich spüre ihn.«

»Kannst du die Ley-Linie spüren?«

Ich nicke.

»Steig über den Zaun«, sagt er gehetzt, zieht das Band aus Metall fester um mein Gelenk. »Stell dich so nah es geht an den Meridian. Ruf nach mir in der Sekunde, in der du ankommst. Chill und Poppy kümmern sich um dich.«

Ich packe seine Hand, bevor er loslassen kann. »Aber was ist mit dir?«

»Mach dir keine Sorgen um mich. Ich habe einen Plan.«

»Jack, nein …«

»Geh, Fleur! Jetzt.«

Jack bückt sich und tippt gegen mein Bein, vermutlich, um mich auf den Baum zu heben. Ich packe seinen Kopf und ziehe ihn hoch, ziehe sein Gesicht an meins. Ich taste mit meinem Geist, verfolge meine Verbindung zu Doug zurück, packe meine Magie und zerre sie zu mir. Gaias Magie heftet sich an mich, während ich eine kleine Ranke ihrer Magie in mich ziehe, dann durch mich hindurch, bis ein winziges Flackern den Atem in meinen Lungen wärmt.

Die Hände in Jacks Haar vergraben, drücke ich meinen Mund auf seinen. Ich denke an unseren Kuss am Teich. Das Eis. Den Winterduft seines Atems und den Frost auf seiner Haut. Ich erinnere mich daran, wie dieser Kuss schmeckte, während ich unsere Lippen miteinander versiegle und Funken von Magie zwischen uns hin und her schweben. Für den Fall, dass es das letzte Mal ist, das wir zusammen sind. Für den Fall, dass es alles ist, was ich ihm noch geben kann.

Doug schreit meinen Namen. Der raue, wütende Klang hallt durch den Park.

Jack flüstert ein Lebewohl an meinen Lippen. Dass er mich liebt.

Er kniet wieder, hilft mir hoch. Ich schiebe meinen Geist in den Baum, bevor Doug nah genug kommen kann, um mir meinen Willen zu nehmen. Der lange Zweig raschelt, hebt mich über den Eisenzaun und setzt mich sanft auf der anderen Seite ab. Meine Augen brennen, als ich sie blinzelnd öffne, mich mühe, Jack ein letztes Mal zu erkennen, während ich vom Zaun zurückweiche und meine Füße den Meridian finden.

55

SICH ANS LETZTE KLAMMERN

Doug

Die Hand auf mein Auge gedrückt, taumle ich auf das Royal Observatory zu. Jedes Blinzeln ist pure Qual. Verschwommen erkenne ich Jack. Er steht neben der Uhr, packt die Stäbe des Zauns, beobachtet etwas auf der anderen Seite. Ich kann Fleur nirgends sehen, aber ich spüre sie, sie steht hinter dem Zaun. Magie pulsiert durch den Boden unter ihren Füßen – der Nullmeridian.

Nein. Nein, nein, nein!

»Ich bin da!«, schreit sie, während ich auf das Tor zurenne. Fleurs rot geränderte Augen finden mich durch die Stäbe. Ihre Angst durchzuckt mich schaudernd, als ich ihren Geist packe und sie zwinge, zu mir zu kommen.

Jack berührt sein Ohr. »Jetzt, Chill!«

Etwas an Fleurs Handgelenk beginnt zu leuchten. Sie starrt auf ihre Hände hinab, während das Licht sich über ihren Körper ausdehnt. Ich spüre bereits den Sog. Spüre, wie etwas in mir reißt. »Nein! Du kannst nicht weg … !«

Funken steigen von ihrer Haut auf. Ihre Magie summt um sie herum wie Elektronen um ein Atom. Fleur schreit auf und ein schmerzhafter Stich gräbt sich in meinen Kopf. Ich lasse den Stab fallen, bedecke mein Auge. Ein Lichtstrahl brennt sich hindurch, dringt zwischen meinen Fingern hervor.

Fleurs Magie wird mir entrissen, zieht sich selbst auf den Meridian zu. Mein Geist packt sie fest, will sie verzweifelt in mir halten, doch sie wird fortgerissen.

Ein Funkenschwarm bricht sich Bahn aus meinem Körper und schwebt über den Zaun hinweg. Ich wiege mich auf den Knien zurück, beschirme mein Gesicht vor dem weiß glühenden Lichtstrahl, während Fleur ihn absorbiert, dann wird sie wie ein goldener Blitz hinab in die Erde gesaugt.

Die plötzliche Abwesenheit ihrer Magie lässt den Park dunkler zurück. Kälter.

Das kratzende Brennen ist aus meinem Auge verschwunden. Aber etwas fühlt sich … falsch an. Mein Herz beginnt zu pochen und mein Puls beschleunigt.

Du bist allein und wirst es auch immer sein.

Ich umklammere meine Brust. Schmerz explodiert darin, als Gaias Magie zu wüten beginnt.

Jack wendet sich mir zu. Da ist Hoffnung in seinen Augen. Angst in seinem Schweiß.

»Wo ist sie?«, brülle ich.

Sein Lächeln ist triumphierend. »Du weißt es nicht, nicht wahr? Du kannst sie nicht mehr spüren.«

Ich stürze auf ihn zu.

Jack duckt sich unter meinem Schlag weg. Er verpasst mir einen Hieb gegen meine angeknackste Rippe, als hätte er gewusst, dass diese Verletzung da ist. Ich krümme mich zusammen. Als ich aufsehe, trifft er die blinde Seite meines Gesichts. Seine Faust peitscht gegen meine Wange. Ich schüttle sie ab, der brennende Schmerz verblasst im Vergleich zu dem Aufstand, der in mir tobt.

Jack springt auf die Sense zu.

Ich springe ihn an, packe ihn am Jackenkragen und zerre ihn herum. Ich versetze ihm einen Hieb gegen den Kiefer. Noch einen in den Magen. Er stößt einen nebligen, kalten Atemzug aus, der schwach nach Fleur riecht. Nach Magie …

Ich starre auf ihn herab, meine Hand erstarrt, während ich versuche, es zu begreifen. Jack windet sich unter mir hervor, rutscht auf die Seite. Er tastet nach dem Ende des Stabs, aber ich bin größer, meine Arme sind länger. Ich springe über ihn, meine Finger erreichen ihn zuerst.

Jack rollt sich herum, während ich ebenfalls hochkomme. Wir umkreisen einander, stoßen mit jedem Keuchen Atemwolken aus, tropfend im Regen. Er weicht zurück, zum Fußweg.

»Ich kann dir helfen, Doug. Aber wir haben nicht viel Zeit.«

»Ich bin die Zeit! Ich kann sie kontrollieren!« Ich schwinge die Sense. Sie zischt an seinem Bauch vorbei, küsst die Seite seines Mantels.

»Wenn du die Kontrolle hättest, würde die Welt nicht auseinanderfallen. Gib es zu, du bist der Sache nicht gewachsen. Du brauchst Hilfe.«

»Ich brauch absolut nichts von dir, verdammt.«

Jack erweitert den Kreis, erhöht den Abstand zwischen uns. Sein Blick ist gierig auf den Stab gerichtet, als wäre er hin- und hergerissen zwischen Wegrennen und Kämpfen. Eine dicke Nebelwolke schwebt zwischen uns vorbei. Jack sprintet los, verschwindet darin.

»Nein!« Mit einem Aufblitzen meiner Sense halte ich ihn auf. Der Schmerz zwingt mich auf die Knie. Der Geruch nach Blut verdrängt jeden anderen Geruch, als ein zäher, heißer Strom aus meiner Nase fließt.

Taumelnd komme ich hoch. Jack ist von Nebel umgeben, mitten im Schritt erstarrt. Ich stelle mich vor ihn, lasse meine Magie los. Jack stürzt auf mich zu, dann werden seine Augen groß, als er schlitternd zum Stehen kommt. Er fällt vor meine Füße, rutscht von mir weg, springt zurück, um der Sense auszuweichen, mit der ich erneut aushole.

»Wie hast du das gemacht?«, keucht er.

»Wo ist sie?« Ich spucke Blut, wische mir die Nase am Ärmel ab.

»Hör mir zu.« Er streckt die Hände aus, während wir einander umkreisen, als wäre ich ein wildes Tier, das er in einen Käfig stecken will. »Der Schmerz, den du spürst, ist die Magie. Sie wird sich einen Weg hinaus erkämpfen und dabei bringt sie dich um. Und wenn du nicht etwas von dieser Macht aufgibst, wird sie uns vermutlich alle zerstören. Das Observatorium. Die Jahreszeiten. Alle.«

Ich lache angesichts seiner Annahme, dass mich das schert. »Wenn ich untergehe, Sommers, dann kommt ihr alle mit.«

Ich schwinge die Sense erneut und dieses Mal rennt Jack davon.

56

ZERFLEDDERT UND GEFLÜCHTET

Jack

Ich schwinge die Hufe und renne in einen Fleck aus dichtem Nebel. Mit ziependen Nähten, kreischenden Muskeln, brennenden Lungen fliegen meine Füße den abschüssigen Pfad auf die Nordwestseite des Parks zu. Doug muss die Zeit manipuliert haben. Das ist die einzige Erklärung dafür, wie er direkt vor mir auftauchen konnte. So schnell ist sonst niemand. Doch um das zu wiederholen, muss er mich zuerst entdecken. Ich halte mich an die dichten, weißen Nebelfelder, ändere alle paar Meter die Richtung. Der Stab ist schwer, mit ihm wird er langsamer laufen. Und ich muss ihm einfach weit genug voraus bleiben.

Doug schreit meinen Namen. Ich sehe nicht zurück.

»Jack?« Chills Stimme in meinem Ohr ist ein Licht in der Dunkelheit.

»Ich bin hier«, sage ich in der kurzen Spanne zwischen zwei Atemzügen. Nebel und Regen weben eine dichte Decke über den Park, verdecken den Pfad vor mir. Ich weiß nicht, wo zur Hölle ich hintrete. Mit etwas Glück weiß Doug es vielleicht auch nicht.

»Hast du den Stab bekommen?«

»Nein.«

Seine Pause ist so lang, dass ich mich umdrehen möchte. Zurückgehen und meinen Fehler berichtigen.

»Lauf weiter«, sagt Chill. »Das ist nicht wichtig. Du machst das super.«

Aber es ist wichtig. Unser ganzer Plan hing davon ab, dass ich den Stab bekomme.

»Fleur?«, keuche ich. »Wo ist sie?«

»Sie ist hier. Sie hat es geschafft.«

Vor Erleichterung gehe ich fast in die Knie. Ich erreiche flaches Gelände am Fuß des Hügels und treibe mich an, schneller zu laufen. »Bring mich heim, Chill.«

»Hab dich.«

»Jack!« Ich sehe über meine Schulter, stolpere fast, weil Dougs Stimme so nah ist. Der Nebel teilt sich. Und dazwischen erkenne ich ein silbernes Blitzen.

Ich verlängere meine Schritte. »Doug ist direkt hinter mir.«

»Wie nah?«

»Hundert Meter vielleicht.« Ich dachte, der Stab würde ihn langsamer machen. Der Nebel mich verstecken. Ich muss vom Pfad runter. Irgendwohin, wo er mich nicht so leicht sehen kann.

Eine Naht in meinem Bein reißt, als ich mich in ein kleines Wäldchen stürze.

»Nein. Bleib auf dem Weg. Ich brauch dich im Freien.« Chill klingt zuversichtlicher, als ich mich fühle.

»Er ist zu nah.« Ich springe über herabgefallene Zweige, platsche durch nasses Gras. »Ich werde es nicht schaffen.«

»Du schaffst das. Vertrau mir.«

Fuck.

Ich schwenke auf den Pfad zurück, fühle mich viel zu verwundbar, sogar in der Dunkelheit. »Ich hoffe, du hast recht.«

»Hab ich dich je falsch geleitet?«

»Hör bloß damit auf.«

Er stößt ein kurzes Lachen aus. »Halt dich an der Gabelung vor dir links.«

»Welche Gabelung?« Die Stadt um den Park ist vollkommen dunkel, nicht ein Licht in Sicht, als wäre das gesamte Stromnetz ausgefallen. Plötzlich teilt sich der Pfad vor mir. Ich schwenke nach links, werde langsamer, weil ein Krampf meine Seite erfasst.

»Lauf weiter, Jack. Du kannst das. Atme weiter. Du hast noch ein paar Kilometer in dir. Du bist noch nicht zu Hause.«

»Sommers!« Der Wind trägt Dougs Stimme heran. Sie bricht, angespannt vor Schmerz und Zorn, atemlos vom Rennen. »Ich bring dich um!«

Der Wind beißt mir ins Gesicht, schiebt mich an den Schultern zurück. Ich schüttle mir Regen aus den Augen und sehe Lichter am Rand des Parks flackern.

Keine Lichter.

Flammen.

»Siehst du die Lichter vor dir?«, fragt Chill.

»Ja.«

»Halte direkt darauf zu. Was immer du tust, halt nicht an.«

Ich zwinge mich zu einem Sprint, meine Schuhe klatschen durch Pfützen, während ich auf die flackernden Feuer vor mir zurenne. Hinter mir werden Dougs Schritte lauter.

Umrisse tauchen aus der Dunkelheit auf, halten Flammen in den Händen. Jedes Mal, wenn ich an einer vorbeikomme, entzündet sich die nächste etwas weiter weg.

Mein Atem ist laut in meinen Ohren.

»Lauf weiter«, sagt Chill. »Sie sind bei dir.«

»Wer?«, keuche ich. »Wer ist da?«

Eine Gestalt taucht vor mir im Nebel auf. Ich stolpere, als der Umriss der Sense den Nebel durchschneidet.

»Shit, er ist vor mir!«

»Runter, Jack!«, schreit Amber, irgendwo links vor mir.

Ich ducke mich zum verräterischen *Wusch* eines heranrasenden Feuerballs. Ein orangefarbenes Licht zischt durch die Luft wie ein Komet. Doug stürzt sich nach links, um ihm auszuweichen, und ich renne nach rechts, folge dem Pfad und beschleunige. Ein Riss breitet sich über dem Gehweg vor mir aus. Ich springe darüber und der Boden explodiert in einer Dreckwelle. Ich sehe nach hinten, weil ich Dougs Schritte nicht mehr höre. Wurzeln peitschen um seine Beine, halten ihn zurück. Er brüllt, treibt einen Windstoß auf die Jahreszeiten zu, die in den Bäumen hocken.

Die Gewalt der Bö weht mich vom Pfad. Ich riskiere noch einen Blick über die Schulter, aber ich sehe Doug nirgends.

»Chill?«

»Lauf weiter! Sieh nach den Lichtern.«

Ich renne auf das Flackern des Feuerscheins vor mir zu, schlittere im matschigen Gras, als Doug erneut aus dem Nebel auftaucht.

Sein Gesicht ist ausgezehrt. Sein Atem geht heftig. Blut strömt ihm aus der Nase, befleckt seine gebleckten Zähne. Er läuft auf mich zu. Ich ducke mich, als ein Blitz über den Himmel zuckt. Doug wendet sich dem ohrenbetäubenden Krachen zu, mit dem ein Baum fällt, ihn niederschlägt.

Eine Stimme ruft aus den Wäldern: »Los, Jack!«

Ich sprinte los. Meine Füße finden den Weg. Ein Tor materialisiert sich vor mir aus dem Nebel. Zu hoch, um darüberzuspringen. Kein Weg drum herum. Ich trete auf die Bremse, aber mein Schwung ist zu groß und ich wappne mich für den unvermeidlichen Aufprall. Ein Baum stöhnt links von mir. Ein Zweig schlingt sich um meine Taille und ich werde von den Füßen gerissen, hinauf und über das Tor geworfen.

Ich lande mit dem Gesicht nach unten auf der anderen Seite. Eine mir nicht vertraute Stimme ruft durch den Nebel: »Lauf, Sommers! Ich verschaff dir Zeit.«

Ich drücke mich hoch und laufe weiter, überquere eine Straße.

»Wo bin ich?«, frage ich und sauge den Wind ein.

»Grade am Crooms Hill vorbei«, sagt Chill. »Du machst das super. Noch knapp fünf Kilometer.«

Meine Brust fühlt sich an, als würde sie explodieren. »Fünf Kilometer? Ich kann nicht …«

»Nicht langsamer werden, Jack. Lauf einfach weiter. Folge den Feuern.«

Sie blitzen wie Pistenlichter vor mir auf. »Wer ist das?«

»Ein paar Jahreszeiten, die wir aus dem Observatorium evakuiert haben. Wir haben einen Begleitservice für dich organisiert. Wir dachten, du könntest etwas Hilfe gebrauchen.«

»Ja«, röchle ich. »Hilfe ist gut. Danke.«

Er kichert leise. »Halt dich an die Lichter. Sie führen dich zu den Schienen.«

»Welche Schienen?«

»Sie sind gleich vor dir. Folge ihnen gen Westen. Doug bewegt sich schneller, als wir dachten. Du musst es über den Deptford Creek schaffen. Wenn du es über die Brücke schaffst, kann ich ihn aufhalten.«

»Die Brücke? Im Dunkeln über nasse Bahngleise rennen? Das ist dein Plan?«

»Das ist deine beste Chance. Du wirst ihn in einen Engpass locken.« Chill hält sein Mikrofon zu, dämpft seine Unterhaltung mit jemand anderem. Schweiß rinnt mir die Seiten herab und meine Schritte fühlen sich schwer an. Alles fühlt sich zu schwer an. Ich werde langsamer, öffne im Laufen ungeschickt den Reißverschluss der Jacke. Meine Schulter schmerzt, als ich sie abstreife. Ich fische das Auge aus der Tasche mit dem Reißverschluss und stecke es in die Tasche meiner durchweichten Jeans, dann werfe ich die triefende Jacke von mir.

Die letzte Flamme erlischt flackernd, als ich die Schienen erreiche.

Die Schienen sind dunkel, der Umriss der erhabenen Schwellen schwer auszumachen. Die Spitze meines Schuhs verfängt sich an einer und ich stürze vorwärts, meine Hände und Knie treffen hart auf eisiges Metall.

»Jack?«, fragt Chill mit steigender Anspannung in der Stimme. »Was ist passiert? Warum hast du angehalten?«

»Ich kann nicht …«, keuche ich, die Worte bleiben in meinem rauen Hals stecken. »Ich kann nicht mehr.«

In meinem Ohr ertönt ein Rascheln. Der angespannte Tonfall vertrauter Stimmen. Ich lasse den Kopf hängen, meine Brust hebt und senkt sich heftig, meine Hände sind auf die Schienen gestemmt. Regen strömt mir über den Nacken und von der Nasenspitze.

»Steh auf«, sagt eine Stimme.

Ich hebe den Kopf, mustere die Schwärze vor mir, aber die Stimme, die ich gehört habe, war nicht hier draußen. Sie war in mir. In meinem Ohr. »Fleur?«

»Wenn du mich liebst, stehst du auf und läufst über diese Brücke. Jetzt, Jack!«

Ich rapple mich auf, passiere die Schienen mit vorsichtigen, schweren Schritten.

»Du kannst das«, sagt sie. »Konzentrier dich nur auf das, was vor dir ist, sieh nicht zurück.«

Ich verankere mich im Klang ihrer Stimme, während ich über

die Schwellen stolpere. Ich will ihr sagen, dass ich sie liebe. Dass ich mein Letztes gegeben habe, auch wenn ich es vielleicht nicht schaffe. Aber ich bekomme nicht genug Luft, um die Worte zu formen. Jeder Atemzug brennt.

Regen peitscht von der Seite gegen mein Gesicht. Hinter mir faucht Feuer durch die Luft. Eine Bö bringt mich aus dem Gleichgewicht und ich strecke die Arme aus, um mich zu fangen.

Ich sehe hinab. »Ich bin auf der Brücke.«

»Bleib nicht stehen. Egal was passiert, lauf weiter.« Jedes Wort klingt nach Furcht.

»Sommers!« Dougs Stimme dröhnt hinter mir. Ich treibe mich an, benutze die ausgestreckten Arme, um trotz des Windes die Balance zu behalten. Ich nehme kaum wahr, wie er über meinen Körper peitscht. Regen wird zu einer Eisschicht auf meiner Haut. Vielleicht ist mir zu kalt, um etwas zu spüren. Vielleicht stehe ich bereits unter Schock. Doug wird keine Chance bekommen, mich zu töten. Das erledigt die Unterkühlung.

Das Gleis bebt. Trotz Fleurs Warnung blicke ich zurück. Doug. Er ist auf der Brücke.

Hier sind keine Bäume, die mich über den Fluss heben können. Keine Feuerbälle, um mir zu mehr Zeit zu verhelfen.

»Ich schaffe es nicht. Fleur, ich …«

»Wag es nicht, anzuhalten! Doug ist müde und er hat Schmerzen. Er benutzt zu viel Magie und macht sich selbst damit kaputt. Lauf einfach auf die andere Seite der Brücke. Wir kümmern uns um den Rest.«

Der Wind stottert. Ich ziehe den Kopf ein, stemme mich dagegen. Mein eisverkrustetes Haar klatscht gegen meine Wange, als der Wind die Richtung wechselt, Schwung holt. Die schwarze Oberfläche des Wassers zieht sich von der Seite der Brücke zurück, die Welle entfernt sich und enthüllt das düstere Flussbett darunter. Ein vertrautes Heulen dringt an meine Ohren … es bildet sich ein Trichter.

»Beweg deinen Arsch, Jack! Der Scheiß hier wird gleich hässlich!« Julio. Hinter mir. Irgendwo am Ufer.

Ich renne, stolpere über die Schwellen. Ich sehe nicht zurück, als die Wasserhose über die Seite der Brücke wirbelt. Ihre Kraft zieht mich, zerrt mich rückwärts. Ich lehne mich vorwärts, dränge voran, um mich von ihr zu befreien. Dougs Schreie klingen gedämpft in ihrem Tosen. Als ich dem Sog nicht mehr widerstehen kann, werfe ich mich auf die Schienen, packe die Gleise und halte mich fest.

Die Wasserhose rüttelt am Gleis. Ich drehe mich um und sehe über meine Schulter, sicher, dass ich gleich von einem Zug zerquetscht werde. Der Trichter wirbelt über die Brücke, reißt Schwellen heraus. Ich kann Doug nicht sehen.

»Jetzt, Jack! Du musst weiter!« Fleurs Stimme ist kaum zu hören über dem Krachen brechenden Holzes. Ich stemme mich auf die Knie, dann auf die Füße, den Kopf gegen den Wind gesenkt. Ein Feuer flackert in der Ferne.

Ich bin so nah.

Das Flussbett verschwindet. Rechts von mir ist ein Lagerhaus. Eine Zufahrtsstraße links von mir. Der Wind wird langsamer, der Trichter löst sich auf.

»Sommers!« Dougs Stimme scheint weiter weg. Geschlagen. Erschöpft. Wütender als zuvor.

Ich taumle von den Schienen, folge dem Licht, schwenke nach links über den Rand der Gleise auf die schmale Straße, die parallel dazu verläuft. Ich sage mir, dass ich laufen soll, aber mein Körper hört nicht auf mich. Ich torkle durch die tiefen Pfützen, umklammere den Krampf in meiner Seite, jeder mühsame Atemzug brennt.

Blendend weißes Scheinwerferlicht biegt scharf ab und kommt auf mich zu. Ich hebe die Arme, schirme die Augen ab, das Auto kommt schlitternd zum Stehen. Das Fenster wird heruntergekurbelt.

»Steig ein.« Lixue umklammert das Lenkrad, sieht stirnrunzelnd zu den Bahngleisen. Die Scheibenwischer schlagen nach dem Regen, schleudern Wasser auf mich. »Worauf wartest du? Auf eine geprägte Einladungskarte? Steig in das verfluchte Auto!«

»Es ist in Ordnung«, versichert Fleur mir. »Sie bringt dich zu Auggie. Wir sind auf dem Weg. Ich muss jetzt los. Wir treffen uns dort.«

Mein Kopfhörer wird stumm, als die Verbindung abgeschaltet wird. Ich starre durch den Regen auf Lixue. Ihre Knöchel sind weiß auf dem Lenkrad.

»Letzte Chance«, sagt sie und sieht zur Brücke.

Mit einem gemurmelten Fluch rutsche ich auf den Rücksitz hinter ihr, starre sie wütend im Rückspiegel an und knalle die Tür zu. Vielleicht denkt sie jetzt zweimal darüber nach, bevor sie auf irgendwelche tollen Ideen kommt von wegen mich umbringen und meine Leiche irgendwo abladen.

Sie legt den Rückwärtsgang ein und die nassen Reifen quietschen, als sie auf die Zufahrtsstraße zurücksetzt. Ihre Scheinwerfer durchschneiden den Nebel. Doug teilt ihn wie einen Vorhang, beobachtet uns vom Ende der Brücke, während wir in Richtung Auggie davonrasen.

57

ER MUSS MICH SUCHEN

Doug

Lixue und ich sehen uns durch das offene Fenster in die Augen, als Jack auf den Rücksitz ihres Autos rutscht. Mir gelingt es, ein paar Schritte darauf zu zu machen, dann dreht das Auto ab. Ich falle am Rand der sturmgepeitschten Brücke auf die Knie und halte mir die Seite, beobachte, wie ihre Rücklichter in Richtung Westen kleiner werden.

»Halt«, sage ich und taumle von den Gleisen auf die Straße. Ich schreie zum Himmel hinauf: »Halt, halt. Halt!«

Das Schweigen des Windes ist unerwartet und schockierend.

Regentropfen hängen wie Kristalle in der Luft, der Sonnenaufgang erhellt den Himmel hinter ihnen, zeigt die Silhouetten der Bäume. Ihre Zweige sind erstarrt, vom Sturm gebeugt. Der brodelnde Fluss ist reglos unter den Resten der Brücke, die weiß bemützten Wellen still wie Stein.

Nichts regt sich außer mir.

Ich trample durch den Regen, atme durch die lähmende Enge in meiner Brust. Je mehr ich meine Magie nutze, desto schlimmer schmerzt es. Jedes Mal, wenn ich ein Element rief, um einen

Angriff abzuwehren, schien es nur einen Kampf in mir anzufachen. Ich blicke in ein Brandloch in meinem Mantel, zucke beim Anblick des blasigen Fleischs darunter zusammen. Mein Bein blutet heftig, wo ein herabfallender Zweig mich erwischt hat, und da ist Dreck in meinem Auge, vom Wind aufgewirbelt.

Meine Eingeweide fühlen sich zerschlagen an, während ich auf Lixues Auto zugehe. Ich hätte es wissen müssen. Hätte spüren müssen, dass sie bereits die Seiten gewechselt hatte, als sie mich anflehte, die Portale für die Jahreszeiten zu öffnen, die sie aus dem Observatorium gelassen hatte.

Bei jedem Schritt zischend, stütze ich mich schwer auf den Stab. Ich weiß nicht, wie lange ich die Zeit noch anhalten kann.

Wenn du die Kontrolle hättest, würde die Welt nicht auseinanderfallen … Gib es zu, du bist der Sache nicht gewachsen.

Ich schüttle mich, als ich mich Lixues Auto nähere, will mich entschlossen zusammenreißen. Ich habe immer noch den Stab. Ich habe immer noch die Magie.

Jacks Gesicht ist eine Maske im Heckfenster. Lixues Frontscheibenwischer sind mitten in der Bewegung eingefroren, der Regen, der von ihren Reifen aufspritzt, hängt in der Luft. Ich trete gegen die Seite des Autos, aber mein Fuß geht hindurch wie durch einen Geist.

Ich werfe meinen Stab zu Boden, laufe vor ihren Scheinwerfern auf und ab und raufe mir die Haare.

Ich kann die Zeit einfrieren, und wofür? Wozu ist die mächtigste Magie der Welt gut, wenn ich mich machtlos fühle, sobald ich sie nutze?

Ich hole einen schweren Atemzug, stelle überrascht fest, dass immer noch so viele Gerüche in der Luft hängen: die Abgase von Lixues Auto, Veranos widerlicher Gestank, der rauchig-modrige Geruch seiner Herbstfreundin … und etwas anderes … dieser erfrischend kalte Schimmer, der die Luft bei der Uhr beherrschte.

Er kam von Jack.

Aber wie?

Ich schließe die Augen, verfolge die Gerüche. Julio Verano ist bereits einen Kilometer weit weg, gen Westen. Amber Chase ist nicht weit hinter ihm.

Lixue und Jack, Julio und Amber … sie alle bewegen sich gen Westen. Und ich weiß, wohin sie wollen – Fleur suchen.

Sie muss innerhalb der Ley-Linien die Richtung gewechselt haben. Wenn die anderen gen Westen laufen, muss sie vom Meridian abgelenkt worden sein. Und das ist eine Spur, die ich verfolgen kann. Es gibt nur eine Handvoll Ley-Linien in ganz London.

Was würde ich nicht darum geben, den Ausdruck auf Jacks Gesicht zu sehen, wenn er sie findet und ich bereits da bin, neben der Stasiskammer warte, welche auch immer sie klauen konnten, und den Stecker halte.

Ich umklammere meine Seite, beuge mich herab, um den Stab von der Straße aufzuheben, und gehe nach Westen, meine Magie auf das elektrische Summen unter der Erde ausgerichtet. Meine angeknackste Rippe sticht mich bei jedem Schritt in die Seite und da ist eine Leere – eine seltsame stechende Abwesenheit in meinem Kopf. Ich wusste es in dem Augenblick, in dem Fleur verschwand. Ihre Magie hat sich von meiner losgerissen wie ein Pflaster, das jemand abreißt, hatte eine rohe, rasende Wunde an ihrer Stelle hinterlassen.

Ich durchstreife die gefrorenen Straßen von Greenwich. Ich weiß nicht, wohin ich gehe. Nur, dass ich dem Summen einer Ley-Linie folge. Herumwehender Müll hängt in der Luft, erstarrt in der Bewegung. Ein Blitz leuchtet am Himmel. Nicht eine Seele ist zu sehen. Nicht ein Licht leuchtet auf einer Veranda oder in einem Fenster. Und ich frage mich, ob sich die Welt so anfühlen wird, wenn sie endet. Ob ich der Einzige sein werde, der übrig ist.

Die Ley-Linie läuft mit Julios und Ambers Gerüchen zusammen. Je weiter nach Westen ich komme, desto mehr ihrer Pfade scheinen zusammenzuführen. Ich folge ihnen durch die leeren Straßen Richtung … Peckham.

Meine Füße halten an, als mir eine Unterhaltung einfällt, die ich erst vor ein paar Tagen mit Lixue geführt habe.

… hatte einen Treffer auf einer Straßenkamera in Peckham … Dort ist sie vor einer Stunde aus einem Bus gestiegen.

58

NICHT EINER WAR ÜBRIG ZUM BEZWINGEN

Jack

Meine Tür ist bereits offen, als Lixue das Auto in die Gasse hinter Auggies Haus steuert. Der Van ist nirgends zu sehen. Ich tippe gegen den Lautsprecher in meinem Ohr, aber die Verbindung ist immer noch aus.

»Fleur?« Ich rufe ihren Namen und renne durch die Pfützen auf Auggies Tür zu. »Wo sind alle?«

Lixue steigt hinter mir aus, ohne vorher den Motor abgestellt zu haben. »Ich weiß nicht. Sie müssten mittlerweile hier sein. Wir sollten uns hier treffen …« Lixues nächste Worte hängen in der Luft. Ein leises Knacken ertönt hinter mir und etwas Schweres fällt zu Boden.

Ich drehe mich um, taumle vom Auto weg. Die Fahrerseitentür steht offen, die Scheibenwischer klatschen den Regen über die Seiten. Lixue liegt mitten auf der Straße, ihr Kopf in unnatürlichem Winkel verdreht. Die Funken ihrer Magie vermischen sich mit den Abgaswolken.

Doug steht über ihr, ihm rinnt Blut aus der Nase. Ein tiefvioletter Fleck färbt seine Wange und Brandmale durchlöchern seinen

Mantel. Er erübrigt keinen Blick für Lixue, macht einen Schritt über eine Pfütze mit ihrer Asche darin.

Wie zur Hölle hat er uns gefunden? Ich habe das Auge; er kann nicht gewusst haben, wohin wir gehen. Und so schnell hat er es auch auf keinen Fall zu Fuß hierher geschafft.

Ich sehe an ihm vorbei, rechne damit, ein Auto voller Wachen zu sehen, aber er ist allein.

»Hast du es noch nicht begriffen?«, fragt er und hinkt näher heran. »Es bringt nichts, wegzulaufen. Du kannst nicht verhindern, was kommt. Du kannst dich vor der Unvermeidlichkeit nicht verstecken.«

Ich weiche vor ihm zurück, langsam, Schritt um Schritt. »Ich kann es verhindern. Ich kann es ändern. Das können wir beide. Es ist nicht zu spät, die richtige ...«

»Wag es ja nicht, den Satz zu beenden. Du und Lyon könnt beide zur Hölle fahren.« Er taumelt auf mich zu, packt seine Sense mit beiden Händen. Mit geweiteten Nasenflügeln schwankt er heran und hält auf halbem Weg die Gasse hinab an. Sein Kopf neigt sich, als eine Tür sich hinter mir knarrend öffnet.

»Was für eine Überraschung«, sagt Doug und bleckt die Zähne. »Du siehst scheiße aus, Kai.«

Ich versteife mich beim vertrauten Klang eines Pfeils, der aus einem Köcher gezogen wird. Ich sehe langsam über meine Schulter. Regen tropft aus den kurzen, dunklen Spitzen von Kais Haaren. Ihre Hand zittert vor Stasistremor an ihrem Bogen. Ihr Pfeil ist bereits eingelegt und bereit, die gemeinen, zurückziehbaren Haken irgendwo zwischen mich und Doug gerichtet.

»Was soll ich sagen? Ich stecke voller Überraschungen.« Ihre Stimme klingt kratzig und tief, als wäre sie gerade erst aufgewacht. Ein übergroßes Flanellhemd hängt ihr schief um die Schultern, die Knöpfe falsch geschlossen, als hätte sie es eilig gehabt. Die

Pyjamahose, die sie trägt, ist viel zu groß, schleift über den Boden und ihre Zehen gucken raus.

Doug spuckt Blut aufs Pflaster. »Bin froh, dass du es aus dem Observatorium geschafft hast.«

»Ach ja?« Ihre nackten Füße schlurfen durch die Pfützen, langsam und wachsam, und der Blick ihrer schmalen Augen huscht zwischen uns hin und her. »Ich hatte den Eindruck, es ist dir egal. Vielleicht habe ich das geträumt, aber ich hätte schwören können, dass ich gehört habe, wie die Wachen dich über Funk riefen, als die Evakuierung anfing. Wenn ich mich richtig erinnere, lautete deine Antwort ›Lasst sie da unten verrotten‹.«

Dougs Lachen ist unwirsch. »Daran erinnerst du dich, ja?«

»Ich erinnere mich an vieles von dir, was ich nie hatte hören sollen.«

Sein Lächeln zerfällt. Ein Muskel arbeitet an seinem Kiefer und sie tauschen einen langen Blick. Donner grollt, gefährlich nahe.

»Wie bist du rausgekommen?«, fragt er.

»Jemand hat mich getragen.« Die Spitze ihres Pfeils bewegt sich langsam zu mir. Sie leckt sich Regen von den Lippen, holt tief Luft, als bereite sie sich auf einen Schuss vor. »Sommers hat das Auge. Er hat es mir weggenommen.«

Instinktiv hebe ich die Hände. »Können wir darüber reden?«, frage ich mit leiser Stimme. »Bitte.«

»Du hast bereits alles gesagt, was ich hören musste.« Ihr Blick springt zu meinem, vielsagend und eindringlich. Als wolle sie eine Botschaft durch mich schießen. Sie schleicht seitwärts gedreht zur Mitte der Gasse, fängt mich zwischen sich und Doug ein.

Sein Gesicht erschlafft vor Überraschung und sein Blick richtet sich auf mich. »Du hast das Auge? Zeig es mir.«

»Zeig mir deinen Rücken, Winter«, sagt Kai leise.

Ich blinzle gegen den Regen an, suche in der Gasse nach einem

Ausweg. Hinter mir ist eine Mauer, vor mir ein Gebäude. Kai ist rechts von mir. Doug links. Ich denke darüber nach, einfach loszurennen. Besser im Kampf sterben, richtig?

Doch etwas an Kais Worten … und in ihren Augen, als sie sie sagte … lässt mich zögern.

Sie starrt mich mit dem gleichen, entschlossenen Laserfokusblick an, den sie in der Höhle hatte, kurz bevor sie die Fackel löschte und wir davonliefen.

Keine weiteren Witze, dass ich meine Pfeile da behalten soll, wo du sie sehen kannst … Wann fängst du an, mir zu vertrauen?

Regen perlt über ihr Gesicht. Sie blinzelt nicht. Ihre Nasenflügel weiten sich. Ist das eine Art Test?

Zeig mir deinen Rücken …: Winter.

Ich sehe hinab auf meine Hände, sicher, dass ich mir einbilde, wie sie im eisigen Regen schimmern. Sie zittern nicht mal.

Ich hebe sie und wende langsam Kai den Rücken zu. Sie tritt hinter mich und tastet meine nasse Jeans ab. Ihre freie Hand schiebt sich in meine Tasche. Sie hält das Auge hoch, sodass Doug es sehen kann. Sie ist nah genug für einen Ellbogenstoß in die Rippen.

Ihr Blick huscht hinauf zu meinem. Eine Warnung.

Doug streckt erwartungsvoll die Hand aus, seine Handfläche ist von Frostbeulen überzogen, die Risse rot und nässend. »Wirf es mir zu.«

Kai schüttelt den Kopf. Sie lässt den Kristall in ihre Tasche gleiten, zieht sich ein paar Schritte hinter mich zurück, sodass ich genau zwischen ihnen stehe. »Rühr dich nicht«, sagt sie. Ein Schauder rieselt mir über den Rücken und ich wappne mich für einen Pfeil. Ich bin nicht sicher, mit wem von uns sie redet.

Dougs Auge zuckt. »Gib mir den Kristall, Kai.«

Scheinwerfer streichen über die Mündung der Gasse hinter ihm. Reifen quietschen und der Van kommt schlitternd zum Stehen.

Fleur stößt die Beifahrertür auf, wirft sich aus dem Van, ihre bloßen Füße stolpern in einer geborgten Jogginghose, die nur Auggie gehören kann. Ihr rosafarbenes Haar klebt an ihrem Gesicht, dunkel vom Regen. Mein Atem beruhigt sich bei ihrem Anblick.

»Doug, hör auf damit!«, ruft sie.

Julio, Chill und Amber stürzen hinter ihr in die Gasse. Ich sehe zwischen ihnen hin und her, flehe sie stumm an, sich nicht einzumischen. Der Plan, den wir in den Katakomben gefasst haben, ist hinfällig. Das hier kann nur auf eine Weise enden. Sie sollten weglaufen, solange sie können.

Doug macht sich nicht die Mühe, sich umzudrehen. Er schließt das Auge, die Lippen geöffnet, als könne er die anderen in der Luft schmecken. »Weißt du, warum, Fleur? Warum ich ihn nicht an dem Tag umgebracht habe, an dem ich dich in meinem Büro gelassen habe?«, fragt er, die Worte angespannt, voller Emotionen. »Ich hätte ihn finden können. So wie ich dich gefunden habe an dem Tag in den Katakomben. Ich hätte jeden Tunnel durchsuchen und direkt vor ihm auftauchen können. Ich hätte ihn da erledigen können. Weißt du, warum ich das nicht getan habe?« Seine Stimme zittert, Wut spannt die Sehnen in seinem Nacken. »Weil ich *fühlen* konnte, was es dir antun würde. Ich wusste, es würde dir die Welt unter den Füßen wegreißen. Und ich wollte mich selbst nicht wieder solchem Schmerz aussetzen. Aber jetzt?« Er wischt sich die Nase, wird blass angesichts des dicken Blutstreifens, den der Regen von seinem Handrücken spült. »Ich bring euch mit Freuden beide um.«

Fleur stürzt vor.

Kais Bogensehne knarrt hinter mir. »Bleib zurück oder ich erschieße ihn!«

Fleur erstarrt. Julio, Chill und Amber bleiben neben ihr stehen, ihre Blicke huschen zwischen Fleur und mir hin und her, als wären sie nicht sicher, ob sie mit ihr angreifen sollen oder sie zurückhalten.

Ich schüttle ganz leicht den Kopf, hoffe so sehr, dass ich nicht falschliege. Poppy und Marie sehen durch die regenbenetzten Fenster des Vans zu, die Hände ans Glas gepresst.

»Doug, bitte«, fleht Fleur. »So muss es nicht enden.«

»Du bist nicht in der Position, mich um irgendwas zu bitten«, sagt er zornig und dreht sich zu ihr um. »Du hattest deine Chance. Du hattest eine Wahl, Sommers zu retten oder die Welt zu retten. Und hier sind wir«, sagt er und hebt die Hände. »Das Observatorium ist weg. Der Himmel stürzt verflucht noch mal ein. Erzähl mir doch mal, wie das endet, Fleur!«

»Ich kann nicht«, ruft sie weinend.

»Ich kann«, ruft Kai. Doug dreht sich zu ihr um. Ein Blutrinnsal fließt aus seinem Ohr. »Du möchtest Unvermeidlichkeit? Schön, die kannst du haben. Aber ich möchte zuerst deine Zusage.«

Zweifel steht ihm in die hochgezogene Braue geschrieben. »Zusage für was?«

»Dass Sommers bekommt, was er verdient.«

Er lacht. »Und du möchtest die sein, die es ihm gibt?«

»Das ist nur fair.«

Das wollte er die ganze Zeit, nicht wahr? Mich sterben sehen. Mein Ende durch die Hände von jemandem, den ich für loyal hielt.

Fleurs Faust zuckt an ihrer Seite. Ich schüttle noch einmal kurz den Kopf, will sie überzeugen, mir zu vertrauen.

Dougs verzweifelter Blick fällt auf Kais Tasche. Seine Hände krallen sich um den Stab, glitschig von Blut. Schmerz verzieht seine Züge und er atmet stoßweise. »Und im Austausch gehört die Unvermeidlichkeit mir?«

»Triff deine Wahl«, blafft Kai.

»Schön«, faucht er. »Dann bring es zu Ende.«

Fleur schreit meinen Namen. Mein Atem stockt beim Klang der Sehne. Der Pfeil zischt an meinem Ohr vorbei, zischt durch den Kopf des Stabs – ein sauberer Schuss in ein Loch, wo das Auge sein sollte.

Die Widerhaken des Pfeils spreizen sich mit einem *Klick* auf. Ein dicker, durchsichtiger Faden fällt über meine Schulter. Kai reißt mit einem Grunzen an der Schnur, zieht sie zu sich. Der Stab rutscht aus Dougs blutglitschigen Fingern und ich packe den Griff, der auf mich zukommt.

Entsetzen lässt Dougs Gesicht erschlaffen. Er stolpert, die Arme ausgestreckt. Die Zeit scheint sich in Zeitlupe zu bewegen. Sein Schrei ist wild, er stürmt auf mich zu.

Ich hole aus. Die Sense gräbt sich tief in Dougs Brust. Er fällt vor mir auf die Knie.

Amber, Julio, Chill und Fleur bleiben stehen.

»Oh nein«, flüstert Julio, als heißer Wind durch die Gasse peitscht.

Statisches Rauschen knistert in der Luft. Wir alle ducken uns, als ein ohrenbetäubendes Krachen ertönt, ein Blitz eine Straßenlampe trifft und Glas auf die Gasse herabregnet.

Dougs Körper beginnt zu leuchten. Lichtstrahlen dringen aus seinem Auge. Elektrische Stöße schießen aus seiner Brust durch die Klinge, brennend kalt fahren sie in mich.

Amber, Julio und Chill heben die Köpfe, schreien meinen Namen. Fleur stemmt sich auf die Knie, kämpft gegen den Wind an, kriecht auf Händen und Knien zu mir. Noch ein Blitz teilt den Himmel. Er trifft Fleur und ich schreie auf, hinter mir schreit Kai.

59

DURCH DEN DÜNNEN FROST

Fleur

Blinzelnd erwache ich unter einem trübgrauen Himmel. Meine Kleider sind durchweicht und meine Wange ist auf kalten, nassen Asphalt gepresst. Leise grollt Donner in der Ferne. Eine Spur aschefarbenes Wasser rieselt über die Straße.

Mein Kopf fühlt sich benebelt an. Die Augenblicke vor dem Blitzschlag sind verschwommen, ich rolle mich auf die Seite, starre auf den Fleck verbranntes Pflaster. Der Stab liegt auf dem Boden daneben, der Griff lose in Jacks ausgestreckter Hand.

»Jack!« Ich rutsche an seine Seite. Die Van-Tür öffnet sich hinter mir. Füße klatschen in die Pfützen, stampfen durch die Gasse, gerade als ich ihn erreiche. Jacks Haut ist eiskalt, sein Gesicht schlaff, starr, als ich ihn an den Wangen berühre und ihn sanft schüttle. »Jack, kannst du mich hören?«

Auggie schiebt mich zur Seite und zieht Jacks Augenlider hoch. Amber, Julio und Chill stürzen zu uns, stehen neben Auggie. Marie und Poppy schieben sich dicht heran, um etwas zu sehen.

Jacks Iriden sind komplett weiß. Gefrorener Nebel kringelt sich mit jedem flachen Atemzug um seinen Mund.

»Jacks Augen machen diese gruselige Wintersache. Und er riecht wie einer. Wie ist das überhaupt möglich?«, fragt Amber mit Tränen in den Augen.

Mein Atem stockt. Es hat funktioniert. Diese winzigen Funken der Magie, die ich Doug entzogen und Jack eingehaucht habe, bevor ich ihn an der Uhr zurückließ … sie haben überlebt. Ich *fühle*, wie sie sich jetzt in ihm regen, wie eine Erweiterung meiner selbst.

Dieser Hauch Winter ist bei ihm geblieben, quer durch den Park, beim Lauf und während des Sturms auf der Brücke. Er war in ihm, als er den Stab hielt und Doug tötete. Aber das würde bedeuten …

Julio beugt sich hinab, löst sanft den Stab aus Jacks Hand. Kaum hat er ihn aufgehoben, lässt Julio ihn mit einem Fluch fallen. Der Stab scheppert zu Boden. Er schüttelt die Finger aus, Dampf steigt von seiner Handfläche auf, mit der er den Griff berührt hat. »Scheiße, das ist kalt!«

Ich nehme Jacks Hand, ziehe seine schlaffen Finger zurück. Seine Handfläche ist in Ordnung – die schwielige Haut ist kühl, aber makellos, wo er die Sense hielt.

»Ich habe ihn geküsst«, flüstere ich. »Ich habe ihn an der Uhr geküsst, bevor ihr mich durch die Ley-Linie gezogen habt. Ich habe ihm etwas von Gaias Magie eingehaucht.« Ich hatte über meine Verbindung Doug angezapft, dort, wo Gaias Magie sich immer noch an mich klammerte. Hatte ein paar Funken ihrer Magie in mich gesogen, so wie Doug sie in mich gedrängt hatte, bevor ich den Jungen wiederbelebt habe, den er getötet hatte. Nur dass ich all meine Gedanken auf die Kälte konzentriert hatte statt auf die feurige Hitze. Auf Jack. Darauf, wie seine Magie sich bei unserem ersten Kuss angefühlt hatte.

Ich habe ihm *Winter*magie gegeben.

»Ich wusste nicht einmal mit Sicherheit, ob ich das kann. Ich war nicht sicher, ob es überhaupt funktioniert. Vermutlich hat nicht mal Jack es gewusst. Aber die Magie muss in ihm gewesen sein, als er den Stab nahm. Wenn Jack also nicht ganz menschlich war, als er Doug umbrachte, dann ist Chronos' Magie …« Ich drehe mich um, sehe zu ihnen auf. »Sie muss auf Jack übergegangen sein.«

Julio wird ganz ruhig. Er sieht mich an, als hätte er einen Geist vor sich.

»Was ist los?«, frage ich, halte Jack fester. Julio weicht einen Schritt vor mir zurück. Poppy, Amber, Chill und Marie … sogar Auggie … sie alle starren mich an.

»Deine Augen, Fleur«, sagt Amber, »sie sehen aus wie Gaias.«

Ich blinzle, berühre die Haut um sie herum. Ich sehe nicht anders. Aber als ich in jedes ihrer verblüfften Gesichter sehe, *fühle* ich mich anders. Ich fühle *sie*. Jeden von ihnen. Ich fühle Ambers Hitze. Julios ein- und ausströmenden Atem. Ich fühle den Wind in Chills Seele. Ich fühle Maries und Poppys Sorge und Jacks Schmerz. Und etwas anderes … eine Magie, die ich nicht ganz einordnen kann.

Ich drehe mich um, als sich ein tiefes Stöhnen über der Straße erhebt. Kai rollt sich auf der Seite zusammen, ihr Gesicht vor Schmerz verzogen. Auggie rennt zu ihr, seine Hände bewegen sich tastend über sie auf der Suche nach Verletzungen. Er zieht ihre Augenlider auf. »Wir müssen sie reinbringen. Schnell«, sagt er und schiebt einen Arm unter Kai.

Kais Augen öffnen sich flatternd, als Auggie sie auf die Füße zieht. Ein kollektives Keuchen ertönt, als sie den Kopf hebt. Der Blick ihrer Augen begegnet meinem, sie glitzern wie zwei blasse Diamanten unter den schweren Lidern.

Kai berührt ein Auge mit ihrer freien Hand, ihr Gesicht eine Maske des Unglaubens, als sie die Haut darum herum betastet.

Sie klopft ihre Tasche ab, als hätte sie etwas verloren und könne sich nicht erinnern, wo es ist.

»Jacks Plan hat funktioniert«, sagt Poppy und sieht betreten zu Kai, die auf die Tür zuhumpelt. »Irgendwie.«

Während der kurzen Fahrt im Van hatten Poppy und Chill mir Jacks Plan erklärt. Jack – in der Annahme, dass er menschlich wäre und nicht in der Lage, die Magie zu nehmen – sollte den Stab Julio geben. Amber sollte das Auge nehmen. Und dann würde sich die Magie, wenn Julio Doug mit der Sense traf, hoffentlich teilen und sich selbst an die Person binden, die das Objekt gerade hielt, an das sie gebunden war. Julio würde Chronos' Magie nehmen, Amber Anankes, und Gaias Magie würde wahrscheinlich zu mir gezogen.

Jacks Plan hatte funktioniert, nur nicht genau so, wie er es sich vorgestellt hatte.

Auggie versucht, Kai hineinzubringen. Ihr Gesicht verzieht sich vor Schmerz und sie gleitet aus seinen Armen, stemmt die Füße in den Boden. Sie sieht auf mich hinab, durchdringt mich mit einem merkwürdigen, fast bodenlosen Blick. Es ist, als würde man zwei Spiegel gegenüberstellen und in sie hineinstarren. Als könne man die Unendlichkeit sich darin spiegeln sehen. Sie blinzelt, schüttelt den Kopf, als wolle sie begreifen, was sie da sieht. »Die Wintermagie«, krächzt sie. »Du musst sie von uns zurücknehmen.«

Ich halte Jacks Hand fest. »Wir werden abwarten. Wenn Jack aufwacht, wird er seine eigene Entscheidung treffen. Ich treffe sie nicht für ihn.« Jack hat diese Sense aus Verzweiflung geschwungen, in Notwehr. Er hat nicht wissen können, dass das passieren würde. Er hatte geplant, dass Julio Chronos würde. Darauf hatten sich alle geeinigt. Es sollte ihm erlaubt sein, seine eigene Magie zu wählen – sein eigenes Schicksal.

Schützend bleibe ich an Jacks Seite, streiche ihm die eisigen

Locken zurück. Seine Stirn ist eiskalt, seine Haut mit Frost überzogen. Seit er am See gestorben ist und seine Magie verloren hat, ist das hier alles, was er wollte – zurückkommen und seine Magie annehmen, wieder ein Winter werden. Es fühlt sich falsch an, diese Wahl für ihn zu treffen, ohne zu fragen. Das kann ich ihm nicht antun. Nicht noch einmal.

»Dann wird er sterben.« Kai zittert, schwitzt und ist wacklig, lehnt sich an Auggies Seite. Doch ihr Blick lässt meinen nicht los. Er ist klar und fieberhell. Ihre Ankündigung fühlt sich nicht an wie eine leere Drohung. Es scheint eine Feststellung von Tatsachen. Als hätte sie in ihrem Geist bereits gesehen, wie es passiert.

»Du kennst ihn nicht. Du weißt nicht, wie stark er ...«

Kai tritt unter Auggies Arm hervor, stemmt die Hände auf den Boden und kniet sich vor mich, sodass wir auf Augenhöhe sind. Ein Bild enthüllt sich mir in den diamantgleichen Facetten. Eine Frau beugt sich über Jack, und nimmt seine Magie. Ich hole scharf Luft, weil ich das Gesicht der Frau erkenne. Es ist nicht Gaia. Nicht Jacks Vergangenheit, die ich sehe. Das bin ich. Unsere Zukunft ...

Kai blinzelt und das Bild ist weg. »Er wird nicht aufwachen. Er ist verletzt und erschöpft. Die Magie, die du ihm gegeben hast, reichte kaum, um sein Überleben zu sichern während dem, was er gerade erlitten hat. Wäre er ein Mensch gewesen, wäre er bereits tot. Aber er hat nicht genug Kraft, um lange dagegen anzukämpfen. Und sein Körper ist nicht stark genug, um dieser Art Schmerz standzuhalten. Es gibt nur zwei Möglichkeiten. Er kann nicht beides sein. Und die einzige Möglichkeit, Jack von der Last der Zeit zu befreien, ist, dass einer von euch ihn tötet und sie selbst übernimmt, so wie er sie von Doug genommen hat.« Ihr Blick geht zu Julio, Amber und Chill.

Julio tritt weg von Jack. Keiner der anderen rührt sich.

»Oder Fleur nimmt die Wintermagie«, sagt Kai und lässt sich von Auggie auf die Füße ziehen.

»Aber ich …«

»Du besitzt jetzt Gaias Macht. Du bist die Einzige, die das kann.«

Ich berühre meine Brust, denke zurück an den Augenblick, in dem ich sterbend im Kinderkrankenhaus lag. Ich hatte Gaias Stimme in mir gehört – hatte die Entscheidung gehört, die sie mir anbot. Und obwohl ich nicht bei Bewusstsein war, kannte sie meine Antwort, als hätte sie meinen Herzenswunsch *gespürt*. An dem Tag, an dem Jack am See starb, hatte Gaia auch seine Antwort gekannt.

Ich rufe meine neue Magie und taste damit nach Jacks Körper. Der Prozess ist so vertraut, wie zu atmen, so vertraut und leicht, wie ich meine Erdmagie nutze. Jacks Herzschlag ist wild und unrhythmisch, sein Schmerz überwältigend. Je tiefer meine Magie in ihn eindringt, desto chaotischer fühlt sich sein Körper an. Ich erinnere mich an Lyons Miene, als er Michaels Magie nahm … und daran, was er sagte.

Du kannst nicht eine Jahreszeit und die Zeit sein. Die eine zieht die Magie aus dem Chaos, die andere aus der Ordnung. Sie sind diametral entgegengesetzt. Es würde dich in Stücke reißen.

Jacks Wintermagie schreit nach meiner, windet sich in ihm wie eine eisige Windbö. Ich kann es fühlen, kämpfe um Raum. Kämpfe um Kontrolle. Spüre sein Leid, während die Magie seine Kraft von innen herausreißt.

Ich streichle seine Wange. *Was soll ich tun, Jack?*

Die Antwort erklingt flüsternd in mir: *Ich vertraue dir.*

Eine Träne gleitet über mein Gesicht und ich sehe zu Kai auf. Sie stützt sich auf Auggies Arm, eine Hand an der Brust, die Qual steht ihr ins Gesicht geschrieben.

Unsere Freunde sehen alle zu mir, warten.

Und ich weiß … ich muss die Wahl treffen, die Jack wollen würde. So wie ich es an dem Tag am See getan habe. So wie Jack es getan hat, als er die Wahl traf, mich durch die Ley-Linien zu ziehen. Denn in seinem Herzen wusste er, dass ich ihm vertraute, dass er für uns alle die richtige Wahl trifft.

Ich wende mich an unsere Freunde, sicher, dass dies richtig ist. Dass dies das ist, was er für sie wollen würde. »Helft mir, ihn reinzubringen.«

60

UND SIEHE, ES IST BEENDET

Fleur

Sanftes Nachmittagslicht dringt durch die Vorhänge in Auggies Gästeschlafzimmer. Eine antike Uhr tickt unaufhörlich in der Ecke. Jack hat sich kaum gerührt während der stündlichen Schläge. Ich sitze in einem Klappstuhl an seinem Bett, meine Hand auf seiner Brust und meine Stirn auf seiner nackten Schulter, und ich kämpfe gegen den Drang an, einzuschlafen.

Kai und Julio streiten sich unten. Größtenteils über Jack. Julio hat Angst, dass Jack zu lange schläft. Dass etwas mit ihm nicht stimmt. Kai beharrt darauf, dass sie Jacks Zukunft gesehen hat und dass er wieder in Ordnung kommt – dass er nur Zeit braucht, um zu ruhen und sich von dem Trauma und all den Verletzungen zu erholen. Julio hat sie daran erinnert, dass sie ihm die schlimmsten zugefügt hat, was ihre Kompetenz in dieser Sache in Zweifel ziehe. Ich hatte gezögert, sie im gleichen Raum zu lassen, aber Kai schien sicher, dass Julio sie nicht umbringen würde, und ich sah nicht viel Sinn darin, mich mit ihr darüber zu streiten. Offensichtlich hat Anankes Magie ihr die Gabe der unfehlbaren Voraussicht verliehen, eine Tatsache, die sie auf subtile Weise

Julio unter die Nase zu reiben genießt, wann immer er sie verärgert.

Um meine Sorge zu mindern, hatten Auggie und die anderen zugestimmt, unten zu bleiben und den Frieden zu wahren, damit ich hier oben bei Jack bleiben kann.

Ich vergrabe meinen Kopf an seiner Schulter. Der stumpfe Schmerz in meiner Brust wird schwerer zu ignorieren, die Nervosität erschwert das Atmen. Meine Handfläche ruht auf seinem Herzen. Das hier wird alles neu sein für uns beide. Ich bin nicht einmal sicher, was das Ausmaß und den Rahmen unserer Macht angeht oder wie sie zusammen funktionieren wird. Kai sagt, wenn Jack aufwacht, wird er die Vergangenheit deutlich sehen können, dass er all meine Erinnerungen und Entscheidungen in meinen Augen sehen wird – und dass er es verstehen wird. Für den Moment erleichtert die Berührung den Schmerz und den Druck nicht, den ich in mir trage, und ich kann die Zeit nicht manipulieren. Ich kann nur hier sein, wenn er aufwacht, und hoffen, dass ich die richtige Entscheidung getroffen habe.

»Deine Hände sind kalt«, murmelt er.

Ich hebe den Kopf. Seine Hand gleitet über meine, klamm und warm, aber etwas weniger fiebrig, und ein kleines Lächeln umspielt seine Mundwinkel.

Plötzlich hört seine Brust auf, sich zu bewegen.

Sein Lächeln verblasst. Mein Herz wird schwer, als seine Augen unter den Lidern hin und her huschen, und ich erkenne an der plötzlichen Beschleunigung seines Herzschlags, dass er sich erinnert.

Sein Kopf dreht sich auf dem Kissen hin und her. Ich zwinge mich, seinem Blick zu begegnen, als seine Lider sich flatternd öffnen. Er greift nach mir, sein Daumen streichelt die Haut unter meinem Auge.

»Sie sind komisch, ich weiß.« Mein Gesicht wird wärmer, je länger er sie anblickt. Ich will mich abwenden, aber er umfasst meine Wange, dreht mich sanft wieder zu sich.

»Nein, es ist nur … ich brauche einen Moment«, sagt er und schiebt sanft mein Kinn hoch. »Ich war nicht sicher, ob ich dich jemals wiedersehen würde. Ich möchte dich nur ansehen.« Der Blick seiner grauen Augen huscht zwischen meinen hin und her, als beobachte er Szenen aus einem Film, die sich darin abspielen.

»Du hast mir die Magie gegeben«, sagt er. »Das Eis auf meiner Haut, als ich auf der Brücke war … Das hatte nichts mit dem Sturm zu tun. Als wir uns bei der Uhr geküsst haben … du hast sie mir eingehaucht.«

Ich nicke in seiner Hand. »Kai wusste, dass Magie in dir war. Sie hat es in der Gasse gerochen, als sie aus Auggies Haus trat.«

»Sie hat mich ›Winter‹ genannt. Aber das heißt …« Er runzelt die Stirn, als hätte er Mühe, sich zu erinnern, was als Nächstes passierte.

Ich halte seine Hand an meiner Wange fest. Sein Blick hält meinen und ich lasse meine Erinnerungen seine Lücken füllen, beginne mit dem Augenblick, in dem ich mich in der Stasiskammer hinten im Van materialisierte. Ich zeige ihm, wie Julio und Amber die evakuierten Jahreszeiten zusammenriefen, um bei seiner Flucht zu helfen. Dass Lixue unter ihnen war und ihre Hilfe angeboten hatte, als wir nicht sicher waren, dass er es über die Brücke schaffen würde.

Er schluckt angesichts meiner Erinnerung an sein Gesicht im Schlaf, bedeckt von Frost, so blendend schön wie Sonnenschein auf Schnee in jenen Momenten vor der Extraktion. Stumme Tränen laufen über mein Gesicht, während ich mich für ihn daran erinnere. Wie er sich widersetzte und im Schlaf aufschrie, während ich seine Wintermagie nahm. Wie er danach still wurde und nicht aufwachte.

Kai war wach während ihrer Extraktion. Der Schatten, den ich aus ihren Lungen in meine sog, hatte einen Schimmer von Jack enthalten, aber auch Teile von Kai und ihrer Schwester, und als ich ihn in ein Glasgefäß hauchte, das Auggie mir brachte, hatte Kai mich aufgehalten, bevor ich den Deckel versiegeln konnte. Sie bat mich, ihn gehen zu lassen. Zusammen ließen wir ihn frei.

Aber Jacks …

»Du hast ihn festgehalten«, sagt er und wischt eine Träne von meiner Wange.

Es waren nur eine Handvoll Funken. Aber die Last dieser Entscheidung hatte sich sehr viel größer angefühlt. »Es tut mir leid«, sage ich und atme schaudernd aus. Innerhalb weniger Stunden habe ich ihm seinen größten Wunsch erfüllt und ihn ihm wieder entrissen. »Ich musste ihn dir nehmen. Kai sagte, es würde dich sonst umbringen. Aber ich konnte ihn noch nicht freilassen. Nicht, ohne dich zu fragen.«

Er streicht mir eine Locke aus den Augen. »Ich habe ihn gehen lassen. Das solltest du auch.«

»Bist du sicher?«

Er nickt, nimmt meine Hand. Ich hole langsam Luft und lasse los. Eine silberne Ranke aus Magie windet sich aus meinen Lungen hervor. Der Schatten ist klein, durchscheinend und dünn, hat nur kurz in Jack gelebt, und ich frage mich, ob es ihm bei diesem leichter fällt, sich von ihm zu trennen. Er schwebt, umkreist das Bett, dann flitzt er unter der Tür hindurch.

Das Geplapper unten endet abrupt. Füße stampfen die Treppe hinauf, rasche Bewegungen und hektische Stimmen. Die Schlafzimmertür fliegt auf.

Julio platzt herein, hält den Stab mit einem schäbigen alten

Ofenhandschuh fest. »Wir haben den Schatten gesehen. Ist er wach?« Amber, Chill, Poppy und Marie stürzen nach ihm herein.

Jack sieht sie mit einem erschöpften Lächeln an. »Ich bin wach.«

»Wurde aber auch Zeit«, seufzt Julio. »Um Gaias willen, Sommers, wir dachten, du würdest sterben.«

»Ich habe euch doch gesagt, er kommt wieder in Ordnung.« Kai steht noch im Flur, der Blick ihrer kristallenen Augen undeutbar, als er auf Jack fällt.

Jack zeigt auf ihr Gesicht. »Keine Klappe? Wie hast du das geschafft?«

»Ich schätze, Ananke war froh, ihr Auge zurückzuhaben. Kein Fluch mehr«, sagt sie mit einem schüchternen Schulterzucken.

Anspannung schwelt zwischen Kai und … na ja, allen. Wenn wir nicht alle gesehen hätten, was sie getan hat – Jacks Leben retten, ihm den Stab geben, nicht von seiner Seite weichen während der Extraktion seiner Magie –, ich bin nicht sicher, ob einer von uns sonst geneigt gewesen wäre, sie bleiben zu lassen. Aber etwas sagt mir, dass die Spannung nichts mit uns zu tun hat, sondern alles mit ihrer neu gefundenen Sicht. Sosehr sie Julio gegenüber mit ihrer Macht geprahlt hat, hütet sie sich davor, uns anzusehen. Passt auf, wenn sie spricht. Als hätte sie Angst, zu nahe zu kommen oder zu viel zu sagen. Sogar bei Auggie.

Julio tätschelt Jacks wunde Schulter und er zuckt zusammen, dann hält er ihm den Stab hin. »Nur fürs Protokoll, Sommers, ich nenne dich nicht Eure Majestät, Chronos, Eure Exzellenz oder Dad. Also lass dir das Ganze nicht zu Kopf steigen, sonst könnte ich gezwungen sein, dich an deine bescheidenen Wurzeln zu erinnern.«

Jacks Lachen löst endgültig meine Beklemmung. »Verstanden«, sagt er. »Keine Ehrentitel.« Er sieht die Sense an und seine Brauen ziehen sich herab. Er will danach greifen, dann ändert er seine Meinung. »Stell sie in den Schirmständer da drüben, ja?«

Julio runzelt die Stirn. »Klar, okay.« Die anderen tauschen besorgte Blicke und Julio stellt den Stab in den Ständer und streift den Ofenhandschuh ab. Die Sense sieht ein wenig aus wie ein Theaterrequisit und doch nicht völlig fehl am Platz in diesem Raum voller Antiquitäten.

Auggie bahnt sich einen Weg ins Zimmer. »Ich möchte ja nicht der Überbringer schlechter Nachrichten sein, aber es gibt eine ganze Menge Arbeit zu erledigen – Jahreszeiten brauchen ein neues Zuhause, Stürme müssen besänftigt werden, ein Observatorium muss geborgen werden … Sobald du dich dem gewachsen fühlst, sollten wir vermutlich alle zusammen besprechen, wie wir weitermachen.«

»Gaia, Chronos und Ananke«, flüstert Jack. »Ich weiß nicht mal, wo ich anfangen soll.« Er reibt sich die Augen, wirkt schon jetzt überwältigt.

»Ich habe heute Morgen eine Funkübertragung an die vier Portale geschickt, um die Wachen darüber zu informieren, dass es einen neuen Chronos gibt«, erklärt Auggie.

»Wie haben sie die Neuigkeit aufgenommen?«, fragt Jack.

»Bemerkenswert gut. Doug hat offenbar nicht viel Loyalität errungen während seiner kurzen Amtszeit. Sie sind erleichtert, denke ich, dass ihr neuer Chronos jemand ist, den Lyon zu seinem Nachfolger erwählt hat – und dem er das zutraute.«

Jacks Adamsapfel hüpft. Ich lege meine Hand auf seine, drücke sie sanft. Ich bin nicht sicher, ob es Trauer über Lyons Tod ist oder Sorge über die enormen Erwartungen des Professors an ihn, die in Jacks Kehle festsitzen. »Was ist mit den evakuierten Jahreszeiten?«, fragt er mit rauer Stimme.

»Die Portale wurden angewiesen, Schutz für so viele obdachlose Jahreszeiten zu bieten, wie sie hier in der Stadt finden können, und sie werden globale Updates durch jeden offenen und sicheren Kanal an die in Übersee schicken. Sie werben um Freiwillige und versetzen bereitwillige Jahreszeiten in vom Sturm verwüstete Gebiete und Regionen in Not. Sie erwarten weitere Anweisungen von dir … Chronos«, fügt er vorsichtig hinzu.

Jack setzt sich auf. Ich drücke ihn an den Schultern wieder herunter, sage: »Wir sind in ein paar Minuten unten, Auggie.« Ich sehe sie alle vielsagend an. Einer nach dem anderen verlassen sie das Zimmer. Kai ist die Letzte.

»Wie viel Zeit haben wir?«, flüstere ich ihr zu, als sie gerade gehen will.

»Fünfzehn Minuten werden nicht schaden.« Kais Lächeln ist schief, dann zieht sie die Tür zu.

Ich sehe bereits, wie es in Jacks Kopf arbeitet. Wie er sich sorgt. Wie sich Puzzleteile komplexer Pläne zusammenfügen. »Entspann dich.« Ich steige auf das Bett, lege meinen Kopf auf meine Hand und strecke mich neben ihm aus. »Kai sagt, alles wird gut.«

»Wie?« Er runzelt zweifelnd die Stirn.

»Das sagt sie mir nicht. Aber es ergibt keinen Sinn, mit der Unvermeidlichkeit zu streiten. Oder mit mir.« Ich rolle mich an seiner Seite zusammen und lege meinen Kopf auf seine Brust.

Sein Lachen grollt unter mir, als ich in langsamen, filigranen Mustern über seine Haut fahre. Sie ist warm, der nachklingende Duft des Winters so schwach, dass ich tief einatmen muss, um ihn zu finden. »Bist du in Ordnung?« Ich frage mich, ob er die Kälte vermisst. Ob seine neue Magie sich jemals passend anfühlen wird. Der Schlag seines Herzens ist ruhig und stark, im Takt mit der Uhr in der Ecke.

»Mir geht es gut.« Er hebt mein Kinn an. »Ich mache mir mehr Sorgen um dich.«

Ich weiß, was er wissen will. In meinen Augen hat er zuvor nicht nur die Erinnerungen gesehen, die ich ihm gezeigt habe. Er hat alles gesehen. Jeden Kampf, jede Unterhaltung, jedes Trauma, das ich als Dougs Gefangene erlitten habe.

»Mir geht es gut.«

»Du hättest ihn nicht retten können«, sagt er leise. »Es lag niemals in deiner Verantwortung, ihn in Ordnung zu bringen. Er hat seine eigenen Entscheidungen getroffen. Er kannte den Preis.«

»Ich weiß.« Und doch fühle ich seinen Verlust auf eine Art, die ich noch nicht ganz fassen kann.

»Fleur, ich weiß …« Er hält inne, wählt seine Worte mit Bedacht. »Ich weiß, du hattest nie vor, zurück zum Observatorium zu kommen. Das hättest du wohl nie getan, wenn Doug dich nicht dazu gezwungen hätte. Ich weiß, du wolltest, dass alles so bleibt, wie es war, aber …«

»Du musst es nicht sagen«, erwidere ich und lege mein Kinn auf seine Brust. »Die Dinge sind jetzt anders. Wir haben eine Verantwortung.« Für das Observatorium. All die obdachlosen Jahreszeiten. Unsere Freunde. Wir können nicht zurück in die Villa. Nicht jetzt. Noch nicht. Vielleicht niemals.

Ich hebe den Kopf und blicke ihm in die Augen, damit er sieht, dass ich diese Wahl bereits allein getroffen habe. Bevor ich wusste, dass Gaia und Lyon genau diesen Ausgang für uns geplant hatten. Noch bevor die Macht unsere war, als alles hoffnungslos schien. Ich wusste, ich würde Gaias Magie an mich nehmen, selbst wenn es bedeuten sollte, meine Freiheit zu verlieren. »Jemand musste aufstehen und die Verantwortung für die Zukunft übernehmen. Das können genauso gut wir sein.«

Er umfasst meine Wange, drückt einen sanften, ehrfürchtigen Kuss auf meine Lippen. »Du bist wunderbar, weißt du das?«

»Wir sollten gehen«, sagte ich, verlockt, den Kuss zu vertiefen und hier in seinem Arm liegen zu bleiben für den Rest unserer unsterblichen Leben. »Wir müssen eine Welt retten.« Der Gedanke ist mehr als nur etwas beängstigend.

»Wir haben Zeit.«

»Sagt wer?«, necke ich.

Er grinst an meinen Lippen. Rollt mich über sich und drückt mich aufs Bett, küsst meinen Hals entlang. »Sage ich.«

Ich bekomme einen Kicheranfall. »Ich fürchte, die Macht steigt dir bereits zu Kopf.«

»Nur, weil du sie mir gegeben hast.«

Wir beide zucken zusammen angesichts eines andauernden Klopfens, das klingt wie ein Besenstiel, der von unten gegen die Decke pocht. Julios Stimme dröhnt durch den Boden. »Komm hier runter, Arschloch. Wir haben bereits eine Million Brände zu löschen.«

Jack drückt einen Kuss auf meine Nasenspitze. Mit einem Seufzen setzt er sich auf und greift nach dem Stab im Schirmständer.

61

ALLES GANZ ANDERS

Ein Monat später

Jack

Glas klimpert, ein Haufen glitzernder Scherben sammelt sich in der Handschaufel, in die ich sie vom Teppich fege. Manche sind dick und gebogen, Überreste der Kugel, die Lyon zerschlagen hat, als er meinen Schatten befreite. Andere sind dünn und flach, sie stammen von dem gerahmten Poster, dessen Glas ich auf der Suche nach Lyons letztem Brief zerschlagen habe.

Amber hat angeboten, eine Mannschaft zu schicken, die sich für mich darum kümmert. Aber der Gedanke daran, eine Reinigungsmannschaft zu schicken, oder auch nur einen Staubsauger in diesem Raum zu benutzen, schien falsch – der Lärm, die Geschwindigkeit, die kühle Effizienz –, etwas, das Lyon nicht tun würde. Lyon legte Wert darauf, die Arbeit selbst zu machen. Ihm war es wichtig, sich ruhig und sorgfältig mit seinen Problemen auseinanderzusetzen. Er war überzeugt, dass der einfache Akt des Kniens, das eigene Durcheinander aufzusammeln und die zerbrochenen Teile wegzuwerfen, eine Lektion an sich wäre. Für Lyon war alles eine Lektion. Und selbst nach einem Monat als Chronos habe ich immer noch so viel zu lernen.

Es war schwer, vor einem Monat seine Bürotür aufzuschließen und in diesen Raum zu treten. Ihn so zu sehen, mich daran zu erinnern, dass Lyon für immer weg war, hatte etwas in mir erneut zerreißen lassen. Doch als ich einen Stuhl umdrehe und ihn auf die Füße stelle, alle Schubladen zurück in seinen Schreibtisch schiebe und seine Schreibunterlage richte, bin ich nicht überrascht, festzustellen, dass er recht hat. Der einfache Akt, sein Büro aufzuräumen, kehrt den Staub und die scharfen Kanten aus meinen Erinnerungen an ihn, macht den Raum, den er in mir einnimmt, weniger kaputt und erleichtert es, Zeit darin zu verbringen.

Ich lasse mich langsam auf seinen Bürostuhl sinken, lasse den Ausblick von dieser Seite des Schreibtischs auf mich wirken und wünsche mir, ich müsste das nicht tun. Ich würde alles geben, um ihm noch einmal gegenüberzusitzen, ihm zu sagen, was all seine Lektionen – sogar die schmerzhaften – mir bedeutet haben. Wenn mich meine neue Rolle etwas gelehrt hat, dann, dass es keinen Weg zurück gibt. Wir können uns nur an unsere Lektionen erinnern, versuchen, aus ihnen zu lernen, und weitergehen.

Ich sehe auf meine Uhr. Das breite Platinband und das Ziffernblatt passen zur Farbe und zum Lack des Stabs der Zeit, aus dem sie gemacht ist. Nicht lange, nachdem ich ihn übernommen hatte, habe ich einen Sommer im Ruhestand eingestellt – Uhrmacherlehrling in seinem früheren Menschenleben –, der ihn einschmelzen sollte. Er goss das Erz und erschuf die Armbanduhr genau nach meinen Vorgaben. Das Bild eines Löwen ist in die Rückseite geritzt. Ein kleiner Diamant ruht auf der Spitze des Stundenzeigers, ein weiterer auf dem Minutenzeiger, und Symbole, die jede der vier Jahreszeiten darstellen, sind an den vier Hauptpunkten des Ziffernblatts eingebettet.

Der Rest des Stabs wurde für Plaketten eingeschmolzen, die an die Freunde erinnern, die wir auf dem Weg verloren haben: eine für Lyon und Gaia, eine für Woody, eine für Noelle und sogar für Lixue, Boreas und Névé.

Schwungvoll hebe ich Lyons Bücher vom Boden auf und lege sie auf den Tisch, halte bei seiner zerlesenen Ausgabe von *Aesops Fabeln* inne. Die Illustrationen bringen ein Lächeln auf mein Gesicht, weil ich mich an das erste Mal erinnere, als ich ihn damit sah – er hatte mich dabei erwischt, wie ich in die Archive eingebrochen war auf der Suche nach einer Möglichkeit, Fleur zu retten.

Ich blättere zur letzten Seite, überrascht, einen schmuckvollen Eisenschlüssel an die Innenseite des Covers geklebt vorzufinden. Er ist rustikal und alt, mit komplexen Filigranarbeiten am Griff und großen eckigen Zähnen. Ich löse ihn vom Klebestreifen und lege das Buch ab, um den Schlüssel genauer zu untersuchen. Die Muster sind keine gewöhnliche Filigranarbeit … es sind die verworrenen Wurzeln eines Baums. Der Umriss passt zu der Schnitzerei auf den Eisenholztüren der Archive unten – der Baum des Wissens.

Und ich weiß, ohne jeden Zweifel, dass Lyon diesen Schlüssel für mich hinterlassen hat.

Ich beende das Aufräumen. Und als ich mich in seinem Büro umsehe, schicke ich einen Wunsch hinauf für Lyon und Gaia, dass sie zusammen sind irgendwo da draußen im Universum. Ich schalte die Lichter aus und ziehe die Tür zu, verschließe das Büro hinter mir.

Jahreszeiten, Admins und Angestellte halten in ihrer Arbeit inne, um mich zu begrüßen, als ich vorbeikomme. Ich korrigiere sie nicht mehr, wenn sie mich Chronos nennen. Meine Bemühungen, mich einzufügen, hätte ich mir schenken können. Obwohl ich keinen Anzug trage oder die Sense dabeihabe, weigern sich alle, mich Jack zu nennen. Fleur sagt, gerade das Fehlen der Sense sowie meine Bereitschaft, an ihrer Seite den Hammer zu schwingen, habe mir ihren Respekt eingebracht und so erweisen sie ihn mir eben. Aber wenn überhaupt, dann sehe ich zu *ihnen* auf. Fleur und ich hatten kaum eine Wahl, als zu bleiben. Und da waren genug Jahreszeiten, Admins und Angestellte, die nicht geblieben sind, die sich stattdessen dazu entschlossen haben, ihre eigenen Wege zu gehen.

Ich klatsche mit einem mir bekannten Winter ab, an dem ich an der offenen Pforte vorbeikomme. Die Plexiglasbarrieren waren das erste Abrissprojekt, das wir in Angriff genommen haben. Die Vollendung dieser Aufgabe wurde mit Musik, Tanz, Fackellicht und Kuchen gefeiert und die Party dauerte Stunden. Als wir am nächsten Tag aufwachten, fingen wir mit unserer ersten Ergänzung des Observatoriums an – eine Erinnerungswand, die das Kreuz umgibt, auf der die Namen jeder Jahreszeit, jedes Admins und jedes Angestellten aufgezählt sind, die bei den Stürmen und Erdbeben starben.

Ich nehme den Aufzug hinunter zur Verwaltungsebene. Die Türen öffnen sich zum stets gegenwärtigen Dröhnen von Bohrern, Sägen und Hämmern, aber wir kommen voran. Auggies Reihenhaus ist in ein Bauleitungsbüro umfunktioniert worden und von dort aus unterstützt er unsere externen Prozesse mit menschlichen Lieferanten, Banken und Spediteuren. Wir leben davon, dass unsere Angestellten in Rente – die alt genug aussehen, um als Bauunternehmer durchzugehen – unsere Versorgungsfahrten vornehmen, Baugeräte mieten und Lieferungen zu unseren Warenhäusern an der Oberfläche abzeichnen, während Fleur und ich die Sanierungsmaßnahmen hier unten koordinieren.

Ich laufe an einer Reihe hoher Leitern in der Galerie vorbei. Als ich nach oben schaue, entdecke ich eine Mannschaft aus Jahreszeiten und Admins, die das Fresko neu malen, das bei dem Beben beschädigt wurde. Ich bemerke unwillkürlich, dass die Gesichter von Chronos, Ananke und Gaia ein wenig aussehen wie ich, Kai und Fleur. Die Jahreszeiten auf den Leitern grinsen schelmisch auf mich herab, Farbe auf den Kitteln und in den Gesichtern. Ich schüttle den Kopf und lächle sie ebenfalls an. Ich werde echt viel zu tun haben, um Julio zu überzeugen, dass das nicht meine Idee war.

Vielleicht bemerkt er es ja gar nicht. Er und Marie haben den größten Teil ihrer Zeit damit verbracht, das Trainings- und Orientierungsprogramm für neue Jahreszeiten zu beaufsichtigen. Admins, die ihre Jahreszeiten während des Sturms verloren haben, haben die Möglichkeit, selbst Jahreszeiten zu werden, und ihnen wurden eigene Regionen zugeteilt. Marie hatte bei dieser Idee zuerst gezögert, aber Chill war eisern, dass es funktionieren könnte. Bereits bekannt mit unserer Welt und ihren Rollen, konnten sich die neuen Jahreszeiten rasch anpassen und waren scharf auf die Gelegenheit, einen Teil des Jahres oben zu leben.

In der Zwischenzeit hatte Amber das Kommando über die neue Wache übernommen, deren Hauptverantwortlichkeit die Gesundheit und das Wohlergehen von Jahreszeiten und Admins weltweit ist. Poppy kümmert sich um die Jahreszeitenbeziehungen und Chill ist amtierender Direktor der IT. Zusammen mit Amber verfolgen sie den Strom der Jahreszeiten in und aus dem Observatorium, planen friedliche Übergaben zwischen ihnen und arrangieren den Transport nach Hause, wenn ihre Zeit vorbei ist. Chills Team überwacht die befreiten Jahreszeiten, die sich dazu entschieden haben, oben zu leben, senden bei Bedarf ein Notfalleinsatzteam aus, um aufkommende Probleme zu regeln.

Es ist nicht alles eitel Sonnenschein. Von Zeit zu Zeit gibt es

Zankereien und selbst mit all unserer kollektiven Magie können wir nicht jeden Sturm verhindern. Aber wir stellen uns ihnen gemeinsam, als Gemeinschaft. Als Familie. Unsere eigenen Hinterlassenschaften aufzuräumen gehört mit zum Wachstumsprozess.

Niemand erhob Einwände, als Fleur und ich Poppy und Chill die Schlüssel zu Dougs Suite gaben. Amber, Julio und Marie rissen mit Freuden ein paar Wände zwischen ein paar Schlafquartieren ein und verwandelten sie in ein Apartment mit zwei Schlafzimmern. Fleur und ich boten an, Kai zu helfen, das Gleiche zu machen, aber sie war zufrieden damit, wieder in ihr altes Schlafquartier zu ziehen. Mit Ausnahme von ein paar Klassen, die sie für Julio unterrichtet, verbringt sie die meiste Zeit damit, in die Zukunft zu sehen und Menschen zu identifizieren, die sich schließlich dafür entscheiden werden, Jahreszeiten zu werden. Poppy benutzt diese Informationen, um Fleurs Reisepläne zu organisieren, sorgt dafür, dass sie genau im Moment des frühzeitigen Ablebens des Menschen eintrifft, und veranlasst dann die Begleitung für die sichere Heimreise der neuen Jahreszeit.

Fleur und ich haben uns in Gaias altem Apartment niedergelassen; Fleur konnte sich nicht dazu überwinden, in Dougs zu ziehen. Sie redet nicht viel darüber, was zwischen ihnen passiert ist, aber gelegentlich, wenn sie die Last der Dinge teilen muss, die zu schwer laut auszusprechen sind, zeigt sie mir kurze Einblicke in ihre Erinnerungen. Eine im Besonderen verfolgt sie mehr als die anderen – das Gesicht eines Jungen, den Doug getötet hat und den Fleur zu retten versuchte, indem sie ihn in eine Jahreszeit verwandelte. Es ist uns gelungen, seine Stasiskammer zu finden, vergraben unter dem Schutt. Verlassen während der Evakuierung, hatte die Kammer keinen Strom mehr gehabt. Der Junge hatte nicht überlebt und seine Magie entkam durch einen Riss in der Kuppel.

Die Wände um mich herum verengen sich zu fackelbeschienenen Tunneln, als ich hinabsteige in die uralten Gänge unter dem Westflügel. Das Summen eines Generators wird immer lauter, bis ich schließlich vor den Türen zu den Archiven stehe. Das Sicherheitspanel daneben ist dunkel. Das Schlüsselkartensystem ist abgeschaltet – das zweite Abrissprojekt, nachdem wir die Pforten im Kreuz zerlegt hatten.

Ich ziehe den Baum des Wissens auf und werde von einem Strom staubiger Erinnerungen begrüßt. Bewegungssensoren lösen die Lampen aus. Sie gehen an, Raum um Raum, lassen mich wissen, dass ich allein bin, während ich an den Glasschaukästen mit uralten Schriftrollen und ledergebundenen Folianten vorbeilaufe. Vor einer schweren Stahltür bleibe ich stehen.

Das Eisen rasselt leise, als ich Lyons Schlüssel in das Schloss schiebe. Die Scharniere quietschen und eine Kette aus Lichtern geht flackernd eine nach der anderen an, als ich die Tür aufstoße. Ich hole überrascht Luft angesichts der Größe dieses Raums. Der Bereich, in dem die Geschichtsbücher stehen, die Michael uns zu lesen verbot, war den Jahreszeiten untersagt, als ich früher hier lebte. Die Reihen mit staubbedeckten Handbüchern und Texten scheinen kein Ende zu nehmen. Kein Ende der Regale und Schaukästen, die antike Maschinen und uralte Erfindungen enthalten.

Ich neige den Kopf, lese die Rücken der Bücher, habe zu viel Angst, sie anzufassen, falls sich das zerbrechliche Pergament auflöst. Die gesamte Bibliothek scheint chronologisch geordnet und ich finde den Band – genau den Band, den ich suchte, als Lyon mich dabei ertappte, wie ich durch die Reihen im Hauptraum des Archivs herumschlich.

Die Geschichte der Natürlichen Ordnung Band 121 ragt ein wenig unter den anderen Bänden vor, etwas verborgen von den anderen sauber ausgerichteten Rücken, als wäre es in Eile zurückgestellt worden. Ich nehme es vom Regal und ein gefalteter Brief rutscht aus den Seiten. Meine Kehle wird eng, weil ich Lyons vertraute, schwungvolle Sauklaue erkenne.

Jack,

ich hoffe, der Umstand, dass du diesen Brief liest, bedeutet, dass das Schlimmste bereits vorbei ist und du und Fleur euch beide von euren Qualen erholt.

Du hast einmal genau diesen Band gesucht, wenn mein Gedächtnis mich nicht trügt. Zu dieser Zeit konnte ich dir nicht die Wahrheit enthüllen. Denn große Anführer kommen nicht zu Größe, indem sie den leichten Pfad beschreiten. Sie bahnen ihn selbst, erleiden Verluste, Schmerz und Triumphe entlang des Wegs. Du hast den Titel verdient. Es war eine Ehre und ein Privileg, den Mantel für eine kurze Zeit zu tragen, bis du bereit warst, ihn zu nehmen.

Du bist hier nicht länger ein Dieb des Wissens. Du hast den Schlüssel. Du besitzt jetzt dieses Wissen und mit ihm die Macht, Zugang zu gewähren oder zu verweigern. Ein Anführer, der auf Ignoranz baut, steigt nie sehr weit auf. Ich vertraue darauf, dass du und Fleur fürsorgliche, ausgeglichene Entscheidungen trefft.

Mittlerweile fragst du dich vielleicht, was ist die Macht Chronos'? Das Herz von Chronos' Macht liegt nicht in der Klinge der Sense. Sie liegt in der Schärfe des Geists derer, die sie führen. Die Macht liegt in der Weisheit, die sie dir gewährt, nicht darin, die Zukunft zu sehen und einen leichten Weg zu finden, sondern in den Lektionen, die man rückblickend erkennt. Du allein hast die Macht, die Zeit anzuhalten, nicht weil sie dir Kontrolle über andere gewährt, sondern damit du die Kontrolle über dich wahren kannst. Die Magie gewährt dir Zeit zu denken – losgelöst von den Handlungen und Einflüssen anderer –, bevor du die schwierigen Entscheidungen triffst, die du jetzt treffen musst.

Die Magie der Zeit mag sich unbedeutend anfühlen, wenn man sie mit den anderen vergleicht, aber sie ist mächtiger, als du jetzt schon begreifen magst. Du besitzt das Geschenk des Lebens, das im Moment gelebt wird, die Macht, innezuhalten und die Schönheit und das Wunder überall um dich herum zu sehen, damit du dich vielleicht besser daran erinnerst, wem du dienst und weshalb. Und in diesen erstarrten, einzelnen Augenblicken dient es dazu, dich daran zu erinnern, dass selbst die größten Herrscher nur vorwärtsgehen und Veränderung in der Welt nur in Synchronizität mit denen um uns herum herbeiführen können. Aus dieser Lektion – der Lektion von Gemeinschaft und Vertrauen – habe ich große Freude gezogen, während ich dir zusah, wie du sie gemeistert hast. Und sie ist der Grund, aus dem ich mich bereit fühlte, meinen Stab an dich zu übergeben, mittels Doug, und weiterzuziehen in den nächsten Lebenszyklus. Wir beide wurden nur von einer Gestalt in die nächste verwandelt …

Mit diesem Schlüssel und meinem Segen überlasse ich dich deinem Königreich und Fleur. Mögt ihr ihm gemeinsam gut dienen.

Mit Stolz auf alles, was ich in dir gesehen habe – sowohl Vergangenheit als auch Zukunft,

Daniel Lyon

PS: Dieser Raum wurde vernachlässigt und würde von einem Vollzeitkurator profitieren. Ich glaube, du kennst vielleicht schon jemanden, der für diese Aufgabe gut geeignet wäre.

Ein Lächeln vertreibt den Kloß in meiner Kehle. Ich ziehe mein Telefon aus der Tasche und klicke mich durch meine Kontakte. Auggies Voicemail geht ran.

»Hey, Auggie, hier ist Jack. Ruf mich an, wenn du dazu kommst. Ich habe ein Projekt, bei dem ich die Hilfe eines Experten gebrauchen könnte.« Ich lege auf und kann nicht anders, als zu bewundern, wie perfekt sich Lyons Pläne immer zu fügen scheinen, sogar in seiner Abwesenheit.

Ich schiebe das Buch unter meinen Arm, lasse die Tür zu diesem Bereich weit offen stehen, als ich gehe. Die Lichter schalten sich von selbst ab, nachdem ich den Raum verlassen habe, so wie sie sich für die nächste Jahreszeit wieder anschalten werden, die auf der Suche nach Antworten herkommt.

62

UND WIR MACHEN WEITER

Fleur

Jack ist spät dran für das Abendessen. Kai versichert mir, dass er auf dem Weg ist und hier sein wird, bevor die Abendunterhaltung vorbei ist. Wie jeden Abend ist der Speisesaal randvoll, sämtliche Jahreszeiten, Admins und Angestellten drängen sich in dem Raum, das Klappern von Tabletts und Besteck und das Geplapper fast ohrenbetäubend. Ein Schneeball fliegt über unseren Tisch, trifft Julio, der sich gerade den letzten Rest Knoblauchbrot in den Mund stopft, an der Schulter. Sein Kopf ruckt hoch, das Gesicht finster, bis der Gesang einsetzt.

»Ju-li-*oh*! Ju-li-*oh*! Ju-li-*oh*!« Bald schreit jeder im Raum seinen Namen, sie klopfen mit den Gabeln auf die Tische. Röte brennt auf seinen Wangen und er greift nach seiner neuen Gitarre – eine glänzende Akustikgitarre, die Amber ihm vor ein paar Wochen gekauft hat, nachdem sie sich hier eingerichtet hatten.

Der Saal flippt aus, klatscht und schreit seinen Namen. Eine Gruppe von Herbsten hinten winken mit winzigen Flammen über den Köpfen. Unter ihnen erkenne ich das Paar, das Doug fast mit dem Auto überfahren hat. Coral, das Sommermädchen, das den blauen Pulli anhatte, schmiegt sich unter Rustys Arm, lacht, als er mit einer Flamme über ihrem Kopf wedelt. Ein paar Frühlinge, Winter und Sommer schließen sich mit ihren Feuerzeugen an. Holly, die älteste und beliebteste Cafeteriaangestellte, dimmt jedes Deckenlicht ab bis auf eines.

Julio stimmt die Saiten, während er zu einem Hocker geht, der unter dem Deckenstrahler steht. Poppy stößt Amber den Ellbogen in die Rippen, während Julio der Gitarre die ersten Akkorde einer ihrer Lieblingssongs entlockt. Marie hält ihre Hand an den Mund und ruft Julio zu, er solle endlich mit der verdammten Show anfangen, ihr Feuerzeug hoch über dem Kopf schwenkend.

Mein Blick kehrt immer wieder zur Tür zurück. Ich hasse es, dass Jack das hier verpasst. Nach den langen Tagen mit harter Arbeit – nach den Schwielen und den Sägespänen, den schmerzenden Muskeln und den farbbespritzten Kleidern – freuen wir uns immer alle auf die Stunde nach dem Essen. Es ist eine Lektion, die wir sieben seit unserer Zeit auf der Flucht verinnerlicht haben: Ein bisschen Lachen, ein Song, eine heiße Mahlzeit geteilt mit Freunden – das ist die beste Medizin für eine kampfesmüde Seele.

Witzig, hätte man mich vor einem Jahr gefragt, ob ich mir je vorstellen könnte, hierher zurückzukehren, hätte ich gesagt, dass ich lieber sterben würde. Jetzt kann ich mir nicht vorstellen, irgendwo anders zu leben. Nicht wegen des Orts, an dem wir sind, sondern wegen der Leute, mit denen ich dieses neue Leben teile. Ich fühle sie – jede Seele in diesem Raum ist ein Teil von mir und ich bin einer von ihnen, und ich weiß jetzt, worin ich mir nie ganz sicher war, als ich die Entscheidung getroffen habe, hierzubleiben – dass ich mein Leben geben würde für jeden Einzelnen von ihnen. In ihren Gesichtern sehe ich uns sieben, wie wir waren. Ich sehe, wer sie noch werden. Und diese Vision der Zukunft trägt mich.

Eine Brise weht an meinem Hals vorbei und umkreist meine Knöchel. Ich drehe mich um und sehe Jack, der durch die Tür tritt, hofft, unbemerkt zu bleiben.

Julio nutzt eine Pause zwischen den Songs, um einen Schluck aus seiner Wasserflasche zu nehmen. Er entdeckt Jack, der verstohlen an den Tischen vorbeihuscht, und seine Augen glitzern übermütig. »Applaus für euren Chronos, Leute!«, ruft er.

Jahreszeiten rufen und winken Jack zu, winken ihn zu ihren Tischen. Er lächelt, winkt und hält direkt auf den Schutz der Essensschlange zu. Julio stiehlt sich das Rampenlicht zurück, zupft das Intro eines seiner Lieblingslieder und ermuntert alle, mitzusingen.

Nach der Hälfte des Songs taucht Jack neben mir auf mit einem Tablett voller Salat und Pasta. Er drückt mir einen Kuss auf die Wange und setzt sich Kai gegenüber. Dabei fängt er ihren Blick ein. Sie tauschen einen langen Blick, der das Lächeln aus Jacks Gesicht raubt, und sie wendet sich prompt ab.

Ich lege meine Hand auf sein Knie, hebe eine Augenbraue. Er drückt meine Hand, als wolle er sagen, dass er es später erklärt. Ich dränge ihn nicht, sehe zufrieden zu, wie er sich einen Berg Spaghetti einverleibt, während der Rest von uns das Ende eines weiteren Tags feiert.

Einfach ein weiteres Essen zu Hause mit engen Freunden und gefundener Familie.

Jack

Kai taucht direkt nach dem Abendessen aus dem Blackheath-Tunnel gleich südlich des Greenwich Parks auf. Sie schenkt mir ein schiefes Lächeln, und ihre silberne Fliegersonnenbrille, mit der sie ihre Augen verbirgt, reflektiert meins.

»Ich dachte, du könntest die Zukunft nicht lesen«, sagt sie.

»Das kann ich auch nicht.« Der Abend ist mild und kühl, weil die Sonne tiefer sinkt am dämmrigen Himmel. Ich schiebe meine Hände in die Taschen, passe mich ihrem entspannten Schritt Richtung Ententeich an.

»Woher wusstest du dann, dass ich hier sein würde?«, fragt sie und hebt skeptisch eine Augenbraue.

»Du hast bereits vor ein paar Tagen die Entscheidung getroffen zu gehen.« Das Gras ist noch feucht, von gefallenen Ästen übersät. Die anhaltenden Stürme haben sich letzte Woche endlich gelegt und die Aufräumaktionen laufen überall in London. »Und tu nicht so, als wärest du überrascht, mich zu sehen.«

Darüber grinst sie. »Hast du mich ausspioniert?« Sie hievt ihren Rucksack höher auf der Schulter und ich folge ihr durch den Park. Es ist seltsam zu sehen, wie sie etwas anderes als ihren Bogen auf dem Rücken trägt. Aber ich schätze, es ist schwer, mit einem in ein Flugzeug zu steigen.

»Ich habe nicht spioniert«, sage ich defensiv. Das stimmt größtenteils, aber ich habe den Dreh meiner Sicht noch nicht raus, und manchmal sehe ich etwas, das ich nicht vorhatte zu sehen. Wie als ich Kai vor einer Stunde beim Abendessen ansah. Sie hatte aufgeblickt, als ich mich in der Cafeteria am Tisch ihr gegenübersetzte, und in ihren Augen habe ich das Flugticket gesehen, das sie letzte Woche online gebucht hatte. Einfach, nach Neuseeland, Abflug heute Abend. »Du musst nicht gehen, weißt du. Wir alle wollen, dass du bleibst. Sogar Julio«, necke ich sie.

»Ich weiß«, sagt sie und eine Seite ihres Munds zieht sich nach oben. »Er weiß es noch nicht, aber er wird mich vermissen. Du kannst ihm sagen, dass ich das gesagt habe.« Wir gehen in kameradschaftlichem Schweigen am Teich vorbei.

»Ich habe dir all die Namen und Daten hinterlassen, genug, um Fleur ein paar Monate zu beschäftigen«, sagt sie. »Ihr kommt eine Weile ohne mich zurecht.« Ihre Lippen sind geschürzt, als halte sie etwas zurück. Ich werde mich hüten, sie zu fragen, warum. Kai ist vorsichtig mit ihrer Sicht, passt auf, nicht zu viel zu sagen. Wenn sie es nicht ausführen will, hat sie ihre Gründe. Und ich habe beschlossen, dass es vermutlich für uns alle besser ist, unsere Zukunft nicht zu kennen. Weshalb ich mich frage, ob sie sich deshalb dazu entschlossen hat, zu gehen.

Ich nehme sie sanft am Ellbogen, ziehe sie heran. »Hör mal. Bevor du gehst, muss ich dir etwas …«

»Ich weiß es schon«, sagt sie, ihr Seufzen schwer, ihr Lächeln ein wenig melancholisch.

»Richtig.« Ich lege meine Hände auf die Hüften, blinzle gegen die tief stehende Sonne an und blicke hinaus über den Park, überlege, was ich sagen soll. Es ist schwer, der Unvermeidlichkeit in die Augen zu sehen und sie um eine zweite Chance zu bitten.

»Ich habe dir bereits vergeben«, sagt sie. »Und du hast mir bereits vergeben. Das weißt du doch.«

»Trotzdem hätte ich dir von Névé erzählen sollen. Das hätten wir beide. Lyon und ich hatten kein Recht, das vor dir geheim zu halten.« Vielleicht hat Kai mir vergeben, aber ich muss mir selbst noch vergeben.

»Vielleicht.« Sie zuckt mit den Schultern. »Vielleicht hätte Lyon es mir sagen sollen, als ich aufgewacht bin. Aber was dann? Wäre ich nach Mexiko gegangen, um dir zu helfen oder um dich zu töten? Oder vielleicht hättest du es mir in den Tunneln erzählen sollen, als du begriffen hast, wer Ruby war. Wenn du das gemacht hättest, was hätte ich getan?« Sie hebt eine Augenbraue. »Ich denke, ich verstehe jetzt vielleicht, warum er uns nicht immer alles erzählt hat.«

Sie schiebt die Sonnenbrille auf ihrer Nase höher, sieht an mir vorbei auf die langen Grasstreifen, als überlege sie, wie sie es erklären soll. »Ich kann nicht bleiben, Jack. Lyon hatte recht, das Auge zu verdecken. Es vom Stab zu trennen. Du und Fleur seid besser dran, wenn ihr die Zukunft nicht kennt. Ihr verdient es, im Moment zu leben und eure eigenen Entscheidungen zu treffen ohne diese Last.«

»Hat das etwas mit der Abmachung zu tun, die du mit Lyon getroffen hast, um mich zu schützen?« Auch das hatte ich gesehen. Und es hatte geschmerzt, es zu sehen, wissend, dass sie ihm dieses Versprechen gegeben hat, weil sie ein schlechtes Gewissen hatte wegen dem, was sie mir in Cuernavaca angetan hatte, während doch die ganze Zeit Lyon ihr nicht erzählte, was ich Névé angetan hatte. »Das ist auch dein Zuhause, Kai. Du musst nicht gehen, um mich zu schützen oder meine Gefühle zu schonen.«

»Das hier hat nichts mit dir oder Lyon zu tun. Ich habe mein Versprechen ihm gegenüber bereits eingelöst. Ich habe einfach …« Sie streicht sich das kurze Haar mit einem schweren Seufzen zurück. »Ich muss mich selbst finden, Jack. Ich muss herausfinden, wer ich bin ohne Ruby. Ohne diesen Ort. Ich weiß vielleicht schon, wie meine Geschichte enden wird, aber ich möchte trotzdem die Erfahrung machen, sie zu erleben. Ich möchte eine Weile meine eigenen Entscheidungen treffen.«

Ich sehe stirnrunzelnd mein Spiegelbild in ihrer Sonnenbrille an. Ich kann mir nicht vorstellen, wie es sein muss, das eigene Schicksal zu kennen. Es ist eine Sache, in jemandes Augen zu sehen und seine Vergangenheit zu erblicken. Oder in den Spiegel zu sehen und sich seiner eigenen zu stellen. Aber es ist eine ganze andere, die Konsequenzen einer Lebensspanne von Entscheidungen zu sehen, die du noch nicht die Chance hattest zu treffen.

Kai legt einen Finger an den Nasenbügel ihrer Brille. Sie lächelt, zieht sie gerade genug herab, dass ich das Schimmern in ihren Augen sehen kann. In ihnen sehe ich Kai – kurze Ausblicke auf ihre Zukunft. Felsenklettern, Kajak fahren, eine Gletschertour. Zelten in den Bergen. Ein Kuss an einem Strand. Es erleichtert mich um einen Teil meiner Schuld. Und wenn ich ehrlich bin, erleichtert es auch etwas meine Sorge – es ist gut, eine Zukunft zu sehen, in der die Welt noch da ist. Aber es schmälert den Verlust nicht. Unsere kurze Partnerschaft war nicht ohne Herausforderungen, aber es gab Momente, in denen sie sich wie eine Freundin anfühlte. Ich weiß, sie möchte, dass ich Lebewohl sage, mich umdrehe und gehe. Aber das macht es nicht leichter.

Ich sehe auf meine Uhr, frage mich, wie viel Zeit ich ihr stehlen kann. Vielleicht kann ich sie überzeugen, ihren Flug zu verpassen. Sie schiebt die Brille wieder hoch.

»Du kommst klar«, sagt sie, schlägt mir leicht gegen die Schulter. »Und ich auch. Du und Fleur werdet den Wiederaufbau des Observatoriums abschließen. Ihr werdet von allen geliebt und wunderschöne Jahreszeiten zusammen schaffen«, sagt sie und wackelt dabei anzüglich mit den Augenbrauen. »Und ich weiß aus sicherer Quelle, dass du und ich einander wiedersehen werden in nicht allzu ferner Zukunft. Das verspreche ich«, fügt sie hinzu, eindeutig als Entscheidung formuliert, nicht dem Schicksal überlassen.

»Ich verlass mich darauf.« Die Daumen in die Taschen meiner Jeans gehakt, warte ich darauf, dass sie zuerst geht.

»Zeig mir deinen Rücken, Chronos«, sagt sie und entlockt mir ein Lachen, während sie rückwärts in Richtung Bushaltestelle geht. Ich werde mich nie daran gewöhnen, dass mich jemand so nennt.

Ich salutiere, dann wende ich mich ab, hoffe, dass sie recht hat. Bei allem.

EPILOG

SECHS MONATE SPÄTER

Jack

Ich stolpere fast über Fleurs Fersen, während wir den steilen bewaldeten Hügel hinablaufen und meine Hände ihre Augen bedecken.

»Wohin gehen wir?« Sie erstickt fast an einem kehligen Lachen, als ich gegen ihren Rücken pralle. Sie weiß genau, wo wir sind. Ihr Bewusstsein ist auf jeden Zweig und jeden Grashalm auf diesem Berg eingestimmt, aber mir zuliebe spielt sie mit.

»Lass einfach die Augen zu.« Ich beschleunige, als sich der Hügel abflacht und das Internat in Sicht kommt.

Ich schiebe sie auf das Teichufer zu und die Sohlen unserer Schuhe bleiben im kalten Matsch kleben. Es fühlt sich an wie gestern, dass ich ihre Hand hielt, sie auf die Oberfläche hinauszog, sie bat, mir zu vertrauen, ihr versprach, dass ich sie nicht fallen lassen würde, während ich das Wasser unter ihren Füßen gefrieren ließ.

Ich nehme meine Hände von ihren Augen. »Öffne sie«, flüstere ich, schlinge meine Arme um ihre Taille.

Mit einem nostalgischen Lächeln beißt sie sich auf die Lippen. »Geht es dir gut?«, fragt sie und lehnt sich gegen mich, ihren Kopf unter mein Kinn geschoben.

Die Hütte meines Großvaters ist weg. Ich habe den Morgen auf einem Fels verbracht und den schwarzen Aschering angestarrt, wo sie stand. »Ja, mir geht's gut.«

Sie dreht sich in meinen Armen. Auf ihrer Wange ist Ruß und ich wische ihn weg. »Wir können sie wieder aufbauen«, sagt sie. »Ich kenne ein paar gute Bauunternehmer.« Wir lachen und ich ziehe sie an mich, halte sie, während ich zusehe, wie die Sonne langsam hinter den Bäumen versinkt.

»Das wäre schön«, sage ich in ihr Haar. Sie riecht ausnehmend vertraut, aber jetzt anders. Nach mehr als Lilien, nach mehr als Frühling. Sie ist die uralten Eichen im Greenwich Park und der salzige Nebel über der Themse. Sie ist der Holzrauch von der Hütte meines Großvaters, das Kreosotöl im Canyon, die krachende Brandung in La Jolla Cove, wild und herrlich reflektiert sich jede Elementarmagie in ihr.

»Komm schon«, sagt sie und nimmt meine Hand, zieht mich auf den Saum des Wassers zu, ein gefährliches Glitzern in den Facetten ihrer Augen.

Ich stemme die Absätze in den Boden und überlege, ob ich den Timer der Welt anhalten soll, nur um nicht nass zu werden. »Fleur, was machst du da? Ich kann dich nicht zum Eislaufen mitnehmen.«

»Wer hat was davon gesagt, dass du mich mitnimmst?« Sie tritt auf den Teich, hebt übermütig eine Augenbraue, während das Wasser unter ihr gefriert. Sie zieht mich mit sich und das Eisbrett wächst unter uns, bis es breit genug für uns beide ist, es zieht sich bis auf das gegenüberliegende Ufer, bis der ganze Teich uns gehört. Sie ist sehr viel mächtiger, als ich es je war.

»Angeberin«, necke ich sie, aber sie sieht mein dezentes Zusammenzucken. Dieser Ort ist voller Erinnerungen. Nicht alle schön. Die meisten schmerzhaft.

»Wir können zurück«, sagt sie und verzieht die Miene. Schuld schimmert in ihren Augen.

»Nein«, sage ich und stoße mich mit einem Fuß ab. Ich werde mich hüten. Es gibt kein Zurück. Nur vorwärts in der Zeit. So heilen wir. So erneuern wir uns und fangen neu an. Ich bin vielleicht kein Winter mehr. Aber ich bin jemand Neues. Jemand Stärkeres. Nicht nur, weil ich Chronos bin, sondern durch den, der ich vorher war – der Mann, der ich wurde, als ich meine Magie verloren glaubte und mich meinen Ängsten trotzdem stellte. »Ich will, dass du mich zum Eislaufen mitnimmst«, sage ich. »Und dann möchte ich, dass du mich zu Boden wirfst und mich küsst wie nie zuvor.«

Ihr Mund steht in gespielter Empörung offen, während sie mich rückwärts über das Eis lenkt. »Ich habe dich nicht geküsst. Du hast mich geküsst.«

Unvermittelt bleibe ich mitten auf dem See stehen, ziehe sie in meine Arme und halte sie fest, suche nach dieser bestimmten Erinnerung in ihren Augen. Ich muss nicht lange suchen. Fleur enthüllt mir diesen Kuss, zusammen mit ein paar anderen, die meine Körpertemperatur um ein paar Grad ansteigen lassen.

»Sei vorsichtig«, murmle ich. »Das Eis ist dünn.«

»Ich lass dich kein zweites Mal fallen.«

»Zu spät«, sage ich und grabe meine Finger in ihr Haar. »Ich liege dir bereits zu Füßen.«

Die Zeit steht still, als sie sich auf die Zehenspitzen stellt und mich küsst. Unsere Lippen verweilen irgendwo in der Mitte, unsere kühlen Atemzüge vermischen sich. Lyon hatte recht mit der Macht. Mit der Magie des Im-Augenblick-Lebens. Mit der Wichtigkeit, immer mal wieder innezuhalten und zu würdigen, was direkt vor mir ist. Ich fahre Fleurs Lippen mit meinem Daumen nach, speichere die Kontur ihres Lächelns, mein Spiegelbild in ihren Augen. Nicht, weil ich Angst vor dem habe, was morgen kommt, sondern weil sie jetzt hier bei mir ist.

Ich nehme ihre Hand und lasse mich von ihr in trägen Kreisen über den Teich führen. Heute Abend. Morgen. Immer. Das hier ist genug.

DANKSAGUNG

Diese Dilogie zu schreiben war für mich sowohl viel Liebesmüh als auch eine Quelle unglaublicher Freude. Ich habe es geliebt, über diese Charaktere und ihre bemerkenswerte Reise zu schreiben, und ich bin jedem auf ewig dankbar, der dabei geholfen hat, diese Bücher Realität werden zu lassen.

Meine Geschichten würden alle Staub und Spinnweben ansetzen in meinem Kopf, wenn meine Agentin und Admin Sarah Davies nicht wäre, die mich mit grenzenloser Weisheit und Sorgfalt durch jedes Buch geführt hat. Am 15. Februar 2011 habe ich die Entscheidung getroffen, mich Greenhouse anzuschließen. Ich bin über alle Maßen dankbar, Sarah, für das Jahrzehnt, das ich schon mit dir Bücher mache.

Danke an das Team bei Rights People für eure Begeisterung für Jack und Fleur, und dafür, dass ihr meine Jahreszeiten in andere Teile der Welt gebracht habt.

Ich habe ein solches Glück, ein Verlagsteam zu haben, das mich so sehr unterstützt. Tara Weikum, danke, dass du meine Bücher unter deine Fittiche nimmst. Meine Geschichten strahlen heller dank der Weisheit und dem Rat, den ihr, Sarah Homer und Caitlin Lonning, bei jedem Lesen hinzubringt. Und dieses Cover! Wo fange ich da an? Designerin Jessie Gang und Garrigosa Studio, ihr habt die Bildsprache dieser Welt so wunderschön eingefangen und ich muss die glücklichste Autorin der Welt sein, dass ich ein von euch geschaffenes Cover habe. Ivy McFadden und Bethany

Reis, ich danke euch für die Zeit und Sorgfalt, die ihr meinen Worten und meiner Stimme widmet. Das bedeutet mir unendlich viel. Gillian Wise, du bist ein magisches Wesen mit herausragenden Fähigkeiten und ich bewundere dich zutiefst. Meine erfolgreiche Markteinführung verdanke ich dir (und meinem UPS-Fahrer). Ernsthaft, du bist wundervoll und ich weiß dich so sehr zu schätzen. Und eine Million Mal danke an Shannon Cox, Sam Benson und das gesamte Team bei HarperTeen.

Die Kapitelüberschriften sind angelehnt an Gedichtzeilen von Robert Frost, dessen Verse mich immer an Jack erinnern. Und die schöne Gedichtzeile in Kapitel 19 ist aus John Donnes »The Sun is Rising« entnommen.

Diesen Job könnte ich ohne Megan Miranda und Ashley Elston nicht machen. Danke, dass ich bei euch Kraft tanken kann, ihr mich zum Lachen bringt und mein Gleichgewicht erhaltet. Ohne euch würde ich mit dem Wind gehen.

Dank den aufmerksamen Augen und den großzügigen Herzen der sehr talentierten Testleserinnen, die sich dieser wilden, wirren Fortsetzung mit mir gestellt haben: Christina Farley, Chelsea Pitcher und Tessa Elwood – ich bin für jede von euch so dankbar.

Für die talentierten Leute, die Buchkunst erschaffen – eure Arbeit macht mir so viel Freude. Von euch bin ich so inspiriert. Vielen Dank an Jessica Khoury, herausragende Kartenzeichnerin, die das Observatorium aus meiner Fantasie gepflückt und so vorzüglich dargestellt hat. Salome Totladze (@morganaoanagrom), du bist magisch! Danke, dass du meine Jahreszeiten so perfekt real erschaffen hast! Und Marissa bei Burning Bright Candle Company: Danke, dass du jeden einzigartigen Duft meiner Jahreszeiten eingefangen hast. Ich schätze mich glücklich, die von euch allen erschaffene Kunst zu genießen!

Dank an One More Page Books in Northern Virginia, die großzügigerweise meine Veröffentlichungsfeier ausgerichtet haben.

An meine Eltern – für eure endlose Unterstützung.

An meinen Ehemann, Tony, der all das möglich macht.

An meine Kinder, die eines Tages etwas von sich selbst in meinen Büchern erkennen könnten. Nick und Connor, ob ihr sie nun lest oder nicht, ich schreibe jede meiner Geschichten für euch.

Und schließlich danke ich meinen Leserinnen und Lesern. Den Bookstagrammern (irre, diese wundervollen Bilder!), Bloggerinnen und Rezensenten. Den Buchhändlerinnen und Buchhändlern, die mich unterstützen. Den Lehrern und Bibliothekarinnen, die meine Geschichten in die Köpfe und Hände derer legen, die sie brauchen. Den Buchboxgesellschaften – The Bookish Box, Fae Crate, Totally Booked Crate und Beacon Book Box –, die *Seasons of the Storm – Gaias Gefangene* inmitten einer Pandemie willkommen hießen und halfen, den Erscheinungsmonat zu einem riesigen Erfolg zu machen – ihr alle seid wundervoll! Allen, die seit meinen allerersten Büchern hier sind, und denen, die erst jetzt darauf stoßen. Meine erfundenen Welten und diese wundervolle Sandkiste der Kreativität, in der ich spielen darf, würden ohne euch nicht annähernd so viel Spaß machen.